ACESSE AQUI A ÓRBITA DESTE LIVRO.

JOHN SCALZI

A HUMANI-
DADE
DIVIDIDA

SÉRIE GUERRA DO VELHO
VOLUME 5

TRADUÇÃO
DE
ADRIANO
SCANDOLARA

A humanidade dividida

TÍTULO ORIGINAL:
The Human Division

COPIDESQUE:
Cê Oliveira

REVISÃO:
Fernanda Grabauska
Bárbara Prince

COORDENAÇÃO:
Giovana Bomentre

CAPA:
Pedro Inoue

PROJETO GRÁFICO:
Desenho Editorial

ILUSTRAÇÃO:
Sparth

DIREÇÃO EXECUTIVA:
Betty Fromer

DIREÇÃO EDITORIAL:
Adriano Fromer Piazzi

PUBLISHER:
Luara França

EDITORIAL:
Andréa Bergamaschi
Bárbara Reis
Caíque Gomes
Débora Dutra Vieira
Juliana Brandt
Luiza Araujo

COMUNICAÇÃO:
Gabriella Carvalho
Giovanna de Lima Cunha
Júlia Forbes
Maria Clara Villas

COMERCIAL:
Giovani das Graças
Gustavo Mendonça
Lidiana Pessoa
Roberta Saraiva

FINANCEIRO:
Adriana Martins
Helena Telesca

DADOS INTERNACIONAIS DE CATALOGAÇÃO NA PUBLICAÇÃO (CIP) DE ACORDO COM ISBD

S282h Scalzi, John
A humanidade dividida / John Scalzi ; traduzido por Adriano Scandolara. - São Paulo : Aleph, 2023.
480 p. ; 16cm x 23cm

Tradução de: The human division
ISBN: 978-85-7657-575-7

1. Literatura americana. 2. Ficção. 3. Ficção científica.
I. Scandolara, Adriano. II. Título.

2023-898   CDD 813.0876
                            CDU 821.111(73)-3

ELABORADO POR ODILIO HILARIO MOREIRA JUNIOR - CRB-8/9949

ÍNDICES PARA CATÁLOGO SISTEMÁTICO:
1. Literatura americana: ficção científica 813.0876
2. Literatura americana: ficção científica 821.111(73)

COPYRIGHT © JOHN SCALZI, 2013
COPYRIGHT © EDITORA ALEPH, 2023
(EDIÇÃO EM LÍNGUA PORTUGUESA PARA O BRASIL)

TODOS OS DIREITOS RESERVADOS. PROIBIDA A REPRODUÇÃO, NO TODO OU EM PARTE, ATRAVÉS DE QUAISQUER MEIOS SEM A DEVIDA AUTORIZAÇÃO.

Rua Bento Freitas, 306, cj. 71, São Paulo/SP
CEP: 01220-000 • Tel.: 11 3743-3202
www.editoraaleph.com.br

A humanidade dividida é dedicado:

A Yanni Kuznia e Brian Decker, por seu amor e sua amizade.
A John Harris, com admiração e apreço pelas artes
criadas para a edição original deste romance
e de todos os livros da Guerra do Velho.
Obrigado por suas visões.

A HUMANI-DADE DIVIDIDA

EPISÓDIO 1

—— A EQUIPE CLASSE B, PARTES 1 E 2

PARTE 1

A embaixadora Sara Bair estava ciente de que, quando a capitã da *Polk* a convidou para ir à ponte de comando e admirar a visão do salto para o sistema Danavar, o protocolo sugeria enfaticamente que ela recusasse o convite. A capitã estaria ocupada, sua presença acabaria atrapalhando e, em todo caso, não havia muito para ver. Quando a *Polk* fizesse esse salto de várias dúzias de anos-luz, atravessando o braço local da galáxia, o único modo de um ser humano se dar conta seria percebendo uma leve mudança na visão das estrelas. Na ponte, essa visão se daria por monitores, não janelas. A capitã Basta fez o convite como uma mera formalidade e tinha tanta certeza de que seria rejeitado que já havia aprontado os preparativos para que a embaixadora e sua equipe tivessem uma pequena celebração do salto na minúscula sala de observação da *Polk*, raramente utilizada, acoplada acima do convés de carga.

A embaixadora Bair estava ciente de que o protocolo sugeria a recusa do convite, mas não quis nem saber. Em seus vinte e cinco anos de serviço no corpo diplomático da União Colonial, não houve uma única ocasião em que ela esteve na ponte de uma espaçonave, e não sabia quando seria convidada de novo. Independentemente do protocolo, sua opinião era de que, se alguém lhe faz um convite, a pessoa precisa estar preparada para que ele seja aceito. Se as negociações com os Utches transcorressem bem – e, a esta altura do jogo, não havia motivo para suspeitar que não transcorreriam –, ninguém, em lugar algum, iria se incomodar com essa quebra de convenções.

Que se dane, então. Ela iria para a ponte.

Se a capitã Basta ficou irritada com o fato de Bair ter aceitado o convite, não deixou transparecer. O tenente Evans trouxe a embaixadora e seu assistente, Brad Roberts, a bordo da ponte cinco minutos antes do salto, e a capitã se desvencilhou de seus deveres para – rápida, porém educadamente – dar as boas-vindas à dupla. Cumpridas as formalidades, ela voltou as atenções para seus deveres pré-salto. O tenente Evans, percebendo a deixa, levou Bair e Roberts até um canto, onde poderiam observar sem interferir.

– A senhora sabe como um salto funciona, embaixadora? – perguntou Evans. Durante toda a missão, o tenente era o oficial de protocolos da *Polk*, agindo como um ponto de contato entre a missão diplomática e a tripulação da nave.

– Meu entendimento é que nós estamos num ponto do espaço, depois o drive de salto é ligado e magicamente aparecemos em outro ponto – respondeu Bair.

Evans sorriu.

– Não é magia, é física, senhora – explicou ele. – Ainda que sejam os extremos mais elevados da física, que parecem magia olhando de fora. É algo que está para a física relativista como a física relativista está para a física newtoniana. Ou seja, são dois passos além da experiência do cotidiano humano.

– Então não estamos violando de fato as leis da física aqui – disse Roberts. – Porque toda vez que eu penso em espaçonaves saltando pela galáxia, imagino Albert Einstein numa farda policial, aplicando uma multa.

– Não estamos violando lei alguma. O que estamos fazendo é literalmente explorar uma brecha – disse Evans, em seguida oferecendo uma explicação mais longa da física por trás do salto. Roberts fazia que sim com a cabeça, sem tirar os olhos do tenente, mas tinha um sorriso no rosto que Bair sabia ser direcionado para ela. Significava que Roberts estava ciente de estar cumprindo uma de suas tarefas primárias, a de desviar da embaixadora as pessoas que quisessem bater papo furado com ela, a fim de que ela pudesse se concentrar em sua especialidade: prestar atenção nos arredores.

Seus arredores não eram, na verdade, lá muito impressionantes. A *Polk* era uma fragata – Bair tinha certeza de que Evans saberia o tipo específico, mas não queria retomar a atenção dele naquele momento –, com uma ponte modesta. Duas fileiras de mesas com monitores, uma plataforma levemente elevada para a capitã ou um oficial supervisionar as operações e dois grandes monitores para exibir informações e, quando desejado, uma visão do exterior. No momento, não havia nenhum monitor ligado e a equipe da ponte se via concentrada, em vez disso, em suas telas individuais, enquanto a capitã Basta e seu oficial executivo caminhavam entre eles, trocando murmúrios.

Era tão emocionante quanto ver a tinta de uma parede recém-pintada secar. Ou, para colocar em termos mais precisos, tão emocionante quanto assistir a uma equipe de indivíduos altamente treinados realizar uma atividade que já fez centenas de vezes antes, sem qualquer drama ou incidente. Bair, com todos os seus anos no corpo diplomático, sabia que observar profissionais treinados fazendo o que têm de fazer não era um esporte dos mais envolventes para os espectadores, mas ainda assim teve um vago sentimento de decepção. Anos de entretenimentos dramáticos a haviam preparado para algo com um pouco mais de ação. Ela se viu suspirando sem perceber.

– Não era o que estava esperando, senhora? – perguntou Evans, voltando sua atenção à embaixadora.

– Eu nem sabia o que esperar – respondeu Bair, irritada consigo mesma por ter suspirado alto o suficiente para ser ouvida, mas tentando esconder esse fato. – A ponte é mais tranquila do que eu imaginava.

– Os membros da equipe da ponte trabalham juntos há bastante tempo – afirmou Evans –, e é preciso lembrar que eles repassam muito das informações internamente.

Essa frase fez com que Bair olhasse para Evans com uma sobrancelha arqueada, ao que ele sorriu e apontou com o dedo para a própria têmpora.

Ah, é, Bair pensou. A capitã Basta e o restante da equipe da ponte eram todos membros das Forças Coloniais de Defesa, o que significava que, além das características óbvias resultantes de engenharia genética, como a pele verde e aparência jovial, cada um deles tinha um computador chamado BrainPal instalado em seu cérebro. Membros das FCD podiam usar seus BrainPals para conversar ou compartilhar dados entre si, não precisavam usar a boca para isso. Os murmúrios, no entanto, indicavam que eles ainda mantinham esse hábito, em parte do tempo pelo menos. Os membros das FCD já haviam sido, em algum momento, pessoas normais sem pele verde ou computador na cabeça. É difícil se livrar de hábitos.

Bair, que havia nascido no planeta Erie e passado os últimos vinte anos longe do planeta Fênix, lar da União Colonial, não possuía nem pele verde, nem um computador na cabeça. Mas tinha passado tempo o suficiente com membros das FCD em suas viagens diplomáticas para que, aos seus olhos, eles já não possuíssem nada de particularmente marcante, em meio à variedade de humanos com as quais ela trabalhava. Às vezes até se esquecia de que eram, na verdade, uma raça à parte, com modificações genéticas.

– Um minuto até o salto – disse o oficial executivo da *Polk*. Um nome despontou no cérebro de Bair: Everett Roman. Além da contagem de tempo, mantida pelo comandante Roman, nada mais na ponte havia mudado. Bair suspeitava que o anúncio era direcionado para ela e Roberts. Seus olhos passaram pelos grandes monitores na parte da frente da sala. Ainda estavam desligados.

– Comandante Roman – chamou Evans, gesticulando com a cabeça na direção dos monitores após capturar a atenção do oficial executivo. Roman concordou com a cabeça. Os monitores ganharam vida, um deles mostrando a imagem de um campo estelar, e o outro, uma imagem esquemática da *Polk*.

– Obrigada, tenente Evans – disse Bair, com a voz baixa. Evans sorriu.

O comandante Roman prosseguiu com a contagem regressiva dos últimos dez segundos até o salto. Bair fixou os olhos no monitor que mostrava o campo estelar. Quando a contagem de Roman chegou a zero, as estrelas pareceram mudar de posição aleatoriamente, mas ela sabia que não era a posição que havia mudado e sim as estrelas em si. A *Polk* havia, sem nenhum alarde ou ruído, atravessado anos-luz num instante.

Bair piscou, insatisfeita. Se fosse pensar no que havia acabado de acontecer, em termos do que foi realizado fisicamente, era um evento estarrecedor. Enquanto experiência humana pessoal, no entanto...

– Então é isso? – perguntou Roberts, sem direcionar a questão a ninguém em particular.

– É isso – confirmou Evans.

– Não é muito emocionante – disse Roberts.

– A falta de emoção significa que fizemos tudo certo – retrucou Evans.

– Bem, e onde está a graça nisso? – brincou Roberts.

– A diversão fica para os outros – disse Evans. – Nós lidamos com precisão. Levamos vocês até onde precisam ir, dentro do prazo. Ou antes do prazo, nesse caso. Pediram para que chegassem aqui três dias antes dos Utches. Nós fizemos o percurso com três dias e seis horas de antecedência. Aqui estão vocês, adiantados duplamente.

– A respeito disso... – disse Bair, ao que Evans virou a cabeça para a embaixadora, para lhe dar toda a atenção.

O assoalho da ponte saltou, com violência, na direção do trio.

As pessoas de repente estavam levantando a voz na ponte, detalhando as avarias causadas na nave. Perfurações no casco, perda de energia, baixas. Alguma coisa havia dado muito errado durante o salto.

Dali do convés, Bair olhou para cima e viu que a imagem das telas havia se alterado. A representação esquemática da nave então mostrava seções piscando em vermelho. O campo estelar fora substituído por uma representação da *Polk* no espaço tridimensional. Era o centro da imagem, enquanto na periferia havia uma representação de um objeto vindo em sua direção.

– O que é aquilo? – Bair perguntou a Evans, que se levantava do assoalho.

Ele olhou para a tela e ficou em silêncio por um momento. Bair sabia que estava acessando seu BrainPal, atrás de mais informações.

– Uma nave – respondeu.

– É dos Utches? – perguntou Roberts. – Podemos enviar um sinal com um pedido de ajuda.

Evans balançou a cabeça, em negativa.

– Não são os Utches.

– Quem são? – perguntou Bair.

– Não sabemos – disse Evans.

Houve um estrilar dos monitores, e então surgiram múltiplos objetos nas telas, vindo em alta velocidade na direção da *Polk*.

– Ai, Deus – disse Bair, enquanto a equipe da ponte anunciava que mísseis estavam a caminho.

A capitã Basta ordenou que os projéteis fossem abatidos em pleno voo e então se voltou para Bair (ou Evans, mais diretamente).

– Estes dois – disse ela. – Cápsula de fuga. Pra já.

– Espere... – Bair tentou dizer.

– Não há tempo, embaixadora – disse Basta, interrompendo-a. – São mísseis demais. O principal objetivo dos meus próximos dois minutos será tentar tirar você viva da nave. Não os desperdice. – Então se voltou para a tripulação, com ordens para que preparassem a caixa-preta.

Evans agarrou Bair e disse:

– Vamos, embaixadora! – Então a puxou para fora da ponte de comando, com Roberts em seu encalço.

Quarenta segundos depois, Evans os enfiou numa caixa apertada, com dois pequenos assentos.

– Apertem os cintos – ordenou ele, gritando para se fazer ouvir e apontando para um dos assentos. – Há rações e hidratação de emergência ali – e então, apontando para o outro assento –, e o reciclador de dejetos ali. Vocês têm ar para uma semana. Ficarão bem.

– O restante da minha equipe... – disse Bair, outra vez.

– Está sendo colocada em cápsulas de fuga agora mesmo – falou Evans. – A capitã vai lançar um drone de salto para avisar as FCD sobre o que acabou de acontecer. Elas têm naves de resgate prontas, já na distância de salto, justamente para esse tipo de situação. Não se preocupe. Agora apertem os cintos. O lançamento dessas coisas é turbulento. – E com isso ele se afastou da cápsula.

– Boa sorte, Evans – disse Roberts. Evans fez uma careta enquanto a cápsula se fechava. Cinco segundos depois, ela se atirou para fora da *Polk*. Bair sentiu como se tivesse levado um chute na espinha dorsal, então teve a sensação de estar flutuando. A cápsula era pequena e básica demais para ter gravidade artificial.

– O que diabos acabou de acontecer aqui? – perguntou Roberts, depois de um minuto. – A *Polk* foi atingida no instante em que fez o salto.

– Alguém sabia que estávamos chegando – disse Bair.

– A missão era confidencial – respondeu Roberts.

— Use a cabeça, Brad — disse Bair, audaciosamente. — A missão era confidencial da nossa parte. Pode ter vazado. Pode ter sido um vazamento da parte dos Utches.

— Você acha que os Utches armaram contra nós? — perguntou Roberts.

— Não sei — disse Bair. — Eles estão na mesma situação que nós. Precisam dessa aliança tanto quanto a gente. Não faz sentido tentarem nos enrolar só para atrair a União Colonial para um golpe idiota desses. Atacar a *Polk* não lhes rende nada. Destruir uma nave das FCD é um ato de guerra, simplesmente.

— Pode ser que a *Polk* consiga enfrentá-los — disse Roberts.

— Você escutou o que a capitã Basta disse tão bem quanto eu — retorquiu Bair. — São mísseis demais. E a *Polk* já está avariada.

— Vamos torcer para que o resto da nossa equipe tenha conseguido chegar às cápsulas de fuga, então — disse Roberts.

— Não acho que eles tenham sido colocados em cápsulas de fuga — retrucou Bair.

— Mas Evans disse...

— Evans disse o que precisava dizer para calarmos a boca e nos tirar da *Polk* — disse Bair.

Robert ficou em silêncio depois disso.

Após vários minutos, ele perguntou:

— Se a *Polk* enviou um drone de salto, vai precisar do quê? Um dia para chegar à distância necessária para o salto?

— Algo assim — disse Bair.

— Um dia para as notícias chegarem, algumas horas para as FCD se prepararem, algumas horas depois disso para nos encontrarem — calculou Roberts. — Então vão aí uns dois dias dentro desta lata. Na melhor das hipóteses.

— Por aí — confirmou Bair.

— E então teremos o relatório da missão — disse Roberts. — Não que a gente possa dizer qualquer coisa sobre quem nos atacou ou por quê.

— Quando vierem nos procurar, eles também procurarão a caixa-preta da *Polk* — disse Bair. — Ela contém todos os dados da nave até o momento da sua destruição. Se conseguirem identificar as naves atacantes em algum momento, essa informação vai constar lá.

– Isso se ela sobreviver à destruição da *Polk* – disse Roberts.

– Eu ouvi a capitã Basta dar ordens à tripulação para prepararem a caixa – disse Bair. – Chuto que isso queira dizer que eles tiveram tempo para fazer o que for necessário para garantir que a caixa sobreviva.

– Então, você, eu e uma caixa-preta são tudo que restou da *Polk* – concluiu Roberts.

– Acho que é isso. Sim – disse Bair.

– Meu Jesus – disse Roberts. – Alguma coisa assim já aconteceu com você?

– Já me aconteceu de uma ou outra missão dar problema – respondeu Bair, olhando ao redor, para os limites da cápsula de fuga. – Mas não, algo assim é a primeira vez.

– Vamos torcer pelo melhor, então – disse Roberts. – Senão, dentro de uma semana, as coisas vão ficar feias.

– Depois do quarto dia, vamos ter que respirar em turnos – disse Bair.

Roberts soltou um riso débil e então se obrigou a parar.

– Melhor não fazer isso – comentou. – Desperdício de oxigênio.

A própria Bair começou a rir também e então foi surpreendida quando o ar saiu dos seus pulmões na direção errada, tragado pelo vácuo do espaço que invadiu a cápsula de fuga enquanto a despedaçava. Bair teve um instante para perceber o olhar no rosto do assistente antes que o estilhaço da explosão que estraçalhou a cápsula de fuga os despedaçasse também, resultando na morte dos dois. Nenhum último pensamento lhe passou pela cabeça, além da percepção do ar escapando dos lábios e a sensação indolor de algo a *empurrando*, causada pelo estilhaço que entrou e depois saiu dela. Houve uma sensação final e distante de frio, depois calor e depois absolutamente nada.

2

A 62 anos-luz de distância da *Polk*, o tenente Harry Wilson estava em pé, com a postura rígida, próximo de um precipício à beira-mar no planeta Farnut, junto a vários outros membros da equipe diplomática da nave mensageira *Clarke*, da União Colonial. Era um lindo dia ensolarado e fazia calor, mas não a ponto de os humanos suarem em seus trajes formais. Os diplomatas coloniais formavam uma fila, e paralela a ela havia uma outra de diplomatas Farnutianos, com os membros dos corpos resplandecendo com as joias formais. Cada diplomata humano segurava um frasco com uma decoração rebuscada, cheio de água, trazido especialmente da *Clarke*. Na ponta de cada fila, via-se o diplomata-chefe de cada raça envolvida nessa negociação: Ckar Cnutdin, dos Farnutianos, e Ode Abumwe, da União Colonial. Cnutdin estava no pódio, no momento, discursando no idioma gutural dos Farnutianos. Ao lado, a embaixadora Abumwe parecia ouvi-lo atentamente, fazendo que sim com a cabeça de tempos em tempos.

– O que ele está dizendo? – perguntou Hart Schmidt, em pé ao lado de Wilson, com o tom de voz o mais baixo possível.

– A ladainha padrão sobre amizade entre nações e espécies – respondeu Wilson. Sendo o único membro das Forças Coloniais de Defesa naquela missão diplomática, ele era também o único na fileira capaz de fazer a tradução simultânea do farnutês, graças ao seu BrainPal. Os outros humanos dependiam dos tradutores fornecidos pelos Farnutianos. O único tradutor presente na cerimônia estava no momento atrás da embaixadora Abumwe, sussurrando discretamente no ouvido dela.

— Ele parece prestes a encerrar? — perguntou Schmidt.

— Por quê, Hart? — disse Wilson, olhando de relance para o amigo. — Está com pressa para o que vem a seguir?

Schmidt lançou um olhar na direção do seu correspondente na fila dos Farnutianos e não disse mais nada.

Pelo visto, Cnutdin estava, de fato, quase acabando. Ele fez um negócio com seus membros que era o equivalente farnutiano de uma reverência e desceu do pódio. A embaixadora Abumwe se curvou e subiu no palanque para dar o seu discurso. Atrás dela, o tradutor se deslocou para ficar atrás de Cnutdin.

— Gostaria de agradecer ao chefe da delegação comercial Cnutdin por suas palavras comoventes sobre os laços de amizade cada vez mais fortes entre nossas duas grandes nações — foi como Abumwe começou sua fala, entrando depois na própria ladainha, discursando com um sotaque que revelava sua condição enquanto colona de primeira geração. Seus pais haviam emigrado da Nigéria para o planeta colonial de Nova Albion quando Abumwe era criança, por isso havia vestígios do modo de falar do país, sobrepostos ao sotaque arranhado de Nova Albion, que lembrava Wilson do centro-oeste dos EUA, onde ele mesmo havia crescido.

Não fazia muito tempo que, numa tentativa de fazer amizade com a embaixadora, Wilson tinha comentado com ela que os dois eram os únicos membros da *Clarke* que nasceram na Terra, enquanto o restante da tripulação era composto de pessoas que viveram a vida toda como colonos. Abumwe apertou os olhos e perguntou o que ele queria dizer com isso, depois saiu de perto, com raiva. Wilson se virou para seu amigo Schmidt, que observou a cena com uma expressão de horror, e lhe perguntou o que havia feito de errado. Schmidt mandou que ele acessasse as últimas notícias.

Foi assim que Wilson descobriu que a Terra e a União Colonial pareciam estar começando a se separar e o divórcio parecia uma possibilidade bem real. E aí ele descobriu o motivo da separação.

Ah, bem, pensou Wilson, enquanto assistia ao encerramento do discurso de Abumwe. Acabou que a embaixadora nunca se afeiçoou muito a ele, e Wilson tinha quase certeza de que havia um vago ressentimento da parte dela pela presença de qualquer membro das FCD a bordo da nave, mesmo que no papel relativamente inócuo de assistência técnica, que era a função de Wilson. Mas, como Schmidt gostava de apontar, não era nada pessoal. Pelo que tudo indicava, Abumwe não se afeiçoava de verdade a ninguém, nunca. Tem gente que só não gosta de gente.

Não é o melhor temperamento para uma diplomata, pensou Wilson. Não era a primeira vez que esse pensamento lhe ocorria.

Abumwe desceu do pódio e se curvou em reverência a Ckar Cnutdin. Ao término do gesto, ela tomou seu frasco e fez um aceno de cabeça na direção da fileira de diplomatas humanos. Cnutdin fez um gesto semelhante para a própria fileira.

– É agora – disse Schmidt a Wilson, enquanto os dois davam um passo à frente, em direção aos Farnutianos. Estes, por sua vez, vieram deslizando na direção deles. Cada fileira parou a cerca de meio metro de distância da outra, ainda em paralelo.

Como uma só unidade, de acordo com os ensaios, cada diplomata humano, incluindo a embaixadora Abumwe, ergueu o próprio frasco. Todos disseram "Trocamos água" e, com uma pompa cerimonial, viraram os frascos, derramando a água sobre o que deveriam ser os pés dos Farnutianos.

Os Farnutianos responderam com um som visceral que o BrainPal de Wilson traduziu como "Trocamos água" e então despejaram das bocas a água salgada que guardavam em suas bexigas de flutuação nos rostos dos diplomatas humanos. Cada humano ficou encharcado de água salgada, na temperatura corporal da fisiologia farnutiana.

– Obrigado por isso – disse Wilson ao seu oposto na fileira farnutiana. Mas o Farnutiano já havia dado meia-volta, emitindo um som de soluço aos colegas enquanto a formação se desfazia. O BrainPal de Wilson traduziu as palavras:

– Graças a Deus que *isso* acabou – disse o diplomata farnutiano. – Que horas é o almoço?

– Você está estranhamente calado – comentou Schmidt para Wilson, no transporte de volta à *Clarke*.

— Estou ruminando sobre a minha vida e o carma — disse Wilson. — E o que eu devo ter feito numa vida passada para merecer a cuspida de uma espécie alienígena como parte de uma cerimônia diplomática.

— É por conta da ligação da cultura farnutiana com o mar — explicou Schmidt. — Trocar a água de sua terra natal é um modo simbólico de dizer que nossos destinos agora estão interligados.

— Também é um excelente modo de espalhar o equivalente farnutiano da varíola — replicou Wilson.

— É por isso que a gente foi vacinado — treplicou Schmidt.

— Eu queria pelo menos ter derramado a água na cabeça de alguém — disse Wilson.

— Isso não seria muito diplomático — disse Schmidt.

— E cuspir na *nossa cara* é? — Wilson ergueu a voz de leve.

— Sim, porque é desse jeito que eles fecham seus negócios — explicou Schmidt. — E também sabem que, quando um ser humano cospe na cara do outro ou derrama água em sua cabeça, o sentido não é o mesmo. Por isso nós elaboramos algo que todos concordaram ser simbolicamente aceitável. Nossa equipe preparatória demorou três semanas para bolar isso.

— Poderiam ter bolado um acordo em que os Farnutianos aprenderiam a *apertar as nossas mãos* — apontou Wilson.

— Até que *poderíamos* — concordou Schmidt. — Exceto pelo fato de que a gente precisa desse acordo comercial muito mais do que eles, por isso temos de jogar segundo suas regras. É por isso que as negociações estão sendo feitas em Farnut. É por isso que a embaixadora Abumwe aceitou um acordo que é ruim para a gente a curto prazo. É por isso que ficamos em pé ali, levamos uma cuspida na cara e agradecemos no final.

Wilson olhou para a frente, na direção da parte dianteira da nave de transporte, onde estava sentada a embaixadora com suas principais assistentes. Schmidt não ligava muito para ser incluído, e Wilson com certeza também não. Os dois ficaram sentados no fundo, nos assentos mais chinfrins.

— Ela fez um mau negócio? — perguntou.

— *Mandaram* ela fazer um mau negócio — explicou Schmidt, olhando também para a embaixadora. — Sabe aquela blindagem defensiva que você treinou a equipe deles a usar? A gente ofereceu em troca de produtos agrícolas. Frutas. A gente não precisa das frutas deles. A gente nem consegue comer essas frutas. Provavelmente vamos pegar tudo que nos derem e usar para produzir etanol ou algo sem sentido assim.

– Então por que é que a gente fez esse acordo? – perguntou Wilson.

– Mandaram a gente pensar isso tudo em termos de um "gancho comercial"– disse Schmidt. – Algo para fazer os Farnutianos se abrirem para conseguirmos uns acordos melhores mais tarde.

– Fantástico – comentou Wilson. – Estou ansioso para levar outra cuspida no futuro.

– Não – disse Schmidt, se acomodando de volta no assento. – Não seremos nós a voltar.

– Ah, que legal – falou Wilson. – A gente entra em todas as missões diplomáticas cagadas e depois que fazemos o trabalho sujo, outra pessoa chega para receber os louros.

– Você fala como se não botasse fé – Schmidt disse a Wilson. – Vamos lá, Harry. Faz tempo que você está com a gente. Já viu o que acontece. As missões que recebemos ou são de baixo nível ou daquelas que, caso fracassem, são fáceis de botar a culpa na gente e não nas ordens que recebemos.

– E esta missão foi de qual tipo? – perguntou Wilson.

– Dos dois – respondeu Schmidt. – E a próxima também.

– O que me leva de volta àquela minha questão do meu carma – disse Wilson.

– Você deve ter feito churrasquinho de gato – disse Schmidt. – E o restante de nós provavelmente estava lá também, com os espetos.

– Quando eu entrei nas FCD, o mais provável era só colocarem a gente para atirar nos Farnutianos até eles entregarem o que queríamos – disse Wilson.

– Ah, sim, os bons e velhos tempos – respondeu Schmidt, com um tom sarcástico, e depois deu de ombros. – Aquilo era o passado. Isto é o presente. Já perdemos a Terra, Harry. Agora a gente precisa aprender a se virar.

– Temos uma curva de aprendizado tensa aí – comentou Wilson, após um minuto.

– Correto – concordou Schmidt. – Fique feliz que não vai ser você o professor.

3_

[Preciso ver você], foi a mensagem que o coronel Abel Rigney enviou à coronel Liz Egan, o contato das FCD com o secretário de Estado. Ele estava se dirigindo até o conjunto de escritórios dela na Estação Fênix.

[Estou um pouco ocupada no momento], foi a resposta que Egan enviou de volta.

[É importante], Rigney enviou.

[O que eu estou fazendo agora também é importante], replicou Egan.

[Isto é mais importantoso], enviou Rigney.

[Bem, se você coloca nesses termos], respondeu Egan.

Rigney sorriu e mandou a mensagem: *[Estarei no seu escritório em dois minutos]*.

[Eu não estou lá], replicou Egan. *[Vá para o complexo de conferências do Departamento de Estado. Estou no Anfiteatro 7.]*

[O que está fazendo aí?], enviou Rigney.

[Assustando criancinhas], respondeu Egan.

Três minutos depois, Rigney estava entrando pelos fundos do Anfiteatro 7. Era um espaço escuro e os assentos estavam ocupados pelos membros de nível intermediário das forças diplomáticas da União Colonial.

Rigney tomou um assento nas fileiras superiores e olhou para o rosto das pessoas ao seu redor. Havia nelas uma expressão um tanto soturna. Lá embaixo, no assoalho do anfiteatro, estava a coronel Egan, em pé, com um monitor tridimensional, desligado, atrás de si.

Rigney enviou a mensagem: *[Estou aqui]*.

[Então consegue ver que eu estou trabalhando], respondeu ela. *[Cale a boca e me dê um minuto.]*

O que Egan estava fazendo era escutar o palavrório de um dos diplomatas de nível intermediário, no que ele discursava daquele jeito típico, vagamente condescendente dos diplomatas quando estão diante de alguém que presumem estar abaixo de si. Rigney, sabendo que, em sua vida prévia, Egan tinha sido a CEO de um império midiático considerável, se acomodou para assistir ao espetáculo.

– Não discordo que a nova realidade de nossa situação seja desafiadora – dizia o diplomata. – Mas não estou inteiramente convencido de que a situação seja tão insolúvel quanto sua avaliação sugere.

– É o que o senhor pensa, sr. DiNovo? – respondeu Egan.

– Creio que sim, de fato – disse o diplomata de nome DiNovo. – A raça humana sempre foi minoria aqui. Mas conseguimos manter o nosso lugar no panorama geral. Houve mudanças em pequenos, porém importantes, detalhes, mas as questões fundamentais continuam as mesmas, em sua maior parte.

– É mesmo? – disse Egan. O monitor atrás dela foi acionado, representando um campo estelar que girava lentamente e que Rigney reconheceu como a vizinhança interestelar local. Uma série de estrelas piscava em azul. – Para recapitularmos. Todos os sistemas estelares que contêm planetas humanos. A União Colonial. E aqui estão todos os sistemas estelares com outras raças inteligentes e capazes de viagem espacial.

O diagrama ficou vermelho no que alguns milhares de estrelas mudaram de cor para demonstrar suas lealdades.

– Não é diferente daquilo com que sempre tivemos de lidar – disse o diplomata chamado DiNovo.

– Esta é uma opinião equivocada – disse Egan. – Esse mapa estelar é enganoso, e o senhor não parece se dar conta disso, sr. DiNovo. Tudo que aparece aqui em vermelho são pontos que *costumavam* representar centenas de raças individuais, todas as quais, assim como a raça humana, precisavam combater ou negociar com as outras raças que encontrassem. Algumas eram mais fortes do que outras, mas nenhuma delas tinha força substancial, nem vantagem tática sobre a maioria. Havia civilizações demais, todas muito próximas uma da outra para qualquer uma liderar a disputa pelo poder.

Egan continuou:

– Isso foi bom para nós porque possuíamos uma vantagem sobre as outras raças. – Atrás dela, um sistema estelar azul, um tanto isolado do arco principal de sistemas humanos, começou a brilhar com um tom mais forte. – Tínhamos a Terra, que fornecia à União Colonial dois recursos cruciais: colonos, com os quais podíamos rapidamente povoar os planetas que tomávamos, e soldados, que podíamos usar para defender esses planetas e garantir mundos adicionais. Dentre esses dois recursos, a Terra fornecia à União Colonial uma quantidade maior do que seria politicamente viável obter a partir dos mundos colonizados, o que permitiu à União Colonial uma vantagem tática e estratégica e possibilitou que a humanidade chegasse muito perto de dominar a ordem política existente em nossa região do espaço.

– São vantagens que ainda podemos explorar – DiNovo começou a responder.

– Outro equívoco – disse Egan. – Porque agora houve duas mudanças críticas. Em primeiro lugar, há o Conclave. – Aqui, dois terços das estrelas até então vermelhas ficaram amarelas. – Ele foi formado de quatrocentas raças alienígenas que até então combatiam entre si, mas que agora agem como uma única entidade política, capaz de aplicar suas doutrinas pela pura força da própria massa. O Conclave não permite a raças não afiliadas que continuem avançando com projetos de colonização, mas não impede que essas raças se ataquem mutuamente em busca de recursos, por motivos de segurança ou antigas vinganças. Por isso a União Colonial ainda precisa lidar com duzentas raças alienígenas que visam seus planetas e suas naves.

E ela concluiu:

– Em segundo lugar, temos a Terra. Graças às ações dos antigos líderes da colônia de Roanoke, John Perry e Jane Sagan, a Terra suspendeu, pelo menos temporariamente, suas relações com a União Colonial. A população terrestre agora acredita que estamos há décadas atrasando o desenvolvimento político e tecnológico do planeta a fim de explorá-lo para obter colonos e soldados. A realidade é mais complicada, mas como ocorre com a maioria dos seres humanos, as pessoas na Terra preferem a resposta simples. E a resposta mais simples é a de que a União Colonial está passando a perna em todo mundo por lá. Eles não confiam em nós. Não querem nada conosco. Pode levar anos até mudarem de ideia.

– O meu argumento é o de que, mesmo sem a Terra, ainda temos vantagens – disse DiNovo. – A União Colonial tem uma população de bilhões em dúzias de planetas, todos ricos em recursos.

– E o senhor acredita que os mundos coloniais poderiam substituir os colonos e soldados que a União Colonial até recentemente recebia da Terra... – concluiu Egan.

– Não quero dizer que não vão reclamar – disse DiNovo –, mas sim, poderiam.

– Coronel Rigney – disse Egan, enunciando o nome do compatriota, mas mantendo os olhos em DiNovo.

– Sim – respondeu Rigney, surpreso em ser chamado. Todas as cabeças do anfiteatro se voltaram para ele.

– Você e eu estivemos na mesma turma de recrutamento – disse Egan.

– Correto – disse Rigney. – Nós nos conhecemos a bordo da *Américo Vespúcio*. Foi a nave que nos levou da Terra até a Estação Fênix. Faz quatorze anos.

– Você lembra quantos recrutas havia a bordo da *Vespúcio*? – perguntou Egan.

– Lembro que o representante das FCD nos disse haver mil e quinhentos recrutas – respondeu Rigney.

– E quantos de nós ainda estão vivos? – perguntou Egan.

– Oitenta e nove – disse Rigney. – Sei disso porque um de nós morreu na semana passada e eu recebi a notificação. Foi o major Darren Reith.

– Então, uma taxa de fatalidade de 91% ao longo de quatorze anos – concluiu Egan.

– Isso mesmo – confirmou Rigney. – A estatística oficial que as FCD revelam aos recrutas é a de que, em dez anos de serviço, a taxa de fatalidade é de 75%. Pela minha experiência, eles arredondaram para baixo. Após dez anos, os recrutas têm a oportunidade de pedir exoneração do serviço, mas muitos preferem continuar. – Rigney complementou pensando: *Porque, né, quem é que quer começar a envelhecer novamente?*, mas não disse.

– Senhor DiNovo – disse Egan, voltando sua atenção plena ao diplomata –, acredito que seja originalmente da colônia de Rus, correto?

– Correto – confirmou DiNovo.

– Ao longo da história inteira da colônia, de 120 anos, a União Colonial jamais pediu a Rus para que lhe fornecesse soldados – disse Egan. – Quero que me diga como o senhor acredita que a colônia vai reagir quando for informada pela União Colonial que ela vai exigir (não pedir, *exigir*) anualmente o recrutamento de cem mil cidadãos para as Forças Coloniais de Defesa e que, ao término de dez anos, 75% desses recrutas estarão mortos. Quero que o senhor me diga como os cidadãos de Rus vão reagir quando descobrirem que parte do trabalho inclui suprimir rebeliões em colônias, o que acontece com mais frequência do que a União Colonial gostaria de admitir. Será que os recrutas de Rus gostariam de atirar contra o próprio povo? Estariam dispostos? O *senhor* estaria disposto, sr. DiNovo? Já está com seus cinquenta anos. Não está tão distante da idade de recrutamento das FCD. Está pronto para lutar e muito provavelmente morrer pela União Colonial? Porque o senhor é, em si mesmo, a *vantagem* que afirma que nós possuímos.

DiNovo nada tinha a dizer quanto a isso.

– Eu venho dando essas palestras às forças diplomáticas já faz um mês – continuou Egan, afastando o olhar das feições silenciadas de DiNovo e varrendo o anfiteatro com os olhos. – Em todas as apresentações tem alguém como o sr. DiNovo aqui argumentando que a situação em que nos encontramos não é tão ruim. Assim como ele, essas pessoas estão erradas. As Forças Coloniais de Defesa perdem um número estarrecedor de soldados todos os anos, e é assim há mais de dois séculos. Nossas colônias em desenvolvimento não conseguem crescer até um tamanho grande o suficiente para evitar a extinção só pela procriação. A existência do Conclave mudou a matemática da sobrevivência humana de modos que não conseguimos imaginar. A União Colonial conseguiu sobreviver e vingar porque explora a abundância de humanos na Terra, uma abundância que sempre nos foi gratuita e que não possuímos mais. E não temos tempo para desenvolver esse superávit dentro do sistema e da população da União Colonial.

– Qual o tamanho do buraco em que a gente está, então? – Rigney se ouviu perguntar. Estava igualmente surpreso em ouvir a própria voz.

Egan lhe lançou um olhar de relance, depois voltou a atenção para a multidão:

– Se as coisas continuarem como estão, com base nas taxas históricas de fatalidade das FCD, em três anos não teremos efetivo suficiente para defender nossas colônias contra agressões predatórias e genocidas de outras raças – disse ela. – A partir daí, nossa melhor estimativa é a de que a União Colonial, enquanto entidade política, deverá entrar em colapso dentro de cinco a oito anos. Sem a estrutura protetora mais ampla da União Colonial, todos os planetas humanos remanescentes serão atacados e aniquilados dentro de vinte anos. O que significa, senhoras e senhores, que a partir deste exato momento a raça humana está a trinta anos da extinção.

Recaiu um silêncio sepulcral no anfiteatro.

– O motivo pelo qual eu lhes digo isso não é para vocês irem para casa e abraçarem seus filhos – continuou Egan. – O motivo é que, há mais de duzentos anos, o Departamento de Estado tem sido o apêndice vermiforme da União Colonial. Um detalhe insignificante dentro da estratégia agressiva de defesa e expansão da UC. – Aqui ela voltou a encarar DiNovo. – Uma bela sinecura para guardarmos nossas mediocridades, onde não podem fazer mal algum. Bem, tudo isso muda agora. A União Colonial não consegue mais bancar o nosso estilo de vida. Não temos os recursos e não temos gente para isso. Então, de agora em diante, o Departamento de Estado tem duas missões. A primeira: trazer a Terra de volta, para nossa vantagem mútua. A segunda: sempre que possível, evitar conflitos com o Conclave e as raças alienígenas não afiliadas. A diplomacia é o melhor modo de fazer isso acontecer.

E concluiu:

– O que isso significa, senhoras e senhores, é que, de agora em diante, o Departamento de Estado da União Colonial tem uma importância real. E *vocês*, meus amigos, vão ter que começar a justificar o seu salário.

– Você sempre massacra alguém como massacrou DiNovo? – perguntou Rigney. O Anfiteatro 7 estava vazio naquele momento, e os diplomatas de nível intermediário haviam saído, arrastando os pés e reclamando entre si. Egan e ele estavam próximos ao monitor, mais uma vez desligado.

– Em geral sim – respondeu Egan. – DiNovo me fez um favor, na verdade. Pois, para cada um que é burro o suficiente para abrir a boca, tem mais ou menos uns cinquenta iguais que mantêm a matraca fechada e pretendem ignorar o que eu tenho a dizer. Assim consigo transmitir bem a mensagem para todos. Desse jeito, há um número marginalmente maior de diplomatas que vai me dar ouvidos.

– Você acha mesmo que eles são um bando de medíocres, então – comentou Rigney.

– Nem todos – disse Egan. – Só a maioria. E com certeza aqueles com quem *eu* tenho de lidar. – Ela gesticulou para o anfiteatro vazio. – Essas pessoas são engrenagens. Estão estacionadas aqui, engavetando a papelada. Se fossem bons no que fazem, estariam lá fora no universo. Os que estão lá fora de fato são as equipes classe A... Porra, até as equipes classe B também. Os que ficaram aqui são da letra C até a K.

– Então você não vai gostar desta notícia – anunciou Rigney. – Uma pessoa classe A desapareceu.

Egan franziu o cenho e perguntou:
– Qual?
– A equipe da embaixadora Bair – disse Rigney. – Junto, devo acrescentar, de uma de nossas fragatas, a *Polk*.

Egan ficou em silêncio por um momento, enquanto processava as notícias.

– Quando foi que isso aconteceu? – perguntou, enfim.
– Faz dois dias desde que um drone de salto nos foi enviado de volta da *Polk* – disse Rigney.

– E você só me fala disso agora? – retrucou Egan.
– Eu teria contado antes, mas você queria que eu ficasse assistindo enquanto assustava criancinhas – rebateu Rigney. – E o nosso padrão para alarme é dois dias sem contato via drone, ainda mais em missões como essa, que deveriam ser secretas. Eu vim encontrar você assim que confirmamos os dois dias fora do ar.

– O que a sua missão de busca descobriu? – perguntou Egan.

— Não teve missão de busca — respondeu Rigney, cruzando o olhar com o de Egan. — Já foi difícil o suficiente negociarmos uma fragata militar para a missão. Se os Utches derem as caras e virem diversas naves militares na área, sem um único diplomata, tudo vai pelos ares.

— Drones de reconhecimento, então — concluiu Egan.

— Claro — concordou Rigney. — Tudo está numa etapa preliminar ainda, porque os drones acabaram de chegar, mas não acharam nada até agora.

— Você enviou os drones ao sistema correto? — perguntou Egan.

— Faça-me o favor, Liz — respondeu Rigney.

— Perguntar não faz mal — disse Egan.

— Enviamos os drones para o sistema correto — confirmou Rigney. — Enviamos a *Polk* até o sistema correto. O sistema Danavar é onde os Utches queriam fazer o encontro.

Egan assentiu.

— Um sistema só de gigantes gasosos e luas sem atmosfera. Ninguém vai pensar em procurar por lá. É perfeito para negociações secretas.

— Aparentemente não tão secretas — comentou Rigney.

— Você presume que a *Polk* teve um fim terrível — falou Egan.

— Nossas fragatas não têm um histórico de evaporarem aleatoriamente — disse Rigney. — Mas quem ou o que quer que tenha feito isso não está mais no sistema Danavar. Não há nada lá além de planetas e luas e uma grande estrela amarela.

— Já comunicamos os Utches quanto a isso? — perguntou Egan.

— Não contamos para ninguém — disse Rigney. — Fora do comando, você é a primeira pessoa a saber. Não contamos nem para a sua chefe ainda que a equipe dela desapareceu. Imaginamos que era melhor você dar a notícia pessoalmente.

— Obrigada — disse Egan, com um tom de voz seco. — Mas é certo que os Utches devem ter reparado que não há ninguém lá negociando um tratado com eles.

— A *Polk* chegou com três dias de antecedência — disse Rigney.

— Por quê? — perguntou Egan.

— Supostamente, para dar à equipe de Bair tempo para se preparar, longe das distrações da Estação Fênix — respondeu Rigney.

— E na realidade? — perguntou Egan.

– Na realidade, para garantir que fizéssemos preparativos militares para uma retirada imediata, se necessário – disse Rigney.

– Isso me parece drástico – comentou Egan.

– Você deve lembrar que os Utches nos deram uma surra em três dos últimos cinco confrontos militares que tivemos com eles – esclareceu Rigney. – Só porque vieram nos procurar para essa aliança não significa que possamos confiar neles plenamente.

– E você não acha que os Utches possam ter descoberto os problemas de confiança da uc? – perguntou Egan.

– Temos quase certeza de que eles descobriram, sim – disse Rigney. – Em parte porque deixamos avisado que iríamos chegar cedo. A sua chefe assinou embaixo dessa historinha para boi dormir, mas não vamos presumir que os Utches sejam idiotas. Era um sinal para nós do quanto desejavam essa aliança a ponto de estarem dispostos a nos dar uma vantagem tática.

– Você já processou a possibilidade de os Utches terem abatido a *Polk* em pleno voo – disse Egan.

– É óbvio – confirmou Rigney. – Mas eles foram tão transparentes conosco quanto fomos com eles, e para os pontos em que não foram, nós temos espiões. Isso é algo que teriam avisado. E nada do que os Utches estão fazendo indica pensarem que algo fora do normal está acontecendo. A missão diplomática deles vem numa nave chamada *Kaligm* e está a um dia da distância de salto.

Sobre esse último comentário, Egan não disse nada, preferindo ligar o monitor e se voltar para a tela. A Estação Fênix pairava ali, com um pedaço do planeta Fênix abaixo. Havia naves comerciais e das FCD flutuando a alguma distância da estação, cujos nomes pairavam em rótulos acima delas no monitor. Egan diminuiu a ampliação da imagem, e tanto a Estação Fênix como o planeta encolheram até virarem um único pontinho, levando consigo milhares de naves estelares que chegavam ou partiam da capital da União Colonial. Ela reduziu a imagem ainda mais até a representação, como pontinhos, de dúzias de naves, cada uma delas avançando até uma área suficientemente plana do espaço-tempo para fazer um salto. Egan começou a puxar informações de algumas delas, espalhando no monitor os manifestos das tripulações.

– Beleza, eu desisto – disse Rigney, após vários minutos disso. – Me diz logo o que você está fazendo.

– A embaixadora Bair não está numa equipe classe A – disse Egan, ainda vasculhando os manifestos. – Ela está na nossa equipe classe A+. Se foi convocada para a negociação, então essa missão é uma prioridade de fato, não apenas uma punheta diplomática sigilosa.

– Certo – disse Rigney. – E daí?

– E daí que você não conhece a secretária Galeano como eu – disse Egan, citando por nome a chefe da Secretaria de Estado. – Se eu entrar no escritório dela, contar que uma de suas melhores diplomatas e a equipe inteira dela provavelmente estão mortas e que a missão foi, portanto, um completo fracasso, e eu não tiver um plano B em ação e pronto para ser implementado, as coisas vão ficar muito feias, de fato. Eu vou perder o emprego, *você* provavelmente vai perder o emprego só por ser o mensageiro, e a secretária vai se desdobrar em duas para garantir que os próximos cargos para nós dois sejam em algum lugar onde a expectativa de vida pode ser medida num temporizador de forno.

– Que pessoa bacana – comentou Rigney.

– Ela é perfeitamente amável – disse Egan. – Até você pisar na bola com ela. – O monitor, que estava repassando naves e manifestos, de repente parou numa única nave. – Aqui.

Rigney ergueu o olhar para a imagem e perguntou:

– O que é isso?

– É a equipe B – disse Egan.

– A *Clarke*? – perguntou Rigney. – Não conheço esta nave.

– Ela lida com várias missões diplomáticas de baixo nível – esclareceu Egan. – Sua diplomata-chefe é uma mulher chamada Abumwe. – Então a imagem de uma mulher de pele negra e olhar severo começou a pairar na tela. – Sua negociação mais significativa foi com os Korbas, há alguns meses. Ela os impressionou ao mandar um oficial das FCD designado para sua nave lutar com um dos soldados deles e perder de um modo diplomaticamente significativo.

– Interessante – disse Rigney.

– Sim, mas não foi só obra dela – disse Egan, e as imagens de dois homens apareceram, um dos quais era verde. – A luta foi armada por um de seus adjuntos, Hart Schmidt. Foi o tenente Harry Wilson quem lutou.

– Então, por que essa gente? – perguntou Rigney. – O que faz com que sejam as pessoas certas para assumirem essa missão?

– Dois motivos – disse Egan. – O primeiro é que Abumwe foi parte de uma embaixada enviada aos Utches há três anos. Na época não deu em nada, mas ela tem experiência em lidar com eles. O que significa que pode se inteirar rapidamente. O segundo – e aqui ela puxou a imagem para mostrar a *Clarke* no espaço – é que a *Clarke* está a dezoito horas da distância necessária para o salto. Abumwe e sua equipe ainda conseguem chegar ao sistema Danavar antes dos Utches e participar das negociações ou, no mínimo do mínimo, nos permitir arranjar uma segunda rodada de conversas. Não temos outra missão diplomática capaz de chegar lá a tempo.

– Vamos mandar a equipe B porque pouca coisa é melhor do que nada – concluiu Rigney.

– Abumwe e sua equipe não são incompetentes – disse Egan. – Só não seriam a primeira opção. Mas agora estamos com poucas opções.

– Certo – disse Rigney. – Você vai mesmo vender esse peixe para a sua chefe, então.

– A não ser que você tenha uma ideia melhor – disse Egan.

– Na verdade, não – disse Rigney, franzindo o cenho por um momento. – Apesar que...

– Apesar que o quê? – perguntou Egan.

– Me mostra de novo o sujeito das FCD – pediu Rigney.

Egan abriu a imagem do tenente Harry Wilson de volta no monitor e perguntou:

– O que tem ele?

– Ele ainda está a bordo da *Clarke*? – perguntou Rigney.

– Sim – disse Egan. – É o assistente técnico. Algumas das missões recentes da *Clarke* contavam com armamentos e tecnologias militares como parte das negociações. Ele está a bordo para treinar o pessoal no manejo das máquinas que oferecemos. Por quê?

– Acho que pensei num jeito de facilitar para a secretária Galeano engolir esse plano da equipe B – disse Rigney. – E para os meus chefes também.

4_

Wilson reparou na expressão no rosto de Schmidt quando ergueu o olhar e o viu ao lado da porta da sala de conferências da embaixadora Abumwe.

– Não precisa parecer *tão* chocado – disse Wilson, com um tom de voz seco.

– Desculpa – disse Schmidt, abrindo caminho para deixar os outros membros do contingente diplomático da *Clarke* entrarem.

Wilson fez um gesto de "deixa pra lá" e disse:

– Geralmente não me incluem tão cedo nas discussões. Não faz mal.

– Você sabe do que se trata? – perguntou Schmidt.

– Deixa eu repetir: geralmente não me incluem tão cedo nas discussões – afirmou Wilson.

– Entendi – respondeu Schmidt. – Bem, vamos lá, então? – E os dois entraram na sala.

A sala de conferências estava apinhada, como todo o resto da *Clarke*. Os oito assentos da mesa já estavam preenchidos, e a embaixadora Abumwe observou Schmidt e Wilson feito uma coruja enquanto os dois entravam na sala. Eles assumiram suas posições, escorando-se na parede oposta.

– Agora que está todo mundo aqui – começou ela, com um olhar penetrante voltado para Wilson e Schmidt –, vamos começar. O Departamento de Estado, em toda sua sabedoria, decidiu que nossa presença não é mais necessária em Vinnedorg.

Resmungos começaram a circular em torno da mesa.

– Para quem vão repassar o nosso serviço desta vez? – perguntou Rae Sarles.

– Ninguém – disse Abumwe. – Nossos superiores aparentemente estão com a impressão de que essas negociações vão se resolver num passe de mágica, sem a presença da UC.

– Isso não faz sentido algum – disse Hugh Fucci.

– Obrigada por me informar disso, Hugh – respondeu Abumwe. – Creio que eu não conseguiria ter chegado a essa conclusão por conta própria.

– Peço desculpas, embaixadora – disse Fucci, dando para trás. – O que eu quero dizer é que já vai fazer mais de um ano que nos colocaram para trabalhar nessas negociações com os Vinnies. Não entendo por que arriscar interrompendo o que já fizemos.

– E é por isso que estamos tendo esta reuniãozinha hoje – respondeu Abumwe e depois gesticulou com a cabeça para sua assistente, Hillary Drolet, que pressionou algo na tela do seu tablet. – Se vocês acessarem suas caixas de entrada, encontrarão as informações sobre a nossa nova missão.

Todo mundo na mesa, incluindo Schmidt, acessou os respectivos tablets PDAs, e Wilson, seu BrainPal, encontrando o documento na caixa de entrada e fazendo correr os dados no canto inferior do seu campo de visão.

– Os Utches? – perguntou Nelson Kwok, um minuto depois. – Por acaso a UC já negociou de fato com eles antes?

– Eu fui parte de uma missão com eles três anos atrás, antes de assumir este cargo – disse Abumwe. – Na época, não parecia que ia dar em nada. Mas aparentemente estamos negociando debaixo dos panos com eles desde o ano passado, mais ou menos.

– E quem chefia essa missão? – perguntou Kwok.

– Sara Bair – respondeu Abumwe.

Wilson reparou que todos olharam para a embaixadora assim que ela pronunciou esse nome. Quem quer que fosse, essa tal de Sara Bair claramente era uma estrela.

– Por que ela não está nessa negociação? – perguntou Sarles.

– Eu não poderia lhe dizer – disse Abumwe. – Mas ela e a sua equipe não estão, e agora nós vamos assumir.

– Que pena para ela – comentou Fucci, e Wilson viu sorrisinhos em torno da mesa. Ficar com as migalhas dessa tal de Bair era melhor do que a missão original da *Clarke*, pelo visto. Mais uma vez, Wilson se perguntou quais caprichos do destino o levaram a bordo da *Clarke*, para se unir a esse grupo malquisto de fracassados. Ele não conseguia não reparar que a única pessoa na mesa que não estava sorrindo diante da ideia de assumir as negociações com os Utches era a própria Abumwe.

– Há muitas informações neste pacote – disse Schmidt. Ele mexia na tela do PDA e corria o texto. – Quantos dias até começarmos a negociar?

E foi então que Abumwe sorriu, embora um sorrisinho perceptivelmente tênue e desprovido de qualquer humor.

– Vinte horas.

Houve um silêncio sepulcral.

– Você está de brincadeira – disse Fucci.

Abumwe lhe lançou um olhar que indicava claramente ter chegado ao limite da sua paciência com ele por aquele dia. Fucci foi sábio e não se pronunciou mais.

– Por que a pressa? – perguntou Wilson. Ele sabia que Abumwe não gostava dele, por isso não ia fazer mal perguntar aquilo que as outras pessoas queriam saber, mas estavam com medo demais para questionar.

– Eu não saberia dizer – disse Abumwe, com calma, olhando-o brevemente e depois desviando a atenção para sua equipe. – E mesmo que soubesse, o motivo não importaria para o que temos de fazer agora. Temos dezesseis horas até o nosso salto e quatro horas após isso até o horário combinado para a chegada dos Utches. Depois, estaremos operando pela agenda deles. Pode ser que queiram marcar uma reunião imediatamente, pode ser que queiram se reunir no dia seguinte. Estaremos partindo do pressuposto de que querem uma reunião imediata. O que significa que temos as próximas doze horas para nos atualizarmos. Depois disso, teremos sessões de planejamento antes e depois do salto. Espero que vocês tenham dormido bem nos últimos dois dias, porque de agora em diante ninguém mais dorme. Alguma dúvida?

Não houve nenhuma.

– Que bom – comentou Abumwe. – Acredito que não preciso dizer para vocês que, se essas negociações correrem bem, vai ser bom para nós. Para todos nós. Se correrem mal, então vai ser ruim; também para todos nós. Mas vai ser especialmente ruim para quem quer que, dentre vocês, não esteja a par de tudo e acabe prejudicando a equipe. Preciso que estejamos entendidos quanto a isso.

Eles estavam.

– Tenente Wilson, gostaria de ter uma palavrinha com você – disse Abumwe, enquanto a sala começava a esvaziar. – Você também, Schmidt.

A sala estava vazia, exceto pela embaixadora, Hillary Drolet, Schmidt e Wilson.

– Por que você me perguntou o motivo da pressa? – Abumwe o interrogou.

Wilson fez um esforço consciente para não deixar transparecer no rosto o pensamento de *vim parar na berlinda por causa disso?*

– Porque todos queriam saber, senhora, mas ninguém queria perguntar.

– Porque sabiam que não era uma boa ideia – disse Abumwe.

– Talvez exceto pelo Fucci, mas sim, senhora – disse Wilson.

– Mas você não sabia – comentou Abumwe.

– Ah não, eu sabia também – disse Wilson. – Mas ainda assim pensei que alguém deveria perguntar.

– Hmmm – disse Abumwe. – Tenente, o que lhe parece o fato de termos vinte horas para nos prepararmos para esta negociação?

– Isso é um pedido para que eu especule, senhora? – perguntou Wilson.

– É bastante óbvio o que estou pedindo – rebateu Abumwe. – Você é das Forças Coloniais de Defesa. Sem dúvida, tem uma perspectiva militar quanto a isso.

– Faz anos, senhora, que não chego nem perto de um combate real – disse Wilson. – Estou com a equipe de Pesquisa e Desenvolvimento das FCD há anos, mesmo antes de me emprestarem à senhora e à *Clarke* para ser a consultoria tecnológica.

– Mas você *ainda é* das FCD, correto? – confirmou Abumwe. – Ainda tem a pele verde e o computador na cabeça. Imagino que, se cavar fundo, talvez ainda tenha a habilidade de olhar para as coisas sob uma perspectiva militar.

– Sim, senhora – respondeu Wilson.

– Então me dê a sua análise – exigiu Abumwe.

– Alguém cagou no pau – disse Wilson.

– Como é? – disse Abumwe. Wilson reparou que Schmidt de repente parecia mais pálido do que o normal.

– Cagou no pau – repetiu Wilson. – Pisou na bola. Fodeu com a porra toda. Pode escolher sua expressão favorita para quando dá merda. Não é preciso experiência militar para enxergar, todo mundo nesta sala pensou a mesma coisa. O que quer que Sara Bair e sua equipe tinham que fazer, eles vacilaram, e por qualquer motivo a União Colonial precisa tentar salvar o que restou, por isso a senhora e sua equipe são um substituto de última hora, último recurso.

– E por que nós? – perguntou Abumwe.

– Porque a senhora é boa no que faz – disse Wilson.

O sorrisinho tênue de Abumwe estava de volta.

– Se eu quisesse puxação de saco, tenente, eu teria perguntado para o seu amiguinho aqui – disse ela, gesticulando com a cabeça na direção de Schmidt.

– Sim, senhora – disse Wilson. – Neste caso, eu chutaria que é porque estamos próximos o suficiente para fazer o salto, o que facilita nossa mudança de rota. Além disso, tem a sua experiência prévia com os Utches e o fato de que, se fracassarmos, o que é bem provável, porque a senhora foi uma substituição de última hora, a sua posição na hierarquia diplomática é baixa o bastante para poderem botar a culpa na sua incompetência. – Aqui Wilson olhou para Schmidt, que parecia estar prestes a implodir. – Pare com isso, Hart – disse ele. – Ela pediu.

– De fato, eu pedi – disse Abumwe. – E você tem razão, tenente. Mas só meia razão. O outro motivo de eles terem nos escolhido foi *você*.

– Como é? – disse Wilson, agora inteiramente confuso.

– Sara Bair não fracassou em sua empreitada, ela desapareceu – explicou Abumwe. – Junto com o restante da missão diplomática e uma fragata das FCD chamada *Polk*. Todos eles. Desapareceram. Nenhum vestígio.

– Isso não é bom – falou Wilson.

– Mais uma vez afirmando o óbvio – disse Abumwe.

– Em que sentido eu tenho qualquer importância aqui, senhora? – perguntou Wilson.

– Eles não acham que a *Polk* simplesmente desapareceu, mas que foi destruída – disse Abumwe. – E precisam que você procure a caixa-preta.

– Caixa-preta? – perguntou Schmidt.

– Um gravador de dados – esclareceu Wilson. – Se a *Polk* foi destruída e a caixa-preta sobreviveu, então ela poderia nos dizer o que aconteceu com a nave e quem foi que a abateu.

– E não daria para encontrar sem você? – perguntou Schmidt.

Wilson balançou a cabeça, em negativa.

– Elas são pequenas e não enviam um sinal de localização a não ser que sejam contatadas com um sinal criptografado, específico para aquela nave. É criptografia militar. É preciso ter uma habilitação de segurança altíssima para isso. Eles não entregam essas coisas para qualquer um, e muito menos para alguém fora das FCD. – Ele voltou sua atenção para Abumwe. – Mas também não entregam de bandeja para tenentes aleatórios.

– Então temos sorte de você não ser só um tenente aleatório – comentou Abumwe. – Me disseram que, no seu histórico de serviço, você parece já ter tido uma habilitação de segurança altíssima.

– Eu fui parte de uma equipe que pesquisava a segurança do BrainPal – esclareceu Wilson. – De novo, já faz anos. Não tenho mais esse nível de habilitação.

– Você não tinha – corrigiu Abumwe, gesticulando com a cabeça para a assistente, que mais uma vez pressionou alguma coisa no PDA. Wilson imediatamente identificou uma luz de notificação na visão periférica. – Agora tem.

– Certo – disse Wilson, devagar, revistando os detalhes da habilitação de segurança. Ele se pronunciou depois de um momento: – Embaixadora, acho que a senhora deveria ficar sabendo que essa habilitação vem acompanhada de um nível de autoridade executiva que, tecnicamente, significa que posso dar ordens à tripulação da *Clarke* para avançar na minha missão.

– Eu sugiro que você não tente exercer esse privilégio com a capitã Coloma – disse Abumwe. – Até agora ela não colocou ninguém do outro lado de uma câmara de ar, mas pode abrir uma exceção se você tentar lhe dar ordens.

— Vou manter isso em mente — disse Wilson.

— Pois mantenha — disse Abumwe. — Nesse meio-tempo, como você com certeza já se inteirou a esta altura, suas ordens são encontrar e decodificar a caixa-preta e descobrir o que aconteceu com a *Polk*.

— Entendido, senhora — disse Wilson.

— Os meus superiores deixaram implícito que você encontrar essa caixa-preta é tão ou mais importante quanto eu conseguir concluir uma negociação bem-sucedida com os Utches — esclareceu Abumwe. — Para esse propósito, eu lhe designei um assistente por ora. — Ela gesticulou na direção de Schmidt. — Não preciso dele. Ele é seu.

— Obrigado — disse Wilson, reparando que nunca tinha visto Hart mais constrangido do que naquele momento, ao ser considerado descartável por sua chefe. — Ele será útil.

— É melhor que seja — comentou Abumwe. — Porque, tenente Wilson, o aviso que dei à minha equipe vale duplamente para você. Se fracassar, esta missão fracassa, mesmo que a minha metade corra bem. O que significa que eu terei fracassado por sua causa. Posso estar numa posição baixa na hierarquia diplomática, mas ela é alta o suficiente para representar uma queda mortal para você, se eu o empurrar. — Ela olhou para Schmidt. — E você morre junto quando ele chegar ao chão.

— Entendido, senhora — disse Wilson.

— Que bom — falou Abumwe. — E mais uma coisa, tenente. Tente encontrar a caixa-preta antes que os Utches deem as caras. Se alguém estiver tentando nos matar, quero saber disso antes que os nossos parceiros de negociação cheguem.

— Farei o meu melhor — disse Wilson.

— O seu melhor fez você vir parar na *Clarke* — retorquiu Abumwe. — Faça melhor do que isso.

5

– Pare com isso, por favor – disse Wilson a Schmidt, enquanto estavam sentados no átrio da *Clarke*, passando em revista os dados do projeto.

Schmidt tirou os olhos do PDA e disse:

– Não estou fazendo nada.

– Você está hiperventilando – disse Wilson, com os olhos fechados, para se concentrar nos dados que o BrainPal estava transmitindo.

– Estou respirando de um jeito completamente normal – disse Schmidt.

– Você está respirando como um elefante sôfrego já faz vários minutos – disse Wilson, ainda sem abrir os olhos. – Continue assim e vai precisar de um saco de papel para respirar.

– Sim, bem – rebateu Schmidt. – Vá *você* ouvir da sua chefe que é descartável e veja como se sente.

– As aptidões sociais dela não são das melhores – concordou Wilson. – Mas você já sabia disso. E como meu *assistente*, preciso que de fato me seja útil. Então, pare de pensar na sua chefe e comece a pensar mais na *nossa* situação.

– Desculpa – disse Schmidt. – Também não estou inteiramente confortável com essa coisa de assistente.

– Prometo não pedir para você me buscar café – disse Wilson. – Não muito, pelo menos.

– Obrigado – disse Schmidt, com sarcasmo. Wilson resmungou e voltou para os seus dados. – Essa caixa-preta... – comentou Schmidt alguns minutos depois.

– O que tem ela? – perguntou Wilson.

– Você vai conseguir achar? – perguntou Schmidt.

Wilson abriu os olhos para responder.

– Depende. Você quer que eu seja otimista ou realista?

– Realista, por favor – pediu Schmidt.

– Provavelmente não – disse Wilson.

– Era mentira – disse Schmidt. – Eu quero a versão otimista.

– Tarde demais – respondeu Wilson, estendendo a mão como se estivesse apalpando uma bola imaginária. – Olha só, Hart. A "caixa-preta" em questão é uma pequena esfera escura do tamanho de uma toranja. A parte desse troço que contém os dados de memória é do tamanho de uma unha, e o resto consiste em um emissor de sinal de rastreamento e um gerador de campo de inércia, para evitar que caia num poço gravitacional, além de uma bateria para essas duas coisas funcionarem.

– Certo – disse Schmidt. – E daí?

– E daí que, primeiro de tudo, o negócio é pequeno e preto de propósito, para ser difícil de encontrar por qualquer um que não seja das FCD – explicou Wilson.

– Certo, mas você não vai procurar com os *olhos* – observou Schmidt. – Vai mandar um sinal. E ela vai reagir ao receber o sinal correto.

– Vai, se tiver energia – disse Wilson. – Mas é possível que não tenha. Estamos trabalhando com base na hipótese de que a *Polk* foi atacada. Se foi o caso, então é provável que tenha havido uma batalha. Se houve uma batalha, então a *Polk* provavelmente foi estraçalhada, com os pedacinhos voando para todos os lados por conta da energia adicional das explosões. É possível que a caixa-preta tenha gastado quase toda sua força tentando permanecer num lugar só. Nesse caso, quando mandarmos um sinal, não vamos receber resposta.

– Nesse caso, vai ter de procurar visualmente – acrescentou Schmidt.

– Isso – disse Wilson. – Então, de novo, uma toranjinha preta numa área de busca que, a esta altura, é um cubo com dezenas de milhares de quilômetros em cada lado. E a sua chefe quer que eu a encontre e examine antes que os Utches cheguem. Por isso, se não conseguirmos localizá-la dentro da primeira meia hora após o salto, provavelmente estaremos lascados. – Ele reclinou e fechou os olhos de novo.

– Você não parece atormentado pelo nosso fracasso iminente – comentou Schmidt.

– Não tem por que hiperventilar – disse Wilson. – E, em todo caso, não falei que *vamos* fracassar. É só o mais provável. Meu trabalho é aumentar as chances do nosso sucesso, que era o que eu estava fazendo antes da sua respiração sofrida começar a me distrair.

– E qual é o meu trabalho? – perguntou Schmidt.

– O seu trabalho é ir até a capitã Coloma e lhe dizer as coisas de que preciso, uma lista que eu acabei de mandar para o seu PDA – disse Wilson. – E faça isso de um jeito encantador, para que a nossa capitã se sinta uma parte valiosa do processo e não tenha a impressão de que está recebendo ordens de um tecnólogo das FCD.

– Ah, entendi – disse Schmidt. – Eu fiquei com a parte difícil.

– Não, você ficou com a parte *diplomática* – corrigiu Wilson, abrindo um dos olhos. – Boatos de que a diplomacia faz parte do seu treinamento. A não ser que queira que *eu* vá falar com ela enquanto *você* descobre o protocolo para vasculhar alguns milhões de quilômetros cúbicos de espaço atrás de um objeto do tamanho de um brinquedo.

– Eu vou lá falar com a capitã, então – disse Schmidt, pegando o PDA.

– Que ideia maravilhosa – disse Wilson. – Dou todo o meu apoio.

Schmidt sorriu e saiu da sala, enquanto Wilson fechou os olhos de novo, concentrando-se mais uma vez no próprio problema.

Estava mais calmo sobre a situação do que Schmidt, mas em parte era para conseguir que o amigo continuasse sendo útil. Hart ficava todo cheio dos tiques quando se estressava.

Na verdade, o problema fazia Wilson ficar mais perturbado do que ele deixava transparecer. Um dos cenários possíveis, que não quis descrever a Hart de modo algum, era o de a caixa-preta nem sequer existir. As informações sigilosas que Wilson possuía incluíam varreduras preliminares da região do espaço onde a *Polk* deveria estar. Quase não havia um campo de destroços, o que significava que, ou a nave foi atacada com tamanha violência que acabou vaporizada ou que quem quer que a tenha atacado reservou um tempinho adicional para atomizar qualquer pedaço restante maior que meio metro de comprimento. Em todo caso, não parecia que ia prestar.

Se a caixa-preta de fato *sobreviveu*, Wilson teria de trabalhar com base na suposição de que a bateria dela já estava inteiramente esgotada e que ela estava lá, flutuando quietinha e obscura no vácuo. Se a *Polk* estivesse mais perto dos planetas do sistema Danavar, ele teria uma chance minúscula de captar a caixa visualmente contra a esfera de um planeta, mas sua posição de salto no sistema planetário era distante o suficiente de qualquer um dos gigantes gasosos para que até mesmo uma abordagem desesperada estivesse fora de questão.

Então, a tarefa de Wilson era encontrar um objeto obscuro e silencioso que talvez nem sequer existisse num campo de destroços que quase não existia dentro de um cubo do espaço maior do que a maioria dos planetas terrestres.

Era um belo de um problema.

Wilson não queria admitir o quanto estava gostando daquilo. Tinha tido vários empregos ao longo de suas duas vidas – de peão de laboratório a professor de física do ensino médio a soldado a cientista militar até sua posição atual como técnico de campo –, mas em todos eles, uma de suas coisas preferidas era passar horas a fio atacando um problema quase insolúvel. Tirando o fato de que, desta vez, havia bem menos horas para atacar esse problema do que ele gostaria, estava se sentindo em casa.

O verdadeiro problema aqui é a caixa-preta em si, pensou Wilson, puxando as informações que possuía sobre os objetos. A ideia de um registro de dados de viagem já existia havia séculos, e a expressão "caixa-preta" ganhou espaço nas viagens aéreas da Terra. De modo irônico, quase nenhuma das "caixas-pretas" daquelas eras passadas de fato eram pretas – tipicamente vinham em cores berrantes para facilitar a localização. As FCD queriam que as suas caixas-pretas fossem localizadas, mas apenas pelas pessoas certas. Por isso elas eram tão pretas quanto possível.

– Caixa-preta, caixa negra, buraco negro, corpo negro – disse Wilson para si mesmo.

Seu BrainPal recebeu uma notificação – era Schmidt. Wilson abriu a conexão.

– Como está indo a diplomacia? – perguntou.

– Uh... – disse Schmidt.

– Já chego aí – respondeu Wilson.

A expressão no rosto da capitã Sophia Coloma deixava transparecer exatamente quem ela era, isto é, uma pessoa que não estava ali para aguentar merda de ninguém. Ela estava em pé na ponte de comando, toda imponente, os olhos fixos no portal pelo qual Wilson entrou. Neva Balla, a oficial executiva, estava ao seu lado, com uma expressão igualmente descontente. Do outro lado da capitã, estava Schmidt, cujo rosto expressava uma neutralidade artificial que atestava seu treinamento diplomático.

– Capitã – Wilson a saudou, prestando continência.

– Você quer uma nave de transporte – disse Coloma, ignorando a continência. – Quer uma nave de transporte, um piloto e acesso aos nossos sensores.

– Sim, senhora – confirmou Wilson.

– Você compreende que quer essas coisas exatamente agora que estamos para saltar rumo ao que é quase com certeza uma situação hostil, logo antes de negociações delicadas com uma raça alienígena? – perguntou Coloma.

– Sim – respondeu Wilson.

– Então pode me explicar por que eu devo priorizar suas necessidades acima das de qualquer outra pessoa a bordo desta nave? – perguntou Coloma. – Assim que saltarmos, precisarei varrer a área em busca de qualquer presença hostil. Preciso fazer uma varredura abrangente. Não vou deixar o único transporte da *Clarke* sair do compartimento antes de eu ter certeza absoluta de que não seremos abatidos em pleno voo.

– O sr. Schmidt explicou para você o meu nível atual de habilitação de segurança, imagino – disse Wilson.

– Sim – respondeu Coloma. – Também fui informada que a embaixadora Abumwe concedeu às suas necessidades um grau alto de prioridade. Mas, ainda assim, esta é minha nave.

– Senhora, está dizendo que está disposta a contrariar as ordens dos seus superiores? – perguntou Wilson, reparando que Coloma repuxou os lábios ao ouvi-lo. – Não falo por mim aqui. As ordens partiram de alguém muito acima de nós dois.

– Tenho toda a intenção de seguir as ordens – rebateu Coloma –, mas também pretendo segui-las quando forem razoáveis. O que significa esperar até eu garantir que estaremos a salvo e que a embaixadora e sua equipe estarão em segurança.

– No que diz respeito à varredura, é importante que o que você precisa fazer e o que eu preciso fazer coincidam – disse Wilson. – Compartilhe comigo os dados, que farei algumas das varreduras de que preciso e é isso. Essas minhas varreduras vão somar mais uma camada de segurança às suas.

– Farei isso depois das nossas varreduras-padrão – disse Coloma.

– Tudo bem – disse Wilson. – Agora, quanto ao transporte...

– Sem transporte, sem piloto – declarou Coloma. – Não até eu enviar Abumwe aos Utches.

Wilson negou com a cabeça.

– Eu vou precisar do transporte antes disso – disse ele. – A embaixadora me mandou encontrar e acessar a caixa-preta antes de ela se reunir com os Utches. Quer saber se há perigo não somente para nós, como para eles também.

– Ela não tem autoridade nessa questão – disse Coloma.

– Mas eu tenho, senhora, e concordo com ela – afirmou Wilson. – Precisamos saber tudo que pudermos antes que os Utches cheguem. Vai ser um balde d'água fria nas negociações se um de nós explodir. Ainda mais se pudéssemos ter evitado isso. Senhora.

Coloma se calou.

– Gostaria de fazer uma sugestão – disse Schmidt, após um minuto.

Coloma o encarou como se tivesse se esquecido de que ele estava ali. Perguntou:

– O que é?

– O motivo de precisarmos do transporte é para pegarmos a caixa-preta. Se não a encontrarmos, não vamos precisar dele. Se não a encontrarmos dentro da primeira hora, mais ou menos, então mesmo que a gente encontre, não conseguiremos buscá-la antes que os Utches cheguem, e aí você vai precisar do transporte para a equipe da embaixadora Abumwe. Então digamos que a gente deixe o transporte em modo de espera durante a primeira hora. Se a encontrarmos nesse prazo, depois que você estiver confiante de que a área está segura, a gente pode ir lá e buscar. Se encontrarmos depois disso, então esperamos você levar a equipe da embaixadora até os Utches.

— Para mim, serve — disse Wilson. — Se você colocar as minhas varreduras no topo da sua lista.

— E se eu não achar que a área está segura? — questionou Coloma.

— Ainda assim vou precisar ir buscar — respondeu Wilson. — Mas se eu souber onde está, com o piloto automático e o meu BrainPal, consigo pegar pessoalmente. Não vai precisar colocar o piloto em risco.

— Só o transporte — disse Coloma. — Como se isso não fosse *nem um pouco* significativo.

— Desculpe, senhora — disse Wilson e esperou.

Coloma olhou para a oficial executiva.

— Mande o sr. Schmidt aqui levar as informações a Neva. Temos quatro horas até o salto. Pode ser em algum momento durante a próxima meia hora.

— Sim, capitã — disse Wilson. — Obrigado, senhora.

Ele então prestou continência novamente, e desta vez Coloma devolveu a saudação. Wilson deu meia-volta para ir embora, enquanto Schmidt contornava a capitã para alcançá-lo.

— Mais uma coisa, tenente — Coloma o chamou.

Wilson se virou para ela.

— Sim, senhora?

— Só para você saber, se pegar o transporte, qualquer dano que ele sofrer nas suas mãos, vou descontar em você — disse ela.

— Vou tratar como se fosse meu próprio carro — respondeu Wilson.

— Faça isso — disse Coloma, dando as costas. Wilson captou a deixa.

— Foi um belo toque, isso do carro e tal — comentou Schmidt, depois que os dois saíram da ponte.

— Se você não sabe o que aconteceu com meu último carro, sim — disse Wilson.

Schmidt parou.

– Relaxa, Hart – disse Wilson. – Foi uma piada. Vamos lá. Muita coisa para fazer. – E saiu andando.

Schmidt o seguiu, um minuto depois.

PARTE 2

6_

— Aquela era a oficial executiva Balla — disse Schmidt. Ele e Wilson estavam num armazém ocioso, onde Wilson havia montado um monitor tridimensional. Ficaram entre as suas paredes, esperando o salto até o sistema Danavar. — A *Clarke* mandou um sinal usando a criptografia da *Polk*. Não houve retorno algum.

— Claro que não — respondeu Wilson. — Por que é que o universo iria facilitar para a gente?

— O que faremos agora? — perguntou Schmidt.

— Vou responder sua pergunta com outra pergunta — disse Wilson. — Como alguém faz para procurar uma caixa-preta?

— Você está falando sério? — rebateu Schmidt, um segundo depois. — Estamos ficando sem tempo e você me vem com um diálogo socrático?

— Eu não diria que está no nível de Sócrates, mas sim, é isso — disse Wilson. — É que eu já fui professor de física do ensino médio. Pode me chamar de doido, mas acho que você será mais útil para mim se eu não o tratar que nem um macaco completamente inútil. Vou partir do pressuposto de que você talvez tenha um cérebro.

— Obrigado — disse Schmidt.

— Então, como alguém procura uma caixa-preta? – perguntou Wilson. – Em particular, uma caixa-preta que não quer ser encontrada?

— Rezando fervorosamente – disse Schmidt.

— Você não está nem se esforçando – respondeu Wilson, com um tom de censura.

— Sou novo nisso – disse Schmidt. – Me dá uma dica.

— Tudo bem – concordou Wilson. – Você começa procurando aquilo a que a caixa-preta estava originalmente presa.

— A *Polk* – disse Schmidt –, ou o que sobrou dela.

— Muito bem, meu jovem aprendiz – disse Wilson.

Schmidt disparou um olhar torto para ele, depois continuou:

— Mas você me disse que as varreduras anteriores com os drones automatizados não deram resultado.

— É verdade – disse Wilson. – Mas foram apenas varreduras preliminares, feitas às pressas. A *Clarke* tem sensores melhores. – Então ele baixou as luzes no depósito e ligou o monitor, que parecia não mostrar nada além de um único e pequeno ponto em seu centro.

— Isso não é a *Polk*, é? – perguntou Schmidt.

— É a *Clarke* – respondeu Wilson. Uma série de círculos concêntricos apareceram, dispostos em três eixos. – E esta é a área de varredura intensiva, a distância aparece logaritmicamente. É cerca de um minuto-luz até a extremidade externa.

— Se você diz – comentou Schmidt.

Wilson não mordeu a isca. Em vez disso, acionou outro pontinho, mais próximo do ponto da *Clarke*.

— Aqui é onde era para a *Polk* ter aparecido após o salto – disse ele. – Vamos presumir que ela explodiu assim que chegou. O que esperaríamos ver?

— Os destroços da nave, em algum lugar perto de onde ela deveria estar – respondeu Schmidt. – Mas, correndo o risco de me repetir, as varreduras dos drones não mostraram nada.

— Correto – disse Wilson. – Agora vamos usar os sensores da *Clarke* e ver o que aparece. Isto é, usando o arranjo-padrão de LADAR da *Clarke*, com a varredura ativa de rádio e radar.

Várias esferas amarelas apareceram, incluindo uma próxima ao ponto de entrada da *Polk*.

– Destroços – disse Schmidt, apontando para a esfera mais próxima à *Polk*.

– Não é nada definitivo – disse Wilson.

– Pelo amor! – exclamou Schmidt. – A correlação é muito forte, não acha?

Wilson apontou para as outras esferas.

– O que a *Clarke* está captando são aglomerações de matéria densas o suficiente para refletirem os sinais. Não tem como tudo isso ser os destroços da nave. Talvez nem este ponto aqui seja. Talvez seja matéria arrancada de um cometa que passou.

– Tem como a gente se aproximar mais? – perguntou Schmidt. – Ali para aquele ponto perto de onde a *Polk* estava, digo.

– Claro – disse Wilson, abrindo o zoom. A esfera amarela de destroços se expandiu e então desapareceu, substituída por pontinhos minúsculos de luz. – Estes aqui representam objetos individuais que refletem o sinal – complementou Wilson.

– É muita coisa – disse Schmidt –, o que me sugere que eram partes de uma nave.

– Certo – disse Wilson. – Mas aí que está. Os dados sugerem que nenhum desses pedaços de matéria é muito maior do que a sua cabeça. A maior parte é do tamanho de cascalho. Mesmo que a gente somasse tudo, em termos de massa, não ia chegar nem perto de equivaler a uma fragata inteira das FCD.

– Talvez quem quer que tenha feito isso com a *Polk* não quisesse deixar provas – respondeu Schmidt.

– Agora você está sendo paranoico – disse Wilson.

– Ei! – exclamou Schmidt.

– Não – Wilson levantou a mão, interrompendo-o –, eu quis dizer isso como um elogio. E acho que você tem toda a razão. Quem quer que tenha acabado com a *Polk* queria dificultar para a gente descobrir o que aconteceu.

– Se conseguíssemos chegar a esse campo de destroços, poderíamos pegar amostras – sugeriu Schmidt.

– Não há tempo – disse Wilson. – E neste exato momento, descobrir o que aconteceu com a *Polk* é um meio para um fim. Ainda precisamos, no entanto, ter algum grau de certeza de que isto é o que sobrou da nave. Então, como é que a gente faz isso?

– Não faço a menor ideia – respondeu Schmidt.

– Pensa, Hart – respondeu Wilson, gesticulando na direção das imagens do monitor. – O que aconteceu com o *restante* da *Polk*?

– Provavelmente foi vaporizado – disse Schmidt.

– Certo – concordou Wilson, esperando.

– Beleza – disse Schmidt. – E daí?

Wilson suspirou e perguntou:

– Você foi criado por uma tribo de chimpanzés, não foi, Hart?

– Não sabia que eu ia fazer uma *prova de ciências* hoje, Harry – rebateu Schmidt, irritado.

– Você *já disse* o que aconteceu – explicou Wilson. – A nave provavelmente foi vaporizada. Quem quer que tenha feito isso com a *Polk* ficou ali tempo o suficiente para cortar, fatiar e explodir a maior parte dela até sobrarem apenas moléculas. Mas é provável que não levaram todos os átomos consigo.

Os olhos de Schmidt se arregalaram.

– Uma grande nuvem da *Polk* vaporizada – disse ele.

– Você sacou – falou Wilson, e houve uma alteração na imagem do monitor, que passou a mostrar uma imensa bolha amorfa, com tentáculos se estendendo do corpo principal.

– Isto é a nave? – perguntou Schmidt, olhando a bolha.

– Eu diria que sim – respondeu Wilson. – Uma das varreduras adicionais que eu pedi para a capitã Coloma realizar foi uma análise espectrográfica da vizinhança local. Não é uma varredura que a gente costuma fazer.

– Por que não? – perguntou Schmidt.

– Não tem por quê – respondeu Wilson. – Vasculhar o ambiente imediato atrás de pedaços de tamanho molecular de uma fragata não é parte do protocolo padrão. A análise espectrográfica em geral é reservada para missões científicas em que se tiram amostras de gases atmosféricos. As naves em si tipicamente não precisam se preocupar com gases, exceto quando estamos perto de um planeta e precisamos descobrir até onde vai a sua atmosfera. E com os sistemas que já prospectamos, todas essas informações já constam no banco de dados. Eu chutaria que quem quer que tenha sido o responsável pelo ataque já sabia disso tudo. Não estava preocupado em ser delatado por uma nuvem invisível de átomos metálicos.

– Não acharam que a gente fosse ver – comentou Schmidt.

– E normalmente teriam razão – disse Wilson, diminuindo a ampliação da imagem para capturar todos os outros campos de destroços. – Nenhum dos outros campos mostra a mesma densidade de partículas moleculares, e as partículas que se encontram neles não são dos mesmos tipos de metais que usamos para fabricar nossas naves. – Ele ampliou a imagem de novo. – Por isso é quase certo que isto aqui seja o que sobrou da *Polk* e é quase certo que ela foi deliberadamente atacada e metodicamente destruída.

– O que quer dizer que alguém vazou as informações – concluiu Schmidt. – Essa missão deveria ter sido secreta.

Wilson assentiu.

– Sim, mas não é nada que seja da nossa conta no momento. Ainda estamos à procura da caixa-preta. A boa notícia, se quiser chamar assim, é que isso reduz consideravelmente o volume de espaço que precisamos vasculhar.

– Então vamos voltar à primeira varredura e começar a fuçar aqueles resquícios que sobraram da *Polk* – disse Schmidt.

– *Poderíamos* fazer isso – disse Wilson –, se tivéssemos um mês inteiro.

– É neste ponto que você me tira de otário de novo, não é? – comentou Schmidt.

– Não, vou lhe poupar desta vez porque a resposta não é óbvia – respondeu Wilson.

– Que alívio – disse Schmidt.

– Para voltarmos à sua sugestão, mesmo que repassássemos as varreduras iniciais, é improvável que desse em alguma coisa – falou Wilson. – Lembre-se de que as FCD querem que apenas a gente encontre a caixa-preta.

– E é por isso que a caixa-preta é preta – disse Schmidt.

– Não apenas preta, mas agressivamente não refletora – explicou Wilson. – Ela é coberta por um revestimento fractal que absorve a maior parte da radiação que a atinge e difunde o restante. Se for varrida por um sensor, ele não volta com qualquer resultado direto. Do ponto de vista de um arranjo de sensores, ela não existe.

– Beleza, Harry Wilson, supergênio – disse Schmidt. – Se não dá para ver e não dá para fazer uma varredura, então como a achamos?

– Fico feliz que perguntou – disse Wilson. – Quando pensei na caixa-preta, meu cérebro divagou até chegar à palavra "corpo negro". É um objeto físico idealizado capaz de absorver toda e qualquer radiação que se jogue nele.

– Como você disse que essa coisa faz – disse Schmidt.

– Mais ou menos – respondeu Wilson. – A caixa-preta não é um corpo negro perfeito. Isso não existe. Mas lembrei que qualquer objeto no mundo real que absorvesse toda a radiação jogada nele iria aquecer. E então lembrei que a caixa-preta veio equipada com uma bateria para alimentar seu processador e campo anti-inércia. E essa bateria não é 100% eficaz.

Schmidt ficou olhando para Wilson, sem expressão.

– A bateria *esquenta*, Hart – esclareceu Wilson. – A caixa-preta tinha uma fonte de energia. Essa fonte vazava calor. Esse calor a manteve relativamente morna muito após todo o resto ao redor entrar em equilíbrio por conta da entropia.

– A bateria já era – observou Schmidt. – Mesmo que tenha ficado quente, já não estaria mais.

– Isso depende da sua definição de "quente" – respondeu Wilson. – A caixa-preta é projetada de tal modo que algumas áreas dentro dela agem como isolantes. Mesmo que a bateria já esteja esgotada, vai demorar mais tempo para ela chegar a um equilíbrio térmico com o espaço do que demoraria se fosse um pedaço de metal maciço. Não precisa estar quente como o interior deste cômodo, Hart. Só precisa estar a uma fração de grau acima de todo o resto ao redor.

O monitor piscou e a bolha fantasmagórica de moléculas atenuadas da *Polk* foi substituída por um mapa térmico de uma cor azul-escura. Wilson voltou sua atenção ao mapa térmico.

— Então estamos procurando por algo que está levemente acima do zero absoluto — disse Schmidt.

— O espaço na verdade está alguns graus acima do zero absoluto — complementou Wilson. — Em especial dentro de um sistema planetário.

— Me parece um detalhe irrelevante — disse Schmidt.

— E você se diz um cientista — disse Wilson.

— Não digo nada — respondeu Schmidt.

— Que bom, então — disse Wilson.

— E o que acontece se já tiver caído na entropia? — perguntou Schmidt. — Se estiver na mesma temperatura que todo o resto ao redor?

— Bem, aí a gente se lascou — admitiu Wilson.

— Não gosto muito quando você adota essa política de honestidade — disse Schmidt.

— Rá! — disse Wilson, e de repente a imagem no monitor se lançou para dentro, caindo vertiginosamente em direção a algo invisível até quase o último segundo. Era, mesmo assim, apenas um tom de preto azulado um pouco mais claro do que tudo ao redor.

— É isso? — perguntou Schmidt.

— Deixe-me mudar a colorização falsa da escala de temperatura — disse Wilson, e o objeto esférico de repente desabrochou numa cor verde.

— Esta é a caixa-preta — supôs Schmidt.

— É do tamanho e formato corretos — disse Wilson. — Se não for a caixa-preta, é o universo sacaneando a gente. Há outros objetos mais quentes por aí, mas não têm o perfil certo de tamanho.

— O que são? — perguntou Schmidt.

Wilson deu de ombros.

— Possivelmente pedaços da *Polk* contendo bolsões fechados de ar. No momento, não sei e não me importo. — Ele apontou para a esfera. — Este é o motivo de estarmos aqui.

Schmidt chegou bem perto para olhar a imagem e perguntou:

— O quanto mais quente ela é do que tudo ao redor?

— Zero, vírgula, zero, zero, três graus Kelvin — disse Wilson. — Mais uma ou duas horas e a gente nunca mais ia encontrar.

— Não me fala uma coisa dessas — disse Schmidt. — Isso me deixa retroativamente nervoso.

— A ciência se constrói sobre variações minúsculas, meu amigo – declarou Wilson.

— Beleza, e agora? – perguntou Schmidt.

— Agora eu me encarrego de avisar a capitã Coloma para ligar os motores da nave de transporte e você se encarrega de dizer para sua chefe que, se esta missão fracassar, vai ser culpa dela, não nossa – respondeu Wilson.

— Acho que não vou colocar nesses termos – rebateu Schmidt.

— É por isso que você é o diplomata – disse Wilson.

7_

A discussão com a capitã Coloma não foi das mais agradáveis. Ela exigiu que eles repassassem todo o protocolo usado para localizar a caixa-preta, o que Wilson lhe forneceu, com pressa e de olho no relógio. Wilson suspeitava que a capitã não estava esperando que ele localizasse a caixa-preta dentro do prazo, por isso tentava inventar um motivo para não o deixar ter acesso ao transporte. No fim, a capitã não conseguiu inventar nada, mas não liberou o piloto, por motivos, disse ela, de segurança. Wilson ficou se perguntando do que serviria ter um piloto de nave de transporte a bordo da *Clarke* caso algo acontecesse com o transporte. No entanto, essa questão, como tantas outras, ele deixou para lá, sorriu, prestou sua continência e agradeceu à capitã pela cooperação.

A nave cedida era projetada para apenas transportar e não para missões de busca, o que significava que Wilson precisaria improvisar um pouco. Um de seus improvisos incluía uma abertura no interior do transporte para o vácuo frio do espaço, uma ideia que não o empolgou por vários motivos. Ele conferiu os detalhes técnicos da nave para ver se a coisa sequer dava conta de algo assim. A *Clarke*, afinal, era uma nave diplomática, não militar, o que significava que tudo nela foi construído tendo em mente espaçoportos civis e possivelmente planos diferentes das naves e dos transportes militares aos quais Wilson estava acostumado. Por sorte, como ele logo descobriu, o transporte, embora tivesse o interior projetado para dar conta de necessidades diplomáticas, partilhava dos mesmos chassi e construção de suas contrapartes militares. Um pouquinho de vácuo não acabaria com ele.

Não era possível dizer o mesmo de Wilson, no entanto. O vácuo lhe faria bastante mal, só que a morte para ele seria mais lenta do que para qualquer outro a bordo da *Clarke*. Ele não entrava em combate fazia anos, mas ainda era membro das Forças Coloniais de Defesa e contava com os aprimoramentos (genéticos e outros) que faziam nos soldados, incluindo SmartBlood, um sangue artificial que transportava mais oxigênio e permitia ao corpo sobreviver por períodos significativamente maiores sem respirar, em comparação com um ser humano sem modificações. Quando Wilson chegou à *Clarke* pela primeira vez, um de seus truques para quebrar o gelo com a equipe diplomática tinha sido segurar a respiração enquanto eles cronometravam, mas geralmente ficavam entediados assim que ele passava dos cinco minutos.

Fosse como fosse, havia uma diferença evidente entre prender a respiração no espaço social da *Clarke* e se manter consciente enquanto o vácuo frio e asfixiante o cerca e o ar no seu corpo tenta sair estourando os pulmões, rumo ao espaço. Era preciso usar alguma proteção.

E foi assim, pela primeira vez em mais de uma dúzia de anos, que Wilson se viu usando o collant padrão de combate das Forças Coloniais de Defesa.

– Bacana o visual novo – comentou Schmidt, com um sorriso, enquanto Wilson caminhava em direção ao transporte.

– Já ouvi o suficiente de você – rebateu Wilson.

– Acho que nunca vi você usando uma dessas coisas – disse Schmidt. – Nem sabia que você tinha uma.

– O regulamento determina que membros na ativa das FCD devem viajar com um collant de combate mesmo em cargos que não envolvam confronto – explicou Wilson. – Em teoria, estamos num universo hostil e devemos estar preparados o tempo inteiro para matar quem quer que a gente encontre.

– É uma filosofia interessante – disse Schmidt. – Cadê a sua pistola?

– Não é uma *pistola* – corrigiu Wilson. – É um MU-35. E eu o deixei no meu armário. Não espero ter que *atirar* na caixa-preta.

– Está dando sorte para o azar – comentou Schmidt.

– Quando eu quiser receber aconselhamento militar de você, Hart, pode deixar que aviso – disse Wilson.

Schmidt sorriu de novo e levantou o objeto que estava carregando.

– Talvez isso seja mais do seu gosto, então – disse ele. – Um conector físico, padrão FCD, com bateria.

– Obrigado – disse Wilson. A caixa-preta estava descarregada, seria necessário lhe dar um pouco de carga para despertar o transmissor.

– Está pronto para pilotar esse troço? – perguntou Schmidt, gesticulando com a cabeça na direção do transporte.

– Já tracei uma rota até a caixa-preta e a coloquei no computador de bordo – respondeu Wilson. – Há também um protocolo padrão de partida. Liguei o protocolo com o trajeto predeterminado. Aí é só fazer o caminho inverso para voltar. Enquanto eu não tiver que pilotar o transporte de fato, vai ficar tudo bem.

Mas que diabos?, pensou Wilson. No monitor frontal do transporte, que ele havia programado para ampliar a recepção de fontes luminosas a fim de poder ver os padrões estelares sobre o clarão do painel de instrumentos, uma outra estrela se via oclusa. Era a segunda vez que isso acontecia nos últimos trinta segundos. Havia algum objeto no caminho entre ele e a caixa-preta.

Wilson franziu a testa, deixou o transporte pairando e puxou os dados das varreduras feitas a bordo da *Clarke*.

Podia ver o objeto na varredura: mais um pedaço dos destroços um pouco mais quente do que o espaço ao redor. Era grande o suficiente para causar estragos caso colidisse com o transporte.

Parece que vou ter que pilotar, afinal de contas, pensou Wilson. Estava irritado consigo mesmo por não ter aplicado os dados da varredura no computador do transporte. Agora precisaria desperdiçar seu tempo recalculando a rota.

– Algum problema? – indagou a voz de Schmidt, que vinha pelo painel de instrumentos.

– Está tudo bem – disse Wilson. – Tem algo no caminho. Vou dar a volta.

Os dados da varredura térmica destacaram o tamanho do objeto, que tinha aproximadamente de três a quatro metros de um dos lados, bem maior do que qualquer coisa que havia sido apanhada nas varreduras-padrão, mas não era grande o suficiente para exigir uma mudança maior de trajeto. Wilson criou uma nova rota que levava o transporte a 250 metros abaixo do objeto e dali retomava o percurso até a caixa-preta. Esse trajeto foi inserido no computador de navegação, que aceitou sem reclamar. Wilson retomou a viagem, observando os monitores para ver como o objeto no caminho obstruía a visão de mais algumas outras estrelas enquanto o transporte avançava.

O transporte chegou à caixa-preta alguns momentos depois. Wilson não conseguia vê-la com os próprios olhos, mas fez algumas varreduras suplementares após localizá-la que fixaram sua localização dentro de um espaço de uns dez centímetros, o que era preciso o suficiente para o que ele estava prestes a fazer. Engatou a sequência final de navegação, fazendo uma série de manobras minuciosas, o que demorou mais um minuto.

– Lá vamos nós – disse Wilson, comandando o collant para que cobrisse seu rosto, comando esse que foi cumprido num instante. Wilson odiava a sensação da máscara facial do uniforme, era como se alguém tivesse embrulhado sua cabeça inteira com fita crepe. Porém, era melhor do que a alternativa neste caso. A visão dele foi totalmente bloqueada por conta da máscara facial, mas seu BrainPal compensava com uma transmissão de vídeo.

Uma vez cumprida essa parte, Wilson comandou o transporte para que abrisse o seu interior. Os compressores ganharam vida, sugando o ar de volta aos tanques de armazenamento. Três minutos depois, o interior do transporte possuía um ar quase tão rarefeito quanto o espaço ao redor.

Wilson desligou a gravidade artificial, soltou-se do assento de piloto e muito timidamente deu um impulso na direção da porta, parando logo em frente a ela e agarrando a alça por dentro, a fim de evitar ficar à deriva. Ele liberou o mecanismo que abria a porta, a qual começou a deslizar pela lateral da nave de transporte. Houve um sussurro quase imperceptível enquanto as últimas moléculas livres de atmosfera habitável por um ser humano fugiam pelo portal.

Ainda agarrado à alça, Wilson estendeu a mão até o espaço – com cuidado! – e, um segundo depois, seus dedos tocaram um objeto. Ele o puxou para dentro.

Era a caixa-preta.

Excelente, pensou Wilson, liberando a alça a fim de pressionar o botão da porta e fechar mais uma vez o interior do transporte. Então comandou a nave para que voltasse a preencher a cabine com ar e ligasse de novo a gravidade artificial – quase derrubando a caixa-preta no processo. Era mais pesada do que parecia.

Um minuto depois, Wilson retraiu a máscara facial e deu uma golada de ar fisicamente desnecessária, porém psicologicamente satisfatória. Ele caminhou de volta até o assento do piloto, buscou o conector e passou vários minutos examinando a superfície inescrutável da caixa, procurando pelo buraco minúsculo no qual iria mergulhar o conector. Enfim o localizou, penetrou a caixa com o cabo e sentiu um clique, depois esperou os trinta segundos necessários até que energia o suficiente fosse transferida para ligar o receptor-transmissor da caixa-preta.

Com seu BrainPal, ele transmitiu à caixa o sinal criptografado. Houve uma pausa, seguida de um fluxo de informações que entrou com tanta rapidez no BrainPal de Wilson que ele quase conseguiu senti-lo fisicamente.

Os momentos finais da *Polk*.

Wilson começou a vasculhar as informações com o BrainPal assim que conseguiu abrir os dados.

Em menos de um minuto, confirmou o que já era uma forte suspeita: a *Polk* havia sido atacada e destruída em batalha.

Um minuto depois disso, descobriu que uma cápsula de fuga fora ejetada da nave, mas parecia ter sido destruída menos de dez segundos antes de a própria caixa-preta ser lançada, o que interrompeu o fluxo de dados. Wilson imaginou que a ocupante da cápsula fosse a embaixadora da missão ou alguém da equipe dela.

Três minutos depois disso, ele ficou sabendo de mais uma coisa.

– Ai, merda – disse Wilson, em voz alta.

– Acabei de ouvir um "Ai, merda" – disse Schmidt, do painel.

— Hart, você precisa colocar Abumwe e Coloma na linha comigo, agora — exigiu Wilson.

— A embaixadora está fazendo as reuniões preparatórias de briefing agora — disse Schmidt. — Ela não vai querer ser interrompida.

— Ela vai ficar muito mais contrariada se você não a interromper — disse Wilson. — Vai por mim.

— A *Polk* foi atacada pelo quê? — disse Abumwe. Ela e Coloma foram incluídas na videoconferência, Coloma em sua sala de preparação e Abumwe em uma sala de conferências extra. Schmidt só faltou ter de arrastá-la para lá.

— Por pelo menos quinze mísseis do tipo Melierax Série Sete, de nave para nave — afirmou Wilson, falando no microfone do painel de instrumentos do piloto e na pequena câmera que havia ali. — Pode ser que tenham sido mais, porque os dados começaram a ficar confusos depois que vários sistemas falharam. Mas foram quinze, pelo menos.

— Qual é a importância do tipo de míssil que destruiu a *Polk*? — perguntou Abumwe, irritada.

Wilson olhou de canto de olho para a imagem da capitã Coloma, que parecia pálida. Ela, pelo menos, entendeu a mensagem.

— A importância, embaixadora, é que esses mísseis Melierax Série Sete, de nave para nave, são fabricados pela União Colonial — disse Wilson. — A *Polk* foi atacada pelos nossos próprios mísseis.

— Não é possível — disse Abumwe, um momento depois.

— Os dados dizem o contrário — disse Wilson, tentando não engatar numa palestra sobre a idiotice da frase "não é possível", porque certamente seria contraproducente a essa altura.

— Os dados podem estar incorretos — rebateu Abumwe.

— Com todo respeito, embaixadora, as FCD são muito eficientes em descobrir que tipo de coisa está sendo usada para atirar na gente — disse Wilson. — Se a *Polk* confirmou que os mísseis são do tipo Melierax, é porque conseguiu identificá-los usando vários pontos de confirmação, incluindo tamanho, formato, perfil de varredura, assinatura de propulsão e assim por diante. A probabilidade de não serem mísseis Melierax Série Sete é pequena.

– O que sabemos quanto à nave? – perguntou Coloma. – A que disparou contra a *Polk*.

– Não muita coisa – respondeu Wilson. – Ela não se identificou, e a *Polk* também não dedicou muito tempo a ela, fora uma varredura básica. Eram quase do mesmo tamanho, podemos ver por conta da assinatura nos sensores. Fora isso, não temos muito no que nos basear.

– A *Polk* retaliou? – perguntou Coloma.

– Ela disparou pelo menos quatro mísseis – disse Wilson. – Também Melierax Série Sete. Não há dados que informem se eles atingiram ou não os alvos.

– Não compreendo – protestou Abumwe. – Por que iriam atacar e destruir uma de nossas próprias naves?

– Não sabemos se foi uma das nossas – comentou Coloma. – Apenas que foram nossos próprios mísseis.

– Correto – concordou Wilson, erguendo um dedo, pronto para replicar.

– É possível que tenhamos vendido os mísseis para outra raça – disse Coloma –, que, por sua vez, nos atacou.

– É possível, mas tem duas coisas a se considerar aí – explicou Wilson. – A primeira é que a maioria de nossas atividades no comércio de armas é em busca de tecnologias mais avançadas. Qualquer raça capaz de produzir uma nave consegue produzir um míssil. A Série Melierax é o arroz com feijão dos mísseis. Todas as outras raças possuem projéteis iguaizinhos. A segunda é que essas negociações são ostensivamente secretas. Para nos atingirem, era preciso saberem que estávamos aqui. – Coloma abriu a boca, mas ele continuou: – E para antecipar sua próxima pergunta, não, nós não vendemos míssil Melierax algum aos Utches – disse Wilson, ao que Coloma fechou a boca e o encarou com um olhar de pedra.

– Então, temos uma nave misteriosa atacando a União Colonial com nossos próprios mísseis – concluiu Abumwe.

– Sim – respondeu Wilson.

– Então onde está essa gente agora? – perguntou Abumwe. – Por que *nós* não estamos sob ataque?

– Eles não sabiam que *nós* viríamos – disse Wilson. – Fomos desviados para esta missão de última hora. Normalmente, demoraria vários dias, pelo menos, para a União Colonial mandar uma nova missão no lugar. Até lá, esta negociação específica já teria fracassado, porque não haveria ninguém da nossa parte aqui.

– Alguém destruiu uma nave inteira só para estragar as negociações diplomáticas? – disse Coloma. – Essa é a sua teoria?

– É um palpite – respondeu Wilson. – Não vou fingir que sei o suficiente da situação para estar correto. Mas acho que, de um jeito ou de outro, precisamos avisar a União Colonial para que ela saiba o que aconteceu aqui o quanto antes. Capitã, eu já transferi os dados aos computadores da *Clarke*. Sugiro enfaticamente que enviemos um drone de salto contendo essas informações e a minha análise preliminar de volta a Fênix agora mesmo.

– De acordo – disse Abumwe.

– Farei isso assim que encerrarmos esta conferência – disse Coloma. – Agora, tenente, quero você e a nave de transporte de volta à *Clarke* de imediato. Com todo o respeito à embaixadora Abumwe, não estou inteiramente convencida de que ainda não haja perigo aí fora. Volte para cá. Estaremos a caminho assim que você chegar.

– O quê? – protestou Abumwe. – Ainda temos uma missão. Eu ainda tenho uma missão. Estamos aqui para negociar com os Utches.

– Embaixadora, a *Clarke* é uma nave diplomática – disse Coloma. – Não temos arma ofensiva alguma e apenas o mínimo do mínimo em termos de capacidades defensivas. Confirmamos que a *Polk* foi atacada. É possível que quem quer que a tenha atacado ainda esteja por aí. Estamos mandando os dados para Fênix. Eles alertarão os Utches quanto à situação, o que significa que quase com certeza chamarão a nave de volta. Não há mais negociação.

– Você não tem como saber – afirmou Abumwe. – Pode demorar horas até a informação ser processada. Estamos a menos de três horas da previsão de chegada dos Utches. Mesmo que a gente saia, ainda estaremos no sistema quando eles chegarem, o que quer dizer que a primeira coisa que vão ver vai ser a gente fugindo.

– Não estaremos *fugindo* – disse Coloma, bruscamente. – E esta não é uma decisão sua, embaixadora. Eu sou a capitã desta nave.

– Uma nave diplomática – rebateu Abumwe –, na qual eu sou a diplomata-chefe.

– Embaixadora, capitã – interrompeu Wilson. – Preciso continuar aqui para essa parte da conversa?

Ele viu as duas estendendo a mão simultaneamente na direção de suas telas. Ambas as imagens desapareceram.

– Acho que isso é um "não" – disse Wilson, para si mesmo.

8

Algo incomodava Wilson enquanto ele inseria a rota de retorno à *Clarke*. A *Polk* tinha sido atingida pelo menos quinze vezes por mísseis de nave para nave, mas antes que qualquer um deles a alvejasse, houve uma explosão anterior que a abalou. Só que os dados não haviam registrado qualquer evento que antecipasse a explosão – a nave fez o salto, realizou uma varredura inicial da área imediata e então tudo estava na mais perfeita normalidade até a explosão inicial. Depois que isso aconteceu, tudo virou um inferno de uma hora para a outra. Mas nada antes disso. Não havia nada que indicasse qualquer coisa fora do comum.

O computador de navegação do transporte aceitou o trajeto de retorno e começou a se deslocar. Wilson afivelou o cinto e relaxou. Em breve estaria de volta a bordo da *Clarke*, e até lá presumia que a disputa de poder entre as duas, Coloma e Abumwe, já teria uma vencedora. Para Wilson, não havia preferência alguma quanto a quem deveria ganhar. Ele conseguia enxergar o mérito em ambos os argumentos, e as duas pareciam desgostar dele igualmente, por isso nenhuma delas tinha vantagem ali.

Fiz o que tinha que fazer, pensou Wilson, olhando para a caixa-preta no assento do passageiro, que parecia um buraco obscuro, fosco, absorvendo a luz sobre o local.

Algo estalou em sua mente.

– Puta merda – disse Wilson, freando o transporte até ele parar.

– Você disse "merda" de novo – ele ouviu Schmidt dizer. – E agora parou a nave.

– Um pensamento interessante acabou de me passar pela cabeça – respondeu Wilson.

– Não dá para pensar nisso enquanto você traz o transporte de volta? – perguntou Schmidt. – A capitã Coloma foi bem específica quanto a isso.

– Hart, eu já falo com você – disse Wilson.

– O que você vai fazer? – perguntou Schmidt.

– Você provavelmente não vai querer saber – respondeu Wilson. – É melhor não saber. Quero garantir que você possa contar com o benefício da dúvida.

– Não faço ideia do que você está falando – disse Schmidt.

– Exatamente – rebateu Wilson, cortando a conexão com o amigo.

Alguns minutos depois, estava flutuando, sem peso e sem ar, dentro da cabine do transporte, com a máscara no rosto, segurando a alça do lado da porta. Com um golpe, ele pressionou o botão para a porta abrir.

E não viu nada do lado de fora.

Que não é o que deveria acontecer. O BrainPal de Wilson deveria ter captado e amplificado a luz das estrelas dentro dos comprimentos de onda visíveis. Mas não estava captando nada.

Wilson estendeu a outra mão, a que não estava segurando a alça. Nada. Ele reposicionou o corpo, levando-o quase inteiro para o outro lado da porta, e estendeu a mão de novo. Desta vez havia alguma coisa ali.

Alguma coisa grande, obscura e invisível.

Olá, pensou Wilson. *O que diabos é você?*

A coisa grande, obscura e invisível não respondeu.

Wilson acionou o BrainPal para fazer duas coisas. A primeira era conferir quanto tempo fazia desde que tinha colocado a máscara facial – dois minutos, mais ou menos. Ainda teria cerca de cinco minutos até seu corpo começar a gritar, pedindo oxigênio. A segunda coisa para ajustar as propriedades do tecido nanorrobótico do collant de combate a fim de que uma leve corrente elétrica corresse em parte das mãos, nas solas dos pés e nos joelhos, com a energia sendo fornecida pelo próprio calor corporal e pela fricção gerada através do movimento. Uma vez feito isso, ele estendeu a mão de novo na direção daquele objeto grande, obscuro e invisível.

Sua mão prendeu nele, de leve. *Viva o magnetismo*, pensou Wilson.

Avançando devagar, de modo a não se lançar – fatal, mas acidentalmente – no espaço, ele deixou a nave de transporte a fim de explorar.

– Temos um problema – disse Wilson, de volta a uma videoconferência com Coloma e Abumwe. Schmidt estava em silêncio atrás da embaixadora.

– *Você* tem um problema – disse Coloma. – Suas ordens eram para retornar o transporte quarenta minutos atrás.

– Temos um problema *diferente* – retrucou Wilson. – Encontrei um míssil aqui fora. Está armado, esperando pelos Utches. E é um dos nossos.

– Como é que é? – disse Coloma, após um momento.

– É mais um Melierax Série Sete – disse Wilson, levantando a caixa-preta. – Está armazenado em um pequeno silo coberto pelo mesmo material que cobre esta coisa aqui e absorve comprimentos de onda. Não dá para ver nas varreduras-padrão. Hart e eu só vimos porque passamos uma varredura térmica extremamente sensível enquanto procurávamos pela caixa-preta, e mesmo assim nem pensamos que fosse nada, porque não era o que estávamos procurando. Quando conferi os dados, houve uma explosão que pareceu ter saído do nada, antes que a *Polk* fosse atacada pela nave e pelos mísseis que conseguimos ver. Meu cérebro somou dois mais dois e eu lembrei que tinha passado por essa coisa no caminho até a caixa-preta. Desta vez parei para dar uma olhada mais de perto.

– Você disse que ele está esperando os Utches – comentou Abumwe.

– Sim – respondeu Wilson.

– Como você sabe? – perguntou ela.

– Eu hackeei o míssil – disse Wilson. – Entrei no silo, abri o painel de controle e aí usei isto aqui. – Ele mostrou o conector padrão das FCD.

– Você saiu numa *caminhada espacial?* – disse Schmidt, por cima do ombro de Abumwe. – Você está completamente *maluco?*

— Foram três — corrigiu Wilson, enquanto Abumwe fuzilava Schmidt com o olhar. — Eu estava limitado pelo tempo que conseguia prender a respiração.

— Você hackeou o míssil — disse Coloma, voltando ao assunto.

— Correto — afirmou Wilson. — O míssil está armado e esperando um sinal da nave dos Utches.

— Qual sinal? — perguntou Coloma.

— Acho que o sinal de saudação da nave utche — disse Wilson. — Os Utches mandam suas comunicações entre naves usando certas frequências, diferentes das que nós tipicamente usamos. O míssil está programado para identificar essas frequências e visar as naves de onde elas partem. Portanto, está esperando os Utches.

— Com qual propósito? — perguntou Abumwe.

— Não é óbvio? — disse Wilson. — Os Utches são atacados por um míssil das Forças Coloniais de Defesa e a nave deles acaba danificada ou destruída. A missão diplomática original da União Colonial viajava numa fragata das FCD. Ia parecer que nós os atacamos. As negociações seriam interrompidas, a diplomacia iria acabar, e a União Colonial e os Utches estariam um pulando no pescoço no outro.

— Mas a *Polk* foi destruída — comentou Coloma.

— Estou pensando nisso — disse Wilson. — A informação que as FCD me mandaram sobre a missão da *Polk* dizia que ela estava programada para chegar 72 horas antes dos Utches. O fluxo de dados da caixa-preta consta que a *Polk* chegou oitenta horas antes do horário marcado para a chegada dos Utches.

— Você acha que eles chegaram cedo e flagraram alguém aprontando a armadilha? — perguntou Coloma.

— Não sei se "flagraram" — comentou Wilson. — Acho que, seja lá quem fosse, estava no processo de aprontar a armadilha e então foi surpreendido pela chegada da *Polk*.

— Você disse que essas coisas estavam procurando os Utches — disse Abumwe. — Mas parece que uma delas atingiu a *Polk* também.

— Se as pessoas que armaram a cilada estavam por perto, seria banal alterar a programação dos mísseis — disse Wilson. — Eles estão no modo receptor. Depois que a coisa atingiu a *Polk*, ela estaria ocupada demais com isso para prestar muita atenção quando uma nave estranha aparecesse nos seus sensores. Até ser tarde demais.

— A chegada antecipada da *Polk* arruinou os planos deles — disse Coloma. — Por que é que essa coisa ainda está aí fora?

— Acho que só *alterou* os planos — observou Wilson. — Tiveram que acabar com a *Polk* quando ela chegou cedo demais, e aí se livrar do máximo possível do que sobrou dela para deixar a dúvida quanto a seu paradeiro. Mas enquanto houver resquícios de mísseis das FCD entre os destroços da nave utche, a missão é cumprida. O sumiço da *Polk* funciona bem com esse plano, pois fica parecendo que as FCD estão escondendo a nave, em vez de a apresentarem como prova de que os mísseis não partiram dela.

— Mas sabemos o que houve com a *Polk* — disse Abumwe.

— *Eles* não sabem disso — apontou Wilson. — Seja lá quem for. Somos o elemento surpresa aqui. E não muda o fato de que os Utches ainda são o alvo.

— Você desativou o míssil? — perguntou Coloma.

— Não — disse Wilson. — Consegui ler o conjunto de instruções, mas não consigo fazer nada para alterá-lo. Não tenho essa permissão e não estou com ferramentas aqui para desativá-lo. Mas, mesmo que eu desativasse este, tem outros lá fora. O meu mapa e o do Hart mostram que há mais quatro dessas coisas por aí, além desta. Temos menos de uma hora até o horário marcado para a chegada dos Utches. Não tem como desativá-los fisicamente a tempo.

— Então não temos como impedir o ataque — concluiu Abumwe.

— Não, espera — disse Coloma. — Você disse que não tem como desativá-los *fisicamente*. Tem outro jeito de fazer isso?

— Acho que posso ter encontrado um modo de destruí-los — comentou Wilson.

— Conte para nós — ordenou Coloma.

— Você não vai gostar — disse Wilson.

— Vou gostar mais ou menos do que ficar aqui parada enquanto os Utches são atacados e nós levamos a culpa? — perguntou Coloma.

— Gosto de pensar que mais do que isso — respondeu Wilson.

– Então conte – ordenou Coloma.
– Tem a ver com o transporte – disse Wilson.
Coloma jogou as mãos para cima e disse:
– Mas claro que tem.

9_

— Aqui... — Schmidt colocou um pequeno cilindro e uma máscara nas mãos de Wilson. — Um suplemento de oxigênio. Para uma pessoa normal, isso dá para uns vinte minutos. Não sei quanto dá para você.

— Cerca de duas horas — disse Wilson. — Mais do que o suficiente. E a outra coisa?

— Eu peguei isto aqui — disse Schmidt, mostrando outro objeto, não muito maior do que o cilindro de oxigênio. — Uma bateria de alta densidade e descarga rápida. Direto da sala de máquinas. Precisei da intervenção direta da capitã Coloma, aliás. O engenheiro-chefe Basquez não ficou feliz de entregá-la.

— Se tudo correr bem, trarei de volta em breve — disse Wilson.

— E se não correr tudo bem? — perguntou Schmidt.

— Então todos teremos problemas bem maiores para resolver, não é? — disse Wilson.

Os dois olharam para o transporte, no qual Wilson estava prestes a entrar de novo depois de uma breve parada para reabastecer no ancoradouro da *Clarke*.

— Você é maluco mesmo, sabia disso? — comentou Schmidt, em seguida.

– Sempre acho engraçado quando as pessoas ouvem dos outros o que elas são – disse Wilson –, como se já não soubessem.

– Poderíamos simplesmente ligar o piloto automático do transporte – sugeriu Schmidt. – Mandá-lo assim.

– Até *poderíamos* – disse Wilson. – Se uma nave de transporte fosse como um veículo mecânico, daria para mandá-la até lá amarrando um tijolo no pedal do acelerador. Mas não é. Ela é projetada para ter um ser humano nos controles. Mesmo que no piloto automático.

– Você poderia alterar a programação do transporte – disse Schmidt.

– Temos cerca de quinze minutos até os Utches chegarem – disse Wilson. – Agradeço pelo voto de confiança nas minhas habilidades, mas não. Não há tempo. E precisamos fazer mais do que apenas mandá-la para fora, em todo caso.

– Que loucura – reiterou Schmidt.

– Relaxa, Hart – disse Wilson. – Me faça esse favor. Você está me deixando nervoso.

– Desculpa – disse Schmidt.

– Não faz mal – respondeu Wilson. – Agora, me diga o que você vai fazer depois que eu sair.

– Eu vou até a ponte de comando – falou Schmidt. – Se, por qualquer motivo, você não for bem-sucedido, mandarei a *Clarke* enviar uma mensagem em nossas frequências avisando os Utches da armadilha, para *não* confirmarem a mensagem nem transmitirem nada em suas bandas de comunicação nativas, pedindo para que deem o fora do espaço de Danavar o mais rápido possível. Devo invocar sua habilitação de segurança diante da capitã se houver qualquer problema.

– Muito bom – disse Wilson.

– Agradeço pelo tapinha nas costas virtual aí – disse Schmidt.

– Eu faço por amor – garantiu Wilson.

– Certo – disse Schmidt com um tom de voz seco, olhando para o transporte novamente. – Você acha que vai mesmo dar certo? – perguntou.

– Olha por esse lado – disse Wilson. – Mesmo que não dê certo, temos provas de que fizemos tudo que podíamos para impedir o ataque contra os Utches. Isso deve contar para alguma coisa.

* * *

Wilson entrou no transporte, disparou a sequência de lançamento e, enquanto isso, pegou a bateria de alta densidade e a conectou à caixa-preta da *Polk*. A energia da bateria imediatamente começou a escoar para o sistema de armazenamento energético da própria caixa-preta.

– Lá vamos nós – disse Wilson, pela segunda vez no mesmo dia. O transporte começou a sair do ancoradouro da *Clarke*.

Schmidt tinha razão: tudo teria sido muito mais fácil se o transporte pudesse ser pilotado de maneira remota. Não havia impedimento físico algum quanto a isso – humanos há séculos vinham pilotando veículos remotamente. Mas a União Colonial insistia em ter pilotos humanos nas naves de transporte mais ou menos pelo mesmo motivo que as Forças Coloniais de Defesa exigiam um sinal de BrainPal para disparar um fuzil MU: era um modo de garantir que apenas as pessoas corretas pudessem utilizá-los, para os propósitos corretos. Modificar o software de voo do transporte para tirar a presença humana da equação exigiria não apenas uma quantidade substancial de tempo, como também, tecnicamente, seria tipificado como traição.

Wilson preferia não cometer traição se pudesse evitar. E por isso lá estava ele, no transporte, prestes a fazer uma cagada.

No monitor, ele puxou o mapa térmico que havia criado, junto com um temporizador. O mapa térmico registrou cada um dos objetos que ele suspeitava serem silos de mísseis, e o temporizador fez a contagem regressiva até o horário marcado para a chegada dos Utches, em menos de dez minutos. A partir dos dados da missão repassados à embaixadora Abumwe, Wilson tinha uma ideia aproximada do ponto onde os Utches planejavam saltar para o espaço Danavar. Ele traçou uma rota completamente alternativa para o transporte seguir, abrindo o regulador de combustível para colocar distância o suficiente entre ele e a *Clarke* e contando os quilômetros até chegar ao que estimava ser uma distância segura.

Agora vem a parte complicada, pensou Wilson, tocando no painel de instrumentos para começar a transmitir um sinal utilizando as bandas de comunicação dos Utches.

– Venham, venham, seja lá onde vocês estiverem – disse Wilson aos mísseis.

Eles não o ouviram, mas ouviram, em vez disso, o sinal do transporte e emergiram dos silos, um, dois, três, quatro, cinco. Wilson os viu duas vezes, primeiro no monitor e depois pelos dados dos sensores da *Clarke*, enviados ao BrainPal.

— Cinco mísseis na sua cola, todos com você na mira — Wilson ouviu Schmidt dizer, pelo painel de instrumentos.

— Venham cá, vamos brincar — disse Wilson, forçando a nave de transporte a voar o mais rápido que conseguia. Havia dois motivos para isso. O primeiro era levar os mísseis o mais longe possível do ponto onde os Utches chegariam. O segundo era para que os projéteis se aproximassem entre si de modo que a explosão do primeiro, ao atingir o transporte, conseguisse destruir todos os outros, que estariam indo numa velocidade alta demais para não serem avariados.

Para isso, Wilson transmitiu seu sinal a partir de um ponto quase equidistante entre todos os cinco silos, pelo menos dentro das possibilidades, mas ainda a uma distância segura da *Clarke*. Se tudo transcorresse bem, o impacto de cada míssil ocorreria com o intervalo de um segundo.

Wilson olhou para a trajetória dos mísseis. Até aí, tudo bem. Tinha cerca de um minuto até o primeiro impacto. Mais do que tempo o suficiente.

Ele soltou o cinto de segurança do assento do piloto, apanhou o cilindro de oxigênio e o prendeu ao cinto de combate do collant, colocando a máscara sobre a boca e o nariz. Comandou o collant de combate para que fechasse seu rosto, selando a máscara. Então apanhou a caixa-preta e conferiu a carga de bateria — 80%, o que Wilson chutou que teria de servir. Ele a desconectou da bateria externa e então andou até a porta do transporte, carregando a caixa-preta em uma das mãos e a bateria na outra. Posicionou-se no ponto que esperava ser o certo, respirou bem fundo e arremessou a bateria no botão de abertura da porta. Ela o atingiu em cheio e a porta se abriu, deslizando.

A descompressão explosiva tragou Wilson para fora uma fração de segundo antes do que ele esperava. Por cerca de um milímetro ele não bateu a cabeça na porta enquanto ela ainda se abria.

Wilson saiu da nave dando cambalhotas pelo espaço, seguindo o vetor em que a descompressão o situou, mas ainda acompanhando o transporte em termos de propulsão, num verdadeiro testemunho à física básica newtoniana. Dentro de quarenta segundos, essa situação seria péssima, pois foi quando o primeiro míssil atingiu o transporte – e mesmo sem uma atmosfera para criar uma onda de choque e transformar suas entranhas em geleia, Wilson ainda corria o risco de ser fritado e perfurado pelos estilhaços.

Ele olhou para a caixa-preta da *Polk*, agarrada bem perto de seu abdome, e lhe mandou um sinal para informar que ela havia sido ejetada de uma espaçonave. Então, apesar do fato de sua transmissão de vídeo estar sendo manejada pelo BrainPal, fechou os olhos para dar conta da vertigem causada pelas estrelas girando de modo aleatório ao redor. O BrainPal, interpretando corretamente esse gesto, desligou a transmissão externa, fornecendo um visor tático em vez disso. Wilson ficou esperando.

Faz o que você tem de fazer, neném, disse para a caixa-preta, em pensamento.

A caixa-preta captou o sinal. Wilson sentiu um puxão enquanto o campo inercial da caixa incluía sua massa no cálculo e se espremia ao redor. No visor tático que vinha do BrainPal, viu uma representação da nave se afastando dele a uma velocidade cada vez maior e observou enquanto os mísseis passavam, num flash, pela sua posição, rumo à nave com uma velocidade que ia aumentando enquanto a dele diminuía. Dentro de poucos segundos, ele havia desacelerado o suficiente para não correr qualquer risco imediato quanto ao impacto dos mísseis contra o transporte.

No geral, seu pequeno plano estava dando bastante certo até então.

Mesmo assim, nunca mais vamos fazer isso de novo, disse Wilson para si mesmo.

De acordo, ele mesmo respondeu.

– Primeiro impacto dentro de dez segundos – Wilson ouviu Schmidt dizer, via BrainPal. Então Wilson mandou seu BrainPal lhe apresentar uma representação visual estabilizada do espaço exterior e ficou observando enquanto os mísseis, agora invisíveis, destroçavam a nave de transporte, igualmente invisível e desamparada.

Houve uma série de breves e agudos estalos de luz, como pequenas biribas estourando a duas ruas de distância.

– Impacto – disse Schmidt. Wilson sorriu. – Merda.

Wilson parou de sorrir e abriu o visor tático do BrainPal.

A nave e quatro dos mísseis haviam sido destruídos. Um último projétil sobreviveu e agora procurava um novo alvo.

Na periferia do visor tático, surgiu um novo objeto. Era a *Kaligm*. Os Utches haviam chegado.

[*Mande a mensagem aos Utches AGORA*], Wilson subvocalizou para Schmidt, e o BrainPal transmutou aquilo numa imitação razoável da voz do próprio Wilson.

– A capitã Coloma se recusa – disse Schmidt um segundo depois.

[*O quê?*], enviou Wilson. [*Diga que é uma ordem. Invoque a minha habilitação de segurança. Faça isso agora.*]

– Ela mandou você calar a boca, porque a está distraindo – disse Schmidt.

[*Distraindo do quê?*], enviou Wilson.

A *Clarke* começou a transmitir uma mensagem de alerta aos Utches, com o aviso do ataque do míssil, instruindo-os para que ficassem em silêncio e saíssem do espaço de Danavar.

Usando as bandas de transmissão dos Utches.

O último míssil identificou o alvo e começou a se propelir na direção da *Clarke*.

[*Ai, Deus*], Wilson pensou, e seu BrainPal transmitiu o pensamento para Schmidt.

– Trinta segundos até o impacto – disse Schmidt. – Vinte segundos... Dez... É isso, então, Harry.

Silêncio.

10_

Wilson estimou ter quinze minutos de ar restantes quando a nave de transporte utche chegou até a sua posição e abriu uma câmara de ar externa para ele entrar. Do interior, um piloto Utche usando um traje espacial o puxou para dentro, fechou a câmara e abriu a porta interna do transporte assim que o ciclo de pressurização se encerrou. Wilson descobriu a cabeça, tirou a máscara de oxigênio, inalou fundo e resistiu à vontade de vomitar. O cheiro dos Utches não era particularmente maravilhoso para seres humanos. Ele olhou para cima e viu vários Utches o encarando com curiosidade.

– Olá – disse ele para ninguém em específico.

– Você está bem? – um deles perguntou, numa voz que dava a impressão de que ele falava enquanto inalava.

– Estou bem – respondeu Wilson. – Como está a *Clarke*?

– Você quer saber da sua nave – disse outra voz, igualmente aspirada.

– Sim – falou Wilson.

– Está extremamente avariada – respondeu a primeira voz.

– Há mortos? – perguntou Wilson. – E feridos?

– Você é um soldado – disse a segunda voz. – Talvez compreenda a nossa língua? Seria mais fácil nos comunicarmos assim.

Wilson fez que sim com a cabeça e ligou o sistema de tradução do utche que ele tinha recebido junto com as novas ordens da *Clarke*.

– Podem falar no seu próprio idioma – disse ele. – Eu responderei no meu.

– Eu sou Suel, chefe da embaixada – disse a segunda voz. Enquanto ele falava, outra voz se sobrepunha, no idioma de Wilson. – Não sabemos ainda o tamanho dos estragos sofridos por sua nave, nem as baixas, porque acabamos de restabelecer a comunicação por meio de um transmissor de emergência na *Clarke*. Ao restabelecermos contato, nossa intenção era oferecer assistência e trazer sua tripulação a bordo da nossa nave. Mas a embaixadora Abumwe insistiu que deveríamos primeiro trazer você antes de chegarmos até a *Clarke*. Ela foi bastante insistente.

– Considerando que eu estava prestes a ficar sem oxigênio, agradeço pela insistência dela – disse Wilson.

– Eu sou Dorb, subchefe – disse o primeiro dos Utches. – Você poderia nos dizer como acabou flutuando no espaço sem uma nave?

– Eu tinha uma nave – disse Wilson. – Ela foi comida por um cardume de mísseis.

– Receio não compreender o que você quer dizer com isso – comentou Dorb, após lançar um olhar para o chefe dele (dela? delu?).

– Ficarei feliz em explicar – disse Wilson. – E ficarei ainda mais feliz em explicar no caminho até a *Clarke*.

Abumwe, Coloma e Schmidt, junto da maioria dos membros da missão diplomática da *Clarke*, estavam por perto quando a porta do transporte utche se abriu, como uma íris, e Suel e Dorb saíram, enquanto Wilson seguia logo atrás.

– Embaixador Suel – cumprimentou Abumwe, e um aparelho preso a um cordão fez a tradução para ela. Abumwe se curvou. – Eu sou a embaixadora Abumwe. Peço desculpas pela ausência de um tradutor simultâneo.

– Embaixadora Abumwe – cumprimentou Suel, no próprio idioma, curvando-se em resposta. – Não é preciso pedir desculpas. O seu tenente Wilson nos instruiu, resumidamente, quanto aos eventos que resultaram na substituição da embaixadora Bair pela senhora, e o que a senhora e a tripulação da *Clarke* fizeram por nós. Teremos, é claro, de confirmar os dados pessoalmente, mas, nesse ínterim, gostaríamos de declarar nossa gratidão.

– Valorizamos sua gratidão, mas ela não é obrigatória – disse Abumwe. – Fizemos apenas o que era necessário. Quanto aos dados... – Abumwe gesticulou com a cabeça para Schmidt, que deu um passo à frente e apresentou um cartão de dados a Dorb. – ... Neste cartão, os senhores encontrarão tanto os registros da caixa-preta da *Polk* quanto os dados registrados por nós desde que chegamos ao espaço Danavar. Desejamos manter uma postura aberta e direta com os senhores, para não deixar a menor dúvida quanto às nossas intenções ou aos nossos feitos durante as negociações.

Isso fez Wilson piscar. Os dados da caixa-preta e os registros da *Clarke* eram quase com certeza material sigiloso. Ela estava correndo um risco do caramba ao oferecê-los aos Utches antes de assinarem um tratado. Ele olhou para Abumwe, cujo rosto trazia uma expressão ilegível. Fosse o que fosse, ela estava inteiramente no modo diplomático.

– Obrigado, embaixadora – disse Suel. – Mas eu me pergunto se não deveríamos suspender as negociações por ora. Sua nave está avariada e sem dúvida há baixas em meio à tripulação. Seu foco deveria ser em seu próprio povo. E nós, é claro, estaremos prontos para oferecer assistência.

A capitã Coloma deu um passo à frente e fez uma saudação a Suel.

– Capitã Sophia Coloma – disse ela. – Bem-vindo a bordo da *Clarke*, embaixador.

– Obrigado, capitã – respondeu o embaixador.

– Embaixador, a *Clarke* está avariada e precisará de reparos, mas seus sistemas de energia e manutenção de vida estão estáveis – afirmou Coloma. – Tivemos um breve instante para calcular e nos preparar para o impacto do míssil, por isso foi possível suportá-lo com um mínimo de feridos e nenhuma morte. Embora sua assistência seja bem-vinda, especialmente com os nossos sistemas de comunicação, a esta altura não estamos correndo risco imediato algum. Por favor, não permita que isso seja um empecilho para nossas negociações.

– É bom ouvir isso – disse Suel. – Mas ainda assim...

– Permita-me, embaixador – interrompeu Abumwe. – A tripulação da *Clarke* arriscou tudo, incluindo as próprias vidas, para que o senhor e sua tripulação chegassem em segurança e pudéssemos garantir este tratado. Este homem na minha equipe – Abumwe fez um aceno de cabeça na direção de Wilson – deixou que quatro mísseis o perseguissem e escapou da morte ao se arremessar de uma nave de transporte no vácuo gélido do espaço. Seria desrespeitoso que os esforços dele fossem recompensados com um *adiamento* de nosso trabalho.

Suel e Dorb olharam para Wilson, como se quisessem ouvir o que ele achava do assunto. Wilson olhou rapidamente para Abumwe, que não tinha expressão alguma em seu rosto.

– Bem, uma coisa é certa, eu não quero voltar aqui de novo nem a pau – disse ele, para Suel e Dorb.

Por um momento os dois o encararam, então produziram um ruído que o BrainPal de Wilson traduziu como [risos].

Vinte minutos depois, a nave de transporte utche saiu da *Clarke* levando Abumwe e sua equipe diplomática a bordo. A partir da sala de controle do ancoradouro, Coloma, Wilson e Schmidt ficaram observando enquanto ela partia.

– Graças ao bom Jesus que isso acabou – disse Coloma, enquanto saía do ancoradouro. A capitã deu meia-volta para retornar à ponte de comando, sem olhar para Wilson nem para Schmidt.

– A nave não está segura de verdade, está? – perguntou Wilson, para as costas da capitã.

– Claro que não – disse ela, voltando-se para ele. – A única coisa verdadeira que eu disse era que não tivemos morte alguma, mas provavelmente seria mais preciso dizer que não tivemos morte alguma *ainda*. Quanto ao resto, nossos sistemas vitais e energéticos estão por um fio, e a maioria dos outros sistemas já está apagado ou falhando. Vai ser um milagre se a *Clarke* um dia sair de onde está usando os próprios motores. E, para fechar com chave de ouro, um idiota destruiu nosso transporte.

– Sinto muito por isso – disse Wilson.

– Hmmm – respondeu Coloma, começando a se virar de novo.

– Foi uma coisa incrível, arriscar sua nave pelos Utches – disse Wilson. – Eu não pedi para vocês fazerem isso. Partiu de você, capitã Coloma. Se me perguntarem, foi uma vitória, senhora.

Coloma parou por um segundo e depois saiu andando, sem responder.
– Acho que ela não gosta muito de mim – disse Wilson para Schmidt.
– A melhor forma de descrever o seu charme seria "idiossincrático" – disse Schmidt.
– Então por que *você* gosta de mim? – perguntou Wilson.
– Acho que eu jamais admiti que gosto de você – disse Schmidt.
– Agora que disse, acho que você tem razão – respondeu Wilson.
– Com você, de tédio ninguém morre – disse Schmidt.
– Que é do que você mais gosta em mim – disse Wilson.
– Não, eu gosto de tédio – disse Schmidt, gesticulando para o ancoradouro. – Esse é o tipo de merda que vai me matar um dia.

11_

Os coronéis Abel Rigney e Liz Egan estavam sentados num refeitório fuleiro na Estação Fênix, comendo x-búrgueres.

— Esses x-búrgueres são fantásticos — disse Rigney.

— São ainda melhores quando você tem um corpo geneticamente modificado que nunca engorda — respondeu Egan e deu mais uma mordida no dela.

— Verdade — concordou Rigney. — Pensando em comer mais um.

— Vai lá — disse Egan. — Teste o seu metabolismo.

— Então você leu o relatório — disse Rigney a Egan, entre as mordidas.

— Só o que eu faço é ler relatórios — disse Egan. — Ler relatórios e apavorar burocratas de nível intermediário. De qual relatório você está falando?

— Aquele sobre a rodada final das negociações com os Utches — esclareceu Rigney. — Com a *Clarke*, a embaixadora Abumwe e o tenente Wilson.

— Li, sim — disse Egan.

— Qual é a decisão final quanto à *Clarke*? — perguntou Rigney.

— O que você descobriu quanto aos fragmentos de mísseis? — perguntou Egan.

– Eu perguntei primeiro – disse Rigney.

– E eu não estou na segunda série, então essa sua tática não funciona comigo – rebateu Egan e deu mais uma mordida no x-burguer.

– Pegamos um punhado do que sobrou do míssil que os estivadores tiraram da *Clarke* e encontramos um número de série. É possível rastreá-lo até uma fragata chamada *Brainerd*. Esse míssil em particular foi dado como disparado e destruído num exercício de treinamento de simulação viva dezoito meses atrás. Todos os dados que eu vi confirmam a história oficial – disse Rigney.

– Então temos mísseis-fantasmas sendo usados por naves misteriosas para minar negociações diplomáticas secretas – disse Egan.

– Algo nessa linha – disse Rigney, pondo o hambúrguer de volta ao prato.

– A secretária Galeano não vai ficar muito feliz de saber que um dos nossos próprios mísseis foi usado para causar danos severos a uma das naves do departamento dela – comentou Egan.

– Não faz mal – disse Rigney. – Meus chefes também não estão felizes que alguém infiltrado no Departamento de Estado disse para seja lá quem esteja usando nossos mísseis contra uma nave de vocês onde ela estaria e com quem ia negociar.

– Você tem provas disso? – perguntou Egan.

– Não – disse Rigney. – Mas temos ótimas evidências de que nada vazou do lado dos Utches. A partir daí podemos aplicar o processo de eliminação.

– Eu gostaria de ver as provas que você tem quanto aos Utches – disse Egan.

– Eu gostaria de poder mostrar – disse Rigney. – Mas vocês têm um infiltrado.

Egan apertou os olhos para Rigney e disse:

– É melhor você dizer isso com um sorrisinho, Abel.

– Para deixar claro – disse Rigney –, eu confiaria, e *confiei*, como você se lembra da nossa época em combate, a minha vida às suas mãos. Não é com você que estou preocupado. É com todo o resto do seu departamento. Tem alguém cometendo traição, Liz, alguém com uma habilitação de segurança alta o suficiente a ponto de saber das conversas com os Utches. Está nos vendendo para nossos inimigos. Quais inimigos, a gente nem sabe. Mas nossos *amigos* não explodem uma de nossas naves e depois tentam explodir uma segunda.

Egan não respondeu nada, optando por afogar uma batatinha no ketchup.

– O que nos leva de volta à *Clarke* – continuou Rigney. – Como está a nave?

– Estamos tentando decidir o que vai custar menos: uma recauchutagem completa ou um desmonte geral e a construção de uma nave nova – respondeu Egan. – Se for para o desmonte, no mínimo dá para recuperar o valor de sucata.

– Que pena – disse Rigney.

– As FCD constroem excelentes mísseis de nave para nave – disse Egan. – Por que a pergunta?

– Para uma equipe classe B, Abumwe e companhia se saíram muito bem, não acha? – perguntou Rigney.

– Eles até que se saíram bem – disse Egan.

– Sério – disse Rigney, erguendo a mão e contando nos dedos. – Wilson e Schmidt desenvolveram um novo protocolo para localizar caixas-pretas das FCD sem bateria e recuperaram os dados que revelavam o que aconteceu com a *Polk*. E aí Wilson faz múltiplas caminhadas espaciais usando apenas um collant de combate e descobre um plano para destruir a missão diplomática usando os nossos mísseis. Ele destrói quatro deles e então a capitã Coloma sacrifica a própria nave para garantir que o último míssil não atinja os Utches. Aí ela mente na cara dura para os Utches quanto ao estado da nave para garantir que Abumwe tenha uma chance de negociar, e então Abumwe basicamente obriga os Utches, os *Utches*, a completarem as negociações. E é o que eles *fazem*, com apenas um dia de preparação.

– Eles até que se saíram bem – repetiu Egan.

– O que mais você *gostaria* que fizessem? – perguntou Rigney. – Andassem sobre a água?

– Aonde você quer chegar com isso? – perguntou Egan.

– Você me disse que a negociação mais notável que esse povo fez antes foi uma outra situação em que tiveram de pensar rápido e improvisar – disse Rigney. – Acaso já lhe ocorreu que o motivo de Abumwe e sua equipe estarem na sua lista classe B não é por não serem bons no que fazem, mas por você não estar dando para eles as situações certas?

– Não sabíamos que essas negociações seriam a situação "certa" – rebateu Egan.

– Não, mas agora você sabe *quais* são as situações certas para eles – disse Rigney. – Situações de alto risco e alto retorno em que o caminho para o sucesso não é dado de antemão, mas precisa ser aberto à força, com um facão numa selva cheia de sapos venenosos.

– Gostei do detalhe dos sapos venenosos – respondeu Egan, pegando mais uma batatinha.

– Você entende aonde eu quero chegar – disse Rigney.

– Entendo, sim – disse Egan. – Mas não tenho muita certeza de que vou conseguir convencer a chefe da secretaria de que um bando da lista classe B é quem ela quer para missões de alto risco e alto retorno.

– Não todas as missões – esclareceu Rigney. – Só aquelas em que a bobajada diplomática de sempre não funciona.

– Por que você se importa? – perguntou Egan. – Parece muito emocionado com um bando de pessoas que nem sabia que existia na semana passada.

– Você mesma diz isto toda vez que vai apavorar seus gerentes intermediários do Departamento de Estado – disse Rigney. – Estamos ficando sem tempo. Não temos mais a Terra e precisamos de mais amigos do que os que temos agora se quisermos sobreviver. Parte disso pode ser algo como o que a equipe da *Clarke* já é... um esquadrão para apagar incêndios o qual podemos arremessar de paraquedas quando nada mais der certo.

– E quando eles falharem? – perguntou Egan.

– Então vão falhar numa situação em que o fracasso é o resultado previsto – disse Rigney. – Mas se forem bem-sucedidos, aí a gente se deu muito bem.

– Se os designarmos para serem esse "esquadrão de incêndio", como você diz, então já estaremos subindo as expectativas para o que quer que eles façam – observou Egan.

– Tem uma solução simples para isso – disse Rigney. – A gente não conta para eles que são um esquadrão de incêndio.

– Que coisa pavorosamente cruel – comentou Egan.

Rigney deu de ombros.

– Abumwe e sua equipe já estão cientes de que ninguém deixa que se sentem na mesa dos adultos – disse ele. – Por que você acha que ela conseguiu intimidar os Utches até eles toparem negociar? Ela reconhece uma oportunidade quando vê uma. Quer essas oportunidades, e tanto ela como a equipe vão bater a cabeça para conseguirem isso.

– E destruir suas naves se precisar, pelo visto – complementou Egan. – Essa sua ideia de um esquadrão de incêndio pode sair muito cara, muito rápido.

– Qual é o plano para a tripulação da *Clarke*? – perguntou Rigney.

– Nenhuma decisão foi tomada – disse Egan. – Podemos colocar Abumwe e a equipe diplomática numa outra nave. Coloma vai ter de passar por um inquérito por intencionalmente ter colocado sua nave em rota de colisão com um míssil. Ela vai ser liberada, mas é um processo. Wilson é um empréstimo do setor de Pesquisa e Desenvolvimento das FCD. É presumível que vão querê-lo de volta em algum momento.

– Você acha possível suspender qualquer decisão quanto à tripulação da *Clarke* durante algumas semanas? – perguntou Rigney.

– Você parece bizarramente empolgado com essa gente – disse Egan. – Mas mesmo que eu decida colocar a carreira de todo mundo num limbo para você se entreter, não existe a menor garantia de que a secretaria vá assinar embaixo do seu conceito de um "esquadrão de incêndio".

– Ajudaria se as FCD tivessem uma lista de incêndios que gostariam de apagar por via diplomática em vez de bombas? – perguntou Rigney.

– Ah – disse Egan. – *Agora* a gente está chegando lá. E já posso lhe dizer como essa ideia vai ser recebida. Quando entrei para a equipe da secretaria como contato com as FCD, demorou seis semanas até alguém ter uma conversa comigo que consistisse em mais de três palavras, todas monossilábicas. Se eu chegar com uma lista de exigências das FCD e uma equipe escolhida a dedo, eles vão se comunicar comigo usando grunhidos.

– Mais um motivo para usarmos essa equipe – disse Rigney. – Está cheia de zés-ninguém. Ela vai achar que está sacaneando a gente. Faça esse pedido e sugira esse time. Vai ser genial.

– Quer que eu aproveite e peça para ela não botar você na berlinda também? – perguntou Egan.

– Só esse pedido, por ora – disse Rigney.

Egan ficou em silêncio por uns momentos enquanto cutucava as batatas. Rigney terminou o hambúrguer e ficou esperando.

– Vou sondá-la quanto a essa questão – disse Egan, enfim. – Mas se eu fosse você, não criaria muita expectativa.

– Nunca vou criar expectativa alguma – disse Rigney. – Foi assim que consegui chegar tão longe.

– Nesse meio-tempo, vou evitar que a tripulação da *Clarke* seja designada para outra nave – disse Egan.

– Obrigado – disse Rigney.

– Você está me devendo – respondeu Egan.

– Claro que sim – disse Rigney.

– Agora eu preciso ir – falou Egan, se levantando da mesa. – Mais crianças para apavorar.

– Divirta-se com isso – disse Rigney.

– Você sabe que eu me divirto – respondeu Egan, virando-se para ir embora.

– Ei, Liz – chamou Rigney. – Aquela estimativa que você passa para a molecada, a de que os seres humanos têm só uns trinta anos até serem extintos. O quanto exagera aí?

– Quer saber a verdade? – perguntou Egan.

– Sim – disse Rigney.

– Não tem quase exagero algum – respondeu Egan. – Na verdade, é uma previsão otimista.

Ela foi embora, e Rigney ficou ali encarando o que restava de sua refeição.

– Ai, droga – disse ele. – Se a gente está condenado mesmo, então talvez valha a pena eu pedir aquele segundo x-burguer, afinal de contas.

EPISÓDIO 2
ANDAR NA PRANCHA

[Começo da transcrição de áudio]

Chenzira El-Masri: ... certo, eu não tenho mesmo interesse no que você tem aí na enfermaria, Aurel. Neste momento, estou concentrado em encontrar aquelas porcarias de contêineres de carga. Se não os rastrearmos, os próximos meses não serão lá muito felizes aqui.

Aurel Spurlea: Se eu não achasse que as duas coisas tinham a ver, não estaria enchendo seu saco com isso, Chen. Magda, você está gravando?

Magda Ganas: Acabei de ligar o gravador.

Spurlea: Chen, o sujeito na enfermaria não é daqui.

El-Masri: Como assim "não é daqui"? Somos uma colônia clandestina. Não é como se tivesse outro lugar por essas bandas.

Spurlea: Ele diz que é da *Estrela da Manhã Eriana*.

El-Masri: Isso nem faz sentido. Não é para a *Estrela da Manhã Eriana* aterrissar mais. Era para os contêineres estarem vindo no piloto automático. Fazem essas coisas justamente para tirar os humanos da equação.

Ganas: Sabemos disso, Chen. Estávamos lá quando as escalas de carga foram estabelecidas. É por isso que você precisa ver esse sujeito. Não importa o que aconteça, ele não é um de nós. Veio de *algum lugar*. E já que era para a *Estrela da Manhã Eriana* ter feito a entrega faz dois dias, e ele está aqui hoje, não é absurdo chutar que ele esteja falando a verdade.

El-Masri: Então você acha que ele desceu em um dos contêineres.

Ganas: Parece provável.

El-Masri: Não dá pra ter sido uma viagem divertida.

Spurlea: Pronto. Chen, umas coisinhas, rapidão. Primeiro, ele está todo lascado fisicamente e nós lhe demos analgésicos.

El-Masri: Achei que fosse eu quem dava as ordens...

Spurlea: Antes de você começar a me pentelhar, eu diluí os analgésicos o máximo que dava sem cortar o efeito. Mas acredite em mim, o sujeito precisa de *alguma coisa*. Além do mais, ele pegou a Podreira na perna.

El-Masri: Está feio?

Spurlea: Bem feio. Eu limpei o quanto deu, mas tem grandes chances de já ter caído na corrente sanguínea a essa altura, e você sabe o que isso quer dizer. Mas como não é alguém daqui e *ele* não sabe o que isso quer dizer, acho que não faz sentido contar justo agora. Meu objetivo é mantê-lo lúcido o suficiente para vocês conseguirem conversar e não o deixar sofrer demais enquanto tentamos descobrir o que fazer com ele depois.

El-Masri: Jesus Cristo, Aurel. Se ele pegou a Podreira, acho que você já sabe o que fazer.

Spurlea: Ainda estou esperando os resultados do exame de sangue saírem. Se ainda não pegou para valer, podemos amputar a perna e salvá-lo.

El-Masri: E aí fazer o que com ele? Olha ao redor, Aurel. Não é como se tivéssemos como sustentar mais *alguém* aqui, que dirá um amputado em recuperação que não vai poder trabalhar.

Ganas: Talvez você devesse falar com ele antes de decidir deixá-lo aqui exposto para a matilha.

El-Masri: Não é que eu não me sensibilize com a situação dele, Magda. Mas o meu dever é pensar na colônia inteira.

Ganas: O que a colônia inteira precisa neste momento é que você dê ouvidos à história do sujeito. Aí vai ter uma ideia melhor do que pensar.

El-Masri: Qual é o nome dele?

Spurlea: Malik Damanis.
El-Masri: Malik. Beleza.

[A porta se abre e para.]

El-Masri (com a voz baixa): Que beleza.
Spurlea: Tem um motivo para chamarmos de Podreira.
El-Masri: Pois é.

[A porta termina de se abrir.]

El-Masri: Malik... Ei, Malik.
Malik Damanis: Sim. Desculpe, eu apaguei.
El-Masri: Não faz mal.
Damanis: O dr. Spurlea está aqui? Acho que a dor está voltando.
Spurlea: Estou aqui. Vou aplicar outra injeção, Malik, mas você vai ter de esperar uns minutos. Preciso que esteja lúcido para nossa conversa com o líder da nossa colônia.
Damanis: É você?
El-Masri: Sou eu. Meu nome é Chenzira El-Masri.
Damanis: Malik Damanis. Ah, acho que você já sabia disso.
El-Masri: Sim. Malik, esses dois aqui, Aurel e Magda, me disseram que você veio da *Estrela da Manhã Eriana*.
Damanis: Isso.
El-Masri: O que você faz lá?
Damanis: Sou um estivador comum. No geral trabalho com carga e descarga de material.
El-Masri: Você me parece bem jovem. É a sua primeira nave?
Damanis: Tenho dezenove anos-padrão, senhor. Não, eu estive numa outra nave antes, a *Estrela Radiante*. Faço isso desde que completei meus vinte anos, em anos erianos, que dá dezesseis anos-padrão. É a minha primeira viagem na *Estrela da Manhã*, no entanto. Ou era.
El-Masri: Era, você diz?
Damanis: Sim, senhor. Ela não está mais aqui, senhor.
El-Masri: No sentido de que foi embora? Partiu para o próximo destino?

Damanis: Não. No sentido de que já era, senhor. Foi levada. E acho que todo mundo que estava nela já deve ter morrido a essa altura.

El-Masri: Malik, creio que você precisa me explicar isso um pouco melhor. A nave estava intacta quando você saltou aqui para o nosso sistema?

Damanis: Até onde eu sei, sim. A nave segue o horário de Erie, e era o meio da madrugada quando saltamos. O capitão Gahzini prefere fazer desse jeito quando tem carga para movimentar, porque assim a gente carrega tudo de manhã, descansados. Ou pelo menos é o que ele diz. Como a carga que tínhamos para vocês já estava preparada quando trouxemos a bordo, no fim não importava. O capitão faz o que ele faz. Por isso, para nós, era meio da madrugada quando chegamos.

El-Masri: Você estava trabalhando nessa hora?

Damanis: Não, senhor, eu estava dormindo no alojamento da tripulação, junto com o resto do pessoal. O vigia noturno estava acordado nessa hora. A primeira coisa que ouvi, antes de mais nada, foi o capitão soando o alerta geral. Ele tocou e todo mundo caiu do beliche. Na hora não pensamos que fosse nada.

El-Masri: Vocês pensaram que um alerta geral não fosse nada? Geralmente não significa que é uma emergência?

Damanis: Sim, mas o capitão Gahzini nos faz passar por muitos treinamentos, senhor. Ele diz que não é por sermos uma nave mercante que não deveríamos ter disciplina. Por isso, a cada três ou quatro saltos, ele faz um treinamento, e como o capitão gosta de saltar no meio da madrugada, quer dizer que é comum acordarmos com alertas gerais.

El-Masri: Certo.

Damanis: Por isso, a gente caiu dos beliches, se vestiu e então ficou esperando o anúncio do treinamento desta vez. Se seria um caso de perfuração por micrometeoro, uma falha sistêmica de algum tipo, ou fosse lá o que fosse. Enfim o comandante Khosa liga o sistema de som e diz: "Estamos sendo invadidos". E todos nós nos entreolhamos, porque era novidade. Jamais praticamos algo assim. Não tínhamos ideia do que fazer. Doutor, minha perna está doendo de verdade.

Spurlea: Eu sei, Malik. Vou lhe dar alguma coisa assim que terminarmos esta conversa.

Damanis: Tem como me darem outra coisa nesse meio-tempo? Qualquer coisa?

Ganas: Posso dar ibuprofeno.

Spurlea: Nosso estoque de ibuprofeno está baixo, Magda.

Ganas: Eu tiro da minha reserva pessoal.

Spurlea: Beleza.

Ganas: Malik, eu vou lá buscar seu ibuprofeno. Só um minuto.

Damanis: Obrigado, dra. Ganas.

El-Masri: Você diz que nunca se prepararam para o caso de uma invasão. Mas pirataria sempre existiu.

Damanis: Nós passamos pelo treinamento no caso de sermos perseguidos por piratas. Nesses casos, a maior parte da tripulação fica trancafiada enquanto as equipes defensivas preparam as contramedidas e a equipe de carga se prepara para descartar o carregamento. A gente trabalha no espaço. Não dá para os piratas se pendurarem em cordas e tomarem a nave. Eles perseguem e vão fazendo ameaças até você entregar a carga. Só então invadem a nave, pegam o que vieram pegar e vão embora. É por isso que o último recurso é descartar a carga. Se você não tiver mais nada, não tem motivo para continuarem a perseguição.

El-Masri: Então não eram piratas.

Damanis: Não sabíamos o que eram. A princípio, nem sequer sabíamos se *havia* alguém lá de verdade. Ainda pensávamos que era um treinamento. O comandante Khosa nos diz que estamos sendo invadidos e temos algo em torno de dois ou três segundos para pensar, quando ele volta no sistema de som e diz: "Isto não é um treinamento". Foi então que a gente percebeu que havia algo acontecendo. Mas não sabíamos o que pensar. Não havíamos sido treinados para isso. Ficamos ali em pé olhando um para a cara do outro. Então Bosun Zarrani veio até nossos quartos, falou que estávamos sendo invadidos e que devíamos continuar ali até que todos tivessem notícias dele ou que o capitão avisasse que estava tudo liberado. Depois ele escolheu sete de nós para ir atrás dele. Eu fui um dos escolhidos.

El-Masri: Por que ele fez essa escolha?

Damanis: Você quer saber sobre mim ou todos nós?

El-Masri: As duas coisas.

Damanis: Ele nos escolheu para formar um destacamento de segurança. Quanto a mim, acho que ele me escolheu porque eu estava à vista. Não sabia que ele me queria como parte da equipe até nos levar ao seu gabinete, abrir um armário e começar a distribuir os bastões de choque.

Spurlea: Bastões de choque? Por que vocês não tinham armas de fogo?

Damanis: É uma espaçonave. Armas com balas não são uma boa ideia em qualquer nave que trabalhe no vácuo. E o único motivo de termos armamento a bordo, para começo de conversa, era para lidar com alguém que arranjasse briga ou bebesse demais e saísse de controle. E é para isso que serve o bastão de choque. Você vai lá e *zap!*, a pessoa apaga e é colocada no xilindró até voltar ao normal e se acalmar. É pra isso que temos os bastões. Zarrani os entregou para nós. Havia seis e éramos em oito, por isso eu e Tariq Murwani ficamos desarmados. Bosun Zarrani disse que íamos ficar de batedores e deu ordens para sintonizarmos nossos PDAs num canal geral, para que todos soubessem quem era o inimigo. Para mim isso não fez muito sentido. Imaginei que já soubéssemos por onde eles iam entrar.

El-Masri: Pelas câmaras de ar.

Damanis: Sim, senhor. Eles iriam abrir as câmaras por fora e entrar por ali. Acho que Zarrani e o capitão Gahzini imaginaram a mesma coisa, porque Zarrani levou consigo dois membros da tripulação com bastões de choque até a câmara de ar de manutenção, a bombordo, enquanto os outros três foram às câmaras de manutenção a estibordo. Mas a gente se enganou.

El-Masri: Como foi que entraram?

Damanis: Eles abriram rombos no casco à frente e à retaguarda, depois deixaram entrar uma dúzia de soldados, talvez, em cada entrada. Eu vi a ruptura traseira e os soldados entrando, aí avisei pelo PDA, aos berros, depois saí correndo, porque estavam armados com fuzis de assalto.

Spurlea: Achei que vocês fossem contra armas de projéteis em uma espaçonave.

DAMANIS: Nós somos, senhor, mas os soldados não. O trabalho deles era tomar a nave. Talvez pensassem que, como já estavam abrindo buracos no casco mesmo, o que é uma ou outra bala aqui e ali, não é?

GANAS: Prontinho. Três tabletes.

DAMANIS: Obrigado.

GANAS: Deixa eu pegar um pouco d'água para você.

DAMANIS: Tarde demais. Já engoli. Quanto tempo demora até fazerem efeito?

GANAS: Esses eram os extrafortes, então não deve demorar muito.

DAMANIS: Que bom. Minha perna dói muito. Acho que está piorando.

SPURLEA: Deixe-me dar uma olhada.

DAMANIS: *Ahhhhh...*

SPURLEA: Desculpa por isso.

DAMANIS: Tudo bem, doutor. Mas é como eu falei, dói demais.

SPURLEA: Vou ver o que posso fazer para limpar a ferida de novo depois que terminarmos nossa conversa aqui.

DAMANIS: Para isso vou precisar de analgésicos de verdade, definitivamente. A última vez que você fez isso, achei que eu fosse sair voando pelo telhado.

SPURLEA: Vou tomar todo o cuidado do mundo.

DAMANIS: Sei que está se esforçando ao máximo, dr. Spurlea.

EL-MASRI: Você disse que eram soldados. Das Forças Coloniais de Defesa?

DAMANIS: Acho que não. Não usavam uniformes das FCD. Eram mais volumosos e usavam roupas escuras, com capacetes cobrindo a cabeça. Não dava para ver os rostos, nem nada do resto. Acho que faz sentido, já que estavam vindo diretamente do espaço.

GANAS: Se eles abriram o casco, não dava para usar os tabiques para fechar e conter a ruptura?

DAMANIS: Acho que sim, mas os sistemas automáticos são sensíveis à despressurização. Esse pessoal entrou sem que o ar saísse junto. Imagino que tenham criado uma câmara de ar temporária no exterior do casco antes de abrir caminho.

EL-MASRI: O seu capitão ainda poderia ter ativado os tabiques para contê-los.

DAMANIS: A brecha fronteira aconteceu logo acima do convés da ponte de comando. A primeiríssima coisa que eles fizeram, até onde sei, foi tomar a ponte e render o capitão Gahzini. Depois disso, tinham controle da nave. Alguém da ponte me contou que, assim que entraram, deram ordens ao capitão para que entregasse os códigos de comando. Ele se recusou e o comandante Khosa tomou um tiro na barriga. Ele ficou deitado no convés, gritando, e eles disseram ao capitão que iriam fazer a mesma coisa com cada um ali na ponte a não ser que ele entregasse os códigos. Depois que o capitão fez o que queriam, deram um tiro na cabeça de Khosa, como golpe de misericórdia, e aí tomaram a nave.

EL-MASRI: E o que aconteceu então?

DAMANIS: Os soldados reviraram a nave e renderam a tripulação, levaram todo mundo para o hangar. Eu e os outros do destacamento de segurança tentamos evitar os soldados o máximo que pudemos, mas cedo ou tarde eles nos encontraram. Fui pego perto do refeitório. Saí até um corredor e lá estava um soldado de cada lado, cada um com um fuzil apontado para o meu peito e para minha cabeça. Tentei voltar para onde eu estava, mas quando me virei, havia outro soldado atrás de mim, com o fuzil na mão. Levantei as mãos e foi isso. Fui levado até o hangar, igual todo mundo.

EL-MASRI: E no meio disso tudo, nenhum dos soldados disse o que eles queriam?

DAMANIS: Não, senhor. Quando me levaram ao hangar, vi todos os outros membros da tripulação de joelhos e com as mãos atrás da cabeça. O único em pé era Zarrani, um dos Bosuns, que estava recitando a lei marítima mercantil da União Colonial para um dos soldados. O soldado pareceu ignorá-lo por um tempo e depois sacou uma pistola. Ele atirou em Bosun bem no rosto e o matou. Ninguém mais perguntou nada.

SPURLEA: Então a tripulação toda estava ali.

DAMANIS: Todo mundo, menos o capitão e um timoneiro chamado Qalat. E Khosa, mas ele já estava morto.

EL-MASRI: Então, todos vocês estavam no hangar. Como *você* saiu de lá e veio parar aqui, Malik?

Damanis: A *Estrela da Manhã Eriana* possuía quatro porta-contêineres com piloto automático, dois deles carregados com suprimentos para a sua colônia e os outros dois vazios. Os soldados abriram esses dois e nos mandaram entrar, metade em um e metade no outro.

El-Masri: E vocês simplesmente entraram?

Damanis: Alguns resistiram. Levaram um tiro na cabeça. Ninguém perdeu o menor tempo conversando com a gente ou tentando barganhar. Até onde pude ver, exceto pelo pessoal na ponte de comando, que recebeu os códigos do capitão, eles não disseram uma única palavra. Não havia por quê, e não precisaram falar com a gente para conseguirem o que queriam.

El-Masri: E depois que vocês todos entraram, o que aconteceu?

Damanis: Eles nos lacraram nos contêineres de carga. Tudo ficou um breu só e as pessoas começaram a gritar. Alguns ligaram os tablets para usar a luz das telas. Isso pareceu acalmar o pessoal um pouco. Depois disso, deu para ouvir os sons de pessoas andando e conversando – os soldados aparentemente conversavam entre si, não conosco –, mas não consegui escutar com clareza nada do que estavam dizendo. E então houve outro ruído. Era do ciclo de despressurização do hangar. Foi aí que as pessoas começaram a gritar de novo. Era sinal de que as portas estavam se abrindo e seríamos arremessados para fora.

Ganas: Iam despachar a tripulação.

Damanis: Sim, senhora. Só que um dos membros da tripulação no meu contêiner fez uma outra sugestão. Depois que o contêiner começou a se mover e ficou claro que ia ser arremessado da nave, alguém ali começou a gritar: "Estamos andando na prancha! Estamos andando na prancha! Estamos andando na prancha!". Ele ficou um ou dois minutos falando isso, até eu ouvir um som abafado e o sujeito ficar quieto. Acho que alguém meteu um murro para calar a boca dele.

El-Masri: Os contêineres de carga não foram projetados para carga viva.

Damanis: Não, senhor. Eles são hermeticamente fechados e contam com isolamento térmico, para que a carga no interior não congele no espaço nem superaqueça durante a reentrada. Mas também não há gravidade artificial, nem qualquer lugar para se segurar. O mais perto disso são os calços dos paletes no assoalho do contêiner. A gente usa para prender os paletes de carga, mas não têm muita serventia se você não for um palete. Ainda assim, eu me agarrei a um deles e o amarrei no meu braço, o mais perto possível do pino de sustentação para que *eu* pelo menos não saísse voando. Imaginei que fosse ajudar quando chegássemos à atmosfera.

EL-MASRI: E ajudou?

DAMANIS: Um pouco. Chegamos à atmosfera e tudo começou a tremer e chacoalhar. Eu me agarrei à minha alça de palete, mas mesmo assim estava sendo arremessado para lá e para cá enquanto a tira girava em torno do pino. Era arremessado contra o assoalho do contêiner, depois fazia um arco e batia de novo no outro lado. Fiquei em posição fetal, dentro do possível, e coloquei meus braços em torno da cabeça para protegê-la, mas não foi o suficiente. Perdi a consciência ali algumas vezes. Se não estivesse com o braço amarrado na alça, teria sido arremessado pelo contêiner junto com os outros.

GANAS: O que aconteceu com os outros?

DAMANIS: As pessoas começaram a bater nas paredes e no assoalho e umas nas outras, com mais força e mais velocidade conforme caíamos. Algumas delas me atingiram, mas eu já estava perto da base, por isso na maior parte do tempo elas se chocavam entre si ou contra as paredes. Todo mundo gritava enquanto saía voando, e de vez em quando dava para ouvir o som de alguma coisa arrebentando e depois o grito de alguém ficava mais alto ou então parava de vez. Após uma pancada particularmente forte, uma mulher se chocou de cabeça com o chão, do meu lado, e eu ouvi o pescoço dela quebrar. *Ela* parou de gritar. Havia, pelo menos, cinquenta pessoas no contêiner. Acho que cerca de dez ou quinze delas morreram durante a reentrada e talvez essa mesma quantidade tenha quebrado os braços ou as pernas.

SPURLEA: Que bom que você se agarrou à alça.

DAMANIS: [risos] Olha a minha perna agora, doutor. Me diga de novo que sorte eu tive.

GANAS: O ibuprofeno está ajudando?

DAMANIS: Um pouco. Posso tomar um gole d'água agora, por favor?

GANAS: Sim, claro.

El-Masri: Depois que vocês passaram pela primeira parte da atmosfera, as coisas melhoraram?

Damanis: Um pouco. O piloto automático entrou em ação e nos estabilizou, mas então os paraquedas foram acionados e todo mundo que ainda estava flutuando foi arremessado contra o assoalho do contêiner. Aí tivemos mais ossos quebrados, mas pelo menos todos estavam no assoalho, porque a gravidade enfim começou a agir. Então houve o som de algo batendo e todo mundo foi arremessado. Estávamos passando por algumas árvores, ou seja lá o que parece com árvores aqui. Depois houve um impacto final, o contêiner caiu de lado, as portas foram arrombadas e finalmente estávamos no solo.

Ganas: Sua água.

Damanis: Obrigado.

Spurlea: Qual era a sua condição física a essa altura, Malik?

Damanis: Eu estava bem machucado. Tenho quase certeza de que sofri uma concussão. Mas conseguia andar e não tinha quebrado osso algum. Eu me soltei da alça de palete e fui na direção da porta. Assim que pisei lá fora, reparei num pessoal da tripulação que tinha conseguido sair antes de mim. Estavam todos numa pequena clareira, olhando e apontando para cima, por isso eu olhei também para ver o que viam.

El-Masri: E para o que eles estavam apontando?

Damanis: Para o outro contêiner de carga. Estava em queda livre, rolando pelo ar. O piloto automático deve ter sido danificado ou coisa assim, porque o contêiner não conseguia se estabilizar e os paraquedas não foram acionados. Ficamos assistindo por uns vinte, trinta segundos enquanto ele tombava, e então as árvores começaram a atrapalhar a vista e não dava mais para enxergar. Mas, alguns segundos depois, ouvimos o som dos galhos se partindo e um impacto imenso. O contêiner foi ao chão em velocidade quase máxima. Se havia alguém ainda vivo antes de ele cair, não sobreviveu. Pelo menos não consigo ver como.

El-Masri: Você viu mais algum contêiner cair?

Damanis: Parei de olhar depois disso.

El-Masri: Malik, você pode me dar licença por um momento?

Damanis: Sim, senhor. Isso quer dizer que nossa conversa terminou? Posso receber minha injeção agora?
El-Masri: Só um minuto, Malik. Voltarei para fazer mais perguntas.
Damanis: Minha perna está doendo muito, senhor.
El-Masri: Não vou demorar. Aurel? Magda?

[A porta se abre e fecha.]

El-Masri: Por que você trouxe o gravador até aqui?
Ganas: Malik não vai dizer nada se você não estiver lá.
El-Masri: Está desligado agora?
Ganas: Sim.
El-Masri: De onde Malik veio? Digo, de qual direção?
Spurlea: O casal que o encontrou disse tê-lo avistado enquanto ele saía da floresta ao leste da colônia.
El-Masri: Temos mais alguém procurando por contêineres naquela direção?
Spurlea: Magda?
Ganas: Enviamos cinco equipes e todas partiram em direções diferentes, então pelo menos uma delas deve estar seguindo para o leste.
El-Masri: Chame as outras equipes de volta e dê ordens para que sigam rumo ao leste também. Há uma chance de nossos suprimentos estarem naquela direção.
Spurlea: Você acha que piratas vão ejetar carga, Chen?
El-Masri: Acho que quem quer que tenha tomado a *Estrela da Manhã Eriana* tinha interesse na nave e não na carga. Por isso mantiveram o capitão e o timoneiro, enquanto todo resto andou na prancha. É bastante possível que tenham descartado a carga junto com a tripulação. Se fizeram isso, então precisamos encontrá-la. Precisamos desses suprimentos.
Ganas: E quanto aos sobreviventes?
El-Masri: Que sobreviventes?
Ganas: Malik disse que havia pelo menos alguns membros da tripulação no contêiner que sobreviveram à aterrissagem. Você quer que as nossas equipes procurem por eles também?

El-Masri: Acho que nossa principal prioridade é procurar os suprimentos, Magda.
Ganas: Isso é bem cruel, Chen. Essa gente literalmente caiu do céu e aterrissou aqui, e você não tem nem um pingo de preocupação por eles.
El-Masri: Olha só, não vou pedir desculpas pelo fato de que, quando a coisa apertar, vou priorizar o povo da nossa colônia acima de qualquer outro. Por isso que vocês me contrataram como líder da colônia, lembra? Queriam alguém com experiência nas fronteiras, que estivesse familiarizado com as decisões difíceis a serem tomadas aqui, nos limites da civilização humana. Essa é uma dessas decisões, Magda. Será que é melhor priorizarmos a busca por suprimentos para a nossa população, que está saudável, mas vai deixar de estar *muito em breve* se não recebermos os condicionadores de solo, o estoque de sementes e as rações de emergência que estavam na carga da *Estrela da Manhã Eriana* ou priorizarmos um bando de gente que nem sequer conhecemos, cuja maioria parece estar ferida ou moribunda e só vai sobrecarregar os nossos recursos já quase inexistentes? Eu sou o líder da colônia. Preciso tomar uma decisão, e minha decisão é por *nós*. Agora, talvez você ache isso desumano, mas, por ora, estou cagando e andando. Este solo aqui mata qualquer coisa que a gente tente plantar nele. Quase nada do que cresce ou vive por aqui dá para comer, isso quando não são coisas que estão tentando nos matar. Ou ambos. Estamos nas nossas últimas três semanas de reservas, se racionarmos. Eu tenho 250 pessoas que dependem de mim para salvar suas vidas. Esse é o meu trabalho. E é o que estou fazendo quando mando nossa gente procurar primeiro por esses contêineres de carga. Fim da história.
Spurlea: No mínimo do mínimo, você devia pedir uma descrição de onde ele aterrissou, para conseguirmos estreitar nossa área de busca. Onde quer que tenha sido, Malik conseguiu vir a pé de lá, numa condição apenas levemente melhor do que a atual. Significa que não é muito longe. Quanto mais soubermos, melhor para encontrar os contêineres de carga, caso existam.
El-Masri: Você pergunta para ele.

Spurlea: Se eu perguntar, a única coisa que ele vai responder é com um pedido de analgésico. Esse era o acordo: ele fala com você e, quando terminar, dou alguma coisa para a dor. Então é você quem vai ter que fazer isso.

El-Masri: Quanto tempo até sair o resultado do exame de sangue? Para saber se ele pegou a Podreira no sistema inteiro.

Spurlea: Eu verifiquei meu PDA enquanto você conversava com ele. As culturas ainda estão crescendo. Saberei com certeza dentro dos próximos trinta minutos, mais ou menos.

El-Masri: Tudo bem. Magda, por favor, avise as equipes de busca para que concentrem as atenções no leste e que em breve daremos informações mais detalhadas sobre onde procurar. Diga a Drew Talford que envie as mensagens via banda larga. Será mais rápido do que você tentar avisar um grupo por vez.

Ganas: O que faremos se uma das equipes de busca esbarrar nos sobreviventes da *Estrela da Manhã Eriana*?

El-Masri: Eles devem registrar a localização, mas evitá-los. *Se* encontrarmos os contêineres de carga com nossos suprimentos, aí poderemos voltar e lidar com eles. Mas, por ora, deixe como está. Temos outras prioridades.

Ganas: Aqui, Aurel. Faça questão de gravar tudo que Malik disser.

Spurlea: Certo.

El-Masri: Beleza, vamos voltar lá.

[A porta se abre e se fecha.]

Damanis: Achei que vocês tivessem se esquecido de mim.

El-Masri: Nunca faríamos isso, Malik.

Damanis: Que boa notícia. Sinto muito por ocupar tanto do seu tempo. Você deve ter muito a fazer como líder da colônia.

El-Masri: Bem, tem sido útil conversar com você, e poderá ser ainda mais útil para mim, Malik.

Damanis: Como?

El-Masri: Preciso que me diga tudo que puder sobre o lugar onde você aterrissou e como você chegou aqui vindo de lá. Isso vai nos ajudar a encontrar o ponto aonde chegou e poderá nos ajudar a localizar o restante da tripulação.

Damanis: Pode deixar que eu conto, mas não acho que você vá encontrar o restante da minha equipe. Acho que todo mundo já morreu.

El-Masri: Você disse que alguns dos seus colegas da tripulação, pelo menos, estavam vivos quando aterrissaram. Você conseguiu sobreviver até agora. Então faria sentido que alguns deles também tenham conseguido.

Damanis: Ãââ...

El-Masri: Por que você está balançando a cabeça?

Spurlea: Malik, aconteceu mais alguma coisa com a tripulação antes de você chegar aqui?

Damanis: Sim.

El-Masri: Conte para nós. Pode nos ser útil.

Damanis: Depois que aterrissamos, aqueles que estavam mais ou menos ilesos começaram a ajudar quem estava mais ferido. Éramos uns dez a essa altura. Voltamos ao contêiner para podermos ver quem estava vivo e quem estava morto. Os mortos, nós deslocamos para um lado do contêiner. Os vivos, deixamos do outro lado, para avaliar o grau dos ferimentos. Cerca de metade das pessoas sofreu fraturas, mas ainda estavam conscientes ou eram capazes de andar. O restante ou estava inconsciente ou incapacitado, por conta dos ferimentos ou da dor. Voltamos ao contêiner e pegamos as roupas dos mortos para fazer tipoias e torniquetes, além de ataduras para quem estivesse sangrando ou com fraturas expostas.

Spurlea: Então, uns dez relativamente ilesos, cerca de dez ou quinze um tanto feridos e o mesmo número de pessoas com ferimentos severos. E o resto morto.

Damanis: Sim. Posso tomar mais água?

Spurlea: Claro.

Damanis: Quando terminamos, o grupo dos ilesos se reuniu para discutir o que fazer. Alguns queriam encontrar a colônia de vocês. Sabíamos que estava por aqui, porque esse era o motivo de estarmos no seu planeta, para começo de conversa, e que vocês não estariam muito longe de onde aterrissamos. Mas nenhum dos nossos tablets sobreviveu à queda e não conseguíamos enviar mensagens, nem usá-los para manter contato com quem começasse a vagar. A maioria de nós queria construir um acampamento melhor, nos instalar direito, encontrar água e alimento antes de qualquer outra coisa. Eu disse que deveríamos tirar os mortos do contêiner e trazer de volta os vivos, porque assim pelo menos teríamos abrigo. Teve um sujeito, Nadeem Davi, que começou a discursar sobre considerarmos a possibilidade de usar os mortos como alimento. Discutimos sobre isso por tanto tempo que nem reparamos no que aconteceu com a floresta.

EL-MASRI: O que aconteceu?

DAMANIS: Ficou um silêncio sepulcral. Igual quando tem um predador por perto, sabe? Tudo que corre o risco de virar comida simplesmente cala a boca e se esconde. Por fim, reparamos nisso quando paramos de falar. Fez um silêncio sinistro, exceto pelos nossos feridos. E aí...

SPURLEA: E aí uma matilha de animais recaiu sobre vocês.

DAMANIS: Vocês *sabem* dessas coisas?

EL-MASRI: Nós os chamamos só de "a matilha". Esse é o único nome, porque nunca pegamos um sozinho. Ou não se vê nenhum ou se vê dúzias deles. Não tem meio-termo.

DAMANIS: Eu não sabia disso. Vi esses bichos aparecerem do meio do mato e me lembrei das histórias que minha avó contava das hienas na África. Eram tantos. Um ou dois para cada um de nós.

EL-MASRI: Perdemos quatorze colonos para a matilha logo no começo, antes de aprendermos que não dá para ir muito longe na floresta sozinho. Saímos em grupos de quatro ou cinco, sempre armados. Parece que ficaram bons em reconhecer os fuzis. Já não os vemos mais como antes.

DAMANIS: Descontaram na gente, então. Primeiro, foram atrás dos feridos, atacaram diretamente o pescoço ou ferimentos abertos. Não havia nada que pudéssemos fazer por eles. Alguns dos menos feridos tentaram fugir correndo ou rastejando, mas a matilha foi atrás dos ferimentos também. Como se soubessem que isso nos causaria mais dor e assim poderiam enfraquecer a gente para nos pegar. Então, pelo menos algumas dúzias formaram uma matilha menor e partiram para cima daqueles que ainda estavam ilesos. Alguns tentaram fugir e não repararam que havia outra pequena matilha nos flanqueando. Nadeem foi um deles. Não demorou nada para o pegarem, havia seis desses bichos em cima dele antes que qualquer um de nós pudesse fazer alguma coisa. Depois o resto veio direto na nossa direção.

Spurlea: E como você conseguiu fugir?

Damanis: A princípio não consegui. Um dos bichos da matilha mordeu a minha panturrilha e arrancou um pedaço. Eu consegui afastá-lo com um chute e saí correndo o mais rápido que pude na outra direção. A essa altura, o resto da tripulação já era, e acho que a matilha decidiu que tinham mais do que o suficiente ali mesmo. Não precisavam me seguir. Simplesmente continuei correndo até a minha perna não aguentar mais.

El-Masri: Você lembra para qual direção você correu, na maior parte do tempo? Norte? Sul?

Damanis: Não sei. Sul, no geral? Lembro que o sol estava à minha direita quando dava para ver, e acho que era de manhã quando aterrissamos. Então, sul?

El-Masri: E o que aconteceu então?

Damanis: Parei para descansar, mas não por muito tempo, porque minha perna já estava começando a doer e eu não queria que ela ficasse rígida. Continuei seguindo ao sul e cheguei a um riacho depois de um tempo, talvez dez minutos. Eu me lembro de ter lido em algum lugar que, se você se perder na floresta, é importante achar um riacho e seguir a correnteza, porque cedo ou tarde vai chegar à civilização. Então bebi um pouco d'água e lavei a ferida, depois comecei a seguir na direção do rio. Eu andava, depois descansava alguns minutos, então começava a andar de novo. Uma hora saí do mato e vi a sua colônia. Vi duas pessoas na lavoura.

Spurlea: Era a família Yang. Eles o encontraram no que era para ser seu campo de sorgo.

El-Masri: Prossiga, Malik.

Damanis: Tentei gritar para eles e acenar com os braços, mas não sabia se conseguiriam me ouvir ou não. Depois desmaiei e quando acordei estava aqui, e o dr. Spurlea tentava dar um jeito na minha perna. Isso me fez acordar.

EL-MASRI: Não duvido.

DAMANIS: E isso é tudo. É tudo que sei.

EL-MASRI: Certo. Obrigado, Malik.

DAMANIS: Não há de quê, senhor. Posso tomar meus analgésicos agora? Vou começar a chorar de verdade em breve.

SPURLEA: Sem problemas, Malik. Me dê um minuto para eu conversar com Chen e eu já volto aqui com sua injeção.

[A porta se abre e fecha.]

EL-MASRI: Bem, pelo menos agora a gente sabe como ele pegou Podreira. Deve ter sido essa mordida da matilha.

SPURLEA: E ainda por cima lavou a ferida no rio.

EL-MASRI: Não podemos culpá-lo por não saber que o riacho está infestado com as bactérias da Podreira.

SPURLEA: Não culpo mesmo. O exame de sangue acabou de chegar, aliás.

EL-MASRI: Más notícias?

SPURLEA: Não faça parecer que você se *importa*, Chen.

EL-MASRI: Só me diga logo.

SPURLEA: Está no sangue dele. Temos cerca de 24 horas até a septicemia virá-lo do avesso.

EL-MASRI: Não temos analgésicos o suficiente para você deixá-lo dopado até o fim, Aurel. Foi assim que viemos parar nessa situação com os analgésicos para começo de conversa.

SPURLEA: Eu sei.

EL-MASRI: Vai ter de cuidar disso, então.

SPURLEA: Quando eu voltar lá, vou dar o bastante para ele dormir. Depois disso cuido dele.

EL-MASRI: Sinto muito que eu precise tratar você nesses termos quanto a essa questão.

SPURLEA: Eu compreendo, Chen. De verdade. Só tenho certeza de que, quando eu morrer e encontrar Hipócrates, ele vai estar muitíssimo decepcionado comigo.

EL-MASRI: Ele vai morrer de qualquer jeito... e vai ser uma morte dolorosa. Não estará fazendo favor algum deixando-o viver.

SPURLEA: Vou mudar de assunto e dizer "Olha só, aí vem Magda".

GANAS: A equipe do leste encontrou os contêineres com a tripulação da *Estrela da Manhã Eriana*.

EL-MASRI: Qual a situação?

GANAS: Todo mundo morto. Morte imediata pelo impacto em um dos pontos. Morte causada, pelo visto, pela matilha, no outro. Os dois pontos estão a menos de um quilômetro de distância entre si, e o ponto de morte por impacto está mais ao norte. A equipe tirou fotos, você pode olhar, caso queira ter pesadelos esta noite.

EL-MASRI: Nenhum outro contêiner?

GANAS: Se estão lá, não foram encontrados ainda.

EL-MASRI: Fale para continuarem procurando. Passe as coordenadas às outras equipes de busca e comecem a se espalhar a partir dali.

GANAS: Como está Malik?

SPURLEA: A Podreira caiu no sangue dele.

GANAS: Jesus.

SPURLEA: Mais um dia perfeito aqui em Nova Seattle.

EL-MASRI: Veja por este lado: vai ser difícil piorar muito além disso.

GANAS: Não comece a agourar.

EL-MASRI: Obrigado, Aurel, Magda. Avisarei vocês quando e se eu encontrar aqueles suprimentos.

SPURLEA: Obrigado, Chen.

GANAS: Lá vai um grande filho da puta.

SPURLEA: Já sabíamos como ele era quando o contratamos.

GANAS: Eu sei, mas é doloroso ser lembrada disso com tanta frequência.

SPURLEA: Sem ele, todo mundo aqui já estaria morto.

GANAS: O que também é uma lembrança dolorosa de se ter assim, com tanta frequência.

SPURLEA: Vamos lá. Temos de dar os analgésicos do Malik.

GANAS: Chen mandou você apagá-lo depois disso?

SPURLEA: Sim.

GANAS: E você vai?

SPURLEA: Não sei.

GANAS: Você é um homem bom e decente, Aurel. De verdade. Como você veio parar numa colônia clandestina eu nunca vou entender.
SPURLEA: Olha quem fala, Magda. Vamos entrar.
GANAS: Certo.
SPURLEA: E desliga essa coisa. Seja lá o que eu for fazer, não quero um registro disso em lugar algum além da minha consciência.

[Fim da transcrição]

EPISÓDIO 3
PRECISAMOS SÓ DAS CABEÇAS

Hart Schmidt foi até o escritório temporário da embaixadora Abumwe na Estação Fênix quando recebeu um sinal, mas ela não estava lá. Schmidt sabia que a embaixadora não estar na sala não seria uma desculpa boa o suficiente para ele não se apresentar ao receber a ordem, por isso pegou seu PDA e fez uma busca rápida atrás da chefe. Três minutos depois, ele a encontrou e abordou no observatório.

– Embaixadora – cumprimentou ele.

– Senhor Schmidt – respondeu a embaixadora, sem se virar. Schmidt acompanhou o olhar dela até a janela que ocupava toda a parede do observatório, de onde se via uma nave avariada, pairando a uma pequena distância da própria estação.

– A *Clarke* – disse Schmidt.

– Muito bem, Schmidt – respondeu Abumwe, num tom de voz que o informava que, assim como muitas das coisas que ele lhe dizia em seu papel enquanto funcionário da equipe diplomática, não estava lhe comunicando nada que ela já não soubesse.

Schmidt reagiu com um pigarro nervoso e involuntário.

– Eu encontrei com Neva Balla mais cedo hoje – disse ele, mencionando a oficial executiva da *Clarke*. – Ela me disse que as coisas estão feias para a nave. O dano sofrido em nossa última missão foi bastante debilitante. Seria quase tão caro de reparar quanto construir uma nave nova. Ela acredita que vão simplesmente mandá-la para o desmanche.

– E fazer o que com a tripulação? – perguntou Abumwe.

– Não especificou – disse Schmidt. – Falou que a tripulação vai continuar unida, pelo menos por ora. Há uma chance de que a União Colonial apenas pegue uma nova nave e designe a tripulação da *Clarke* para ela. É capaz até mesmo de a rebatizarem como *Clarke*, se forem desmanchar essa aqui. – Ele gesticulou na direção da nave.

– Hmmmm – respondeu Abumwe, voltando ao seu silêncio, enquanto encarava a *Clarke*.

Passaram-se mais alguns minutos desconfortáveis até Schmidt pigarrear de novo.

– A senhora me chamou, embaixadora? – disse ele, lembrando-a de sua presença.

– Você disse que a tripulação da *Clarke* não foi designada para uma outra nave – disse Abumwe, como se a conversa anterior não tivesse tido uma longa pausa.

– Ainda não – confirmou Schmidt.

– E, no entanto, a *minha* equipe foi – complementou Abumwe, finalmente voltando o olhar para Schmidt. – A maior parte dela, pelo menos. O Departamento de Estado me garantiu que essas novas designações são apenas temporárias, que precisam do meu pessoal para tapar buracos em outras missões, porém, enquanto isso, restaram duas pessoas. Eles me deixaram Hillary Drolet e você. Eu sei o porquê de Hillary. Ela é minha assistente. Não sei o porquê de terem optado por levar todos os *outros* membros da minha equipe, designando alguma tarefa presumivelmente importante, e deixarem *você* sem nada.

– Não tenho uma boa resposta para isso, senhora – foi a única coisa que Schmidt conseguiu dizer que não pudesse colocar em risco toda sua carreira diplomática.

– Hmmmm – disse Abumwe de novo, voltando-se mais uma vez para a *Clarke*.

Schmidt presumiu que essa fosse a deixa para sair e começou a sair do observatório, e talvez pudesse se servir um drinque bem forte no refeitório mais próximo, quando Abumwe se pronunciou mais uma vez.

– Você está com o seu PDA? – perguntou.

– Sim, senhora – disse Schmidt.

– Dê uma olhada nele agora – disse Abumwe. – Temos novas ordens.

Schmidt sacou o tablet do bolso do casaco e o abriu arrastando o dedo na tela, onde leu as novas ordens que piscavam em sua caixa de entrada.

– Estamos sendo enviados para negociar com os Bulas – disse ele, enquanto lia.

– É o que parece – respondeu Abumwe. – A embaixadora-adjunta Zala teve uma apendicite com ruptura e precisou tirar uma licença. Em geral, o protocolo determinaria que os seus assistentes entrassem em cena para continuar as negociações, mas a parte de Zala ainda não começou formalmente, e por motivos de protocolo é importante que a União Colonial tenha alguém com uma posição alta o bastante na hierarquia para encabeçar essa parte do processo. Então, cá estamos nós.

– Qual parte das negociações vamos assumir? – perguntou Schmidt.

– Há um motivo para eu estar fazendo *você* ler as ordens, Schmidt – disse Abumwe. Aquele tom de voz de novo. Ela se virou para encará-lo mais uma vez.

– Perdão, senhora – falou Schmidt, apressadamente, e gesticulou na direção do PDA. – Ainda não cheguei nessa parte.

Abumwe fez uma careta, mas manteve para si qualquer comentário que estivesse passando pela sua cabeça.

– Acesso de comércio e turismo aos planetas dos Bulas – disse ela, em vez disso. – Quantas naves, qual o tamanho delas, quantos humanos na equipe de solo em Bulati e seus planetas colonizados, e assim por diante.

– Já fizemos isso antes – disse Schmidt. – Não deve ser um problema.

– Tem um porém que não consta nas suas ordens – disse Abumwe. Schmidt tirou os olhos do PDA. – Existe um planeta colonizado pelos Bulas chamado Wantji. Foi um dos últimos tomados por eles antes de o Conclave avisar que raças não afiliadas não poderiam colonizar mais lugar nenhum. Eles não chegaram a colocar ninguém do seu povo nesse planeta ainda porque não sabem como o Conclave reagiria.

– E o que tem ele? – perguntou Schmidt.

– Três dias atrás, as FCD receberam um drone de salto de Wantji com uma mensagem de emergência, um pedido de socorro – respondeu Abumwe.

Por que é que os Bulas, em um planeta oficialmente desabitado, mandariam um pedido de socorro às Forças Coloniais de Defesa?, foi o que Schmidt quase perguntou, mas se segurou. Percebeu que era o exato tipo de pergunta que faria a embaixadora pensar que ele era ainda mais idiota do que ela já acreditava que ele fosse. Em vez disso, tentou matar a charada por conta própria.

Alguns segundos depois, a resposta lhe veio.

– Uma colônia clandestina – disse enfim.

– Sim – respondeu Abumwe. – Uma colônia clandestina da qual os Bulas parecem não saber nada a respeito até o momento.

– Não vamos contar para eles que a colônia está lá? – perguntou Schmidt.

– Ainda não – respondeu Abumwe. – As FCD vão mandar uma nave antes.

– Vamos mandar uma *nave de guerra* em território bula para conferir uma colônia que nem sequer deveria estar lá? – perguntou Schmidt, levemente incrédulo. – Embaixadora, essa é uma péssima ideia...

– Claro que é uma péssima ideia – replicou Abumwe, estourando em cima dele. – Pare de me informar o óbvio, Schmidt.

– Perdão – disse Schmidt.

– Temos uma dupla função nessas negociações – disse Abumwe. – Vamos negociar os direitos de comércio e turismo e vamos conduzir as negociações *bem devagar* para que a *Tubingen* consiga chegar a Wantji e retirar a colônia, ou o que sobrou dela, do planeta.

– Sem contar aos Bulas – complementou Schmidt, mantendo o tom de incredulidade na voz o mais educadamente possível.

– A lógica é que, se os Bulas não estão cientes do fato até agora, não há por que avisá-los – disse Abumwe. – E se ficarem cientes, então os clandestinos precisarão ser removidos antes que representem um problema diplomático genuíno.

– Bem, enquanto eles ignorarem uma nave das FCD fazendo hora em cima do planeta deles... – comentou Schmidt.

– A ideia aqui é que a *Tubingen* já tenha ido embora muito antes de perceberem que ela está lá – disse Abumwe.

Schmidt se segurou para não dizer *Ainda assim é uma má ideia* e optou por outra coisa em vez disso.

— Você disse que é a *Tubingen* que vai descer nesse planeta colônia – falou.

— Sim – respondeu Abumwe. – O que tem ela?

Schmidt acessou seu tablet e fez uma busca na caixa de entrada.

— Harry Wilson foi despachado para a *Tubingen* faz alguns dias – disse ele, virando o tablet para a embaixadora, a fim de lhe mostrar a mensagem que Wilson havia lhe mandado. – O pelotão das FCD perdeu o sujeito que cuida dos sistemas em Brindle. Harry entrou no lugar dele para a missão atual. Que me parece ser esta, não é?

— Mais um membro da minha equipe que me garfaram – comentou Abumwe. – Aonde você quer chegar?

— O que eu quero dizer é que seria útil termos alguém na equipe de solo – esclareceu Schmidt. – Você já sabe que ferraram a gente, senhora. No mínimo do mínimo, Harry pode nos dizer o quanto a gente se ferrou.

— Pedir para o seu amigo das FCD repassar informações sobre uma missão militar em andamento é um belo jeito de acabar fuzilado, Schmidt – disse Abumwe.

— Imagino que sim – respondeu Schmidt.

Sua resposta fez Abumwe ficar em silêncio por um momento.

— Não acho que você deva correr o risco de ser flagrado fazendo uma coisa dessas – disse ela, depois de um tempo.

— Eu compreendo perfeitamente, senhora – disse Schmidt, voltando-se para ir embora.

— Schmidt – chamou Abumwe.

— Sim, senhora – respondeu Schmidt.

— Você compreende que, em nossa conversa anterior, eu deixei implícita a ideia de que o mantiveram comigo porque você é, na maioria das vezes, inútil – comentou Abumwe.

— Eu entendi isso, sim – disse Schmidt, um segundo depois.

— Tenho certeza de que entendeu – disse Abumwe. – Agora, prove que estou errada. – E então ela voltou seu olhar para a *Clarke*.

Ih, rapaz, Harry, pensou Schmidt enquanto ia embora. *Espero que as coisas estejam sendo mais fáceis para você do que para mim.*

A nave de transporte da *Tubingen* atingiu a atmosfera do planeta como uma rocha perfurando uma represa de barro, dispersando calor e sacodindo o pelotão de soldados das Forças de Defesa Coloniais lá dentro como se fossem bolas de plástico em um chocalho de criança.

– Que bacana – comentou o tenente Harry Wilson, para ninguém em particular, voltando depois sua atenção à colega de patente, Heather Lee, comandante do pelotão. – Engraçado como uma coisa como o ar pode ser tão acidentado.

Lee deu de ombros.

– Temos cintos de segurança – disse ela. – E isso aqui não é um evento social.

– Eu sei – disse Wilson, enquanto a nave de transporte sacodia de novo. – Mas esta sempre foi a minha parte menos favorita de qualquer missão. Além de... você sabe. Aquilo tudo de atirar e matar e tomar tiro e talvez ser devorado por alienígenas.

Lee não parecia nada impressionada com ele.

– Faz um tempo desde a última vez que você desceu, tenente?

Wilson assentiu.

– Cumpri meu tempo de combate e depois fui transferido para pesquisa e consultoria técnica para as forças diplomáticas. Eles não mandam a gente descer muito para isso. E as vezes que desci foram suaves e tranquilas.

– Então considere que isso é um treinamento de reciclagem – disse Lee. A nave estremeceu de novo. Alguma coisa fez um rangido preocupante.

– Ah, o espaço – disse Wilson, afundando-se de novo no assento. – Que *fantástico*.

– É *sim* fantástico, senhor – disse o soldado ao lado de Lee. Wilson automaticamente mandou seu BrainPal descobrir a identidade daquele homem e num instante surgiu uma caixa de texto flutuando sobre a cabeça do soldado para informar que estava conversando com o cabo Albert Jefferson. Wilson olhou de volta para Lee, a líder do pelotão, que flagrou seu olhar e mais uma vez deu de ombros, num gesto infinitesimal, como quem diz "Ele é novo aqui".

– Foi uma tentativa de sarcasmo, soldado – disse Wilson.

– Sei disso, senhor – respondeu Jefferson. – Mas eu falo sério. O espaço é fantástico. Tudo isso. É maravilhoso.

– Bem, exceto pelo frio e pelo vácuo e a parte toda da morte insuportável e em silêncio – disse Wilson.

– Morte? – disse Jefferson, sorrindo. – Com todo respeito ao senhor, tenente, mas a morte mesmo está lá em casa, na Terra. O senhor sabe o que eu fazia até três meses atrás, senhor?

– Vivia uma vida de idoso, imagino – disse Wilson.

– Eu estava plugado a uma máquina de hemodiálise, rezando para conseguir chegar ao meu 75º aniversário – respondeu Jefferson. – Já havia conseguido um transplante, mas não quiseram me dar outro porque sabiam que eu ia embora mesmo. Era mais barato me botar na hemodiálise. Quase não sobrevivi. Mas cheguei aos meus 75, me alistei e, uma semana depois, BUM. Corpo novo, vida nova, carreira nova. O espaço é maravilhoso.

A nave de transporte atingiu algum tipo de bolsão de ar, tombando antes que o piloto conseguisse alinhá-la de novo.

– Tem o pequeno problema de talvez ter que matar alguém – disse Wilson a Jefferson –, ou ser morto. Ou cair do céu. Você é um soldado agora. Esses são perigos ocupacionais.

– É uma troca justa – respondeu Jefferson.

– Será? – disse Wilson. – Primeira missão?

– Sim, senhor – respondeu Jefferson.

– Fico interessado em saber qual vai ser sua resposta daqui a um ano – disse Wilson.

Jefferson abriu um sorriso.

– O senhor me parece ser do tipo "copo meio vazio", senhor – disse ele.

– Sou do tipo "copo meio vazio e cheio de veneno", na verdade – corrigiu Wilson.

– Sim, senhor – respondeu Jefferson.

Lee fez um aceno com a cabeça de repente, direcionado não a Wilson, nem a Jefferson, mas a uma mensagem que ela recebeu no BrainPal.

– Descendo em dois – disse ela. – Esquadras. – Os soldados formaram grupos de quatro enquanto isso. – Wilson. Você vem comigo.

Wilson assentiu.

– Sabe, eu fui um dos últimos que conseguiu sair, senhor – disse Jefferson para Wilson, um minuto depois, enquanto o transporte identificava o ponto de aterrissagem.

– Sair de onde? – disse Wilson. Estava distraído, repassando as especificações da missão no BrainPal.

– Sair da Terra – esclareceu Jefferson. – No dia que subi o Pé-de-feijão em Nairóbi, aquele sujeito trouxe a frota alienígena até a órbita terrestre. Deu um susto do caramba em todo mundo. Achávamos que estávamos sob ataque. Aí a frota começou a transmitir todo tipo de coisa sobre a União Colonial.

– Você quer dizer, tipo, o fato de que ela manipula a Terra socialmente há séculos para que continue sendo uma fazenda de colonos e soldados? – disse Wilson.

Jefferson soltou um risinho baixo.

– Isso soa um pouco paranoico, não acha, senhor? Acho que esse sujeito...

– John Perry – complementou Wilson.

– ... tem muito o que explicar quanto a como conseguiu liderar toda uma frota alienígena, para começo de conversa. Em todo caso, o meu transporte foi um dos últimos a sair das docas da Terra. Houve mais um ou dois, mas depois disso me disseram que a Terra parou de mandar soldados e colonos. Querem renegociar a relação com a União Colonial, pelo que ouvi.

– Não parece nada absurdo, quando se pensa bem – disse Wilson.

A nave de transporte pousou com um baque surdo e se acomodou no solo.

– Só o que sei, senhor, é que fico contente que esse tal de Perry tenha esperado até eu ir embora – disse Jefferson. – Do contrário, ainda estaria velho, sem meus rins e provavelmente à beira da morte. O que quer que esteja por aí afora é melhor do que o que eu tinha lá.

A porta do transporte se abriu e o ar do lado de fora entrou de uma vez, quente e grudento, saturado do cheiro da morte e da decomposição. Saíram alguns resmungos do meio do pelotão e o som de pelo menos um soldado quase vomitando. Então o desembarque das esquadras começou.

Wilson deu uma olhada em Jefferson, cujo rosto registrava o efeito pleno do cheiro que emanava do planeta.

– Espero que você tenha razão – comentou Wilson. – Mas, a julgar pelo odor, provavelmente estamos à beira da morte aqui também.

Eles desceram da nave de transporte naquele novo mundo.

* * *

A subembaixadora dos Bulas não era muito diferente de um lêmure, como todos os Bulas, e carregava um amuleto na forma de uma joia que representava sua posição nas forças diplomáticas. Seu nome era impronunciável, o que não era incomum, mas ela insistia que Abumwe e sua equipe a chamassem de "subembaixadora Ting".

— Para o trabalho no governo, já é próximo o suficiente — falou, usando um aparelho tradutor pendurado num cordão, enquanto apertava a mão de Abumwe.

— Seja bem-vinda, então, subembaixadora Ting — disse Abumwe.

— Obrigada, embaixadora Abumwe — disse Ting, gesticulando para indicar que Abumwe, Drolet e Schmidt deveriam se sentar do outro lado da mesa, de frente para ela e os dois membros da sua equipe, na sala de conferências. — É um prazer para nós que alguém como você estivesse disponível para essas negociações tão assim em cima da hora. Sentimos muito por Katerina Zala. Por favor, mande nossos sentimentos a ela.

— Farei isso — disse Abumwe, sentando-se.

— O que é esse tal de "apêndice" que ela rompeu? — perguntou Ting, também se sentando.

— É um órgão vestigial ligado ao sistema digestório — respondeu Abumwe. — Às vezes ele inflama. Uma ruptura pode causar sepse e levar à morte, se não for tratada.

— Parece horrível — disse Ting.

— Ela foi diagnosticada a tempo, de modo que a embaixadora-adjunta Zala não corre risco algum — disse Abumwe. — Estará bem dentro de alguns dias.

— Que bom ouvir isso — disse Ting. — É interessante como uma parte tão pequena pode ameaçar a saúde de um sistema inteiro.

— Imagino que sim — respondeu Abumwe.

Ting ficou sentada ali por um momento, num silêncio confortável, e então, de sobressalto, apanhou o tablet que sua assistente pôs à frente dela.

— Bem, vamos começar? Não queremos que nosso sistema diplomático fique parado por *nossa* causa.

* * *

A placa feita a mão nos limites da colônia dizia "Nova Seattle". Até onde Wilson pôde ver, era a única coisa na colônia que não havia sido consumida pelo incêndio.

– Equipes, respondam – disse Lee. Não havia outra equipe perto dela, além da própria. Sua voz era transmitida via BrainPal. Wilson abriu o canal da general em sua cabeça.

– Equipe um aqui – disse Blaine Givens, líder do grupo. – Aqui não tem nada, só umas cabanas queimadas e uns corpos carbonizados.

– Equipe dois aqui – disse Muhamad Ahmed. – Mesma coisa.

– Equipe três – disse Janet Mulray. – Mais do mesmo. Seja lá o que aconteceu aqui, já não está mais acontecendo.

As outras três equipes relataram a mesma coisa.

– Alguém encontrou algum sobrevivente? – perguntou Lee, ao que chegaram as respostas de "nada até então". – Continuem procurando – disse ela.

– Preciso chegar ao QG da colônia – disse Wilson. – É para isso que eu estou aqui.

Lee assentiu e conduziu a equipe adiante.

– Achei que não estivéssemos mais colonizando planetas – disse Jefferson a Wilson enquanto avançavam até a colônia. – Os alienígenas nos disseram que iriam vaporizar qualquer planeta que a gente colonizasse.

– "Os alienígenas" não – corrigiu Wilson. – O Conclave. Tem diferença.

– E qual é? – perguntou Jefferson.

– Há cerca de seiscentas raças alienígenas diferentes com as quais lidamos – disse Wilson. – Talvez dois terços delas estejam no Conclave. O resto é que nem a gente, sem afiliação. – Ele continuou, enquanto dava a volta em torno de um colono morto deitado no caminho, carbonizado.

– E o que isso quer dizer, senhor? – perguntou Jefferson, contornando o mesmo cadáver, mas deixando o olhar se demorar sobre ele.

– Significa que eles são que nem nós – disse Wilson. – Se tentarem colonizar, o Conclave vai vir arrebentar todo mundo também.

– Mas tinha uma colônia aqui – disse Jefferson, voltando os olhos para Wilson. – Uma colônia nossa.

— É uma colônia clandestina — esclareceu Wilson. — Não foi sancionada pela União Colonial. E, em todo caso, este é um planeta de outra raça.

— Do Conclave? — perguntou Jefferson.

Wilson balançou a cabeça.

— Não, dos Bulas. Um grupo de alienígenas completamente diferente. — Ele gesticulou na direção das cabanas e dos barracos queimados ao redor. — Quando esse pessoal veio para cá, tiveram que se virar sozinhos. Nenhum apoio da UC. E nenhuma defesa também.

— Então não é uma das nossas colônias — disse Jefferson.

— Não — respondeu Wilson.

— Os alienígenas vão ver a questão por essa perspectiva também, senhor? — perguntou Jefferson. — Qualquer um dos grupos, digo.

— A gente está lascado de qualquer jeito se não for o caso, então é melhor torcer para que sim — disse Wilson. Ele olhou para frente e viu que ele e Jefferson haviam ficado para trás em relação a Lee. — Vamos, Jefferson. — Então deu uma corridinha para alcançar a líder do pelotão.

Dois minutos depois, a equipe de Wilson e Lee estava em frente a um barracão Quonset, parcialmente derrubado.

— Acho que é aqui — disse Lee a Wilson. — O QG, digo.

— Como você sabe? — perguntou Wilson.

— Maior edifício dentro da colônia — disse Lee. — As assembleias da cidade precisam acontecer em algum lugar.

— Isso não dá para negar — respondeu Wilson, olhando para dentro do barracão, preocupado com a estabilidade. Ele se virou para Lee e sua equipe.

— Você primeiro, tenente — disse Lee. Wilson suspirou e arrombou a porta do barracão.

Lá dentro, havia dois cadáveres e uma bagunça imensa.

— Parece que alguma coisa os pegou de jeito — disse Lee, cutucando um dos corpos com o pé. Wilson viu Jefferson, que observava o cadáver, assumir um tom de verde ainda mais nauseabundo do que antes.

— Há quanto tempo eles estão mortos, você acha? — perguntou Wilson.

Lee deu de ombros.

— Entre mandarem o sinal de socorro e a gente chegar aqui? Não menos de uma semana.

– E desde quando colônias clandestinas dão sinal de vida? – perguntou Wilson.

– Eu só vou até onde me mandam, tenente – disse Lee, gesticulando na direção de Jefferson e apontando para um dos corpos. – Confira aquele corpo ali, veja se tem um chip de identificação. Os colonos às vezes os usam para manter um registro da população.

– Você quer que eu fuce um cadáver? – perguntou Jefferson, claramente horrorizado.

– Mande um sinal para ele – disse Lee, impaciente. – Use o BrainPal. Se tiver um chip, vai responder.

Wilson se afastou dessa discussão envolvente entre Lee e Jefferson para avançar pelo interior do barracão. Os corpos estavam numa área aberta, que ele suspeitava ser usada para as reuniões da colônia, de acordo com o palpite de Lee. Mais para dentro, havia um conjunto do que costumavam ser cubículos e uma salinha enclausurada.

Os cubículos estavam em pedaços, uma bagunça. Já a salinha, pelo menos por fora, parecia intacta. Wilson esperava que o hardware de computação e comunicação da colônia estivesse por lá.

A porta estava trancada. Ele mexeu na maçaneta algumas vezes para confirmar, depois olhou para o outro lado da porta, então sacou sua ferramenta multipropósito, moldou-a no formato de um pé-de-cabra e arrancou os parafusos das dobradiças. Deixando a porta de lado, deu uma olhada na sala.

Todos os equipamentos haviam sido esmagados até não sobrar nada.

– Merda – disse Wilson a si mesmo, mas entrou na salinha ainda assim, para ver se havia algo que desse para recuperar.

– Encontrou alguma coisa? – perguntou Lee alguns minutos depois, ao aparecer na porta.

– Alguém que goste de montar quebra-cabeças poderia se divertir com isso aqui – disse Wilson, levantando-se e gesticulando para o que restava do equipamento.

– Então, nada que dê para usar – concluiu Lee.

– Não – disse Wilson, que então se abaixou, apanhou um dos pedaços e o estendeu na direção de Lee, para que ela o pegasse. – Isso aqui era para ser o núcleo de memória. Martelaram até não dar mais para usar.

Vou levar de volta e tentar tirar algo disso, em todo caso, mas não criaria esperanças.

— Talvez algum dos computadores e portáteis dos colonos nos dê alguma pista – sugeriu Lee. – Vou mandar o meu pessoal buscar.

— Seria bom – disse Wilson –, se bem que, se cada dado passava por esse servidor central, é possível que tenham apagado tudo antes de quebrarem os equipamentos.

— Essa destruição não foi só do combate – comentou Lee.

Wilson balançou a cabeça e gesticulou na direção das carcaças.

— Sala trancada. Nenhuma outra avaria nesta parte do barracão. E parece que a destruição aqui foi metódica. Quem fez isso não queria que capturassem o que estava sendo armazenado aqui.

— Mas você falou que a porta estava trancada – disse Lee. – Quem quer que tenha acabado com este lugar nem parou para conferir o computador.

— Pois é – disse Wilson, olhando depois para Lee. – E você? Conseguiu alguma coisa dos cadáveres?

— Sim, depois que Jefferson entendeu o que era para fazer – respondeu Lee. – Martina e Vasily Ivanovich. Na ausência de evidências contrárias, deviam ser a dupla encarregada dos computadores aqui. Mandei as equipes conferirem os outros corpos atrás de chips de identificação também.

— Mais alguma coisa além dos nomes? – perguntou Wilson.

— Os dados biométricos de sempre – disse Lee. – Mandei um sinal para a *Tub* a fim de ver se havia algo nos bancos de dados, mas não tinha nada. Eu também não esperava que houvesse, a não ser que por acaso fossem ex-membros das FCD.

— Só mais dois idiotas numa tentativa de colonização espetacularmente mal pensada – disse Wilson.

— Junto de mais uns 150 outros idiotas – complementou Lee.

— O que faz com que a União Colonial seja infinitesimalmente mais esperta – disse Wilson, e Lee soltou um risinho baixo.

A distância, veio o ruído de alguém vomitando. Lee esticou o pescoço para ver.

— Olha só, é Jefferson – disse ela. – Não aguentou.

Wilson se levantou para conferir e disse:

— Até que demorou um pouco mais do que eu esperava.

– Ele estava enlouquecendo a gente com aquela empolgação toda – disse Lee.

– Ele é novo – respondeu Wilson.

– Com sorte, uma hora isso vai passar – disse Lee –, antes que alguém da equipe o mate.

Wilson deu um sorrisinho com esse comentário, depois voltou a Jefferson, passando pelo meio da nojeira.

– Desculpe, senhor – disse Jefferson. Estava ajoelhado perto do cadáver do falecido Vasily Ivanovich, com uma poça de vômito ao lado. Os outros dois membros da esquadra haviam arranjado algum outro lugar para ir.

– Você está trabalhando ao lado de dois cadáveres parcialmente decompostos, parcialmente devorados – disse Wilson. – Ficar nauseado é uma resposta perfeitamente racional.

– Se você diz – respondeu Jefferson.

– Digo sim – falou Wilson. – Na minha primeira missão, quase me mijei. Vomitar está ótimo.

– Obrigado, senhor – disse Jefferson.

Wilson deu um tapinha nas costas do recruta e olhou de relance para Vasily Ivanovich. O homem estava todo esculhambado, inchado e com uma parte significativa do abdome carcomido por animais carniceiros. Dali, Wilson tinha uma visão privilegiada dos resquícios mastigados do sistema digestório de Ivanovich.

Dentro do qual havia alguma coisa reluzente.

Wilson franziu o cenho e disse:

– O que é aquilo?

– Aquilo o quê, senhor? – perguntou Jefferson.

Wilson o ignorou e olhou mais de perto. Então, depois de um minuto, enfiou a luva dentro do que restava do estômago de Ivanovich.

O reflexo de vômito de Jefferson disparou, mas não havia mais o que vomitar, por isso o recruta só ficou encarando o pequeno objeto reluzente na mão coberta de sangue de Wilson, que delicadamente o apanhou com a outra mão e o ergueu contra a luz.

– O que é isso? – perguntou Jefferson.

– Um cartão de dados – respondeu Wilson.

— E o que é que ele estava fazendo no estômago dele? — perguntou Jefferson.

— Não faço ideia — disse Wilson, virando a cabeça. — Lee! — gritou.

— O que foi? — ela gritou de volta, do outro lado do barracão.

— Manda o seu pessoal aí procurar por um tablet que funcione e trazê-lo para mim imediatamente — disse ele. — Um tablet com entrada para cartões de dados.

Pouco tempo depois, havia inserido o cartão em um computador portátil e conectado o BrainPal nele.

— Por que ele engoliria um cartão de dados? — perguntou Lee, observando Wilson.

— Queria evitar que os dados caíssem em mãos inimigas — disse Wilson, ao mesmo tempo que abria a hierarquia de arquivos no cartão.

— Por isso ele destruiu o computador e o equipamento de comunicação — comentou Lee.

— Eu conseguiria encontrar mais respostas para você se você me deixasse me concentrar de fato no que estou fazendo — disse Wilson. Lee calou a boca, levemente irritada. Wilson ignorou a irritação dela e fechou os olhos para focar nos dados.

Vários minutos depois, ele abriu os olhos e encarou Ivanovich com uma expressão quase de deslumbre.

Lee reparou.

— O quê? — perguntou. — O que foi?

Wilson a olhou com uma expressão vazia, depois de novo para Ivanovich e por fim para o corpo de Martina Ivanovich.

— Wilson — chamou Lee.

— Acho melhor levarmos de volta estes dois corpos — disse Wilson.

— Por quê? — perguntou Lee, olhando para os cadáveres.

— Não sei se posso contar — disse Wilson. — Acho que você não tem a habilitação de segurança necessária para isso.

Lee o encarou, aborrecida.

— Não tem a ver com você — Wilson a reconfortou. — Tenho quase certeza de que eu também não tenho habilitação suficiente.

Lee não ficou exatamente satisfeita com essa resposta. Então disse, olhando de novo para o casal Ivanovich:

– Então você quer que a gente leve os dois para a *Tub*?
– Não precisa levar os corpos inteiros – disse Wilson.
– Como é que é? – perguntou Lee.
– Não precisa levar os corpos inteiros – repetiu Wilson. – Só a cabeça já serve.

– Você percebeu também, não foi? – disse Abumwe para Schmidt, durante uma pausa nas negociações. Os dois estavam no corredor da sala de conferências, bebendo o chá que Schmidt havia trazido para eles.
– Percebi o quê, senhora? – disse Schmidt.
Abumwe suspirou.
– Schmidt, se quer que eu mude de ideia em achar que você é inteiramente inútil para mim, então é melhor se *fazer* útil de fato – disse ela.
Schmidt concordou com a cabeça.
– Certo – disse ele. – Tem algo de errado com a subembaixadora Ting.
– Isso – disse Abumwe. – Agora me diz o que é esse algo de errado.
– Não sei – admitiu Schmidt. Ele viu Abumwe começar a fazer uma careta e então levantou a mão preventivamente, o que a surpreendeu e a fez ficar em silêncio. – Desculpe – disse Schmidt, apressado. – Digo que não sei porque não tenho certeza da causa, mas sei qual é o resultado. Ela está pegando muito leve com a gente nas negociações. Estamos conseguindo o que queríamos dela, mais do que devíamos. É quase um cheque em branco.
– Sim – disse Abumwe. – Eu gostaria de saber o porquê.
– Talvez ela só seja ruim de negociar – sugeriu Schmidt.
– Os Bulas destacaram essas partes das negociações especificamente para que déssemos maior atenção a elas – respondeu Abumwe. – O que sugere que não sejam assuntos triviais para eles. Os Bulas também não são conhecidos por serem molengas como negociadores. Não acho que colocariam uma má negociadora nessa parte do processo.
– Sabemos algo sobre Ting? – perguntou Schmidt.
– Nada que Hillary pudesse encontrar – disse Abumwe. – Os arquivos da União Colonial sobre missões diplomáticas dão ênfase aos diplomatas principais, não aos secundários. Mandei que ela procurasse mais a fundo, mas não espero achar muita coisa. Enquanto isso, o que você sugere?

Schmidt demorou um momento para registrar internamente sua surpresa pelo fato de Abumwe estar, de verdade, lhe pedindo opções. Então disse:

– Continuar o que estamos fazendo. Estamos *sim* conseguindo o que queremos dela. A nossa preocupação a esta altura é chegar ao final das negociações rápido demais, antes que a *Tubingen* termine a missão.

– Posso pensar num motivo para suspender as negociações até amanhã – disse Abumwe. – Posso pedir mais tempo para pesquisar alguma questão em particular. Não vai ser difícil de fazer.

– Certo – disse Schmidt.

– E falando na *Tubingen*... alguma notícia do seu amigo? – perguntou Abumwe.

– Mandei um bilhete criptografado para ele no próximo drone de salto a caminho da nave – disse Schmidt.

– Você não devia confiar na nossa criptografia – disse Abumwe.

– Eu não confio – Schmidt a tranquilizou. – Mas acho que pareceria suspeito da minha parte mandar um bilhete sem criptografia, considerando a missão. O bilhete em si é papo furado, inócuo, contendo uma linha que diz "É igual àquela vez na Estação Fênix".

– E o que isso significa? – perguntou Abumwe.

– Basicamente quer dizer "Me diz se tem alguma coisa de interessante acontecendo" – disse Schmidt. – Ele vai entender.

– Gostaria de me explicar como os dois têm um codigozinho secreto? – questionou Abumwe. – É algo que bolaram na primeira série?

– Ããã... – disse Schmidt, desconfortável. – Meio que só aconteceu.

– Sério? – perguntou Abumwe.

– Harry via você puta da vida comigo em uma ou outra negociação, então bolou essa frase como um modo de me avisar que ele tinha interesse em saber dos detalhes mais tarde – disse Schmidt, rapidamente, desviando o olhar enquanto explicava.

– Você tem mesmo todo esse medo de mim, Schmidt? – perguntou Abumwe, um segundo depois.

– Eu não diria "medo" – respondeu Schmidt. – Diria que tenho um respeito saudável pelos seus métodos de trabalho.

– Sim, bem – disse Abumwe –, por ora pelo menos sua obsequiosidade não vai ser útil para mim. Então pode parar.

– Vou tentar – disse Schmidt.

– E me avise se tiver notícias do seu amigo – disse Abumwe. – Também não sei o que a subembaixadora Ting está tramando. Isso está me deixando desconfortável. Mas me preocupo que tenha a ver, de algum modo, com a colônia clandestina de Wantji. Se for o caso, vou querer saber antes de qualquer outra pessoa.

– Você quer que eu faça o quê? – perguntou a dra. Tomek. No fim das contas, eles acabaram levando os corpos inteiros dos Ivanovich, ambos então espalhados sobre as mesas de exame. A dra. Tomek era profissional demais para ficar desconfortável diante da visão e do cheiro dos cadáveres decompostos, mas estava visivelmente incomodada com o tenente Wilson por tê-los trazido até sua enfermaria sem avisar.

– Escaneie os cérebros – repetiu Wilson. – Estou procurando uma coisa.

– O que está procurando? – perguntou Tomek.

– Se eu achar, te conto – disse Wilson.

– Me desculpe, mas eu não trabalho desse jeito – disse Tomek, olhando de relance para a tenente Lee, que continuou na sala depois que os soldados trouxeram os Ivanovich à enfermaria. – Quem é este sujeito? – perguntou, apontando para Wilson.

– Está substituindo Mitchusson temporariamente – disse Lee. – Pegamos emprestado de uma missão diplomática. E tem mais uma coisa quanto a ele.

– O quê? – perguntou Tomek.

Lee gesticulou com a cabeça na direção de Wilson, que captou a sugestão.

– Tenho uma habilitação de segurança de altíssimo nível que me permite dar ordens a qualquer um na nave para fazer o que eu quiser – disse Wilson a Tomek. – É um resquício da minha missão anterior. Eles não se deram ao trabalho de revogar.

– Já reclamei com o capitão Augustyn quanto a isso – disse Lee. – Ele concorda que é uma merda, mas não há nada que dê para fazer agora. Ele vai registrar a reclamação formalmente no próximo drone de salto. Até lá, temos de fazer o que ele mandar.

— Ainda assim, é a minha enfermaria — protestou Tomek.

— E é por isso que estou pedindo a *você* para escanear — disse Wilson, apontando com a cabeça para o escâner médico guardado num cubículo nos fundos da enfermaria. — Já trabalhei com um desses e fui treinado para usá--los. Eu mesmo poderia cuidar disso, mas sei que você é melhor. Não estou tentando jogar você para escanteio, doutora. Mas se o que procuro não estiver de fato lá, então é melhor para todo mundo se eu guardar meus delírios paranoicos só para mim.

— E se estiver? — perguntou Tomek.

— Então as coisas começam a ficar complicadas de verdade — disse Wilson. — Por isso, vamos torcer para que não tenha nada.

Tomek olhou de soslaio de volta para Lee, que deu de ombros. Wilson captou a essência do gesto. *Faz o que esse idiota quer de uma vez*, dizia. *Logo mais a gente se livra dele.* Bom, por Wilson, tudo bem.

Tomek foi até o cubículo e buscou o escâner e a placa refletora, depois voltou à mesa onde estava Vasily Ivanovich. Colocou as luvas, levantou a cabeça de Ivanovich com delicadeza e colocou a placa sob ela.

— Onde a imagem aparece? — perguntou Wilson, ao que Tomek gesticulou com a cabeça para o monitor acima da mesa. Wilson o ligou. — Quando você quiser — disse ele. Então Tomek posicionou o escâner, ativou--o e olhou para cima, para o monitor, depois de alguns segundos.

— Mas o quê...? — perguntou, no momento seguinte.

— Que maravilha — disse Wilson, olhando para o monitor. — E por "maravilha" eu quero dizer "que bosta".

— O que foi? — perguntou Lee, vindo olhar melhor a coisa que Wilson e Tomek estavam vendo.

— Vou dar uma dica para vocês — disse Wilson. — Todos nós temos um desses na cabeça.

— Isso é um *BrainPal?* — perguntou Lee, apontando para a tela.

— Acertou de primeira — disse Wilson, se inclinando na direção do monitor. — Este tem um design um pouco diferente da versão em que trabalhei quando estava em Pesquisa e Desenvolvimento nas FCD. Mas não tem como ser qualquer outra coisa.

— O sujeito é um civil — disse Tomek. — O que diabos ele está fazendo com um BrainPal?

— Duas explicações possíveis — disse Wilson. — A primeira é que não é um BrainPal e na verdade estamos observando um tumor com um arranjo muito coincidente. A segunda é a de que nosso amigo Vasily Ivanovich não é um civil, na realidade. Uma dessas respostas é mais provável do que a outra.

Tomek olhou de relance para Martina Ivanovich.

— E ela? — perguntou.

— Suspeito que seja um par de vasos — disse Wilson. — Vamos lá descobrir?

Os dois de fato eram um par.

— Você sabe o que isso quer dizer — disse Tomek, depois de desligar o escâner.

Wilson concordou com a cabeça.

— Eu falei que ia ficar complicado.

Lee olhou para os dois e disse:

— Não estou acompanhando o raciocínio aqui.

— Temos BrainPals na cabeça de duas pessoas que aparentam ser civis — explicou Wilson. — Isso quer dizer que provavelmente não são. O que sugere que essa colônia clandestina pode não ser uma tentativa de colonização por conta própria, tal como foi anunciado. E agora sabemos o porquê de todos os computadores e registros terem sido destruídos pelos colonos.

— Exceto pelo chip de dados que você achou dentro do sujeito — disse Lee, apontando para Vasily Ivanovich.

— Não acho que ele engoliu para *salvá-lo* — disse Wilson. — Acho que engoliu porque estavam sendo aniquilados e ele não teve tempo de destruí--lo de nenhum outro modo.

— E o que tinha no chip? — perguntou Tomek.

— Um monte de relatórios diários — disse Wilson, ao que Lee franziu a testa, sem entender, claramente, o porquê da importância disso. — Não é que os dados no chip fossem importantes — continuou Wilson. — É o fato de que esses dados foram salvos numa estrutura de memória típica de BrainPals. O fato de que isso existe implica que havia alguém usando um BrainPal. O fato de que o BrainPal existe implica que esta não é apenas uma colônia clandestina.

— Precisamos contar isso ao capitão Augustyn — disse Lee.

— Ele é o capitão — disse Tomek. — É provável que já saiba.

– Se já soubesse, provavelmente não teria me deixado dar ordens para vocês examinarem os dois – disse Wilson. – Não importasse o meu nível de segurança. Não, acho que vai ser uma surpresa para ele tanto quanto foi para nós.

– Então a gente tem de contar para ele – disse Lee. – A gente vai contar, né?

– Sim – assegurou Wilson. – Ele vai mandar um drone de salto detalhando o que encontramos. E espero que imediatamente depois a gente receba ordens novas, dizendo que não se trata mais de um trabalho de extração.

– E o que vai ser agora? – perguntou Lee.

– Um acobertamento – disse Tomek, e Wilson assentiu. – Destruir qualquer evidência de que ali havia outra coisa *que não* uma colônia clandestina.

– Já era nosso dever destruir todas as provas, em todo caso – disse Lee.

– Não apenas *lá embaixo* – disse Wilson, apontando depois para os Ivanovich. – Quero dizer pulverizar estes dois aqui, junto com os BrainPals, até não sobrar nada. Para não mencionar obliterar qualquer informação sobre o que acabamos de encontrar e o cartão de dados. E se estes dois de fato ainda estavam ativos nas FCD, suspeito que sofrerão um rebaixamento póstumo por não terem estourado os próprios miolos com uma espingarda.

Lee saiu para conversar com o capitão Augustyn, Tomek guardou os corpos e Wilson foi até a cantina dos oficiais buscar um cafezinho. No caminho, ele abriu a caixa de entrada do BrainPal e encontrou lá uma mensagem de Hart Schmidt. Wilson sorriu e se preparou para uma dose deliciosa de neurose lívida do tipo que só Schmidt era capaz. Ele parou de sorrir no momento em que Hart descreveu ter sido designado como mão direita da embaixadora Abumwe para as negociações com os Bulas e que a personalidade da subembaixadora Ting era como aquela vez na Estação Fênix, quando ele e Wilson conheceram outros Bulas.

– Merda – disse Wilson. Nem a pau Hart iria colocar *aquela* expressão *naquela* frase por coincidência.

Wilson pensou nisso durante vários minutos até sussurrar um "foda-se", redigir um bilhete e criptografá-lo. Então, registrou com o BrainPal uma foto do seu café, criou a partir dela uma imagem esteganográfica e o bilhete codificado, dirigiu-a para Hart e a colocou na caixa de saída para ser transmitida no próximo drone de salto – que, dada a bomba que Lee estava soltando no colo do capitão Augustyn, era bem provável que saísse quase instantaneamente.

Wilson não tinha a menor ilusão de que esse truque de codificar a mensagem na foto de um café fosse passar despercebido por muito tempo. O que ele esperava era que a criptografia se sustentasse por tempo o bastante para que Hart pudesse fazer o que quer que precisasse com as informações antes de serem descobertos.

– Com sorte, não vai demorar muito – disse Wilson para o café.

Seu café nada tinha a dizer sobre o assunto. Wilson bebericou um pouco dele e puxou os dados que havia transferido do cartão de memória de Vasily Ivanovich para seu BrainPal. Eram, de fato, relatórios inteiramente banais sobre a vida colonial, mas ele já havia encontrado algo de importante ali. Não queria deixar mais nada passar. Suspeitava que não teria muito mais tempo para conferir os dados até receber ordens de deletar tudo.

Schmidt não sabia quais pauzinhos a embaixadora Abumwe precisou mexer para fazer as coisas saírem do jeito que queria, mas ela os mexeu. Do outro lado da mesa onde ela e Schmidt se sentaram, estavam Anissa Rodabaugh, chefe da missão de negociações com os Bulas, a coronel Liz Egan, o contato entre as Forças Coloniais de Defesa e o Departamento de Estado, e o coronel Abel Rigney, cujo cargo exato Hart desconhecia, mas cuja presença ali era, em todo caso, um tanto incômoda. Os três olhavam friamente para Abumwe, e ela retribuía o favor. Ninguém prestava atenção em Schmidt, e ele estava bem assim.

– Chegamos – disse Egan para Abumwe. – Têm cinco minutos até vocês e a embaixadora Rodabaugh precisarem voltar ao trabalho. Então, digam-nos o porquê dessa necessidade de nos encontrarem com tanta urgência.

– Vocês não foram muito transparentes comigo quanto a essa colônia clandestina em Wantji – disse Abumwe. Schmidt percebeu na voz dela aquele tom brusco que ela usava quando estava especialmente irritada. Ficou se perguntando se mais alguém na mesa tinha reparado.

— Em que sentido? — perguntou Egan.

— No sentido de que não é uma colônia clandestina de modo algum, mas um posto avançado das Forças Coloniais de Defesa camuflado — disse Abumwe.

Essa resposta rendeu dez segundos de silêncio, enquanto Rodabaugh, Egan e Rigney ficaram deliberadamente sem se entreolhar.

— Não tenho certeza do porquê de você pensar isso — disse Egan.

— A gente vai mesmo desperdiçar nossos próximos cinco minutos com essa bobagem, coronel? — disse Abumwe. — Ou vamos de fato conversar sobre como isso vai afetar nossas negociações?

— Não vai afetar nossas negociações de modo algum... — disse Rodabaugh.

— É mesmo? — disse Abumwe, interrompendo-a. Schmidt reparou no desgosto na expressão de Rodabaugh por conta disso, mas ela e Abumwe estavam tecnicamente no mesmo patamar diplomático, por isso não havia muito o que a mulher pudesse fazer a respeito. — Porque, Anissa, eu tenho quase certeza de que a subembaixadora Bula com quem conversei ontem o dia inteiro sabe mais do que eu sobre essa suposta colônia. Acho que, como resultado disso, ela está me fazendo andar numa prancha bem curta. Quando eu for arremessada de fato, a negociação toda vai afundar junto comigo. Consigo aceitar o fracasso na negociação por conta das minhas próprias falhas. Mas fracassar porque tem gente do meu lado me ferrando, aí isso eu não aceito.

O coronel Rigney, que até então estava em silêncio, se virou para Schmidt.

— O seu amigo Harry Wilson está na *Tubingen* — disse ele a Schmidt. — Acabei de verificar no meu BrainPal. É ele quem está lhe passando informações.

Schmidt abriu a boca, mas Abumwe esticou a mão e o tocou no ombro. Isso, mais que tudo, já serviu para deixá-lo calado e em choque. Não conseguia lembrar se Abumwe já o havia tocado.

— Se Hart ou Harry Wilson fizeram qualquer coisa, foi sob minhas ordens — disse ela.

— Você lhes deu ordens para que, em essência, espionassem uma missão das Forças Coloniais de Defesa — disse Rigney.

– Eu os lembrei de sua obrigação em me ajudarem a realizar nossos objetivos enquanto diplomatas – respondeu Abumwe.

– Espionando a missão das Forças Coloniais de Defesa – repetiu Rigney.

– Eu reconheço o esforço de tentar zerar o cronômetro me distraindo com uma discussão paralela, coronel Rigney, mas não vamos entrar nela – disse Abumwe. – Repito: temos uma missão militar num planeta bula. Tenho quase certeza de que os Bulas com quem estamos negociando estão cientes disso.

– Qual a sua prova? – perguntou Rodabaugh.

– Nada concreto – respondeu Abumwe. – Mas sei quando as pessoas não estão negociando em boa-fé.

– Só isso? – disse Rodabaugh. – É só um *pressentimento*? Você está lidando com uma espécie alienígena, pelo amor de Deus. Toda a psicologia deles é inteiramente distinta.

– E isso não tem a menor importância porque, na verdade, temos um posto avançado militar ilegal no planeta dessa espécie alienígena – disse Abumwe. – Se eu estiver errada, então a gente não perde nada. Se eu estiver certa, porém, arriscamos o fracasso do processo todo.

– O que você quer de nós, embaixadora? – perguntou Egan a Abumwe.

– Quero saber o que é que está acontecendo de verdade – respondeu Abumwe. – Já é bem ruim eu ter entrado nessas negociações tendo de lidar com a possibilidade de os Bulas descobrirem que a gente sorrateiramente colocou uma nave militar no território deles para remover uma colônia clandestina que foi atacada, mas pelo menos nisso eu conseguiria dar uma maquiada, se precisasse. Não tem como maquiar uma nave das FCD chegando para auxiliar uma instalação militar secreta.

– Não era uma operação militar secreta – disse Rigney, inclinando-se para a frente.

Isso chamou a atenção de Egan.

– Você vai mesmo fazer isso, Abel? – perguntou ela, voltando-se para Rigney.

– Ela já sabe mais do que devia mesmo, Liz – disse Rigney. – Não acho que ter um pouco de contexto vai importar, a essa altura. – Ele se voltou para Abumwe. – É de fato uma colônia clandestina – falou.

– Uma colônia clandestina com soldados das FCD – disse Abumwe. Era impossível não reparar no tom de ceticismo em sua voz.

– Sim – disse Rigney. – Já que o Conclave impôs restrições a nós e a outras espécies não afiliadas quanto a colonização, a gente vem inserindo alguns membros das FCD em colônias clandestinas. O resto dos colonos não sabe. Realizamos modificações no corpo dos infiltrados para que tenham a aparência e o comportamento de corpos humanos naturais, mas mantemos os BrainPals. Eles registram e enviam os dados de quando em quando. Os membros das FCD que recrutamos são os que têm experiência técnica, por isso geralmente acabam no controle dos sistemas de comunicação das colônias.

– Para quê? – perguntou Abumwe.

– Queremos ver como o Conclave reage a colônias clandestinas – disse Rigney. – Se as enxergam como uma ameaça, se reagem a elas do mesmo modo como reagem a colônias oficiais e se, no fim, colônias clandestinas, ou que parecem clandestinas, são um modo de continuarmos expandindo nossa presença sem entrar em conflito com o Conclave.

– E vocês acharam que colonizar um planeta já reivindicado por outra espécie era uma coisa inteligente de se fazer – comentou Abumwe.

Rigney abriu as mãos.

– Não escolhemos os planetas – disse ele. – A gente só coloca o nosso pessoal lá disfarçado.

– Quantos do seu pessoal estavam em Wantji? – perguntou Abumwe.

– Tipicamente colocamos apenas uma meia dúzia de pessoas – respondeu Rigney. – A maioria das colônias clandestinas são pequenas. A gente planta um dos nossos para cada cinquenta colonos, mais ou menos. – Ele se voltou para Schmidt. – Quantos o seu amigo Wilson encontrou?

Schmidt lançou um olhar de relance para Abumwe, que assentiu.

– Dois, senhor – disse ele.

– Me parece que é isso mesmo – disse Rigney, se acomodando de volta na cadeira.

– E o que a gente faz com isso? – perguntou Abumwe.

– Com "a gente" você quer dizer "você" – replicou Rigney.

– Sim – disse Abumwe.

— A gente não faz nada — disse Egan. — Os Bulas não trouxeram o assunto à tona.

— Não seremos nós a contar para eles — disse Rodabaugh. — Se perguntarem da colônia clandestina, então você diz que, assim que a gente descobriu, já entramos em ação para removê-la e foi tão rápido que não pedimos permissão antes, desculpa aí. Até lá já teremos ido embora.

— E se descobrirem que havia membros das FCD entre os colonos? — perguntou Abumwe.

Rigney apontou para Schmidt.

— Nós já estamos com eles — respondeu. — Estamos com os dois. Mais especificamente, pegamos as cabeças, onde ficam os BrainPals.

Abumwe ficou olhando, boquiaberta, para os três.

— Vocês estão de brincadeira, não é? — disse ela. — Os Bulas não são tão burros assim.

— Ninguém disse que são burros — comentou Rigney. — Mas toda a nossa inteligência sugere que não sabem que a colônia clandestina estava lá, e não foram eles quem atacaram. Vamos prosseguir com as negociações do jeito que estão.

— E se me perguntarem diretamente? Contrariando todas as expectativas... — perguntou Abumwe.

— Nesse caso, você não sabe nada a respeito — disse Rodabaugh.

— Só para deixar claro, você está me pedindo para mentir para os Bulas — disse Abumwe para Rodabaugh.

— Sim — respondeu Rodabaugh.

— Você compreende que, para mim, isso é uma péssima ideia — disse Abumwe.

Rodabaugh olhou irritada para a embaixadora, mas foi Egan quem respondeu:

— As diretrizes para essa situação partem de quem está muito acima da gente, embaixadora — disse ela. — E nenhum de nós pode se dar ao luxo de bater boca.

— Certo — disse Abumwe, que então se levantou e saiu da sala sem dizer mais nem uma palavra.

Do outro lado da mesa, Rodabaugh, Egan e Rigney voltaram seus olhares para Schmidt.

— Obrigado por virem — disse ele e tentou sorrir, mas não conseguiu.

* * *

Harry Wilson entrou na ponte de comando da *Tubingen*, ao que o capitão Jack Augustyn olhou para cima, surpreso, junto de seu oficial executivo e outros membros da tripulação. Wilson lhes deu alguns segundos para que seus BrainPals o registrassem e rotulassem, então disse:

– Acho que entramos numa fria.

Por conta dessa sua entrada pouco convencional, viu o capitão Augustyn travar um debate interno sobre pular ou não em cima dele até tomar uma decisão, tudo no intervalo de meio segundo.

– Explique-se – disse o capitão.

– Temos alguns cadáveres das FCD na geladeira neste momento – disse Wilson.

– Sim – respondeu Augustyn. – E daí?

– Acho que deveria ter mais um ali – disse Wilson.

– Como é? – perguntou Augustyn.

– Temos dois mortos das FCD – repetiu Wilson. – Eu acredito que deveria ter mais um na colônia. Conferi os dados de Vasily Ivanovich. Foi onde encontrei os dados armazenados em formato compatível com o BrainPal. Mas alguns dos documentos não foram originalmente criados por Vasily. Alguns vieram de Martina Ivanovich, que os repassou a Vasily usando o protocolo BrainPal para BrainPal. E alguns vieram de um sujeito chamado Drew Talford. Que também mandou de BrainPal para BrainPal.

– Nosso pessoal está no planeta agora mesmo, identificando os mortos – disse Augustyn. – Eles vão encontrá-lo.

– Eles *já* o encontraram – disse Wilson. – Eu não estaria aqui enchendo seu saco se não tivesse checado antes.

– Se o encontraram, então qual é o problema? – perguntou Selena Yuan, oficial executiva da *Tubingen*.

– Não o acharam *inteiro* – respondeu Wilson. – Está faltando a cabeça.

– Imagino que vários dos colonos estejam sem membros e partes do corpo – disse Augustyn. – Eles foram atacados e já faz uma semana desde então, o que deu tempo para os carniceiros os pegarem.

— Vários deles estão com partes do corpo a menos — concordou Wilson, enviando a Augustyn e Yuan uma imagem via BrainPal. — Nenhuma das partes faltantes dos outros cadáveres foi removida tão deliberadamente do resto do corpo.

Ele deu um momento para os dois examinarem a imagem.

— Ninguém encontrou a cabeça? — perguntou Augustyn, um minuto depois.

— Não — disse Wilson. — Faz algumas horas que coloquei o pessoal para procurar intensivamente. Há sim corpos sem cabeça, mas as cabeças em geral são encontradas não muito longe do corpo ou a separação se dá de um modo irregular. A cabeça desse sujeito não está perto do cadáver. Não está em lugar algum, na verdade.

— Um animal pode ter levado embora — sugeriu Yuan.

— É possível — disse Wilson. — Por outro lado, quando a cabeça de um soldado das FCD é decepada do corpo com um corte limpo e não é encontrada em lugar algum, minha sugestão é a de não presumir que algum animal esteja fazendo um lanchinho dela.

— Você presume que ela foi levada por quem quer que tenha atacado a colônia — disse Augustyn.

— Sim — disse Wilson. — E já que tocamos no assunto, acho que quem quer que nos tenha dito que os Bulas não sabiam da colônia fez um chute bem errado. Acho que eles não só já sabiam que ela estava lá, como eu chutaria ainda que lançaram a investida. Caso não soubessem, aposto que quem quer que a tenha atacado levou essa cabeça até os Bulas, porque uma prova da presença das FCD em um planeta deles vale uma boa grana.

— Mas não teria como eles saberem da presença das FCD aqui — disse Yuan. — *Nós* não sabíamos.

— A essa altura eu não acho que seja importante se sabiam ou não *antes* — disse Wilson. — Acho que o importante é que sabem disso *agora*. E se eles sabem...

— Então sabem que a gente está aqui agora — concluiu Augustyn.

— Isso — disse Wilson. — Nesse caso, a colônia não é o maior problema diplomático da UC neste momento. Somos nós.

Augustyn já estava ignorando a presença de Wilson para se concentrar em contatar suas forças em solo e retirá-las do planeta.

Conseguiram recolher metade do pessoal antes de seis naves de guerra bula saltarem para o espaço acima de Wantji, voltando suas armas, já aquecidas, para a *Tubingen*.

As negociações de Abumwe com a subembaixadora Ting estavam prestes a terminar quando Schmidt ouviu o som agradável de uma notificação no PDA da subembaixadora. Ting pediu licença por um momento, apanhou o aparelho e pareceu ler uma mensagem antes de dar o equivalente bula de um sorriso.

– Boas notícias? – perguntou Abumwe.

– É possível que sejam – respondeu Ting, apoiando o aparelho de volta. Ela se voltou ao assistente, inclinou-se e sussurrou algo em seu ouvido mais próximo. O assistente se levantou e saiu da sala.

– Peço desculpas, mas há coisas de que precisarei para concluirmos nossa negociação e não estou com elas no momento – disse Ting. – Espero que não se incomode em esperar um momento enquanto o meu assistente vai buscá-las.

– Nem um pouco – disse Abumwe.

– Obrigada – disse Ting. – Acho que estabelecemos uma boa conexão, embaixadora Abumwe. Eu gostaria que todas as minhas parcerias de negociação fossem tão agradáveis e fáceis de se trabalhar como você.

– Obrigada – disse Abumwe. – Já temos problemas o suficiente em mãos, não precisamos acrescentar conflitos desnecessários às negociações.

– Concordo inteiramente – disse Ting, no que a porta atrás dela se abriu e o assistente retornou, trazendo uma valise de tamanho médio, a qual ela depositou sobre a mesa. – E eu acredito que essa crença da qual partilhamos vai ser útil para nós duas agora.

– O que é isso? – perguntou Abumwe, gesticulando na direção da valise.

– Embaixadora, a senhora se lembra de ontem, quando conversávamos a respeito do apêndice da embaixadora Zala? – disse Ting, ignorando a pergunta de Abumwe.

– Sim, claro – respondeu Abumwe.

– Eu apontei para você como era estranho que uma parte tão pequena de um sistema pudesse ameaçar a saúde do todo – disse Ting.

– Sim – repetiu Abumwe, olhando para a valise.

– Então vai compreender quando eu disser que o que a senhora me falar aqui agora, nesta salinha secundária, longe das negociações mais amplas entre a União Colonial e os Bulas, terá um impacto imediato sobre a saúde do processo todo – disse Ting. – Pedi permissão para fazer isto, com base na ideia de que as especificações de nossa negociação, ou seja, a visitação física de nossos povos entre nossos planetas, se prestam a essa tarefa em particular. Eu só precisava esperar até termos todas as informações necessárias.

Abumwe deu um sorrisinho.

– Receio que eu não esteja conseguindo acompanhar seu raciocínio, subembaixadora Ting.

– Tenho certeza de que não é o caso, embaixadora Abumwe – disse Ting. – Por favor, me diga o que a senhora sabe a respeito da presença das Forças Coloniais de Defesa em Wantji.

– Perdão? – disse Abumwe.

– Por favor, me diga o que sabe sobre a presença das Forças Coloniais de Defesa em Wantji – repetiu Ting.

Schmidt olhou de relance para sua chefe e ficou se perguntando se a tensão que ele notou no pescoço e na postura dela seriam perceptíveis para uma alienígena que não estava inteiramente familiarizada com os indícios fisiológicos humanos.

– Não sou membro das Forças Coloniais de Defesa, por isso não tenho certeza se estou qualificada para responder a uma pergunta sobre a presença delas em *qualquer* planeta – disse Abumwe. – Mas conheço pessoas nas FCD que seriam mais aptas para responder à sua pergunta.

– Embaixadora, essa foi uma manobra evasiva maravilhosamente magistral da sua parte – disse Ting. – Eu mesma não teria conseguido fazer melhor, se estivesse na sua posição. Porém, receio que eu precise de fato insistir para que a senhora me dê uma resposta direta desta vez. Por favor, me diga o que sabe sobre a presença das Forças Coloniais de Defesa em Wantji.

– Não posso lhe dizer nada a respeito – disse Abumwe, abrindo as mãos num gesto de "eu ajudaria se pudesse".

– "Não posso" é uma expressão estrategicamente ambígua para se usar aqui – disse Ting. – Não pode porque não sabe? Ou não pode porque recebeu ordens para não dizê-lo? Talvez a culpa tenha sido minha, embaixadora. Fui imprecisa demais com o que perguntei. Vamos tentar de novo. Esta é uma pergunta à qual a senhora deverá responder com um "sim" ou um "não". De fato, devo insistir que ela seja respondida com "sim" ou "não". Embaixadora Abumwe, a senhora tem ciência, pessoalmente, de que havia uma presença das Forças Coloniais de Defesa em Wantji?

– Subembaixadora Ting... – Abumwe tentou dizer.

– Embaixadora Abumwe – interrompeu Ting, com um tom de voz agradável, porém assertivo –, se eu não receber uma resposta de "sim" ou "não" à minha pergunta, receio ter de suspender nossas negociações. Se eu suspender minhas negociações, então os meus superiores suspenderão as deles. O processo inteiro fracassará porque você não foi capaz de me dar uma resposta simples para uma pergunta direta. Creio que eu esteja sendo bastante clara. Por isso, uma última vez: a senhora tem ciência, pessoalmente, de que havia uma presença das Forças Coloniais de Defesa em Wantji?

– Não – disse Abumwe. – Não tenho ciência disso.

Ting deu um sorriso bula e abriu as mãos num gesto bastante humano, como quem diz "Pronto, viu só?".

– Isso era tudo de que eu precisava, embaixadora – disse ela. – Uma resposta simples para uma pergunta direta. Obrigada. Sinto muito por acrescentar esse conflito às nossas negociações e peço desculpas para a senhora em especial. Como disse, acredito que nós tivemos um entrosamento excelente até o momento.

Schmidt viu a tensão se aliviar nos ombros e no pescoço de Abumwe.

– Obrigada pelo seu pedido de desculpas, mas não é necessário. Eu só gostaria de terminar nosso serviço.

– Ah, mas já terminamos – disse Ting, levantando-se, ao que Abumwe e Schmidt se levantaram também, com pressa. – Nosso serviço terminou no momento em que você mentiu para mim.

– Quando eu menti para você? – perguntou Abumwe.

– Agora mesmo – disse Ting. – Mantenha em mente, embaixadora, que eu tenho quase certeza de que foram os seus superiores que lhe deram a ordem para mentir para mim. Já negociei o suficiente com seres humanos para saber como é a expressão de alguém que recebeu ordens para mentir. Em todo caso, você *de fato* mentiu para mim agora, e esse foi o teste para ver se você ia mentir ou não. Você mentiu.

– Subembaixadora Ting, eu lhe garanto que independentemente do que a senhora acredita que eu sei, minhas ações não deveriam ter um efeito sobre as negociações de modo mais amplo... – disse Abumwe.

Ting levantou a mão.

– Eu lhe prometo, embaixadora Abumwe, que o seu povo e o meu não encerraram as negociações – disse ela. – Houve, porém, uma mudança substancial no que estamos negociando. – Então gesticulou na direção da valise. – E agora, enfim, chegamos a isto.

– O que há na valise? – perguntou Abumwe.

– Um presente – respondeu Ting. – Algo assim. Seria mais preciso dizer que estamos devolvendo algo que costumava pertencer às Forças Coloniais de Defesa. São dois objetos, na verdade, um dentro do outro. Consideramos remover o de dentro a princípio, mas então percebemos que vocês, nesse caso... vocês, os humanos, não vocês dois pessoalmente... poderiam argumentar que o primeiro não veio do segundo. Então achamos melhor deixar tudo no lugar.

– Você está sendo vaga – comentou Abumwe.

– Sim – disse Ting. – Talvez eu não queira estragar a surpresa. Pode abrir, se quiser.

– Acho que seria melhor não abrir – disse Abumwe.

– A escolha é sua – disse Ting. – No entanto, eu ficaria feliz se você pudesse repassar aos seus superiores uma mensagem que eu tenho dos meus.

– Qual é? – perguntou Abumwe.

– Diga a eles que, após abrirem a valise, quando nos reunirmos de novo, o tema da negociação será a indenização pela presença ilegal das Forças Coloniais de Defesa da União Colonial em nosso território – informou Ting. – Não apenas pelo assentamento ilegal em Wantji, mas pela nave de guerra que está, no momento, sob nossa custódia. A *Tubingen*, acho que é esse o nome.

– Vocês atacaram a *Tubingen*? – perguntou Schmidt, arrependendo-se de imediato desse lapso.

– Não – disse Ting, voltando-se para Schmidt, entretida. – Mas não vamos deixá-la ir a lugar algum. Sua tripulação será devolvida cedo ou tarde.

Creio que, em nossa próxima rodada de negociações, vamos determinar um preço pelo retorno da nave em si. – Ela se voltou de novo para Abumwe. – Pode dizer isso aos seus superiores também, embaixadora Abumwe.

Abumwe fez que sim com a cabeça.

Ting sorriu e apanhou de volta seu PDA.

– E assim, adeus, embaixadora Abumwe, sr. Schmidt. Talvez a próxima rodada das negociações transcorra melhor para vocês. – Então ela saiu da sala, acompanhada por seu assistente. A valise permaneceu em cima da mesa.

Abumwe e Schmidt ficaram olhando para ela. Nenhum dos dois se mexeu para abri-la.

EPISÓDIO 4
UMA VOZ NO DESERTO

Albert Birnbaum, a "Voz no Deserto", que já foi o quarto apresentador de *talk show* mais popular em formato de áudio dos Estados Unidos, mandou seu carro ligar para a produtora.

– As estatísticas já chegaram? – ele perguntou quando foi atendido, sem se dar ao trabalho de se apresentar, porque, né? Além do identificador de chamada, ela já sabia quem era no segundo em que ele abriu a boca.

– Já chegaram, sim – disse Louisa Smart a Birnbaum. Ele a imaginou sentada à mesa, com os fones de ouvido na cabeça, mais porque nunca a tinha visto em nenhum outro contexto.

– E aí? – perguntou Birnbaum. – Prestam? São melhores do que as do mês passado? Me diz que são melhores do que as do mês passado.

– Está sentado? – perguntou Smart.

– Estou *no volante*, Louisa – disse Birnbaum. – *Claro* que estou sentado.

– Você não deveria estar dirigindo – Smart o lembrou. – Sua carteira de condução manual foi revogada. Se for parado, checarem o computador de bordo do seu carro e virem que a condução automática está desligada, você vai estar lascado.

– Você é minha produtora, Louisa – replicou Birnbaum. – Não a minha mãe. Agora para de enrolar e me diga as estatísticas.

Smart suspirou e respondeu:

— Teve uma queda de 12% em comparação ao mês passado.

— O quê? Um *cacete*, Louisa — disse Birnbaum.

— Al, por que diabos eu mentiria para você? — disse Smart. — Acha que eu *gosto* de ouvir você entrando em pânico?

— Só pode ser brincadeira — continuou Birnbaum, ignorando o comentário de Smart. — Não tem a menor possibilidade de a gente ter perdido um a cada oito ouvintes numa única merda de mês.

— Não sou eu que invento os números, Al — disse Smart. — Eu só os relato para você.

Birnbaum não disse nada por uns segundos, depois começou a bater no painel do carro, o que fez o veículo cantar pneu na estrada.

— Que merda! — exclamou. — Que merda do caralho, puta que pariu, puta merda, merdaral de merda!

— Às vezes me impressiona que você ganhe a vida com sua eloquência — comentou Smart.

— Meu expediente já acabou — disse Birnbaum. — Posso grunhir quando estou de folga.

— Esses números significam uma queda de um terço ao longo do ano — disse Smart. — Você vai perder o contrato com os anunciantes. De novo. O que significa que vai de que compensar. De novo.

— Sei como funciona, Louisa — retrucou Birnbaum.

— Significa que vamos terminar o trimestre no vermelho — disse Smart. — Dois trimestres de três no vermelho. Você sabe o que *isso* quer dizer.

— Não quer dizer nada, só que a gente precisa garantir que vamos terminar o próximo trimestre no azul — disse Birnbaum.

— Errado de novo — disse Smart. — Significa que Walter botou você na lista. E quando Walter põe alguém na lista, essa pessoa fica a um passo de ser cancelada. E aí aquele seu papo de "Voz no Deserto" não vai ser só uma afetação espertinha. Você vai ficar largado mesmo.

— Walter não vai me cancelar — disse Birnbaum. — Eu sou o anfitrião de *talk show* favorito dele.

— Lembra o Bob Arrohead? O sujeito que você substituiu? Também era o favorito de Walter — comentou Smart. — E aí ele teve três trimestres ruins em sequência e tomou um pé na bunda. Walter não construiu um império midiático multibilionário sendo sentimental com seus favoritos. Ele cancelaria a própria avó se ela passasse três trimestres no vermelho.

— Se precisasse, eu conseguiria me virar sozinho — respondeu Birnbaum. — Conduziria uma operação impecável por conta própria. É totalmente possível.

— É o que Bob Arrohead faz agora — disse Smart. — Pergunta para ele como está sendo. Se conseguir encontrá-lo. Se conseguir encontrar qualquer pessoa que saiba onde ele está.

— Ah sim, mas ele não tem você — disse Birnbaum, que não fazia questão de evitar a bajulação mais rasteira.

Mas Smart também não fazia questão de não jogar essa bajulação de volta na cara dele.

— E se você for cancelado e expulso da SilverDelta, também não vai ter — respondeu ela. — Meu contrato é com a empresa, não com você, Al. Mas eu agradeço muito pela tentativa de tapinha nas costas. Onde é que você está, afinal?

— Indo ver o jogo de futebol do Ben — disse Birnbaum.

— O jogo do seu filho só começa às quatro e meia, Al — rebateu Smart. — Você precisa aprender a mentir melhor quando fala com alguém que tem a sua agenda na tela. Está indo ver aquela tiete que você conheceu na reunião da Associação de Radiodifusores, não é?

— Não sei de quem você está falando — respondeu Birnbaum.

Smart suspirou e então ele a ouviu contar até cinco, com a voz baixa.

— Sabe de uma coisa? Você tem razão, eu não sou sua mãe — disse ela. — Se quiser ir comer alguma tiete *de novo*, por mim, beleza. Só mantenha em mente que Walter não vai ser tão mão aberta com o dinheiro para calar a boca dela quando você já está com dois trimestres no vermelho, em comparação a quando era a galinha dos ovos de ouro. E lembre que você nunca assinou um acordo pré-nupcial e que Judith, diferentemente da sua segunda esposa, *não* é burra, mas *você* talvez seja, do jeito que foi manipulado para casar sem um acordo desses. Espero que a validação do seu ego de meia-idade e os três minutos de exercício valham a pena.

— Eu adoro essas conversas, Louisa — disse Birnbaum. — Especialmente as alfinetadas quanto ao meu desempenho sexual.

– Gaste menos tempo comendo tietes e mais tempo pensando no seu programa, Al – disse Smart. – Você não está minguando porque de repente as suas opiniões políticas perderam a popularidade, mas porque está ficando preguiçoso e chato. E quando isso acontece nesse ramo, sabe o que vem em seguida? O olho da rua. E aí as tietes vão pro saco.

– Obrigado por *essa* imagem – disse Birnbaum.

– Sem brincadeira, Al – rebateu Smart. – Tem três meses para virar o jogo. Você sabe disso e eu também. É melhor botar a mão na massa. – E então ela desligou.

Eles o alcançaram quando ele saía do saguão do hotel.

– Senhor Birnbaum – disse-lhe o jovem.

Birnbaum levantou a mão e tentou continuar caminhando.

– Não posso dar autógrafos agora – disse ele. – Vou me atrasar para o jogo do meu filho.

– Não estou aqui atrás de autógrafos – disse-lhe o jovem. – Estou aqui com uma proposta de negócios.

– Pode encaminhar para o meu agente – Birnbaum gritou de volta para o jovem enquanto passava reto por ele. – É para isso que eu pago Chad: para lidar com propostas de negócios.

– Caiu 12% este mês, sr. Birnbaum? – gritou o jovem enquanto o apresentador passava pela porta giratória.

Birnbaum deu a volta inteira na porta e retornou ao jovem.

– Como é que é? – perguntou.

– Eu disse "caiu 12%?" – repetiu o jovem.

– Como você sabe os meus números? – perguntou Birnbaum. – Isso é confidencial.

– Um apresentador de *talk show* que passa tanto tempo quanto o senhor mandando links para documentos e vídeos vazados não deveria precisar perguntar algo assim – respondeu o jovem. – Como eu fiquei sabendo dos seus números não importa de verdade aqui, sr. Birnbaum. O importante é como posso ajudá-lo a fazer esses números subirem.

– Desculpa, mas eu não faço ideia de quem você seja – disse Birnbaum. – Por conseguinte, também não faço ideia de por que deveria me importar ou dar ouvidos a você.

— Meu nome é Michael Washington — disse o jovem. — Pessoalmente, não sou alguém em quem você deva prestar qualquer atenção. Agora, as pessoas que eu represento, aí sim, talvez devesse dar ouvidos a elas.

— E quem seriam? — perguntou Birnbaum.

— Um grupo que conhece bem a vantagem de uma relação mutuamente benéfica — disse Washington.

Birnbaum sorriu.

— É isso? Sério mesmo? Um grupo sombrio e misterioso? Olha, Michael, sei que eu pego embalo com teorias conspiratórias de tempos em tempos... Elas são divertidas e os ouvintes adoram. Não quer dizer que existam de fato.

— Eles não são nem sombrios, nem misteriosos — disse Washington. — Simplesmente preferem se manter no anonimato até o momento.

— Bom para eles — disse Birnbaum. — Quando quiserem conversar a sério sobre o que quer que seja que eles querem, quando quiserem me dar *nomes*, podem falar com Chad. Até lá, você está desperdiçando o tempo deles e o meu.

Washington lhe ofereceu seu cartão.

— Compreendo perfeitamente, sr. Birnbaum, e peço desculpas por ocupar o seu tempo. No entanto, depois que o senhor tiver sua reunião com Walter amanhã, caso mude de ideia, pode entrar em contato comigo por aqui.

Birnbaum não aceitou o cartão.

— Não tenho reunião marcada com Walter amanhã — disse ele.

— Só porque o senhor não tem nada na sua agenda, não quer dizer que ela não vá acontecer — disse Washington, balançando de leve o cartão no ar.

Birnbaum saiu sem o cartão e sem olhar para Washington.

Estava atrasado para o jogo de futebol de Ben. O time dele perdeu.

Birnbaum encerrou seu programa matinal e estava mandando mensagem para seu novo contatinho sobre a possibilidade de outro encontro no hotel quando desviou o olhar do tablet e viu Walter Kring, com todos os seus 2,10 metros de altura, em pé à sua frente.

— Walter — disse Birnbaum, tentando não perder a compostura ao ser flagrado pelo chefe.

Kring apontou com a cabeça para o tablet de Birnbaum e perguntou:

– Mandando mensagem para Judith?

– Por aí – disse Birnbaum.

– Que bom – respondeu Kring. – Ela é ótima, Al. A coisa mais inteligente que você já fez foi casar com ela. Seria um idiota se pisasse na bola. Pode falar para ela que eu disse isso.

– Pode deixar – disse Birnbaum. – O que o traz até as galés hoje, Walter?

Os estúdios de gravação da SilverDelta ficavam nos primeiros dois andares do prédio empresarial em Washington, D.C. Os escritórios de Walter ocupavam todo o 14º andar e contavam com um elevador para o terraço, onde ficava seu helicóptero, que ele usava todos os dias para vir de Annapolis até o trabalho. O CEO da SilverDelta raramente circulava abaixo do décimo andar.

– Estou para demitir alguém – disse Kring.

– Como? – A boca de Birnbaum se fechou como se ele tivesse acabado de chupar um imenso limão.

– Alice Valenta – disse Kring. – Acabou de receber as estatísticas do último trimestre. Vem caindo faz tempo e não vai conseguir se recuperar. Hora de seguir em frente. E você sabe o que eu penso sobre essas coisas, Al. Demitir as pessoas não é algo que possa ser delegado. As pessoas devem ter o direito de matar o próprio cachorro, assim como o de demitir alguém da própria equipe. É uma questão de respeito.

– Concordo inteiramente – disse Birnbaum.

– Sei que sim – disse Kring. – É o básico de liderança.

Birnbaum engoliu em seco e fez que sim com a cabeça, de repente sem nada para dizer.

– Só fico feliz que você não me fez descer até aqui por sua causa, Al – disse Kring, inclinando-se sobre ele de um modo que era provavelmente inevitável, dados os seus dois metros de altura, mas que servia para deixar Birnbaum com uma consciência impressionante do quanto ele era o cachorro beta nesta situação em particular. Era preciso muita força de vontade para não desviar o olhar. – Você não faria isso comigo, não é? – perguntou Kring.

– Claro que não, Walter – disse Birnbaum, chegando a usar a voz de radialista para respondê-lo. Sua voz normal teria falhado.

Kring se endireitou e o segurou pelos ombros.

– É o que eu queria ouvir. Devíamos almoçar qualquer hora. Faz muito tempo já.

– Eu gostaria muito de almoçar com o senhor – disse Birnbaum, mentindo.

– Certo – respondeu Kring. – Vou mandar Jason marcar. Em algum momento da semana que vem, provavelmente.

– Ótimo – disse Birnbaum.

– Agora, se você me dá licença, Al – disse Kring. – Nem todas as reuniões que eu vou ter hoje serão tão agradáveis como esta que estamos tendo. – Birnbaum assentiu e Kring saiu de lá sem dizer mais nenhuma palavra, continuando pelo corredor até o Estúdio Oito, que logo viria a ser o ex-local de trabalho de Alice Valenta.

Birnbaum esperou até perdê-lo de vista para expirar e estremecer ao mesmo tempo. Pôs a mão no bolso da calça, aparentemente para pegar o chaveiro do carro, mas na realidade era para verificar se havia alguma mancha nela.

O tablet dele vibrou, alertando-o de que havia uma nova mensagem de texto. Nela, lia-se: *Quando você quer marcar?*. Birnbaum começou a responder que, pensando melhor, não ia dar para fazer outro encontro num hotel naquela semana, quando ele se deu conta de que essa mensagem não vinha de seu contatinho. Conferiu o remetente.

Quem é?, escreveu e enviou.

É Michael Washington, foi a resposta.

Como você tem meu contato?, respondeu Birnbaum. Era um tablet privado, e ele tinha a impressão de que as únicas pessoas que tinham seu contato eram Judith, Ben, Louisa Smart e o novo brinquedo.

Do mesmo modo que eu sabia em qual hotel você estava com aquela mulher que não é sua esposa, foi a resposta. *Devia gastar menos energia com isso e mais pensando em como vai salvar seu emprego, sr. Birnbaum. Quer marcar uma reunião?*

Ele queria.

Encontraram-se no Bonner's, que era o tipo de bar com decoração em madeira usado pelo pessoal do entretenimento quando políticos precisavam marcar reuniões com figuras obscuras.

– Antes de qualquer coisa, preciso saber como é que você sabe tanto sobre mim – disse Birnbaum enquanto Washington se sentava à mesa, sem se dar ao trabalho de começar com amenidades. – Você tem o meu contato pessoal e profissional de um modo que mais ninguém no mundo tem ou deveria ter.

– Louisa Smart tem – comentou Washington, com um tom de voz ameno.

– Então é com ela que você está obtendo suas informações? – perguntou Birnbaum. – Está subornando minha produtora para me espionar? É isso?

– Não, sr. Birnbaum – disse Washington. – Depois desses dez anos, você devia saber que sua produtora não é disso.

– Então, como você faz? É do governo? Do nosso governo? Outro governo? – Birnbaum entrou inconscientemente no seu modo de retórica paranoica, que lhe trouxe fama nos primeiros anos. – Qual o tamanho da rede de vigilância ao meu redor? Estão monitorando outras pessoas além de mim? Até onde isso vai? Porque, juro para você, que vou até o fim. Nem que eu ponha em risco *minha própria vida e liberdade*.

– Crê realmente que haja uma conspiração do governo contra o senhor, sr. Birnbaum? – perguntou Washington.

– Você que *me* diga – respondeu Birnbaum.

Washington estendeu a mão e disse:

– O seu PDA.

– O que tem o meu PDA? – perguntou Birnbaum.

– Passe-o para mim por um momento, por favor – pediu Washington.

– Você grampeou meu PDA? – exclamou Birnbaum. – Vocês infiltraram logo na raiz!

– O seu PDA, por favor – insistiu Washington, ainda com a mão estendida. Birnbaum obedeceu, um pouco trepidante. Washington apanhou o aparelho, deslizou o dedo algumas vezes, pressionou a tela e o entregou de volta a Birnbaum, que ficou olhando para o objeto, confuso.

– Você está me mostrando o 'gram do *Voz no Deserto* – disse ele.

– Sim – respondeu Washington. – O 'gram gratuito que o senhor manda para as pessoas ouvirem o seu programa e aí mandarem comentários de texto ou voz, junto com *tags* de localização para que possa saber de onde eles vêm, geograficamente, quando for ler ou reproduzi-los no ar. O que significa que o seu 'gram tem a habilidade de enviar e receber áudio, além de registrar seus movimentos. E como quem o fez foram programadores que recebem um valor fixo e ganham dinheiro produzindo 'grams que nem o seu, tudo bem rápido e bem tosco, é incrivelmente fácil de hackear.

— Espera – disse Birnbaum. – Você usou o *meu próprio 'gram* contra mim?

— Sim – respondeu Washington. – Com programadores, você recebe pelo que pagou, sr. Birnbaum.

— E quanto a Walter? – perguntou Birnbaum. – Você disse que eu teria uma reunião com ele, e eu tive mesmo. Como sabia disso?

— Saíram as estatísticas mensais – disse Washington. – É o fim do trimestre. Alguns apresentadores ficaram para trás. Kring é famoso por demitir as pessoas olhando no rosto delas. Então eu chutei. Pensei nas probabilidades, sr. Birnbaum, as chances de você encontrar Walter Kring hoje. E como implantei a sugestão na sua cabeça, qualquer encontro que tivesse com ele já iria contar. Depois disso, só precisei monitorar o seu PDA para flagrá-lo depois da "reunião".

Birnbaum guardou o tablet, com uma certa expressão no rosto.

Essa expressão não escapou ao olhar de Washington.

— Está decepcionado, não? – disse ele. – Que eu *não* seja do governo. Que não haja uma conspiração global contra você.

— Não seja idiota – disse Birnbaum, sem mudar a expressão no rosto. – Já lhe disse que eu mesmo não compro essa bobagem.

— Peço mesmo desculpas – disse Washington. – Desculpe-me por não ser mais sinistro ou bem conectado aos cantos mais obscuros da política nacional e global.

— Então quem é você? – perguntou Birnbaum.

— Como eu lhe disse antes, represento um grupo que deseja oferecer uma solução para os seus problemas atuais – disse Washington.

Birnbaum quase perguntou "Quem são seus clientes, de verdade?", mas ficou distraído pelo que Washington disse.

— E qual é o meu problema, exatamente?

— A saber, você vem perdendo ouvintes num ritmo acelerado e está a caminho do esquecimento no diálogo da política nacional – disse Washington.

Birnbaum pensou em rebater essa afirmação, mas percebeu que essa estratégia não lhe renderia qualquer resposta, por isso deixou para lá. Em vez disso, perguntou:

— E o que os seus amigos me propõem para consertar isso?

— Um assunto para sua consideração — respondeu Washington.

— Vocês querem me subornar? — perguntou Birnbaum. — Me pagar para expor uma certa opinião? Porque eu não sou disso.

Ele já tinha feito isso, na verdade, uma ou duas ou dez vezes, ou mais, em acordos que, por acaso, foram com alguma frequência negociados no Bonner's. Birnbaum contrapunha essas coisas com sua moralidade, justificando que eram normalmente coisas que ele já diria de qualquer jeito, por isso sua conduta era apenas ilegal, não antiética. No entanto, é de praxe abrir tal discussão com uma alegação de ser insubornável, o que confere a quem tenta o suborno uma sensação de realização.

— Não haverá dinheiro algum envolvido — afirmou Washington.

Birnbaum fez aquela expressão de novo e Washington riu.

— Senhor Birnbaum, o senhor já tem dinheiro o bastante. Por ora, pelo menos. O que os meus clientes estão oferecendo é algo muito mais valioso, a habilidade de não apenas voltar à sua posição de fama e poder pessoal, a qual o senhor detinha não faz muito tempo, mas até de ultrapassá-la. O senhor já foi o quarto radialista mais ouvido no país, embora não por muito tempo. Meus clientes estão lhe oferecendo a chance de se tornar o número um e continuar lá, pelo tempo que quiser.

— E como vão conseguir isso? — perguntou Birnbaum.

— Senhor Birnbaum, presumo que, pela sua profissão, saiba quem foi William Randolph Hearst — falou Washington.

— Foi um sujeito que publicou jornais — respondeu Birnbaum. Seu conhecimento a respeito do assunto parava aí. O que conhecia direito da história dos EUA era a sua fundação e os últimos cinquenta anos, todo o resto passava em branco.

— Sim — disse Washington —, ele publicou jornais. No final do século 19, os Estados Unidos e a Espanha estavam se preparando para uma guerra pelo território cubano e Hearst enviou um ilustrador a Cuba para fazer imagens do evento. Quando o ilustrador chegou lá, mandou um telegrama para

Hearst afirmando que, até onde dava para ver, não teria guerra alguma e que ele estava indo para casa. Hearst mandou ele ficar respondendo: "Você me fornece as imagens que eu forneço a guerra". E foi o que ele fez.

Birnbaum ficou olhando para Washington com uma expressão vazia no rosto.

– Senhor Birnbaum, meus clientes precisam de alguém que forneça as imagens, por assim dizer – afirmou Washington. – Alguém para começar a discussão. Depois que ela começar, meus clientes cuidam do resto. Mas precisa ser iniciada e precisa começar em algum lugar longe dos meus clientes.

– Eu forneço as imagens e eles fornecem a guerra – disse Birnbaum. – E qual é a guerra aqui?

– Não é uma guerra de verdade – esclareceu Washington. – E, de fato, as coisas que o senhor vai dizer poderiam evitar uma guerra de verdade.

Birnbaum pensou a respeito e disse:

– Mas nada de dinheiro, né?

Washington sorriu.

– Não – disse ele. – Só audiência, fama e poder. Apesar de que o dinheiro costuma vir no rastro desses três.

– E você pode me garantir que os três virão – disse Birnbaum.

– Forneça as imagens, sr. Birnbaum – disse Washington –, que a guerra logo vem. E vem bem rápido, eu diria.

A oportunidade para Birnbaum fornecer as imagens chegou já no dia seguinte.

– Podemos conversar sobre o governo mundial? – dizia Jason, de Canoga Park, para Birnbaum. Jason, de Canoga Park, era um dos seus ouvintes mais constantes, no sentido de que, cedo ou tarde, tudo voltava à questão do governo mundial, o medo do governo mundial e como qualquer assunto uma hora levava ao governo mundial. Daria para usar Jason, de Canoga Park, para sincronizar um relógio (do governo mundial).

– Eu adoro falar do governo mundial, Jason, você sabe disso – respondeu Birnbaum, de modo mais ou menos automático. – Qual é dessa vez?

– Bem, é óbvio, não é? – disse Jason. – Neste exato momento, a grande discussão é se nós devíamos ou não retomar as relações diplomáticas com a União Colonial. Atenção para o "nós" aqui, Al. Não é "nós, os

Estados Unidos", né? Não. É "nós" no sentido de "nós, o povo da Terra". O que quer dizer apenas "nós, o governo mundial da Terra, sendo constituído em segredo, bem debaixo dos nossos narizes". Todos os dias em que falamos das relações com a União Colonial, todos os dias em que discutimos se mandamos diplomatas ou não à União Colonial são mais um dia em que os tentáculos do governo mundial apertam ainda mais a garganta da liberdade de cada indivíduo, Al.

– Esse é um argumento convincente, Jason – disse Birnbaum, usando uma expressão que, em sua cabeça, queria dizer "Você só fala merda, mas seria inútil discutir contigo, por isso vou mudar de assunto" –, e você traz à tona um tema que tem ocupado muito a minha cabeça recentemente, que é a União Colonial. Você vem acompanhando a narrativa oficial sobre a UC, Jason?

– No que diz respeito ao governo mundial? – perguntou Jason.

– Isso – disse Birnbaum –, e todos os outros assuntos também. A narrativa oficial, a que o governo está usando de fachada e todos os outros governos estão apoiando, é a de que, faz o quê? Uns duzentos anos que a União Colonial está atrasando o povo da Terra. Que eles não deixam a gente sair do planeta, exceto sob os próprios termos, que nos usam para produzir soldados e colonos e nos oprimem ao não compartilharem conosco sua tecnologia e a compreensão de nosso lugar no universo. E sabe de uma coisa, Jason? Apesar de tudo que essa gestão em particular de Washington tem errado ao longo dos últimos seis anos, e foi *muita* coisa, esse é um argumento razoável. É um argumento razoável de se fazer.

"Mas também é um argumento *equivocado* de se fazer, um argumento *míope*. É um argumento (devo dizer? Ouso dizer? Vamos lá, vamos dizer, sim). É, é um argumento *politicamente vantajoso* de se fazer nesta gestão. Vamos olhar para os fatos. Como foi o crescimento econômico dos EUA ao longo dos últimos três, quatro anos? Ora, gente, foi um lixo. Vocês sabem disso. Eu sei disso. Todo mundo sabe disso. E por que é que está um lixo? Por causa das políticas econômicas desta gestão, centenas de milhares de americanos decentes, aqueles que acordam todas as manhãs e vão para o trabalho e fazem o que têm de fazer, aquilo que a gente pede que eles façam (gente que nem eu e você, Jason), bem... a gente está sofrendo, não? Estamos. Todos os dias do ano.

"Agora, chegamos ao ponto em que o nosso amado líder, o residente da Casa Branca, não pode mais se esconder sob os boatos de uma suposta recessão econômica global e precisa encarar os fatos junto com o povo americano no que diz respeito a suas políticas. E então, como um milagre dos céus, aqui aparece John Perry e aquela frota do Conclave, dizendo para nós que é a União Colonial, *não* o presidente, *não* as políticas da sua gestão, *não* a suposta recessão global, que é a raiz dos nossos males. Nossa, que coisa *conveniente* para o nosso amado líder, não acha, Jason?"

A essa altura, Louisa Smart já tinha chegado para bater no vidro da sala de controle. Birnbaum olhou para ela. *Que merda é essa?*, ela fez com a boca. Birnbaum levantou as mãos, num gesto tranquilizante, dizendo "Não se preocupa, estou no controle".

– Não entendo o que isso tem a ver com o governo mundial – disse Jason, não muito convencido.

– Bem, tem *tudo* a ver com o governo mundial, não tem, Jason? – disse Birnbaum. – Durante os últimos meses, a gente *só* tem falado da União Colonial, e o que devemos fazer quanto à União Colonial e se podemos confiar nela ou não. Todo dia em que conversamos sobre a União Colonial é um dia em que não conversamos sobre as nossas próprias necessidades, nossos próprios problemas e as falhas de nosso próprio governo... e da gestão atual. Eu digo que é hora de mudarmos a discussão. Digo que é hora de mudarmos a narrativa oficial. Digo que é hora de chegarmos à verdade e não àquilo que eles nos dizem.

"E esta é a verdade. Vou falar para vocês agora. E não vai ser nada popular, porque vai meio que na contramão da narrativa oficial, e sabemos o quanto a gestão e seus defensorezinhos são hiperprotetores em relação à narrativa oficial, não é? Mas esta é a verdade e... assim, sabe, só experimentem aí para ver como é.

"A União Colonial? É a melhor coisa que já aconteceu com o planeta Terra. De longe, não tem nem o que falar, não tem prata, nem bronze. Sim, eles mantiveram a Terra fechada numa bolha protetora. Mas vocês já viram os relatórios? Em nossa vizinhança local do espaço, tem, o quê? Seiscentas espécies alienígenas inteligentes, dentre as quais quase todas já atacaram os seres humanos de um jeito ou de outro, e isso inclui o amado e idolatrado Conclave de John Perry, que teria aniquilado uma colônia planetária inteira se a União Colonial não tivesse impedido. Se você acredita que eles aniquilariam uma colônia, por que poupariam a Terra se achassem que nós somos importantes?

"E vocês podem dizer 'Bem, beleza, a União Colonial nos manteve *a salvo*, mas também não deixou que nós, terráqueos, víssemos o espaço, se não como soldados ou colonos. Mas pensa só no que isso quer dizer... Quer dizer que todo mundo que já saiu da Terra e foi ao espaço foi cumprindo um papel designado para proteger a humanidade lá fora, em meio às estrelas, ou para construir o lugar da humanidade nas estrelas. Sabem que eu não fico para trás em louvar e homenagear aqueles que vestem a farda para servir à nossa nação. Então por que eu não louvaria aqueles humanos fardados que protegem toda a humanidade, incluindo nós aqui na Terra? É ao nosso povo, (aos *terráqueos*, senhoras e senhores) que a União Colonial recorre quando chega a hora de manter *todos* nós vivos. A narrativa oficial chama isso de *escravidão*. Eu chamo de *dever*. Quando eu fizer 75 anos, vou querer ficar aqui sentado numa cadeira de balanço na Terra, tirando sonecas até bater as botas? O cacete! Pode me pintar de verde e me mandar para o espaço! Essa gestão não está me *protegendo* da União Colonial ao proibir que a gente entre para as Forças Coloniais de Defesa. Está *ameaçando a sobrevivência de todos* ao sufocar a única organização criada para nos manter a salvo!

"E sei que alguns de vocês aí fora ainda se agarram à narrativa oficial e vão me dizer: 'Bem, eles nos atrasaram social e tecnologicamente, não foi?'. Mas eu pergunto, é isso mesmo? É real? Ou será que nos deram, a todos nós, humanos em toda parte, a oportunidade de sermos os únicos com total autossuficiência tecnológica? Não temos a vantagem de ver como as outras raças alienígenas fazem as coisas. Se quisermos fazer algo, precisamos construir tudo nós mesmos. Temos uma base de conhecimento que nenhuma outra espécie pode sequer sonhar em rivalizar, porque passam o tempo todo roubando a tecnologia de todo o resto! E a União Colonial, longe de tentar nos controlar, nos deixou aqui na Terra sozinhos para irmos atrás de nossos próprios destinos políticos e nacionais. Jason, você acha que poderíamos ter evitado um governo mundial se não tivéssemos o apoio da União Colonial todo esse tempo? Que o povo não estaria clamando por um governo mundial diante da quase certa dominação por uma raça alienígena?"

– Ãââ... – Jason tentou responder.

– Você sabe que estaria – continuou Birnbaum. – E talvez algumas pessoas queiram o mesmo governo aqui que eles têm em Pequim, em Nova Délhi, no Cairo e em Paris, mas eu não. Será que a gente é tão ingênuo a ponto de acreditar que o governo mundial que temos seria igual ao dos EUA? Porra, a nossa administração já está bem ocupada tentando vender os nossos direitos para nos deixar como todo o resto.

"Por isso eu digo, vamos jogar fora essa narrativa oficial, gente. Ouçam a verdade. A verdade é que a União Colonial não está nos oprimindo. Ela nos mantém livres. Quanto mais nos iludirmos em pensar o contrário, mais perto a gente vai chegar do fim da nossa espécie. E talvez eu não tenha todas as respostas (sou só um sujeito com um programa de rádio, afinal), mas sei sim que, no fim das contas, a humanidade precisa lutar para continuar viva no universo. Quero apoiar os guerreiros aqui. E vocês, gente, quem vocês apoiam? Essa é a pergunta que quero discutir quando voltarmos do intervalo comercial. Jason, de Canoga Park, obrigado pela sua ligação."

– Tinha mais uma coisa que eu...

Birnbaum fechou o circuito e calou Jason, depois passou para Louisa Smart correr os comerciais.

– Beleza, sério, que merda foi *essa*? – disse Smart, por cima dos fones de ouvido. – Desde quando você tem essa tara pela União Colonial?

– Você disse que queria que eu passasse mais tempo pensando em como virar o jogo com o meu programa – respondeu Birnbaum.

– E você acha que defender o grupo que está cagando na cabeça da Terra há duzentos anos vai ser uma estratégia campeã? – replicou Smart. – Estou questionando o seu juízo, mais do que o normal.

– Confia em mim, Louisa – disse Birnbaum. – Vai dar certo.

– Você não acredita de verdade no que acabou de falar, não é? – perguntou Smart.

– Se fizer a audiência subir, eu acredito em cada palavrinha do que eu disse – falou Birnbaum. – E pelo bem do seu emprego, Louisa, é bom você acreditar também.

– Meu emprego independe de você estar aqui ou não – Smart o lembrou. – Então acho que vou manter a minha opinião fora da liquidação, já que é tudo a mesma coisa para você. – Ela olhou para o monitor e fez uma careta.

– Que foi? – perguntou Birnbaum.

– Parece que você pisou no calo de *alguém* – disse Smart. – É uma ligação de um tal de Foggy Bottom. Não é todo dia que temos alguém do Departamento de Estado ligando.

– Certeza que é do Departamento de Estado? – perguntou Birnbaum.

– Estou verificando o nome agora mesmo – respondeu Smart. – Uhum. É alguém do subsecretariado de questões espaciais. Peixe pequeno numa grande lagoa.

– Não importa – disse Birnbaum. – Bota ele no ar quando voltarmos. Vou fazê-lo explodir.

– Ela – corrigiu Smart.

– Que seja – disse Birnbaum, preparando-se para a batalha.

Tendo fornecido as imagens, Birnbaum esperava mesmo que os clientes de Washington fornecessem a guerra. O que ele não esperava era todo um *blitzkrieg*.

A audiência do programa de Birnbaum naquele dia na verdade caiu 1% abaixo da média, menos de um milhão de pessoas ouviram a palestra ao vivo, em qualquer que fosse a plataforma preferida. Dentro de dez minutos, no entanto, a versão arquivada começou a ganhar mais e mais ouvintes. Foi relativamente lento a princípio, mas os números começaram a subir conforme mais sites de política foram linkando. Dentro de duas horas, já tinha alcançado mais um milhão de pessoas. Em três horas, dois milhões. Quatro horas, quatro milhões. Os acessos ao arquivo do programa foram crescendo numa progressão mais ou menos geométrica durante várias horas depois disso. Da noite para o dia, havia sete milhões de downloads no 'gram *Voz no Deserto* para tablets. Quando Birnbaum chegou para o programa da manhã seguinte – um programa inteiramente dedicado ao assunto da União Colonial, como vários dos seguintes seriam –, a audiência ao vivo era de 5,2 milhões. Por volta do fim da semana, tinha vinte milhões de ouvintes ao vivo por episódio.

Como uma rachadura em uma represa sobrecarregada, a palestrinha de Birnbaum em defesa da União Colonial criou um rápido colapso no que era o silêncio educado de vários cantos políticos, ao que se seguiu uma enxurrada de pessoas que concordavam com as vituperações contra a gestão atual e sua postura de distanciamento da União Colonial. Birnbaum ocupava um lugar ideal no discurso midiático — não era influente a ponto de não poder promover uma teoria potencialmente polêmica (e possivelmente louca), mas não tão obscuro que pudessem descartá-lo de cara como um doido. Tinha gente demais que o conhecia para isso em Washington, entre políticos e jornalistas.

A gestão, sem preparo algum para o tsunami de visões opostas quanto a esse assunto em particular, vacilou na resposta imediata a Birnbaum e seus seguidores, começando pela subsecretária-adjunta de assuntos espaciais, infelizmente ingênua, que ligou para o programa e foi tão massacrada que acabou pedindo demissão três dias depois, voltando para seu estado natal de Montana, onde mais tarde viria a se tornar professora de história do Ensino Médio.

Ela, pelo menos, se livrou dessa história toda. A resposta do governo foi tão ruim que, durante vários dias, a sua inaptidão em lidar com o evento ameaçou eclipsar a discussão sobre a própria União Colonial.

Ameaçou, mas não a eclipsou de fato, em parte porque Birnbaum, que conhecia uma boa onda quando via, simplesmente não ia deixar. A partir de sua nova perspectiva aprimorada nos últimos tempos, ele dava opiniões, reunia pequenos fatos úteis com informantes que, duas semanas antes, nem sequer olhariam na cara dele, e determinava a agenda diária para discussão quanto ao tema da União Colonial.

É claro que outros tentaram tomar o assunto das mãos dele. Anfitriões de *talk shows* rivais, atordoados pela ascensão súbita de Birnbaum, também arriscaram tratar do assunto da União Colonial, mas não conseguiram compensar sua vantagem inicial. Até mesmo os anfitriões de *talk shows* mais influentes (até então) pareciam retardatários quando se tratava disso. Cedo ou tarde, todos, com exceção dos mais desligados, concederam-lhe a supremacia desse tópico e se concentraram em outras questões. Os políticos tentavam mudar de assunto, mas Birnbaum ou os chamava para servirem a seus propósitos no programa ou os assediava tanto que eles pensavam em arredar o pé do estúdio.

Em todo caso, o tópico lhe pertencia, e Birnbaum extraiu dele tudo que pôde, aperfeiçoando sua mensagem com cuidado, para os maiores efeitos políticos. Não, é claro que a União Colonial não pode ser perdoada por nos manter no escuro, ele dizia, mas precisamos compreender o contexto em que essa decisão foi tomada. Não, não devíamos jamais ser subjugados pela União Colonial ou reduzidos à condição de só mais uma colônia, dizia em outras ocasiões, mas havia vantagens distintas numa aliança de igual para igual. É claro que deveríamos considerar o posicionamento do Conclave também e ver quais vantagens poderíamos obter desse diálogo, ele dizia ainda em outros momentos, mas será que deveríamos esquecer que somos humanos? No fim das contas, a quem devemos nossa lealdade de fato, se não à nossa espécie?

De quando em quando, Louisa Smart vinha lhe perguntar se ele acreditava de fato nas coisas que andava dizendo ao novo público expandido. Birnbaum então voltava à sua resposta original para essa pergunta. Uma hora, Smart parou de questionar.

Chegaram as novas estatísticas mensais. A audiência ao vivo para o programa havia subido 2500%, com dados parecidos para os episódios arquivados. Quarenta milhões de downloads no 'gram para tablet. Birnbaum ligou para sua agente e lhe mandou renegociar seu último contrato com a SilverDelta. E foi o que ela fez, apesar de terem renegociado pela última vez não fazia nem dois anos. Walter Kring podia bem ser um macho alfa até os ossos, de 2 metros de altura, mas tinha um medo bizarro de Monica Blaustein, uma avó judia e persistente de Nova York, que chegava a um metro e meio de rasteirinha. Ele também sabia ler os índices de audiência e reconhecia uma mina de ouro quando via uma.

A vida de Birnbaum consistia em fazer o programa e dormir. Sua marmitinha, irritada com a falta de atenção, o largou. Sua relação com Judith, a terceira esposa, a que era inteligente, a que tinha conseguido manipulá-lo para que não tivessem um acordo pré-nupcial, melhorou visivelmente em quase todos os aspectos. O time de futebol de seu filho Ben chegou a ganhar de fato um dos jogos. Mas por esse último item, Birnbaum não sentia que poderia levar os créditos.

— Isso não vai durar — Smart lhe apontou, dois meses depois de tudo começar.

— O que há com você? — Birnbaum lhe perguntou. — Para de ser baixo-astral.

— Estou sendo realista, Al — disse ela. — Me agrada que esteja tudo cor-de-rosa no momento para você, mas seu programa tem um assunto só agora. E não importa o que aconteça, o fato é que essa questão vai se resolver de um jeito ou de outro num futuro não muito distante. E aí onde você vai parar? Vai virar a moda do mês passado. Sei que tem um contratinho novo em folha e tudo o mais, mas Kring ainda assim vai mandar você pastar se tiver três trimestres ruins em sequência. E, para bem ou para mal, agora a altura para despencar é bem maior.

— Gosto que você acha que eu não sei disso – disse Birnbaum. – Por sorte, para nós dois, estou tomando medidas para lidar com isso.

— Me conta – disse Smart.

— O Comício – falou Birnbaum, garantindo que o "C" maiúsculo ficasse em evidência na voz.

— Ah, o comício – disse Smart, omitindo a maiúscula. – É o comício no shopping em apoio à União Colonial, que você anda planejando para daqui a duas semanas.

— Sim, esse mesmo – confirmou Birnbaum.

— Há de reparar que o tema do comício é a União Colonial – disse Smart. – Ou seja, o assunto único. Você não está variando.

— Esse não é o principal do Comício – disse Birnbaum. – Mas sim quem vai estar lá comigo. Terei tanto o líder da maioria do Senado quanto o líder da minoria do Congresso ali no palco. Venho cultivando minhas relações com eles ao longo das últimas seis semanas, Louisa. Andam me repassando todo tipo de informações, porque temos as eleições de meio de mandato chegando. Querem tomar de volta o Congresso e sou eu quem vai conseguir isso para eles. Então, depois do Comício, a gente começa a se afastar do assunto da União Colonial e nos voltamos para coisas mais domésticas. Vamos aproveitar essa onda da uc o máximo que der, claro. Mas, assim, quando esse barco zarpar, ainda estarei em posição para influenciar o caminho político da nação.

— Enquanto isso de ser o pau-mandado de um partido político não lhe incomodar – disse Smart.

— Eu pessoalmente prefiro me identificar como um "influenciador político extraoficial" – respondeu Birnbaum. – E se eu der conta dessas eleições, acho que poderei me chamar de alguma outra coisa depois. É tudo ladeira acima agora.

– É nessa parte que eu fico do seu lado enquanto você chega a Roma, em triunfo, e sussurro no seu ouvido "Lembra-te de que és mortal"?

– Não peguei essa referência – disse Birnbaum. Seu conhecimento de história mundial era só um pouco pior do que seu conhecimento da história dos Estados Unidos.

Smart revirou os olhos.

– Claro que não – disse ela. – Mas lembre-se disso ainda assim, Al. Pode ser que lhe seja útil um dia.

Birnbaum anotou para lembrar depois, mas esqueceu porque estava muito ocupado com seu programa, o Comício e tudo que veio depois. No dia do Comício, essa lembrança lhe ocorreu brevemente quando ele subiu ao pódio, após quinze minutos de discursos comoventes do líder da minoria do Congresso e do líder da maioria do Senado, e de lá ficou em pé diante do púlpito, no tablado do Comício, encarando um mar de setenta mil rostos (menos do que os cem mil esperados, mas mais do que o suficiente e, em todo caso, eles iriam arredondar as estimativas mesmo assim). Os rostos, masculinos e de meia-idade, em maior parte, olhavam para ele com admiração e fervor, cientes de que estavam participando de algo maior, algo a que ele, Albert Birnbaum, havia dado início.

Lembra-te de que és mortal, Birnbaum ouviu Louisa Smart dizer em sua cabeça. Isso o fez sorrir, ainda que Louisa não estivesse no Comício por conta de sua festa de casamento. Iria pentelhá-la com isso depois. Ele trouxe seus apontamentos até o monitor do púlpito e abriu a boca para se pronunciar quando ficou profundamente confuso ao se perceber de bruços em cima do pódio, sufocando que nem um peixe e sentindo o sangue grudento jorrando daquilo que restava do seu ombro. Seus ouvidos registraram um estouro, como se um trovão distante enfim estivesse se aproximando após o relâmpago, depois ouviu gritos e o som de setenta mil pessoas em pânico tentando fugir, e então desmaiou.

Birnbaum olhou para cima e viu Michael Washington olhando para baixo, em sua direção.

– Como foi que você entrou aqui? – perguntou Birnbaum, após demorar alguns minutos para lembrar quem ele era (Albert Birnbaum), onde estava (Hospital Católico do Sagrado Coração, em Washington), que horas eram (2h47 da manhã) e o porquê de estar lá (havia sido baleado).

Washington apontou com a mão enluvada para um distintivo em seu peito, e Birnbaum se deu conta de que o homem estava usando uma farda policial. Protestou:

— Isso aí é um disfarce.

— Não é não, na verdade — respondeu Washington. — Geralmente eu trabalho à paisana, mas no momento esta farda está sendo útil.

— Achei que você fosse algum tipo de *facilitador* — respondeu Birnbaum. — Você tem *clientes*.

— Sim, e tenho, de fato — disse Washington. — Alguns policiais fazem bicos de leão de chácara. E isso é o que eu faço.

— Está de brincadeira — disse Birnbaum.

— É bem possível — respondeu Washington.

— Por que você está aqui agora? — perguntou Birnbaum.

— Porque temos negócios inacabados — disse Washington.

— Não sei do que está falando — respondeu Birnbaum. — Você me pediu para vender uma história pró-União Colonial. E foi o que eu fiz.

— E você fez um belo trabalho com isso — disse Washington. — Só que no finzinho, as coisas começaram a perder força. Tinha menos gente no comício do que você antecipou.

— Tínhamos cem mil — rebateu Birnbaum, com a voz fraca.

— Não — disse Washington —, mas valorizo o esforço que você fez.

A mente de Birnbaum começou a divagar, mas ele tentou se concentrar em Washington novamente.

— Que questão a gente ainda tem por resolver? — perguntou.

— A sua morte — respondeu Washington. — Era para você ter sido assassinado no comício, mas nosso franco-atirador falhou. Ele pôs a culpa numa rajada de vento entre ele e o alvo. Então sobrou para mim.

Birnbaum estava confuso.

— Por que você quer que eu morra? Eu fiz o que pediu.

— E de novo, foi um belíssimo trabalho — disse Washington. — Mas agora a discussão precisa ser elevada a um outro patamar. E isso vai acontecer se fizermos de você um mártir para a causa. Nada como um assassinato em público para encrustar o tema na consciência nacional.

— Não compreendo — disse Birnbaum, cada vez mais confuso.

— Eu sei — disse Washington. — Mas você nunca compreendeu, sr. Birnbaum. Nunca esteve muito a fim de compreender, acredito. Nunca se importou de verdade com quem são os meus chefes. Seu único interesse era o que estava bem à sua frente, nunca tirou os olhos disso.

— *Quem* são os seus chefes? — coaxou Birnbaum.

— Eu trabalho para a União Colonial, claro — disse Washington. — Eles precisavam dar um jeito de mudar a direção da conversa. Ou talvez eu trabalhe para os russos e brasileiros, que estão incomodados pelo fato de os Estados Unidos estarem tomando a liderança nas discussões internacionais sobre a União Colonial e queriam atrapalhar. Não, eu trabalho para o partido político da oposição, que estava tentando mudar o cálculo da eleição. Na verdade, é tudo mentira: trabalho para um conchavo que quer formar um governo mundial.

Birnbaum arregalou os olhos, descrente.

— A hora de exigir uma resposta era antes de aceitar o trabalho, sr. Birnbaum — continuou Washington. — Agora você jamais saberá. — E, nisso, ele ergueu uma seringa. — Você acordou porque eu injetei isso aqui. Já está desligando o seu sistema nervoso enquanto conversamos. É intencionalmente óbvio. Queremos deixar bem claro que você foi assassinado. Há pistas o suficiente plantadas em vários lugares para oferecer uma caçada bem divertida. Você vai ser ainda mais famoso agora. E com a sua fama virá a influência. Não que *você* poderá usufruir disso, claro. Mas outros poderão, e isso já basta. Fama, poder e audiência, sr. Birnbaum. É o que prometemos e é o que lhe foi dado.

Birnbaum nada respondeu — havia morrido no meio do monólogo. Washington sorriu, plantou a seringa na cama e saiu do quarto.

— Há filmagens do assassino — disse Jason, de Canoga Park, para Louisa Smart, que temporariamente assumiu o papel de apresentadora do programa, para o episódio *in memoriam*. — Eles o filmaram conversando e injetando algo nele antes de morrer. Foi aí que aconteceu. Quando o complô do governo mundial foi revelado.

— Não tem como sabermos isso — respondeu Smart, perguntando-se pela milionésima vez como Birnbaum conseguia conversar com seus ouvintes sem querer se enfiar no microfone e ir até o outro lado para estrangulá-los. – O vídeo é de baixa resolução e não tem áudio. Jamais saberemos o que eles disseram um para o outro.

– O que mais poderia ser? – disse Jason. – Quem mais poderia ter feito algo assim?

– É um argumento convincente, Jason – disse Smart, preparando-se para passar para o próximo ouvinte, com *qualquer que fosse* a teoria aloprada da vez.

– Vou sentir saudades do Al – disse Jason, antes de ela conseguir tirá-lo do ar. – Ele se chamava de a Voz no Deserto, mas se Al era isso, estávamos todos lá com ele. Quem será a voz agora? Quem vai clamar no deserto? E o que essa voz dirá?

Smart não tinha como responder a essas perguntas, então simplesmente passou para o próximo ouvinte.

EPISÓDIO 5

HISTÓRIAS DA *CLARKE*

– Então, capitã Coloma – disse o subsecretário-adjunto do Departamento de Estado, Jamie Maciejewski. – Não é todo capitão interestelar que faz uma manobra intencional para colocar sua nave na trajetória de um míssil disparado.

A capitã Sophia Coloma travou a mandíbula e se esforçou muito para tentar não trincar os próprios molares enquanto fazia isso. Havia uma variedade de caminhos pelos quais ela imaginava que esse inquérito, acerca de suas ações no sistema Danavar, fosse seguir. Esse começo não era um deles.

Na cabeça de Coloma, corria uma lista completa de respostas, a maioria das quais não era nem um pouco adequada para o propósito de avançar na carreira. Após vários segundos, ela encontrou uma que servia.

– O senhor tem o meu relatório completo acerca dessa questão, senhor – falou.

– Sim, claro – respondeu Maciejewski, apontando para o comandante da frota do Departamento de Estado, Lance Brode, e seu contato com as FCD, Elizabeth Egan, que constituíam o conselho final do inquérito. – Temos o seu relatório completo e também os relatórios de sua oficial executiva, a comandante Balla, da embaixadora Abumwe e de Harry Wilson, o adjunto das Forças Coloniais de Defesa a bordo da *Clarke* na ocasião do incidente.

– Também temos o relatório da comandante Gollock – disse Brode –, delineando as avarias que a *Clarke* sofreu por conta do míssil. Preciso lhe dizer que ela ficou bastante impressionada. Disse que você ter conseguido trazer a *Clarke* de volta à Estação Fênix por si só já foi um pequeno milagre. Até onde se sabe, era para a nave ter rachado ao meio por conta das pressões materiais durante a aceleração até a distância de salto.

– Ela também diz que as avarias sofridas são tão extensas que demoraria mais tempo para consertá-la do que construir uma nova nave diplomática classe Robertson inteira do zero – disse Maciejewski. – E é capaz de ser mais caro, ainda por cima.

– E depois temos a questão das vidas que você pôs em risco – disse Egan. – As vidas da sua tripulação. As vidas da missão diplomática com os Utches. Mais de trezentas pessoas ao todo.

– Eu minimizei os riscos tanto quanto possível – disse Coloma. *Dentro dos trinta segundos, mais ou menos, que tive para bolar um plano*, pensou, mas não disse.

– Sim – respondeu Egan. – Eu li o seu relatório. E nenhuma morte transcorreu por conta de suas ações. Houve feridos, no entanto, vários em estado grave e correndo risco de vida.

O que vocês querem de mim?, era o que Coloma tinha vontade de dizer, aos brados, para o conselho do inquérito. Nem sequer era para a *Clarke* estar no sistema Danavar, para começo de conversa, e a equipe diplomática tinha sido escolhida de última hora para substituir uma missão enviada aos Utches que estava desaparecida e presumivelmente morta. Quando a *Clarke* chegou, descobriram armadilhas montadas para os Utches usando mísseis roubados da União Colonial que simulariam um ataque dos humanos contra seus parceiros alienígenas. Harry Wilson – Coloma precisava se segurar quanto a algumas de suas opiniões só de pensar nesse nome – conseguiu eliminar quase todos os mísseis, exceto um deles, ao usar a nave de transporte da *Clarke* como isca, destruindo o transporte e quase se matando no processo. Depois os Utches chegaram e Coloma não teve escolha além de atrair o último míssil para a *Clarke*, em vez de permitir que a nave utche se tornasse o alvo, fosse atingida e que uma guerra que a União Colonial não teria condições de lutar no momento começasse.

O que vocês querem de mim?, Coloma se perguntou de novo. Não faria essa pergunta, não podia se dar ao luxo de oferecer esse tipo de brecha ao conselho de inquérito. Não tinha dúvidas da resposta e de que eles iriam dizer que ela devia ter feito outra coisa além do que fez.

Por esse motivo, o que falou, em vez disso, foi:

– Sim, houve feridos.

– Que poderiam ter sido evitados – apontou Egan.

– Sim – respondeu Coloma. – Eu poderia ter evitado isso completamente ao permitir que o míssil, um Melierax Série Sete da União Colonial, atingisse a nave utche, que estaria despreparada e seria pega de surpresa pelo ataque. É provável que o míssil a incapacitasse, isso se não a destruísse de vez, e causasse baixas substanciais, incluindo potencialmente dezenas e dezenas de mortos. Foi a estratégia que me pareceu menos aconselhável.

– Ninguém disputa o fato de que suas ações pouparam danos consideráveis à nave utche e um incidente diplomático desconfortável à União Colonial – disse Maciejewski.

– Mas ainda tem a questão da nave – disse Brode.

– Estou bem ciente da questão da *Clarke* – disse Coloma. – É a minha nave, afinal.

– Não é mais – afirmou Brode.

– Como? – disse Coloma, cravando as unhas nas palmas das mãos para se segurar e não saltar até o outro lado da sala para agarrar Brode pelo colarinho.

– Você foi exonerada de seu comando da *Clarke* – informou Brode. – Tomou-se a decisão de desmontar a nave. O comando foi transferido à tripulação portuária que realizará o processo, o que é procedimento padrão para naves sucateadas, capitã. Não é um reflexo do seu serviço.

– Sim, senhor – assentiu Coloma, duvidando do que foi dito. – Qual é meu próximo comando? E qual é a decisão quanto à minha equipe e tripulação?

– Isso é o tema, em parte, deste inquérito, capitã Coloma – disse Egan, olhando de relance para Brode, com uma atitude indiferente. – É lamentável que você tenha recebido notícias quanto às decisões tomadas acerca de sua nave deste modo, por meio deste fórum. Mas agora que está ciente, saiba que o que vamos decidir não é o que pensamos acerca do que foi feito, mas tendo em mente sua posição futura. Compreende a diferença aqui?

– Desculpe-me, senhora, mas não sei se compreendo ao certo – disse Coloma. Seu corpo inteiro estava coberto daquele suor frio que acompanhava a percepção de que era uma capitã sem nave, o que significava, de um modo muito real, que ela não era capitã de nada, na verdade. O corpo dela queria estremecer, sacudir a sensação grudenta que o afligia. Mas não ousava.

– Então compreenda que o melhor a se fazer agora é nos ajudar a entender o seu raciocínio, cada passo em suas ações – disse Egan. – Temos o seu relatório. Sabemos o que você fez. Queremos ter uma compreensão melhor do porquê.

– Vocês sabem o porquê – disse Coloma, antes de conseguir se refrear, arrependendo-se quase que imediatamente. – Eu o fiz para evitar uma guerra.

– Todos concordamos que você conseguiu evitar uma guerra – disse Maciejewski. – Precisamos decidir se o modo como o fez justifica lhe conceder o comando de outra nave.

– Compreendo – disse Coloma, sem admitir qualquer derrota em seu tom de voz.

– Muito bem – disse Maciejewski. – Então vamos começar com a decisão de permitir que o míssil atingisse sua nave. Vamos acompanhá-la segundo a segundo.

A *Clarke*, como outras naves de grande porte, não ficava atracada diretamente na Estação Fênix, mas posicionada a alguma distância, na seção dedicada a reparos. Coloma estava em pé, na beirada do compartimento de transporte de reparos, observando as tripulações subirem a bordo das naves de transporte que as levariam à *Clarke*, a fim de remover toda e qualquer coisa que tivesse algum valor ou pudesse ser salva antes de retalharem o casco em placas menores para serem recicladas e transformadas em alguma outra coisa – outra nave, elementos estruturais para uma estação espacial, armas ou talvez papel alumínio para embrulhar marmitas. Coloma deu um sorrisinho cínico com a ideia de um pedaço de bife ser embrulhado com a pele da *Clarke*, depois parou de sorrir.

Precisava admitir que, quando o assunto era se deprimir, vinha pegando uma boa prática ao longo das últimas semanas.

Em sua visão periférica, Coloma avistou alguém caminhando em sua direção. Antes mesmo de se virar, ela já sabia que era Neva Balla, sua oficial executiva. Balla mancava de leve, uma consequência, dizia ela, de uma lesão equestre sofrida durante a juventude. O resultado prático disso era que não havia dúvidas quanto à sua identidade quando vinha na direção de alguém. Balla poderia usar um saco na cabeça que Coloma conseguiria saber que era ela.

– Dando uma última olhada na *Clarke*? – perguntou Balla a Coloma enquanto se aproximava.

– Não – disse Coloma, ao que a oficial ficou olhando para ela, intrigada. – Não é mais a *Clarke*. Quando foi desativada, seu nome foi retirado. Agora ela é apenas a CUDS-RC-1181. Pelo menos até terminarem de reduzi-la a sucata.

– O que acontece com o nome? – perguntou Balla.

– Eles põem de volta em circulação – respondeu Coloma. – Cedo ou tarde, outra nave será batizada com esse nome. Isto é, se não decidirem riscá-lo da lista por ser desonroso demais.

Balla assentiu, mas depois gesticulou na direção da nave.

– *Clarke* ou não, ainda assim era a sua nave.

– Sim – disse Coloma. – Era, sim.

As duas ficaram ali em silêncio por um momento, observando enquanto os transportes seguiam na direção do que costumava ser a nave delas.

– Então, o que você descobriu? – Coloma perguntou a Balla após um momento.

– Ainda estamos na geladeira – respondeu Balla. – Todos nós. Eu, você, a equipe sênior da *Clarke*. Parte da tripulação foi remanejada para tapar buracos em outras naves, mas quase nenhum oficial e ninguém acima do cargo de tenente júnior.

Coloma assentiu. Em geral, seria função dela remanejar a tripulação, mas tecnicamente não eram mais sua tripulação, e ela não era mais capitã. Balla tinha amizades no alto escalão do Departamento de Estado ou, melhor dizendo, tinha amizades que eram assistentes e auxiliares no alto escalão do departamento. Em termos de informações, dava na mesma.

— Temos qualquer informação quanto ao porquê de ninguém importante ter sido remanejado?

— Ainda estão conduzindo a investigação sobre o incidente em Danavar — disse Balla.

— Sim, mas em nossa tripulação, isso só envolve você, eu e Marcos Basquez — disse Coloma, mencionando o engenheiro-chefe da *Clarke*. — E Marcos não está sob investigação como eu e você.

— Ainda assim, é mais fácil nos terem por perto — comentou Balla. — Mas tem outra complicação.

— Qual? — perguntou Coloma.

— A equipe diplomática da *Clarke* também não foi remanejada formalmente ainda — disse Balla. — Parte dela foi somada de forma temporária a missões ou negociações preexistentes, mas nenhuma dessas decisões é permanente.

— De quem você ouviu isso? — perguntou Coloma.

— De Hart Schmidt — respondeu Balla. — Ele e a embaixadora Abumwe foram designados para as negociações com os Bulas na semana passada.

Coloma fez uma careta ao ouvir isso. Essas negociações deram errado, em parte porque as Forças Coloniais de Defesa haviam estabelecido uma base clandestina em um planeta colonizado pelos Bulas, mas ainda subdesenvolvido, tendo sido flagrados no ato ao tentarem evacuá-la. Pelo menos, esses eram os boatos. Não ia pegar bem para Abumwe e Schmidt terem qualquer coisa a ver com isso.

— Então estamos todos num limbo — disse Coloma.

— É o que parece — respondeu Balla. — Pelo menos não te pegaram para bode expiatório, senhora.

Isso arrancou uma risada de Coloma.

— Não me pegaram, mas com certeza estão me punindo.

— Não sei por que nos puniriam — disse Balla. — Atiraram a gente num processo diplomático de última hora, aí descobrimos uma armadilha e conseguimos evitar que ela disparasse. Tudo isso sem uma única morte. E, ainda por cima, as negociações com os Utches foram finalizadas com sucesso. Já distribuíram medalhas por muito menos.

Coloma gesticulou na direção do que costumava ser a *Clarke*.

– Talvez eles fossem só muito apegados à nave.

Balla sorriu e disse:

– Me parece improvável.

– Por quê? – perguntou Coloma. – Eu era.

– Você fez o certo, capitã – disse Balla, assumindo um tom de voz mais sério. – Foi o que eu disse aos investigadores. Assim como a embaixadora Abumwe e o tenente Wilson. Se não enxergarem isso, eles que vão pro raio que o parta.

– Obrigada, Neva – disse Coloma. – Que bom que você disse isso. Lembre-se dessas palavras quando nos mandarem para uma nave de reboque.

– Há trabalhos piores – disse Balla.

Coloma estava prestes a responder quando seu PDA recebeu uma notificação. Ela arrastou o dedo na tela até chegar à caixa de entrada e leu a mensagem que estava lá. Então fechou a tela, guardou o tablet e voltou seu olhar ao que costumava ser a *Clarke*.

Balla ficou observando sua capitã por um momento, até que enfim disse:

– Você está acabando comigo aqui.

– Lembra quando você disse que havia trabalhos piores que naves de reboque? – disse Coloma a sua oficial executiva.

– Considerando que foi a penúltima coisa que eu disse, sim – respondeu Balla. – Por quê?

– Porque é capaz que a gente tenha acabado de receber um desses agora – disse Coloma.

– Esta nave costumava ser a *Porchester* – disse o coronel Abel Rigney. – Pelo menos durante os seus primeiros trinta anos de serviço, quando era uma corveta classe Hampshire nas FCD. Então foi transferida para o Departamento de Estado e rebatizada de *Ballantine*, em homenagem a um antigo secretário do departamento. E aí foram mais vinte anos de serviço como nave mensageira e de transporte de suprimentos. Ela foi desativada no ano passado.

Coloma estava na ponte de comando junto de Rigney e Balla, olhando as fileiras silenciosas de monitores. A atmosfera era fria e tênue, adequada a uma nave que não possuía mais tripulação, nem propósito.

– Tem algum motivo imediato para essa desativação? – perguntou Coloma.

– Além do tempo de serviço? Não – disse Rigney. – Ela funcionava normalmente. Digo, *funciona* normalmente, como você vai perceber quando a colocar para andar. Só é antiga. A quilometragem desta nave é extensa, então, com o tempo, ser mandado para capitaneá-la começou a parecer castigo.

– Hmmm – disse Coloma.

– Mas é tudo uma questão de perspectiva, não é? – disse Rigney logo em seguida, deixando para trás a ofensa implícita, ainda que não intencional, disparada contra Coloma. – Para quem é marinheiro de primeira viagem no espaço e ainda não tem a própria frota, o que eu e você enxergamos como uma nave velha, que já passou do seu auge, ela vai parecer novinha e brilhante. O povo da Terra, para quem pretendemos vendê-la, vai olhar para este neném como o seu primeiro passo na exploração do universo mais amplo. É razoável para eles.

– Então é este o meu trabalho – disse Coloma –, pegar uma nave de segunda mão e convencer os coitados de que estão recebendo o melhor da categoria.

– Eu não colocaria nesses termos, capitã – disse Rigney. – Não estamos tentando enganar o povo da Terra. Eles sabem que não estamos oferecendo tecnologia de ponta. Mas sabem também que não estão prontos e treinados para lidar com nossas naves mais recentes. A única tecnologia espacial que eles já manejaram até agora são os transportes em torno da estação espacial que orbita o planeta. Com todo o resto, quem lidava éramos nós.

– Então vamos lhes dar o equivalente espacial de uma bicicleta com rodinhas – concluiu Coloma.

– Preferimos pensar em termos de lhes oferecer uma tecnologia clássica, com a qual eles poderão aprender e trabalhar a partir daí – disse Rigney. – Você sabe que o pessoal da Terra não está feliz com a União Colonial no momento.

Coloma fez que sim com a cabeça, isso era de conhecimento geral. E não dava para culpá-los. Se ela fosse terráquea e descobrisse que a União Colonial andava usando o planeta inteiro como fonte de soldados e colonos, também ficaria puta da cara.

– O que você provavelmente não sabe é que o povo da Terra não está conversando só com a gente – disse Rigney. – O Conclave os anda cortejando também, com bastante agressividade. Ficaria bem feio para a União Colonial se a Terra decidisse se unir a ele, e não só porque ficaríamos sem colonos e sem as FCD. Esta nave é uma das coisas que a gente quer usar na esperança de cair nas graças deles de novo.

– Então por que vocês vão vender para eles, senhor? – perguntou Balla. – Por que não dão de presente?

– Já estamos dando um monte de outras tecnologias de presente ao povo da Terra – esclareceu Rigney. – Não queremos passar a impressão de estarmos oferecendo reparações. E, em todo caso, os governos da Terra nos enxergam com suspeita. Estão preocupados que estejamos oferecendo um cavalo de Troia. Se cobrarmos pela nave, é mais provável que confiem em nós. Não me pergunte a psicologia por trás disso. Só lhe digo o que me dizem. Ainda assim, estamos vendendo para eles com uma redução drástica no preço, e a maior parte vai ser paga por escambo. Acho que trocamos boa parte do valor por grãos.

– Estamos vendendo para o povo da Terra como um jeito de dar os primeiros passos – concluiu Coloma.

Rigney fez um floreio com a mão na direção da capitã.

– Precisamente – disse ele. – E assim chegamos a você e à sua tripulação. É bastante razoável que enxerguem isso de terem sido designados de forma temporária para cuidar de uma nave desativada como um castigo pelo que aconteceu em Danavar. Mas, na verdade, capitã Coloma, comandante Balla, o que estamos pedindo a vocês é de grande importância para a União Colonial. Seu dever aqui é destacar as vantagens da nave, fazer o povo da Terra sentir que ela vai beneficiá-los, responder a todas as perguntas deles e lhes oferecer uma experiência positiva com a União Colonial. Se derem conta disso, estarão prestando um serviço à UC. Um serviço dos mais significativos. Do tipo que implica que poderão resolver as coisas nos seus próprios termos depois.

– Tenho a sua palavra quanto a isso, coronel? – perguntou Coloma.

– Não – disse Rigney. – Mas aí que está. Se você vender esta nave, não vai precisar ter a minha palavra.

– Certo – respondeu Coloma.

– Que bom – disse Rigney. – Agora, dê uma olhada geral na nave, verifique os sistemas e me diga do que você precisa, que a gente fornece. Mas seja rápida. Tem duas semanas, contando a partir de hoje, até a chegada da delegação da Terra para ver o que a nave é capaz de fazer. Esteja pronta para recebê-los. Esteja pronta para nos receber.

– O problema é esse – disse Marcos Basquez, apontando para uma série de tubos na sala de máquinas da nave. Sua equipe estava martelando aqui e ali, fazendo reparos e atualizações, por isso ele precisava gritar por cima da barulheira toda.

– Estou vendo tubos – disse Coloma.

– São condutores de energia – disse Basquez.

– E? – perguntou Coloma.

– Temos dois tipos de motores em uma nave espacial – explicou Basquez. – Temos os motores convencionais, que nos propulsionam pelo espaço normal, e temos o motor de salto, que abre buracos no espaço-tempo. Ambos puxam a energia da mesma fonte, certo? Hoje em dia, por sabermos o que estamos fazendo, dá para alocar os motores convencionais e o motor de salto no mesmo espaço. Cinquenta anos atrás, quando montaram esta porcaria, a gente precisava separar as duas coisas. – Ele apontou para os conduítes de energia. – Estes são os conduítes que mandam energia para o motor de salto a partir do motor principal.

– Certo – disse Coloma. – E daí?

– E daí que eles estão degradados e precisam ser substituídos – disse Basquez.

– Troque-os então – disse Coloma.

Basquez balançou a cabeça.

– Se fosse fácil assim, eu não estaria falando disso para você. Esse tipo de motor tem meio século de idade. Esta nave era a última desse modelo ainda em serviço. Não existe outra nave que trabalhe com esse modelo de motor. Não produzem peças sobressalentes para ele há mais de uma década – explicou.

– Não dá para substituir os conduítes porque não existem conduítes substitutos – concluiu Coloma.

– Correto – disse Basquez.

– Ainda fabricam conduítes de energia – disse Coloma. – Tínhamos um monte deles na *Clarke*.

– Correto, mas eles não são adequados para esse nível de tensão – disse Basquez. – Tentar usar um conduíte do padrão atual aqui seria como enfiar um cão dinamarquês numa roupinha de chihuahua.

Coloma precisou parar por um momento para visualizar a imagem que o engenheiro pintou. Então respondeu:

– Será que esses conduítes seguram a barra até o fim da nossa missão? Só vamos precisar dar um salto até o sistema Rus e voltar.

– Tem dois modos de responder a essa pergunta – disse Basquez. – O primeiro é dizendo que esses conduítes *provavelmente* não vão sofrer uma sobrecarga e romper, destruindo esta seção da nave, arrombando o casco e matando todo mundo a bordo, incluindo os convidados terráqueos importantes. O segundo modo é dizendo que, caso você opte por não substituí-los, espero que não se incomode se eu pedir para fazer o meu trabalho de forma remota, tipo da Estação Fênix.

– O que sugere? – perguntou Coloma.

– Quanto tempo até precisarmos estar com tudo pronto? – perguntou Basquez.

– Doze dias – respondeu Coloma.

– Temos duas opções – disse Basquez. – Podemos vasculhar os estaleiros civis e das FCD, procurando por conduítes deste tamanho e torcer para não estarem tão degradados quanto estes, ou mandar fabricar nos estaleiros alguns novos, do zero, com base nessas especificações, na esperança de que cheguem em tempo.

– Faça as duas coisas – ordenou Coloma.

– Cinto e suspensórios, uma decisão sábia – disse Basquez. – E esta é a parte em que você me diz que vai mandar um bilhete para o tal do Rigney a fim de que ele grite com as pessoas até arranjarem essas partes para nós a tempo, né? Queria poder passar alguns dias com os conduítes para garantir que têm a capacidade de que precisamos.

– Farei isso a caminho da minha próxima reunião – disse Coloma.

– É por isso que eu gosto de trabalhar com você, capitã – disse Basquez, voltando então a atenção para um de seus engenheiros, que evidentemente estava precisando levar umas broncas.

Rigney prometeu arranjar uns especialistas em conduítes de estaleiros das FCD na Estação Fênix e colocá-los na missão, então pediu para que Coloma mandasse Basquez enviar as especificações direto para ele. Coloma sorriu ao se desconectar da conversa com Rigney. Capitães e naves civis quase sempre ficavam abaixo das naves das Forças Coloniais de Defesa em termos de prioridade para alocação de materiais e expertise. Era legal estar no começo da fila, para variar.

A próxima reunião de Coloma, em uma das salinhas de conferência minúsculas da nave, era com o tenente Harry Wilson.

– Capitã – disse Wilson, enquanto ela se aproximava. Ele prestou continência.

– Por que você faz isso? – Coloma lhe perguntou e se sentou à mesa da sala de conferências.

– Senhora? – disse Wilson, abaixando o braço.

– Por que você presta continência para mim? – perguntou Coloma. – Você é das Forças Coloniais de Defesa e eu não. Não precisa prestar continência para uma capitã civil.

– Ainda assim, você está acima de mim na hierarquia – disse Wilson.

– Não foi o que você me disse em Danavar, quando veio com sua habilitação de segurança e me deu ordens para entregar minha nave de transporte – disse Coloma. – A qual você destruiu depois.

– Peço desculpas quanto a isso, senhora – disse Wilson. – Na hora foi necessário.

– Você ainda tem essa habilitação? – perguntou Coloma.

– Tenho sim – disse Wilson. – Acho que eles esqueceram que me deram. Não faço nada demais com isso. Uso mais para ver os resultados dos jogos de beisebol lá na Terra.

– Compreendo que você acabou de ser liberado como refém – comentou Coloma.

– Sim, senhora – disse Wilson –, um incidente infeliz com os Bulas. Acabamos tendo seis naves deles com planos para nos explodir ali mesmo no céu. A embaixadora Abumwe foi parte da equipe diplomática que nos liberou. Acredito que ainda estão resolvendo os pormenores do resgate. Eles nos soltaram antes como um gesto de boa-fé, mas têm outras coisas para usarem contra nós.

— Você certamente dá um jeito de ir parar no meio de vários incidentes interessantes — comentou Coloma.

— Não me incomodaria não ter esse talento — disse Wilson.

— Tenho um serviço para você — disse Coloma. — Estou preparando esta nave para expor e vender a um grupo de representantes da Terra. Preciso de alguém para ser o guia e contato enquanto eles estiverem aqui. Quero que fique encarregado disso.

— Me parece que você tem todo um corpo diplomático à disposição para esse serviço — disse Wilson. — Eu sou um especialista em tecnologia das FCD.

— Você veio da Terra — rebateu Coloma. — Todos os diplomatas que eu poderia usar vêm da União Colonial. Meu dever é deixar esse povo confortável com a nave e a nossa presença. Acho que seria útil ter alguém aqui que fale o idioma deles.

— Talvez eu não fale o idioma deles — disse Wilson. — Tem algumas centenas deles em uso na Terra.

— É modo de dizer — disse Coloma, audaciosamente, e sacou seu PDA. — Digo alguém que tenha um histórico compartilhado e seja capaz de descrever para eles as vantagens da União Colonial de um modo convincente. O seu histórico com a parte técnica vai ser útil porque significa poder explicar os detalhes da nave, o que nenhum diplomata normal é capaz de fazer. Além disso, os arquivos que eu tenho sobre esses representantes dizem que são todos ou dos Estados Unidos ou do Canadá. Acho que o idioma não vai ser um problema para você. — Ela então correu os dedos pela tela do tablet. — Pronto, já lhe mandei as informações.

— Obrigado — disse Wilson. — Se quiser, ficarei feliz em cumprir esse papel. Só fico surpreso que você queira isso. Eu tinha quase certeza de estar lá embaixo no seu conceito, capitã.

— E você estava, sim — disse Coloma. — Ainda está. Mas se me ajudar nisso, você vai subir bastante.

— Sim, senhora — disse Wilson.

— Que bom. Então estamos resolvidos aqui — falou Coloma. — Dispensado.

— Claro — disse Wilson e prestou continência outra vez.

— Eu já lhe falei que isso não é necessário — disse Coloma para Wilson.

— Você botou sua nave na trajetória de um míssil disparado para matar os membros de uma raça alienígena e evitou que a União Colonial tivesse de lutar numa guerra que a gente teria perdido – disse Wilson. – Isso merece uma continência, senhora.

Coloma prestou continência de volta e Wilson foi embora.

Basquez recebeu seus conduítes um dia antes da data de partida e não ficou nem um pouco feliz com isso.

— Mal teremos tempo para instalá-los, que dirá testá-los – disse Basquez, via PDA. – E eu nem tive tempo de atualizar os sistemas mecânicos aqui embaixo. Ainda estamos trabalhando com estações de cinquenta anos atrás. Você vai ter de pedir um adiamento para Rigney.

— Eu já pedi e ele disse não – respondeu Coloma, que estava na sala de controle do ancoradouro, acompanhada de Balla e Wilson, aguardando a chegada dos diplomatas terráqueos. – Esse pessoal está com uma agenda bem apertada.

— A preciosa agenda deles vai ser atrapalhada se a gente for pelos ares – disse Basquez.

— Isso vai mesmo ser um problema? – perguntou Coloma.

Houve uma pausa do outro lado do PDA.

— Não – admitiu Basquez. – Fiz um teste preliminar da taxa de transferência dos conduítes quando tirei da embalagem. Devem segurar a barra.

— Vai demorar três dias até chegarmos à distância de salto – informou Coloma. – Deve ser tempo mais do que suficiente para você fazer seus testes.

— Seria melhor fazer os testes aqui no ancoradouro – disse Basquez.

— Não discordo de você, Marcos – disse Coloma. – Mas não depende de nós.

— Certo – falou Basquez. – Esses pentelhos aqui vão estar instalados dentro de seis horas e vou fazer mais uns testes de maquinário. Se eu puder, vou atualizá-las com o novo software amanhã. Ele deve ser capaz de nos fornecer leituras mais precisas.

— Certo – disse Coloma. – Me avisa então. – E assim ela encerrou a discussão.

– Problemas? – perguntou Balla.

– Além da paranoia do Basquez, não – disse Coloma.

– Não é ruim ter um engenheiro paranoico – comentou Balla.

– Eu prefiro assim – respondeu Coloma. – Só não quando tenho outras coisas para me ocupar.

– A nave de transporte está a 20 quilômetros de distância e desacelerando – informou Wilson. Vou fazer a despressurização e abrir as portas.

– Faça isso – disse Coloma.

Wilson assentiu e se comunicou diretamente com os sistemas do ancoradouro pelo computador BrainPal em sua cabeça. Fez-se um ruído mecânico enquanto o maquinário tragava e armazenava o ar para liberá-lo de novo depois. Quando já havia vácuo o suficiente no local, Wilson abriu as portas. O transporte pairava em silêncio, do lado de fora.

– Aqui vêm os terráqueos – disse Wilson.

O transporte aterrissou. Wilson fechou as portas e reintroduziu a atmosfera. Quando esse processo terminou, os três saíram em fila para esperar a porta do transporte se abrir e expelir seus passageiros.

Ao olhar de Coloma, não havia nada de especialmente impressionante neles: três homens e duas mulheres, todos de meia-idade e homogêneos em aparência e atitude. Ela se apresentou, junto de Balla e Wilson. O líder do contingente da Terra se apresentou como Marlon Tiege e anunciou os membros de sua equipe da mesma forma, atrapalhando-se com nomes de dois deles.

– Desculpa – disse ele. – Foi uma longa jornada.

– Claro – disse Coloma. – O tenente Wilson será o seu contato enquanto estiverem aqui e ficará mais que feliz em lhes mostrar seus aposentos. Estamos usando o horário universal padrão nesta nave. O horário previsto para partirmos da Estação Fênix é 0530, amanhã de manhã. Até lá, por favor, descansem e relaxem. Se precisarem de qualquer coisa, Wilson poderá providenciar para vocês.

– Estou a seu dispor – disse Wilson, com um sorriso. – Meus arquivos me dizem que o senhor é de Chicago, sr. Tiege.

– Isso mesmo – respondeu Tiege.

– Cubs ou White Sox? – perguntou Wilson.

— Precisa perguntar? — disse Tiege. — Cubs.

— Nesse caso, é uma questão de honra para mim informá-lo de que eu sou um fã dos Cards — disse Wilson. — Espero que não seja causa para um incidente diplomático.

Tiege sorriu.

— Nesse caso, eu acho que estou disposto a deixar passar.

— Estamos falando de beisebol — disse Wilson para Coloma, ao reparar no olhar dela, situado em algum ponto no espectro entre intriga e irritação. — É um esporte em equipe popular nos Estados Unidos. O time favorito dele e o meu time favorito estão na mesma divisão, o que significa que são rivais e com frequência jogam um contra o outro.

— Ah — respondeu Coloma.

— Não tem beisebol aqui em cima? — perguntou Tiege a Wilson.

— No geral, não — disse Wilson. — Os colonos vêm de partes diferentes do mundo. O mais perto que a maioria das colônias chega disso é críquete.

— Que loucura — comentou Tiege.

— Nem me fala — disse Wilson, gesticulando para guiar a missão terráquea até a saída do ancoradouro enquanto Tiege tagarelava sobre os Cubs.

— O que acabou de acontecer? — perguntou Coloma a Balla, um minuto depois.

— Você disse que queria alguém capaz de falar o idioma deles — Balla a lembrou.

— Eu esperava conseguir falar o idioma deles pelo menos um pouquinho — respondeu Coloma.

— Melhor aprender mais sobre beisebol — sugeriu Balla.

O primeiro dia da viagem consistiu em um tour pela nave que Wilson ofereceu aos visitantes. Coloma não ficou muito animada quando o contingente terráqueo apareceu na ponte de comando, mas o propósito todo da viagem era vendê-la para eles, por isso ela fez sua melhor atuação no papel de uma capitã educada e engajada, sem nada mais para fazer além de responder a perguntas imbecis. Enquanto fazia isso, de vez em quando olhava para Wilson, que parecia preocupado.

– O que foi? – Coloma lhe perguntou, após Balla guiar o contingente da Terra até os monitores dos sistemas de manutenção de vida e gerenciamento de energia.

– Que foi o quê? – disse Wilson.

– Tem algo lhe incomodando – disse Coloma.

– Não é nada – respondeu Wilson, que depois complementou: – Eu conto para você mais tarde, senhora.

Coloma pensou em pressioná-lo ali, mas então Tiege e seu grupo voltaram para as mãos de Wilson, que os levou para outro lugar. Coloma fez uma nota mental para ver com ele depois, mas se perdeu na administração cotidiana da nave.

Era como Rigney havia apresentado para ela: uma nave velha, mas que dava para o gasto. Os sistemas funcionavam bem, com um ou outro tropeço ocasionado pelo fato de que ela e todos os outros membros da tripulação precisaram aprender a usar os sistemas arcaicos. Alguns deles, como os da sala de máquinas, jamais foram atualizados, pois estavam associados a sistemas que também jamais foram atualizados. Outros sistemas foram recauchutados quando a nave fez sua transição de nave militar para o uso civil, e outros – como o sistema de armas – foram quase que removidos por completo. Em todo caso, nenhum tinha menos de quinze anos, um período maior do que o que Coloma tinha de serviço na frota do Departamento de Estado. Por sorte, nem as FCD, nem o Departamento de Estado eram do tipo de organização com o hábito de alterar radicalmente a interface de seus sistemas de comando. Mesmo os consoles de cinquenta anos atrás eram simples o bastante de se navegar, superado o fato de serem tão antigos.

Não é uma nave ruim, Coloma disse para si mesma. O povo da Terra não ia receber uma novidade, mas não chegava a ser uma bomba. Ela hesitaria, no entanto, em chamá-la de um "modelo clássico".

Algum tempo depois, chegou uma notificação no PDA de Coloma. Era Basquez:

– Acho que talvez a gente tenha um problema – disse ele.

– Que tipo de problema? – perguntou Coloma.

– Do tipo que talvez você queira vir aqui embaixo para eu explicar pessoalmente – disse Basquez.

* * *

– Tentei atualizar o software operacional dos consoles, mas não deu certo, porque eles são de cinquenta anos atrás e o hardware não dá conta do software novo – disse Basquez, entregando o PDA para Coloma. – Por isso fui na direção oposta. Peguei o software dos consoles, passei para o meu tablet e criei uma máquina virtual para rodá-lo. Aí eu o atualizei dentro dessa máquina virtual para ampliar sua sensibilidade. E foi aí que flagrei isso aqui. – Ele apontou para uma seção da tela que mostrava uma imagem do que parecia um tubo brilhante.

Coloma apertou os olhos.

– Flagrou o quê? – perguntou ela. – O que é isso que estou olhando?

– Você está olhando para o fluxo de energia que passa por uma seção do conduíte que acabamos de instalar – explicou Basquez. – E isso – ele apontou de novo para uma seção do PDA, batendo com o dedo para enfatizar – é um enrosco nesse fluxo.

– O que isso quer dizer? – disse Coloma.

– No momento, não quer dizer nada – disse Basquez. – Apenas 10% da capacidade energética está correndo pelo conduíte, a fim de nos prepararmos e testarmos o salto. É um desvio de talvez 0,0001% do fluxo total. Tão pequeno que, se eu não tivesse atualizado o software, eu nem ia reparar. A questão é que tem um motivo para a gente manter o fluxo de energia o mais suave possível. Perturbações introduzem caos ao sistema, e caos acarreta rupturas. Se mais energia correr pelo conduíte, não há garantia de que essa perturbação não vá escalonar também, em uma proporção geométrica ou logarítmica e aí...

– E aí teremos uma ruptura e lascou-se tudo – completou Coloma.

– É um risco mínimo, mas é você quem a União Colonial encarregou de fazer esse troço funcionar sem nenhum enrosco – disse Basquez. – E isto aqui é um enrosco. Um enrosco em potencial.

– O que você quer fazer a respeito? – disse Coloma.

– Quero tirar esse pedaço do tubo e fazer algumas varreduras – disse Basquez. – Descobrir a causa do problema. Se for uma imperfeição no conduíte físico ou no revestimento interior, é algo que dá para consertarmos aqui. Se for outra coisa... aí, bem, não faço ideia do que mais poderia ser, além de uma imperfeição física, mas se for o caso, devemos descobrir o que é e o que podemos fazer a respeito.

– Isso vai atrapalhar nosso itinerário? – perguntou Coloma.

– É possível, mas não deve, não – disse Basquez. – Tenho 99,99% de certeza de que é algo consertável aqui. Meu pessoal vai precisar de cerca de noventa minutos para remover essa seção, outros sessenta para fazer a varredura apropriada e cerca de dez minutos para arrumar qualquer imperfeição que encontrarmos, mais outros noventa para reinstalar a seção e fazer alguns testes. Se tudo der certo, essa energia adicional vai correr dentro do prazo estipulado. Não vamos atrasar o seu salto.

– Então pare de falar comigo sobre isso e vá logo fazer – ordenou Coloma.

– Sim, senhora – respondeu Basquez. – Aviso quando tudo estiver arrumadinho.

– Certo – disse Coloma, afastando-se de Basquez e vendo Wilson caminhar em sua direção. – Você perdeu o seu rebanho – ela lhe disse.

– Não perdi, eu os deixei estacionados na sala dos oficiais para assistirem a um vídeo – disse ele. – E aí fui até a ponte para encontrar você, e Balla me disse que você estava aqui.

– O que foi? – disse Coloma.

– Os nossos terráqueos – disse Wilson. – Tenho quase certeza de que não são da Terra de fato. Pelo menos não recentemente.

– Suas suspeitas têm como base um time de beisebol? – perguntou Neva Balla, incrédula. Coloma a mandou voltar para a sala de conferências onde ela e Wilson estavam e o fez repetir o que havia acabado de dizer.

– Não é simplesmente qualquer time de beisebol, são os *Cubs* – disse Wilson, estendendo as mãos para cima, num gesto "alguém me acuda". – Escuta, você precisa entender uma coisa. Em toda a história dos esportes profissionais, os Cubs são o símbolo definitivo de um completo fracasso. O campeonato de beisebol se chama algo como Série Mundial e faz tanto tempo desde a última vez que os Cubs ganharam que ninguém ainda vivo é capaz de lembrar quando foi. Faz tanto tempo que ninguém vivo conheceu alguém que estivesse vivo quando isso aconteceu. Estamos falando aqui de *séculos* de fracassos miseráveis.

– E daí? – disse Balla.

– E daí que os Cubs ganharam a Série Mundial faz dois anos – disse Wilson, gesticulando com a cabeça para Coloma. – Eu brinquei com a capitã Coloma que ando usando minha habilitação de segurança para conferir os resultados dos jogos de beisebol. Bem, não é nenhuma mentira, eu faço isso mesmo. Gosto de ter essa conexão com o que acontece lá em casa. Ontem, quando Tiege mencionou ser fã dos Cubs, mandei uma solicitação para conferir as estatísticas do time a partir do ano em que saí da Terra. Como um fã dos Cards, eu queria poder esfregar na cara dele o fracasso contínuo do time dele. Mas aí descobri que os Cubs tinham quebrado sua maré de azar.

Balla olhou para Wilson, inexpressiva.

– Dois anos atrás, os Cubs ganharam 101 partidas – continuou Wilson. – É mais do que o número que eles ganharam em mais de um século. Perderam só um único jogo durante todo o mata-mata e deram uma sova nos Cards, o meu time, na rodada das quartas de final. No quarto jogo da Série Mundial, um rapaz chamado Jorge Alamazar foi responsável pelo primeiro jogo perfeito numa Série Mundial desde o século 20.

Balla olhou para a capitã.

– Não é meu esporte – disse ela. – Não sei o que nada disso quer dizer.

– Quer dizer – disse Wilson – que não tem a menor possibilidade de um fã dos Cubs que tenha estado na Terra em qualquer momento dos últimos dois anos deixar passar a chance de esfregar na cara de qualquer fã de beisebol que o time ganhou a Série. E quando eu me identifiquei como torcedor dos Cards, a primeira reação de Tiege deveria ter sido esfregar a vitória dos Cubs na minha cara. É simplesmente impossível.

– Talvez ele não seja tão fã assim – comentou Balla.

– Se ele é de Chicago, não é algo que fosse perder – disse Wilson. – E nós conversamos bastante sobre beisebol ontem à noite, por isso estou bem confiante de que ele não é apenas um espectador casual do esporte. Mas admito que você pode ter razão, e é possível que ele simplesmente não seja lá muito fã ou que seja educado demais para não mencionar o fim da maré de azar de séculos dos Cubs. Por isso fui conferir.

– E como você fez isso? – perguntou Balla.

– Falei de como os Cubs são o símbolo definitivo da futilidade dos esportes profissionais – disse Wilson. – Fiquei dez minutos inteiros pentelhando Tiege com isso. Ele aceitou e admitiu que era verdade. Ele não sabe que os Cubs ganharam a Série Mundial. E ele não tem como saber, porque a União Colonial ainda está pondo em prática um apagão total quanto a notícias da Terra. E não tem como saber ou porque é um colono, nascido e criado fora da Terra, ou é um ex-recruta das Forças Coloniais de Defesa que se aposentou e virou colono.

– E quanto às outras pessoas na equipe? – perguntou Balla.

– Conversei com todas e soltei perguntas sobre a vida na Terra – disse Wilson. – É uma gente bacana, igual ao Tiege, mas se tem alguém ali que sabe de qualquer coisa que aconteceu na Terra na última década, eu não captei. Ninguém parecia ser capaz de mencionar coisas que qualquer um dos Estados Unidos ou do Canadá deveria saber, como os nomes de presidentes ou primeiros-ministros em exercício, figuras populares da música e do entretenimento ou qualquer notícia importante dos últimos tempos. Um furacão atingiu a Carolina do Sul no ano passado e devastou a maior parte de Charleston. Uma das mulheres, Kelle Laflin, diz que é da cidade, mas parece não ter qualquer ideia de que houve um furacão.

– Então o que está havendo? – perguntou Balla.

– É a pergunta que não quer calar – disse Coloma. – Temos uma equipe da Terra que veio comprar esta nave da União Colonial, mas, se não vieram da Terra, então de onde vieram? E o que pretendem fazer com a nave?

Balla se voltou para Wilson e disse:

– Você não devia tê-los deixado sozinhos.

– Botei alguém da tripulação na porta, de olho neles – disse Wilson. – Serei avisado se alguém tentar escapar dali. Também estou rastreando seus tablets, dos quais, até agora pelo menos, eles parecem não conseguir se desgrudar. Até agora, ninguém demonstrou a menor inclinação para tentar dar uma escapadinha.

— O que estamos tentando decidir agora é o quanto o coronel Rigney sabe a respeito disso — disse Coloma. — É com ele que a gente vem lidando nesta missão. Me parece impossível que não esteja por trás dessa farsa.

— Não tenha tanta certeza disso — respondeu Wilson. — As Forças Coloniais de Defesa têm um longo histórico de pessoas sorrateiras dentro da instituição. É uma das coisas que fizeram a gente se meter nessa enrascada com a Terra, para começo de conversa. É inteiramente possível que alguém acima de Rigney esteja dando uma rasteira nele também.

— Mas ainda assim não faz sentido — disse Balla. — Não importa quem tenha mandado esses diplomatas fajutos da Terra para cá, de qualquer forma quem vai comprar esta nave não vai ser um terráqueo. Essa farsa não faz sentido.

— Tem alguma coisa que está escapando da gente — comentou Wilson. — Talvez não tenhamos toda a informação de que precisamos.

— Me diga onde podemos adquirir mais informações — disse Coloma. — Aceito sugestões.

Uma notificação apitou no PDA de Coloma. Era Basquez.

— Temos um problema — dizia.

— É outro daqueles problemas tipo "Acho que temos um fluxo de energia em potencial"? — perguntou Coloma.

— Não, é mais do tipo "puta que pariu, definitivamente vamos todos sofrer uma morte horrível na escuridão gelada e infinita do espaço" — disse Basquez.

— Já estamos descendo — disse Coloma.

— Bem, isto *sim* é interessante — disse Wilson, olhando para um objeto do tamanho de um alfinete na ponta do seu dedo. Ele, Coloma, Balla e Basquez estavam na seção do maquinário, ao lado de um pedaço do conduíte e uma gama de instrumentos que o engenheiro usou para examiná-lo. Basquez havia já espantado o restante da equipe, que perambulava a alguma distância, tentando escutar o que ele dizia.

— É uma bomba, não é? — disse Basquez.

– É, eu acho que sim – disse Wilson.

– Que tipo de estrago uma bomba desse tamanho poderia causar? – perguntou Coloma. – Mal consigo ver.

– Se tiver antimatéria dentro, dá para causar um estrago e tanto – disse Wilson. – Não precisa de muito para fazer uma bela bagunça.

Coloma olhou de novo para aquela coisinha minúscula.

– Se fosse antimatéria, já teria se aniquilado.

– Não necessariamente – rebateu Wilson, ainda examinando o alfinete. – Quando eu trabalhava em Pesquisa e Desenvolvimento para as FCD, havia uma equipe trabalhando em unidades de contenção de antimatéria do tamanho de um chumbinho. Você gera um campo energético de suspensão e o envolve num composto que age como uma bateria para alimentar o campo em seu interior. Quando a bateria se esgota, o campo colapsa e a antimatéria se conecta com o invólucro. *Cablam*.

– E eles conseguiram fazer funcionar? – perguntou Basquez.

– Enquanto eu estava lá? Não – disse Wilson, olhando de relance para o engenheiro. – Mas eram uns jovens bem espertos. E estávamos decifrando parte da última tecnologia que havíamos roubado dos Consus, que estão pelo menos alguns milênios na nossa frente nessas questões. E isso faz uns anos já – seu olhar retornou ao alfinete –, o que daria tempo para aperfeiçoarem essa belezinha, com certeza.

– Não daria para abater a nave inteira com isso – disse Balla. – Com ou sem antimatéria.

Wilson abriu a boca para falar, mas Basquez se antecipou:

– Não seria necessário – disse o engenheiro. – Só precisaria romper o conduíte e a energia no interior já daria conta do resto. Ora, nem precisa chegar a romper. Se rasgar o suficiente do interior do conduíte, a interferência do fluxo energético já serviria para fazer tudo explodir.

– O que tem a vantagem adicional de parecer uma explosão causada por uma falha material, em vez de uma bomba de fato – disse Wilson.

– Pois é – disse Basquez. – Se a caixa-preta sobrevivesse, iria mostrar apenas a ruptura, não a explosão da bomba.

– É só programar essa coisa aí para disparar antes do salto, quando estiver correndo a energia para isso – disse Wilson –, e ninguém nem ia ficar sabendo.

– Rigney disse que precisávamos nos ater aos horários combinados – disse Basquez a Coloma.

– Espera, você não acha que *nós* plantamos essa bomba, acha? – perguntou Balla.

Coloma, Wilson e Basquez ficaram em silêncio.

– Não faz o menor sentido – disse Balla, enfaticamente. – Não faz sentido algum a União Colonial explodir sua própria nave.

– Também não faz sentido para a União Colonial colocar falsos terráqueos a bordo – apontou Wilson. – Porém, cá estamos nós.

– Espera, o quê? – disse Basquez. – Os diplomatas não vieram da Terra? Que porcaria é essa?

– Isso fica para depois, Marcos – disse Coloma. Basquez se calou, furioso com essas reviravoltas recentes. Coloma se voltou para Wilson. – Estou aberta a sugestões, tenente.

– Não tenho resposta alguma para dar – disse Wilson. – Não acho que qualquer um de nós aqui teria uma a essa altura. Por isso sugiro encontrarmos um meio alternativo de adquiri-las.

Coloma pensou nisso por um momento, depois disse:

– Sei como podemos conseguir.

– Tudo pronto – disse Coloma a Wilson, via PDA. Suas palavras foram enviadas direto ao BrainPal, por isso só Wilson pôde ouvi-las. No ancoradouro, acompanhado dos falsos terráqueos, ele olhou para a sala de controle e fez um gesto brevíssimo com a cabeça. Depois voltou sua atenção aos terráqueos.

– Sabe, Harry, nós já vimos o ancoradouro – disse Tiege a Wilson. – Duas vezes até agora.

– Estou prestes a mostrá-lo para vocês de um modo inteiramente novo, Marlon, prometo – respondeu Wilson.

– Que emocionante – disse Tiege, com um sorriso.

– *Espera só* – disse Wilson –, mas primeiro, uma pergunta para você.

– Manda – disse Tiege.

– Você sabe a esta altura que eu gosto de encher o seu saco quanto aos Cubs – disse Wilson.

— Se você não gostasse disso, seria expulso da torcida dos Cards — disse Tiege.

— É verdade — disse Wilson. — Fico me perguntando o que você faria se os Cubs de fato ganhassem a Série Mundial.

— Tipo, antes ou depois de eu infartar? — disse Tiege. — Provavelmente sairia beijando todas as mulheres na minha frente. E boa parte dos homens também.

— Os Cubs ganharam a Série Mundial há dois anos, Marlon — anunciou Wilson.

— O quê? — disse Tiege.

— Massacraram os Yankees em quatro. No jogo final, o arremessador dos Cubs fechou um jogo perfeito. Eles ganharam 101 partidas a caminho do mata-mata. Os Cubs são campeões mundiais, Marlon. Só achei que você merecia saber.

Coloma ficou observando o rosto de Marlon Tiege e reparou que a fisionomia dele não havia sido feita para demonstrar duas emoções de uma vez: o êxtase supremo pelas notícias dos Cubs e o completo pavor por ter sido pego na mentira. Não dava, no entanto, para dizer que ela não estava aproveitando o espetáculo de observar o rosto do homem tentando conter as duas reações ao mesmo tempo.

— De onde você veio, Marlon? — perguntou Wilson.

— Sou de Chicago — respondeu Tiege, recobrando a compostura.

— Digo, recentemente? — disse Wilson.

— Harry, por favor — disse Tiege. — Que pergunta sem cabimento.

Wilson o ignorou e se voltou para uma das mulheres, Kelle Laflin.

— Dois anos atrás, um furacão acertou Charleston em cheio — disse ele, vendo-a ficar pálida. — Você deve se lembrar disso.

Ela fez que sim com a cabeça, em silêncio.

— Ótimo — disse Wilson. — Qual era mesmo o nome que eles deram ao furacão?

Coloma reparou que o rosto de Laflin já estava praticamente desolado. Wilson se voltou de novo para Tiege.

— É o seguinte, Marlon. — Ele indicou a sala de controle, ao que Tiege acompanhou com o olhar e viu a capitã Coloma sentada lá, manejando um console. — Quando eu der o meu sinal à capitã, ela vai começar a extrair o ar deste ancoradouro. Vai demorar um minuto para esse ciclo ser concluído. Não precisa se preocupar comigo, eu sou das Forças Coloniais de Defesa, o que quer dizer que posso prender a respiração por uns bons dez minutos se precisar. Além disso, no momento estou com meu uniforme de combate por baixo das roupas. Então não vai me fazer mal. Já você e seus amigos provavelmente terão uma morte bem dolorosa, enquanto seus pulmões colapsam e vocês vomitam sangue no vácuo.

— Não podem fazer isso — disse Tiege. — Somos uma missão diplomática.

— Sim, mas em nome de quem? — disse Wilson. — Porque da Terra vocês não são, Marlon.

— Está certo disso? — rebateu Tiege. — Porque, se estiver equivocado, então pense no que vai acontecer quando a Terra descobrir que vocês nos mataram.

— Sim, bem — disse Wilson, mostrando um pequeno estojo de plástico contendo a bomba-alfinete, aninhada sobre uma bola de algodão. — Vocês já iriam morrer em todo caso, depois que esta bomba fosse acionada, e nós morreríamos junto. Desse jeito, pelo menos nós ainda sobrevivemos. Última chance, Marlon.

— Harry, eu não... — Tiege começou a responder, mas Wilson levantou a mão.

— Como quiser — falou e acenou para Coloma, que deu início ao ciclo de despressurização. O som do ar sendo tragado para os reservatórios preencheu o ancoradouro.

— Espera! — disse Tiege. Wilson acenou para Coloma com o sinal previamente acordado e mandou uma mensagem de "pare" ao PDA dela via BrainPal. Coloma abortou o ciclo de despressurização e ficou esperando.

Marlon Tiege ficou ali por um momento, suando. Então abriu um sorriso pesaroso e se voltou para Wilson.

— Eu sou de Chicago, mas hoje em dia moro em Erie. Vou lhe contar tudo que sei desta missão e você tem a minha palavra quanto a isso — disse a Wilson. — Mas, primeiro, me diga uma coisa, Harry.

— O que é? — perguntou Wilson.

— Que você não estava só de sacanagem comigo quanto àquilo dos Cubs — disse Tiege.

* * *

– Você quer explicações – disse o coronel Abel Rigney a Coloma, sentado atrás de sua mesa na Estação Fênix. Numa cadeira em frente à mesa, estava a coronel Liz Egan, observando a capitã.

– O que eu quero é arremessar você de uma câmara de ar – disse Coloma a Rigney, depois voltou seu olhar para Egan em sua cadeira. – E possivelmente jogar você junto. – Ela voltou o olhar a Rigney de novo. – Mas por ora a explicação já serve.

Isso arrancou um leve sorriso de Rigney.

– Você se lembra de Danavar, é claro – disse ele. – Uma fragata chamada *Polk* foi destruída, uma nave utche foi visada e a sua própria nave sofreu avarias mortíferas.

– Sim – disse Coloma.

– E você se lembra do incidente recente com os Bulas – disse Egan. – Uma colônia humana clandestina em um dos planetas deles foi atacada e descobriram que três membros modificados das FCD, à paisana, estavam entre os colonos. Quando tentamos recuperar o que sobrou da colônia, os Bulas cercaram a nave e tivemos de negociar o resgate da nave e sua tripulação.

– Eu ouvi parte dessa história do Wilson e do pessoal da embaixadora Abumwe – disse Coloma.

– Imagino que sim – disse Rigney. – Nosso problema é que suspeitamos de que quem quer que tenha armado essa arapuca para a *Polk* e sua nave em Danavar tenha conseguido informações sobre a missão da *Polk* conosco. O mesmo vale para aquela colônia clandestina em território bula.

– Conseguiu as informações com as FCD? – perguntou Coloma.

– Ou com o Departamento de Estado – disse Egan –, ou os dois.

– Vocês têm um espião – concluiu Coloma.

– Mais provável que sejam espiões – disse Egan. – Em ambas as missões, era muita coisa para uma pessoa só.

– Precisamos descobrir um jeito de identificar de onde o vazamento veio e o quanto os espiões sabiam. Por isso decidimos ir pescar – disse Rigney. – Tínhamos uma espaçonave desativada e, depois das suas ações com a *Clarke*, uma tripulação espacial sem uma nave. Me pareceu um momento oportuno para atirar a linha e ver o que saía.

— E o que saiu foi uma bomba que teria destruído minha nave e matado todo mundo lá dentro, inclusive a sua falsa delegação da Terra — disse Coloma.

— Sim — disse Egan. — E olha só o que descobrimos. Descobrimos que quem quer que tenha sabotado vocês tinha acesso à pesquisa confidencial das Forças Coloniais de Defesa. Descobrimos que quem quer que tenha sido tem a habilidade de acessar as comunicações por meio dos canais das Forças Coloniais de Defesa. Descobrimos que eles têm acesso a estaleiros e fábricas das FCD. Temos uma grande quantidade de informações que poderemos peneirar até chegar à pessoa ou às pessoas que estão nos entregando e assim poderemos evitar que aconteça de novo. Evitar que mais alguém morra.

— Um sentimento nobre — disse Coloma. — Só que passa por cima da parte em que vocês matam a mim, minha tripulação e todo o seu pessoal.

— Era um risco que precisávamos correr — disse Rigney. — Não pudemos contar para vocês porque não sabíamos de onde vinha o vazamento. Não contamos para o *nosso* pessoal tampouco. São todos aposentados das FCD e gente que às vezes trabalha conosco em situações em que seria óbvio demais ter alguém verde lá. Eles sabem que há uma chance de morte envolvida.

— Nós não sabíamos — enfatizou Coloma.

— Precisávamos saber se alguém ia tentar sabotar a missão — disse Rigney. — Agora sabemos que sim, e sabemos mais do que nunca sobre como eles operam. Não vou pedir desculpas pelas atitudes que tomamos, capitã. Posso dizer que lamento que elas tenham sido necessárias. E posso dizer que fico muito feliz que vocês não tenham morrido.

Coloma ruminou isso por um momento.

— E o que acontece agora? — perguntou enfim.

— Como assim? — perguntou Egan.

— Não tenho o comando de nave alguma — disse Coloma. — Não tenho nave. Minha tripulação e eu estamos no limbo. — Ela gesticulou na direção de Egan. — Não sei o que o seu inquérito final decidiu quanto ao meu futuro – então olhou de volta para Rigney –, e você me disse que se eu completasse esta missão com sucesso poderia trabalhar nos meus próprios termos. Não sei dizer se essa missão foi um sucesso ou não e, mesmo que tenha sido, não sei nem se sua promessa é mais válida do que qualquer outra coisa que me disseram.

Rigney e Egan se entreolharam, e Egan fez que sim com a cabeça.

– Da nossa perspectiva, capitã Coloma, foi uma missão bem-sucedida – disse Rigney.

– Quanto ao inquérito final, foi decidido que suas ações em Danavar foram consistentes com as nossas melhores tradições de comando e diplomacia – disse Egan. – Você recebeu uma condecoração, que já consta no seu arquivo. Parabéns.

– Obrigada – disse Coloma, um tanto anestesiada.

– Quanto à sua nave – completou Rigney –, me parece que você já tem uma. É um pouco antiga e capitaneá-la tem uma fama de ser um cargo difícil. Por outro lado, um cargo difícil é melhor do que não ter cargo algum.

– Sua tripulação já está acostumada com a nave a esta altura – disse Egan. – E precisamos mesmo de mais uma nave diplomática em nossa frota. A embaixadora Abumwe e sua equipe têm uma lista de missões, mas não têm como chegar até elas. Se quiser a nave, ela é sua. Se não quiser, ainda assim é sua. Parabéns.

– Obrigada – disse Coloma de novo, desta vez completamente anestesiada.

– De nada – disse Egan. – E você está dispensada, capitã.

– Sim, senhora – disse Coloma.

– E, ah, capitã Coloma... – chamou Rigney.

– Sim, senhor? – respondeu Coloma.

– Dê um bom nome para ela – disse ele, então se voltou a Egan e os dois engataram outra conversa. Coloma foi sozinha até a porta.

Balla e Wilson a esperavam do lado de fora da sala de Rigney. Balla disse:

– E aí?

– Eu fui condecorada – informou Coloma. – E ganhei uma nave. A tripulação continua unida. E a equipe de Abumwe voltou a bordo.

– Qual nave a gente vai ganhar? – perguntou Wilson.

– A que a gente já está usando – disse Coloma.

– *Aquela* lata velha? – rebateu Wilson.

– Olha essa boca, tenente – respondeu Coloma. – É minha nave. E ela tem nome. É a *Clarke*.

EPISÓDIO 6
UM CANAL EXTRAOFICIAL

– General, vamos voltar à questão dos humanos – disse Unli Hado.

Sentada no pódio atrás do general Tarsem Gau, líder do Conclave, Hafte Sorvalh tentou suspirar o mais baixo possível. Quando o Conclave foi formalizado e a Grande Assembleia foi criada, com representantes de todos os membros da organização para conceber as leis e tradições da entidade política recém-criada e constituída de mais de quatrocentas raças separadas, o general Gau prometeu que a cada Sur – equivalente a quarenta dias-padrão –, ele e seus seguidores se reuniriam na cúpula da assembleia para responder às perguntas dos representantes. Era o seu modo de oferecer uma garantia aos membros do Conclave quanto à responsabilidade de sua liderança.

À época, Hafte Sorvalh havia lhe dito que, enquanto sua conselheira de confiança, achava que isso tudo seria apenas um modo de os membros mais audazes e ambiciosos da assembleia se exibirem e que, fora isso, seria um desperdício do seu tempo, em todos os sentidos. O general Gau lhe agradeceu por sua franqueza, nessa e em tantas outras ocasiões, e depois foi lá e fez mesmo assim.

Sorvalh havia passado a acreditar que esse era o motivo pelo qual, nessas sessões de perguntas e respostas, ele sempre a mandava ficar sentada atrás dele. Desse modo, Gau não precisaria ver a expressão de "eu avisei" no rosto dela. E era essa a expressão que ela tinha no rosto naquele momento, enquanto ouvia o discurso enfadonho de Hado, nativo de Elpri, perturbando Gau mais uma vez com a história dos humanos.

– Voltar à questão, representante Hado? – disse Gau, com um tom de voz suave. – Parece-me, a julgar por estas sessões, que vossa excelência jamais deixou o assunto de lado. – Os representantes sentados ali demonstraram achar graça dessa declaração com sons variados, mas Sorvalh identificou rostos e expressões na plateia nos quais não havia qualquer leviandade. Hado era um estorvo e representava um ponto de vista minoritário, mas isso não queria dizer que a minoria de que ele fazia parte fosse de todo insignificante.

Em pé sobre o posto que lhe foi designado, Hado manifestou em seu semblante uma configuração que Sorvalh sabia exprimir desgosto.

– Está de brincadeira, general – disse ele.

– Não é brincadeira, representante Hado – disse Gau, com um tom de voz novamente leve. – Estou apenas consciente de sua preocupação quanto a essa raça em particular.

– Se vossa excelência está consciente, então talvez possa me dizer, dizer à assembleia, quais planos tem para contê-los – insistiu Hado.

– Contê-los quem? – perguntou Gau. – Vossa excelência está ciente, representante, de que a raça humana está dividida em dois campos no momento, a Terra e a União Colonial. A Terra não é, de modo algum, uma ameaça a nós. Não possuem naves, nem qualquer possibilidade de viagem espacial além das permitidas pela União Colonial, da qual estão separados agora. A União Colonial dependia da Terra para obter soldados e colonos, uma cadeia de abastecimento que foi interrompida. E sabe que todos os soldados e colonos que eles perderem não poderão ser substituídos, por isso andam cautelosos e conservadores em seu uso de ambos os recursos. De fato, me disseram que a União Colonial agora está mesmo tentando fazer uso regular da diplomacia! – Mais sons do público, achando graça. – Se os humanos estiverem de fato tentando se dar bem com outras raças, meu caro representante, então é um indicativo do quanto estão cautelosos agora.

– Vossa excelência crê, general, que por eles brincarem de diplomacia não são mais ameaça alguma? – perguntou Hado.

– De modo algum – respondeu Gau. – Acredito que, por não poderem nos ameaçar como antes, agora eles experimentam a diplomacia.

– A distinção entre as duas coisas me foge, general – disse Hado.

– Estou ciente do fato, representante Hado – disse Gau. – Em todo caso, há uma distinção. Além do mais, as atenções da União Colonial no momento, em sua maior parte, estão voltadas para a reaproximação com a Terra. Já que vossa excelência me perguntou qual o meu plano para conter os humanos, apontarei para um fato que já é de seu conhecimento, o de que, desde que a frota comercial do Conclave levou o major John Perry à Terra, nós viemos mantendo uma presença diplomática ativa no planeta. Temos emissários em cinco de suas maiores capitais nacionais e avisamos os governos e o povo terráqueo de que, caso optem pela não reconciliação com a União Colonial, sempre existe a opção de a Terra entrar para o Conclave.

Essa última fala causou uma grande agitação na assembleia, e não sem motivo. A União Colonial havia destruído a frota de guerra do Conclave em Roanoke, uma frota composta de uma nave de cada raça-membro da união. Não havia uma raça-membro que não tivesse sido ferida pelos humanos ou que não tivesse consciência do quanto o Conclave chegou perigosamente perto do colapso como consequência imediata daquele fiasco em particular.

O representante Hado parecia estar especialmente irado.

– Vossa excelência permitiria no Conclave a presença da mesma raça que tentou destruí-lo – disse ele.

Gau não deu uma resposta direta à pergunta. Em vez disso, dirigiu-se a outro representante.

– Representante Plora – disse ele. – Levante-se, por favor.

O representante Plora, um Owspa, levantou-se sobre suas pernas finíssimas.

– Se não me falha a memória, representante Hado, num passado não tão distante, os Elpris e os Owspas derramaram muito de seu sangue e desperdiçaram muito de seus recursos na tentativa de erradicar o outro da história – disse Gau. – Quantos milhões de seus cidadãos morreram por conta do ódio entre as suas raças? E, no entanto, cá estão vocês, nesta augusta assembleia, em paz, assim como os seus mundos estão pacíficos.

– Nós atacávamos uns aos outros, não ao Conclave – disse Hado.

– Acredito que o princípio ainda se aplique – disse Gau, com um tom de voz que sugeria que a tentativa de Hado de propor aquele argumento lhe parecia remota. – E, em todo caso, foi a União Colonial que atacou o Conclave, não a Terra. Culpar a Terra ou os humanos que a habitam por isso, em vez de culpar as ações da União Colonial, é não compreender como o próprio planeta foi usado por eles. E, para responder ao seu argumento, representante, quanto mais nós conseguirmos, por vias diplomáticas, evitar que a Terra se alie à União Colonial, ou que ela entre de vez para a União Colonial, mais fácil fica evitarmos que os humanos apareçam aqui causando qualquer tipo de confusão. Não é isso que vossa excelência deseja?

Sorvalh viu que Hado ficou desconcertado. Não era, claro, nem de longe o que ele desejava. O que ele desejava era que o Conclave expurgasse a raça humana de qualquer recôncavo onde ela se encontrasse. Mas parecia que, por ora, Gau o havia encurralado, e era esse o motivo, pressupunha Sorvalh, de o general estabelecer essas sessões ridículas de perguntas e respostas, para começo de conversa. Ele era muito bom em encurralar seus oponentes.

– E quanto às naves que têm desaparecido? – perguntou outra voz, ao que todos, incluindo Sorvalh, se voltaram para o representante Plora, que continuava em pé após seu nome ter sido chamado. Plora, subitamente consciente de ser o centro das atenções, se encolheu, mas não voltou a se sentar. – Houve relatos de mais de uma dúzia de naves que desapareceram em sistemas onde o território do Conclave faz fronteira com o dos humanos. Acaso isso não é obra humana?

– E se for, por que é que nós ainda não reagimos? – disse Hado, escapando de onde tinha sido encurralado.

Foi então que o general Gau olhou de volta para Sorvalh, de soslaio. Ela se esforçou para não fazer uma expressão de "eu bem que avisei".

– Sim, nós perdemos várias naves nos últimos Sur – disse o general Gau. – Eram naves mercantis, em maior parte. São sistemas nos quais casos de pirataria não são raros, no entanto. Antes de tirarmos as conclusões precipitadas de que os humanos estão por trás disso, devemos explorar a explicação mais provável de que a causa seriam saqueadores, aparentemente cidadãos do Conclave.

– Como podemos saber com certeza? – perguntou Hado. – Vossa excelência fez dessas investigações uma prioridade, general Gau? Ou está disposto a subestimar os humanos uma segunda vez?

A fala de Hado fez a assembleia se calar. Gau havia assumido a responsabilidade pelo fiasco em Roanoke e jamais fingiu que ela fosse de alguém além dele próprio. No entanto, apenas um idiota tentaria pressioná-lo quanto a essa questão, e parecia que esse idiota se chamava Unli Hado.

– Sempre é uma prioridade para o nosso governo encontrar, dentre os nossos cidadãos, aqueles que estão desaparecidos – disse Gau. – Nós os encontraremos e descobriremos quem está por trás disso... não importa quem seja. O que *não* faremos, representante Hado, é usar o desaparecimento dessas naves como pretexto para entrar em guerra com um povo que demonstrou seu comprometimento em tentar nos destruir quando se sente encurralado, sem nenhuma opção a não ser o confronto. Vossa excelência me pergunta se estou disposto a subestimar os humanos. Eu lhe garanto que não é o caso. O que me pergunto, representante Hado, é o porquê de o *senhor* parecer estar tão determinado em fazê-lo.

Sorvalh visitou o general Gau em seu gabinete pessoal mais tarde. Era um lugar apertado, mesmo para alguém que não fosse um Lalan, uma espécie normalmente longilínea, e Hafte Sorvalh era alta para sua espécie.

– Tudo bem – disse Gau, sentado à sua mesa, enquanto ela se abaixava para passar pela porta –, pode dizer.

– Dizer o quê? – perguntou Sorvalh.

– Toda vez que se abaixa para passar pela porta deste gabinete, você chega, se estica e dá uma olhada ao redor – disse Gau. – E toda vez faz uma expressão de quem mordeu alguma coisa com um gosto levemente desagradável. Então pode dizer logo. Meu gabinete é um lugar apertado.

– Eu diria que é aconchegante – disse Sorvalh.

Gau riu, do seu jeito.

– Claro que diria – respondeu ele.

– Outros já comentaram o quanto este gabinete é pequeno, considerando o seu cargo – comentou Sorvalh.

– Eu uso a sala pública maior para reuniões e para impressionar as pessoas quando preciso, claro – disse Gau. – Não sou insensível ao poder de lugares impressionantes. Mas passei a maior parte da vida em espaçonaves, mesmo depois de começar a construir o Conclave. Você se acostuma a não ter muito espaço. Fico mais confortável aqui. E ninguém pode dizer que me dou mais luxo do que aos representantes de qualquer outra das raças afiliadas. E isso também tem suas vantagens.

– Entendo o que você quer dizer – disse Sorvalh.

– Que bom – disse Gau, gesticulando na direção da cadeira que havia claramente trazido para ela, por ser mais confortável para sua fisiologia. – Sente-se, por favor.

Sorvalh se sentou e ficou esperando. Gau tentou vencê-la pelo cansaço, mas esse truque não funciona com os Lalans.

– Certo, pode dizer a *outra* coisa que você tem em mente – disse Gau.

– Unli Hado – disse Sorvalh.

– Um daqueles tipos audaciosamente ambiciosos de que você me avisou – disse Gau.

– Ele não vai parar – comentou Sorvalh –, e também não é alguém desprovido de aliados.

– Pouquíssimos – replicou Gau.

– Mas num número cada vez maior – disse Sorvalh. – Você me chama nessas sessões para contar as cabeças. E é o que eu faço. Há mais gente a cada uma que ou está na órbita dele ou deslocando-se em sua direção. Não vai ter de se preocupar com ele nesta ou na próxima sessão, nem talvez até bem mais para a frente, porém, se continuar assim, logo teremos uma facção em nossas mãos, e essa facção vai promover o extermínio dos humanos. De todos eles.

– Um dos motivos de termos formado o Conclave era para nos livrar da ideia de que se pode ou se deve erradicar um povo inteiro – comentou Gau.

– Estou ciente disso – disse Sorvalh. – Foi um dos motivos pelos quais o meu povo jurou lealdade a você e ao Conclave. Estou ciente também de que ideais são difíceis de se botar em prática, ainda mais quando se trata de uma novidade. E também estou ciente de que não há uma espécie no Conclave que não ache os humanos... bem... *enfadonhos* é provavelmente a palavra menos grosseira para definir.

– Eles são mesmo. – disse Gau.

– Você acha que seriam tão difíceis de matar? – perguntou Sorvalh.

Gau apresentou uma expressão incomum para ela.

– Uma pergunta incomum e surpreendente, vinda logo de você – disse ele.

– Eu pessoalmente não quero que eles morram – disse Sorvalh. – Pelo menos não é um desejo ativo. Tampouco se pode esperar do governo lalan que apoie uma política de extinção. Mas você sugeriu a Hado que os humanos seriam um oponente formidável. Estou curiosa para saber se acredita nisso.

– Se os humanos são capazes de nos enfrentar nave contra nave, soldado contra soldado? Não, claro que não – disse Gau. – Mesmo a nossa derrota em Roanoke, com mais de quatrocentas naves destruídas, não foi um golpe tão duro assim contra a nossa força em termos materiais. Uma nave apenas, de dezenas ou centenas, que cada raça afiliada possui em suas frotas.

– Então você não acredita nisso – disse Sorvalh.

– Não foi o que eu disse – respondeu Gau. – Falei que eles não conseguiriam nos enfrentar nave contra nave. Mas se entrarem em guerra contra nós, não vai ser assim. Quantas naves humanas enfrentamos em Roanoke? Nenhuma. E, no entanto, fomos derrotados... E foi um golpe imenso, que quase levou à queda do Conclave, Hafte, não por comprometer nossa força material, mas nossa força psicológica. Não foi nas naves que os humanos miraram. Foi na nossa união. Eles quase nos despedaçaram.

– E você acredita que seriam capazes de fazer isso de novo – disse Sorvalh.

– Se os pressionássemos? Por que não? – rebateu Gau. – Fazer com que as nações do Conclave voltassem a entrar em guerra entre si seria o resultado ideal para os humanos. Assim todos nós ficaríamos ocupados enquanto eles recuperam suas forças e sua posição. A pergunta real não é se os humanos, isto é, a União Colonial, poderiam atacar e possivelmente destruir o Conclave, se fossem pressionados. A pergunta real é: por que não tentaram nada disso desde Roanoke?

– Como você disse, estão ocupados tentando se reconciliar com a Terra – afirmou Sorvalh.

– Vamos torcer para que isso demore bastante – disse Gau.

– Ou talvez eles já tenham começado a fazer guerra contra o Conclave – sugeriu Sorvalh.

— Está falando das naves desaparecidas — disse Gau.

— Sim — respondeu Sorvalh. — Por mais cansativo que possa ser lidar com o representante Hado, o desaparecimento de tantas naves próximas ao espaço humano não deve ser sumariamente ignorado.

— Não estou ignorando — disse Gau. — O major-representante da frota mandou nossos investigadores vasculharem as cenas de desaparecimento e os planetas povoados mais próximos, atrás de informações. Até agora não encontramos nada.

— É raro uma nave desaparecer assim, por completo — comentou Sorvalh. — Se não ficou nem o menor vestígio, isso por si só já diz algo.

— Mas não diz quem é o responsável — disse Gau, erguendo a mão quando Sorvalh fez que ia comentar. — Não quer dizer que não tenhamos nossa rede de inteligência dentro da União Colonial fazendo hora extra para tentar encontrar as conexões entre os humanos e os desaparecimentos. Temos, sim. No entanto, caso essa conexão seja encontrada, lidaremos com isso de um modo discreto, sem o tipo de guerra declarada que Hado e seus amigos na assembleia querem fazer.

— Seu desejo por sutileza irá frustrá-los — observou Sorvalh.

— A frustração deles não me incomoda — disse Gau. — É um preço pequeno para manter o Conclave intacto. No entanto, o motivo de eu ter chamado você aqui não é a discussão sobre as naves desaparecidas, Hafte.

— Estou a seu serviço, general — disse Sorvalh.

Gau apanhou um manuscrito sobre a mesa e o entregou a ela.

Sorvalh fez uma expressão peculiar ao pegar a folha.

— Uma cópia em papel — disse ela. Geralmente suas missões eram oferecidas em cópias digitais.

— Não é uma cópia — disse Gau. — Este manuscrito que você tem em mãos é o único lugar em todo o Conclave onde foi registrada essa informação.

— O que é? — perguntou ela.

— Uma lista de novas colônias humanas — respondeu Gau.

Sorvalh o encarou com uma expressão genuína de choque. O Conclave havia proibido quaisquer raças não afiliadas de colonizarem novos planetas. Se tentassem, as novas colônias seriam removidas ou destruídas, caso os colonos se recusassem a sair.

— Não é possível que sejam tão burros — disse Sorvalh.

— Não são — disse Gau. — Ou pelo menos, oficialmente, a União Colonial não é. — Ele apontou para o manuscrito. — Isto é o que os humanos chamam de "colônias clandestinas". Significa que elas não são sancionadas nem apoiadas pela União Colonial. Esse tipo de colônia, em sua maioria, acaba erradicada em menos de um ano.

— Então nada que dê para acusar a União Colonial — disse Sorvalh.

— Não — disse Gau. — Exceto por isto aqui. Temos boatos de que os Bulas encontraram humanos tentando montar uma colônia clandestina em um de seus planetas, e pelo menos alguns dos colonos eram membros das Forças Coloniais de Defesa. A União Colonial tentou extrair a colônia e foi flagrada no ato. Precisaram pagar um resgate substancial para trazer de volta os seus cidadãos e comprar o silêncio dos Bulas.

— Então essas colônias não têm nada de clandestinas — comentou Sorvalh. — Voltamos à pergunta inicial de se eles são tão burros assim.

— É uma boa pergunta, mas apenas tangencial à minha preocupação verdadeira — disse Gau.

Sorvalh se abanou com o manuscrito em mãos.

— Você se preocupa que Hado e seus amigos possam descobrir isso aqui.

— Exato — disse Gau, apontando para o manuscrito mais uma vez. — Por isso esta é a única lista por escrito, e foi escrita apenas uma única vez para evitar que escape facilmente para o universo. Mas eu não sou burro, nem acredito que meus agentes de inteligência conversem apenas comigo. Hado e seus compatriotas vão descobrir. E se descobrirem e essas colônias de fato tiverem membros das Forças Coloniais de Defesa nelas, então não teremos escolha a não ser removê-las. Se não quiserem sair, teremos de destruí-las.

— E se nós as destruirmos, entraremos em guerra com a União Colonial — disse Sorvalh.

— Ou algo perto disso — respondeu Gau. — Os humanos sabem que estão numa posição ruim, Hafte. Num dia bom, eles são animais perigosos. Cutucá-los nesse momento vai dar dor de cabeça para todos os envolvidos. Quero que esse problema seja resolvido em privado antes que se torne público.

Sorvalh sorriu.

— Imagino que essa seja a minha deixa.

— Abri um contato de comunicação extraoficial com a União Colonial — disse Gau.

— E como você fez isso? — perguntou Sorvalh.

— Entrei em contato com nosso emissário em Washington, D.C. — respondeu Gau. — E ele entrou em contato com John Perry. E John Perry, com um amigo seu nas Forças Especiais das FCD. E assim por diante na cadeia de comando e depois descendo de novo.

Sorvalh assentiu.

— E o meu trabalho aqui é falar com esse contato.

— Sim — disse Gau. — Nesse caso, será alguém de uma patente mais baixa do que a sua... Peço desculpas por isso, os humanos andam irritadiços. — Sorvalh ergueu a mão para sinalizar aceitação, que isso não seria um problema. — É o coronel Abel Rigney. Sua patente não é particularmente alta, mas ele está numa boa posição para fazer as coisas acontecerem.

— Você quer que eu lhe mostre esta lista e avise que sabemos da existência dos soldados das FCD — disse Sorvalh.

— O que eu quero é que você dê um susto nele — disse Gau. — Do seu jeitinho especial.

— Oras, general — disse Sorvalh, com uma expressão de choque mais uma vez. — Não faço ideia do que quer dizer com isso.

Esse comentário arrancou um sorriso do general Gau.

— Bem, ele com certeza era um sujeito bem alto, não era? — disse Sorvalh, olhando para a estátua no Memorial a Lincoln.

— Era alto, sim, para um ser humano — disse o coronel Rigney. — E especialmente alto para a época dele. Abraham Lincoln foi presidente dos Estados Unidos muito antes de os humanos abrirem caminho pelo universo. Nem todo mundo era bem nutrido à época. As pessoas costumavam ser mais baixas. Por isso ele devia se destacar bastante. Mas entre o seu povo, conselheira Sorvalh, seria considerado um anão.

— Ah — disse Sorvalh. — Bem, no geral somos considerados altos pela maioria das raças inteligentes que conhecemos. Mas é certo que pode haver alguns humanos tão altos quanto um Lalan.

— Temos jogadores de basquete — disse Rigney. — Eles são muito altos, em termos humanos. Talvez o mais alto deles tenha a altura do mais baixo de vocês.

— Interessante — disse Sorvalh, ainda olhando para Lincoln.

— Tem algum lugar específico em que a senhora gostaria de ir para conversarmos, conselheira? — perguntou Rigney, após permitir a Sorvalh o seu momento de contemplação.

Ela se voltou ao humano e sorriu para ele.

— Peço desculpas, coronel. Me dei conta de que o senhor está me fazendo um agrado ao me encontrar aqui, numa atração turística.

— De modo algum — disse Rigney. — Na verdade, fico feliz que tenha escolhido vir aqui. Eu morei nesta região antes de ir embora da Terra. É uma boa desculpa para visitar os lugares que eu frequentava.

— Que maravilha — disse Sorvalh. — O senhor visitou seus amigos e familiares em sua estadia por aqui?

Rigney balançou a cabeça.

— Minha esposa faleceu antes de eu ir embora da Terra, e nunca tivemos filhos — disse ele. — Meus amigos estariam todos com oitenta ou noventa anos a essa altura, o que é uma idade bem avançada para um ser humano, por isso a maioria já deve ter morrido, e não acho que os que continuam vivos gostariam de me ver assim serelepe, parecendo ter 23 anos.

— Entendo como isso poderia ser um problema — disse Sorvalh.

Rigney apontou para Lincoln.

— Já ele está igual a quando fui embora.

— Melhor assim! — disse Sorvalh. — Coronel, o senhor se incomodaria se caminhássemos enquanto conversamos? Cheguei aqui pelo Passeio Nacional e no caminho vi alguém vendendo algo chamado "churros". Acho que eu gostaria de experimentar a culinária humana.

— Ah, churros — disse Rigney. — Boa pedida. À vontade, conselheira.

Os dois desceram as escadas do Monumento a Lincoln e caminharam até o Passeio Nacional, com passos lentos, no caso de Sorvalh, para que Rigney não tivesse de correr para acompanhá-la. Ela reparou que outros humanos a olhavam com curiosidade. Alienígenas ainda eram raridade na Terra, mas não tanto em Washington, D.C. a ponto de os nativos tentarem fingir familiaridade. Reparou que eles encaravam igualmente o humano verde ao seu lado.

— Obrigado por concordar em fazer essa reunião — disse Sorvalh a Rigney.

– Foi um prazer – disse Rigney. – Acabou sendo uma desculpa para eu poder visitar a Terra de novo. É uma oportunidade rara para um membro das FCD.

– É conveniente que a Terra tenha se tornado um território neutro para os nossos dois governos – comentou Sorvalh, o que fez com que Rigney torcesse o nariz.

– Sim, bem – disse ele. – De modo oficial, eu não tenho permissão para ficar feliz com esse desenvolvimento em particular.

– Compreendo totalmente – disse Sorvalh. – Agora, coronel, vamos aos negócios.

Então ela levou a mão às dobras de seu traje e de lá tirou um manuscrito, que entregou a Rigney.

Ele o apanhou e o examinou com curiosidade.

– Receio que eu não consiga ler – disse Rigney, após um minuto.

– Por favor, coronel – disse Sorvalh. – Eu sei perfeitamente bem que o senhor possui um daqueles computadores na cabeça, assim como todos os outros membros das Forças Coloniais de Defesa. Como é o nome ridículo que vocês dão para eles?

– Um BrainPal – disse Rigney

– Sim, isso – disse Sorvalh. – Por isso tenho certeza de que o senhor não apenas já tem os conteúdos do papel registrados em seu computador como também já os traduziu.

– Certo – disse Rigney.

– Nós não vamos conseguir chegar a lugar algum, coronel, se o senhor insistir em me contrariar até mesmo nas coisas mais simples – disse Sorvalh. – Não teríamos aberto esse contato se não fosse absolutamente necessário. Por favor, faça-me a cortesia de presumir que esta não é minha primeira missão diplomática.

– Peço desculpas, conselheira – disse Rigney, entregando o documento de volta. – Meu hábito é nunca revelar tudo. Digamos que meus reflexos entraram em ação.

– Muito bem – disse Sorvalh, apanhando o manuscrito e depois guardando-o nas dobras do traje. – Agora que o senhor sem dúvida teve tempo para digitalizar a tradução, pode me dizer o que está escrito nele.

– É uma lista de planetas inabitados – respondeu Rigney.

– Eu questiono essa caracterização, coronel – disse Sorvalh.

– Em termos oficiais, eu não faço ideia do que a senhora está falando – disse Rigney. – Extraoficialmente, teria muito interesse em saber como vocês chegaram a esta lista.

– Receio que isso deva permanecer em sigilo – disse Sorvalh. – E não é só porque não me contaram. Mas presumo que podemos abrir mão da ficção polida de que não existem, na verdade, dez colônias humanas onde não deveriam.

– Não são colônias sancionadas – disse Rigney. – São clandestinas. Não podemos impedir as pessoas de subornarem capitães de espaçonaves para serem levadas e deixadas nesses planetas sem a nossa permissão.

– Tenho certeza de que poderiam sim – rebateu Sorvalh. – Mas não é essa a questão no momento.

– O Conclave culpa a União Colonial pela existência dessas colônias clandestinas? – perguntou Rigney.

– Nós nos questionamos se elas de fato são clandestinas, coronel – afirmou Sorvalh. – Pois colônias clandestinas tipicamente não possuem soldados das Forças Coloniais de Defesa em meio a seus colonos.

Rigney não tinha resposta para isso. Sorvalh esperou alguns momentos para ver se ele se manifestaria, depois continuou:

– Coronel Rigney, o senhor com certeza compreende que se quiséssemos vaporizar essas colônias, já o teríamos feito a essa altura.

– Na verdade, eu não entendo – disse Rigney. – Assim como não entendo o propósito desta conversa.

– O propósito, como o senhor diz, é que trago uma mensagem pessoal e uma oferta de barganha do general Gau para a União Colonial – disse Sorvalh. – O que quer dizer que ela parte do general Gau enquanto indivíduo, e não do general Gau enquanto líder do Conclave, uma federação de quatrocentas raças cujo poder combinado poderia esmagá-los como um inseto incômodo.

O rosto do coronel Rigney demonstrou um leve sinal de irritação quanto a essa avaliação da União Colonial, mas ele logo deixou para lá.

– Estou pronto para ouvir a mensagem – disse ele.

– A mensagem é apenas que o general sabe que suas colônias "clandestinas" não são nada do tipo e que, sob outras circunstâncias, vocês não teriam recebido qualquer aviso desse fato e a nossa frota apareceria na sua porta, acompanhada de outras represálias designadas para dissuadi-los enfaticamente de tentativas futuras de colonização – informou Sorvalh.

– Com todo respeito, conselheira – disse Rigney –, da última vez que sua frota apareceu à nossa porta, as coisas não acabaram bem para ela.

– Foi a penúltima vez, na verdade – corrigiu Sorvalh. – Da última vez que a nossa frota apareceu à sua porta, vocês perderam a Terra. Além disso, acredito que o senhor e eu ambos sabemos que não terão a chance de repetir o que aconteceu em Roanoke.

– Então o general gostaria de nos lembrar de que ele normalmente vaporizaria essas colônias – comentou Rigney.

– Ele gostaria de lembrá-los disso e apontar que, desta vez, não há interesse em fazê-lo – disse Sorvalh.

– E por que não? – perguntou Rigney.

– Porque sim – disse Sorvalh.

– Sério? – disse Rigney, parando de caminhar. – "Porque sim" é a resposta?

– O motivo não é importante – disse Sorvalh. – Basta dizer que o general não quer ter de lutar por conta dessas colônias no momento, e acho seguro pressupor que vocês também não. Mas há membros no Conclave que teriam prazer nessa guerra. Nem vocês, nem o general querem isso, embora certamente por motivos diferentes. E embora neste instante as únicas duas pessoas na casta política do Conclave que sabem da existência dessa lista sejam o general e eu, não tenho dúvidas de que vocês compreendem o suficiente de política para saber que segredos não permanecem secretos para sempre. Temos pouquíssimo tempo até o conteúdo da lista parar nas mãos daqueles no Conclave que estão ansiosos para atear fogo nas suas colônias e na União Colonial – complementou Sorvalh, começando a caminhar de novo.

Rigney voltou a segui-la, um momento depois.

– A senhora diz que temos pouquíssimo tempo – disse ele. – Defina "pouquíssimo".

– Vocês têm até a próxima ocasião em que o general Gau for obrigado a ouvir as perguntas da Grande Assembleia – respondeu Sorvalh. – A essa altura, é quase certo que os membros mais belicosos da assembleia já estarão cientes da existência de pelo menos algumas das colônias e dos soldados das FCD que estão nelas. Vão exigir que o Conclave tome alguma atitude, e o general não terá escolha a não ser fazê-lo. Isso vai acontecer em cerca de trinta dos nossos dias-padrão, o que daria uns trinta e seis no calendário da sua União Colonial.

— Então essa é a mensagem — disse Rigney. — E qual a barganha?

— É simples também — respondeu Sorvalh. — Façam as colônias sumirem e o Conclave não vai atacar.

— Mais fácil falar do que fazer — comentou Rigney.

— Não é preocupação nossa — disse Sorvalh.

— Supondo que haja soldados das Forças Coloniais de Defesa nessas colônias — disse Rigney —, não seria o suficiente simplesmente removê-los?

Sorvalh o encarou como se ele fosse uma criança lerdinha. Rigney compreendeu o que esse olhar significava e levantou as mãos, num gesto defensivo.

— Desculpa — disse ele. — Não pensei direito antes de falar.

— Essas colônias não deveriam existir — falou Sorvalh. — Poderíamos estar dispostos a ignorá-las se fossem mesmo clandestinas, pelo menos até estarem desenvolvidas demais para que isso fosse possível. Mas é fato que elas contêm soldados das FCD. Jamais poderiam deixar de ser alvos do Conclave. Precisam desaparecer antes que sejam oficialmente noticiadas. Você sabe quais são as consequências caso isso não ocorra, para os dois governos.

Rigney ficou em silêncio por um momento.

— Sem conversa fiada, conselheira?

Sorvalh não sabia o que significava "fiada", mas pôde chutar pelo contexto.

— Sem conversa fiada, coronel — disse ela.

— Nove de dez dessas colônias não serão difíceis de evacuar — disse Rigney. — Seus colonos são os típicos cidadãos insatisfeitos da União Colonial, que possuem ideias vagas acerca de liberdade contra a tirania de seus semelhantes ou coisa do tipo, ou apenas porque desgostam tanto das pessoas que não querem a companhia de mais de duzentos outros membros da própria espécie. Há seis dessas colônias que estão prestes a morrer de inanição e provavelmente ficarão felizes em fugir. Se fosse eu, fugiria.

— Mas aí tem uma outra colônia — disse Sorvalh.

– Sim, tem uma outra colônia – confirmou Rigney. – Existem racistas no seu povo? Gente que acredita ser inerentemente superior a todos os outros tipos de pessoas inteligentes?

– Temos alguns – disse Sorvalh. – O consenso geral é de que são uns idiotas.

– Certo – disse Rigney. – Bem, essa outra colônia é composta quase que inteiramente de racistas. Não apenas contra outras raças inteligentes, e não quero nem imaginar o que eles pensariam *da senhora*, mas também contra outros humanos que não partilham do seu fenótipo.

– Parecem uns fofos – comentou Sorvalh.

– São um bando de cuzões – disse Rigney. – Porém, são uns cuzões bem armados, bem organizados e bem financiados, e essa colônia em particular vem prosperando. Eles foram embora porque não gostavam de ser parte de uma instituição mestiça como a União Colonial, e nos odeiam a ponto de que provavelmente ficariam de pau duro em pensar que, se fossem para o inferno, levariam a gente junto. A extração deles seria uma bagunça.

– Isso é de fato um problema para as FCD? – perguntou Sorvalh. – Não queria ser desagradavelmente insensível ao falar disso, mas as FCD não são conhecidas por serem uma instituição que se importa muito com quem esmaga.

– De fato não somos – disse Rigney. – E quando chegar a hora, vamos tirá-los de lá, porque a alternativa seria horrível. Mas, além de estarem bem armados, bem organizados e bem financiados, eles também têm bons contatos. O líder é filho de alguém do alto escalão do governo da UC. Estão distanciados, ela fica horrorizada que o filho tenha virado um racista escroto, mas, ainda assim, filho é filho.

– Compreendo – disse Sorvalh.

– Como eu disse, uma bagunça – falou Rigney.

Eles chegaram à barraquinha de churros. O vendedor olhou para Sorvalh, deslumbrado. Rigney fez o pedido em nome dos dois, e depois continuaram andando, após receberem suas sobremesas.

– Que gostoso! – exclamou Sorvalh, após a primeira mordida.

– Feliz que você gostou – disse Rigney.

– Coronel Rigney, a sua preocupação é que o único modo de remover esses colonos racistas, intratáveis e *cuzões* seria derramando sangue – disse Sorvalh, após dar mais uma mordida.

– Sim – respondeu Rigney. – Faríamos a remoção para evitar uma guerra, mas gostaríamos de ter uma alternativa.

– Bem – disse Sorvalh, mastigando seu churro –, haja vista que estou lhe pedindo isso, seria errado da minha parte não oferecer uma possível solução.

– Estou ouvindo – disse Rigney.

– Compreenda que o que vou sugerir será uma daquelas coisas que nunca aconteceram – disse Sorvalh.

– Considerando que esta conversa também não está acontecendo, não faz mal – respondeu Rigney.

– Também vou lhe pedir que faça uma outra coisinha para mim antes – disse Sorvalh.

– E o que é? – disse Rigney.

– Me compre outro churro – disse Sorvalh.

– Mais um passo aí, ô xig, e eu estouro seus miolos – disse o colono logo à frente de Sorvalh. Ele apontava a espingarda para o peito dela.

Sorvalh, que vinha caminhando até então, parou e ficou ali em pé, calmamente, na fronteira da colônia de Livramento. Havia seguido numa caminhada de vários minutos até lá, tendo estacionado sua nave de transporte do outro lado de uma campina ampla, na extremidade oposta de onde a colônia se situava. Seus trajes esvoaçavam enquanto ela se deslocava, e o colar que trazia ao peito continha aparatos de áudio e vídeo que enviavam os registros de volta à nave. Ela foi andando devagar, a fim de dar à colônia tempo o suficiente para preparar um belo comitê de boas-vindas, mas também para um outro propósito. Cinco homens, armados até os dentes, estavam à sua frente naquele momento, com as armas apontadas. Havia dois outros que ela conseguia ver nos telhados da colônia, mirando na posição dela com fuzis de longa distância. Sorvalh presumiu que haveria outros que não podia ver, mas esses não lhe eram motivo de preocupação naquele instante. Ela os localizaria muito em breve.

– Bom dia, senhores – ela os saudou, gesticulando para os desenhos em suas peles. – Que bonitas. Bem retinhas.

– Cale a boca, xig – disse o colono. – Cale a sua boca, dê meia-volta, se enfie naquele seu transporte e vá embora, como um bom inseto.

— Meu nome é Hafte Sorvalh — disse ela, com um tom de voz agradável. — Não é "Xig".

— Xig é o que você é — disse o colono. — E estou cagando para como você se chama. Vá embora.

— Bem — disse Sorvalh, impressionada. — Como você é *bravo*.

— Vai se foder, xig — disse o colono.

— Mas meio repetitivo — complementou Sorvalh.

O colono levantou a espingarda para que apontasse para a cabeça dela.

— Você vai embora agora — disse ele.

— Na verdade, não vou, não — respondeu Sorvalh. — E se você ou qualquer outro membro da sua turminha tentar atirar em mim, vai cair morto antes de conseguir puxar o gatilho. Entenda, meu amigo, que enquanto eu vinha caminhando até o seu complexo, a minha nave, em órbita acima deste local, estava ocupada rastreando e registrando as assinaturas de calor de cada ser vivo nesta colônia que pese mais de dez dos seus quilos. Agora vocês estão todos registrados no banco de dados do arsenal da nave, e tem uma dúzia de armas de partículas ativamente rastreando cerca de vinte ou trinta alvos cada. Qualquer um que tentar me matar vai ter uma morte horrível, e então todos os outros da colônia morrerão na sequência enquanto os raios individuais forem cumprindo o ciclo da lista de alvos. Cada um de vocês, incluindo gado e animais de estimação de grande porte, vai estar morto em cerca de um dos seus segundos. Vai ser um nojo, porque boa parte do que está dentro de suas cabeças provavelmente vai respingar em mim, mas eu sairei viva. E tenho uma muda de roupas no meu transporte.

O colono e seus amigos ficaram encarando Sorvalh, inexpressivos.

— Bem, vamos lá — disse Sorvalh. — Vocês podem ou tentar me matar ou me deixar fazer o que eu vim fazer. É uma belíssima manhã e eu detestaria desperdiçá-la.

— O que você quer? — perguntou outro colono.

— Quero falar com seu líder — disse Sorvalh. — Acredito que o nome dele seja Jaco Smyrt.

— Ele não vai falar com você — disse o primeiro colono.

— Por que não? — perguntou Sorvalh.

– Porque você é uma *xig* – disse ele, como se fosse a coisa mais óbvia do mundo.

– Isso é mesmo uma tristeza – disse Sorvalh. – Porque, sabem, se dentro de dez dos seus minutos eu não estiver conversando com o sr. Smyrt, então todos aqueles raios de partículas de que falei vão mirar os alvos e, de novo, todos vocês vão morrer. Mas imagino que, se o sr. Smyrt preferir que todos morram, para mim não faz diferença. Imagino que gostariam de passar esses últimos momentos com suas famílias, senhores.

– Não acredito em você – disse um terceiro colono.

– Muito que bem – disse Sorvalh, apontando para um pequeno cercadinho. – Como chamam estes animais?

– São bodes – respondeu o terceiro colono.

– E eles são adoráveis – disse Sorvalh. – Quantos vocês têm sobrando?

– Não temos nenhum sobrando – disse o segundo colono.

Sorvalh suspirou, exasperada.

– Como esperam que eu faça uma demonstração se não podem abrir mão nem de um único bode? – disse ela.

– Um só – disse o primeiro colono.

– Vocês podem abrir mão de um deles – confirmou Sorvalh.

– Sim – disse o primeiro colono, e um dos animais explodiu antes que o homem sequer terminasse de pronunciar a palavra. O restante dos bodes, alarmados e cobertos de sangue, saíram correndo até os cantos mais distantes do cercadinho.

Quatro minutos e vinte e dois segundos depois, Jaco Smyrt estava em pé na frente de Sorvalh.

– É um prazer conhecê-lo – ela lhe disse. – Vejo que tem os cataventos na pele também.

– O que você quer, xig? – disse Smyrt.

– De novo com isso de "xig" – respondeu Sorvalh. – Não sei o que quer dizer, mas sei que vocês não dizem com boas intenções.

– O que você *quer*? – disse Smyrt, entredentes.

– Não é o que eu quero, mas o que vocês querem – disse Sorvalh. – E o que querem é ir embora deste planeta.

– O que você disse? – perguntou Smyrt.

– Acredito que eu tenha sido perfeitamente clara – disse Sorvalh. – Mas permita-me oferecer mais um pouco de contexto. Sou uma representante do Conclave. Como devem saber, nós proibimos humanos e outras espécies de colonizarem planetas. Vocês são humanos, até certo ponto pelo menos. Não deveriam estar aqui. Por isso fiz preparativos para que sua colônia inteira fosse removida. Hoje.

– O caralho que a gente vai – disse Smyrt. – Não respondo à União Colonial, não respondo ao Conclave e é certo pra porra que não respondo a *você*, xig.

– Claro que não – disse Sorvalh. – Mas permita-me, ainda assim, tentar argumentar. Se forem embora, vocês continuarão vivos. Se não forem, então serão todos mortos e haverá guerra entre o Conclave e a União Colonial, o que provavelmente vai acabar mal para a União Colonial. Com certeza isso deve lhes importar.

– Não consigo imaginar um jeito melhor de morrer do que como mártir para minha raça e meu modo de vida – disse Smyrt. – E se a União Colonial morrer conosco, então sua população com sangue diluído será muito bem-vinda como nossa guarda de honra no inferno.

– Um sentimento comovente – comentou Sorvalh. – E me disseram que você acredita em questões de pureza racial e coisas assim.

– Existe apenas uma raça, que é a humana – disse Smyrt. – Ela deve ser preservada e ter sua pureza garantida. Mas é melhor que toda a humanidade caia do que permanecer esta coisa desnaturada que é hoje.

– Maravilha – disse Sorvalh. – Eu deveria ler a literatura de vocês.

– Nenhum xig jamais vai tocar os nossos livros sagrados – retrucou Smyrt.

– É quase tocante o quanto vocês são devotos a esse ideal racial – disse Sorvalh.

– Estou disposto a morrer por ele – afirmou Smyrt.

– Sim, você e todos que são como você – respondeu Sorvalh. – Porque, aqui está a questão. Se não forem embora desta colônia ainda hoje, vão morrer... e eu compreendo que, para vocês, não faz mal. Mas, depois que estiverem todos mortos, vou realizar um estudo de todos nesta colônia pura, a fim de garantir que eu entenda qual é a sua *essência*. Então o Conclave irá até a União Colonial com um ultimato: ou morrem todos os membros da *sua* raça pura de seres humanos ou morrem todos os humanos. E, bem... você sabe como pensam os *mestiços*, sr. Smyrt. Eles não têm qualquer apreço pela perfeição da pureza.

– Vocês não podem fazer isso – disse Smyrt.

– Claro que *podemos* – disse Sorvalh. – O Conclave supera, em números, a União Colonial de todos os modos possíveis. A pergunta é *se* faremos isso ou não. E a decisão se a gente *vai* ou não fazer isso depende de você, sr. Smyrt. Vão embora agora ou então deixem a raça humana nas mãos dos mestiços, para sempre. Vou dar dez minutos para você pensar.

– Que tática asquerosa você usou – disse Gau, quando Sorvalh lhe contou de seu encontro com os colonos de Livramento.

– Bem, claro que foi – disse Sorvalh. – Quando se lida com gente asquerosa, é preciso falar o mesmo idioma.

– E deu certo – disse Gau.

– Sim, deu – respondeu Sorvalh. – Aquele homenzinho ridículo estava feliz em deixar que toda a raça humana morresse, mas quando falei da sua fatia fenotípica minúscula da humanidade, ele perdeu as estribeiras. E estava convencido de que iríamos levar esse plano a cabo.

– Você garantiu aos outros humanos que não faríamos uma coisa dessas, presumo? – disse Gau.

– O coronel Rigney, com quem eu estava conversando, não precisou dessa garantia – afirmou Sorvalh. – Ele compreendeu o meu plano desde o princípio. E assim que consegui fazer aquele miserável concordar em ir embora, ele e sua equipe chegaram com naves de transporte, nas quais foram retirados do planeta. Até o pôr do sol local já estava tudo feito.

– Então você fez bem – disse Gau.

– Fiz conforme me foi pedido – respondeu Sorvalh. – Apesar de ainda sentir remorso por conta do bode.

– Eu gostaria que você mantivesse aberto esse canal de comunicação com Rigney – disse Gau. – Se trabalhar bem com ele, talvez a gente consiga evitar que um pise no pé do outro.

– Sua consideração pelos humanos vai gerar discórdia, general – disse Sorvalh. – E embora essa reunião tenha transcorrido bem, imagino que, mais cedo ou mais tarde, nossas duas civilizações estarão pulando uma no pescoço da outra. Nenhum canal de comunicação extraoficial vai mudar isso. Os humanos são ambiciosos demais. E você também é.

– Então vamos trabalhar para que isso ocorra mais tarde – replicou Gau.

– Nesse caso, você vai se interessar por isso – disse Sorvalh, buscando o manuscrito de dentro de seu traje e o entregando ao general Gau. – Deixe essas informações, todas elas, chegarem ao representante Hado. Que ele as mencione na Grande Assembleia. E, quando isso acontecer, anuncie que você também já viu a lista e que nossas forças estiveram em cada um dos planetas, mas não encontraram qualquer indício de habitação humana... Elas não vão encontrar porque a União Colonial foi minuciosa na remoção de qualquer vestígio. Então poderá acusar Hado de ser um belicista e possivelmente de ter falsificado o documento. Assim vai acabar com ele ali mesmo, ou pelo menos causar um estrago duradouro o suficiente para que ele não seja mais uma questão.

Gau apanhou o documento.

– É isso que quero dizer quando afirmo que você dá medo, a seu próprio modo, Hafte – respondeu ele.

– Oras, general – disse Sorvalh. – Não sei do que está falando.

EPISÓDIO 7
O CÃO REI

— Não pisa nisso aí — disse Harry Wilson ao embaixador-adjunto Hart Schmidt, no que este veio até a nave de transporte na qual Wilson estava trabalhando. Todo um arranjo de partes e ferramentas estava esparramado sobre uma canga, de cujas margens Schmidt se aproximava. Já Wilson estava com o braço enfiado no fundo do compartimento externo do transporte. Do interior do compartimento, Schmidt conseguia ouvir o som de pancadas e de algo sendo raspado.

— O que está fazendo? — perguntou Schmidt.

— Você vê peças e ferramentas e o meu braço enfiado dentro de uma pequena nave e precisa mesmo perguntar o que estou fazendo? — respondeu Wilson.

— Eu vejo o que está fazendo — disse Schmidt —, apenas questiono sua capacidade. Sei que você é o cara da tecnologia na missão, mas não sabia da sua expertise com naves de transporte.

Wilson deu de ombros, dentro das limitações de alguém cujo braço está engatado num transporte.

— A capitã Coloma precisava de uma ajudinha — disse ele. — Esta sua "nova" nave é agora a nave mais antiga ativa na frota, e ela botou o resto da tripulação para investigar todos os sistemas com um microscópio. Não tinha ninguém para ver os transportes. Eu não tinha mais nada para fazer, por isso me voluntariei.

Schmidt deu um passo para trás e olhou para o transporte.

– Não reconheço este modelo – disse ele, um minuto depois.

– Provavelmente porque você não era nem nascido quando este trambolho foi lançado – comentou Wilson. – O transporte é ainda mais velho que a *Clarke*. Acho que eles queriam garantir que mantivéssemos o tema retrô.

– E como é que você sabe consertar essas coisas mesmo? – perguntou Schmidt.

Wilson bateu com um dedo da mão livre na própria cabeça.

– Chama-se BrainPal, Hart – disse ele. – Quando se tem um computador na cabeça, dá para se tornar um especialista em qualquer coisa num instante.

– Me lembre de não pisar nesse transporte até que alguém qualificado de fato tenha mexido nele – disse Schmidt.

– Frouxo – respondeu Wilson, abrindo depois um sorriso triunfante. – Peguei! – exclamou, extraindo o braço do compartimento. Em sua mão, havia um pequeno objeto escurecido.

Schmidt se inclinou para frente, a fim de ver melhor.

– O que é isso? – perguntou.

– Se eu fosse chutar, diria que é um ninho de pássaros – respondeu Wilson. – Mas, considerando que Fênix não tem, de fato, espécie de ave nativa alguma, é provável que seja um ninho de alguma outra coisa.

– É um mau sinal quando um transporte tem ninhos de animais dentro – comentou Schmidt.

– Não é esse o mau sinal – replicou Wilson. – O mau sinal é que já é o terceiro ninho que eu encontro. Acho possível que eles tenham literalmente pescado esse transporte do ferro-velho para nos dar.

– Que fofo – disse Schmidt.

– De tédio a gente não morre, aqui na base da hierarquia das forças diplomáticas da União Colonial – disse Wilson, depositando o ninho no chão e buscando uma toalha para limpar a fuligem e as nhacas da mão.

– O que nos leva ao motivo de eu ter vindo encontrá-lo – disse Schmidt. – Deram uma nova missão para a gente.

– É mesmo? – perguntou Wilson. – Ela envolve me fazerem de refém? Ou talvez me explodirem para encontrar o espião do Departamento de Estado? Porque isso eu já fiz.

– Sou o primeiro a reconhecer que as últimas missões que fizemos não terminaram com o que consideraríamos um final feliz – disse Schmidt, ao que Wilson deu um sorrisinho. – Mas acho que esta aqui vai nos botar de volta nos eixos. Você conhece os Iquelós?

– Nunca ouvi falar – disse Wilson.

– São um povo bacana – afirmou Schmidt. – Parecem um pouco com o cruzamento de um urso e um carrapato, mas não é todo mundo que pode ser bonito, né? O planeta deles sofre com uma guerra civil que vem e vai já faz alguns séculos, desde que o rei desapareceu do palácio e uma facção do povo culpou a outra.

– E eles têm culpa mesmo? – perguntou Wilson.

– Dizem que não – respondeu Schmidt. – Mas *é claro* que diriam isso, né? Em todo caso, o rei não deixou herdeiros, a coroa sagrada desapareceu e, ao que parece, entre uma coisa e outra, nenhuma das facções tem o direito de ascender ao trono legitimamente, por isso os dois séculos de guerra civil.

– Está vendo? É por isso que não apoio a monarquia como sistema de governo – comentou Wilson, abaixando-se para montar de novo a porção do transporte que havia desmontado.

– A boa notícia é que todos já estão cansados disso tudo e estão procurando um jeito de encerrar o conflito que livre a cara de todo mundo – disse Schmidt. – A má notícia é que um dos motivos de estarem tentando encerrar o conflito é que estão considerando entrar para o Conclave, e o Conclave não vai aceitá-los como membros a não ser que haja um governo unificado para o planeta inteiro. E é aí que a gente entra.

– Vamos ajudá-los a encerrar a guerra civil para que entrem no Conclave? – perguntou Wilson. – Me parece contraproducente para os nossos propósitos.

– Nós nos voluntariamos como mediadores entre as facções, sim – disse Schmidt. – Nossa esperança é a de que, fazendo isso, vamos angariar boa vontade o suficiente com os Iquelós a ponto de preferirem uma aliança conosco e não com o Conclave. O que, por sua vez, vai nos ajudar a construir alianças com outras raças, a fim de estabelecermos um modo de contrabalancear o Conclave.

– Já tentamos algo assim antes – disse Wilson, esticando a mão para tentar pegar uma chave inglesa. – Quando o tal do general Gau estava montando o Conclave, a União Colonial tentou formar uma alternativa, o Contra-Conclave.

Schmidt lhe entregou a ferramenta.

– Mas o objetivo disso não era construir alianças reais – disse ele. – Era mais para atrapalhar o Conclave, para que ele nem conseguisse se formar.

Wilson deu um sorrisinho.

– E a gente fica se perguntando por que nenhuma outra raça inteligente lá fora confia na União Colonial o suficiente para virar as costas para nós – respondeu ele, e começou a trabalhar com a chave inglesa.

– Por isso essa negociação é importante – disse Schmidt. – A União Colonial ganhou muita credibilidade com as negociações em Danavar. O fato de termos colocado uma de nossas próprias naves na trajetória de um míssil mostrou para várias raças alienígenas que estamos falando sério quanto a propor soluções diplomáticas. Se formos vistos como mediadores e negociadores de boa-fé com os Iquelós, estaremos numa posição bem melhor mais para a frente.

– Certo – disse Wilson, depois de ter substituído o painel externo do transporte e começado a trabalhar na selagem. – Você não precisa que eu compre a missão, Hart. Vou de qualquer jeito. Só precisa me dizer o que tenho de fazer.

– Bem, então, você sabe que a embaixadora Abumwe não vai comandar essa mediação – disse Schmidt. – Ela e todos nós estaremos lá como auxiliares da embaixadora Philippa Waverly, que tem experiência com os Iquelós e amizade com o pretor Gunztar, que faz o meio de campo entre as facções no conselho de negociações.

– Faz sentido – disse Wilson.

– A embaixadora Waverly não viaja sozinha – disse Schmidt. – Ela tem algumas manias.

– Certo – disse Wilson, devagar. O compartimento do transporte já estava completamente selado.

– E é importante lembrar que não existe trabalho insignificante em uma missão diplomática, toda tarefa é importante ao próprio modo – complementou Schmidt.

– Espera aí – disse Wilson, virando-se para encarar Schmidt. – Beleza, pode mandar ver – falou. – Porque, com uma introdução dessas, qualquer coisa idiota que você me mande fazer só pode ser *muito* boa.

– E, claro, pretor Gunztar, o senhor se lembra do Tuffy – disse a embaixadora Philippa Waverly, gesticulando na direção do seu lhasa apso, que colocou a língua para fora e a sacudiu, charmosamente, para o diplomata Iqueló. Wilson segurava a guia ligada à coleira do cão. Ele também sorria para o pretor Gunztar, que nem reparou.

– Claro que lembro! – exclamou o pretor num jorro de burburinhos traduzidos por um aparelho pendurado no pescoço, inclinando-se na direção do cachorro, que se remexia de empolgação. – Como eu poderia me esquecer do seu companheiro constante? Estava preocupado que não fosse conseguir passar pelo processo de quarentena.

– Ele participou do processo de descontaminação com todos nós – disse Waverly, gesticulando na direção do restante da missão diplomática, o que incluía Abumwe e sua equipe. Todos foram apresentados formalmente a seus equivalentes entre os Iquelós, exceto Wilson, que era um claro adjunto ao cão. – Ficou muito contrariado com isso, mas eu sabia que ele não iria querer perder a chance de revê-lo.

Tuffy, o lhasa apso, latiu em resposta, como se estivesse confirmando que sua empolgação em estar perto do pretor Gunztar havia elevado seus níveis de alegria a ponto de quase esvaziar a bexiga.

Atrás da guia, Wilson olhou de soslaio para Schmidt, que estava muito dedicado a não olhar em sua direção. O grupo inteiro, de humanos e Iquelós igualmente, participava de uma cerimônia de apresentação formal no palácio real, no mesmo jardim particular onde o rei, há muito desaparecido, tinha sido avistado antes do sumiço misterioso que mergulhou seu planeta em uma guerra civil. Os dois grupos haviam se reunido em uma praça central, cercada por vasos baixos dispostos em um arranjo circular, contendo espécimes da flora de várias partes do planeta. Em cada vaso havia um ramo de *fleur du roi*, uma flor nativa de cheiro doce que, por lei, só podia ser cultivada pelo próprio rei. Em todos os outros lugares, ela só existia enquanto flor silvestre.

Wilson se lembrava vagamente de que a *fleur du roi*, como os álamos na Terra, era na verdade uma colônia, e que os brotos das flores eram todos clones, conectados por um vasto sistema de raízes capaz de chegar a vários quilômetros de extensão. Ele sabia disso porque, como parte de seu trabalho como cuidador do cão, precisava saber quais plantas no jardim particular eram capazes de tolerar uma mijadinha do Tuffy. Tinha quase certeza de que a *fleur du roi* era robusta o suficiente se chegasse a esse ponto, e era praticamente certo que chegaria. Tuffy era o único cão no planeta. Era muito território para demarcar.

– Agora que fomos todos apresentados, acredito que seja hora de levarmos adiante nossa reunião inicial – disse o pretor Gunztar, desviando sua atenção do lhasa apso e voltando-a à embaixadora Waverly. – Hoje pensei que seria bom cuidarmos apenas das formalidades, como a confirmação da agenda e as declarações formais de abertura.

– Seria ótimo, claro – disse Waverly.

– Excelente – respondeu Gunztar. – Um dos motivos para nosso expediente ser mais breve hoje é que eu gostaria de lhes oferecer uma atenção especial. Talvez vocês não saibam que o palácio real foi instalado sobre um dos mais extensos sistemas de cavernas do planeta, que adentra quase dois quilômetros na crosta e vai de encontro a um vasto rio subterrâneo. As cavernas já foram usadas pelo palácio como fortaleza, local de refúgio e até mesmo como catacumba para a família real. Eu gostaria de lhes oferecer um passeio por elas, nas quais ninguém que não fosse um Iqueló jamais esteve. É uma demonstração de nosso apreço pela disposição da União Colonial em mediar estas negociações possivelmente contenciosas.

– É uma honra – disse Waverly. – E é claro que nós aceitamos. As cavernas entram de fato tão fundo no planeta?

– Sim, mas não adentraremos tanto assim – respondeu Gunztar. – Por questões de segurança, o acesso a essas partes é bloqueado. Mas o que verão já é bastante extenso. O sistema de cavernas é tão vasto que mesmo até o momento ainda não foi plenamente explorado.

– Que fascinante – comentou Waverly. – No mínimo, vai servir como um incentivo para encerrarmos o expediente o quanto antes.

– Tem isso também – disse Gunztar, e todo mundo riu, ao modo da própria espécie. Então o grupo inteiro, humano e Iqueló, foi conduzido ao palácio, até os aposentos reservados às negociações em si.

Enquanto se deslocavam, Waverly olhou de relance para Abumwe, que por sua vez olhou para Schmidt, o qual ficou para trás, com Wilson. Wilson estava com a mão na guia, segurando um cachorrinho cada vez mais ansioso ao ver sua dona seguir sozinha.

– Então, hoje só trabalharemos umas duas horas – comentou Schmidt. – A agenda já foi decidida de mútuo acordo e a gente só precisa seguir o protocolo. Tudo que você precisa fazer é manter o Tuffy aqui ocupado até o nosso intervalo. Depois de hoje, vocês dois ficarão na embaixada até o término das negociações.

– Entendi, Hart – disse Wilson. – Não é nenhum bicho de sete cabeças.

– Você está com todas as suas coisas aí? – perguntou Schmidt.

Wilson apontou para o bolso do casaco.

– Ração e petiscos aqui – disse ele, depois apontou para um bolso da calça. – Saquinhos de cocô aqui. Não vou limpar o xixi.

– Justo – disse Schmidt.

– Eles sabem que o cachorro vai fazer as coisas dele, né? – perguntou Wilson. – Não vai ser a causa de um grande incidente diplomático se alguém da equipe do jardim vir o pequeno Tuffy se agachar para fazer cocô, certo? Porque não estou preparado para lidar com esse tipo de coisa.

– Esse é um dos motivos de você ficar para trás – esclareceu Schmidt. – É um jardim particular. Ele recebeu a aprovação para fazer suas necessidades. Só pediram para não o deixarmos cavar.

– Se ele fizer isso, posso simplesmente pegá-lo no colo – disse Wilson.

– Sei que eu já disse antes, mas peço desculpas por isso, Harry – falou Schmidt. – Cuidar de cachorro não faz parte das suas atribuições.

– *De rien* – disse Wilson, reformulando a resposta ao ver a expressão intrigada de Schmidt. – Não faz mal, Hart – disse ele. – É que nem o trabalho no transporte. Alguém tem de fazer, e todos os outros já têm algo mais útil nas mãos. Sim, sou hiperqualificado para cuidar do cachorro, o que significa que vocês não precisam se preocupar com nada. E que você me deve uns drinques depois.

– Certo – disse Schmidt, sorrindo. – Mas se *de fato* acontecer alguma coisa, meu PDA está configurado para aceitar suas ligações.

– Por favor, saia daqui agora e vá ser útil para alguém – respondeu Wilson. – Antes que eu mande o Tuffy tentar cruzar com a sua bota.

Tuffy olhou para cima, para Schmidt, com um olhar aparentemente esperançoso. Schmidt saiu com pressa, e Tuffy voltou-se para Wilson.

– Deixe as *minhas* botas em paz, colega – disse Wilson.

[Estou com um problema], foi a mensagem que Wilson enviou a Schmidt, cerca de uma hora depois.

O que foi?, respondeu Schmidt, usando a função de mensagem de texto do tablet para não interromper as negociações.

[Seria melhor explicar ao vivo], enviou Wilson.

Tem a ver com o cachorro?, enviou Schmidt.

[Mais ou menos], enviou Wilson.

Mais ou menos?, perguntou Schmidt. *O cachorro está bem?*

[Olha, ele ainda está vivo], enviou Wilson.

Schmidt se levantou o mais rápido e silenciosamente possível, então foi até o jardim.

– A gente deu uma única coisa para você fazer – esbravejou Schmidt, aproximando-se de Wilson. – Uma única coisa. Passear com a porra do cachorro. Você disse que eu não precisaria me preocupar com *nada*.

Wilson levantou as mãos, defensivamente.

– Não foi culpa minha – disse ele. – Juro por Deus.

Schmidt olhou ao redor.

– Cadê o cão? – perguntou.

– Está aqui – respondeu Wilson. – Mais ou menos.

– O que isso quer dizer afinal? – disse Schmidt.

De algum lugar, veio um latido abafado.

Schmidt olhou ao redor de novo.

– Estou ouvindo o cão – disse ele. – Mas não consigo vê-lo.

Repetiu-se o latido, seguido de vários outros. Schmidt seguiu o barulho e logo se viu às margens de um vaso repleto de *fleurs du roi*.

Ele olhou para Wilson.

– Beleza, eu desisto. Cadê ele? – perguntou.

Mais um latido. De dentro do vaso.

De algum lugar *sob o vaso*.

Schmidt encarou Wilson, confuso.

— As flores comeram o cachorro — disse Wilson.

— *O quê?* — perguntou Schmidt.

— Juro por Deus — falou Wilson. — Num segundo Tuffy está ali, em cima do vaso, mijando nas flores. No seguinte, o solo embaixo dele *se abriu* e alguma coisa o puxou para baixo.

— *O que* o puxou para baixo? — perguntou Schmidt.

— Como é que eu vou saber, Hart? — rebateu Wilson, exasperado. — Não sou botânico. Quando fui olhar, tinha uma *coisa* embaixo da terra. As flores brotavam dessa coisa. São parte dela.

Schmidt se inclinou sobre o vaso para ver melhor. A terra havia sido remexida e embaixo dela era possível ver uma massa intumescida e fibrosa, com um risco de cerca de um metro no meio, que atravessava a área superior.

Mais um latido. De *dentro* da intumescência.

— Puta que pariu — disse Schmidt.

— Eu sei — disse Wilson.

— É tipo uma planta carnívora ou coisa assim — comentou Schmidt.

— O que não é nada bom para um cachorro — apontou Wilson.

— O que faremos? — perguntou Schmidt, olhando para ele.

— Não sei — respondeu Wilson. — É por isso que chamei você aqui, Hart, para começo de conversa.

O cão latiu de novo.

— Não podemos simplesmente deixá-lo lá embaixo — disse Schmidt.

— Concordo — disse Wilson. — Estou aberto a sugestões.

Schmidt pensou a respeito por um momento e de repente saiu em disparada na direção da entrada do jardim. Wilson ficou observando, confuso, enquanto ele ia embora.

Schmidt ressurgiu alguns minutos depois, trazendo um Iqueló consigo, todo empoeirado e trajando peças de roupa sujas de terra.

— Este é o caseiro — disse Schmidt. — Fala com ele.

— Você vai ter que traduzir para mim — disse Wilson. — Meu BrainPal consegue traduzir o que ele disser, mas eu não consigo falar o idioma.

— Espera aí — disse Schmidt, sacando o PDA, acessando o programa de tradução e depois entregando o aparelho para Wilson. — É só falar. O tablet cuida do resto.

— Oi — disse Wilson ao caseiro. O aparelho emitiu um burburinho no idioma dos Iquelós.

— Olá — respondeu o caseiro, olhando para o vaso que engoliu o cão. — O que você fez com o meu vaso?

— Bem, veja só, aí que está — disse Wilson. — Eu não fiz nada com o vaso. O vaso, por outro lado, comeu o meu cachorro.

— Você se refere àquela criaturinha barulhenta que a embaixadora trouxe consigo? — perguntou o caseiro.

— Sim, é isso — disse Wilson. — A criatura foi até o vaso se aliviar e aí, quando eu vejo, foi engolida inteira.

— Bem, claro que foi — disse o caseiro. — O que você esperava?

— Eu não esperava nada — disse Wilson. — Ninguém me disse que tinha uma planta que comia cachorro aqui no jardim.

O caseiro olhou para Wilson e depois para Schmidt.

— Ninguém contou para vocês da flor do rei? — perguntou ele.

— A única coisa que sei é que ela é uma colônia vegetal — disse Wilson. — Que a maior parte dela existe debaixo da terra e as flores são a parte visível. Ela ser carnívora é novidade para mim.

— As flores são uma isca — explicou o caseiro. — Na natureza, elas atraem criaturas selvagens, que chegam perto e acabam sendo puxadas para debaixo da terra.

— Certo — disse Wilson. — Foi o que aconteceu com o cachorro.

— Tem um saco digestivo embaixo das flores — continuou o caseiro. — É fundo o suficiente para que um animal de grande porte não consiga sair. Aí, das duas, uma. Ou a criatura morre de fome ou morre asfixiada. Depois a planta a digere e os nutrientes alimentam a colônia inteira.

— Quanto tempo demora? — perguntou Schmidt.

— Três ou quatro dos nossos dias — disse o caseiro, apontando depois para o vaso. — Esta flor do rei em particular está neste jardim desde antes da época do rei desaparecido. Nós geralmente lhe damos um *kharhn* para comer a cada dez dias, mais ou menos. Amanhã é dia de alimentá-la, então ela já devia estar com um pouco de fome. É por esse motivo que comeu a sua criatura.

– Queria que alguém tivesse me contado isso antes – comentou Wilson.

O caseiro fez o equivalente iqueló a dar de ombros.

– Achávamos que vocês soubessem. Fiquei me perguntando por que você deixava o seu, como é que chama? Um cão? – Wilson fez que sim com a cabeça. – Por que deixava o seu *cão* chegar tão perto das flores do rei, mas fomos orientados de antemão a permitir que a criatura vagasse livremente pelo jardim. Então decidi que não era problema meu.

– Embora você soubesse que elas podiam acabar comendo o cachorro – disse Wilson.

– Talvez vocês *quisessem* que elas o comessem – disse o caseiro. – Era muito possível que tivessem trazido o cão como um agrado para as flores do rei, como um gesto diplomático. *Eu* sei lá. Só cuido das plantas.

– Bem, presumindo que a gente não quisesse que o cão fosse comido, como o trazemos de volta? – perguntou Wilson.

– Não faço a menor ideia – respondeu o caseiro. – Ninguém jamais me perguntou isso.

Wilson olhou de soslaio para Schmidt, que fez um gesto de desamparo com as mãos.

– Deixa eu tentar de novo – continuou Wilson. – Você tem qualquer objeto que possa me ajudar a *tentar* resgatar o cão?

– E como você vai fazer isso? – o caseiro quis saber.

– Vou entrar do mesmo jeito que o cão entrou – respondeu Wilson. – E, com sorte, conseguirei sair igual entrei.

– Interessante – disse o caseiro. – Vou buscar corda.

– Provavelmente você devia se esfregar um pouco nas flores – disse o caseiro, gesticulando na direção da *fleur du roi*. – Seu cão não era lá muito grande. É provável que a flor do rei ainda esteja com fome.

Wilson lançou um olhar incrédulo para o Iqueló, mas cutucou as flores com o pé.

– Não parece que está ajudando – disse ele, chutando a planta.

– Espera um pouco – disse o caseiro.

— Quanto tempo eu vou ter que... — Wilson começou a responder, então a terra saiu voando e tentáculos fibrosos se enrolaram na perna dele, apertando-a.

— Ai, isso não é bom — disse Schmidt.

— Você não está ajudando — disse Wilson ao amigo.

— Foi mal — falou Schmidt.

— Não se alarme se a planta começar a cortar a circulação das suas extremidades — informou o caseiro. — É uma parte perfeitamente normal do processo.

— Para você é fácil falar — rebateu Wilson. — Não é quem está ficando com as pernas dormentes.

— Lembre-se de que a planta quer comer você — disse o caseiro. — Não vai deixá-lo ir embora. Não se debata. Aceite ser comido.

— Não me leve a mal, mas não estou achando os seus conselhos 100% úteis — respondeu Wilson. A planta estava começando a arrastá-lo para dentro.

— Desculpe — disse o caseiro. — Geralmente o *kharhn* que damos para a flor do rei comer já está morto. Nunca vi um ser vivo ser comido antes. É emocionante.

Wilson se esforçou muito para não revirar os olhos.

— Feliz que você está gostando do show — disse ele. — Agora, pode me passar a corda, por favor?

— O quê? — disse o caseiro, lembrando-se depois do que estava em suas mãos. — Ah, sim. Desculpe. — Ele então entregou uma extremidade da corda a Wilson, que rapidamente a amarrou em volta de si com um nó de alpinista. Schmidt pegou a outra ponta da mão do caseiro.

— Não solta — falou Wilson, já enfiado até a virilha dentro da planta. — Não quero ser digerido por inteiro.

— Você vai ficar bem — disse Schmidt, para encorajá-lo.

— Da próxima vez, quem vai é você — disse Wilson.

— Eu passo — rebateu Schmidt.

Mais tentáculos dispararam, envolvendo os ombros e a cabeça de Wilson.

— Beleza, oficialmente já não estou gostando mais desta ideia — disse Wilson.

– Dói? – perguntou o caseiro. – Pergunto pelo bem da ciência.

– Você se incomoda se deixarmos as perguntas para depois? – perguntou Wilson. – Estou meio ocupado no momento.

– Ah, sim, desculpa – disse o caseiro. – É só que me empolguei. Que droga! – O Iqueló começou a apalpar os bolsos da roupa. – Eu devia estar gravando isto.

Wilson lançou um olhar para Schmidt, com a expressão mais exasperada possível diante das circunstâncias. Schmidt deu de ombros. Estava sendo um dia estranho.

– Lá vamos nós – disse Wilson.

Apenas a cabeça dele estava acima da superfície naquele momento. Entre os tentáculos que o apertavam e o arrastavam para debaixo da terra e o movimento pulsante e peristáltico da *fleur du roi* tragando-o para dentro do solo, Wilson tinha certeza de que teria flashbacks de estresse pós-traumático durante meses.

– Prenda a respiração – disse o caseiro.

– Por quê? – Wilson quis saber.

– Mal não faz! – disse o caseiro. Wilson ia dar uma resposta sarcástica, mas percebeu que, de fato, não ia fazer mal. Então respirou fundo.

A planta terminou de tragá-lo inteiro.

– Este é o melhor dia da minha vida – disse o caseiro a Schmidt.

Wilson teve um ou dois minutos de uma proximidade sufocante com a planta no que ela terminava de empurrá-lo até o saco digestivo. Então houve uma queda enquanto ele passava pela garganta, indo parar na barriga da criatura. Uma massa molhada e esponjosa o amorteceu lá embaixo; o assoalho do saco digestivo da planta.

[Já está dentro dela?], perguntou Schmidt a Wilson, via BrainPal.

– Onde mais você acha que eu estaria? – respondeu Wilson, em voz alta. Seu BrainPal repassou a mensagem de voz a Schmidt.

– Consegue ver o Tuffy? – perguntou Schmidt.

– Me dá um segundinho – disse Wilson. – Está escuro aqui, meus olhos precisam de um momento para se adaptar.

– Sem pressa – disse Schmidt.

– Obrigado – respondeu Wilson, com sarcasmo.

Trinta segundos depois, os olhos geneticamente modificados de Wilson já haviam se ajustado à parca iluminação que vinha de cima e conseguiam ver os arredores, uma cápsula orgânica úmida, em formato de lágrima, na qual mal havia espaço para ficar em pé e esticar os braços.

Wilson olhou ao redor e disse:

– Ãããã...

– Ãããã? – perguntou Schmidt. – Isso não costuma ser bom.

– Pergunta para o caseiro quanto tempo demora para isto aqui digerir alguma coisa.

– Ele disse que costuma demorar vários dias – respondeu Schmidt. – Por quê?

– Temos um problema – disse Wilson.

– Tuffy já morreu? – perguntou Schmidt, com um tom de voz alarmado.

– Não sei – disse Wilson. – Essa porcaria não está aqui.

– Para onde ele foi? – perguntou Schmidt.

– Se eu soubesse, Hart, não estaria aqui fazendo "ãããã" agora, não é? – rebateu Wilson, irritado. – Me dá um minuto. – Ele perscrutou a penumbra com atenção. Após um minuto, abaixou-se, apoiado nos joelhos e nas palmas das mãos, deslocando-se na direção de uma pequena sombra próxima à base da cápsula. – Tem um rasgo aqui – disse Wilson, após examinar a sombra. – Atrás disso, parece haver um pequeno túnel ou coisa assim.

– O caseiro disse que o leito rochoso embaixo do palácio está repleto de fissuras e túneis – disse Schmidt, após uma breve pausa. – É parte do sistema de cavernas sob o palácio.

– Por acaso esses túneis e fissuras dão em algum lugar? – perguntou Wilson.

– Ele disse "talvez" – respondeu Schmidt. – Nunca mapearam o sistema inteiro.

Das profundezas do túnel obscuro, Wilson ouviu o eco bem tímido de um latido.

– Beleza, boas notícias – disse Wilson. – O cão ainda está vivo. Más notícias: ele está vivo em algum lugar de um túnel bem pequeno e escuro.

– Você consegue entrar no túnel? – perguntou Schmidt.

Wilson olhou e apalpou as paredes da cápsula. Então perguntou:

– Qual a opinião do nosso amigo caseiro se eu rasgar um pouquinho mais a parede da planta?

– Ele diz que essas plantas, quando são silvestres, precisam lidar com animais selvagens chutando e rasgando suas entranhas o tempo todo, então não vai fazer muito mal – respondeu Schmidt. – Só não rasgue mais do que o necessário.

– Saquei – disse Wilson. – Além disso, Hart, me faz um favor e joga uma lanterna aqui.

– A única que eu tenho é a do meu tablet – disse Schmidt.

– Peça para o caseiro – disse Wilson. Um ganido súbito e surpreso veio do outro lado do túnel.

– E peça para ele se apressar, por favor.

Alguns minutos depois, a boca da planta se abriu e um pequeno objeto caiu dentro da cápsula. Wilson recuperou a lanterna, acendendo-a, abriu o rasgo e lançou luz pelo túnel, mexendo o feixe de um lado para o outro a fim de ter uma ideia das dimensões do lugar. Imaginou que mal conseguiria entrar se rastejasse para dentro. O próprio túnel era longo o suficiente para que a luz tivesse um alcance bem limitado em meio à escuridão.

– Vou ter de que desatar a corda – disse Wilson. – Não é comprida o bastante para dar conta do túnel todo.

– Não acho que seja uma boa ideia – disse Schmidt.

– Ser engolido por uma planta carnívora é que não é uma boa ideia – respondeu Wilson, desatando o nó. – Comparado com isso, soltar a corda não é nada.

– E se você se perder aí embaixo? – perguntou Schmidt.

– Meu BrainPal vai avisar onde estou, e eu digo se ficar preso – disse Wilson. – Você vai conseguir captar a mensagem pelo tom de pânico nos meus berros.

– Beleza – falou Schmidt. – Aliás, não sei se esta informação é o que você precisa no momento, mas acabei de receber uma notificação da assistente da embaixadora Waverly. Ela diz que as negociações devem se encerrar dentro de uma hora e então a embaixadora vai querer o Tuffy para, e eu juro por Deus que é uma citação direta, "a hora do chameguinho".

– Incrível – comentou Wilson. – Bem, pelo menos agora sabemos quanto tempo temos.

– Uma hora – disse Schmidt. – Boa sorte com sua carreira de espeleólogo amador. Tenta não morrer.

– Certo – disse Wilson. Então se ajoelhou perto do rasgo e abriu um pouco mais, só o suficiente para o corpo passar, colocou a lanterna entre os dentes, ficou de quatro e começou a rastejar.

Os primeiros cem metros foram a parte fácil. O túnel era estreito e baixo, mas seco e relativamente reto em sua descida rocha adentro. Wilson imaginou que, se tivesse de chutar, o lugar já tivesse sido um tubo de lava em algum momento, mas por ora só queria mesmo era que tudo não desabasse em cima dele. Não costumava ser claustrofóbico, mas também nunca havia lhe ocorrido estar a dúzias de metros dentro de um tubo escavado na rocha. Achou que podia se permitir um momento de desconforto.

Após uns cem metros, mais ou menos, o tubo ficou um pouco mais largo e mais alto, mas também mais irregular e sinuoso. Além disso, sua inclinação se tornou substancialmente mais íngreme. Wilson tinha a esperança de que, em algum ponto mais adiante, o túnel ficasse largo o suficiente para ele poder se virar. Não lhe agradava a ideia de precisar voltar de ré, arrastando o cachorro consigo.

– Como está indo? – Schmidt lhe perguntou.

– Desça aqui e descubra – retrucou Wilson, com a lanterna na boca. Schmidt se calou.

A cada vinte metros, mais ou menos, Wilson chamava por Tuffy, que às vezes respondia latindo, às vezes não. Após quase uma hora rastejando, os latidos enfim começaram a parecer vir de mais perto. Após quase exatamente uma hora, Wilson pôde ouvir duas coisas: Schmidt começando a suar frio lá na superfície e os arranhões das patas de uma criatura a alguma distância à frente.

O túnel de repente se alargou e desapareceu na escuridão. Wilson se aproximou com cuidado do que era agora a boca do túnel, tirou a lanterna da própria boca e iluminou os arredores.

A caverna tinha cerca de dez metros de comprimento, quatro ou cinco de largura e uns cinco de profundidade. Do lado da boca do túnel, havia uma pilha de pedras soltas que formava uma inclinação íngreme até o chão da caverna. No entanto, diretamente à frente, a queda era brusca. A luz da lanterna de Wilson correu pela pilha de pedras e flagrou vislumbres de pegadinhas empoeiradas. Tuffy havia conseguido evitar a queda.

Wilson direcionou a lanterna para o chão da caverna, chamando o cachorro enquanto isso. Ele não latiu, mas Wilson ouviu o arranhar das unhas no solo. De repente Tuffy apareceu no cone de luz, com os olhos verdes refletindo o olhar do humano.

– Aí está você, seu pentelhinho – disse Wilson. O cachorro estava coberto de poeira, mas parecia não ter se ferido ao longo de sua pequena aventura. Ele estava mordendo algo. Wilson se aproximou para ver mais de perto. Parecia ser algum tipo de osso. Pelo visto, Tuffy não devia ter sido o primeiro animal vivo a ser tragado pela *fleur du roi*, afinal. Alguma outra coisa havia caído e fugido pelo túnel atrás do rasgo, onde enfim morreu neste beco sem saída da caverna.

Tuffy ficou entediado de olhar para a luz e se virou para retomar sua andança. Nisso, Wilson flagrou um vislumbre de algo reluzente preso ao cão, voltando a lanterna para o animal enquanto ele se movia e concentrando-se no objeto. Fosse lá o que fosse, estava preso a Tuffy de algum modo, envolvendo um dos ombros do cão e dando a volta em sua região ventral.

– Que diabos é isso? – Wilson perguntou para si mesmo. Ainda estava acompanhando Tuffy com a lanterna, ao que finalmente viu o esqueleto do qual o cão havia arrancado seu brinquedinho. O esqueleto tinha mais ou menos um metro e meio de altura e estava intacto, em sua maior parte. Faltava-lhe o que parecia ser uma costela (que era o que Tuffy estava roendo naquele momento, bem contente) e sua cabeça. Wilson lançou o feixe de luz ao redor e captou o clarão branco de alguma coisa redonda. *Ah*, pensou ele. *Ali está a cabeça, então.*

Demorou uns segundos para se dar conta de que estava olhando para o esqueleto de um Iqueló adulto.

Demorou mais alguns segundos, durante os quais Tuffy ficou vagando e reluzindo sob o cone de luz, até Wilson se dar conta de quem era o provável dono daquele esqueleto Iqueló.

– Ai, merda – disse Wilson, em voz alta.

– Harry? – disse Schmidt, intrometendo-se de repente. – Ãââ, só para você saber, eu não estou mais sozinho aqui do meu lado. E temos um probleminha.

– Temos um probleminha do meu lado também, Hart – respondeu Wilson.

– Imagino que o seu problema não seja a embaixadora Waverly procurando o cão dela – disse Schmidt.

– Não – confirmou Wilson. – É, putz, muito maior.

Houve um grasnado de indignação do outro lado da linha. Wilson imaginou que Schmidt estivesse colocando a mão sobre o microfone do tablet para evitar que o amigo ouvisse os desabafos da embaixadora.

– É o Tuffy? Tuffy está bem? – Mais grasnado. – Tuffy está, ããã, *vivo*?

– Tuffy está bem, Tuffy está vivo, Tuffy está perfeitamente ileso – disse Wilson. – Mas encontrei algo aqui embaixo para o qual nada disso se aplica.

– O que você quer dizer com isso? – perguntou Schmidt.

– Hart – disse Wilson. – Tenho quase certeza de que acabei de encontrar o rei desaparecido.

– Está ouvindo isso? – disse a embaixadora Waverly, apontando para a janela de uma das muitas salas do palácio real. A janela estava aberta, e ao longe vinha um burburinho ritmado que lembrava Wilson das cigarras que preenchiam, com seu ruído branco, as noites no meio-oeste dos EUA. Só que não eram cigarras.

– São manifestantes – continuou Waverly. – Milhares de Iquelós reacionários que estão aqui para exigir um retorno da realeza. – Ela apontou para Wilson. – *Você* fez isso. Mais de um ano de trabalhos preparatórios, e persuasão, e manobras, para a conseguirmos nos sentar à mesa deles... Mais de um ano para alinhar os dominós perfeitamente só para marcarmos esta negociação a fim de dar o primeiro passo rumo a uma oposição legítima ao Conclave... *E você estraga tudo em duas horas.* Parabéns, tenente Wilson.

– Wilson não tinha a intenção de encontrar o rei desaparecido, Philippa – disse a embaixadora Abumwe a sua colega. Ela estava na mesma sala que Wilson e Waverly. Schmidt também estava lá, tendo sido arrastado junto por ser "cúmplice", como disse Waverly, das patacoadas do tenente. Dentre os presentes, havia ainda Tuffy, mordendo uma bolinha fornecida voluntariamente pela equipe do palácio. Wilson tinha separado Tuffy, com discrição, dos ossos reais muito antes de ambos saírem da caverna. A coroa continuou com o cão, de algum modo havia se prendido a ele e se recusava a sair. Todos os cinco aguardavam o retorno do pretor Gunztar, que havia sido chamado para consultas de emergência.

— Não importa qual era a *intenção* dele — retrucou Waverly. — O que importa é o que ele *de fato* fez. E o que fez foi atravancar, sozinho, um processo diplomático de longo prazo. Agora os Iquelós estão novamente à beira de uma guerra civil e a culpa é nossa.

— Não é tão ruim assim — disse Abumwe. — No mínimo do mínimo, a gente resolveu a questão do desaparecimento do rei, que foi a causa da guerra civil. Ela começou porque uma facção acusou a outra de ter raptado e matado o soberano. Agora sabemos que isso nunca aconteceu.

— E isso simplesmente *não importa* — rebateu Waverly. — Você sabe tão bem quanto eu que o desaparecimento dele era apenas a ficção polida que as facções precisavam para partir uma para cima da outra com armas e facas. Se não fosse o sumiço do rei, teriam encontrado algum outro motivo para se atacar. O que importa agora é que elas queriam pôr fim a essa briga. — Waverly apontou de novo para Wilson. — Mas *ele* trouxe à tona a droga do rei e deu ao pessoal linha-dura dos dois lados uma nova desculpa sem noção para se matarem de novo.

— Não sabemos qual vai ser o resultado — disse Abumwe. — Você estava confiante quanto ao processo. No fim das contas, os Iquelós ainda querem a paz.

— Mas será que ainda vão querer com *a gente*? — disse Waverly, olhando para longe. — Agora que perturbamos desnecessariamente seu processo de paz e acrescentamos complicações? Essa é a pergunta. Espero que tenha razão, Ode. Espero de verdade. Mas tenho lá minhas dúvidas. — Ela voltou o olhar para Wilson. — E o que você pensa do assunto, tenente Wilson?

Ele olhou para Abumwe, com a expressão neutra, e para Schmidt, que havia ficado antecipadamente pálido.

— Sinto muito por ter perturbado desnecessariamente o seu processo, embaixadora — disse Wilson. — Peço desculpas.

Em sua visão periférica, pôde ver Schmidt arregalando os olhos. Hart claramente não esperava qualquer deferência do amigo.

— Você pede desculpas — disse Waverly, vindo em sua direção. — Desculpas. É só isso que tem a dizer.

— Sim, acho que sim, senhora — respondeu Wilson. — A não ser que acredite que haja alguma coisa a ser acrescentada.

— Acho que caberia um pedido de demissão da sua parte — disse Waverly.

Isso arrancou um sorriso de Wilson.

— As Forças Coloniais de Defesa em geral não têm muito apreço por pedidos de demissão, embaixadora Waverly.

— E esse é o seu comentário final quanto a essa questão? — persistiu Waverly.

Wilson lançou um olhar muito breve para Abumwe, flagrando-a dando de ombros de um modo quase imperceptível.

— Bem, exceto para dizer que agora sei o que fazer da próxima vez que algo assim acontecer — complementou ele.

— Ah, é? — disse Waverly.

— Deixar a planta comer o cachorro — respondeu Wilson.

O pretor Gunztar abriu a porta antes que Waverly tivesse a chance de explodir em cima de Wilson. Em vez disso, ela rodopiou na direção de Gunztar com tamanha e súbita ferocidade que até mesmo o pretor, que não sabia ler muito bem as emoções humanas, não tinha como não reparar.

— Está tudo bem? — perguntou ele.

— Claro, pretor Gunztar — disse Waverly, angustiada.

— Muito bem — disse Gunztar, continuando antes que Waverly pudesse engatar qualquer outra coisa. — Trago notícias. Algumas boas. Outras nem tanto.

— Certo — respondeu Waverly.

— As boas notícias, *ótimas* notícias, são que os líderes de ambas as facções concordam que ninguém foi responsável pela morte do rei, exceto ele próprio — anunciou Gunztar. — Era bem conhecido que ele bebia demais e muitas vezes saía para caminhar no jardim particular à noite. A explicação mais óbvia é a de que o rei estava bêbado e desmaiou perto do vaso da flor do rei, que então o puxou para dentro. Quando ele acordou, tentou escapar e entrou no túnel, onde morreu. O jardim era parte de sua residência particular e ele era solteiro. Ninguém o procurou até a hora de sua equipe despertá-lo pela manhã.

— Ninguém na época teve a ideia de olhar dentro da planta? — perguntou Abumwe.

— Sim, claro — disse Gunztar. — Mas foi bem mais tarde, quando os lugares mais óbvios já haviam sido vasculhados. E a essa altura, não havia o menor vestígio do rei. Parece que, quando isso aconteceu, ele já devia ter vagado pelo túnel e estava morto ou ferido demais pela queda na caverna para poder chamar ajuda. Os ossos apresentam fraturas em vários pontos da coluna, o que é consistente com a queda.

Wilson, que se lembrava de Tuffy ter roído pelo menos mais alguns dos outros ossos além da costela, manteve-se calado.

— O que é uma boa notícia, porque um ponto de discórdia persistente entre as duas facções sempre foi encontrar algum modo de falar do desaparecimento do rei — disse Gunztar. — A questão da culpa e responsabilidade ainda é um assunto dolorido. Ou era. Agora não é mais. Durante nossas discussões, o chefe da facção a favor da monarquia pediu desculpas, de modo temporário, por culpar os agitadores pelo assassinato do rei. O chefe da facção dos agitadores expressou, também de forma provisória, um lamento pela morte do soberano. Se isso durar, o meu trabalho aqui fica substancialmente mais fácil.

— Nossa — disse Wilson. — E eu pensava que o desaparecimento do rei fosse só uma desculpa conveniente que as duas facções já em guerra estavam usando para pular uma no pescoço da outra.

— Claro que não — disse Gunztar, virando-se para Wilson, e portanto sem poder ver o rubor que subiu pelo pescoço e rosto de Waverly. — É certo que as duas facções estavam prontas para a briga, mas nossa guerra civil não teria durado tanto tempo, nem sido tão sangrenta, se um lado não tivesse acusado o outro de regicídio. E por isso os Iquelós têm uma dívida de gratidão com o senhor, tenente Wilson, pelo que fez por nós hoje.

— Se o senhor tiver que agradecer alguém, que seja a embaixadora Waverly, pretor Gunztar — disse Wilson. — Sem ela, eu nunca teria encontrado o rei desaparecido. Afinal, foi ela quem trouxe o Tuffy.

— Sim, claro — disse Gunztar, fazendo uma reverência à moda iqueló para a embaixadora Waverly. Ela assentiu em silêncio, ainda furiosa com Wilson, porém também consciente de que ele havia lhe transferido o crédito pelas honras recebidas. — E receio que isso nos leve às más notícias.

– E quais são elas? – perguntou Waverly.

– Dizem respeito a Tuffy – falou Gunztar. – A coroa está presa a ele.

– Sim – disse Waverly. – Enroscou no pelo. Vamos dar um jeito de tirar. Podemos tosá-lo se for o caso.

– Não é tão simples – disse Gunztar. – Não é que não dá para tirar por ter se enroscado no pelo dele. Não dá para tirar porque fibras microscópicas dispararam da coroa e se prenderam a ele fisicamente, ligando-a a seu corpo físico.

– O quê? – disse Waverly.

– A coroa está presa a Tuffy de modo permanente – disse Gunztar. – Os exames feitos pelos nossos cientistas médicos quando ele foi trazido de volta à superfície comprovam isso.

– Como uma coisa dessas pode ter acontecido? – perguntou Abumwe.

– A coroa é um símbolo importantíssimo do rei – disse Gunztar. – Depois que o soberano assume, ela não deve nunca ser tirada. – Ele apontou para um conjunto de sulcos na própria cabeça. – A coroa é projetada para ficar sobre a cabeça do rei de tal modo que jamais precise ser removida. Para garantir isso, é feita com fibras nanobióticas na superfície interior, programadas para se enxertarem à assinatura genética do governante. A coroa também é sensível aos sinais elétricos produzidos pelos seres vivos. Ela só sai por ocasião da morte, quando toda atividade corporal e cerebral cessa.

– Como ela se prendeu ao Tuffy? – perguntou Waverly. – Ele obviamente não tem o menor parentesco genético com o seu rei.

– É um mistério para nós tanto quanto para vocês – respondeu Gunztar.

– Hmmmm – disse Wilson.

– O que foi, Wilson? – perguntou Abumwe.

– Quanto desse material genético precisaria estar presente para que a coroa o registrasse? – questionou Wilson.

– Seria preciso perguntar aos nossos cientistas – respondeu Gunztar. – Por quê?

Wilson gesticulou na direção de Tuffy, que havia pegado no sono.

– Quando o encontrei, ele estava roendo um dos ossos do rei – disse o tenente. – Deve ter ficado perto do esqueleto durante uma hora, pelo menos. Mais do que tempo o suficiente para ficar coberto com parte do material genético do rei. Se a coroa não tiver sido bem programada, é capaz de ter registrado o material genético e os sinais elétricos vitais do Tuffy, então decidido que já servia.

— Então vamos dar um banho nele, tirar todo o, ããã, pó do rei e a coroa vai soltar — disse Schmidt. — Certo?

Wilson olhou para Gunztar, que fez um gesto negativo.

— Não. Apenas a morte faz com que a coroa se solte — disse o pretor, depois voltou-se à embaixadora Waverly. — E receio que o conselho é da opinião imperativa de que a coroa precisa ser removida.

Waverly olhou para Gunztar, inexpressiva, durante uns dez segundos, mais ou menos, que foi o tempo necessário para digerir o que ele havia dito. Wilson se virou para Schmidt e Abumwe como quem diz "Lá vem".

— *Vocês querem matar o meu cachorro?!* — exclamou Waverly para Gunztar.

O pretor atirou as mãos para cima, de imediato.

— Não *queremos* matar Tuffy — disse ele, sem demora. — Mas a minha amiga precisa compreender que a coroa é, verdadeiramente, um objeto de imenso valor histórico, político e social. Não é exagero dizer que é um dos objetos mais icônicos e significativos que nós, Iquelós, possuímos. E está desaparecida há gerações. Sua importância para o nosso povo é incalculável. E o seu *cão* a está usando.

— Não é culpa *dele* — rebateu Waverly.

— Concordo, é claro — disse Gunztar. — Mas, no fim, isso não resolve nada. O conselho é unânime na resolução de que ela não pode continuar no seu cachorro. — Ele apontou para a janela, na direção das massas tagarelantes reunidas em frente ao palácio. — Os reacionários que temos em frente aos nossos portões não representam a maioria do povo, mas há o suficiente deles aqui para causar transtornos. Se descobrirem que um *animal de estimação* usou a coroa do rei desaparecido, as revoltas durariam vários dias. E eu estaria mentindo para vocês se dissesse que não há membros do conselho que consideram profundamente ofensivo o fato de Tuffy estar usando a coroa. Um deles chegou até mesmo a chamá-lo de "O Cão Rei". E não foi em um tom carinhoso.

— O senhor está dizendo que o fato de Tuffy estar usando a coroa é uma ameaça à nossa missão diplomática — concluiu Abumwe.

— Ainda não — respondeu Gunztar. — Vocês terem encontrado o rei desaparecido compensa a questão da coroa, por ora. Mas quanto mais tempo demorar até ela ser devolvida, mais perguntas o conselho das negociações passará a fazer. Não há dúvidas de que, cedo ou tarde, isso vai representar uma ameaça à sua missão e situação. E à situação da União Colonial.

– Philippa – disse Abumwe a Waverly.

Ela não respondeu, apenas olhou para eles e depois foi até Tuffy, que a essa altura estava deitado de costas, com as patinhas adoravelmente erguidas no ar, roncando de leve. Waverly se sentou ao lado do cão, o apanhou, despertando-o no processo, e começou a chorar de soluçar contra as costas dele. O cão jogou a cabeça para trás e tentou, com heroísmo, lamber a cabeça de sua dona, mas acabou lambendo apenas o ar.

– Ah, *fala sério* – disse Wilson, após cerca de trinta segundos de silêncio constrangedor de todos na sala, exceto pela embaixadora Waverly, que não parou de soluçar. – Parece que eu tenho doze anos e me obrigaram a reler os últimos capítulos de *Meu melhor companheiro*.

– Tenente Wilson, seria aconselhável deixar que a embaixadora Waverly tenha um momento com Tuffy – disse o pretor Gunztar. – É difícil se despedir de um amigo.

– Então todo mundo concorda que vamos ter que matar o cachorro? – disse Wilson.

– *Wilson* – disse Abumwe, bruscamente.

Wilson levantou a mão.

– Não perguntei isso só para ser babaca – ele garantiu à embaixadora. – Pergunto porque, se todo mundo concordou que é isso que precisa acontecer, então ninguém vai me olhar como se eu fosse doido por oferecer uma potencial solução completamente maluca.

– Que solução? – perguntou Abumwe.

Wilson andou até parar ao lado de Waverly e Tuffy. Tuffy colocou a língua para fora a fim de lambê-lo, e Waverly olhou para ele com profunda suspeita.

– Foi uma tecnologia mal projetada que nos meteu nesse problema – disse Wilson, olhando para baixo, para os dois. – Talvez uma tecnologia melhor possa nos tirar dele.

* * *

— Prontinho — disse Schmidt, entregando a Wilson a pequena vara com um botão profundo em cima, depois gesticulando com a cabeça para os dois técnicos Iquelós, que pareciam bem nervosos. — Se apertar o botão, tudo desliga. Apertando de novo, com sorte, tudo liga mais uma vez.

— Saquei — disse Wilson, observando enquanto uma outra técnica Iqueló trazia Tuffy, posicionando-o sobre uma mesa de aço inoxidável, com uma toalhinha no meio para evitar que os pés do cão ficassem gelados demais.

— Os técnicos também queriam que eu lhe agradecesse por você ter se voluntariado para apertar o botão — disse Schmidt.

— Claro — disse Wilson. — A embaixadora Waverly já me odeia mesmo. Se não der certo, então é melhor que seja alguém do nosso lado e não um dos Iquelós.

— Exatamente o raciocínio deles — disse Schmidt.

— E como está a embaixadora Waverly, afinal? — perguntou Wilson. Fazia várias horas que ele não a via.

— Abumwe está com ela agora — disse Schmidt. — Acho que o plano é mantê-la afogada em álcool.

— Não é um plano ruim — disse Wilson.

Schmidt olhou para o amigo.

— E como você se sente?

— Estou ótimo, Hart — respondeu Wilson. — Mas gostaria de acabar logo com isso.

— Você quer um suco ou coisa assim? — perguntou Schmidt.

— O que eu quero é que você ajude aquele técnico ali com o Tuffy — disse Wilson, gesticulando com a cabeça para a técnica Iqueló segurando o cão, que se debatia. — Parece que ele está prestes a perder as estribeiras.

Schmidt correu até lá e tomou o cão dos braços do técnico, então o acomodou sobre a mesa. O sujeito se afastou, com pressa, obviamente aliviado de se ver livre do fardo. Os outros dois técnicos também pediram licença, com a voz baixa.

— Você quer que eu saia? — perguntou Schmidt, fazendo carinho em Tuffy, para manter o cão parado.

– Não, quero que você me ajude – disse Wilson. – Só que talvez seja melhor afastar as mãos.

– Ah, sim – disse Schmidt, dando um passo para trás em relação ao cachorro.

Tuffy se mexeu para ir atrás dele, mas Wilson disse "Tuffy!" ao mesmo tempo que estalou os dedos, chamando a atenção do animal para si.

– Bom menino – disse Wilson para Tuffy, que abriu um sorrisinho canino de felicidade e balançou o rabinho peludo.

Wilson acessou seu BrainPal e recebeu os dados dos dois pequenos eletrodos que o cão tinha no corpo, um no topo da cabeça e outro no peito, perto do coração. Os dois registravam a atividade elétrica cerebral e cardíaca de Tuffy. Mas havia mais uma coisa no corpo dele, colada na nuca, perto de onde a coluna vertebral se encontrava com o cérebro. Wilson não tinha um eletrodo para isso.

– Tuffy! Senta! – ordenou Wilson.

O cão se sentou, obedecendo com charme.

– Bom menino! – disse Wilson. – Finge de morto! – E então apertou o botão em sua mão.

Os monitores cerebrais e cardíacos de Tuffy indicaram na hora a cessação das atividades. O lhasa apso soltou um pequeno gemido e colapsou, rígido, como um bichinho de pelúcia derrubado por uma corrente de ar.

– Finge de morto? – disse Schmidt, dez segundos depois, após examinar o cão. – Isso foi simplesmente *cruel*.

– Se não der certo, terei problemas bem maiores do que uma piadinha de mau gosto – disse Wilson. – Agora cala a boca por uns minutos, Hart. Você está me deixando nervoso.

– Desculpa – disse Schmidt. Wilson assentiu e foi até o cão em cima da mesa.

Tuffy estava morto.

Wilson cutucou o corpo com o dedo. Nenhuma resposta.

– A qualquer momento agora – disse ele.

Os Iquelós haviam lhe garantido que seus sistemas biológicos eram semelhantes o suficiente aos dos vertebrados terráqueos, por isso Wilson se sentiu disposto a arriscar seu pequeno experimento. Em todo caso, queria que a coroa não demorasse muito para perceber que já não estava presa a um ser vivo.

Passou-se um minuto. Dois.

– Harry? – perguntou Schmidt.

– Silêncio – disse Wilson, encarando a coroa, ainda aninhada ao corpo do cão.

Mais dois minutos se passaram. Três.

– O que faremos se isso não der certo? – perguntou Schmidt.

– Você quer saber se temos um plano B? – replicou Wilson.

– Isso – confirmou Schmidt.

– Desculpa, mas não – disse Wilson.

– Por que você está me dizendo isso agora? – perguntou Schmidt.

– Por que você não perguntou antes? – replicou Wilson.

Mais um minuto.

– *Ali* – disse Wilson, apontando.

– O quê? – disse Schmidt.

– A coroa se mexeu – disse Wilson.

– Não vi nada – disse Schmidt.

– Você se lembra da história de que os meus olhos geneticamente modificados são umas dez vezes melhores do que os seus, não é, Hart? – comentou Wilson.

– É, tem isso – disse Schmidt.

– Remova a coroa, por favor – falou Wilson.

Schmidt estendeu o braço até o cão e removeu, com delicadeza, a coroa do corpo. Saiu sem esforço.

– Peguei – disse ele.

– Obrigado – disse Wilson. – Afaste-se agora. – Schmidt se afastou da mesa.

– Certo, Tuffy – disse Wilson, olhando para o cachorro e levantando o bastão. – Hora de aprender um truque novo.

Ele afundou o botão pela segunda vez.

O cão se contorceu, urinou e se levantou num sobressalto da mesa, latindo furiosamente.

– Eita que ele não está nem se segurando – disse Schmidt, sorrindo.

– O que é verdade em mais de um sentido da palavra, aliás, além de ser uma reação bem adequada – comentou Wilson, também sorrindo.

Os Iquelós voltaram para a sala, um dos quais trazia uma bolsa cheia de um fluido vermelho: o sangue de Tuffy.

– Espera – disse Wilson, então percebeu que os Iquelós não faziam ideia do que estava dizendo. Ele se explicou por meio de gestos e então se voltou para Schmidt. – Manda um deles ir buscar a embaixadora Waverly, por favor – falou. – Quero que ela veja que seu cão está bem antes de fazermos outra transfusão no pobrezinho.

Schmidt assentiu e se dirigiu aos Iquelós por meio do PDA. Um deles saiu apressado.

Um dos outros apontou para o cão e olhou para Wilson.

– Como você pôde dar o seu sangue para este animal? – o BrainPal de Wilson traduziu os burburinhos do Iqueló. – Vocês não são nem da mesma espécie.

Wilson estendeu o braço e pegou emprestado o tablet de Schmidt.

– Chama-se SmartBlood – disse o tenente, colocando o tablet à sua frente. – É completamente inorgânico, por isso o corpo do cão não o rejeita. Também tem muitas vezes a capacidade de transporte de oxigênio do sangue normal, por isso pudemos paralisar os processos sanguíneos por um período muito maior e ainda assim evitar a morte dos tecidos. – Wilson se moveu para apanhar o cachorro, ainda molhado, mas mais calmo, já tendo parado de latir. – E foi o que fizemos. Substituímos o sangue deste carinha aqui pelo meu, depois paramos o coração e o cérebro dele por tempo o suficiente para a coroa achar que ele estava morto. Depois o reiniciamos.

– Parece arriscado – disse o Iqueló.

– Foi arriscado *sim* – respondeu Wilson. – Mas a alternativa era pior.

– Você se refere à ruptura de nossas relações diplomáticas? – disse o outro Iqueló.

– Bem, na verdade eu estava pensando na morte do cachorro – disse Wilson. – Mas, sim, isso também.

A embaixadora Waverly apareceu na porta, com Abumwe e o pretor Gunztar atrás dela. Tuffy viu sua dona e latiu com alegria. Wilson pôs o cachorro no chão, e as unhas do animal saíram arranhando adoravelmente a superfície enquanto ele corria até Waverly.

Todo mundo se derreteu numa poça de *ownnnnn*.

– É simplesmente o final perfeito, não é? – disse Schmidt para Wilson, com a voz baixa.

– Por aí – concordou Wilson.

– E imagino que vamos fazer um pacto de nunca falar disso outra vez – completou Schmidt.

– Acredito que seja a decisão mais sensata, sim – disse Wilson.

– De acordo – respondeu Schmidt. – Além do mais, sugiro que a gente comece a encher a cara agora.

– Concordo – disse Wilson. – Lembro que você me prometeu um drinque quando tudo isso acabasse.

– Você quer que a gente te devolva aquele meio litro de SmartBlood que você deu para o Tuffy antes disso? – perguntou Schmidt.

– Sabe de uma coisa? Acho que não vai me fazer falta – respondeu Wilson.

Os dois ficaram observando enquanto Waverly e Tuffy saíram juntos, acompanhados por um grupo de Iquelós muito preocupados, que carregavam uma bolsa com o sangue do cachorro.

EPISÓDIO 8
O SOM DA REBELIÃO

Heather Lee ouviu o sussurro de um tapa chegando antes do impacto, um golpe dado com a intenção de fazê-la recobrar a consciência. Com a pancada, ela respirou fundo e tentou se recompor.

Logo se deu conta de três coisas. A primeira era que estava nua sob um cobertor grosseiro, sentada sobre algum tipo de cadeira.

A segunda era que estava amarrada, com os punhos, os tornozelos, o pescoço e a cintura presos à cadeira.

A terceira era que não enxergava e algo apertava com força e cobria seu rosto e sua cabeça.

Nada disso era boa notícia, na opinião de Lee.

– Você está acordada – disse uma voz, com uma modulação esquisita, que variava em tom e timbre.

Isso despertou o interesse de Lee, que perguntou:

– O que há de errado com a sua voz?

Houve uma breve pausa antes da resposta.

– Não foi essa a primeira pergunta que os seus dois compatriotas fizeram – disse a voz. – Estavam mais preocupados com onde estavam e o porquê de estarem presos.

– Peço desculpas – disse Lee. – Não sabia que havia um protocolo.

Isso arrancou uma risadinha da voz.

– Minha fala está sendo processada por um modulador, porque sabemos que você tem um daqueles computadores na cabeça – disse a voz. – E sabemos que, se já não estiver me gravando, vai fazer isso em algum momento e poderá usar essa função para me registrar e me identificar. Prefiro que isso não aconteça. É o mesmo motivo de a termos vendado, para que não possa gravar informação visual alguma capaz de nos delatar. E é claro que também a amarramos para que fique tranquila por enquanto. Tiramos o seu uniforme de combate, porque sabemos que ele confere vantagens de força e defesa, e não queremos que tenha nada disso. Por esse motivo, peço desculpas.

– Ah, pede, é? – disse Lee, com o tom mais seco que conseguia usar nessa circunstância.

– Sim – disse a voz. – Embora não tenha o menor motivo para acreditar em mim no momento, deve compreender que não temos o menor interesse em abusar de você, seja física ou sexualmente. A remoção do uniforme de combate foi um procedimento defensivo, nada mais.

– Eu teria mais fé em você se não tivesse me acordado na base da bofetada – rebateu Lee.

– Foi surpreendentemente difícil acordar você – disse a voz. – Como se sente?

– Estou com dor de cabeça – respondeu Lee. – Meus músculos doem. Estou morrendo de sede. Preciso fazer xixi. Estou amarrada. Não enxergo. E você, como se sente?

– Melhor que você, devo admitir – disse a voz. – Ei, Seis, água.

O quê?, pensou Lee, e então algo surgiu em seus lábios, um bico rígido de plástico. Saiu um líquido dele, e Lee bebeu. Até onde dava para perceber, era água.

– Obrigada – disse ela, um minuto depois. – Por que você disse "seis"?

– A pessoa na sala com você se chama Seis – respondeu a voz. – O número não tem qualquer significado e é selecionado aleatoriamente. Ele muda a cada missão.

– Qual número você é? – perguntou Lee.

– Desta vez, eu sou o Dois – disse a voz.

— E não está aqui comigo — concluiu Lee.

— Estou por perto — disse Dois. — Mas não tenho o menor interesse em permitir que minha voz vaze e você possa isolá-la. Por isso fico aqui, ouvindo e observando, e quem cuida de todo o resto é Seis.

— Ainda preciso fazer xixi — disse Lee.

— Seis — disse Dois. Lee pôde ouvir enquanto Seis se deslocava pelo cômodo, e então uma porção do assento rígido de sua cadeira desapareceu de repente.

— Pode fazer — disse Dois.

— Só pode ser brincadeira — falou Lee.

— Receio que não — disse Dois. — De novo, peço desculpas. Mas você não pode de fato esperar que eu a desamarre. Mesmo nua e cega, uma soldado das Forças Coloniais de Defesa é um oponente formidável. Há uma bacia sob sua cadeira onde vão cair os seus dejetos. Seis, então, vai lidar com isso.

— Sinto que eu deveria pedir desculpas a Seis — disse Lee. — Ainda mais porque em algum momento vou ter que fazer algo além de xixi.

— Não é a primeira vez de Seis — disse Dois. — Somos todos profissionais aqui.

— Que reconfortante — respondeu Lee. Então ela deu de ombros internamente e se aliviou. Depois de terminar, houve um barulho de algo arrastando no chão, com a remoção da bacia, e outro barulho parecido, quando o assento da cadeira foi recolocado. Houve passos, ao que se seguiu o som de uma porta abrindo e fechando.

— Seus compatriotas me disseram que você é a tenente Heather Lee, da nave *Tubingen*, das Forças Coloniais de Defesa — disse Dois.

— Correto — confirmou Lee.

— Bem, então, tenente Lee, deixe-me explicar como que vai ser — disse Dois. — Você foi capturada e agora é minha prisioneira. Vou lhe fazer perguntas e você vai respondê-las com sinceridade, as mais completas e plenas respostas que puder dar. Se fizer isso, então a gente encerra por aí e vou mandar que a soltem, obviamente a uma grande distância de onde estamos, mas ficará livre. Se não colaborar ou se eu flagrar até mesmo uma única mentira, vou matar você. Não vou torturá-la, abusá-la, nem mandar que a estuprem ou a violem, nem qualquer outra bobagem do tipo. Simplesmente vou mandar colocarem uma espingarda na sua cabeça para matá-la e destruir o computador em seu crânio. É uma coisa meio à moda antiga, mas muito eficaz. Lamento dizer que um de seus compatriotas, um tal de cabo Jefferson, já me contrariou e descobriu que, para a tristeza dele, não estou brincando. Receio que essa lição não sirva de nada para ele agora, mas espero que o exemplo seja útil a você.

Lee nada disse quanto a isso, pensando em Jefferson, que sempre foi emocionado demais para o próprio bem.

A porta se abriu, com o que era presumivelmente o retorno de Seis à sala.

– Seis agora vai alimentá-la e lhe dar banho, se você desejar, e depois se retirar. Tenho outras questões para cuidar durante as próximas horas. Nesse meio-tempo, você pode refletir sobre o que acabei de lhe falar. Faça o que pedimos e mal nenhum há de lhe ocorrer. Faça qualquer coisa além do que pedimos e você morre. É uma decisão binária. Espero que faça a escolha sensata.

Ficando ali sozinha, Lee repassou a situação em sua mente.

Em primeiro lugar: sabia quem era. Heather Lee, originalmente de Robeson County, Carolina do Norte. Mãe: Sarah Oxendine; pai: Joseph Lee; irmã Allie, irmãos Joseph Jr. e Richard. Em sua vida prévia, havia sido musicista: tocava violão, guitarra ou violoncelo, dependendo do show. Tinha entrado para as FCD havia seis anos, estacionada na *Tubingen* durante os últimos dois anos e seis meses. Tudo isso era importante. Se estivesse confusa quanto a quem era, existiriam outras lacunas graves em sua base de conhecimentos e não poderia saber quais eram.

Em segundo lugar: sabia onde estava, num sentido geral, e o porquê de estar ali. Estava no planeta Zhong Guo. Ela e sua companhia a bordo da *Tubingen* foram despachadas para sufocar uma rebelião separatista na capital provinciana de Zhoushan. Os rebeldes haviam dominado a sede da mídia e da administração locais, fazendo reféns no caminho, e começaram a difundir um discurso que declarava a independência de Zhong Guo da União Colonial, buscando uma nova união com a Terra, "o lar nativo e verdadeiro da humanidade", como diziam. A polícia local foi enviada para expulsá-los, mas acabou surpreendida ao ver que os rebeldes possuíam um poder de fogo maior e melhor. Os rebeldes mataram duas dúzias de policiais e levaram vários outros como reféns, ampliando o estoque de escudos humanos.

O sucesso dos rebeldes disparou uma série de protestos "pró-Terra" em outras cidades e aldeias, incluindo Liuzhau, Karhgar e Chifeng, em que as últimas sofreram com extensos danos a propriedades na marcha dos rebeldes pelo distrito comercial do centro, incendiando lojas e prédios indiscriminadamente. A essa altura, a administração na capital planetária de Nova Harbin já havia chegado ao limite e solicitado a intervenção das FCD.

Lee e sua esquadra fizeram uma descida padrão de uma altitude elevada à noite, com camuflagem. Já estavam no interior dos prédios administrativos e de mídia antes que os rebeldes sequer se dessem conta de que haviam pisado no telhado. Foi uma batalha breve e desigual – os rebeldes possuíam apenas alguns recrutas bem treinados, os que ficaram nas linhas de frente quando a polícia local tinha ido atrás deles. O resto foi recrutado dentre os jovens e os empolgados, dotados mais de entusiasmo do que de capacidade. Os genuinamente capazes confrontaram as FCD e foram dominados ou mortos com rapidez, por não serem páreo para soldados coloniais treinados e com capacidades físicas e táticas superiores. O restante se rendeu sem oferecer maior resistência.

Dois veículos rebeldes no exterior dos escritórios administrativos abriram fogo contra o prédio e foram transformados em pilhas reluzentes de escória metálica pela *Tubingen*, que os atingiu de sua posição em órbita. Os reféns, mantidos numa ala do subsolo repleta de salas de conferência, estavam sujos e cansados, porém ilesos, no geral. O evento inteiro demorou menos de trinta minutos, sem uma única baixa da parte das FCD.

Feito o seu trabalho, os soldados coloniais pediram uma licença desembarcada, que lhes foi concedida, em Zhoushan. Lá, foram recebidos com entusiasmo pelos nativos, ou assim lhes pareceu, embora isso também tivesse a ver com a União Colonial ser conhecida por bancar os soldados das FCD de licença, encorajando-os a gastar sem escrúpulos, e as lojas e os vendedores locais a cobrarem valores exorbitantes. Se havia quaisquer simpatizantes entre os cidadãos de Zhoushan, ficaram bem caladinhos e aceitaram o dinheiro das FCD.

A última coisa que Lee conseguia lembrar antes de acordar naquela sala era que ela, Jefferson e a cabo Kiana Hughes estavam jantando numa *hofbräuhaus* (Zhong Guo, apesar dos nomes chineses, continha, em sua maioria, descendentes de europeus do centro e sul da Europa, uma ironia da qual Lee achava um tanto de graça, tendo ela ascendência chinesa por parte de pai). Lembrava que os três já estavam para lá de bêbados, o que em retrospecto devia ter sido um aviso, pois, graças à fisiologia geneticamente modificada dos soldados das FCD, era quase impossível que enchessem a cara de verdade. Na hora, porém, parecia só um barato agradável. Ela se lembrava de ter saído da *hofbräuhaus* bem tarde no horário local e ter vagado na direção do hotel no qual estavam hospedados, depois não se lembrava de mais nada até aquele momento.

Lee reavaliou com pesar o estado de entusiasmo dos nativos pelo trabalho das FCD. Claramente nem *todo mundo* estava feliz.

Tendo conferido sua memória, Lee voltou a atenção ao aqui e agora. O cronômetro interno do BrainPal lhe dizia que tinham se passado mais ou menos seis horas enquanto estava inconsciente. Dado esse período, era possível que ela, ao que parecia o falecido Jefferson e (muito provavelmente) Hughes estivessem naquele instante do outro lado do planeta, em oposição a Zhoushan. Mas isso lhe parecia duvidoso, no entanto. Devia ter demorado um tempo, pelo menos, para que Dois e Seis a despissem e amarrassem na cadeira, além de prepararem o que pretendiam fazer com ela. O Dois (a Dois? Lee, na sua cabeça, decidiu que ia tratá-lo no masculino por ora) também mencionou que já havia tido tempo o suficiente para falar com Jefferson e Hughes e matar Jefferson por falta de cooperação. Por esses motivos, Lee desconfiava ainda estar em algum lugar em Zhoushan.

Desconfiava também – já que estava, de fato, nas mãos de Dois e Seis e ainda não havia sido resgatada por seu pelotão – que aquele lugar, fosse onde fosse, tinha algum revestimento que impedia o BrainPal de transmitir seu paradeiro. Ela testou essa hipótese ao tentar fazer uma conexão com Hughes e vários outros membros do pelotão: nada. Tentou entrar em contato com a *Tubingen*: nada também. Ou aquela sala em específico tinha um bloqueador de sinal ou Lee se encontrava em algum lugar projetado com a habilidade de bloquear sinais (ou isso estava entre suas características, pelo menos). Se fosse esse o caso, isso reduzia o número de prédios possíveis em Zhoushan.

Lee refletiu de novo, mais profundamente, sobre sua situação e se deu conta de que estava sentada sobre uma dica. Sentava-se numa cadeira de restrição projetada para que alguém ficasse nela durante um longo período, considerando que o assento possuía um alçapão que deslizava para permitir a passagem de dejetos. Lee não se considerava uma grande conhecedora de sistemas de restrição, mas já tinha visto alguns, dado que estava em sua nona década de vida no momento. Pela sua experiência, esse tipo de cadeira costumava aparecer em três lugares: hospitais, prisões e bordéis bem especializados.

Dos três, a ideia do bordel foi a primeira que Lee descartou. Era possível, mas bordéis costumam ser lugares de negócios e não dos mais seguros. Tem gente morando e trabalhando neles, e (se for um bordel de sucesso) todo tipo de clientela nova e diferenciada entrando e saindo o tempo todo em todas as horas do dia. Bordéis poderiam garantir alguma privacidade, mas não a ponto de ninguém reparar num tiro de espingarda, sem mencionar um ou dois cadáveres sendo arrastados para fora do recinto.

Num hospital, um cadáver não seria um problema, mas é provável que os tiros de espingarda fossem. Um hospital abandonado resolveria o problema, mas hospitais também não costumam bloquear sinais, no geral — o tanto de informações que são repassadas eletronicamente inviabilizava essa ideia.

Por isso, uma prisão ou penitenciária parecia ser o mais provável, dada a estrutura com bloqueio de sinais e a facilidade para desovar cadáveres, já que a prisão teria o próprio necrotério. Também significava que quem quer que a estivesse mantendo em cativeiro, junto com Hughes, também possuía a habilidade de levar e trazer gente dali: alguém da força policial ou do governo local, pelo menos.

Lee havia recebido um mapa de Zhoushan como parte dos preparativos para a missão. Ela o puxou no BrainPal e fez uma careta de leve quando o computador em sua cabeça ativou o córtex visual. Passar horas sem ver nada fez até mesmo a ilusão de luz parecer um tanto dolorosa. Lee então deixou o cérebro se aclimatar com as informações visuais e depois começou a filtrá-las.

Até onde dava para ver (uma expressão um tanto irônica naquele momento), havia dois prédios em Zhoushan nos quais era mais provável que ela estivesse: a cadeia municipal, que ficava no centro da cidade, a menos de um quilômetro da *hofbräuhaus* de onde foram sequestrados, e a penitenciária da província, que ficava a dez quilômetros do centro. Lee não possuía um mapa detalhado de nenhum dos edifícios – ela tinha recebido apenas dos prédios de administração e de mídia –, mas, em todo caso, era reconfortante saber onde poderia estar. Poderia ser útil.

Ela então se voltou para a situação atual, a qual continuava, segundo sua análise, não sendo das mais positivas. A nudez não a incomodava pessoalmente, pois nunca teve muita vergonha do próprio corpo, mas a incomodava estar desprotegida. A afirmação de Dois estava correta, de que o uniforme das FCD conferia a quem o usasse certas vantagens e defesas, mas suas forças nesse sentido eram mais passivas do que ativas. O uniforme não deixava Lee mais forte, só mais resistente. Sem ele, ela ficava mais vulnerável a ataques físicos, que desconfiava que acabariam acontecendo, apesar de Dois ter negado. Para não falar de sua vulnerabilidade a tiros de espingarda.

Falando nisso: além de desprotegida, ela também estava desarmada. Isso era um problema, mas não era algo com que se preocupasse muito. Não havia razão para ficar desejando suas armas se elas não estavam por perto.

A parte de estar amarrada também era preocupante. Do modo mais discreto possível, ela forçou as amarras. Pareciam macias, lisas e flexíveis, em vez de duras e rígidas, o que lhe dizia que eram feitas de algum tipo de tecido em vez de elos de metal. Forçou as amarras do braço esquerdo para ver se cediam, mas não cederam. As outras eram iguais. Lee tinha toda a superforça de um soldado geneticamente modificado das FCD, mas nenhuma vantagem para aplicá-la. Se as amarras tivessem até mesmo o menor rasgo, poderia aproveitar, mas até onde dava para sentir, estavam em excelentes condições.

Por fim, Lee fez um inventário de recursos, os quais consistiam, no momento, de seu cérebro e não muito mais: não dispunha de seus olhos, nenhuma força física ou forma de se comunicar com qualquer um que não fosse Dois, o que não lhe servia de nada, ou Seis, o que também não lhe era muito útil. E, embora se considerasse detentora de um cérebro razoavelmente bom, no fim das contas o que ele podia fazer era limitado, preso dentro de sua cabeça.

– Ai, que merda – disse ela em voz alta, ouvindo enquanto o som percorria o espaço da sala. Era uma sala bastante grande, com paredes feitas de uma substância que lhe dava um efeito de rebatimento acústico, provavelmente de rocha exposta ou concreto.

Olá, disse seu cérebro.

Ela passou a meia hora seguinte sozinha em sua cabeça, de vez em quando cantarolando para si mesma. Se Dois estivesse vendo, talvez isso pudesse confundi-lo um pouco.

Uma hora, a porta se abriu, e Seis (pelo que Lee imaginava) voltou.

– Tenente Lee – disse a voz de Dois –, está pronta para começar?

– Estou pronta para falar até você não aguentar mais – respondeu Lee.

Durante as duas horas seguintes, Lee falou durante muito tempo sobre qualquer assunto que Dois quisesse saber, o que incluía a força atual e disposição da tropa das FCD, as mensagens entre as FCD e a União Colonial acerca da ruptura com a Terra, o que as duas organizações estavam fazendo para compensar a perda dos recursos humanos terráqueos, o estado das rebeliões de várias colônias, tanto em termos da experiência direta de Lee e boatos de outros soldados e equipes da União Colonial, além dos detalhes da missão particular de Lee em Zhong Guo.

Ela respondeu com fatos, quando podia, chutes bem-informados e estimativas, quando não podia, e suposições desvairadas quando precisava, garantindo que Dois compreendesse qual era qual e seu motivo, para não dar margem a qualquer mal-entendido entre os dois.

– Você certamente está sendo muito cooperativa – comentou Dois, em certo ponto.

– Não quero levar um tiro de espingarda na cara – disse Lee.

– Quis dizer que está oferecendo mais do que sua compatriota sobrevivente – disse Dois.

– Eu sou a tenente – respondeu Lee. – É meu dever saber mais do que os soldados abaixo de mim. Se ofereço mais do que a cabo Hughes, é porque sei mais coisas, não porque ela está ocultando algo de vocês.

– De fato – disse Dois –, o que é uma boa notícia para a cabo Hughes, então.

Lee sorriu, sabendo então que Hughes era a outra pessoa capturada do pelotão e que, por ora pelo menos, ainda estava viva.

– O que mais você precisa saber? – perguntou.

– No momento, mais nada – disse Dois. – Mas voltarei com mais perguntas. Nesse meio-tempo, Seis cuidará das suas necessidades. Eu lhe agradeço, tenente Lee, pela sua cooperação.

– É um prazer – respondeu Lee, ao que Dois deve ter se afastado do microfone para fazer o que quer que ele fazia, presumivelmente conversar com seus colegas conspiradores (que, pelo que Lee presumia, deviam ser outros cinco, no mínimo).

Ela ouviu enquanto Seis se deslocava pela sala.

– Você se incomoda se eu ficar falando? – perguntou Lee. – Sei que não pode responder, mas preciso admitir que todo este incidente está me deixando nervosa.

Então, começou a falar, principalmente sobre sua infância, enquanto Seis a alimentava, dava-lhe de beber e cuidava das necessidades de seu corpo. Após vinte minutos, Seis saiu e Lee se calou.

Foi a acústica da sala que lhe deu a ideia. Lee havia passado anos tocando e gravando música, e parte do trabalho era ter certeza de que o espaço, fosse onde fosse, não abafasse seu instrumento ou sua banda. Ela já havia tocado em muitos porões com paredes de pedra ou concreto, o suficiente para saber o quanto o som ecoado pelas paredes poderia atrapalhar a performance e também que materiais davam quais tipos de respostas sonoras. Era capaz de fechar os olhos, tocar uma nota num lugar e dizer, mais ou menos, o tamanho da sala, do que ela era feita e se havia ou não objetos que fizessem o som rebater. Infelizmente, não era boa o bastante para mapear a sala inteira assim.

Mas seu BrainPal era.

Ao longo daquelas duas horas e meia, Lee ficou falando, quase o tempo inteiro, e deslocando a cabeça o máximo que podia, arriscando ficar com o pescoço esfolado de tanto roçar na amarra. Enquanto falava, o BrainPal pegou os dados de sua voz (e da voz de Dois) e os usou para pintar uma imagem da sala, marcando cada superfície que ecoasse o som e registrando o atraso entre um ouvido e outro para localizá-la, acrescentando dados adicionais a fim de obter um retrato completo em áudio do espaço, de Seis e de todo o resto que estivesse ao alcance dos ouvidos.

O que Lee descobriu:

Em primeiro lugar, que Dois era um tablet (ou, melhor dizendo, falava com ela por meio de um) montado sobre uma mesa a um metro e meio de distância, diretamente à sua frente. Era a mesma mesa na qual Seis deixava as garrafas com as quais lhe dava sopa e água.

Em segundo lugar, que Seis era uma mulher, de cerca de 165 centímetros de altura e pesando uns 55 quilos. Quando Lee falou diretamente na cara de Seis, deu para dar uma boa "olhada" nela e chutar que devia ter cerca de quarenta a cinquenta anos de idade, presumindo que não fosse alguém que tivesse feito parte das FCD.

Em terceiro lugar, ao lado da cadeira, havia outra mesa, a menos de um metro de distância, sobre a qual repousavam uma espingarda e vários implementos cirúrgicos, bisturis e tesouras, o que confirmou para Lee que Dois havia mentido quando disse que não a torturaria e que era bem provável que ela não fosse sair viva daquela sala – e Hughes, idem.

O que Lee desconfiava: que Seis ia voltar em algum momento e Dois declararia, com pesar, que precisariam repassar as respostas, desta vez com algum incentivo adicional na forma de dor, e no final Lee receberia o tiro de espingarda enquanto Dois e seus amigos repassariam qualquer discrepância entre as histórias que ela contou e as de Hughes. Isso significava que Lee tinha um prazo indeterminado, porém curto, para escapar da cadeira, resgatar Hughes e fugir de onde estavam, fosse onde fosse.

Não tinha ideia de como ia fazer isso.

– Fala sério – disse ela para si mesma, batendo a nuca contra o encosto da cadeira o quanto dava, dentro das limitações da amarra no pescoço. Não era muita coisa, mas o suficiente para estalar as mandíbulas, cravando os incisivos esquerdos na ponta da língua. Houve uma pequena pontada de dor e então o gosto esquisito, sem nada metálico, do SmartBlood vazando da ferida.

Lee fez uma careta. Nunca conseguiu se acostumar ao gosto do SmartBlood. Era o material que as FCD usavam para substituir o sangue humano no corpo de seus soldados, por conta da capacidade superior de transporte de oxigênio. As máquinas nanobióticas ultrapassavam várias vezes as hemácias em termos dessa capacidade, o que significava que um soldado das FCD era capaz de sobreviver muito mais tempo do que um ser humano normal sem respirar. Também significava que o SmartBlood era capaz de ficar superoxigenado a ponto de os soldados das FCD, para quebrar o gelo em festas, obrigarem os nanorrobôs, que podiam ser programados via BrainPal, a se incinerarem num clarão. Era um modo surpreendentemente eficiente de se livrar de insetos hematófagos. Era só deixar que chupassem seu sangue e aí, quando fossem embora, incendiar o SmartBlood no corpo deles.

Ah, se pelo menos Seis fosse uma vampira, pensou Lee. *Aí ela ia ver só.* Então cuspiu, muito mal, o SmartBlood acumulado em sua boca, lambuzando seu pulso direito e as amarras em torno dele.

Olá, disse seu cérebro mais uma vez.

Nisso, a porta se abriu. Lee expandiu mais uma vez a janela visual da sala e começou a rastrear os novos sons e seus reflexos. Em alguns segundos, Seis apareceu, posicionando-se entre a cadeira na qual Lee estava amarrada e a mesa com a espingarda e implementos cirúrgicos. Lee "observou-a" quase desaparecer ao parar de se mover e cessar de fazer ruídos, exceto por sua respiração, até sua silhueta ressurgir assim que Dois se pronunciou de novo pelo PDA.

– Receio que eu tenha más notícias, tenente Lee – disse ele. – Eu levei as informações que você me deu aos meus colegas e embora muito me impressione a sua disposição em compartilhá-la, essa mesma disposição deixou o pessoal desconfiado. Eles acreditam que uma soldada das FCD jamais iria se voluntariar e entregar informações de bom grado como você fez, ainda mais esse tanto. Suspeitam que possa estar dizendo só parte da verdade ou deixando de dizer toda a verdade.

– Eu lhe disse tudo que sei – afirmou Lee, inserindo um quê de pânico na voz.

– Sei que sim – disse Dois. – E eu pessoalmente acredito em você. É por isso que ainda está viva, tenente. Mas meus colegas têm suas dúvidas. Perguntei para eles o que eu poderia fazer para dissipar esse ceticismo. Sugeriram que repassássemos as perguntas, mas agora com uma certa... urgência.

– Não gosto de como isso soa – disse Lee.

– Peço desculpas – disse Dois. – Eu lhe garanti que não iria torturá-la. Na hora, achei que isso fosse verdade. Lamento que não seja mais o caso.

Lee não respondeu nada. Sabia, a julgar por todas as indicações externas, que daria a impressão de estar segurando o choro.

– Seis tem experiência como profissional de medicina de algum destaque – disse Dois. – Garanto-lhe que você vai sofrer apenas a quantidade de dor necessária e nem um pouco a mais. Seis, pode começar.

Lee abriu a boca só o suficiente para oferecer o que esperava soar como um gemido assustado e lastimoso.

Seis foi até a mesa, apanhou um bisturi e o levou até o dedo anelar direito de Lee, inserindo a pontinha logo abaixo da unha.

Lee, que havia mordido a língua com alguma severidade por vários segundos, cuspiu uma gota de SmartBlood, cobrindo o próprio braço e a mão que manejava o bisturi. No reflexo do ruído da cusparada, pôde ver que o queixo de Seis se moveu de repente, como se a mulher tivesse inclinado a cabeça para olhar, perplexa, para Lee.

– Você vai fazer um barulho e tanto agora, Seis – disse Lee, comandando todo o SmartBlood cuspido para entrar em ignição o mais furiosamente possível.

Seis se tornou um ponto reluzente de barulho ao se atirar para trás, contorcendo-se e urrando, com a mão e o braço incinerados. Ela caiu, colidindo de costas com a mesa na qual estava o PDA de Dois. Ele caiu para a frente, deixando Dois no escuro quanto ao que aconteceu na sequência.

Lee também deu um urro de dor por conta do pouco de SmartBlood que havia caído em seu pulso e ardia horrores contra a pele. Então travou a mandíbula e começou a puxar com toda a força as amarras do pulso direito, enfraquecidas pelo SmartBlood que queimou suas fibras.

Uma puxada, duas puxadas, três... quatro. Houve o som de algo se rasgando, e o braço direito de Lee se libertou. Sem se dar ao trabalho de apagar o fogo em seu pulso ou descobrir os olhos, ela foi até a beirada da mesa, apanhou a tesoura e começou a cortar as outras amarras o mais rápido possível: pulso esquerdo, pescoço, cintura, tornozelos.

Foi só quando chegou aos tornozelos que Seis exclamou alguma coisa em meio aos gritos de dor. Chutou que a mulher havia finalmente descoberto o que Lee pretendia fazer e corrido até a mesa com a espingarda. Lee cortou a última das amarras e saltou na direção da mesa, mas era tarde demais. A espingarda estava na mão de Seis.

Lee gritou, agarrou o bisturi que Seis tinha deixado cair e deu um golpe ascendente, chegando ao alcance da espingarda e cravando a lâmina no abdome de Seis. A mulher soltou um som de surpresa por conta da dor aguda e lancinante, soltou a espingarda e caiu no chão.

Lee enfim removeu a venda, desligou o mapa sonoro e olhou, piscando, para Seis, que a encarava meio maravilhada. Estava toda ensanguentada, Lee reparou.

— Como você fez isso? — sussurrou Seis, em meio a tentativas agonizantes de respirar.

— Tenho bons ouvidos — respondeu Lee.

Seis nada tinha a dizer como resposta a isso ou a qualquer outra coisa.

Lee apanhou a espingarda, verificou a munição e rapidamente se posicionou à saída. Menos de vinte segundos depois, a porta se abriu de súbito e um homem entrou, com uma pistola pronta para atirar. Lee o abateu com um tiro no abdome e girou para mirar no outro homem no limiar, que foi atingido em cheio no peito. Ela soltou a espingarda descarregada, apanhou a pistola, verificou o pente e saiu.

Havia um corredor com outra porta, cinco metros à frente. Lee agarrou o segundo cadáver, arrastou-o pelo corredor atrás de si, abriu a porta com um chute e arremessou o corpo. Esperou até flagrar a segunda espingarda e então atirou no homem que ainda a empunhava. Ele caiu no chão. Lee reajustou a mira, visando o PDA posicionado sobre a mesa e o explodindo. Então entrou na sala e olhou para a cadeira, onde viu Hughes, nua, amarrada e compreensivelmente ansiosa.

— Cabo Hughes — disse Lee. — Como você está?

— Pronta pra *vazar* desta porra de cadeira, tenente — respondeu Hughes.

Lee foi até a mesa com os instrumentos cirúrgicos e cortou as amarras da colega. Hughes ergueu a venda e olhou, piscando, para sua tenente nua.

— Não esperava que fosse essa a primeira coisa que eu veria — disse Hughes para Lee.

— Para com isso — respondeu Lee, apontando para o cadáver do homem em quem havia atirado pela porta. — Pega a arma dele e vamos dar o fora daqui.

— Sim, senhora — disse Hughes, indo até o corpo.

— Como esse aqui se chamava? — perguntou Lee, apontando para o homem da espingarda.

– Um – disse Hughes. – Mas ele mesmo nunca disse nada. Nem sabia que era um homem até eu tirar a venda. Alguém que atendia por Dois o chamava assim.

Nisso, ela encontrou a pistola e verificou a munição.

– Certo – disse Lee. – Eu matei mais três, incluindo esse aqui e aquela que chamavam de Seis. Isso dá quatro mortos e pelo menos mais dois ainda vivos.

– A gente vai ficar esperando para conhecê-los? – perguntou Hughes. – Porque eu preferia evitar.

– Concordamos, então – disse Lee. – Vamos.

As duas passaram pela porta, e Hughes assumiu sua posição. Foram voltando pelo corredor, na direção de onde Lee tinha vindo. Havia mais uma porta a cinco metros passando pela de sua sala. Elas a abriram e encontraram o lugar vazio, exceto por uma cadeira e uma mancha de massa cinzenta e fluidos no chão.

– Jefferson – disse Lee. Hughes assentiu, desgostosa, e seguiram em frente.

Havia uma última porta próxima à escada. As duas a abriram com tudo e encontraram um pequeno escritório com um PDA sobre a mesa – e não muito além disso.

– Esta era a sala do Dois – disse Lee.

– Para onde esse filho da puta foi? – perguntou Hughes.

– Acho que o espantei quando botei fogo na amiga dele – disse Lee, depois apanhando o tablet. – Fica de olho na porta – disse a Hughes.

No PDA havia uma série de arquivos de vídeo de Lee, Hughes e Jefferson, além de outros documentos que não importavam para Lee. Ela correu os dedos por todos eles até chegar ao sistema de arquivos do aparelho, a fim de encontrar um programa específico.

– Achei! – exclamou e apertou o botão que apareceu na tela.

O BrainPal de Lee de repente disparou com uma longa lista de mensagens cada vez mais urgentes enviadas por seu sargento, seu capitão e pela própria *Tubingen*.

Hughes, que aparentemente recebeu uma série semelhante de mensagens, sorriu.

– Bom saber que sentiram saudades de nós.

– Faça questão de avisar onde estamos – ordenou Lee. – E obtenha a garantia deles de que vão arrasar este lugar se eu mandar.

– É pra já, senhora – disse Hughes.

As duas saíram do escritório e subiram as escadas, Lee levando o PDA consigo debaixo do braço. A escadaria dava para mais um corredor breve que parecia ser a ala de um hotel. Ambas soldadas seguiram em frente furtivamente, passaram por uma curva brusca e foram confrontadas por uma porta fechada. Lee fez um gesto com a cabeça para Hughes, que a abriu e seguiu adiante.

As duas foram parar na entrada lateral de um saguão repleto de pessoas mais velhas com um aspecto corpulento vestindo roupas normais e pessoas mais novas muito atraentes que não usavam quase roupa alguma.

– Onde diabos a gente está? – perguntou Hughes.

Lee deu risada.

– Puta merda – disse ela. – Era *mesmo* um bordel.

O saguão se calou no que as funcionárias do local e seus clientes em potencial pararam para encarar Lee e Hughes.

– *Que foi?* – esbravejou Hughes, enfim, sem abaixar a arma. – Nunca viram uma mulher pelada na vida?!

– Não acho que eu poderia contar essa história de outro jeito além de como já lhe contei três vezes, senhora – disse Lee à coronel Liz Egan. Do modo como compreendia as coisas, Egan era um tipo de contato com o Departamento de Estado, o qual tinha um interesse considerável por sua abdução e fuga.

– Só preciso saber se tem mais algum detalhe adicional que possa me dar em relação a essa figura que atende por Dois – disse Egan.

– Não, senhora – disse Lee. – Nunca o vi, nem o ouvi, exceto por sua voz fortemente distorcida, via PDA. Vocês têm todos os arquivos que produzi e todos os que estavam no tablet que eu trouxe. Não há mesmo mais nada que eu possa lhes dizer sobre ele.

– Ela – corrigiu Egan.

– Como é, senhora? – perguntou Lee.

– Ela – disse Egan. – Temos quase certeza de que Dois era Elyssia Gorham, a gerente do Flor de Lótus, o bordel onde vocês foram parar.

O escritório onde o PDA estava era dela, e ela seria bem capaz de manter bloqueado o acesso ao andar do subsolo onde estavam. As salas onde vocês três foram mantidos em cativeiro eram salas de funções particulares para clientes que gostavam de prazeres mais violentos ou queriam salas para eventos especiais que poderiam ser montadas e desmontadas às pressas, o que também explica os bloqueadores de sinal. O tipo de pessoa que aluga essas salas quer ter certeza de que sua privacidade está garantida. No geral, um lugar perfeito para esconder vocês três.

– Sabemos quem nos drogou, para começo de conversa? – perguntou Lee.

– A investigação nos levou ao barman da *hofbräuhaus* – disse Egan. – Ele falou que ofereceram um mês de salário para que colocasse drogas na bebida de vocês. Precisava do dinheiro, pelo visto, e é bom que tenha recebido, porque agora foi demitido.

– Nem sabia que era possível drogarem a gente – disse Lee. – Era para ser um dos benefícios do SmartBlood.

– É impossível drogar vocês com qualquer substância biológica – esclareceu Egan. – O que quer que tenham usado foi algo pensado para o SmartBlood. Algo em que precisaremos ficar de olho no futuro. O setor de Pesquisa e Desenvolvimento das FCD já foi avisado.

– Que bom – disse Lee.

– Falando ainda em SmartBlood, foi sagaz da sua parte o modo como incapacitou sua sequestradora – disse Egan. – A ideia de mapear os arredores por meio do som também foi um belo exemplo de raciocínio. Recomendei seu nome para uma condecoração por conta de ambas as atitudes. Infelizmente, não posso promovê-la.

– Obrigada, mas eu não ligo muito para condecorações ou promoções – disse Lee. – Quero saber mais sobre as pessoas que mataram Jefferson. Ao me interrogarem, perguntaram um monte de coisas sobre o que eu sabia dos grupos e movimentos separatistas que querem alinhar suas colônias com a Terra, em vez de com a União Colonial. Não sei nada sobre esse assunto, mas um dos nossos acabou morto por isso. Quero saber mais.

– Não tem muito o que dizer, na verdade – falou Egan. – É uma época estranha para a União Colonial. Estamos ocupados tentando nos reconciliar com a Terra. Nesse meio-tempo, nossas colônias estão tentando lidar com os eventos do melhor modo possível. Não há nenhum movimento separatista organizado, e a Terra não está ativamente tentando recrutar colônias. Até onde sabemos, é apenas a obra de grupos isolados. Esse daqui de Zhong Guo só era um pouco mais organizado.

– Ah – disse Lee. Sabia que a mulher estava mentindo, mas também sabia que não podia dizer nada.

Egan ficou em pé, e Lee se levantou para acompanhá-la.

– Em todo caso, tenente, não me parece ser nada para se preocupar no momento. Sua condecoração vem com duas semanas de licença desembarcada à sua escolha. Sugiro que aproveite em outro lugar que não Zhong Guo. E seria bom ficar longe de *hofbräuhauses* por ora também.

– Sim, senhora – disse Lee. – Bom conselho.

Ela prestou continência e observou enquanto Egan ia embora. Depois fechou os olhos e ficou escutando os sons da nave ao redor.

EPISÓDIO 9
OS OBSERVADORES

– Tenente Wilson – disse a embaixadora Ode Abumwe. – Pode entrar. Sente-se, por favor.

Harry Wilson entrou na cabine privativa de Abumwe a bordo da nova *Clarke*, que era ainda menor e menos confortável do que na espaçonave anterior.

– Que aconchegante – disse ele, enquanto se sentava.

– Se por "aconchegante", você quiser dizer "apinhado a ponto de ser ofensivo", então, sim, é exatamente isso – rebateu Abumwe. – Se quiser dizer de fato "aconchegante", então seus padrões de conforto pessoal deveriam ser mais altos.

– Eu de fato quis dizer o primeiro caso – Wilson lhe garantiu.

– Sim, bem – disse Abumwe. – Quando explodem a sua nave bem debaixo dos seus pés e a nave substituta tem meio século de idade e foi colada com arame e chiclete, você se vira com o que tem. – Ela gesticulou para as paredes. – A capitã Coloma me disse que este é, na verdade, um dos aposentos pessoais mais espaçosos da nave. Até maior que o dela. Não sei se é verdade.

– Eu tenho uma cabine de oficial – disse Wilson. – Deve ter um terço do tamanho desta. Tem espaço para eu me virar, mas não para abrir os dois braços em direções opostas. A do Hart é menor ainda, e ele tem que dividir com alguém. Ou os dois vão se matar ou começar a dormir juntos, simplesmente como manobra defensiva.

– Que bom que o sr. Schmidt está de férias, então.

– Sim – disse Wilson. – Ele me disse que planejava passá-las num quarto de hotel, sozinho, para variar um pouco.

– Como é romântica a vida diplomática, tenente Wilson – comentou Abumwe.

– É a vida com que todos sonham, senhora – disse Wilson.

Abumwe ficou encarando Wilson por um momento, como se estivesse levemente descrente de terem acabado de fazer uma piada autodepreciativa juntos. Wilson não poderia culpá-la pela descrença. Durante todo o tempo em que ele estava em missão com esse grupo, os dois nunca se deram muito bem. Ela era ácida e ameaçadora, e ele, sarcástico e irritante – além do mais, ambos tinham consciência de que, no grande esquema das coisas, estavam lá embaixo na escala diplomática. Mas essas últimas semanas tinham sido um período esquisito para todo mundo. Embora ainda não desse para descrevê-los como amistosos um com o outro, no mínimo se davam conta de que as circunstâncias os haviam colocado do mesmo lado, contra a maior parte do universo.

– Me diga, Wilson, você se lembra da vez que me lembrou de que tínhamos algo em comum? – Abumwe perguntou ao tenente.

Wilson franziu a testa, tentando lembrar.

– Claro – disse ele, após um minuto. – Somos da Terra, nós dois.

Abumwe assentiu.

– Isso – confirmou ela. – Você morou na Terra por 75 anos antes de entrar para as Forças Coloniais de Defesa. Eu emigrei quando era criança.

– Tenho a impressão de lembrar que você não ficou particularmente feliz de eu tê-la lembrado dessa conexão – disse Wilson.

Abumwe deu de ombros.

– Você fez essa conexão bem quando a Terra e a União Colonial se separaram – comentou ela. – Achei que estivesse tentando dar alguma indireta.

– Não estava tentando recrutá-la, juro – disse Wilson, arriscando uma gracinha.

– Não tive essa impressão – respondeu Abumwe. – Simplesmente achei que fosse uma piada de mau gosto.

– Ah – disse Wilson. – Entendi.

– Mas, pelo visto, essa conexão em comum nos colocou numa missão incomum – continuou Abumwe. Ela apanhou seu PDA, o ativou e pressionou a tela. No instante seguinte, o BrainPal de Wilson recebeu uma notificação em seu campo de visão. Abumwe lhe havia enviado um arquivo.

Wilson o descomprimiu e rapidamente o conferiu, fechando os olhos para se concentrar. Um minuto depois, ele sorriu.

– Os terráqueos estão vindo – falou.

– Isso mesmo – respondeu Abumwe. – A União Colonial está preocupada que a Terra ainda esteja desconfiada demais quanto à transparência de nossos negócios com eles. Sua preocupação é que o planeta, cedo ou tarde, vai querer continuar sozinho ou, pior ainda, começar a negociar com o Conclave e se unir a eles. Por isso, como gesto de boa vontade, a União Colonial vai permitir que um grupo de observadores tenha acesso direto a uma das negociações diplomáticas atuais, o que, no caso, significa as nossas conversas comerciais com os Burfinores. Me disseram que a própria secretária acredita que a minha conexão pessoal com a Terra, e a conexão da minha equipe, o que quer dizer *você*, terá um impacto significativo e positivo no relacionamento entre a União Colonial e a Terra.

– E você acredita nisso? – perguntou Wilson, abrindo os olhos.

– Claro que não – respondeu Abumwe. – Fomos escolhidos porque nossas negociações com os Burfinores são insignificantes. Dão uma boa impressão porque vamos negociar a tecnologia biomédica deles, que é bem impressionante se você nunca viu algo assim antes, como é o caso do povo da Terra. Mas não é um assunto particularmente delicado. Por isso não importa se os terráqueos vierem assistir. A parte de que temos história na Terra é só showzinho.

– Por acaso sabemos se esse pessoal é *mesmo* da Terra? – perguntou Wilson. – A capitã Coloma e eu tivemos um encontro com falsos terráqueos não faz muito tempo. As FCD estavam disfarçando ex-soldados como representantes da Terra a fim de caçar um espião. Já passaram a perna na gente antes, senhora. Precisamos ficar de olho, caso tentem fazer isso de novo e, se for o caso, entender por quê.

Abumwe sorriu, o que era um evento raro o suficiente para Wilson registrá-lo como especial.

– Você e eu pensamos o mesmo quanto a isso, e é por esse motivo que repassei essa história com o meu pessoal lá da Estação Fênix – disse ela. – Tudo que pude ver sobre essa gente confere. Mas não tenho a mesma familiaridade com a Terra que você, por isso talvez algo tenha me escapado. Você tem a ficha completa de todos os cinco membros da missão de observação. Dá uma olhada e me avisa se alguma coisa chamar a atenção.

– Entendi – disse Wilson. – Talvez a minha história pessoal realmente possa trabalhar a nosso favor agora.

– Sim – disse Abumwe. – E mais uma coisa, Wilson. Faz apenas uma década que você saiu da Terra. Ainda tem proximidade com o modo de pensar e fazer as coisas por lá, o suficiente para nos dar acesso privilegiado ao estado de espírito deles quanto à União Colonial e sua relação conosco.

– Bem, aí depende – falou Wilson. – Eu vim dos Estados Unidos. Se os observadores forem de outro país, não serei muito mais útil do que qualquer outra pessoa.

– Tem um deles que é estadunidense, acho – disse Abumwe. – Está nos arquivos. Pode ver. Se for o caso, faça amizade com esse indivíduo.

– Beleza – disse Wilson. – Esta é a parte em que lembro a você que minha tarefa oficial nesta missão é outra, sendo mais específico preciso examinar os equipamentos que os Burfinores vão nos dar.

– Claro – disse Abumwe, levemente irritada. – Faça o seu trabalho de verdade e faça o que pedi. Na verdade, combine as duas coisas e convide um dos observadores para ajudá-lo nos testes. Ganharemos pontos adicionais de transparência por isso. E vai aprender coisas sobre eles nesse meio-tempo.

– Vou espioná-los – rebateu Wilson.

– Prefiro usar o termo "observar" – disse Abumwe. – Afinal, estarão *nos* observando. Não há motivo para não fazermos o mesmo.

Os humanos da Terra constituíam um grupo cuidadosamente selecionado, cujos membros tinham sido escolhidos para representar um planeta inteiro, não apenas um único continente, interesse ou grupo político. Da Europa, veio Franz Meyer, um economista e escritor. A América do Sul enviou Luiza Carvalho, advogada e diplomata. Da África, Thierry Bourkou, engenheiro. A América do Norte ofereceu Danielle Lowen, médica. A Ásia apresentou Liŭ Cong, diplomata que era chefe da missão de observação.

O grupo teve uma recepção calorosa a bordo da *Clarke* por parte da embaixadora Abumwe e da oficial executiva Neva Balla, que depois apresentaram a própria equipe. Wilson foi o último a ser apresentado, como o contato entre a missão de observação e Abumwe.

– O que quer que vocês queiram ou qualquer dúvida que tiverem, Wilson está aqui para atendê-los – disse Abumwe.

O tenente assentiu com a cabeça e apertou a mão de Liu, abordando-o, conforme combinado com Abumwe, em mandarim padrão.

– Bem-vindos a bordo da nave. Mal posso esperar para ajudá-los como puder – disse ele ao diplomata.

Liu sorriu e olhou para Abumwe, depois voltou sua atenção para Wilson.

– Obrigado, tenente – disse ele. – Não fui avisado de que o senhor falava outro idioma.

Wilson esperou até que o BrainPal traduzisse o que foi dito e pensou numa resposta, então o computador traduziu a resposta e lhe deu a pronúncia, o que ele então arriscou.

– Não falo – disse Wilson. – O computador na minha cabeça consegue traduzir o que o senhor disse e me oferece uma resposta na mesma língua. Então pode falar comigo em qualquer língua que desejar. No entanto, peço que me permita responder em meu idioma, porque tenho certeza de que estou massacrando o seu agora.

Liu deu uma risada.

– E está massacrando mesmo – respondeu ele em inglês, sem sotaque. – Sua pronúncia é terrível, mas valorizo o esforço. Pode fazer o mesmo com os meus colegas?

Wilson podia e repetiu o truque tendo uma breve conversa em português brasileiro, árabe e alemão antes de voltar sua atenção para Lowen.

– Acredito que eu não precise fazer o truque de tradução com você – ele lhe disse.

– *Répétez, s'il vous plaît?* – disse Lowen.

– Ãããã – falou Wilson, se apressando para responder em francês.

– Não, não, estou só de brincadeira – disse Lowen, rapidamente. – Eu sou do Colorado.

– Faz trinta segundos que a gente se conhece e já sei que a senhorita tem um temperamento difícil, srta. Lowen – disse Wilson, testando-a.

– Prefiro descrevê-lo como desafiador, tenente Wilson – disse Lowen. – Imaginei que o senhor fosse conseguir lidar com ele.

– Não me incomoda – Wilson lhe garantiu.

– Seu sotaque me parece ser do centro-oeste – comentou Lowen. – Talvez Ohio?

– Indiana – corrigiu Wilson.

– Você ouviu a notícia dos Cubs? – perguntou Lowen.

Wilson sorriu.

– Ouvi alguma coisa a respeito, sim.

– Finalmente ganharam uma Série Mundial e o mundo não acabou – disse Lowen. – Todas aquelas profecias... arruinadas.

– Decepcionante, de verdade – disse Wilson.

– Não para mim – respondeu Lowen. – Todas as minhas coisas estão na Terra.

– Você e o tenente Wilson parecem estar se dando bem, dra. Lowen – disse Liu, observando o diálogo entre os dois.

– Parece que falamos a mesma língua, sim – respondeu Lowen.

– Então talvez não lhe seja muito incômodo se a senhorita for a nossa porta-voz com o tenente – disse Liu. – Seria mais fácil passarmos todas as nossas solicitações por meio de um único contato.

– Se preferir assim, embaixador Liu – disse Lowen, voltando-se para Wilson. – Funciona para o senhor, tenente?

– Todas as solicitações serão feitas em francês? – perguntou Wilson.

– Se o senhor estiver muito a fim de ouvir mais do que já ouviu do meu francês de ensino médio genuinamente medonho, então sim, sem problemas – respondeu Lowen.

– Negócio fechado – disse Wilson.

– *Merveilleux* – falou Lowen.

Wilson olhou de relance para Abumwe, cuja expressão parecia congelada num meio-termo entre graça e indignação. *Bem, você queria que eu me entrosasse com a americana*, pensou Wilson.

As negociações com os Burfinores não correram bem.

– Lamentamos informá-los de que a nossa ministra encarregada do comércio afirmou que as condições iniciais de nossa negociação são, a seu ver, excessivamente desfavoráveis para nós – disse Blblllblblb Dududu, nome cuja pronúncia mais precisa para um ser humano seria movendo rápido o dedo para frente e para trás sobre os lábios e depois cantarolando a segunda metade.

– É lamentável, de fato – respondeu Abumwe. Wilson, que estava nos fundos da sala de conferência, pronto para oferecer um relatório que ele então suspeitava não ser mais necessário, pôde ver o sinal na mandíbula de Abumwe que indicava a irritação da mulher com esse obstáculo inesperado, mas imaginava não ser perceptível para qualquer um que não tivesse convivido tanto tempo com ela. Pelo menos, nenhum dos observadores da Terra pareceu reparar. Estavam muito mais interessados em Dududu. Wilson lembrou que, para os terráqueos, ainda era novidade estar na companhia de uma espécie alienígena, e os Burfinores talvez fossem a primeira raça não humana inteligente que qualquer um deles já tivesse visto em pessoa. – Será que vossa excelência poderia nos oferecer mais um pouco de contexto quanto a essa mudança de opinião? – perguntou Abumwe.

– Não há dúvidas de que a União Colonial vai se beneficiar dos escâneres biomédicos que oferecemos a vocês – disse Dududu.

– Wilson? – disse Abumwe, sem olhar para ele.

– Eu fiz os diagnósticos preliminares sobre a máquina que nos foi dada para conferirmos – falou Wilson. – Tudo funcionou como anunciado, pelo menos durante o tempo que tive para trabalhar com ela, o que significa que ela opera numa capacidade diagnóstica de magnitude superior aos nossos próprios escâneres biológicos. Quero passar mais um tempo com o aparelho e ainda não cheguei a conferir os outros itens inclusos na negociação. Mas, num sentido geral, os escâneres fazem o que dizem e dizem o que fazem.

– Precisamente – disse Dududu. – São objetos de imenso valor às suas colônias.

– Assim como nossas espaçonaves para as suas – apontou Abumwe. A União Colonial esperava conseguir vender aos Burfinores cinco fragatas recentemente aposentadas em troca de várias centenas de escâneres.

– Mas há uma discrepância fundamental nas tecnologias, não há? – disse Dududu. – O que estamos oferecendo a vocês é tecnologia médica de ponta, ao passo que o que nos oferecem está a uma geração ou mais atrás das suas naves mais recentes.

– A tecnologia é robusta – insistiu Abumwe. – Gostaria de lembrá-lo que nós chegamos aqui numa nave de várias gerações anteriores em comparação com as naves que estamos oferecendo. Ainda está em condições de navegar e em bom estado de conservação.

– Sim, claro – disse Dududu. – Estamos cientes de que a *Clarke* é apresentada como a nave-propaganda para a mercadoria em desconto. Apesar disso, a ministra é da opinião de que há um desequilíbrio excessivo. Queremos uma renegociação.

– Esses são os termos que a ministra de vocês buscou originalmente – falou Abumwe. – Fazer essas alterações agora é bastante incomum.

Dududu puxou a base de seus pedúnculos oculares, com delicadeza.

– Acredito que a ministra é da opinião de que as circunstâncias mudaram.

Um dos olhos de Dududu, talvez inconscientemente, rotacionou para olhar os observadores terráqueos.

As implicações disso não escaparam a Abumwe, mas não havia nada que ela pudesse fazer no momento. Em vez disso, insistiu, com a esperança de que Dududu voltasse à chefe com uma solicitação para reconsiderar a alteração nas negociações. Dududu foi excessivamente educado e empático com sua contraparte humana, mas não prometeu nada.

Durante todo esse tempo, Liu e seus companheiros da Terra nada disseram, nem deram o menor indício do que poderiam estar pensando. Wilson tentou chamar a atenção de Lowen para ter uma ideia do que se passava pela cabeça dela, mas a mulher continuou concentrada no que estava à sua frente: Dududu.

As negociações do dia se encerraram logo depois, e os humanos embarcaram na nave de transporte de volta para a *Clarke*, frustrados e em silêncio, então se dispersaram no ancoradouro, ainda calados. Wilson observou

Abumwe ir embora, acompanhada de sua assistente. Os outros membros da equipe a bordo do transporte ficaram enrolando por ali, sem saber muito bem o que fazer, antes de também se separarem. Num dos cantos do ancoradouro, o contingente terráqueo se reuniu por um instante para conversar. Em certo momento, Lowen esticou o pescoço e olhou na direção de Wilson, que tentou não interpretar muito esse gesto.

Uma hora, o grupo se separou, e Liu e Lowen vieram caminhando na direção de Wilson.

– Saudações, terráqueos – disse Wilson.

Liu pareceu graciosamente perplexo, ao passo que Lowen sorriu.

– Quanto tempo você esperou para poder usar essa? – perguntou ela.

– Pelo menos uns doze anos – respondeu Wilson.

– Foi tão bom quanto o esperado? – perguntou Lowen.

– Ô, se foi – disse Wilson.

– Essa rodada de negociações de hoje foi bem interessante – comentou Liu, sendo diplomático.

– Dá para colocar nesses termos, sim – disse Wilson.

– Então, o que foi que aconteceu? – perguntou Lowen.

– Você quer saber por que um acordo comercial de rotina descarrilou, constrangendo a União Colonial na frente de um grupo de observadores que ela queria impressionar com seus dotes diplomáticos? – disse Wilson, reparando na expressão que Liu fez ao ouvir esse resumo dos eventos do dia, por mais discreto que ele fosse.

– Sim, esse seria o evento ao qual me refiro – disse Lowen.

– A resposta está implícita na pergunta – respondeu Wilson. – Vocês estavam lá. Os Burfinores sabem um pouco sobre a situação da União Colonial com a Terra. Imagino que tenham entendido que estaríamos dispostos a fazer qualquer negócio para não passar vergonha na frente de vocês.

– Não deu certo – disse Lowen.

– Sim, é – disse Wilson. – Os Burfinores não conhecem a embaixadora Abumwe muito bem. Ela é persistente e não gosta de surpresas.

– O que vai acontecer agora? – perguntou Liu.

– A minha expectativa é que a embaixadora volte amanhã, informe Dududu que os novos termos, quaisquer que sejam, serão inteiramente inaceitáveis e ameace, do modo mais educado possível, se recusar a fechar negócio – disse Wilson. – Então, o provável é que o nosso amigo Burfinor leve de volta a solicitação dos novos termos, porque, por mais legal que fosse a União Colonial colocar as mãos em uns escâneres biomédicos novinhos e maneiros, os Burfinores estão com uma potencial guerra de fronteira prestes a entrar em ebulição com os Erojs e têm poucas naves. Por isso precisam desse acordo mais do que nós, e são eles quem saem perdendo se não der certo.

– Interessante – comentou Liu, de novo.

– Não queríamos que vocês ficassem entediados – disse Wilson.

– Também não queriam que víssemos uma negociação diplomática em que a União Colonial estivesse em desvantagem – disse Lowen, olhando diretamente para Wilson.

– E isso surpreende vocês? – perguntou Wilson, encarando Liu e Lowen da mesma forma.

– Não – respondeu Liu. – Mas admito ter ficado um pouco surpreso por você ter assumido.

Wilson deu de ombros.

– Sou só um suporte técnico metido a besta, não um diplomata treinado – disse ele. – Tenho permissão para falar o óbvio.

– Sua chefe talvez não fique muito feliz por você dizer "o óbvio" para nós – apontou Lowen.

Liu abriu a boca antes que Wilson pudesse fazê-lo.

– Pelo contrário, acho que a embaixadora Abumwe sabia exatamente o que estava fazendo quando designou o tenente Wilson como nosso contato – continuou.

– Burrice não é uma das características dela – concordou Wilson.

– É o que venho percebendo – comentou Liu e então bocejou. – Peço desculpas – disse ele –, isso de viagem espacial ainda é novidade para mim, e descobri que ela me deixa exausto. Creio que eu vá descansar um pouco agora.

– O que vocês acharam dos seus aposentos? – perguntou Wilson.

– São aconchegantes – respondeu Liu.

– É um jeito diplomático de descrever – disse Wilson.

Liu deu uma risada.

– Sim, bem, esse é o *meu* trabalho – falou, depois pediu licença e se retirou.

– Sujeito gente boa – disse Wilson, enquanto ele saía.

– Um sujeito excelente – disse Lowen. – Um dos melhores diplomatas do mundo e uma das pessoas mais amáveis que dá para conhecer. Ele até cedeu a própria cabine particular para Franz e foi dividir o quarto com Thierry. Franz se sentiu um pouco claustrofóbico. Disse que já viu celas de prisão maiores que aquilo.

– O que é provavelmente verdade – disse Wilson.

– A ironia aqui é que quem vai sofrer mais nessa situação toda é Thierry – comentou Lowen. – Liu é brilhante e maravilhoso, mas também ronca que nem um trem de carga. Quem vai suportar isso agora é Thierry. Não fique surpreso se, ao longo dos próximos dias, ele parecer muito cansado.

– Você pode receitar algo para ele dormir – disse Wilson. – Você é médica, afinal.

– Não acho que meus privilégios médicos se estendam para além de Netuno – disse Lowen. – E, em todo caso, Franz viaja com um gerador de ruído branco para ajudá-lo a pegar no sono. Já foi emprestado para Thierry por ora. Acho que ele vai ficar bem. *Acho*.

– Que bom – disse Wilson. – E você? O que achou dos seus aposentos?

– Um lixo – respondeu Lowen. – E Luiza já tomou conta da parte de baixo do beliche.

– Que vida dura que você tem – comentou Wilson.

– Ah, se as pessoas soubessem... – disse Lowen. – Falando nisso, quem que eu preciso matar para arranjar um drinque por estas bandas?

– Por sorte, ninguém – disse Wilson. – Tem uma sala de recreação três andares abaixo. Eles oferecem uma seleção lamentável de cervejas leves e destilados de baixa qualidade.

– Posso dar um jeito nisso – disse Lowen. – Eu viajo com uma garrafa de uísque Laphroaig dezoito anos na minha bolsa.

– Isso não é necessariamente saudável – disse Wilson.

– Relaxa – disse Lowen. – Se eu fosse mesmo alcoólatra, teria trazido algo bem mais barato. Trouxe caso precisasse lamber vocês e fingir ser amigável e tal.

– Graças a Deus você não precisou fazer *isso* – comentou Wilson.

— Antes de chegarmos, pensei em perguntar se a embaixadora Abumwe não queria molhar o bico – disse Lowen. – Mas não sinto que ela é do tipo que gosta de uma boa lambeção.

— Acho que você fez uma leitura bem precisa da embaixadora – disse Wilson.

— Você, por outro lado – falou Lowen, apontando para ele.

— Eu adoro uma lambeção, dra. Lowen – Wilson lhe garantiu.

— Que ótimo – respondeu Lowen. – Primeira parada, o buraco que vocês aqui brincam de chamar de cabines dos oficiais. Segunda parada, a sala de recreação. Espero que ela seja maior.

A sala de recreação era maior, sim, mas não muito.

— Por acaso a União Colonial tem alguma coisa contra espaço pessoal? – perguntou Lowen, depositando o Laphroaig sobre a mesinha minúscula. A sala de recreação estava vazia, exceto pela presença de Lowen, Wilson e da garrafa de uísque escocês.

— É uma nave antiga – explicou Wilson, enquanto selecionava uma dupla de copos no armário do salão. – Antigamente, as pessoas eram menores e gostavam de ficar agarradinhas.

— Desconfio da veracidade dessa explicação – comentou Lowen.

— O que provavelmente é uma decisão sensata – disse Wilson, voltando até a mesa e depositando os copos. Eles fizeram um *clique* ao tocarem a superfície.

Lowen, intrigada, esticou a mão para apanhar um deles.

— Eles têm ímã – disse ela, levantando o copo.

— Sim – confirmou Wilson. – A gravidade artificial não costuma falhar do nada, mas é bom não ter copos flutuando por aí sem rumo.

— Mas e quanto ao conteúdo dos copos? – perguntou Lowen. – O que acontece com ele?

— A gente bebe freneticamente – respondeu Wilson, pegando seu copo e balançando na frente de Lowen. Ela lhe lançou um olhar sardônico, abriu o Laphroaig, serviu um dedo e meio para ele e uma quantidade igual para si. – À gravidade artificial – brindou.

— À gravidade artificial – disse Wilson.

E os dois beberam.

* * *

Segunda dose, alguns minutos depois.

– Então, é fácil? – perguntou Lowen.

– O que que é fácil? – rebateu Wilson.

Lowen gesticulou na direção do corpo dele.

– Ser verde – falou.

– Não acredito que você fez a piada do sapo Caco – disse Wilson.

– Eu sei – respondeu Lowen. – Jim Henson e várias gerações dos descendentes dele devem estar agora se revirando na tumba, a muitas dúzias de anos-luz de distância.

– É, *sim*, uma piada bem engraçada – disse Wilson. – Ou pelo menos era nas primeiras seiscentas vezes que a escutei.

– Mas é uma pergunta séria! – disse Lowen. – Pergunto de uma perspectiva de curiosidade médica, sabe. Quero saber se todos esses tais aperfeiçoamentos que eles dão para vocês, soldados das Forças Coloniais de Defesa, são mesmo isso tudo.

– Bem, para começar – disse Wilson. – Quantos anos parece que eu tenho?

Lowen ficou olhando-o.

– Sei lá, talvez vinte e dois? Vinte e cinco, no máximo? Isso de você ser verde confunde a minha percepção. Muito mais jovem que eu, e tenho trinta e cinco. Mas não é mais jovem que eu, não é?

– Tenho noventa – falou Wilson.

– Nem a pau – disse Lowen.

– Mais ou menos isso – confirmou Wilson. – Quando a gente fica esse tempo todo aqui fora, uma hora perde a conta, a não ser que pare para contar. Porque, enquanto se é das FCD, você não envelhece de fato.

– Como isso é possível? – perguntou Lowen. – A entropia funciona aqui, não? Ainda não quebraram toda a física?

Wilson estendeu o braço.

– Isso é uma falácia patética – disse ele. – Só porque pareço um ser humano não quer dizer que eu seja um. Este corpo tem mais material genético que não é estritamente humano do que material humano. E também tem uma forte integração de elementos cibernéticos. Meu corpo na verdade é um monte de nanorrobôs num fluido. Eu e todos os outros soldados das FCD somos ciborgues geneticamente modificados.

– Mas você ainda é *você*, não é? – perguntou Lowen. – Ainda é a mesma *pessoa* que era quando deixou a Terra, ainda é a mesma consciência.

– Isso é uma questão um tanto disputada entre soldados – disse Wilson, abaixando o braço. – Quando se é transferido para um novo corpo, a máquina que opera essa transferência faz parecer, pelo menos por um instante, que você está em dois corpos ao mesmo tempo. *Parece* que é você enquanto pessoa que está sendo transferido. Mas, da mesma forma, acho possível que sejam as memórias a ser transferidas para um cérebro especialmente preparado para recebê-las. Então ele desperta, e há diálogo o suficiente entre os dois cérebros separados para dar a *ilusão* de uma transferência antes de o antigo ser desligado.

– Nesse caso, você está de fato morto – comentou Lowen. – Você *de verdade*. E este aqui é um impostor.

– Correto. – Wilson deu mais um gole na bebida. – Quer dizer, as FCD poderiam mostrar para você os gráficos que demonstram uma transferência real de consciência, mas acho que é impossível criar um modelo exterior *real* de algo assim. Preciso aceitar a possibilidade de eu ser um falso Harry Wilson.

– E isso não o incomoda? – perguntou Lowen.

– Num sentido metafísico, claro que incomoda – disse Wilson. – Mas num sentido cotidiano, não penso muito nisso. Por dentro, tenho sim a *sensação* de que estou aqui há uns noventa anos, e no fim esta versão de mim mesmo gosta de continuar viva. Então...

– Nossa, essa conversa foi para lugares que eu não esperava – falou Lowen.

– Se acha isso estranho, então espera só até eu contar que, graças à mecânica do motor de salto, você na verdade está num universo inteiramente diferente e jamais poderá rever seus amigos e familiares – disse Wilson.

– Espera, o quê? – disse Lowen.

Wilson gesticulou na direção do Laphroaig e disse:

– Melhor se servir de mais uma dose.

* * *

Dose número quatro, algum tempo depois.

– Você sabe qual é o problema da União Colonial, não sabe? – perguntou Lowen.

– Só um problema? – respondeu Wilson.

– A arrogância! – exclamou Lowen, ignorando a pergunta de Wilson. – Que tipo de governo acredita que a decisão mais inteligente, a decisão mais prudente, a decisão mais *sábia* é manter um planeta inteiro em estado de desenvolvimento interrompido só para usá-lo como fonte de colonos e soldados?

– Se você espera que eu defenda as práticas da União Colonial, este vai ser um debate muito breve – disse Wilson.

– E não só qualquer planeta – disse Lowen, ignorando-o mais uma vez, o que o fez sorrir, porque claramente ela era do tipo que desabafa quando a bebida sobe. – Mas a Terra! Digo, sério, vocês estão de sacanagem comigo? O berço da vida humana no universo, o lugar de onde todos viemos, nosso planeta nativo, pelo amor. E aí alguns séculos atrás, alguns cuzões em Fênix pensaram: "Ei, pau no cu deles". Honestamente, o que vocês *acharam* que ia acontecer quando a gente descobrisse o quanto fomos sacaneados? E durante quanto tempo?

– Reitero meu comentário de que, se espera que eu defenda a União Colonial, você vai se decepcionar muito – disse Wilson.

– Mas você é um deles! – disse Lowen. – Sabe como pensam, pelo menos, não? Então, o que eles estavam pensando?

– Acho que estavam pensando que nunca precisariam lidar com a possibilidade de a Terra descobrir qualquer coisa – falou Wilson. – E, para sermos precisos aqui, a União Colonial fez *sim* um ótimo trabalho mantendo a Terra no escuro durante alguns séculos. Se não tivessem tentado matar um amigo meu, a família inteira dele *e* sua colônia por questões de vantagens políticas, provavelmente teriam conseguido se safar dessa.

– Espera aí – disse Lowen. – Você conhece John Perry?

– Saímos da Terra na mesma nave – explicou Wilson. – Éramos do mesmo grupo de amigos. Nós nos chamávamos de Velharias. Éramos sete na época, agora sobraram só três. Eu, John e Jesse Gonzales.

— Onde ela está agora? — perguntou Lowen.

— Na colônia de Erie — disse Wilson. — Eu e ela ficamos juntos por um tempo, mas aí ela quis sair das FCD e eu não. Ela se casou com um sujeito lá e teve duas filhas, gêmeas. Está feliz.

— Mas todo o resto já morreu — disse Lowen.

— Quando entramos, disseram que três quartos de nós estariam mortos dentro de dez anos — disse Wilson, parecendo meio distante por um momento, depois voltou-se para Lowen e sorriu. — Então, olhando estritamente para a porcentagem, as Velharias estão acima da média. — Ele bebeu um gole.

— Sinto muito ter trazido essas lembranças — disse Lowen, após um minuto.

— Estamos conversando e bebendo, dra. Lowen — falou Wilson. — É normal que lembranças venham à tona.

— Sabe, você pode me chamar de Danielle — disse Lowen. — Ou Dani. Os dois estão valendo. Acho que, se a gente já bebeu esse tanto de uísque juntos, podemos nos chamar pelo primeiro nome.

— Não vou reclamar — disse Wilson. — Pode me chamar de Harry.

— Olá, Harry.

— Olá, Dani.

Os dois então brindaram de novo.

— A escola onde fiz o ensino médio vai ser rebatizada em homenagem ao seu amigo — disse Lowen. — Costumava ser Hickenlooper High. Agora vai ser Perry High.

— Não existe homenagem maior que isso — falou Wilson.

— Na verdade isso me irritou um pouco — disse Lowen. — Recebo mensagens que dizem "Saudações, ex-alunos da Perry" e eu fico, tipo, "Como é que é? Eu nunca estudei lá".

— Pelo que conheço do John, ele ficaria um tanto constrangido por sua escola ter mudado de nome contra a sua vontade — disse Wilson.

— Bem, para sermos justos, o homem *de fato* libertou meu planeta inteiro da campanha sistemática de repressão e engenharia social de séculos da União Colonial — comentou Lowen. — Então acho que eu não devia reclamar por causa da escola.

— Provavelmente não — concordou Wilson.

– Mas isso nos leva de volta à pergunta: o que diabos a União Colonial estava pensando? – perguntou Lowen.

– Você quer uma resposta séria? – perguntou Wilson.

– Claro, se não for complicada demais – disse Lowen. – Estou um pouco bêbada.

– Vou usar palavras simples – prometeu Wilson. – Eu apostaria que, no começo, a União Colonial se justificava dizendo que estava protegendo a Terra ao tirar o foco dela e se concentrar nos planetas da UC, além de ajudar a humanidade no geral ao usar o planeta no auxílio das colônias para que crescessem o mais rápido possível com novos imigrantes e soldados.

– Então, foi assim a princípio – disse Lowen. – E depois?

– Depois? Força do hábito – disse Wilson.

Lowen piscou.

– "Hábito"? Só isso? É só o que você tem a me dizer?

Wilson deu de ombros.

– Não disse que era uma *boa* resposta – comentou. – Só a resposta séria.

– Que bom que sou diplomata – disse Lowen. – Do contrário, eu lhe diria o que penso *de verdade* disso.

– Eu posso adivinhar – disse Wilson.

– E o que *você* pensa, Harry? – perguntou Lowen. – Acha que a Terra e a União Colonial deveriam formar uma aliança? Depois de tudo que aconteceu?

– Não tenho certeza se sou a pessoa mais qualificada para responder – disse Wilson.

– Ah, faça-me o favor – disse Lowen, gesticulando para as paredes da sala de recreação, cuja população ainda estava limitada aos dois e ao Laphroaig. – Estamos só eu e você aqui.

– Acho que há um universo assustador lá fora – disse Wilson. – E não tem lá muitos humanos nele.

– Mas e quanto ao Conclave? – perguntou Lowen. – Quatrocentas raças alienígenas que não estão ativamente tentando se matar. Isso não deixa as coisas um pouco menos assustadoras?

– Para aquelas quatrocentas raças? Claro – falou Wilson. – Enquanto durar. Para todo o resto? Ainda é assustador.

— Você tem uma perspectiva muito alto-astral — disse Lowen.
— Eu prefiro o rótulo de "realista" — disse Wilson.

Seis doses, mais tarde ainda.
— Você é todo verde? — perguntou Lowen.
— Como é? — disse Wilson.
— Estou perguntando por motivos puramente científicos — disse Lowen.
— Obrigado — respondeu Wilson, com um tom de voz seco. — Ajudou muito.
— Digo, a não ser que você prefira que eu pergunte por motivos não científicos — disse Lowen.
— Oras, dra. Lowen... — Wilson fingiu estar chocado. — Eu não sou esse tipo de rapaz.
— Mais uma vez, eu duvido — disse Lowen.
— É o seguinte — disse Wilson. — Repita essa pergunta para mim outra hora, quando você não tiver acabado de consumir uma porção substancial de uma garrafa de uísque escocês *single malt* de uma só vez. Se sentir essa mesma inclinação, talvez tire de mim uma resposta diferente.
— Está bem — disse Lowen, azeda, olhando então para Wilson do mesmo modo que uma coruja olharia. — Você não está bêbado — observou ela.
— Não — respondeu Wilson.
— Você bebeu tanto quanto eu, e estou para lá de Bagdá — disse ela. — Mesmo contando com a diferença de massa corporal, já deveria estar mamado também.
— Os benefícios do novo corpo — disse Wilson. — Uma tolerância muito maior para álcool. É mais complicado do que isso, mas já está tarde e você está bêbada, por isso vou deixar para amanhã. Falando nisso, já é hora de você entrar no seu buraco, se quiser assistir às negociações de amanhã sem ressaca. — Ele se levantou e ofereceu a mão para Lowen.
Ela a segurou, vacilando de leve.
— Nossa — falou. — Alguém mexeu na gravidade artificial.
— Sim — disse Wilson. — Foi isso mesmo. Vamos.
Ele a acompanhou pelos corredores, subindo os três deques até as cabines que a capitã Coloma havia designado para os observadores.
— Quase lá — disse Wilson a Lowen.

– Já não era sem tempo – respondeu Lowen. – Acho que você me trouxe pela rota panorâmica. A que gira um pouco.

– Talvez seja melhor eu trazer uma água para você – disse Wilson. – E umas bolachas.

– Ótima ideia – disse Lowen, tomando um pequeno susto quando a porta de uma das cabines se abriu e colidiu contra o batente.

Wilson olhou na direção do barulho e viu Thierry Bourkou parecendo agitado.

– Está tudo bem, sr. Bourkou? – perguntou.

O homem olhou para Wilson, viu Lowen em seus braços e correu na direção dela.

– Dani, Dani, vem rápido – disse ele. – É o Cong.

– O que tem Cong? – perguntou Lowen, menos cansada e com a voz menos pastosa do que antes. Wilson pôde ver o pânico no rosto do colega e o tom de alarme na voz dele a fazendo recuperar a sobriedade. – O que foi?

– Ele não está respirando – disse Bourkou. – Está azul e sem respirar. – Ele apanhou a mão de Lowen e a puxou até chegar à cabine, atravessando o corredor. – Não está respirando e acho que talvez esteja morto.

– Ele estava ótimo quando deitou – disse Bourkou. – Nós dois estávamos cansados, então decidimos cochilar ao mesmo tempo. Aí ele começou a roncar e eu liguei a máquina de ruído branco. Então peguei no sono. Quando acordei, falei que ia buscar um chá e perguntei se ele queria também. Não tive resposta, então fui acordá-lo. Foi quando reparei que os lábios dele estavam azuis.

Todos os observadores estavam na enfermaria da *Clarke*, junto de Wilson, Abumwe, a capitã Coloma e a dra. Inge Stone, médica-chefe oficial da nave. Liu também estava ali, sobre uma maca.

– Por acaso ele disse qualquer coisa além de que estava cansado? – perguntou Stone a Bourkou. – Reclamou de dor ou mal-estar?

Bourkou balançou a cabeça.

– Conheço Cong há dez anos – disse ele. – Sempre foi saudável. O pior que já lhe aconteceu foi a vez que quebrou o pé porque uma moto passou por cima enquanto atravessava a rua.

– O que aconteceu com ele? – perguntou Franz Meyer. Entre os observadores, era o diplomata de posição mais elevada, depois de Liu.

– Difícil dizer – respondeu Stone. – Quase parece intoxicação por monóxido de carbono, mas não faz sentido. O sr. Bourkou aqui não sofreu efeito algum, o que não teria sido o caso se fosse isso. E, de qualquer forma, não há nada naquelas cabines que possa gerar ou expelir esse gás.

– E quanto ao gerador de ruído branco? – perguntou Lowen, já alerta graças a uma combinação de cafeína, ibuprofeno e nervosismo. – Será que não poderia ter feito isso?

– Claro que não – disse Meyer, quase com desdém. – Ele não tem mecanismo além dos alto-falantes. A única coisa que produz é ruído branco.

– Ele tinha alguma alergia ou era sensível a alguma coisa? – perguntou Stone.

Meyer balançou a cabeça desta vez.

– Tinha intolerância à lactose, mas isso não mata. No mais, não era alérgico a nada. Ele é, como Thierry disse, um homem saudável. *Era* um homem saudável.

– Será que não estamos deixando algo de lado? – perguntou Luiza Carvalho. Todo mundo olhou para ela; era a primeira vez que se pronunciava desde que o grupo tinha se reunido ali na enfermaria.

– Tipo o quê? – perguntou Coloma.

– A possibilidade de que não tenha sido uma morte natural – disse Carvalho. – Cong era um homem saudável, sem questões preexistentes de saúde.

– Com todo o respeito, srta. Carvalho, essa possibilidade está um pouco além de onde precisamos ir atrás de explicações – disse Stone. – É mais provável que o sr. Liu tenha sido vítima de uma doença não diagnosticada. Não é incomum, ainda mais com pessoas que até então pareciam superficialmente saudáveis. A ausência de problemas óbvios de saúde significa que não vão ao médico com a mesma frequência que os outros. Isso faz com que problemas menos óbvios as peguem desprevenidas.

– Compreendo que a explicação mais simples costume ser a mais correta – disse Carvalho. – É claro. Mas também sei que, lá no meu país natal, o Brasil, houve um retorno do envenenamento como método de assassinato. No ano passado, um senador do Mato Grosso foi morto com arsênico.

– Assassinato político? – perguntou Abumwe.

– Não – admitiu Carvalho. – Ele foi envenenado pela esposa por dormir com uma das assessoras legislativas.

– Não quero ser indelicada, mas podemos presumir que essa situação não se adequa ao que aconteceu aqui? – perguntou Abumwe.

Meyer olhou ao redor, para os colegas.

– Com certeza nenhum de nós estava dormindo com Cong – disse ele à embaixadora. – Também tenho certeza de que nenhum de nós tinha qualquer motivação profissional para desejar a morte dele. Com a exceção de Thierry, nem sequer o conhecíamos antes desta missão. Os critérios de seleção para a missão foram mais políticos do que qualquer coisa. Todos representamos diferentes interesses políticos lá na Terra, por isso não havia competição direta ou inveja profissional.

– Todas as suas facções se dão bem? – perguntou Wilson.

– Em sua maior parte, sim – respondeu Meyer, apontando depois para Lowen. – A dra. Lowen representa os interesses dos EUA aqui, e os Estados Unidos, para bem ou para mal, ainda mantêm uma posição primária na disputa pela política global, ainda mais depois do incidente com Perry. Os outros interesses políticos buscam minimizar a influência deles sobre esta missão, que é o motivo de Liu Cong ter sido selecionado para chefiá-la, apesar das objeções dos estadunidenses, e também o motivo de a representante dos EUA, e aqui eu peço desculpas, Dani, ser a mais júnior entre todos. Mas nada disso chega ao ponto dessa baixaria.

– E eu passei várias horas com o tenente Wilson aqui, em todo caso – disse Lowen, o que fez com que tanto Meyer quanto Abumwe torcessem o nariz. – Cong me pediu para conhecer melhor nosso contato da União Colonial, para que tivéssemos uma melhor compreensão do terreno. E foi o que fiz. – Ela se voltou para Wilson. – Sem querer ofender – falou.

– Não me ofendi – disse Wilson, achando graça.

– Então parece que envenenamento ou assassinato estão fora de questão.

– A não ser que seja alguém do lado da União Colonial – disse Carvalho.

Abumwe, Wilson e Coloma se entreolharam, o que não passou despercebido.

– Beleza, o que foi isso? – perguntou Lowen.

— Quer dizer os olhares súbitos e significativos? — perguntou Wilson, antes que Coloma ou Abumwe pudessem dizer qualquer coisa.

— Sim, é disso que estou falando — respondeu Lowen.

— Tivemos alguns incidentes de sabotagem nos últimos tempos — disse Abumwe, lançando um olhar irritado para Wilson.

— A bordo desta nave? — perguntou Meyer.

— Não com origem nesta nave, não — disse Coloma. — Mas a afetou, sim.

— E vocês acham que pode estar acontecendo de novo? — perguntou Meyer.

— Eu duvido — disse Abumwe.

— Mas não dá para ter 100% de certeza — insistiu Meyer.

— Não, não dá — admitiu Abumwe.

— O que foi que eu perdi? — perguntou Stone para Abumwe e Coloma.

— Depois, Inge — disse Coloma. Stone fechou a boca, desgostosa.

— Acho que temos um problema em potencial aqui — disse Meyer.

— E o que sugere que façamos a respeito? — perguntou Abumwe.

— Acho que precisamos de uma autópsia — falou Meyer. — Quanto antes, melhor.

— A dra. Stone com certeza é capaz de realizar uma autópsia — disse Coloma, franzindo o cenho depois que Meyer balançou a cabeça. — Não seria aceitável?

— Não se ela fizer sozinha — disse Meyer. — Sem querer ofender a doutora, mas este pode acabar se tornando um evento politicamente delicado. Se houver alguém na União Colonial sabotando seus esforços, então todo o aparato da UC se torna suspeito. Não tenho dúvida alguma de que a dra. Stone fará um excelente trabalho com a autópsia. Também não tenho dúvida de que há políticos lá na Terra que olhariam desconfiados para uma médica da União Colonial limpando a barra da organização por conta da morte suspeita de um diplomata terráqueo e usariam isso para promover as próprias pautas políticas, sejam lá quais forem.

— Temos um problema, então — disse Stone. — Porque toda a nossa equipe é da União Colonial também.

Meyer olhou para Lowen, que assentiu.

— Eu farei a autópsia com você — disse ela a Stone.

Stone piscou e perguntou:

— Você é médica?

Lowen fez que sim com a cabeça.

— Universidade da Pensilvânia — disse. — Especializada em hematologia e nefrologia. Pratiquei minha especialidade durante cerca de três meses antes de entrar para o Departamento de Estado como consultora.

— A dra. Lowen está ocultando o fato de que o pai dela é o secretário de Estado dos EUA, Saul Lowen — disse Meyer, com um sorriso. — E que ela foi mais ou menos coagida para esse papel por ele, o que não diminui os próprios talentos.

— Em todo caso — disse Lowen, um pouco constrangida pelo comentário de Meyer —, tenho o diploma e tenho a experiência. Cá entre nós, posso garantir que ninguém vai reclamar do resultado da autópsia.

Stone olhou para Coloma, que olhou para Abumwe. A embaixadora assentiu. E Coloma, idem.

— Tudo bem — disse ela. — Quando vocês querem começar?

— Eu preciso dormir — disse Lowen. — Acho que todos nos beneficiaríamos de uma noite de sono. Temos um dia agitado amanhã. — Stone assentiu, então todos os observadores da Terra pediram licença e foram para suas cabines.

— O que diabos você tinha na cabeça? — Coloma perguntou a Wilson depois que todos saíram.

— Você se refere a deixá-los saberem da sabotagem? — perguntou Wilson, ao que Coloma assentiu. — Olha, eles já nos flagraram reagindo. Sabiam que tinha algo acontecendo. A gente ou poderia mentir porcamente, o que os faria desconfiar de nós, ou contar a verdade e ganhar um pouco de confiança. O líder da missão deles morreu e não sabemos o porquê. Precisamos de toda confiança que conseguirmos.

— Da próxima vez que você sentir vontade de tomar decisões diplomáticas, confira comigo primeiro — disse Abumwe. — Já fez isso antes, então sei que é capaz de fazer agora. Esta missão não é sua e não cabe a você decidir o que vamos ou não dizer a eles.

— Sim, senhora embaixadora — disse Wilson. — Eu não estava intencionalmente tentando dificultar o seu trabalho.

— Tenente, eu não dou a mínima quanto às suas *intenções* — retrucou Abumwe. — Achei que já soubesse disso a essa altura.

— Eu sei, sim — disse Wilson. — Peço desculpas.

— Está dispensado, Wilson — disse Abumwe. — Os adultos precisam conversar a sós.

Então ela se virou para Coloma e Stone. Wilson aproveitou a deixa e saiu. Lowen estava esperando por ele no corredor.

— Era para você estar dormindo — disse Wilson.

— Queria pedir desculpas — respondeu Lowen. — Tenho quase certeza de que o que eu disse sobre ter passado tempo com você pegou mal.

— A parte em que você disse que passou tempo comigo sob ordens de Liu — disse Wilson.

— É, isso — confirmou Lowen.

— Melhora se eu contar que minha chefe também mandou eu passar um tempo com você? — perguntou Wilson.

— Não muito — disse Lowen.

— Não vou admitir, então — disse Wilson. — Pelo menos não até você ter tempo de se recompor.

— Obrigada — disse Lowen, cinicamente.

Wilson estendeu a mão e tocou o braço de Lowen, num gesto compassivo.

— Beleza, falando sério — disse ele. — Como você está?

— Ah, sabe como é — falou Lowen. — Meu chefe morreu, e ele era um sujeito muito bacana e amanhã vou precisar cortá-lo para ver se ele foi assassinado. Estou *ótima*.

— Vamos — disse Wilson, envolvendo-a com o braço. — Eu levo você até sua cabine.

— Sua chefe mandou você fazer isso? — perguntou Lowen, de brincadeira.

— Não — disse Wilson, falando sério. — Essa é por minha conta.

A irritação suprema de Abumwe, primeiro pelo estado das negociações comerciais ao término do primeiro dia e depois pela morte de Liu Cong e suas possíveis implicações, ficou evidente no segundo dia. Abumwe começou arrastando a cara de Dududu no asfalto, numa demonstração brilhante de formalidades venenosas, do tipo que Wilson nunca havia visto na vida. Dududu e seus colegas começaram de fato a se contorcer de constrangimento à moda burfinor, o que Wilson decidiu que parecia mais uma contração escrotal do que qualquer outra coisa.

Ao assistir à embaixadora fazer seu trabalho com o que parecia ser quase uma alegria vingativa, ele percebeu o claro equívoco de seu desejo de longa data de que, uma hora, Abumwe de fato *relaxasse*. Era uma pessoa que operava melhor e com maior eficiência quando estava verdadeira e genuinamente puta da cara. Querer que ela se acalmasse era como desejar que um predador do topo da cadeia alimentar passasse a se alimentar de grãos. Era não entender como as coisas funcionam.

Uma notificação chegou no BrainPal de Wilson, sem que ninguém das partes negociantes visse. Era Lowen. *Pode falar?* dizia a mensagem.

[Eu não, mas você pode], enviou Wilson. *[Suas mensagens estão vindo pelo meu BrainPal. Ninguém mais vai perceber.]*

Espera aí, vou mudar para o modo de áudio, escreveu Lowen, e então sua voz foi transmitida para a cabeça dele.

— Acho que temos um problemão — disse ela.

[Defina "problemão"], enviou Wilson.

— Concluímos a autópsia — disse Lowen. — Fisicamente, não havia nada de errado com Cong. Tudo parecia tão saudável e perto da perfeição quanto qualquer homem da idade dele. Não há ruptura alguma ou aneurisma, nenhuma lesão ou escarificação nos órgãos. Nada. Não tem motivo para ele estar morto.

[Isso indica o envolvimento de alguém para você?], enviou Wilson.

— Sim — disse Lowen. — E tem mais uma coisa, que é o motivo de eu estar falando com você. Coletei um pouco do sangue dele para testar e estou vendo várias anomalias nele. Há uma concentração de partículas estranhas que nunca vi antes.

[Compostos tóxicos?], perguntou Wilson.

— Acho que não — respondeu Lowen.

[Você mostrou para Stone?], perguntou Wilson.

— Ainda não — disse Lowen. — Achei que seria mais útil falar com você, na verdade. Pode receber imagens?

[Manda], enviou Wilson.

– Beleza, enviando agora – disse Lowen. Uma notificação de imagem recebida piscou na visão periférica de Wilson e ele a abriu.

[São hemácias], enviou Wilson.

– Não são só hemácias – disse Lowen.

Wilson prestou atenção de perto e viu umas manchas em meio às células. Ao ampliar, as manchas aumentaram de tamanho e ganharam detalhes. Ele franziu a testa e puxou uma imagem separada a fim de comparar as duas.

[Parecem nanorrobôs do SmartBlood], enfim enviou.

– É o que achei que pudessem ser – disse Lowen. – E isso é péssimo. Porque não era para elas estarem ali. Assim como não era para Cong estar morto. Se você tem alguém que não era para estar morto e nenhum motivo físico para a pessoa ter morrido, além de uma alta concentração de um material estranho no sangue do indivíduo, não é difícil deduzir que uma coisa tem a ver com a outra.

[Então você acha que foi alguém da União Colonial que fez isso?], enviou Wilson.

– Não faço ideia de quem é o responsável – respondeu Lowen. – Só sei o que parece.

Wilson não tinha nada a dizer em resposta.

– Vou contar para Stone o que descobri e então terei de contar para Franz – disse Lowen. – Tenho certeza de que Stone vai contar para Coloma e Abumwe. Temos cerca de uma hora até isso tudo ir pelos ares.

[Beleza], enviou Wilson.

– Se você conseguir pensar em alguma coisa entre agora e mais tarde que possa evitar que tudo vá para o inferno, eu não acharia ruim – falou Lowen.

[Vou ver o que posso fazer], enviou Wilson.

– Desculpa, Harry – disse Lowen e desligou.

Wilson ficou sentado em silêncio por um momento, observando Abumwe e Dududu enquanto os dois dançavam sua valsa diplomática verbal, que girava em torno do equilíbrio comercial correto entre espaçonaves e escâneres biomédicos. Então ele mandou uma mensagem de alta prioridade para o tablet de Abumwe.

[Faça uma pausa de dez minutos], dizia. *[Confie em mim.]*

Abumwe demorou uns minutos para reconhecer a chegada da mensagem de alta prioridade, pois estava ocupada demais massacrando Dududu. Quando o representante dos Burfinores enfim conseguiu responder de ponta a ponta, ela olhou de relance para o PDA e depois para Wilson, com uma expressão quase imperceptível e que ninguém mais teria registrado de "Puta que pariu, você só pode estar de sacanagem". Wilson respondeu a essa expressão com outra igualmente sutil, com a qual ele esperava transmitir a mensagem de "Puta que pariu, eu não estou de sacanagem". Abumwe o encarou durante mais um segundo, então interrompeu Dududu para pedir um breve intervalo. Dududu, frustrado porque achava que estava indo bem, concordou. Abumwe gesticulou para que Wilson a acompanhasse até o corredor.

– Parece que você não se lembra da nossa discussão da noite passada – disse ela.

– Lowen encontrou o que parecem nanorrobôs de SmartBlood no sangue de Liu – disse Wilson, ignorando a declaração de Abumwe. – Caso Stone não lhe tenha atualizado a respeito disso, você vai receber a mensagem em breve. E Meyer também, e o resto dos observadores.

– E daí? – disse Abumwe. – Não que eu não ligue, mas Liu morreu e essas negociações não. Você não precisa me interromper para dar uma atualização que eu já receberia de qualquer jeito.

– Não a interrompi por isso – rebateu Wilson. – Eu a interrompi porque preciso que você me empreste a unidade-teste do escâner de novo. Imediatamente.

– Por quê? – perguntou Abumwe.

– Porque acho que tem algo muito suspeito quanto à presença de nanorrobôs de SmartBlood na corrente sanguínea de Liu, e queria poder olhar melhor – respondeu Wilson. – O equipamento na enfermaria é padrão de fábrica de quando a *Clarke* saiu da linha de montagem, cinquenta anos atrás. Precisamos de ferramentas melhores.

– E você precisa agora por quê? – perguntou Abumwe.

– Porque quando terminarmos as negociações de hoje, a merda vai bater no ventilador – disse Wilson. – Embaixadora, um diplomata da Terra morreu e parece que foi culpa da União Colonial. Quando Meyer e o restante dos observadores retornarem à *Clarke*, vão mandar um drone de volta à Estação Fênix e à missão terráquea lá. Vão ser chamados de volta e seremos obrigados a conduzi-los imediatamente. Então, isso vai fazer sua negociação fracassar e ampliar a divisão entre a Terra e a União Colonial, e a culpa toda vai recair sobre nós. De novo.

– A não ser que você consiga dar um jeito de entender o que aconteceu antes disso – respondeu Abumwe.

– Sim – disse Wilson. – SmartBlood é tecnologia, embaixadora, e tecnologia é o que eu faço. E já sei como operar essas máquinas, porque trabalhei com elas enquanto estava avaliando. Mas preciso de uma *agora*. E preciso que você arranje uma para mim.

– Acha que vai dar certo? – perguntou Abumwe.

Wilson gesticulou de um jeito que transmitia uma mensagem de "talvez?" e disse:

– Sei que, se a gente não tentar, então estaremos ferrados. É um tiro no escuro, mas ainda assim é um tiro.

Abumwe pegou seu tablet e abriu uma linha com Hillary Drolet, sua assistente.

– Fale para Dududu que eu preciso vê-lo no salão. Agora. – Ela cortou a conexão e voltou-se para Wilson. – Quer mais alguma coisa? Já que estou atendendo a pedidos.

– Preciso pegar a nave de transporte emprestada para voltar à *Clarke* – disse Wilson. – Quero que Lowen e Stone me observem para que não haja dúvida quanto ao que eu encontrar.

– Está bem – disse Abumwe.

– Também gostaria que você enrolasse as negociações de hoje o máximo que puder – disse Wilson.

– Não acho que isso vá ser um problema – respondeu Abumwe.

Dududu apareceu no corredor, sacudindo os pedúnculos oculares como quem pede desculpas.

– E, se for possível, talvez você queira fechar negócio hoje – disse Wilson, olhando para Dududu. – Só para garantir.

– Tenente Wilson, eu já estou muito à sua frente nessa questão – respondeu Abumwe.

* * *

– Alguém nesta sala é o assassino! – declarou Wilson.

– Por favor, não diga isso quando eles chegarem – disse Lowen.

– É por isso que estou dizendo agora – respondeu Wilson.

Wilson, Lowen e Stone estavam na enfermaria, esperando Abumwe, Meyer, Bourkou e Coloma. Coloma estava vindo da ponte, e os outros, do transporte que havia acabado de atracar.

– Estão a caminho – disse Lowen, olhando para seu PDA. – Franz disse que encerraram as negociações hoje também. Parece que Abumwe conseguiu um ótimo negócio pelos escâneres.

– Ótimo – disse Wilson, dando uns tapinhas no aparelho que ele estava usando. – Talvez isso signifique que eu possa levar o meu para casa. Que coisa bacana.

Coloma chegou. Abumwe, Meyer e Bourkou vieram logo em seguida.

– Agora que todo mundo está aqui, vamos começar – declarou Wilson. – Se conferirem seus PDAs, verão que mandei algumas imagens para vocês. – Todos na sala, exceto Wilson, Stone e Lowen, pegaram seus tablets. – O que veem é uma amostra do sangue de Liu Cong. Nela, dá para ver hemácias e linfócitos, plaquetas e mais uma outra coisa. Essa outra coisa parece ser nanorrobôs de SmartBlood. Para vocês que são da Terra, SmartBlood é a substância não orgânica que substitui o sangue nos soldados das Forças Coloniais de Defesa. Ele tem propriedades superiores de transporte de oxigênio e outros benefícios.

– Como isso foi parar no sangue dele? – perguntou Meyer.

– É uma pergunta interessante – respondeu Wilson. – Quase tão interessante quanto minha outra pergunta, que é *quando* isso foi parar no sangue dele.

– Se é um produto da União Colonial, me parece que teria entrado na corrente sanguínea depois de chegar aqui – comentou Bourkou.

– Eu pensei nisso também – disse Wilson. – Mas aí dei uma olhada mais detida nos nanorrobôs. Podem olhar a segunda imagem que mandei para vocês.

Eles pegaram os PDAs para observar a segunda imagem, que mostrava dois objetos de aspecto semelhante, um do lado do outro.

– O primeiro objeto é uma ampliação do que encontramos no sangue de Liu – disse Wilson. – O segundo é de um nanorrobô de SmartBlood mesmo, que foi tirado de mim, faz algumas horas. – Ele esticou o dedão para mostrar o furinho.

– Parecem idênticos para mim – disse Meyer.

– Sim, e eu suspeito que é de propósito – falou Wilson. – É só quando se olha o interior deles, em detalhes substanciais, que dá para reparar nas diferenças particulares. Se tivéssemos apenas o equipamento da *Clarke*, não teríamos conseguido vê-las. Mesmo com o equipamento de topo de linha da União Colonial, teria demorado um tanto. Por sorte, temos brinquedinhos novos. Então, podem passar para a próxima imagem.

Todos passaram para a terceira imagem.

– Não espero que vocês saibam o que estão olhando, mas quem tem alguma experiência técnica com SmartBlood vai reparar em duas grandes diferenças na estrutura interna – explicou Wilson. – A primeira tem a ver com o modo como os nanorrobôs cuidam da absorção de oxigênio. A segunda tem a ver com o receptor de rádio.

– O que essas diferenças querem dizer? – perguntou Abumwe.

– Em relação à absorção de oxigênio, quer dizer que os robôs são capazes de transportar uma quantidade substancialmente maior de moléculas – esclareceu Wilson. – Mas não fazem nada com isso. O SmartBlood é projetado para facilitar a transferência de oxigênio para os tecidos do corpo. Essas coisas que estão no corpo de Liu, no entanto, não estavam fazendo isso, apenas segurando o oxigênio. Elas entram, agarram a molécula nos pulmões e não soltam. Tem menos oxigênio disponível para as hemácias verdadeiras transportarem e menos para os tecidos do corpo receberem.

– Esse negócio matou Cong sufocado – concluiu Lowen.

– Correto – disse Wilson. – E quanto ao receptor, bem, o SmartBlood recebe instruções do BrainPal por um canal criptografado e se reverte à configuração padrão, que é transporte de oxigênio. – Então ele apontou para o PDA de Abumwe. – Este negócio também se comunica via sinais criptografados. Sua configuração padrão está desligada, no entanto, e só age ao receber um sinal. Só que o sinal não parte de um BrainPal.

– De onde ele parte? – perguntou Meyer.

Lowen mostrou um objeto. Era o gerador de ruído branco de Meyer.

– Não é possível – disse Meyer.

— É *sim* possível — rebateu Wilson. — E foi isso mesmo, porque nós verificamos. Como você acha que a gente consegue descrever o que esse negócio faz? É por isso que eu disse que a pergunta interessante é *quando* isso entrou no sangue de Liu. Porque isto aqui — Wilson apontou para o gerador de ruído branco, que Lowen havia posto sobre a mesa — sugere enfaticamente que aconteceu antes de vocês partirem da Terra.

— Como foi que você descobriu? — perguntou Abumwe.

— A gente repassou cada momento da morte de Liu — disse Stone. — Sabíamos a hora em que ele morreu e sabíamos que esses robôs precisavam de um transmissor, e o sr. Bourkou disse que estava usando o gerador de ruído branco para abafar o ronco de Liu.

— Não podem achar que eu sou o culpado — protestou Bourkou.

— Você armou esse troço no mesmo espaço — disse Wilson.

— Mas nem é meu — rebateu Bourkou. — Franz me deixou pegar emprestado. É dele.

— Isso é verdade — disse Wilson, se voltando para Meyer.

Meyer parecia estar em choque.

— Eu não matei Cong! E isso não faz sentido lógico, em todo caso. Era para Cong ter tido uma cabine particular. Esse negócio nem era para estar no mesmo espaço que ele.

— Um ótimo argumento — disse Wilson. — E foi por isso que conferi o alcance eficaz do transmissor no gerador para os robôs. Dá cerca de vinte metros. Sua cabine é logo ao lado da dele, e as cabines são estreitas o suficiente para que o beliche de Liu estivesse dentro do raio, mesmo se contabilizarmos a atenuação do sinal pela divisória.

— Nós viajamos durante mais de uma semana antes de chegar aqui — disse Meyer. — Até então, tínhamos cabines individuais, mas ainda estávamos próximos o bastante para esse troço agir. Eu o usava toda noite. Nada aconteceu com Cong.

— O interessante é que há dois transmissores no gerador de ruído branco — disse Wilson. — Um deles afeta os robôs. O segundo afeta o primeiro transmissor e serve para ligar e desligar.

— Por isso ele não ia fazer nada até vocês chegarem — falou Lowen.

— Que loucura — disse Meyer. — Eu nem tenho um controle remoto para essa coisa! Podem olhar na minha cabine! Podem conferir pessoalmente.

Wilson olhou para a capitã Coloma.

– Vou pedir que a tripulação verifique a cabine dele – disse ela.

– Vocês jogaram o lixo fora recentemente? – perguntou Wilson.

– Não – disse Coloma. – Em geral não o jogamos fora até chegarmos na Estação Fênix. E quando fazemos isso, nunca é no sistema dos outros. É falta de educação.

– Então eu sugeriria vasculharmos o lixo – disse Wilson. – Posso passar a frequência de transmissão, se for ajudar. – Coloma assentiu.

– Por que você fez isso? – Bourkou perguntou a Meyer.

– Não fui eu! – gritou Meyer. – Você é um suspeito tão provável quanto eu, Thierry. Você estava em posse do gerador. E foi quem convenceu Cong a ceder a cabine para mim. Não fui eu quem pediu.

– Você reclamou de claustrofobia – disse Bourkou.

– Eu fiz uma piada sobre claustrofobia, seu idiota – retrucou Meyer.

– E não fui eu quem sugeriu – disse Bourkou. – Foi Luiza. Não bote essa na minha conta.

Uma expressão estranha atravessou o rosto de Meyer. Wilson captou. E Abumwe também.

– O que foi? – ela perguntou a Meyer.

Ele olhou para o grupo ao redor, como se estivesse debatendo internamente se diria ou não alguma coisa, depois suspirou.

– Estive dormindo com Luiza Carvalho ao longo dos últimos três meses – falou. – Foi durante o processo de seleção para a missão e desde então. Não é um relacionamento, é mais aproveitar uma oportunidade mútua. Não achei que seria relevante porque nenhum de nós estava em posição de selecionar o outro para vir até aqui.

– Certo – disse Abumwe. – E daí?

– E daí que Luiza sempre reclamou que eu dormia mal – disse Meyer, apontando para o gerador de ruído branco. – Duas semanas atrás, após descobrirmos quem ia entrar na missão, ela me comprou *isto*. Disse que ia ajudar para dormir.

– Foi Luiza quem sugeriu a Meyer que ele me deixasse pegar o gerador emprestado – disse Bourkou. – Para combater o ronco de Cong.

– Onde está a srta. Carvalho? – perguntou Stone.

– Disse que ia para a cabine – respondeu Abumwe. – O tenente Wilson não solicitou a presença dela, por isso eu não pedi também.

– Devíamos provavelmente mandar alguém ir buscá-la – disse Wilson, mas Coloma já estava com o tablet em mãos, ordenando que alguém a trouxesse.

O PDA de Coloma recebeu uma notificação quase em seguida. Era Neva Balla. Coloma colocou a oficial executiva no viva-voz para que todo mundo na sala pudesse escutá-la.

– Temos um problema – disse Balla. – Tem alguém na câmara de ar de manutenção a bombordo. Parece alguém da equipe da Terra.

– Manda a imagem para mim – ordenou Coloma, que a encaminhou para os tablets de todos na sala.

Era Luiza Carvalho.

– O que ela está fazendo? – perguntou Lowen.

– Trave a câmara de ar – ordenou Coloma.

– É tarde demais – respondeu Bala. – Ela já começou o ciclo de despressurização.

– Ela devia estar escutando, de algum jeito – concluiu Abumwe.

– E como diabos ela chegou lá? – perguntou Coloma, furiosa.

– Do mesmo modo que conseguiu fazer Meyer e Bourkou a ajudarem a matar Liu – disse Wilson.

– Mas por que ela fez isso? – perguntou Meyer. – Com quem ela trabalha? Para quem ela trabalha?

– Não vamos ter uma resposta para isso – disse Wilson.

– Bom, pelo menos sabemos de uma coisa – falou Lowen.

– O quê? – perguntou Wilson.

– Seja lá quem estiver sabotando vocês aqui, parece estar trabalhando lá na Terra também – disse Lowen.

– E quase conseguiu se safar também – complementou Wilson. – Se não tivéssemos o escâner, ia parecer que a União Colonial matou Liu. Até esclarecerem tudo, já seria tarde demais para consertar o estrago.

Ninguém tinha nada a dizer em resposta.

No vídeo, Carvalho olhou para cima, para onde estava a câmera, como se encarasse o grupo na enfermaria.

Ela deu um tchauzinho.

O ar foi removido da câmara de ar. Carvalho expirou e continuou expirando durante tempo o bastante para permanecer consciente quando a trava do casco se abriu.

E então saiu.

– Dani – disse Wilson.

– Diga, Harry – respondeu Lowen.

– Você ainda tem o Laphroaig? – perguntou Wilson.

– Tenho, sim – disse Lowen.

– Que bom – respondeu Wilson. – Porque neste exato momento, acho que todos nós precisamos de um trago.

EPISÓDIO 10
DEVE SER AQUI

Hart Schmidt tomou a nave de transporte da *Clarke* até a Estação Fênix e um bonde interestações até chegar à área viária principal. De lá, pegou uma das balsas que chegavam e partiam da estação a cada quinze minutos. A balsa descia até o terminal na Rede da Cidade de Fênix, que agregava a maior parte dos meios de transporte de massa para a mais antiga e populosa capital planetária dentre as colônias humanas interestelares.

 Ao sair da balsa, Hart caminhou pelo terminal C do espaçoporto e subiu a bordo do bonde interterminais com destino ao terminal principal da RCF. Três minutos depois, Hart saiu do bonde, passando da plataforma até uma escada rolante interminável, a partir da qual chegou ao terminal principal. Era uma das maiores construções já feitas por seres humanos em toda sua história, uma vasta estrutura coberta por uma cúpula que abrigava casas, lojas, escritórios, hotéis e até mesmo apartamentos para aqueles que trabalhavam no centro, escolas para seus filhos, hospitais e até uma cadeia, embora Hart não tivesse experiência pessoal com esses últimos casos.

 Ele sorriu ao entrar no terminal principal e caminhar por ele. Em sua cabeça, como sempre, imaginava aquela massa humana agitada subitamente agarrando as mãos das pessoas mais próximas para dançar uma valsa sincronizada. Tinha quase certeza de já ter visto uma cena dessas num filme alguma vez, naquele terminal principal ou em outro terminal ou outra estação bem parecidos. Nunca aconteceu, claro, o que não queria dizer que Hart não continuasse querendo.

Sua primeira parada foi o Hotel Campbell do terminal principal da RCF. Hart fez o check-in num quarto um grau acima do tamanho padrão, largou sua mala ao pé da cama queen size e então imediatamente, após meses dividindo com outro diplomata sua "cabine de oficial" na *Clarke*, do tamanho de um armário de vassouras, começou a celebrar ter quase quarenta metros quadrados sem mais ninguém em seu alojamento.

Ele suspirou, contente, e pegou no sono logo em seguida. Acordou da soneca três horas depois, tomou um banho, quente e demorado ao ponto da indecência, e pediu comida pelo serviço de quarto, sem esquecer de incluir um sundae com calda quente. Deu uma gorjeta exorbitante ao entregador, comeu até sentir que ia explodir, ligou o monitor de entretenimento no canal de filmes clássicos para assistir a histórias arcaicas de dramas e aventuras do começo do período colonial, com elencos há muito tempo falecidos, até seus olhos aparentemente se fecharem por vontade própria. Dormiu um sono sem sonhos, com o monitor ligado, por quase dez horas.

Ao término da manhã seguinte, Hart fez o check-out do Campbell, tomou outro bonde interterminais até o terminal de trens A e saltou no trem 311, que passava por Catahoula, Lafourche, Feliciana e Terrebonne. Schmidt continuou até o ponto final em Terrebonne e depois precisou correr para dar conta da baldeação com o expresso Tangipahopa, que ele conseguiu pegar enquanto as portas se fechavam. Lá, subiu no Ibéria local e desceu na terceira parada, Crowley. Um carro o aguardava. Hart sorriu ao reconhecer o motorista, Broussard Kueltzo.

– Brous! – disse ele, abraçando o homem. – Feliz Colheita!

– Há quanto tempo, Hart – disse Brous. – Feliz Colheita para você também!

– A quantas anda? – perguntou Hart.

– O mesmo de sempre – respondeu Brous. – Trabalhando para o seu pai, carregando o velho pra lá e pra cá. Mantendo a tradição da família Kueltzo de continuar sendo o poder por trás do trono da família Schmidt.

– Ah, qual é – disse Hart. – A gente não é *tão* incapaz assim.

– Pode continuar pensando desse jeito – disse Brous. – Mas preciso lhe contar que um dia no mês passado precisei levar minha mãe ao hospital, para fazer uns exames, e ela estava em uma de suas reuniões da organização. Seu pai ligou para o PDA da minha mãe querendo saber como operar a cafeteira. Ela estava tirando sangue e dando orientações para ele sobre quais botões apertar. Seu pai é uma das pessoas mais poderosas em Fênix, Hart, mas ia morrer de fome em um dia se ficasse sozinho.

– Justo – disse Hart. – E como vai sua mãe?

Magda Kueltzo podia ou não ser, de fato, o verdadeiro poder por trás do trono dos Schmidt, mas não havia a menor dúvida de que a maior parte da família tinha um profundo apreço por ela.

– Bem melhor – disse Brous. – Na verdade, ela anda ocupada fazendo a comida que você vai enfiar goela abaixo dentro de algumas horas, então é bom a gente se mexer. – Ele tomou a mala de Hart e a arremessou sobre o banco de trás do carro. Os dois homens pularam nos bancos da frente, então Brous teclou o destino e o carro foi dirigindo sozinho.

– Não é um serviço muito exigente – Hart arriscou dizer enquanto o carro manobrava sozinho para sair da estação.

– É esse o objetivo – disse Brous. – No meu, entre aspas, tempo livre, posso trabalhar nos meus poemas, que aliás andam muito bem, obrigado por perguntar. Isto é, na medida que dá para poesia ir bem, o que você há de compreender que é uma coisa muito relativa e vem sendo assim há séculos. Já sou um poeta consagrado, e não me rende quase nada.

– Sinto muito em ouvir isso – disse Hart.

Brous deu de ombros.

– Não é tão ruim. Seu pai é generoso, à própria maneira. Sabe como ele é. Sempre martelando aquilo de que as pessoas precisam abrir caminho no mundo, do valor do trabalho honesto. Ele preferiria morrer a bancar um subsídio. Mas me dá um trabalho ridiculamente fácil e me paga bem o suficiente para eu poder trabalhar nos meus versos.

– Ele gosta de ser mecenas – comentou Hart.

– Isso – disse Brous. – Eu ganhei a medalha Nova Acádia de poesia no ano passado pelo meu livro e ele ficou mais orgulhoso do que eu. Deixei que exibisse a medalha no escritório dele.

– Meu pai é assim – disse Hart.

Brous fez que sim com a cabeça.

— Ele fez a mesma coisa com a Lisa — continuou, mencionando a irmã. — Ela esfregou privadas na casa durante um ano, depois foi remunerada o suficiente para fazer a pós em virologia. Ele foi na cerimônia de doutoramento dela e tudo. Insistiu em tirar foto. Está na mesa dele agora.

— Que ótimo — disse Hart.

— Sei que você e ele tiveram seus altos e baixos — Brous arriscou dizer.

— Ele ainda está irritado por eu ter entrado no serviço diplomático da União Colonial e não para a política de Fênix — respondeu Hart.

— Um dia ele supera — sugeriu Brous.

— Quanto tempo você vai continuar no serviço? — perguntou Hart, mudando de assunto.

— Engraçado você perguntar — respondeu Brous, captando essa deixa e a aproveitando. — A medalha me ajudou a conseguir um cargo de professor na Universidade de Metairie. Era para eu começar no princípio do outono, mas pedi para adiarem um semestre, assim ajudava seu pai durante o período das eleições.

— E como foi? — perguntou Hart.

— Ah, cara — disse Brous. — Você não tem acompanhado nada?

— Estive no espaço — respondeu Hart.

— Foi brutal — disse Brous. — Não para o seu pai, claro. Ninguém sequer concorreu contra ele aqui. Vão ter de tirá-lo do cargo à força. Mas o resto do PTF tomou uma surra. Perderam sessenta posições no parlamento regional, noventa e cinco no global. O Novo Partido Verde formou uma coligação com os Sindicalistas e elegeram um novo primeiro-ministro e chefes de departamento.

— Como isso aconteceu? — perguntou Hart. — Andei fora faz um tempo, mas não tanto tempo assim, a ponto de Fênix ter ficado tão coração mole de repente. E digo isso como alguém de coração mole, entenda.

— Entendo — disse Brous. — Eu pessoalmente votei no Novo Verde a nível regional. Não conte para o seu pai.

— Um segredo obscuro e terrível — prometeu Hart.

— O PTF ficou acomodado — explicou Brous. — Estão há tanto tempo no poder que esqueceram ser possível arrancá-los de lá nas urnas. Um pessoal ruim em posições-chave, alguns escândalos idiotas e um líder carismático do

Novo Partido Verde. Some tudo e o povo se agarrou à chance de algo novo. Não vai durar, eu acho. O NPV e os Sindicalistas já estão batendo boca, e o PTF vai fazer uma limpa. Mas, nesse meio-tempo, isso tudo deixou seu pai num humor terrível. E piora porque ele foi um dos arquitetos da estratégia global do partido. Esse colapso suja a imagem dele pessoalmente... ou, pelo menos, é o que ele pensa.

– Ih, rapaz – disse Hart. – Vai ser um Dia da Colheita bem alegre.

– É, ele anda meio ranzinza – disse Brous. – Sua mãe o mantém na linha, mas vai vir a família inteira para esta Colheita, e você sabe como ele fica quando o clã todo está aqui. Ainda mais com a ascensão do Brandt no Partido Sindicalista.

– Os meninos Schmidt – disse Hart. – Brandt, o traidor. Hart, o fracassado. E Wes... bem, Wes.

Isso arrancou um sorriso de Brous.

– Não esqueça a sua irmã – disse.

– Ninguém esquece Catherine, Brous – comentou Hart. – Catherine, a inesquecível.

– Já está todo mundo lá, aliás, só para você saber – falou Brous. – Na casa. Chegaram na noite passada. Todos eles, com cônjuges e filhos. Não vou mentir pra você, Hart. Um dos motivos de eu ter vindo buscá-lo era para que você tivesse alguns minutos de paz.

Hart deu um sorriso malicioso ao ouvir isso.

O complexo da família Schmidt apareceu de uma vez, com todos os seus cento e vinte acres, a casa principal construída sobre a colina, erguendo-se acima dos pomares, campos e prados. Seu lar.

– Eu me lembro de quando tinha seis anos e minha mãe veio trabalhar aqui – comentou Brous. – Lembro de chegar aqui e pensar que não era possível uma única família viver num lugar tão grande.

– Bem, depois que vocês chegaram, já não era mais uma única família – disse Hart.

– Isso é verdade – disse Brous. – Vou lhe contar mais uma história engraçada. Quando estava na faculdade, trouxe a minha namorada até a cocheira e ela ficou deslumbrada por termos tanto espaço ali. Fiquei com medo de levá-la até a casa principal depois disso. Imaginei que ela ia parar de ficar impressionada comigo.

– E ela parou? – perguntou Hart.

– Sim – disse Brous –, mas por motivos completamente diferentes. – Ele trocou para o modo manual do carro e conduziu o veículo pelo restante da entrada, parando em frente à porta principal. – Prontinho, Hart. A família inteira está lá dentro, esperando você.

– Quanto custaria para você me levar de volta? – brincou Hart.

– Em alguns dias, sairá de graça – respondeu Brous. – Até lá, meu amigo, você está preso aqui.

– Ah, o retorno do astronauta pródigo – disse Brandt Schmidt. Ele, assim como o restante dos irmãos Schmidt, estava acomodado no deque dos fundos da casa principal, observando os cônjuges e filhos na superfície frontal do gramado dos fundos. Brandt foi até Hart para abraçá-lo, seguido por Catherine e Wes. Brandt deu o coquetel que tinha na mão para Hart. – Ainda nem comecei este – disse ele. – Vou fazer outro.

– Onde estão a mamãe e o papai? – perguntou Hart, bebericando o drinque e fazendo uma careta. Era gim tônica, com ênfase no gim.

– Mamãe está com Magda, surtando por conta do jantar – respondeu Brandt, enquanto ia até o bar do pátio para preparar outro *highball*. – Logo ela volta. Papai está no escritório, gritando com algum funcionário do Partido Tradicional de Fênix. Vai demorar um tempinho.

– Ah – disse Hart. Melhor deixar para lá.

– Você ficou sabendo do que houve nas últimas eleições, né – falou Brandt.

– Um pouco – respondeu Hart.

– Então vai compreender o porquê de ele estar meio *mal-humorado* – disse Brandt.

– Continuar perturbando-o com isso também não ajuda – disse Catherine para Brandt.

– Não o fico *perturbando* com isso – rebateu Brandt. – Só não vou deixá-lo fazer revisionismo da história eleitoral recente.

– O que é basicamente a definição de "perturbar" – disse Wes, lacônico, em sua poltrona, quase inteira reclinada. Os olhos dele estavam fechados, o copo com dois dedos de algum líquido acastanhado sobre o chão do deque, perto de sua mão estendida.

– Reconheço que estou dizendo coisas que ele não quer ouvir agora – admitiu Brandt.

– Perturbando – disseram Catherine e Wes, ao mesmo tempo. Eram gêmeos e davam dessas, de vez em quando. Hart sorriu.

– Beleza, eu o perturbo – disse Brandt, antes de bebericar a gim tônica, fazer uma careta e voltar ao bar para colocar mais um pouco de tônica. – Mas depois de tantos anos ouvindo-o falar sobre a importância histórica de cada eleição e o papel do PTF nisso, acho que uma pequena reviravolta é perfeitamente aceitável.

– É exatamente disso que este Dia da Colheita precisa – comentou Catherine. – Mais um jantar ótimo que Magda fez esfriando porque você e o papai estão discutindo à mesa de novo.

– Fale por si mesma – disse Wes. – Esses dois nunca me impediram de comer.

– Bem, Wes, você sempre teve um talento especial para se desligar de tudo – alfinetou Catherine. – Mas o resto da família fica sem apetite.

– Não vou me desculpar por ser o único aqui que tem qualquer interesse em política – disse Brandt.

– Ninguém quer que você peça desculpas – disse Catherine. – E sabe que todos nós nos interessamos por política.

– Eu não – disse Wes.

– Todos aqui temos interesse em política, exceto Wes – Catherine se corrigiu –, que está perfeitamente feliz em se aproveitar dos benefícios de uma família com bom capital político. Por isso, fique à vontade, Brandt, para discutir o quanto quiser com o papai. Só espera a gente chegar à torta antes de pularem um no pescoço do outro.

– Política e torta – disse Wes. – Hmmmmm... – Ele começou a apalpar o chão, procurando sua bebida, então a pegou e a levou aos lábios, com os olhos ainda fechados.

Brandt se voltou para Hart e disse:

– Me ajuda aqui.

Hart balançou a cabeça.

– Eu não ia achar ruim passar um Dia da Colheita inteiro sem que você e papai arremessassem facas verbais um no outro – disse ele. – Não estou aqui para falar de política. Estou aqui para aproveitar minha família.

Brandt revirou os olhos para o irmão mais novo.

– Você já *viu* a nossa família, Hart?

– Ah, para atormentar o Hart por causa de política planetária – disse Catherine. – É a primeira vez que ele vem ficar com a gente aqui em casa em sabe-se lá quanto tempo.

– Desde o último Dia da Colheita – elucidou Hart, de bom grado.

– Não dá para esperar de verdade que ele acompanhe a política relativamente banal de Fênix quando tem de lidar com crises que abrangem toda a União Colonial – disse Catherine a Brandt, virando-se depois para Hart. – Qual foi seu triunfo mais recente na diplomacia interestelar, Hart?

– Ajudei a eletrocutar um cachorro para salvar uma negociação de paz – disse Hart.

– O quê? – perguntou Catherine, após ficar perplexa por um momento. Wes abriu um dos olhos para encarar Hart.

– Foi tipo sacrificar uma galinha para os deuses? – perguntou ele.

– É mais complicado do que parece – disse Hart. – E é importante dizer que o cão sobreviveu.

– Bem, graças a Deus por *isso* – disse Brandt, virando-se para a irmã. – Peço desculpas, bela Catherine. Hart claramente tem coisas mais importantes na cabeça do que mera *política*.

Antes que Catherine pudesse retrucar, Isabel Schmidt saiu da casa e veio dar um abraço no filho caçula.

– Ah, Hart – disse ela, dando um beijo na bochecha dele. – Tão bom revê-lo, meu filho. Não acredito que já se passou um ano inteiro. – Isabel deu um passo para trás. – Você parece estar quase exatamente igual.

– Ele *está* quase exatamente igual – falou Brandt. – Ainda não tem idade para começar a envelhecer mal.

– Ah, Brandt, por favor cale a boca – disse Isabel, mas com gentileza. – Ele tem trinta anos. Já é idade o suficiente para envelhecer mal. Você mesmo começou aos vinte e sete.

– Nossa, Mãe – disse Brandt.

– Você que mencionou – respondeu Isabel, voltando a atenção a Hart. – Ainda está gostando do serviço diplomático na União Colonial? – perguntou ela. – Ainda não se entediou?

– Não é tedioso – admitiu Hart.

— Você ainda trabalha com a... Ah, como era o nome dela? — disse Isabel. — Ottumwa?

— Abumwe — corrigiu Hart.

— Essa mesma — disse Isabel. — Desculpa. Você sabe que sou péssima com nomes.

— Não faz mal — disse Hart. — Sim, ainda trabalho com ela.

— E ela continua sendo uma pau no cu? — perguntou Catherine. — Da última vez que você esteve aqui, as histórias que contou a faziam parecer um partidão.

— Que histórias será que os seus assistentes contam de você? — Brandt perguntou à irmã.

— Se contassem histórias, não iam continuar sendo meus assistentes — respondeu Catherine.

— Ela melhorou nesse quesito — falou Hart. — Ou, no mínimo do mínimo, acho que a entendo melhor.

— Bom ouvir isso — disse Isabel.

— Pergunta para ele do cachorro — disse Wes, com seu sotaque arrastado, da poltrona.

— Que cachorro? — disse Isabel, olhando para Wes e de novo para Hart. — O que tem um cachorro?

— Sabe, acho que vou contar essa história depois, mãe — disse Hart. — Talvez depois do jantar.

— O cachorro termina mal? — perguntou Isabel.

— Termina mal? Não — disse Hart. — Tudo termina bem para o cachorro. Mas *no meio*, a coisa fica meio feia para ele.

— Que coisa incrível é a diplomacia — comentou Wes.

— Achávamos que você fosse chegar ontem — disse Isabel, mudando de assunto.

— Fiquei preso no centro — disse Hart, lembrando-se do quarto de hotel. — Era mais fácil vir para cá de manhã cedinho.

— Bem, mas você vai passar a semana aqui, não? — perguntou Isabel.

— Cinco dias, sim — confirmou Hart. Ele tinha reservado mais uma noite no Campbell antes de voltar para a *Clarke*, e pretendia usá-la.

— Certo, tudo bem — disse Isabel. — Se tiver tempo, tem alguém que eu gostaria de apresentar.

– Ai, mãe – disse Catherine. – Vai mesmo tentar isso de novo?

– Não tem nada de errado em apresentar a Hart algumas opções – disse Isabel.

– Por acaso esta opção tem nome? – perguntou Hart.

– Lizzie Chao – disse Isabel.

– É a mesma Lizzie Chao com quem estudei no ensino médio? – perguntou Hart.

– Acredito que sim – disse Isabel.

– Ela é casada – replicou Hart.

– Já separou – treplicou Isabel.

– O que quer dizer que ela está casada, mas com a opção de trocar por algo melhor – provocou Catherine.

– Mãe, eu me lembro de Lizzie – disse Hart. – Ela não é bem o meu tipo.

– Ela tem um irmão – disse Wes, da poltrona.

– Também não é meu tipo – disse Hart.

– *Quem* é o seu tipo hoje em dia, Hart? – perguntou Isabel.

– Hoje em dia não tenho um tipo – disse Hart. – Mãe, eu trabalho numa espaçonave o ano inteiro. Divido quartos menores que a nossa despensa. Passo meus dias tentando convencer alienígenas de que a gente não quer mais explodi-los. É um trabalho que ocupa todo o meu tempo. Dadas as minhas circunstâncias, seria burrice qualquer tentativa de relacionamento. Não seria justo para a outra pessoa, nem para mim, na verdade.

– Hart, sabe que odeio parecer uma mãe estereotipada – disse Isabel. – Mas você é o único dos meus filhos que não tem um relacionamento e filhos. Até Wes conseguiu.

– Obrigado, mãe – disse Wes, erguendo a mão num aceno preguiçoso.

– Não quero que acabe tendo a sensação de que deixou passar as coisas boas da vida – disse Isabel para Hart.

– Mas eu não sinto isso – respondeu Hart.

– Não sente isso agora – disse Isabel. – Mas, querido, você tem trinta anos e ainda é só um adjunto. Se não for promovido até o ano que vem ou o próximo, não será mais. E aí como você fica? Eu te amo e quero que seja feliz. Mas é hora de começar a ser realista e pensar nessas coisas, e considerar se o serviço diplomático da uc é de fato o melhor uso dos seus talentos e da sua vida.

Hart se inclinou e deu um beijo na bochecha da mãe.

— Eu vou subir e desfazer a mala, depois vou ver como está o papai — disse ele, então engoliu o resto da bebida e entrou na casa.

— A sutileza ainda tem seu valor, mãe — Hart escutou Catherine dizer enquanto ele entrava. Se sua mãe respondeu, porém, ele não conseguiu ouvir.

Hart encontrou seu pai, Alastair Schmidt, no escritório dele, situado na ala de aposentos reservados aos seus pais, no terceiro andar, que incluía a suíte, guarda-roupas embutidos e separados, escritórios individuais, biblioteca e sala de estar. A ala da casa reservada aos filhos não era menos distinta, mas tinha um arranjo diferente.

Alastair Schmidt estava sentado atrás da mesa, escutando o relatório de um de seus subordinados políticos do outro lado de um alto-falante. O subordinado, sem dúvida, encontrava-se em um dos cubículos do Partido Tradicional de Fênix na Cidade de Fênix, tentando com afinco encerrar o expediente para comemorar o Dia da Colheita com a família, mas tinha ficado preso no serviço por conta da atenção sinistra de Alastair, um dos grandes nomes da velha guarda do partido e da política global de Fênix, de modo geral.

Hart colocou a cabeça para dentro da porta aberta e acenou para que o pai soubesse de sua chegada. Alastair acenou com um gesto brusco de "pode entrar", depois voltou a atenção ao seu infeliz assessor.

— Não perguntei o porquê de esses dados serem difíceis de localizar, Klaus — disse ele. — Perguntei por que parece que não temos esses dados. "Difícil de localizar" e "não temos" são coisas totalmente diferentes.

— Compreendo isso, ministro Schmidt — dizia Klaus, o assessor. — O que quero dizer é que fomos impedidos pelo feriado. A maioria dos funcionários não está. As solicitações foram expedidas e serão cumpridas, mas precisarão esperar as pessoas voltarem ao serviço.

— Bem, você está no serviço, não? — disse Alastair.

— Sim — disse Klaus, e Hart captou um leve tom de sofrimento na voz do homem por conta disso. — Mas...

— E o governo inteiro não para de funcionar, nem mesmo nos maiores feriados globais — continuou Alastair, interrompendo Klaus antes que ele pudesse oferecer mais uma objeção. — Por isso, o seu dever agora é encontrar as pessoas que ainda estejam trabalhando hoje, igual a você, obter esses dados e essas projeções, depois apresentá-los na minha mesa, num arquivo criptografado, antes de eu ir dormir hoje à noite. E odeio lhe dizer isso, Klaus, mas costumo dormir cedo no Dia da Colheita. De tanto comer torta.

– Sim, ministro Schmidt – disse Klaus, infeliz.

– Que bom – respondeu Alastair. – Feliz Colheita, Klaus.

– Feli... – Klaus foi interrompido no que Alastair encerrou a conexão.

– A Colheita dele não vai ser nada feliz se o senhor o fizer trabalhar hoje – observou Hart.

– Se ele tivesse arranjado esses dados ontem, como eu pedi e ele prometeu, então estaria em casa, mastigando uma coxa de peru – disse Alastair. – Mas não foi o caso, então a culpa é dele.

– Reparei que ele ainda chama o senhor de "ministro" – disse Hart.

– Ah, então contaram para você das eleições – disse Alastair. – Foi Brandt se gabando, não foi?

– Ouvi de outras fontes – falou Hart.

– Oficialmente, o governo Verde-Sindicalista está estendendo uma bandeira branca ao PTF ao me pedirem para continuar como ministro do comércio e transporte – explicou Alastair. – Extraoficialmente, deixaram bem claro para a coligação que não têm ninguém nem perto de competente o bastante para esse ministério e que, se tem um ministério que não querem ferrar, é aquele que garante a chegada da comida onde é preciso e das pessoas ao trabalho.

– É uma questão legítima – disse Hart.

– Pessoalmente, quanto antes essa coligação Verde-Sindicalista desmoronar, mais feliz eu fico, e pensei até em recusar, só para ver o descarrilamento que vai ser – disse Alastair. – Mas então percebi que era provável que descarrilamentos reais acontecessem, e esse é o tipo de coisa que faz a cabeça de todo mundo rolar, não só a de quem está na coligação.

Hart sorriu e disse:

– A famosa compaixão de Alastair Schmidt.

– Nem comece – disse Alastair. – Já me basta Brandt. Não é que eu não ligue. Ligo, sim. Mas ainda estou puto da vida com os resultados da eleição. – Ele gesticulou na direção da cadeira em frente à mesa, oferecendo o assento para Hart, que aceitou. Alastair se sentou na própria cadeira, olhando para o filho.

– Como está a vida nas forças diplomáticas da União Colonial? – perguntou Alastair. – Imagino que esteja emocionante, com o colapso das relações entre a Terra e a União Colonial.

– Vivemos tempos interessantes, sim – respondeu Hart.

– E a sua embaixadora Abumwe parece estar bem no meio da bagunça toda ultimamente – disse Alastair. – Atravessando todo o espaço conhecido enquanto corre de uma missão para a outra.

– Eles andam mantendo-a ocupada – disse Hart.

– E você anda ocupado também? – perguntou Alastair.

– No geral, sim – disse Hart. – Ando trabalhando muito com o tenente Harry Wilson, um técnico das FCD que faz várias tarefas para nós.

– Eu sei – disse Alastair. – Tenho um amigo que trabalha para o Departamento de Estado e me mantém atualizado quanto aos relatórios diplomáticos da *Clarke*.

– É mesmo? – disse Hart.

– Não tem muito futuro no ramo de eletrocussão canina, Hart – falou Alastair.

– E *lá* vamos nós – disse Hart.

– Estou errado? – perguntou Alastair.

– O senhor de fato lê os relatórios que lhe mandam, pai? – rebateu Hart. – Se lesse o relatório do cão, então saberia que o que aconteceu foi que acabamos salvando as negociações de paz e ajudamos a garantir uma aliança para a União Colonial com uma raça que pendia para o Conclave.

– Claro, depois que vocês desleixadamente deixaram que o cachorro fosse comido por uma planta carnívora, revelando o local onde morreu o rei cujo desaparecimento iniciou uma guerra civil, descoberta esta que ameaçou o processo de paz o qual, ao que tudo indica, não estava ameaçado antes – complementou Alastair. – Não dá para assumir o crédito por ter apagado um incêndio que você mesmo começou, Hart.

– No relatório oficial consta algo diferente dessa sua interpretação, pai – observou Hart.

– Claro que sim – disse Alastair. – Se eu fosse os seus chefes, também escreveria assim. Mas não sou seu chefe e consigo ler as entrelinhas melhor do que a maioria das pessoas.

– Isso vai dar em algum lugar, pai? – perguntou Hart.

– Acho que já é hora de você voltar para Fênix – respondeu Alastair. – Já deu tudo que tinha para a União Colonial, e eles fizeram mau uso do seu talento. Deixaram-no preso a uma equipe diplomática que há anos só pega missões que são causas perdidas e o designaram para um peão das FCD que o usa para tarefas braçais. Você está acomodado demais para reclamar e talvez até esteja se divertindo, mas não está indo a lugar algum, Hart. E talvez isso não seja ruim no começo da carreira, mas sua carreira não está mais no começo. Você está num beco sem saída. Acabou.

– Não que eu concorde com o senhor – disse Hart –, mas por que o incômodo, pai? O senhor sempre me disse que devemos abrir nosso próprio caminho e que precisamos descobrir se vai dar pé ou não por conta própria. O senhor é uma verdadeira jangada de metáforas de amor difícil sobre esse assunto. Se acha que não deu pé para mim, devia estar disposto a permitir que eu me afogue.

– Porque nem tudo gira ao redor de *você*, Hart – respondeu Alastair, apontando para o alto-falante por meio do qual estava gritando com Klaus até então. – Eu já tenho setenta e dois anos, pelo amor de Deus. Você acha que quero passar o meu tempo impedindo um pobre coitado de aproveitar o Dia da Colheita? Não, quero é mandar o PTF se virar sem mim e passar mais tempo com os meus netos.

Hart ficou encarando, inexpressivo, o pai. Em nenhum ponto do passado o homem alguma vez havia demonstrado mais do que um breve interesse pelos netos. *Talvez por eles não serem interessantes ainda*, dizia uma parte do cérebro de Hart, e isso era compreensível. Com os próprios filhos, seu pai foi se engajando mais conforme foram crescendo. E ele tinha um lado mais terno. Hart espiou de relance o armário de medalhas na parede, onde o prêmio Nova Acádia de Brous estava guardado.

– Não posso fazer isso, porque não tenho o pessoal certo me acompanhando – continuou Alastair. – Brandt fica se gabando porque os Sindicalistas obtiveram sua parcela do poder, mas a questão é que o motivo de isso ter acontecido é porque o PTF não conseguiu cultivar novos talentos, e agora isso voltou para nos assombrar.

– Espera – disse Hart. – Pai, o senhor quer que eu entre para o PTF? Porque odeio ter de lhe dizer isso, mas não vai mesmo acontecer.

– Você não está entendendo – disse Alastair. – O PTF não vem desenvolvendo novos talentos, mas os Verdes ou os Sindicalistas também não. Ainda estou no cargo porque toda a próxima geração de talentos políticos em Fênix é, com raras exceções, um bando de completos incompetentes. – Ele apontou na direção do deque, onde estava o restante da família. – Brandt acha que me irrito por ele estar com os Sindicalistas. Eu me irrito porque ele, enquanto liderança, não está subindo na carreira rápido o suficiente.

– Brandt gosta de política – disse Hart. – Eu não.

– Brandt gosta de tudo que *tem a ver* com política – esclareceu Alastair. – Com a política em si, ele está cagando e andando. Essa ficha vai cair. E vai cair para Catherine também. Ela está ocupada construindo uma base de poder no mundo da filantropia, passando por cima das pessoas e fazendo com que agradeçam ao apoiarem o que ela faz. Quando finalmente fizer a transição para a política, vai seguir direto para primeira-ministra.

– E quanto a Wes? – perguntou Hart.

– Wes é o Wes – disse Alastair. – Toda família tem um. Eu o amo, mas penso nele mais como um animalzinho de estimação sarcástico.

– Acho que eu não diria isso para ele se fosse o senhor – disse Hart.

– Ele já descobriu faz muito tempo – disse Alastair. – Acho que fez as pazes com isso, especialmente porque é algo que não exige nada dele. Como eu disse, toda família tem um. Mas a gente não pode se dar ao luxo de ter dois.

– Então o senhor quer que eu volte para casa – disse Hart. – E o que faço depois? Entro em algum papel político qualquer que o senhor escolher para mim? Porque não é como se ninguém fosse reparar no nepotismo óbvio, pai.

– Me dê um pouco de crédito em termos de sutileza, por favor – disse Alastair. – Acha mesmo que Brandt está onde está com os Sindicalistas só por mérito próprio? Não. Eles viram o valor na marca Schmidt, como dizem, e chegamos a um acordo quanto ao que ganhariam em troca de acelerar a entrada dele na organização.

– Eu *definitivamente* não contaria isso para Brandt se fosse o senhor – disse Hart.

– Claro que não – respondeu Alastair. – Mas estou contando a *você* para que entenda como que essas coisas funcionam.

– Ainda assim é nepotismo – disse Hart.

– Prefiro pensar em termos de promover quem a gente conhece – replicou Alastair. – E você não é isso, Hart? Por acaso não tem habilidades, desenvolvidas ao longo de sua carreira diplomática, que teriam uso imediato em um alto nível do governo? Quer mesmo começar por baixo? Está um pouco velho para isso já.

– O senhor acabou de admitir que as forças diplomáticas da União Colonial me ensinaram alguma coisa – disse Hart.

– Nunca falei que você não tinha habilidades – respondeu Alastair. – Falei que elas estavam sendo desperdiçadas. Quer usá-las onde deveriam? O lugar para isso é aqui, Hart. Está na hora de deixar a União Colonial cuidar da União Colonial. Volte para Fênix, Hart. Preciso de você. Precisamos de você.

– Lizzie Chao precisa de mim – completou Hart, com pesar.

– Ah não, fique longe dela – disse Alastair. – Ela é encrenca. Está trepando com o meu representante aqui em Crowley.

– Pai! – disse Hart.

– Não conte para sua mãe – disse Alastair. – Ela acha que Lizzie é uma boa moça. Talvez ela seja boa. Só não tem muito juízo.

– E a gente não iria querer nada assim – completou Hart.

– Você já teve falta de juízo o suficiente na sua vida até agora, Hart – disse Alastair. – Hora de começar a tomar decisões melhores.

– Não esperava revê-lo tão cedo – disse Brous Kueltzo. Estava apoiado contra o carro, lendo uma mensagem no tablet. Hart havia chegado caminhando a partir da cocheira.

– Precisava me afastar um pouco da família – disse Hart.

– Mas já? – disse Brous.

– Pois é – respondeu Hart.

– E ainda tem quatro dias até acabar – comentou Brous. – Vou rezar por você.

– Brous, posso fazer uma pergunta? – disse Hart.

– Claro – respondeu Brous.

– Alguma vez você ficou ressentido com a gente? – perguntou Hart. – Já ficou ressentido comigo?

— Quer dizer por você ser obscenamente rico e mimado e membro de uma das famílias mais importantes do planeta inteiro sem qualquer esforço da sua parte e por ter tudo que sempre quis na vida servido numa bandeja sem ter ideia do quanto é difícil para o restante de nós? – replicou Brous.

— Ãáã, sim – disse Hart, um pouco pasmo. – Sim. Isso mesmo.

— Teve um período em que fiquei ressentido, sim – disse Brous. – Digo, o que você esperava? Ressentimento é cerca de 60% da constituição de um adolescente. E todo mundo aí, você, Catherine, Wes, Brandt, todos vocês não tinham a menor ideia do ar rarefeito que respiravam. Aqui embaixo, na superfície, morando em cima da garagem? Pois é, tinha um pouco de ressentimento aí.

— E você está ressentido com a gente agora? – perguntou Hart.

— Não – respondeu Brous. – E o motivo é que, quando levei aquela namorada da faculdade lá para a cocheira, ficou claro para mim que, no fim das contas, eu estava me saindo muito bem. Frequentei as mesmas escolas que vocês, e sua família me deu apoio e cuidou de mim, de minha irmã e de minha mãe, e não só daquele jeito meio distante, *noblesse oblige*, mas como amigos. Porra, Hart. Eu escrevo *poesia*, sabe? Posso escrever por causa de vocês.

— Beleza – disse Hart.

— Digo, vocês todos ainda têm seus momentos de inconsciência de classe, pode confiar no que digo, e ficam se provocando de um jeito vagamente insuportável – continuou Brous. – Mas acho que, mesmo se não tivessem dinheiro, Brandt ainda seria um carreirista, Catherine passaria por cima de todo mundo e Wes ficaria ali encostado, e você faria o que faz, que é observar e ajudar. Todos seriam quem são. O resto é só circunstância.

— Bom saber que você acha isso – comentou Hart.

— Eu acho sim – confirmou Brous. – Mas não me entenda mal. Se quiser abrir mão da sua parte da herança da família e dar para mim, eu aceito. Deixo você dormir em cima da garagem quando precisar.

— Obrigado – disse Hart, sarcástico.

— O que o trouxe para esse momento de questionamento, que mal lhe pergunte? – indagou Brous.

— Ah, sabe como é – disse Hart. – Papai está me pressionando para sair das forças diplomáticas e entrar no negócio da família, que aparentemente é o negócio de administrar o planeta inteiro.

– Ah sim, *isso* – disse Brous.

– Pois é, isso – disse Hart.

– Esse é o outro motivo de eu não ficar ressentido com vocês – disse Brous. – Tudo isso de "nascer para governar" deve ficar cansativo uma hora. Eu mesmo só preciso conduzir seu pai por aí e juntar palavras umas nas outras.

– E se eu não quiser governar? – questionou Hart.

– Então não governe – respondeu Brous. – Não sei bem por que está me perguntando isso, Hart. Você tem feito um bom trabalho não governando até o momento.

– Como assim? – perguntou Hart.

– Vocês são quatro – explicou Brous –, dos quais dois foram preparados para o negócio da família: Brandt, porque ele gosta dessa vida, e Catherine, porque ela é de fato boa nisso. Dois não querem ter nada a ver com o assunto: Wes, que descobriu cedo que um de vocês tinha o direito de ser o fodido da família, então podia muito bem ser ele, e você. A vaga de fodido já tinha sido reivindicada por Wes, então você fez a única coisa lógica que resta ao terceiro filho de uma família nobre... tentar a sorte em algum outro lugar.

– Nossa, você de fato pensou bastante nisso – comentou Hart.

Brous deu de ombros.

– Sou escritor – disse ele. – E tive muito tempo para observar vocês.

– Podia ter me contado tudo isso antes – respondeu Hart.

– Você nunca perguntou – disse Brous.

– Ah – Hart suspirou.

– Além do mais, posso estar enganado – disse Brous. – Já aprendi com o tempo que eu, assim como todo mundo, não sei porra nenhuma.

– Não acho que seja o caso – disse Hart. – Digo, de você estar enganado. Sigo neutro quanto à parte de "não saber porra nenhuma".

– Justo – disse Brous. – Parece que você está tendo o seu momento de crise existencial, Hart, se não se importar que eu repare.

– Talvez esteja – respondeu Hart. – Estou tentando decidir o que quero ser quando crescer. Uma questão ótima para se resolver aos trinta anos.

– Não acho que a idade em que você descobre isso seja importante – comentou Brous. – Acho que o importante é descobrir antes que outra pessoa lhe diga o que você deve ser e esteja errada.

* * *

— Quem vai brindar este ano? — perguntou Isabel. Estavam todos sentados à mesa: Alastair e Isabel, Hart, Catherine, Wes e Brandt, bem como os cônjuges. As crianças ficaram escondidas no outro cômodo, em mesas baixinhas, e estavam ocupadas arremessando ervilhas e rolinhos uma na outra enquanto as babás tentavam, em vão, manter o controle.

— Deixa que eu faço o brinde — disse Alastair.

— Você faz isso todo ano — comentou Isabel. — E, meu bem, seus brindes são chatos. Longos demais e cheios de política.

— É o negócio da família — rebateu Alastair. — E é um jantar familiar. Do que mais devíamos falar?

— Além do mais, você ainda está amargurado por conta da eleição, e não quero ouvir nada mais sobre isso esta noite — disse Isabel. — Então, nada de brinde vindo de você.

— Deixa que eu faço o brinde — disse Brandt.

— Ah, mas nem a pau — falou Alastair.

— Alastair — disse Isabel, com um tom de aviso.

— Você achou que o *meu* discurso ia ser longo, chato e cheio de política — falou Alastair. — O fanfarrão-chefe aqui com certeza vai superar qualquer expectativa que vocês tenham de mim.

— Papai tem razão — comentou Catherine.

— Então faça você, querida — disse-lhe Isabel.

— De fato — disse Brandt, claramente um pouco magoado de ter sua proposta de brinde negada. — Por favor, nos conte histórias sobre as pessoas que você conheceu e esmagou no ano que passou.

— Foda-se isso — disse Wes, estendendo uma colher na direção do purê de batatas.

— Wes — disse Isabel.

— Que foi? — falou Wes, pegando uma colherada de batatas. — Até vocês decidirem quem vai fazer um brinde ao quê, tudo já vai estar seco e gelado. Eu respeito demais o trabalho de Magda para permitir isso.

— Eu faço o brinde — disse Hart.

— Olha só! — exclamou Brandt. — Tudo tem uma primeira vez.

– Cale-se, Brandt – disse Isabel, voltando a atenção ao filho caçula. – Vá em frente, querido.

Hart ficou em pé, apanhou sua taça de vinho e olhou por sobre a mesa.

– Todo ano, o responsável por fazer o brinde tem a oportunidade de falar sobre os eventos da sua vida no ano que passou – começou Hart. – Bem, preciso dizer que esse foi um ano bem movimentado. Alienígenas cuspiram na minha cara como parte de uma negociação diplomática. Minha nave foi atacada por um míssil e quase explodiu comigo dentro. Um alienígena me entregou uma cabeça humana como parte de uma negociação inteiramente diferente. E, como todos os presentes aqui ficaram sabendo, ajudei a apagar um cachorro na base do eletrochoque como parte de uma terceira negociação. O tempo todo vivendo o meu dia a dia numa nave que é a mais velha da frota, dormindo num beliche que mal e mal comporta o meu corpo e dividindo o quarto com um sujeito que passa a maior parte da noite roncando ou soltando gases.

"E, se for pensar a respeito, é um jeito ridículo de viver. De verdade. E, como já me foi apontado recentemente, é um estilo de vida que não parece guardar muito futuro para mim, haja vista que sou o assistente de uma embaixadora de baixo nível que precisa se esforçar muito para receber o tipo de missão que diplomatas mais exaltados recusariam alegando desperdício de seus talentos e suas habilidades. Faz você se perguntar o porquê de eu fazer isso. O porquê de eu ter *feito* isso.

"E aí lembrei o motivo. Porque, por mais estranho, cansativo e irritante... e, sim, até mesmo humilhante, que possa ser, no fim do dia, quando tudo transcorre bem, é a coisa mais emocionante que já fiz na vida. Na vida inteira. Estou aqui e não consigo acreditar que fiz parte de um grupo que se encontra com pessoas que não são humanas, mas são capazes de raciocinar e que raciocinamos juntos, e por meio desses raciocínios a gente concordou em conviver, sem que um mate o outro, nem exija do outro mais do que cada um precisa.

"E tudo isso acontece num período da nossa história que nunca foi tão crucial para a humanidade. Estamos aqui fora, sem o tipo de proteção e crescimento que a Terra sempre nos forneceu. E por causa disso, cada negociação, cada acordo, cada passo que damos, mesmo aqueles no mais baixo patamar do serviço diplomático, faz a diferença para o futuro da humanidade.

Para o futuro deste planeta e de todos os planetas que nem este. Para o futuro de todos nesta mesa.

"Eu amo vocês todos. Pai, amo sua dedicação a Fênix e seu desejo de manter tudo funcionando. Mãe, amo que você cuide de nós, mesmo que nos dê umas alfinetadas às vezes. Brandt, amo sua ambição e motivação. Catherine, amo o fato de que você um dia vai dominar tudo. Wes, amo que você seja o bufão da família e nos mantenha sinceros. Amo vocês e suas esposas e seus maridos e seus filhos. Amo Magda e Brous e Lisa, que viveram a vida inteira conosco.

"Recentemente alguém me disse que, se eu quisesse fazer a diferença, o lugar era aqui. Em Fênix. Com amor e respeito, eu discordo. Pai, Brandt e Catherine vão cuidar de Fênix para nós. O meu dever é cuidar do resto. É o que eu faço. É o que continuarei fazendo. É aí que o que faço importa.

"Por isso, um brinde a cada um de vocês, minha família. Mantenham Fênix a salvo por mim. E vou trabalhar no resto. Quando eu voltar para o Dia da Colheita no ano que vem, vou contar como as coisas estão. Prometo. Tim-tim!"

Hart bebeu. Todos beberam, menos Alastair, que esperou até fisgar a atenção do filho. Então levantou a taça pela segunda vez e bebeu.

– Valeu a pena deixar as batatas em segundo plano para esse brinde – comentou Wes. – Agora me passa o molho, por favor.

EPISÓDIO 11 ⎯⎯⎯⎯⎯⎯
⎯⎯ UM PROBLEMA DE PROPORÇÃO

A primeira coisa que passou pela cabeça da capitã Sophia Coloma ao reparar no míssil direcionado para a *Clarke* foi: *De novo isso*. A segunda foi gritar ao timoneiro Cabot que começasse as manobras evasivas. Cabot respondeu admiravelmente, colocando a nave no modo de evasão e lançando as contramedidas. A *Clarke* resmungou por conta da mudança súbita de vetor e por um momento a gravidade artificial pareceu que ia romper o campo gravitacional, atirando contra os tabiques superiores todos os objetos na *Clarke* que não estivessem presos, a algumas centenas de quilômetros por hora.

A gravidade aguentou, e a nave mergulhou no espaço físico conforme as contramedidas deixaram o míssil perplexo, até que errasse o alvo. Ele passou a jato do lado da *Clarke* e imediatamente começou a procurar outro alvo no processo.

— Esse míssil é uma criação acke — disse Cabot, lendo os dados no console. — A *Clarke* tem seu transmissor na memória. A não ser que tenham mudado alguma coisa, dá para a gente continuar confundindo.

— Mais dois mísseis lançados e vindo na nossa direção — disse a oficial executiva Neva Balla. — Impacto em sessenta e seis segundos.

— Mesma fabricação — disse Cabot. — Vou confundi-los pra já.

– Qual nave está disparando contra a gente? – perguntou Coloma.

– A menor – respondeu Balla.

– E o que a outra está fazendo? – perguntou Coloma.

– Atirando na primeira nave – disse Balla.

Coloma puxou uma imagem tática em seu console. A nave menor, uma longa agulha com um compartimento bulboso para a sala de máquinas na parte traseira e um bulbo menor para a frente, continuava um mistério para o computador da *Clarke*. A nave maior, no entanto, foi identificada como a *Nurimal*, uma fragata de fabricação lalan.

Uma nave de guerra do Conclave, em outras palavras.

Que droga, pensou Coloma. *Caímos direitinho na armadilha.*

– Esses novos mísseis não respondem aos sinais – disse Cabot.

– Evasão – ordenou Coloma.

– Estão rastreando nossos movimentos – disse Cabot. – Vão nos atingir.

– A fragata está deslocando as armas de raio a bombordo – disse Coloma. – Estão apontando para cá.

O Conclave achou que a outra nave era a gente, pensou Coloma. *Atirou contra ela, e ela atirou de volta. Quando aparecemos, atirou em autodefesa.*

Naquele momento a *Nurimal* tinha entendido quem era o verdadeiro inimigo e não desperdiçou um segundo para lidar com o problema.

Lá se vai a diplomacia, pensou Coloma. *Na próxima vida, quero uma nave que tenha armas.*

A *Nurimal* disparou seus canhões de raios de partículas. Feixes concentrados de alta energia foram lançados à frente, numa linha reta, até os alvos.

Os mísseis destinados à *Clarke* explodiram a quilômetros da nave. O primeiro míssil, vagando sem rumo a quase cem quilômetros da *Clarke*, foi vaporizado meros segundos depois.

– Isso... não era o que eu esperava – disse Balla.

A *Nurimal* reposicionou as armas de raio, concentrando-as na terceira nave e perfurando a sala de máquinas dela. Os motores foram despedaçados, separados da nave em si. As porções frontais perderam força, sem energia, e começaram a rodopiar por conta do momento angular derivado da força de erupção do compartimento do motor.

– Morreu? – perguntou Coloma.

— Não está mais atirando na gente, pelo menos — comentou Cabot.

— Por mim, está valendo — disse Coloma.

— A *Clarke* identificou a outra nave — falou Balla.

— É a *Nurimal* — disse Coloma. — Eu sei.

— Não essa, senhora — disse Balla. — A que acabaram de moer. É a *Urse Damay*, uma corveta dos Easos que foi entregue ao serviço diplomático do Conclave.

— Por que diabos ela atirou na gente, então? — perguntou Cabot.

— E por que a *Nurimal* atirou neles? — questionou Coloma.

— Capitã — disse Orapan Juntasa, oficial de comunicações e alarme. — Estamos sendo saudados pela *Nurimal*. A pessoa em questão diz que é a capitã. — Juntasa ficou em silêncio por um momento, ouvindo. Seus olhos se arregalaram.

— O que foi? — perguntou Coloma.

— Eles dizem que querem se render a nós — disse Juntasa. — A *você*.

Coloma ficou em silêncio por um minuto por conta disso.

— Senhora? — disse Juntasa. — O que eu digo para a *Nurimal*?

— Diga que recebemos a mensagem e para aguardarem, por favor — respondeu Coloma, voltando-se então para Balla. — Chame a embaixadora Abumwe aqui para já. É por causa dela que a gente está aqui, para começo de conversa. E traga o tenente Wilson também, que é militar de fato. Não sei se posso aceitar uma rendição, mas tenho quase certeza de que *ele* pode.

Hafte Sorvalh era alta, até mesmo para uma Lalan, por isso teria dificuldade em navegar os corredores curtos e estreitos da *Clarke*. Como cortesia, as negociações de rendição da *Nurimal* foram conduzidas no ancoradouro. Sorvalh estava acompanhada por Puslan Fotew, capitã da *Nurimal*, que não parecia nem um pouco contente em estar a bordo da *Clarke*, e Muhtal Worl, assistente de Sorvalh. Do lado humano, estavam Coloma, Abumwe, Wilson e Hart Schmidt, por solicitação de Wilson e com a concordância de Abumwe. Estavam dispostos em torno de uma mesa trazida às pressas da cozinha dos oficiais. Foram fornecidas cadeiras para todos, mas Wilson imaginou que não seriam de muita utilidade para os Lalans, por conta da fisiologia deles.

– Temos uma situação interessante diante de nós – disse Hafte Sorvalh, cujas palavras iam sendo traduzidas por uma pequena máquina usada como um broche. – Dentre vocês, há uma pessoa que é a capitã da nave. Outra é a chefe da missão diplomática. E outra – ela apontou com a cabeça para Wilson – é um militar da União Colonial. A quem minha capitã deve se render?

Coloma e Abumwe olharam para Wilson, que assentiu.

– Sou o tenente Wilson, das Forças Coloniais de Defesa – disse ele. – A capitã Coloma e a embaixadora Abumwe são membros do governo civil da União Colonial, assim como o sr. Schmidt. – Então apontou com a cabeça para o amigo. – A *Nurimal* é uma nave militar do Conclave, por isso decidimos que, por questão de protocolo, o adequado seria que a rendição fosse feita para mim.

– Só um tenente? – disse Sorvalh. Wilson, que não era nenhum especialista em fisiologia lalan, mesmo assim desconfiava que ela estivesse com uma expressão divertida no rosto. – Receio que seria um tanto constrangedor para a minha capitã se render a alguém dessa patente.

– Eu compreendo – disse Wilson e depois começou a sair do roteiro. – E se puder acrescentar, embaixadora Sorvalh...

– Conselheira Sorvalh seria mais preciso, tenente – falou Sorvalh.

– Se eu puder acrescentar, conselheira Sorvalh – corrigiu-se Wilson. – Eu perguntaria por que é que a sua capitã está querendo se render. A *Nurimal* claramente supera a *Clarke* em termos militares. Se quisessem, poderiam ter explodido a gente.

– E é precisamente por isso que dei ordens à capitã Fotew para que entregasse a nave a vocês – disse Sorvalh. – Para lhes garantir que não representamos a menor ameaça.

Wilson olhou de soslaio para a capitã Fotew, toda rígida e formal. O fato de ela ter recebido ordens para se render explicava muita coisa, tanto a respeito da atitude de Fotew no momento como da relação entre Fotew e Sorvalh. Wilson nem conseguia imaginar a capitã Coloma aceitando uma ordem da embaixadora Abumwe para entregar a nave. Capaz de ter sangue no convés depois de uma coisa dessas.

– Vocês poderiam ter deixado isso mais claro se não tivessem enviado sua missão diplomática até nós numa nave de guerra – apontou Wilson.

– Ah, mas se fosse o caso, vocês estariam mortos – disse Sorvalh.

Bom ponto, pensou Wilson. Então disse:

– A *Urse Damay* é uma nave do Conclave.

– Era – respondeu Sorvalh. – Tecnicamente, imagino que ainda possa ser. Em todo caso, quando ela atacou a nave de vocês, e também a *Nurimal*, foi sob comando de alguém que não pertence nem ao Conclave nem às suas forças militares, tampouco concidadãos entre seus tripulantes.

– Que garantia vocês nos oferecem para essa afirmação? – perguntou Wilson.

– Nenhuma, no momento – disse Sorvalh. – Pois não tenho nenhuma a oferecer. Pode ser que surja no futuro, conforme as discussões forem progredindo. Nesse meio-tempo, você tem a minha palavra, seja lá o que ela valha neste momento.

Wilson olhou de relance para Abumwe, que fez um pequeno aceno com a cabeça. Então ele se voltou à capitã Fotew.

– Com todo o respeito, capitã, não posso aceitar sua rendição – disse ele. – A União Colonial e o Conclave não estão em guerra e suas ações militares, até onde consigo ver, em momento algum visaram a *Clarke* em específico ou a União Colonial de modo geral. De fato, suas ações e as ações de sua tripulação salvaram a *Clarke* e as vidas tanto de sua tripulação como dos passageiros. Então, embora eu rejeite sua rendição, ofereço os meus agradecimentos.

Fotew ficou parada ali por um momento, piscando.

– Obrigada, tenente – disse ela, enfim. – Aceito os seus agradecimentos e os compartilho com minha tripulação.

– Muito bem – disse Sorvalh a Wilson, voltando-se depois para Abumwe. – Para um oficial militar, ele não é um mau diplomata.

– Ele tem seus momentos, conselheira – respondeu Abumwe.

– Se eu puder perguntar, o que faremos quanto à *Urse Damay*? – perguntou Coloma. – Está avariada, mas não inteiramente abatida. Ainda representa uma ameaça às nossas naves.

Sorvalh gesticulou com a cabeça para Fotew, que se dirigiu a Coloma.

– A *Urse Damay* possuía lançadores de mísseis presos ao casco, contendo nove projéteis – disse Fotew. – Três foram disparados contra vocês. Três foram disparados contra nós. Os três que sobraram estão na mira das nossas armas. Se fossem disparados, seriam destruídos antes do lançamento. Isto é, se a *Urse Damay* ainda tiver energia o suficiente para nos atacar ou disparar qualquer míssil.

— Vocês já fizeram contato com a nave? — perguntou Coloma.

— Demos ordens para que se rendessem e nos oferecemos para resgatar a tripulação — respondeu Fotew. — Ainda não tivemos notícias desde a batalha. Não fizemos mais nada pois estávamos esperando resolver a questão da rendição a vocês.

— Se o tenente Wilson tivesse aceitado a rendição, então teriam de coordenar o resgate — disse Sorvalh.

— Se ainda houvesse alguém vivo na nave, teriam mandado um sinal a essa altura — disse Fotew. — Para nós ou para vocês. A *Urse Damay* morreu, capitã.

Coloma se aquietou, insatisfeita.

— Como vocês explicarão este incidente? — perguntou Abumwe a Sorvalh.

— Em que sentido? — respondeu Sorvalh.

— No sentido de que ambos os nossos governos concordaram que esta nossa discussão nunca aconteceu — disse Abumwe. — Se nem a discussão ao menos aconteceu, imagino que uma verdadeira batalha militar será difícil de explicar.

— A batalha militar não será difícil de manejar, politicamente — disse Sorvalh. — A rendição, no entanto, teria sim sido difícil de explicar. Mais um motivo para sermos gratas às decisões políticas do tenente Wilson aqui.

— Se é assim, então talvez possam nos dar a resposta que viemos buscar — disse Abumwe.

— Que resposta é essa? — perguntou Sorvalh.

— Por que o Conclave está visando e atacando naves da União Colonial.

— Interessantíssimo — disse Sorvalh. — Porque temos a mesmíssima pergunta para vocês sobre as nossas naves.

— Só no ano passado, foram dezesseis naves desaparecidas — explicou o coronel Abel Rigney a Abumwe. Ele e a embaixadora estavam no gabinete da coronel Liz Egan, que se sentava com os dois na mesa de conferências do gabinete. – Dez delas sumiram nos últimos quatro meses.

– Como assim "desaparecidas"? – perguntou Abumwe. – Destruídas?

– Não, simplesmente sumiram – disse Rigney. – No sentido de que, depois de fazerem o salto, ninguém nunca mais teve notícias. Nada de caixas-pretas, nada de drones de salto, nenhuma comunicação de qualquer tipo.

– E nada de destroços? – perguntou Abumwe.

– Nada que pudéssemos encontrar e nenhuma nuvem de gás de naves vaporizadas também – respondeu Egan. – Só o espaço.

Abumwe voltou a atenção de novo para Rigney.

– Eram naves das Forças Coloniais de Defesa?

– Não – respondeu Rigney. – Ou, para ser mais preciso, não mais. As naves que desapareceram foram todas desativadas das FCD, reformadas para usos civis. Assim como a *Clarke*, a nave de vocês, já foi uma corveta militar. Depois que uma nave deixa de ser útil para as FCD, nós a vendemos a planetas coloniais a fim de cumprir serviços para governos locais ou questões comerciais, especializadas em fretes entre colônias.

– O fato de serem naves não militares foi o motivo de não termos reparado a princípio – continuou Egan. – Às vezes acontece de naves civis e comerciais desaparecerem. Pode acontecer de um salto ser mal calculado ou de serem vítimas de invasores ou piratas. Ou então são empregadas para transportar uma colônia clandestina até algum lugar onde não deviam estar, e aí alguém atira nelas. A União Colonial rastreia todo tipo de fretagem e viagens pelo espaço colonial, por isso a gente toma nota quando uma nave é destruída ou desaparece. Mas não necessariamente registramos que tipo de nave é, ou *era* neste caso.

– Foi só quando algum nerd cuidando dos registros de naves reparou que um tipo específico andava desaparecendo que prestamos atenção – comentou Rigney. – E claro que ele tinha razão. Todas foram desativadas nos últimos cinco anos. A maioria delas desapareceu em sistemas próximos ao território do Conclave.

Abumwe franziu a testa.

– Não me parece o *modus operandi* do Conclave – disse ela. – Eles não deixam a gente colonizar mais, mas, fora isso, não andam sendo abertamente antagônicos com a União Colonial. Não *precisam* ser.

— Concordamos — disse Egan. — Mas há motivos para o Conclave querer atacar a UC. Eles são muito maiores do que nós, mas ainda conseguimos destruir todo mundo, não faz muito tempo.

Abumwe assentiu. Lembrou-se da destruição da frota do Conclave orquestrada pelas FCD sobre a colônia de Roanoke e como isso quase levou a União Colonial a uma guerra com uma confederação alienígena muito maior e furiosa.

O que salvou a UC, ironicamente, foi o fato de o líder fundador do Conclave, o general Tarsem Gau, ter conseguido suprimir uma rebelião e manter a aliança intacta — uma ironia significativa, considerando que o objetivo principal das FCD era derrubá-lo.

— Gau com certeza tem motivos para querer que a União Colonial saia de cena — comentou Abumwe. — Não entendo como desaparecer com algumas naves de guerra desativadas vai garantir isso.

— Também não temos certeza — disse Rigney. — São naves inúteis para batalha agora, pois removemos todos os sistemas de armamento e defesa. Não teria como confundi-las com naves das FCD ainda na ativa. Sumir com elas não diminui em nada nossa capacidade militar.

— Tem outra possibilidade — disse Egan — que eu pessoalmente acho mais provável. E é a de que não é o Conclave quem está por trás dos desaparecimentos, de modo algum. Tem alguém aí fazendo isso e querendo fazer parecer que é o Conclave, com a esperança de entrarmos em conflito de novo.

— Certo — disse Abumwe. — Agora me explica o que isso tem a ver comigo.

— Precisamos estabelecer um contato extraoficial com o Conclave a respeito disso — falou Rigney. — Se estiverem por trás dos desaparecimentos, precisamos avisar que não vamos tolerar esse comportamento, de um modo que não deixe os nossos outros inimigos saberem onde nossos recursos militares poderão ser concentrados. Se não forem eles, então será para benefício mútuo descobrir quem é... e, de novo, o mais discretamente possível.

— Esse serviço vai para você porque, para sermos diretos, já sabe que tem alguém ou algum grupo tentando sabotar os negócios da União

Colonial com outras espécies e governos – disse Egan. – Não precisamos relatar a você, e sabemos que você e o seu pessoal são capazes de ficar com a boca fechada.

Abumwe deu um meio sorriso bem amarelo.

– Aprecio a sua sinceridade – disse ela.

– Você também é boa no que faz – completou Egan. – Só para deixar claro. Mas a discrição é particularmente valiosa neste caso.

– Compreendo – disse Abumwe. – Como querem que seja a minha abordagem? Não tenho contato direto algum com o Conclave, mas sei de alguém que possa ter.

– O seu tenente Wilson? – perguntou Egan.

Abumwe fez que sim com a cabeça.

– Ele conhece John Perry em pessoa – falou, mencionando o ex-major das FCD que se refugiou com o Conclave após os eventos na colônia de Roanoke e depois levou uma frota comercial alienígena até a Terra a fim de informar o planeta de sua relação unilateral com a União Colonial. – Não é uma conexão que eu gostaria de explorar, mas posso usar se for necessário.

– Não será necessário – disse Rigney. – Temos uma linha direta com alguém do círculo interno do general Gau. Uma conselheira chamada Sorvalh.

– Como conhecemos Sorvalh? – perguntou Abumwe.

– Após o incômodo com a aparição do major Perry na Terra com a frota comercial do Conclave, o general Gau decidiu que seria útil ter um modo oficial-extraoficial de conversar com o círculo interno dele – explicou Egan. – A fim de evitar qualquer incômodo *não intencional*.

– É só a gente dizer onde aparecer que ela vai estar lá – completou Rigney. – Só precisamos levar você até o lugar.

– E garantir que ninguém mais saiba que está indo – disse Egan.

– Não somos nós atacando suas naves – disse Abumwe a Sorvalh.

– Curioso – disse Sorvalh. – Porque, em vários dos seus últimos meses, vinte das nossas naves desapareceram.

– Naves militares do Conclave? – perguntou Abumwe.

– Não – disse Sorvalh. – No geral naves mercantes e algumas recauchutadas.

– Diga mais – respondeu Abumwe.

– Não tem muito mais o que dizer – disse Sorvalh. – Todas desapareceram em território que faz fronteira com espaço da União Colonial. Todas sem deixar rastros. As naves desapareceram, as tripulações desapareceram, a carga desapareceu. São pouquíssimas naves para constituir uma ação digna de resposta. Mas são muitas para botar na conta do acaso ou destino.

– E nenhuma dessas naves reapareceu? – perguntou Abumwe.

– Teve uma – respondeu Sorvalh. – Foi a *Urse Damay*.

– Está de brincadeira? – disse Wilson.

– Não, tenente Wilson – disse Sorvalh, voltando-se para ele. – A *Urse Damay* foi uma das primeiras da lista a desaparecer e a que nos causou a maior preocupação. É uma nave diplomática, ou era, e o desaparecimento dela foi um possível ato de guerra, até onde nos diz respeito. Mas não captamos nada em nossos canais costumeiros de comunicação, e era de se esperar alguma coisa se fosse esse o caso.

– E, no entanto, vossa excelência ainda acredita que estamos por trás disso – disse Abumwe.

– Se eu tivesse certeza, então vocês já teriam ficado sabendo e não seria por estes meios diplomáticos extraoficiais – disse Sorvalh. – Nós suspeitávamos, mas não temos interesse algum em começar uma guerra com a União Colonial por conta de suspeitas. Assim como, obviamente, vocês também não têm o menor desejo de começar uma guerra conosco baseado nisso.

– A presença da *Urse Damay* aqui deveria convencê-los de que não fomos nós que a levamos – disse Coloma. – Ela disparou contra nós.

– Disparou contra nossas duas naves – apontou a capitã Fotew. – E na nossa primeiro. Chegamos aqui pouco antes de vocês. Ela já estava aqui quando chegamos.

– Se tivéssemos chegado antes, nós a teríamos identificado como uma nave diplomática do Conclave – disse Coloma. – É óbvio que a intenção era servir de isca para a *Clarke* e então atacar.

– É um modo de ver a situação – disse Sorvalh. – Outro seria que vocês controlavam uma nave capturada do Conclave para fingir um ataque contra uma nave diplomática desarmada e usar isso como ferramenta de propaganda. Não é como se a União Colonial não fosse capaz de sacrificar uma nave ou colônia para despertar a sede por justiça da população.

Essas palavras deixaram Coloma tensa, mas Abumwe tocou o braço dela para acalmá-la e como um aviso.

– Vossa excelência não sugere que isso seja o que realmente aconteceu aqui?

– Não sugiro – concordou Sorvalh. – Estou apontando para o fato de que, no momento, ambos os lados têm mais perguntas do que respostas. Nossa nave desapareceu e reapareceu aqui. Atacou ambas as naves. Perguntar quem era o alvo *pretendido* é, no momento, algo banal, já que ambas foram visadas. A pergunta que devemos fazer é: quem está nos atacando? Como sabiam que estaríamos aqui? E será que são as mesmas pessoas que fizeram as *suas* naves desaparecerem?

Wilson se voltou de novo para Fotew.

– Você disse que a *Urse Damay* está morta.

– Incapacitada, no mínimo do mínimo – respondeu Fotew. – E, em todo caso, não representa a menor ameaça.

– Então tenho uma sugestão – disse Wilson.

– Por favor – disse Sorvalh.

– Acho que talvez seja hora de uma excursão – disse Wilson.

– Não faça nada extravagante – disse Hart Schmidt a Wilson. Os dois estavam no ancoradouro da *Clarke*. O transporte da *Nurimal*, com seu piloto e dois militares do Conclave, estava à espera de que o tenente subisse a bordo. – Dê uma olhada, veja o que dá para descobrir e saia de lá.

– Eu queria saber quando foi que você virou minha mãe – retrucou Wilson.

– Você não para de fazer loucura – falou Schmidt. – E aí me leva junto.

– Outra pessoa pode me monitorar, se você preferir – disse Wilson.

– Não seja tonto, Harry – disse Schmidt, conferindo pela segunda vez o traje de combate de Wilson. – Você já conferiu sua reserva de oxigênio?

– Ela é monitorada constantemente pelo meu BrainPal – disse Wilson. – Além disso, o traje de combate já é configurado para um ambiente a vácuo. Além disso, consigo prender a respiração durante dez minutos. Por favor, Hart. Você é meu amigo, mas se continuar assim vou ter que matá-lo.

– Beleza. Desculpa – disse Schmidt. – Estarei acompanhando da ponte. Mantenha seus circuitos audiovisuais abertos. Coloma e Abumwe estarão lá também, caso tenha perguntas para elas e vice-versa.

– Exatamente quem eu queria dentro da minha cabeça – disse Wilson.

Um dos soldados do Conclave, um Lalan, colocou a cabeça para fora do transporte e gesticulou para Wilson, que disse:

– Essa é a minha carona.

Schmidt encarou o soldado.

– Fica de olho nesse pessoal – disse Hart.

– Eles não vão me matar, Hart – disse Wilson. – Ia pegar mal.

– Um dia você vai estar enganado sobre essas coisas – disse Schmidt.

– Quando eu estiver, espero que isso aconteça bem longe de você – disse Wilson. Schmidt abriu um sorriso e voltou para a sala de controle do ancoradouro.

Wilson entrou no transporte. O piloto e um dos soldados eram Lalans também, assim como Sorvalh e a capitã Fotew. O outro era um Fflict, uma raça peluda e atarracada. Ele gesticulou para que Wilson se sentasse, o que fez, com seu MU-35 sob os pés.

– Temos circuitos de tradução embutidos em nossos trajes – disse o Fflict, no próprio idioma, enquanto uma tradução saía por um alto-falante no cinto dele. – Você pode falar a sua língua e nós receberemos uma tradução pelo canal de áudio.

– Idem – disse Wilson, apontando para o próprio alto-falante. – Pode desligar se quiser, ainda vou conseguir compreender o que você diz tranquilamente.

– Que bom – disse o Fflict, desligando o aparelho. – Odeio como a minha voz soa nesse negócio. – Ele ergueu a mão e contraiu os membros duas vezes, em uma saudação. – Sou o tenente Navill Werd. – Então apontou para os dois Lalans. – Piloto Urgrn Howel, cabo Lesl Carn.

– Tenente Harry Wilson – cumprimentou Wilson.

– Já esteve num ambiente a vácuo antes? – perguntou Werd.

– Uma ou duas vezes – respondeu Wilson.

– Que bom – falou Werd. – Agora escuta. Esta é uma missão cooperativa, mas alguém precisa estar no comando e proponho que seja eu, afinal já estou encarregado de comandar estes dois, e o transporte é meu, além disso. Alguma objeção?

Wilson sorriu e disse:

– Não, senhor.

– Gênero errado – disse Werd. – Mas o "senhora" que vocês usam também não funciona muito bem, então pode continuar me chamando de "senhor". Não há necessidade de complicar as coisas.

– Sim, senhor – disse Wilson.

– Certo, vamos botar esta coisa para funcionar – disse Werd, gesticulando para o piloto, que fechou o transporte e mandou um sinal à *Clarke*, avisando que estavam prontos para a partida. A *Clarke* começou o ciclo de despressurização no ancoradouro. O cabo Carn relaxou na poltrona do copiloto.

– Esta é a minha primeira vez trabalhando com um humano – disse Werd a Wilson.

– E como está indo até então? – perguntou Wilson.

– Nada mal – respondeu Werd. – Mas você é meio feio.

– Eu escuto muito isso – falou Wilson.

– Aposto que sim – disse Werd. – Mas não vou usar isso contra você.

– Eu agradeço – disse Wilson.

– Mas se também for fedido, vou atirá-lo de uma câmara de ar – falou Werd.

– Anotado – disse Wilson.

– Feliz que estamos entendidos – disse Werd.

– O tenente é assim com todo mundo – comentou o cabo Carn, olhando de novo para Wilson. – Não é só com você.

– Não é culpa minha se todo mundo é horroroso – rebateu Werd. – Não dá para serem todos lindos que nem eu.

– Como você consegue aguentar ser tão lindo assim, senhor? – perguntou Wilson.

– Não sei mesmo – respondeu Werd. – Acho que só consigo ser um farol de esperança e beleza, imagino.

– Entende o que eu digo? – comentou Carn.

— Ele é um invejoso — respondeu Werd. — Além de feio.

— Vocês são umas figuras — disse Wilson. — E o meu amigo Hart com medo de que fossem tentar me matar.

— Claro que não — disse Werd. — Isso a gente reserva para a segunda missão.

O transporte deu a ré no ancoradouro e partiu até a *Urse Damay*.

— Beleza, quem quer me contar o que há de esquisito nesta nave? — perguntou Werd para ninguém em particular. A voz do tenente chegava pelo BrainPal. Wilson, Werd e Carn estavam todos em partes separadas da nave.

— O fato de que não tem um único ser vivo aqui? — respondeu Carn.

— Quase, mas não é isso — disse Werd.

— *Isso* não é esquisito? — falou Carn. — Se isso não é esquisito, tenente, então o que é?

— O fato de que não há provas de que em algum momento sequer houve seres vivos nela — disse Wilson.

— O humano sacou — disse Werd. — Isso é esquisito pra cacete, a coisa mais esquisita que já vi.

Os três soldados cuidadosamente navegavam pela parte da frente da *Urse Damay*, que ainda rodopiava. O piloto do transporte tinha imitado a velocidade e a rotação do fragmento da nave, e os três haviam entrado por um cabo ligado a um arpão magnético. Depois de atravessarem, o transporte havia se afastado até uma distância mais segura enquanto continuava a imitar o movimento.

Lá dentro, a rotação era suficiente para prender Wilson, Werd e Carn às paredes em ângulos malucos no arranjo interno da nave. Os três precisavam tomar cuidado ao andar, e o canal de comunicação aberto ocasionalmente era ativado pelos xingamentos do cabo Carn, que era muito alto e esbarrava nas coisas.

A parte da frente da *Urse Damay* havia sido separada da fonte de energia principal, mas ainda havia baterias locais que forneciam uma carga limitada, alimentando as luzes emergenciais que iluminavam os corredores com um brilho fraco, porém manejável. Sob essa luz, não dava para ter o menor indício de que alguém tivesse caminhado por aqueles corredores no passado recente. Wilson abriu as portas que davam para os quartos, as salas de conferência e o que parecia ser um refeitório, a julgar pelos bancos e o que aparentavam ser as áreas para preparação de alimentos.

Tudo estava vazio e estéril.

— Esta nave foi programada? — perguntou Carn. — Que nem um drone de salto?

— Eu assisti ao replay em vídeo da batalha com a *Nurimal* — disse Werd. — A *Urse Damay* empregou táticas que sugerem não ter sido automatizada, pelo menos para mim.

— Concordo — disse Wilson. — Com certeza parecia ter alguém aqui.

— Talvez seja controlada remotamente — sugeriu Carn.

— Já vasculhamos a área local — disse Wilson. — Não encontramos drone algum, nem naves menores. Tenho certeza de que a capitã Fotew colocou a *Nurimal* para fazer o mesmo.

— Então como foi que esta nave entrou em combate sem ninguém dentro? — perguntou Carn.

— Qual sua opinião sobre fantasmas? — perguntou Werd.

— Prefiro que os meus mortos continuem mortos — respondeu Wilson.

— O humano sacou de novo — disse Werd. — Então, vamos continuar procurando algo vivo a bordo da nave.

Alguns minutos depois, Carn estava no canal de comunicação. Ele fez um ruído e depois de um segundo o BrainPal de Wilson o traduziu como um "uh".

— O que foi? — perguntou Werd.

— Acho que encontrei alguma coisa — disse Carn.

— Viva? — perguntou Wilson.

— Talvez? — disse Carn.

— Carn, você vai ter de ser um pouco mais específico do que isso — respondeu Werd. Mesmo pela tradução, Wilson conseguiu sentir o tom exasperado.

— Estou na ponte — disse Carn. — Não tem ninguém aqui. Mas há um monitor ligado.

— Certo — disse Werd. — E daí?

— E daí que, quando passei diante da tela, apareceram umas palavras ali — disse Carn.

— E o que elas diziam? – perguntou Wilson.

— "Volte" – respondeu Carn.

— Achei que você tivesse dito que não havia ninguém na sala com você – disse Werd.

— E *não tem* – insistiu Carn. – Espera, tem mais alguma coisa no monitor agora. Mais palavras.

— E o que elas dizem desta vez? – perguntou Werd.

— "Socorro" – respondeu Carn.

— Você disse que sua especialidade é tecnologia – disse Werd a Wilson, apontando para o monitor da ponte, que pairava num ângulo estranho acima deles. – Faça isso aqui funcionar.

Wilson fez uma careta e olhou para a tela. As palavras estavam no idioma dos Lalans, e o BrainPal traduziu a mensagem, visualmente sobreposta ao monitor. Não havia um teclado ou outro acessório que pudesse ver. Ele esticou a mão e tocou a tela, mas nada aconteceu.

— Como vocês normalmente operam os monitores? – perguntou Wilson a Werd. – Por acaso o Conclave tem algum tipo de interface de acesso padrão?

— Eu lidero pessoas e atiro em coisas – respondeu Werd. – Interfaces de acesso não são comigo.

— Temos uma frequência padrão de transmissão de dados – disse Carn. – Não de transmissão de voz, mas para outras coisas.

— Hart? – disse Wilson.

— Vendo isso para você agora – respondeu Schmidt, dentro da cabeça dele.

— Olha – disse Carn, apontando para a tela. – Mais palavras.

Vocês não precisam da frequência de dados, diziam as palavras no idioma dos Lalans. *Consigo ouvi-los pelo canal de áudio. Mas compreendo apenas os Lalans. Meu módulo de tradução foi danificado.*

— Qual é o idioma que você fala? – perguntou Wilson, dando ordens ao BrainPal para traduzir para lalanês.

Dos Easos, disseram as palavras no monitor.

Wilson fez uma solicitação ao BrainPal, que possuía o pacote para o idioma e começou a abri-lo.

— Melhor agora? — perguntou.

Sim, obrigado, disseram as palavras.

— Quem é você? — perguntou Wilson.

Meu nome é Rayth Ablant.

— Você é o capitão da *Urse Damay*? — perguntou Wilson.

De certo modo, sim.

— Por que atacou a *Clarke* e a *Nurimal*? — perguntou Wilson.

Não tive escolha.

— Onde está todo mundo? — perguntou Werd, que aparentemente possuía o idioma dos Easos em seu banco de dados tradutório.

Você quer dizer "onde está minha tripulação"?

— Sim — confirmou Werd.

Não tenho. Sou só eu.

— Onde você está? — perguntou Wilson.

É uma pergunta interessante, lia-se no monitor.

— Você está a bordo da nave? — perguntou Wilson.

Eu sou a nave.

— Eu li isso corretamente, né? — disse Carn, um minuto depois. — Não foi um erro de tradução, certo?

— Estamos nos perguntando a mesma coisa aqui — disse Schmidt a Wilson, embora ele fosse o único na *Urse Damay* capaz de ouvi-lo.

— Você *é* a nave — repetiu Wilson.

Sim.

— Não é possível — disse Werd.

Eu bem queria que não fosse.

— O tenente Werd está correto — disse Wilson. — Nenhum de nós até agora foi capaz de criar máquinas verdadeiramente inteligentes.

Eu não disse que era uma máquina.

— Esse sujeito está me irritando — disse Werd a Wilson. — Está falando por meio de charadas.

— E está ouvindo você — disse Wilson, com um gesto de corte: *cala a boca, Werd*. — Rayth Ablant, você vai precisar se explicar melhor para a gente. Não acho que ninguém aqui entendeu o que está dizendo.

É mais fácil se eu mostrar.

— Certo — disse Wilson. — Me mostra.

Olhe atrás de você.

E foi o que Wilson fez. Atrás dele, havia uma fileira de monitores e um grande armário preto. Ele voltou sua atenção ao monitor.

Abra. Com cuidado.

E foi o que Wilson fez.

Olá.

– Ah, puta que me pariu – disse Wilson.

– É um cérebro dentro de uma caixa – disse Wilson. – Literalmente um cérebro dentro de uma caixa. Eu abri o armário e havia um frasco ali com o cérebro de um Easo e seu sistema nervoso conectado a fibras de dados inorgânicas. Há algum tipo de líquido em torno, que suspeito servir para mantê-lo alimentado e oxigenado. Também tem um tubo de excreção que o conecta ao que parece ser um mecanismo de filtragem, com outro tubo saindo da outra ponta. Tudo ali é reciclado. É bem impressionante, se você esquecer que há um ser senciente de fato preso ali.

Wilson se sentou mais uma vez no ancoradouro da *Clarke* com Abumwe, Sorvalh, Muhtal Worl e Hart Schmidt. As capitãs Coloma e Fotew haviam retornado aos seus postos. Abumwe e Coloma viram Rayth Ablant do ponto de vista de Wilson graças às imagens fornecidas pelo BrainPal, mas Sorvalh tinha se recusado, preferindo, como dizia, "que ele contasse melhor ao vivo".

– Quem era esse tal de Ablant? – perguntou ela. – Ele tinha uma vida antes... disso?

– Era piloto da *Urse Damay*. Pelo menos, é o que diz – respondeu Wilson. – Acredito que a senhora estaria mais apta do que eu para conferir essa informação, conselheira.

Sorvalh acenou com a cabeça para Worl, que tomou notas no tablet.

– Ele era parte de uma tripulação – disse Sorvalh. – A *Urse Damay* contava com uma tripulação central de cinquenta pessoas, além de uma dúzia na missão diplomática. O que aconteceu com essa gente?

– Ele disse que não sabe – respondeu Wilson. – Disse que estava dormindo quando a nave foi invadida e ele foi apagado durante a invasão. Quando acordou, estava desse jeito. Quem fez isso com ele não lhe disse nada sobre o resto da tripulação.

– E quem fez isso com ele? – perguntou Sorvalh.

– Ele disse que também não sabe – respondeu Wilson. – Disse que, tecnicamente, nunca nem falaram com ele. Comunicam-se via texto. Quando Ablant voltou a si, explicaram que o dever dele era aprender a operar e navegar a *Urse Damay* por conta própria. Então, receberia uma missão quando se tornasse proficiente o bastante. Essa foi a missão.

– Você acredita que ele não sabe quem era essa gente? – perguntou Sorvalh a Wilson.

– Perdoe o meu francês, conselheira, mas esse sujeito é um cérebro sem um caralho de um corpo – disse Wilson. – Não é como se ele tivesse poderes de observação além dos que lhe foram dados. Ele disse que não teve qualquer informação externa até a nave fazer o salto. Durante metade da missão, estava voando às cegas. É inteiramente possível que não saiba nada sobre essa gente além do que lhe disseram, que é quase nada.

– Você confia nele – disse Sorvalh.

– Eu tenho *dó* dele – disse Wilson. – Mas também acho que podemos botar fé no que ele diz. Se fosse um participante voluntário nisso, não teria sido necessário colocarem o cérebro dele numa caixa para que fizesse o que queriam.

– Conta para a conselheira o que ele disse que a recompensa pela missão seria – disse Abumwe a Wilson.

– Disseram que, se completasse a missão, colocariam o cérebro de volta no corpo e o mandariam para casa – falou Wilson. – Seu pagamento seria voltar a ser ele mesmo.

Sorvalh ficou em silêncio diante dessa informação por um momento, contemplando. Então ajeitou o peso do corpo e se dirigiu a Abumwe:

– Eu gostaria de pedir a sua paciência por um instante para eu dizer algo terrivelmente insensível.

– Fique à vontade – disse Abumwe.

– Não é nenhum grande segredo que a União Colonial faz coisas assim o tempo todo – começou Sorvalh, gesticulando na direção de Wilson. – O seu tenente aqui é o resultado da suposta transferência de consciência de um corpo a outro geneticamente modificado. Ele tem um computador no cérebro ao qual está conectado por vias inorgânicas, que funcionam de maneira semelhante, pelo menos, às que estão ligadas a essa pobre criatura. Seus soldados das Forças Especiais são ainda mais modificados do que ele. Sabemos que vocês possuem alguns soldados dessas Forças Especiais que lembram seres humanos muito tangencialmente. E sabemos que uma das opções de penalidade que as Forças Coloniais de Defesa aplicam contra soldados desobedientes é colocar seus cérebros num frasco por um período.

Abumwe assentiu e disse:

– E onde vossa excelência deseja chegar, conselheira?

– Aonde quero chegar, embaixadora, é que quem quer que tenha feito isso a Rayth Ablant tem um *modus operandi* mais próximo do da União Colonial do que do Conclave – concluiu Sorvalh.

Abumwe gesticulou com a cabeça na direção de Wilson mais uma vez e disse:

– Diga a ela quais foram as ordens dadas a Rayth Ablant.

– Ele disse que suas ordens eram para destruir toda e qualquer nave que se apresentasse depois do salto – disse Wilson. – Sem nenhuma discriminação da parte dos seus mestres. Simplesmente o apontaram na nossa direção e torceram pelo melhor resultado.

– Para que propósito? – perguntou Sorvalh.

– E importa? – disse Abumwe. – Se tivéssemos sido destruídos, a União Colonial os teria culpado pela emboscada. Se vocês tivessem sido destruídos, o Conclave teria feito o mesmo com a gente. Se ambos tivéssemos sido destruídos, os nossos dois governos já estariam em guerra. É como a conselheira disse mais cedo. A essa altura, o *porquê* é quase uma banalidade, a não ser que saibamos *quem* foi.

– Se o seu tenente Wilson tiver razão e esse tal de Rayth Ablant não tiver como saber quem era seu chefe, não tem como a gente saber *quem* foi – falou Sorvalh. – Tudo que temos são os métodos, e esses métodos são mais próximos dos de vocês do que dos nossos.

– Rayth Ablant não sabe para quem trabalha, mas ele não é tudo que temos – disse Wilson.

– Explique – disse Sorvalh.

– É um cérebro numa caixa – repetiu Wilson. – E a *caixa* pode nos dizer muita coisa. Por exemplo, a tecnologia de que ela consiste. Se tiver alguma coisa fora do comum a seu respeito, aí a gente tem uma pista. Mesmo que tudo seja construído sob medida, podemos fazer a engenharia reversa e talvez descobrir aquilo que chega mais próximo disso. É melhor do que o que temos por ora, ou seja, nada.

– Do que precisaremos para isso? – perguntou Sorvalh.

– Bem, para começo de conversa, eu gostaria de tirar Rayth Ablant da *Urse Damay* – disse Wilson. – Quanto antes, melhor. Estamos trabalhando contra o relógio aqui.

– Não compreendo – falou Sorvalh.

– Uma das primeiras coisas que Rayth Ablant disse foi "socorro" – explicou Wilson. – E disse isso porque o sistema de manutenção da vida estava operando com base nas baterias de emergência. Ele tem cerca de oito horas até exaurir essa reserva.

– E você quer trazê-lo para cá – disse Sorvalh, apontando para a *Clarke*.

Wilson balançou a cabeça.

– Ele está numa nave do Conclave – respondeu ele. – Não importa de onde venha a caixa, ela faz interface com uma rede de energia do Conclave. Os sistemas da *Nurimal* são mais próximos dos da *Urse Damay* do que os nossos. – Wilson sorriu. – Além do mais, quem tem as armas aqui são vocês.

Sorvalh sorriu de volta.

– Isso é fato, tenente – disse ela. – Mas não imagino que sua chefe aqui vá ficar feliz em deixar o Conclave tomar posse dessa tecnologia.

– Enquanto vocês permitirem que o tenente Wilson a examine de perto, não tenho nenhuma objeção real – disse Abumwe. – Tecnologia é o serviço dele. Eu confio que vai descobrir o que precisa saber.

– Seus chefes talvez não fiquem contentes com isso, embaixadora Abumwe – comentou Sorvalh.

– Isso talvez seja verdade – concordou Abumwe. – Mas aí vai ser problema nosso, não de vocês.

– Quando você pode começar? – perguntou Sorvalh a Wilson.

– Assim que vocês solicitarem Werd e Carn para me ajudar – respondeu Wilson. – A caixa com o cérebro não é muito grande, felizmente, mas o espaço lá dificulta o deslocamento. E precisamos da nave de transporte, óbvio.

Sorvalh gesticulou com a cabeça na direção do assistente, que esticou a mão de novo, atrás do tablet. Ela perguntou:

– Mais alguma coisa?

– Eu tenho, sim, só mais um pedido – disse Wilson.

– Pode falar – disse Sorvalh.

– Eu gostaria que prometessem para mim, assim que levarem Rayth Ablant até sua nave, que vão conectá-lo à sua rede – disse Wilson.

– E qual o motivo desse pedido? – perguntou Sorvalh.

– Esse pobre coitado passou sabe Deus quanto tempo rodando simulações de operação de uma espaçonave. Todos os amigos dele estão mortos e não havia ninguém com quem conversar além dos filhos da puta que o botaram nessa caixa – disse Wilson. – Acho bem provável que ele esteja solitário.

Você se importa se eu fizer uma pergunta?, disse Rayth Ablant a Wilson. Wilson havia aberto a frequência de dados para que Rayth pudesse se dirigir a ele diretamente via BrainPal, em vez de pelo monitor. No entanto, manteve a interface via texto, porque parecia o mais adequado.

– Vai em frente – disse Wilson, que estava ocupado extraindo as baterias debaixo do convés da ponte da *Urse Damay* e já começava a suar dentro do traje de combate à prova de vácuo.

Gostaria de saber por que você está tentando me ajudar.

– Você pediu ajuda – respondeu Wilson.

Também tentei explodir sua nave com você dentro dela.

– Foi antes de me conhecer – disse Wilson.

Sinto muito por isso.

– Não vou dizer para você não se desculpar – disse Wilson –, mas compreendo querer o seu corpo de volta.

Isso não vai mais acontecer agora.

– Não pela mão dos cuzões que fizeram isso com você, não – falou Wilson. – Mas não significa que não possa acontecer um dia.

Não me parece provável.

– Você está dizendo isso para um sujeito que já está em seu segundo corpo – comentou Wilson. – Sou um pouco mais otimista quanto à sua situação do que você.

Então apanhou uma bateria e a colocou perto das várias outras que havia extraído antes. Werd e Carn estavam em outra parte da *Urse Damay*, também arrancando baterias, que serviriam como fonte de energia para a caixa de cérebro de Rayth Ablant até todos estarem a salvo a bordo da *Nurimal*. A viagem entre uma nave e outra seria uma questão de minutos, mas Wilson era um adepto fervoroso da crença de que não existe exagero quando há o risco de alguém acabar morto.

Sou grato por isso.

– E eu sou grato por você ter uma péssima pontaria – respondeu Wilson, retornando à sua tarefa.

Você sabe que os humanos têm uma má reputação. Com o restante de nós.

– Já ouvi falar – disse Wilson.

De que vocês são mentirosos. De que violam seus contratos e tratados. De que morrem de medo de todos nós e o modo de resolver esse problema é tentando nos destruir.

– Mas, por outro lado, todos cantamos muito bem – brincou Wilson.

Digo isso porque não estou vendo nenhuma dessas coisas em você.

– Os humanos são como qualquer outra raça – disse Wilson. – Em meio aos Easos, será que todos são boas pessoas? Antes do Conclave, seu governo sempre fazia o que era melhor? Mesmo agora, o Conclave sempre faz o que é melhor?

Desculpe-me. Não queria começar uma discussão política.

– Não é isso – disse Wilson. – Estou falando da natureza dos seres sencientes em qualquer lugar. Todos temos um leque de possibilidades dentro de nós. Pessoalmente, não espero muita coisa dos outros. Mas, da minha parte, sempre que possível, tento não ser um completo arrombado.

E isso inclui resgatar cérebros em caixas.

– Bem, isso inclui resgatar uma pessoa – disse Wilson. – Que, no momento, é um cérebro numa caixa. – Nisso, ele transportou mais uma bateria.

O tenente Werd entrou na ponte, trazendo a própria reserva de baterias e colocando-as ao lado das de Wilson. Os dois se trombaram na leve pseudogravidade oferecida pela rotação da nave.

– De quantas mais você acha que ainda precisa? – perguntou a Wilson. – Desmontar uma nave inteira não estava na descrição da vaga.

Wilson sorriu e contou as baterias.

– Acho que temos o suficiente – disse ele. – A caixa não está bem presa ao convés, por isso deve ser fácil de arrancar. Carregar coisas é parte do seu trabalho, não?

– Sim – confirmou Werd. – Mas cobro um adicional para colocar de volta no chão.

– Bem, então – disse Wilson –, o que a gente precisa fazer agora é garantir que não haja interrupção significativa no fluxo de energia da caixa quando a desconectarmos do sistema da *Urse Damay* e a ligarmos nas baterias. – Ele apontou para os cabos e as tomadas externas da caixa, que serpenteavam até o sistema de energia da nave. – É provável que haja uma fonte na próxima caixa. Preciso ver qual a capacidade de armazenamento dela.

– Você que manda, tenente Wilson – disse Werd. – Desta vez, está no comando.

– Obrigado, Werd – disse Wilson, abrindo a porta da caixa, mais uma vez com bastante cuidado, a fim de evitar tirar do lugar qualquer parte de seus conteúdos. – Cá entre nós, eu, você e Carn somos um modelo de cooperação que sugere paz e harmonia no convívio de todas as nossas nações.

– Sarcasmo não é exclusividade humana – comentou Werd –, mas admito que vocês são bons nisso.

Wilson não respondeu. Em vez disso, ficou examinando a caixa com atenção.

– O que foi? – perguntou Werd, ao que Wilson gesticulou com a cabeça para que ele chegasse mais perto. E Werd obedeceu.

Wilson havia separado um bolo de fios plugado ao recipiente onde estavam o cérebro e o sistema nervoso de Rayth Ablant a fim de saber onde os cabos entravam na caixa. O ponto de entrada era, de fato, o que parecia ser uma fonte, capaz de armazenar um minuto, mais ou menos, de energia, a fim de auxiliar um desligamento controlado do sistema no caso de perda de eletricidade.

Havia também mais uma coisa ligada à fonte.

– Ah – disse Werd, e Wilson assentiu com a cabeça. – Carn – chamou Werd, no circuito de comunicação.

– Sim, tenente – respondeu Carn.

– O tenente Wilson e eu percebemos que esquecemos algumas ferramentas, e vamos precisar que venha aqui nos ajudar com isso – disse Werd. – Volte para a nave de transporte. Encontramos você lá.

– Senhor? – disse Carn, levemente confuso.

– Reconheça a minha ordem, cabo – disse Werd.

– Ordem reconhecida – respondeu Carn. – A caminho.

Está tudo certo?

– Tudo certo – disse Wilson a Rayth Ablant. – Só percebi que algumas partes na sua estrutura interna vão dar um pouco mais de trabalho do que outras. Preciso de algumas ferramentas diferentes. Vamos voltar à *Nurimal* para buscá-las. Retornaremos em breve.

Faz sentido para mim. Não demore muito. A nave já está começando a desligar.

– Voltarei assim que possível – disse Wilson. – Prometo.

Rayth Ablant não disse nada em resposta. Wilson e Werd voltaram em silêncio até o ponto de encontro; os dois, junto de Carn, retornaram ao transporte sem dizer uma única palavra a mais.

Quando o transporte estava a caminho, Wilson abriu um canal de comunicação com a *Clarke*.

– Hart – disse a Schmidt –, você precisa levar Abumwe até a *Nurimal*. Esteja lá assim que possível. Temos um enrosco. Um enrosco dos grandes. – Ele encerrou a conexão antes que Schmidt pudesse responder e se voltou para Werd. – Preciso que você junte o seu pessoal e me forneça uma planta do sistema de energia da *Urse Damay*. Tem coisas que preciso saber. Para já.

– Talvez não tenhamos isso – disse Werd. – A *Urse Damay* não é parte da frota militar do Conclave.

– Então preciso que um dos seus engenheiros explique para mim como funcionam os sistemas de energia do Conclave. Podem fazer isso pelo menos, certo?

– Vou começar – disse Werd, abrindo um canal de comunicação com a *Nurimal*.

Carn olhou para os dois e viu suas expressões faciais.

– O que houve? – perguntou.

– Estamos lidando com uns completos cuzões – respondeu Wilson.

– Achei que já soubéssemos disso – disse Carn.

– Não, isso é novidade – falou Wilson. – Tem uma bomba acoplada à reserva de energia da caixa. Aquela em que Rayth Ablant está. Parece que vai disparar se qualquer coisa acontecer com o fluxo de energia que a alimenta. Se a gente tirar Rayth Ablant de lá, ele vai morrer.

– E se a gente não tirar, ele vai morrer também – comentou Carn. – A reserva de energia está quase no fim.

– E agora você sabe por que eu disse que estamos lidando com uns completos cuzões – disse Wilson. Ele passou o restante da viagem até a *Nurimal* em silêncio.

Desta vez só veio você.
– Sim – disse Wilson a Rayth Ablant.
Isso não é um bom sinal, acredito.
– Eu disse que ia voltar – respondeu Wilson.
Não vai mentir para mim, vai?
– Você disse que gostava do fato de eu não ser como os humanos sobre os quais ouviu falar – disse Wilson. – Então, não, não vou mentir para você. Mas precisa saber que a verdade vai ser difícil de engolir.
Eu já sou um cérebro numa caixa. A verdade já é difícil de engolir.
Wilson sorriu.
– É um modo bem filosófico de olhar para as coisas.
Ao se tornar um cérebro numa caixa, só lhe resta a filosofia.
– Tem uma bomba na sua caixa – disse Wilson. – Está acoplada à fonte de energia. Até onde consigo observar, ela tem um monitor que acompanha o fluxo. O sistema energético da *Urse Damay* está integrado aos seus sistemas energéticos de emergência de modo que, quando o sistema principal cai, o secundário já está em operação para que não ocorra interrupção alguma nos sistemas cruciais, o que inclui sua caixa. Mas, se removermos de vez a caixa do sistema, esse monitor vai registrar a ocorrência e a bomba vai ser disparada.
Isso vai me matar.
– Sim – confirmou Wilson. – Já que me pediu para não mentir, vou lhe dizer que o verdadeiro objetivo da bomba deve ser garantir que a tecnologia da caixa não possa ser removida e examinada. A sua morte é um resultado incidental disso.
Pensando bem, talvez você possa mentir para mim um pouquinho.

— Desculpa — disse Wilson.

Existe algum outro modo de me remover da caixa?

— Não que eu possa ver — respondeu Wilson. — Pelo menos, não de uma maneira que o mantenha vivo. Se me permite dizer, essa caixa é uma obra impressionante de tecnologia. Se eu tivesse mais tempo, poderia fazer a engenharia reversa dessa coisa e lhe dizer como funciona, mas não é o caso. Poderia tirar você da caixa, a parte que é você de fato, mas não poderia simplesmente pegar essa parte e atrelar a uma bateria. A caixa é um sistema integrado. Não dá para você sobreviver sem ela.

Dentro dela também não vou conseguir sobreviver por muito tempo.

— Posso religar as baterias que removemos do sistema — disse Wilson. — Nós podemos ganhar um tempo assim.

Nós?

— Eu estou aqui — falou Wilson. — Posso continuar trabalhando nisso. Provavelmente tem alguma coisa que deixei escapar.

Se você mexer na bomba, tem uma chance de ela explodir.

— Sim — confirmou Wilson.

E quando acabar a energia, ela vai explodir de qualquer jeito.

— Imagino que ela vá usar a energia da fonte para ativar a detonação, sim — disse Wilson.

Você desarma bombas regularmente? É a sua especialidade?

— Eu lido com pesquisa e desenvolvimento de tecnologia. É bem a minha praia — falou Wilson.

Acho que está mentindo um pouco para mim.

— Acho que posso conseguir salvar você — disse Wilson.

Por que quer me salvar?

— Você não merece morrer desse jeito — respondeu Wilson. — Como um mero efeito colateral. Um cérebro numa caixa. Reduzido a menos do que sua plenitude.

Você mesmo disse que esta caixa é de uma tecnologia impressionante. Parece que quem quer que a tenha feito se esforçou para garantir que ela não pudesse ser levada. Não quero ofender, mas, considerando que você teve pouquíssimo tempo com ela, realmente acha que vai conseguir dar um jeito de resolver a questão e me salvar?

– Eu sou bom no que faço – disse Wilson.

Se fosse tão bom assim, não estaria aqui. Sem querer ofender.

– Eu gostaria de tentar – insistiu Wilson.

Eu gostaria que tentasse, se não tivesse o risco de você morrer. A morte de um de nós me parece inevitável a esta altura. A morte dos dois, não.

– Você pediu ajuda – Wilson lembrou Rayth Ablant.

E você ajudou. Tentou. E, mesmo agora, se quiser continuar tentando, está claro que não posso impedi-lo. Mas quando pedi sua ajuda, você ajudou. Agora peço que pare.

– Certo – disse Wilson, após um momento.

Obrigado.

– O que mais posso fazer por você? – perguntou Wilson. – Tem amigos ou parentes com os quais gostaria que a gente entrasse em contato? Tem alguma mensagem que eu possa mandar para alguém?

Não tenho família alguma de verdade. A maioria dos meus amigos estava a bordo da Urse Damay. A maioria das pessoas que conheço já se foi. Não me restou mais nenhum amigo.

– Não é de todo verdade – disse Wilson.

Você está se voluntariando?

– Eu ficaria feliz se me considerasse seu amigo – disse Wilson.

Eu tentei matar você.

– Isso foi antes de me conhecer – repetiu Wilson. – E, agora que me conhece, você já deixou claro que não vai permitir que eu morra se puder evitar. Acho que isso compensa a indiscrição anterior.

Se você é meu amigo, então tenho um pedido.

– Pode falar – disse Wilson.

Você é um soldado. Já matou gente antes.

– Não é algo de que eu me orgulhe – disse Wilson –, mas sim.

Vou morrer porque pessoas que não se importam comigo me usaram e depois me descartaram. Eu preferiria ir embora nos meus próprios termos.

– Você quer que eu ajude – disse Wilson.

Se puder. Não estou pedindo que faça isso pessoalmente. Se esta caixa for tão sensível quanto diz, a bomba poderia acabar explodindo. Não quero que você esteja nem perto dela quando isso acontecer. Mas acho que poderia encontrar outro modo.

– Imagino que sim – falou Wilson. – Ou posso tentar, no mínimo do mínimo.

Pelo seu trabalho, deixe-me oferecer isto.

Houve uma notificação no BrainPal de Wilson: um arquivo criptografado, num formato desconhecido.

Quando eu completasse a minha missão – quando matasse a sua nave e a nave do Conclave –, era para eu inserir este arquivo no sistema de orientação da nave. São coordenadas para minha viagem de volta. Talvez lá vocês possam descobrir quem está por trás disso.

– Obrigado – disse Wilson. – Isso foi incrivelmente útil.

Quando você os encontrar, exploda-os um pouco por mim.

Wilson abriu um sorrisinho e disse:

– Pode deixar.

Não temos muito tempo até a reserva de energia de emergência se esgotar.

– Precisarei partir – disse Wilson. – O que significa que, não importa o que aconteça, não vou voltar aqui.

Eu não gostaria de ter você aqui, não importa o que aconteça. Vai continuar em contato comigo?

– Sim, claro – disse Wilson.

Então deve partir agora. E rápido, porque não temos muito tempo sobrando.

– Acho que vou ser polêmica, mas ele vai morrer de qualquer jeito – disse a capitã Fotew. – Não precisamos desse esforço adicional.

– Por acaso o orçamento de vocês ficou apertado de repente, capitã? – perguntou Wilson. – Será que o Conclave não tem mais dinheiro para bancar um míssil ou um raio de partículas? – Os dois estavam na ponte da *Nurimal*, junto com Abumwe e Sorvalh.

– Eu disse que ia ser polêmico – respondeu Fotew. – Mas alguém precisava dizer, pelo menos.

– Rayth Ablant nos repassou informações vitais sobre o paradeiro das pessoas que o estavam controlando – disse Wilson, apontando para a estação de comunicação e ciência da ponte, onde a oficial científica já estava ocupada tentando decodificar a criptografia das ordens. – Ele cooperou conosco desde que nos engajamos com a nave.

— Não é como se tivesse muita escolha aí – comentou Fotew.

— Claro que ele tinha escolha – rebateu Wilson. – Se não tivesse mandado um recado ao cabo Carn, nem saberíamos que ele estava lá. Não saberíamos que tem alguma organização lá fora roubando as naves desaparecidas do Conclave para transformá-las em algo que é pouco mais que drones armados. Não saberíamos que, seja lá quem for esse grupo, ele representa igual ameaça ao Conclave e à União Colonial. E não saberíamos que nem o seu, nem o nosso governo estão engajados numa guerra oculta um com o outro.

— Ainda não temos certeza dessa última parte, tenente Wilson – disse Sorvalh. – Porque ainda não sabemos de *quem* se trata. Ainda não sabemos quem está jogando esse jogo.

— Ainda não – disse Wilson, gesticulando para a estação científica. – Mas dependendo das habilidades da sua decodificadora ali, esse deve ser um problema temporário. E, por ora, pelo menos os nossos governos estão compartilhando informações entre si, já que você obteve essa informação comigo.

— Mas temos um problema de proporção, não é? – disse Sorvalh. – Será que o que aprendermos com você vai valer tudo que gastamos para isso? Será que o que a gente perder ao conceder a morte a Rayth Ablant não é mais do que ganhamos, por exemplo, examinando o que restar da caixa depois da explosão? Ainda poderíamos aprender muito com os destroços.

Wilson olhou para Abumwe, suplicante.

— Conselheira – disse Abumwe –, não faz muito tempo que você optou por render sua nave a nós. O tenente Wilson aqui recusou a rendição e você o elogiou por seu raciocínio. Leve o raciocínio dele em consideração agora.

— Levá-lo em consideração? – disse Sorvalh a Abumwe. – Ou lhe conceder o crédito de uma decisão por conta de uma dívida presumida?

— Eu preferiria o primeiro caso – disse Abumwe –, porém aceito o segundo.

Sorvalh sorriu e então olhou para Wilson, e depois para Fotew.

— Capitã?

— Eu acho um desperdício – disse Fotew. – Mas a decisão é sua, conselheira.

– Prepare um míssil – disse Sorvalh. A capitã Fotew deu as costas a fim de cumprir a tarefa, ao que a conselheira voltou suas atenções a Wilson. – Você já usou seu crédito comigo, tenente – disse ela. – Vamos esperar que, no futuro, não tenha motivos para desejar tê-lo gastado em alguma outra coisa.

Wilson assentiu e abriu um canal de comunicação com a *Urse Damay*.

– Rayth Ablant – disse ele.

Estou aqui, retornou Rayth.

– Eu lhe dei o que você queria – disse Wilson.

Bem a tempo. Estou com apenas 2% de bateria.

– Míssil preparado e pronto para disparar – disse a capitã Fotew a Sorvalh, que acenou com a cabeça para Wilson.

– Só me diz quando – disse o tenente.

Agora é uma boa hora.

Wilson acenou com a cabeça para Fotew.

– Disparar – disse ela à estação de armas.

– A caminho – informou Wilson.

Obrigado por tudo, tenente Wilson.

– Fico feliz em ajudar – respondeu Wilson.

Sentirei saudades.

– Igualmente – disse Wilson.

Não houve resposta.

– Deciframos o código – disse a oficial científica.

– Conte para nós – ordenou Sorvalh.

A oficial olhou para os humanos na ponte e para a capitã Fotew e disse:

– Senhora?

– Você ouviu as ordens – disse Fotew.

– As coordenadas para a viagem de volta da *Urse Damay* se encontram neste sistema – relatou a oficial científica. – Elas levam à superfície de uma estrela local. Se a nave saísse do salto ali, seria instantaneamente destruída.

– O seu amigo nunca voltaria para casa, tenente Wilson – disse Sorvalh.

– O míssil atingiu a *Urse Damay* – disse Fotew, olhando para o monitor da ponte. – Um impacto direto.

– Gostaria de pensar que ele acabou de chegar lá por conta própria, conselheira – disse Wilson.

Então saiu andando da ponte da *Nurimal* e partiu para o ancoradouro, sozinho.

EPISÓDIO 12 _____
— A SUTIL ARTE DE ESMAGAR CABEÇAS

– Que teoria interessante a sua, sobre essa conspiração – disse Gustavo Vinicius, o subsecretário de administração no consulado brasileiro de Nova York.

Danielle Lowen franziu a testa. Era para estar tendo essa reunião com a cônsul-geral, mas, em vez disso, foi empurrada para Vinicius quando chegou ao consulado. O subsecretário era bonitão, muito cheio de si e, como suspeitava Lowen, nada inteligente. Era basicamente o tipo de pessoa que exalava aquele ar mimado de nepotismo e era provável que fosse o sobrinho quase inútil de um senador ou embaixador brasileiro, designado para trabalhar em algum lugar onde suas falhas seriam protegidas pela imunidade diplomática.

Lowen não tinha muita moral para se incomodar com o nepotismo. Seu pai, afinal, era o secretário de Estado dos EUA. Mas a combinação de beleza, simpatia e burrice desse tal de Vinicius estava lhe dando nos nervos.

– Você sugere que Luiza Carvalho agiu sozinha? – perguntou ela. – Que uma pessoa com carreira política, sem qualquer registro de atividades criminosas ou ilegais, que dirá qualquer filiação política visível, de repente iria encasquetar de assassinar Liu Cong, outro diplomata? De um modo pensado para destruir as relações entre a Terra e a União Colonial?

– Não é impossível – disse Vinicius. – As pessoas enxergam conspirações porque acreditam que uma pessoa não seria capaz de causar tanto estrago sozinha. Aqui nos Estados Unidos, há quem ainda esteja convencido de que os homens que atiraram nos presidentes Kennedy e Stephenson eram parte de uma conspiração, quando todas as evidências apontam para lobos solitários, agindo sozinhos.

– Em ambos os casos, no entanto, foram apresentadas evidências – apontou Lowen. – E é para isso que estou aqui agora. O seu governo, sr. Vinicius, pediu ao Departamento de Estado para usar este canal de comunicação discreto a fim de lidar com o problema, em vez de passar tudo pela embaixada em Washington. Ficaremos felizes em fazer isso. Mas não se você decidir atrapalhar.

– Não estou atrapalhando, prometo – disse Vinicius.

– Então por que estou em reunião com você e não com a cônsul Nascimento? – perguntou Lowen. – Era para ser uma reunião confidencial de alto nível. Peguei um voo de Washington para cá ontem especialmente para isso.

– A cônsul Nascimento passou o dia inteiro nas Nações Unidas – disse Vinicius. – Houve reuniões de emergência lá. Ela diz que sente muito.

– Eu estive nas Nações Unidas antes de vir para cá – disse Lowen.

– É uma instituição grande – disse Vinicius. – É bastante possível que não se cruzem por lá.

– Vocês me garantiram que iriam me dar informações referentes às ações da srta. Carvalho – disse Lowen.

– Lamento, mas não há nada que eu possa repassar no momento – falou Vinicius. – É possível que tenha havido algum engano em nossas comunicações prévias.

– É sério, sr. Vinicius? – disse Lowen. – Nossos respectivos Departamentos de Estado, que andam em constante contato desde que sua nação trouxe a primeira delegação a Washington em 1824, de repente estão com dificuldades para se comunicar?

– Não é impossível – disse Vinicius, pela segunda vez na conversa. – Sempre tem algumas sutilezas que podem ser mal-entendidas.

– Tenho certeza de que há alguma coisa sendo mal-entendida agora mesmo, sr. Vinicius – disse Lowen. – Não sei o quanto é sutil.

– E, se permite dizer, srta. Lowen, no caso deste assunto em particular, há muita desinformação sendo transmitida no tocante deste evento – continuou Vinicius. – Todo tipo de histórias diferentes sobre o que aconteceu a bordo da nave em que as coisas ocorreram.

– É mesmo? – disse Lowen.

– Sim – respondeu Vinicius. – Os relatos das testemunhas não são especialmente confiáveis.

Lowen sorriu para Vinicius.

– Esta é sua opinião pessoal, sr. Vinicius, ou a opinião do Ministério Brasileiro das Relações Exteriores?

Vinicius sorriu de volta e fez um pequeno gesto com as mãos, como quem sugere a resposta "Um pouco de cada".

– Então está me dizendo que não sou uma testemunha confiável? – disse Lowen.

O sorriso de Vinicius desapareceu.

– Como é?

– Você está me dizendo que não sou uma testemunha confiável – repetiu Lowen. – Porque participei dessa missão diplomática, sr. Vinicius. Na verdade, não só estive lá, como também conduzi a autópsia que definiu a morte de Liu Cong como resultado de um assassinato, ajudando a identificar o método. Quando você diz que os relatos das testemunhas não são confiáveis, está falando de mim, específica e diretamente. Se o que diz reflete mesmo a opinião do Ministério das Relações Exteriores, então temos um problema. Um problema bem grande.

– Senhorita Lowen, eu... – Vinicius começou a tentar responder.

– Senhor Vinicius, é evidente que começamos com o pé esquerdo aqui, porque me garantiram que haveria informações reais para mim e porque você é claramente um idiota sem preparo algum – disse Lowen, em pé, ao que Vinicius se apressou para ficar em pé também. – Por isso sugiro que a gente recomece. E é assim que vai ser. Vou descer e atravessar a rua para pegar um café e talvez uma rosquinha. Vou aproveitar o meu café sem pressa. Digamos, coisa de meia hora. Quando eu retornar, dentro desse intervalo, a cônsul-geral Nascimento vai estar aqui para me passar um relatório completo e confidencial sobre tudo que o governo brasileiro sabe a respeito de Luiza Carvalho, o que então vou repassar para a Secretaria do Estado, a qual, só caso você não saiba, já que não sabe de nada, é chefiada pelo meu pai, o que garante, no mínimo do mínimo, que ele vai atender à minha ligação. Se, quando eu retornar, a cônsul Nascimento estiver aqui e não houver nem sinal de você por perto, talvez eu não sugira que o demitam até o fim do dia. Se, quando eu retornar, ela *não* estiver aqui e eu tiver de ver sua cara arrogante de novo, então sugiro que você aproveite uma longa pausa para o almoço a fim de agendar a viagem de volta para Brasília, porque é lá que vai estar amanhã neste horário. Estamos acertados quanto a esses detalhes?

– Ããã... – disse Vinicius.

– Que bom – respondeu Lowen. – Então espero ver a cônsul Nascimento dentro de meia hora. – Ela saiu do escritório de Vinicius e já estava dentro do elevador antes que ele pudesse piscar.

Do outro lado da rua, na loja de rosquinhas, Lowen sacou o PDA e ligou para o gabinete do pai. Quem atendeu foi James Prescott, o chefe do gabinete dele.

– Como foi? – perguntou Prescott, sem qualquer preâmbulo, assim que atendeu.

– Foi exatamente como o esperado – respondeu Lowen. – A Nascimento não estava lá e me passou para um subalterno tão burro que chegou a ser ofensivo.

– Deixa eu adivinhar – disse Prescott. – Um sujeito chamado Vinicius.

– Bingo – respondeu Lowen.

– Ele tem a reputação de ser burro – disse Prescott. – A mãe dele é a ministra da educação.

– Eu *sabia* – disse Lowen. – O filhinho da mamãe fez um comentário particularmente imbecil, que me deu a brecha para mandá-lo trazer Nascimento sob ameaça de criar um grande incidente diplomático.

– Ah, a sutil arte de esmagar cabeças – disse Prescott.

– A sutileza não ia funcionar com esse sujeito – disse Lowen, e então as janelas da loja de rosquinhas foram estilhaçadas pela onda de choque criada pela explosão no prédio do outro lado da rua.

Lowen e todos dentro da loja se abaixaram, gritando, e então veio o som do vidro e dos destroços caindo do lado de fora, por toda a Sexta Avenida. Ela abriu os olhos com cuidado e viu que as janelas do estabelecimento, embora quebradas, continuaram fixas, e que todo mundo ali estava, pelo menos, vivo e ileso.

Prescott gritava no alto-falante do tablet, que ela levou de volta à orelha.

– Estou bem, estou bem – disse ela. – Está tudo bem.

– O que houve? – perguntou Prescott.

– Algo aconteceu com o prédio do outro lado da rua – respondeu Lowen. Ela seguiu em ziguezague pelo meio dos clientes agachados na loja de rosquinhas e foi até a porta, abrindo-a com cuidado a fim de evitar derrubar o vidro quebrado. Então, olhou para cima.

– Acho que essa minha reunião com Nascimento não vai rolar mais – disse a Prescott.

– Por que não? – perguntou Prescott.

– O consulado brasileiro não existe mais – disse Lowen. Ela desligou e usou o PDA para tirar fotos dos destroços sobre a Sexta Avenida e depois começou a ajudar, enquanto médica, os feridos na rua.

– Separatistas da Amazônia – disse Prescott. Havia pegado um transporte vindo de Washington uma hora depois do atentado. – É neles que estão pondo a culpa.

– *Só pode* ser brincadeira – disse Lowen. Os dois estavam numa sala do Gabinete de Missões Estrangeiras do Departamento de Estado. Ela já havia prestado depoimento ao Departamento de Polícia de Nova York e ao FBI, além de fornecer cópias das fotos que havia tirado para ambos. No momento, estava dando um tempo antes de passar por tudo isso de novo no Departamento de Estado.

– Eu nunca esperei que você fosse acreditar – disse Prescott. – Estou apenas contando o que dizem os brasileiros. Eles afirmam que alguém do grupo ligou e se responsabilizou. Acho que querem que a gente ignore o fato de que o grupo específico que está sendo culpado jamais perpetrou qualquer ato violento, que dirá viajou até outro país para plantar uma bomba numa área segura.

– São ardilosos, esses separatistas da Amazônia – brincou Lowen.

– Há de se admitir, no entanto, que foi um pouco de exagero – comentou Prescott. – Explodir o consulado só para evitar falar com você.

– Sei que você está brincando, mas vou dizer ainda assim, só para ouvir isso da minha própria boca: não foram os brasileiros que explodiram o próprio consulado – declarou Lowen. – Quem fez isso está de conluio com nossa amiga Luiza Carvalho.

– Sim – disse Prescott. – Mesmo assim é um exagero. Ainda mais porque o embaixador brasileiro está agora em Foggy Bottom entregando ao seu pai tudo que sabem sobre a vida e as associações de Carvalho. Se o plano deles era intimidar o governo brasileiro até que se calasse, então esse plano deu espetacularmente errado.

– Vou chutar que não era esse o plano – disse Lowen.

– Se você tiver qualquer ideia de qual era o plano, ficarei feliz em ouvir – disse Prescott. – Vou ter de voltar lá hoje à noite para uma reunião com Lowen sênior.

– Não faço ideia, Jim – disse Lowen. – Sou médica, não detetive.

– Aceito especulações descaradas – falou Prescott.

– Talvez distração? – sugeriu Lowen. – Ao explodir um consulado brasileiro em solo estadunidense, os governos dos dois países vão concentrar suas atenções em uma única coisa: a explosão do consulado. Vamos ter de lidar com isso por uns meses. Enquanto isso, seja lá o que mais essa gente estiver fazendo, como o plano por trás do assassinato de Liu Cong cometido por Carvalho, fica em segundo plano.

– Ainda estamos recebendo as informações a respeito de Carvalho – disse Prescott.

– Sim, mas o que vamos fazer com isso? – questionou Lowen. – Você trabalha para o governo dos EUA. Suas opções são: se concentrar no caso de um estrangeiro matando outro a bordo de uma nave da União Colonial, sobre a qual não tem qualquer jurisdição e apenas uma preocupação tangencial, no máximo, ou concentrar seu tempo e sua energia em quem quer que acabou de matar trinta e duas pessoas na Sexta Avenida em Nova York. Qual você escolhe?

– Capaz de serem as mesmas pessoas – comentou Prescott.

– Capaz – disse Lowen. – Mas chuto que, se forem, conseguiram se manter longe o suficiente dos eventos para que a linha direta aponte para outra pessoa. E você sabe como é. Se tivermos um suspeito óbvio com uma motivação óbvia, é para lá que a gente vai.

– Como os separatistas da Amazônia – disse Prescott, maliciosamente.

– Exato – disse Lowen.

– O timing também é perfeito demais – falou Prescott. – Você saindo de lá e o consulado explodindo.

– *Isso*, acho que foi coincidência – disse Lowen. – Acho que, se estavam esperando algo para detonar a bomba, devia ser o retorno de Nascimento ao gabinete.

– O que significaria que você teria morrido também – disse Prescott.

– O que teria sido ainda melhor para os propósitos de distração – disse Lowen. – Explodir a filha do secretário de Estado definitivamente teria desviado o foco dos Estados Unidos. Outro motivo para presumirmos que o plano da bomba estava em execução fazia muito tempo.

– Quando eu apresentar essa sua teoria ao secretário, vou deixar de fora essa última parte – falou Prescott, puxando o PDA para tomar notas. – Tenho certeza de que você vai compreender o motivo.

– Isso é perfeitamente aceitável – disse Lowen.

– Hein? – disse Prescott, olhando para o tablet.

– O que foi? – perguntou Lowen.

– Estou enviando para você um link com uma notícia que acabaram de me encaminhar – disse Prescott.

Lowen sacou seu PDA e abriu o link: era uma notícia sobre como ela tinha cuidado dos feridos na Sexta Avenida após a explosão. Havia um vídeo dela ajoelhada sobre uma mulher caída.

– Ah, *fala sério* – disse Lowen. – Ela nem tinha se machucado de verdade. Só entrou em pânico e desmaiou quando a bomba explodiu.

– Olha sua caixa de entrada – disse Prescott.

E Lowen olhou. Havia várias dúzias de mensagens de agências midiáticas pedindo entrevistas.

– Gaaah – exclamou ela, largando o tablet sobre a mesa, longe de si. – Pronto, virei parte da distração.

– Entendo que isso significa que o Departamento de Estado deve dizer que você não está disponível para entrevistas agora – comentou Prescott.

– Nem agora, nem nunca – rebateu Lowen. E então foi buscar um pouco de café como automedicação para a dor de cabeça que ela sentia se aproximar a galope.

* * *

Lowen acabou dando seis entrevistas: uma para o *New York Times*, uma para o *Washington Post*, para dois noticiários matinais e dois programas em áudio. Em cada um deles, ela sorriu e explicou que estava apenas fazendo seu trabalho, o que não era estritamente verdade, pois havia desistido da prática diária da medicina para trabalhar no Departamento de Estado dos EUA, e, em todo caso, sua especialidade era hematologia. Mas ninguém apontou isso, porque a história feliz da filha do secretário de Estado chegando como um anjo da guarda na cena de um ato terrorista era boa demais para ser estragada assim.

Ela se sentiu constrangida ao ver a própria foto estampando as telas de todo o planeta durante dois ciclos inteiros de notícias – o segundo começando quando ela recebeu uma ligação do presidente, que lhe agradeceu por seu serviço à nação. Lowen agradeceu ao presidente por ligar e fez uma nota mental para gritar com o pai mais tarde, sem dúvida o responsável por montar a operação de mídia para o chefe, que precisava lidar com as eleições de meio de mandato e bem que podia aproveitar um pouco de relações públicas positivas.

Lowen não queria lidar com mais nenhuma entrevista, nem ligações ou mensagens lhe dando os parabéns, nem mesmo com a oferta do Ministério do Turismo brasileiro de ir visitar o país. O que queria mesmo era colocar as mãos no arquivo que dizia respeito a Luiza Carvalho. Ela perturbou tanto Prescott quanto o pai até que o documento enfim apareceu, junto com uma funcionária do Departamento de Estado cuja função era não deixar que o arquivo saísse da vista dela. Lowen lhe ofereceu um refrigerante e a deixou se sentar com ela enquanto lia o documento.

Alguns minutos depois, olhou para a mensageira do Departamento de Estado e disse:

– É sério que é só isso?

– Eu não li o arquivo, senhora – disse a mensageira.

O arquivo não tinha nada de notável sobre Luiza Carvalho. Havia nascido em Belo Horizonte e seus pais eram ambos médicos. Não tinha irmãos, nem irmãs. Frequentou a Universidade Federal de Minas Gerais, formando-se em economia e direito antes de entrar para as forças diplomáticas brasileiras. Foi mandada para o Vietnã, para os Estados Siberianos, Equador e México antes de ser chamada para a missão brasileira nas Nações Unidas, onde serviu durante seis anos antes de entrar para a missão da *Clarke*, na qual tinha assassinado Liu Cong.

Como todos os funcionários do Brasil no exterior, Carvalho era interrogada anualmente por seus superiores acerca das pessoas com quem se relacionava e de suas atividades, além de consentir a "exames" aleatórios (isto é, ser seguida e grampeada) pelos serviços brasileiros de inteligência para garantir que não estivesse fazendo nada duvidoso. Além de alguns encontros sexuais questionáveis – "questionáveis" em termos de gosto pessoal para parceiros, não de segurança nacional –, não havia nada fora do comum.

Carvalho não possuía contatos, nem amigos fora da comunidade de relações exteriores. Viajava apenas durante as festas de fim de ano para visitar Belo Horizonte e passar o Natal com os pais. Quase nunca tirava férias, exceto dois anos antes de morrer, quando foi hospitalizada por conta de uma meningite viral. Passou quatro dias no hospital, e aí mais duas semanas em casa, recuperando-se. E depois voltou ao trabalho.

Não possuía animais de estimação.

– Que mulher *sem graça* – comentou Lowen, em voz alta, para si mesma. A mensageira tossiu de um jeito evasivo.

Uma hora depois, a mensageira partiu com o arquivo em mãos e Lowen ficou ali apenas com um sentimento irritante de insatisfação. Pensou que talvez um drinque pudesse resolver, mas uma olhada na geladeira lhe informou que a única coisa dentro do eletrodoméstico eram os restos de algum chá gelado que ela não se lembrava de ter feito. Lowen fez uma careta ao perceber que lhe vinha um branco ao tentar se lembrar de quando o havia feito, então agarrou o jarro e o despejou na pia. Depois, saiu do condomínio em Alexandria e caminhou por duas quadras até a franquia mais próxima de restaurantes temáticos suburbanos bem-iluminados, sentou-se ao balcão central e pediu uma bebida grande e frutada com a única intenção de tirar a insipidez de Luiza Carvalho de sua boca.

– Que drinque grandão – alguém lhe disse minutos depois. Ela desviou o olhar do copo e olhou para cima, avistando um homem de uma beleza genérica em pé a poucos metros dela.

– A ironia é que este aqui é o menor – respondeu Lowen. – A margarita grande daqui vem num copo do tamanho de uma banheira. É para quando você decide que ir parar no hospital é o seu estilo de vida.

Aquele homem bonito, mas de uma beleza pouco chamativa, sorriu com esse comentário e inclinou a cabeça. Então disse:

– Você me parece familiar.

– Por favor, me diga que você tem cantadas melhores do que essa – disse Lowen.

– Tenho sim – falou o homem –, mas não estava te cantando. É que você me parece mesmo familiar. – Ele a olhou mais de perto e estalou os dedos. – É isso – disse –, você parece aquela médica do atentado ao consulado brasileiro.

– Me dizem muito isso – respondeu Lowen.

– Tenho certeza de que sim – disse o homem. – Mas não tem como ser você, tem? Está aqui em D.C., e o consulado era em Nova York.

– É uma lógica impecável – falou Lowen.

– Por acaso tem uma irmã gêmea idêntica? – perguntou o homem, gesticulando na direção da banqueta ao lado dela. – Você se incomoda se eu me sentar?

Lowen deu de ombros e fez um gesto de "pode ser" com as mãos. O homem se sentou.

– Não tenho gêmea idêntica, não – disse ela. – Nem gêmea fraterna. Mas tenho sim um irmão. Rezo a Deus para que a gente não seja parecido.

– Então poderia ser a dublê profissional daquela mulher – disse o homem. – Daria para contratar você como animadora de festas.

– Não acho que ela seja tão famosa assim – respondeu Lowen.

– Bem, ela recebeu uma ligação do presidente – disse o homem. – Quando foi a última vez que isso aconteceu com você?

– Você ficaria surpreso – comentou Lowen.

– Cuba libre – disse o homem à atendente do bar assim que ela se aproximou. Ele olhou para Lowen. – Eu ia oferecer um drinque para você, mas...

– Ai, Senhor, não – disse Lowen. – Vou ter de chamar um táxi para voltar para casa depois desta coisa aqui, e moro a poucas quadras de distância.

– Cuba libre – repetiu o homem, voltando depois sua atenção a Lowen e estendendo-lhe a mão. – John Berger – disse ele.

Lowen apertou a mão estendida e respondeu:

– Danielle Lowen.

Berger olhou para ela, confuso por um momento, e depois sorriu.

– Então você é *sim* a médica lá do consulado brasileiro – disse ele. – E trabalha no Departamento de Estado. Por isso está aqui e esteve em Nova York ontem. Perdão, deixa eu me apresentar de novo. – Berger esticou a mão mais uma vez. – Olá, eu sou um idiota.

Lowen riu e apertou a mão dele pela segunda vez.

– Olá – disse ela. – Não fique mal por isso. Eu não estava sendo exatamente muito amigável.

– Bem, depois de toda a atenção que você recebeu nos últimos dias, consigo entender o porquê de querer um pouco de paz – Berger comentou e gesticulou na direção da bebida dela. – A banheira de margarita é por isso?

– O quê? Não – respondeu Lowen, fazendo uma careta. – Bem, talvez. Não exatamente.

– A bebida está funcionando – comentou Berger.

– Não é por causa da atenção, apesar que isso com certeza também teria me levado a beber – disse Lowen. – É outra coisa, tem a ver com meu trabalho.

– E o que é, que mal lhe pergunte? – disse Berger.

– O que você faz da vida, sr. Berger? – perguntou Lowen.

– John – disse Berger. A cuba libre chegou. Ele sorriu para a atendente e deu um gole, aí foi sua vez de fazer careta. – Não é a melhor cuba libre que já tomei – falou.

Lowen deu um peteleco na bordinha da taça de margarita e disse:

– Na próxima, peça uma dessas banheiras.

– Talvez eu faça isso mesmo – disse Berger, dando outro gole na cuba libre antes de colocá-la na mesa. – Eu sou vendedor – falou – da indústria farmacêutica.

– Eu me lembro de *vocês* – disse Lowen.

– Aposto que sim – disse Berger.

– Agora faz sentido – falou Lowen. – Bom de papo, atraente mas de um jeito não muito marcante, não é excessivamente esquisito, querendo fechar negócio.

– Você me pegou – admitiu Berger.

— Não vai fechar negócio aqui — disse Lowen. — Digo, sem querer ofender, mas planejo voltar sozinha esta noite.

— Justo — disse Berger. — Ter um bom papo já era o meu objetivo, em todo caso.

— Ah, era? — disse Lowen, bebendo um pouco mais da margarita. — Beleza, John, uma pergunta para você. Como você transformaria uma pessoa sem graça numa assassina?

Berger ficou em silêncio por um momento e disse:

— De repente fiquei muito feliz que não vamos fechar negócio.

— Falo sério — disse Lowen. — Tem essa pessoa, hipoteticamente. É uma pessoa normal, certo? Tem pais normais, uma infância normal, frequenta uma escola normal, obtém diplomas normais, e aí vai lá e tem um emprego normal. Então um dia, sem nenhum bom motivo aparente, ela vai lá e mata um sujeito. E não de um jeito normal, digo, não com uma pistola, uma faca ou um porrete. Não, ela comete um assassinato de um jeito complicado. Como que isso acontece?

— Por acaso o sujeito era um ex? — pergunta Berger. — Digo, hipoteticamente.

— Hipoteticamente, não — disse Lowen. — Hipoteticamente, o melhor modo de descrever o relacionamento dos dois seria como colegas de trabalho, e nem eram muito próximos.

— E ela não é uma espiã, nem uma agente secreta, nem vive uma vida dupla como uma assassina ardilosa? — perguntou Berger.

— Ela é completamente normal e completamente sem graça — respondeu Lowen. — Nem tem bicho de estimação. Hipoteticamente.

Berger deu um gole na cuba libre.

— Então vou partir do que sei — disse ele. — Transtorno mental causado por vício em substâncias farmacêuticas.

— Por acaso existem drogas que transformam uma pessoa sem graça numa assassina metódica em vez de em alguém que mata todo mundo dentro da casa num surto de fúria, até o peixe no aquário? — perguntou Lowen. — Não me lembro de terem tentado me vender essas quando eu trabalhava com medicina.

— Bem, não, não existe nada tão específico assim — disse Berger. — Mas você sabe tão bem quanto eu que, em primeiro lugar, interações medicamentosas às vezes provocam coisas estranhas...

– Tipo transformar alguém numa assassina metódica? – perguntou Lowen de novo, incrédula.

– ... e, em segundo lugar, que há montes de produtos por aí que vão comer seu cérebro se você abusar deles, e se isso acontecer, vai começar a agir de modos atípicos. Tipo, virando uma assassina metódica, talvez.

– Uma hipótese razoável – disse Lowen. – Mas, hipoteticamente, essa pessoa não estava fazendo uso regular de drogas lícitas ou ilícitas. Próximo ponto.

– Beleza – disse Berger, fazendo como quem pensa rápido. – Um tumor.

– Um tumor – repetiu Lowen.

– Sim, um tumor – confirmou Berger. – Um tumor no cérebro começa a crescer, hipoteticamente, e pressiona uma parte que processa coisas como saber o que é ou não um comportamento socialmente aceitável. Conforme o câncer vai crescendo, a nossa pessoa sem graça começa a pensar em assassinato.

– Interessante – comentou Lowen e bebericou de novo seu drinque.

– Já li histórias desse tipo de coisa, e não só porque a minha empresa vende um tratamento farmacêutico para cortar a irrigação sanguínea de massas cancerosas no corpo – disse Berger.

– É bom ler por prazer – disse Lowen.

– Também acho – disse Berger.

– Mas, por mais que essa sugestão possa parecer interessante na superfície, essa pessoa hipotética recebeu um "nada consta" dos médicos antes da última missão – disse Lowen. – Era, hipoteticamente, um trabalho que exigia viajar muito, por isso um exame médico minucioso fazia parte do protocolo.

– Essa pessoa hipotética está ficando muito específica – falou Berger.

– Não sou eu quem inventa as regras – respondeu Lowen.

– É, sim – disse Berger. – Por isso que é hipotético.

– Mais uma chance, sr. Berger, vírgula, John – disse Lowen. – Então faça valer.

– Uau, na lata – disse Berger. – Beleza. Controle remoto.

– O quê? – disse Lowen. – Sério mesmo?

– Me escuta – disse Berger. – Se quisesse apagar alguém, sem que ninguém soubesse e cobrindo seus rastros completamente, como você faria?

Botaria na mão de uma pessoa que ninguém esperaria. Mas como fazer isso? Assassinos profissionais podem ser bons em parecer normais, mas os melhores assassinos seriam pessoas normais de fato. Então você pega uma pessoa normal e coloca um controle remoto no cérebro dela.

— Você tem lido *thrillers* de ficção científica demais — respondeu Lowen.

— Não um controle remoto que sirva para manipular de um jeito grosseiro o corpo todo, com a pessoa toda torta — complementou Berger. — Não, o que você quer é algo que fique ali nos lobos frontais e aí, sutil, porém lentamente, ao longo do tempo, a influencie a fazer algo impensável. Isso acontece de modo que a pessoa nem sequer se dê conta da mudança na própria personalidade, nem questione a necessidade de matar alguém. Ela apenas vai lá, planeja e faz, como quem faz sua declaração de imposto de renda ou preenche um relatório.

— Acho que as pessoas iriam reparar num controle remoto na cabeça de alguém — disse Lowen. — Para não mencionar que a pessoa hipotética ia se lembrar da ocasião em que abriram o crânio dela para colocar isso lá dentro.

— Bem, se você fosse o tipo de gente que faz esse tipo de coisa, o controle não ia ser fácil de achar — disse Berger. — E você não deixaria óbvio depois de inserido. Daria um jeito de colocar no corpo da pessoa quando ela não estivesse esperando. — Ele apontou para a taça de Lowen. — Nanorrobôs na sua bebida, talvez. Só precisa de alguns deles e aí pode programá-los para se replicarem até ter o suficiente. O único problema possível é se o corpo começasse a enfrentar os robôs e a pessoa ficasse doente. A doença poderia se apresentar como, digamos, algum tipo de meningite.

Lowen parou de beber a margarita e olhou para Berger.

— O que você acabou de dizer? — perguntou ela.

— Meningite — repetiu Berger. — É quando você tem uma inflamação no cérebro...

— Eu sei o que é meningite — disse Lowen.

— Então, a coisa parece uma meningite — continuou Berger. — Pelo menos até o pessoal que inseriu os robôs ajustá-los para pararem de gerar uma resposta imune. E aí, depois disso, continuam no cérebro, no geral de modo passivo e praticamente indetectável, até serem ativados e então vão, devagar, fazendo sua contraprogramação.

Berger deu mais um gole em seu drinque.

— Depois disso, é uma questão de tempo — disse ele. — Você leva a pessoa com o controle remoto aos lugares certos, deixa que use o cérebro para tirar vantagem das situações e vai dando instruções e motivações suficientes para que faça o que você quer, mais ou menos quando você quer, ao ponto de achar que a ideia veio dela. Uma ideia própria, secreta e sigilosa, que ela não sente a menor necessidade de compartilhar com ninguém. Se a missão for bem-sucedida, então o controle remoto é desligado e excretado do corpo ao longo de alguns dias, sem que ninguém saiba, especialmente a pessoa controlada.

— E se ela fracassar? — perguntou Lowen, quase num sussurro.

— Então a pessoa que está sendo controlada dá um jeito de se livrar de si mesma, para que ninguém encontre o controle remoto em seu cérebro. Não que ela vá saber o porquê de estar fazendo isso, claro. É todo o propósito do controle remoto. Em todo caso, jamais daria para saber que esse controle existiu. Não tem como. Na verdade, o único modo seria, por exemplo, se alguém que entende dessas coisas viesse lhe dizer, talvez por estar de saco cheio desse tipo de merda e não ligar mais para as consequências.

Berger virou o restante da cuba libre e repousou o copo no balcão.

— Hipoteticamente — completou.

— Quem é você? — perguntou Lowen mais uma vez.

— Já lhe disse, sou um vendedor de produtos farmacêuticos — disse Berger. Ele pôs a mão no bolso de trás da calça, tirou a carteira e apanhou algumas notas. — Sou um vendedor de produtos farmacêuticos que estava procurando uma conversa interessante. E encontrei uma e tomei o meu drinque, agora vou para casa. Mas não é o que sugiro que *você* faça, dra. Lowen. Pelo menos, não esta noite. — Ele deixou as notas no balcão. — Pronto, isso deve dar para nós dois. — Então estendeu a mão mais uma vez. — Boa noite, Danielle — falou.

Lowen apertou a mão dele, perplexa, e ficou observando enquanto o homem saía do restaurante.

A atendente do bar chegou, apanhou o dinheiro e tentou pegar o copo de Berger.

— *Não* — disse Lowen, enfaticamente, ao que a atendente a olhou com estranheza. — Desculpa — falou. — Só... não toca nesse copo, pode ser? Na verdade, quero comprar esse copo de vocês. Cobra lá para mim. E me traz um café, por favor. Puro.

A atendente revirou os olhos para ela, mas saiu para cobrar o copo. Lowen o puxou para perto de si pelo guardanapo que estava embaixo, depois sacou o tablet e ligou para James Prescott.

— Oi, Jim — disse ela. — Não conta para meu pai, mas acho que acabei de me meter numa confusão do caramba. Preciso que venha me buscar. Talvez com o FBI junto. Fala para eles trazerem um kit de coleta de provas. E vem logo, por favor. Não quero ficar aqui exposta durante mais tempo do que o necessário.

— Você e a confusão andam com uma relação interessante ultimamente — disse-lhe Prescott um tempo depois, quando já estavam os dois a salvo em Foggy Bottom, no gabinete de James.

— Você não acha que eu *gosto* disso, não é? — respondeu Lowen, afundando-se no sofá.

— Não acho que "gostar" tenha qualquer coisa a ver com isso — disse Prescott. — Mas não muda a relevância do que eu disse.

— Você entende a minha paranoia, né? — perguntou Lowen a Prescott.

— Está se referindo ao homem aleatório que chegou e contou uma história que, por mais ridícula que seja, explica perfeitamente como Luiza Carvalho pode ter assassinado Liu Cong, depois pagou sua conta e falou para você não ir para casa? — disse Prescott. — Não, não faço ideia do porquê você se sente paranoica, nem um pouco.

— Tem um bunker embaixo deste prédio, certo? — disse Lowen. — Acho que eu quero ir para lá.

— Aqui é a Casa Branca — disse Prescott. — E relaxa. Você está a salvo aqui.

— Certo, porque não é como se nenhum prédio cheio de diplomatas tivesse explodido perto de mim recentemente — comentou Lowen.

— Não vá *me* fazer ficar paranoico também, Danielle — disse Prescott.

A porta do gabinete se abriu e o assistente de Prescott pôs a cabeça para dentro.

— O FBI acabou de lhe enviar um relatório preliminar — disse o assistente.

– Obrigado, Tony – disse Prescott, buscando o PDA. – Me traz um café, por favor.

– Sim, senhor – disse ele, depois voltou-se para Lowen. – E quanto a você, dra. Lowen?

– Não preciso de nada para me deixar com mais tremedeira, obrigada – disse Lowen, ao que Tony fechou a porta.

– Vamos do começo – disse Prescott, lendo o relatório preliminar. – "John Berger", ou pelo menos o "John Berger" que você conheceu, não existe. Cruzaram as referências do nome com o banco de dados tributário. Há dez John Berger na região metropolitana de D.C., mas nenhum deles mora em Alexandria e para nenhum deles consta vendedor de produtos farmacêuticos como ocupação. Imagino que esse fato não seja surpresa alguma para você.

– Não muito – disse Lowen.

– O DNA que conseguimos obter pelo copo está sendo processado, talvez consigam alguma coisa para nós depois – disse Prescott. – As digitais foram passadas pelos bancos de dados federais e locais, mas não deram resultado. Estão verificando os bancos de dados internacionais agora. Também pegaram a gravação da câmera de segurança do bar e rodaram o escâner de reconhecimento facial. Nenhum resultado até o momento também.

– Então não estou sendo paranoica neste caso – disse Lowen.

– Não, você *está* de fato sendo paranoica – disse Preston, repousando o PDA. – Só que está sendo paranoica por uma boa razão.

– A história que ele me contou ainda é loucura – disse Lowen.

– Isso é mesmo, com certeza – disse Prescott. – O único problema real é que ela não é *completamente* impossível. Carvalho matou Liu com nanorrobôs no sangue especificamente projetados para que ele morresse asfixiado. Não é loucura acreditar que alguém pudesse ter projetado os robôs para agirem no cérebro do modo sugerido por seu amigo. O BrainPal da União Colonial é usado para ativar regiões no cérebro de seus usuários. Nada disso é uma grande novidade nos detalhes. Só a aplicação que é nova. Hipoteticamente.

Lowen estremeceu.

– Sabe duma coisa, não use essa palavra comigo no momento, por favor.

– Certo – falou Prescott, um pouco desconfiado. – O nosso verdadeiro problema com tudo isso é que não temos como verificar. A União Colonial deixou que Carvalho saísse flutuando espaço afora. Temos uma boa história, mas boas histórias não bastam.

– Mas você acredita? – perguntou Lowen.

– Eu acredito que seja possível – disse Prescott. – Acredito que seja possível o suficiente para eu recomendar ao seu pai que a gente projete um protocolo para lidar com infestações nanobióticas e sua erradicação se e quando encontrarmos algo do tipo. A parte legal é que, mesmo que seja uma loucura completa, se compreendermos o passo a passo, então esse caminho em particular para sabotagem vai acabar sendo fechado. Se não for real, então estará fechado antes mesmo de virar um problema.

– Viva a paranoia! – disse Lowen.

– O que ia ajudar de verdade, claro, seria se a gente pudesse encontrar esse seu amigo – falou Prescott. – Teorias conspiratórias que envolvem controles remotos no cérebro ficam mais fáceis de engolir quando se tem pessoas capazes de descrevê-los com precisão.

– Não acho que você vai conseguir ser bem-sucedido nessa – comentou Lowen.

– Nunca diga nunca – disse Prescott, ao que a porta se abriu e Tony entrou, trazendo o café.

– O seu café – disse ele. – E o FBI está solicitando uma chamada de vídeo.

– Certo – disse Prescott, repousando o café e apanhando o tablet de novo, com uma breve pausa para colocar um fone de ouvido. – Aqui é Prescott – disse ele, olhando para o aparelho.

Lowen ficou observando enquanto ele escutava o PDA, depois olhava de relance para ela e de volta para o equipamento.

– Entendi – disse ele, após um minuto. – Vou deixar você no mudo por um segundo. – Ele pressionou um botão na tela e olhou para Lowen. – Eles acham que encontraram seu amigo – falou. – Pelo menos, com base na imagem obtida pela câmera de segurança. Querem que você dê uma olhada para confirmar.

– Certo – disse Lowen, pegando o tablet.

– Ãââ... – disse Prescott. – Ele está meio bagunçado.

– Você quer dizer morto – falou Lowen.

– Sim – confirmou Prescott. – Você não parece surpresa.

– Me dá isso aqui – disse Lowen.

Prescott entregou o tablet, junto com o fone.

– Aqui é Danielle Lowen – disse, após colocar o fone e tirar o aparelho do mudo. – Mostra para mim.

A imagem na tela carregou por um minuto e aí passou para a de um corpo deitado no que, fora isso, seria um beco indistinto. A cabeça do cadáver estava coberta de sangue. Ao aproximarem a câmera do corpo, Lowen pôde ver um sulco profundo acima da têmpora direita. Alguém havia esmagado o crânio até que abrisse.

Apesar disso, o rosto ainda mantinha aquela beleza indistinta, com o resquício de um pequeno e rígido sorriso.

– É ele – disse Lowen. – Claro que é ele.

EPISÓDIO 13

A TERRA ABAIXO, O CÉU ACIMA, PARTES 1 E 2

PARTE 1

– Não vou mentir para você, Harry – disse Hart Schmidt. – Estou um pouco preocupado que esteja me trazendo até uma câmara de ar de manutenção.

– Não vou arremessar você pelo espaço, Hart – disse Wilson, então deu um tapa no portal externo do compartimento, que possuía, entre suas características, uma pequena escotilha feita de uma liga espessa e transparente. – É só que as câmaras de ar são um dos únicos lugares nesta banheira abandonada por Deus onde dá para encontrar uma coisa *dessas* de verdade.

– Não deixe a capitã Coloma flagrar você chamando a *Clarke* de banheira – comentou Schmidt.

– Ela sabe que é uma banheira – disse Wilson.

– Sim, mas não vai gostar de ouvir você *dizer* – pontuou Schmidt. – Ia começar na hora o ciclo de despressurização deste lugar.

– A capitã está na ponte – disse Wilson. – E, em todo caso, ela tem motivos melhores para me mandar para o espaço do que fazer gracinha com a nave dela.

Schmidt espiou pela escotilha e disse:

– Não vai dar para ter uma vista muito boa.

– É boa o suficiente – disse Wilson.

– Há muitos monitores a bordo da nave que fornecem uma vista melhor – disse Schmidt.

– Não é a mesma coisa – respondeu Wilson.

– A resolução nos monitores é melhor do que os seus olhos são capazes de produzir – disse Schmidt. – No que diz respeito à sua visão, vai ser exatamente a mesma coisa. Até melhor, porque vai ser capaz de ver mais coisas.

– Não são os olhos que importam aqui – disse Wilson. – É o cérebro, e o meu cérebro percebe a diferença.

Schmidt não disse nada em resposta.

– Você precisa entender, Hart – começou Wilson. – Quando você sai, eles dizem que não pode mais voltar. Não é uma ameaça vazia. Tomam tudo que é seu antes que vá embora. Legalmente, você foi a óbito. Suas posses são todas distribuídas de acordo com seu testamento, caso você o tenha. Quando se despede das pessoas, é de fato um último adeus. Não revê ninguém. Nunca mais revê ninguém. Não vai nunca mais saber de nada que aconteça com elas. É de fato como se tivesse morrido. E aí entra num delta, sobe o Pé-de-feijão e entra na nave, que leva você para longe. Nunca mais deixam que volte.

– Você nunca considerou a ideia de talvez querer voltar um dia? – perguntou Schmidt.

Wilson balançou a cabeça.

– Ninguém nunca voltou. Ninguém. O mais perto disso que o pessoal chega são os caras nas naves de transporte que ficam de pé na sala cheia de novos recrutas e dizem que a maioria terá empacotado em dez anos – disse ele. – Mas nem eles voltam de verdade. Não podem sair das naves, pelo menos não até chegarem à Estação Fênix. Quando você sai, sai de verdade. Sai para sempre.

Wilson olhou pela escotilha.

– É bem foda, Hart – continuou ele. – Ao mesmo tempo que, na hora, pode não parecer um mau negócio. Quando a União Colonial te leva embora, você tem setenta e cinco anos, provavelmente já teve algum problema sério de saúde e alguns menores, tem dores no joelho, vista ruim e é possível que sua pipa não suba mais há algum tempo. Se não for embora, vai morrer. O que significa que vai embora de qualquer jeito. Melhor ir para o espaço e continuar vivo.

– Parece razoável – disse Schmidt.

– Sim – concordou Wilson. – Mas aí você vai embora *mesmo*. E continua vivo. E quanto mais vive, quanto mais vive *neste* universo, mais sente falta do que deixou para trás. Mais sente falta dos lugares onde morou e das pessoas que conheceu. E mais você percebe que foi um mau negócio. Mais percebe que talvez tenha sido um erro ir embora.

– Você nunca falou nada disso antes – comentou Schmidt.

– O que há para dizer? – respondeu Wilson, olhando de volta para o amigo. – Meu avô costumava me contar como seu avô lhe contou uma história sobre o avô dele, que imigrou para os Estados Unidos, vindo de algum outro país. Qual outro país, ele nunca contou. Pelo que disse meu avô, o sujeito nunca falava da sua velha terrinha para ninguém, nem para a esposa. Quando perguntavam, dizia que deixou tudo para trás por um motivo. Se era um bom ou mau motivo, não importava, só que era motivo o suficiente.

– A esposa dele não se incomodava em não saber de onde ele veio? – perguntou Schmidt.

– É só uma história – falou Wilson. – Tenho quase certeza de que o meu avô deu uma floreada nessa parte. Mas a questão é que o passado é o passado, e você deixa as coisas para trás porque não dá para mudá-las, em todo caso. Meu avô várias vezes não quis falar de onde veio porque nunca mais ia voltar. Para bem ou para mal, aquela parte da vida dele estava acabada. Para mim, era a mesma coisa. Essa parte da minha vida estava acabada. O que mais há para dizer?

– Até agora – disse Schmidt.

– Até agora – concordou Wilson, conferindo seu BrainPal. – Literalmente agora. O salto é em dez segundos. – Ele voltou sua atenção à escotilha, fazendo a contagem regressiva em silêncio.

O salto foi como todos os outros: silencioso, nada impressionante, anticlimático. O clarão das luzes na câmara de ar era o suficiente para apagar o céu do outro lado, mas os olhos geneticamente modificados de Wilson eram bons o bastante para conseguirem distinguir algumas das estrelas.

– Acho que estou vendo Órion – disse ele.

– O que é Órion? – perguntou Schmidt. Wilson o ignorou.

A *Clarke* manobrou e um planeta apareceu.

A Terra.

— Olá, lindeza — disse Wilson, pela escotilha. — Senti saudades.

— Como é a sensação de estar em casa? — perguntou Schmidt.

— Como se eu nunca tivesse ido embora — respondeu Wilson, ficando em silêncio depois.

Schmidt cedeu alguns momentos ao amigo e depois deu um tapinha em seu ombro.

— Beleza, minha vez — disse ele.

— Vai olhar no monitor — respondeu Wilson.

Schmidt sorriu.

— Ah, vamos, Harry — disse ele. — Você sabe que não é a mesma coisa.

2

– Essa é uma má ideia – disse o coronel Abel Rigney à coronel Liz Egan, enquanto comiam macarrão.

– Concordo – disse Egan. – Eu queria comida tailandesa.

– Primeiro que você sabe que é a minha vez de escolher – disse Rigney. – E segundo que sabe que não é disso que estou falando.

– Você está falando mais uma vez de nossa cúpula com os terráqueos na Estação da Terra – disse Egan.

– Sim – respondeu Rigney.

– É oficial? – perguntou Egan. – Você, coronel Rigney, está comunicando a mim, o contato entre as Forças Coloniais de Defesa e o Departamento de Estado, uma declaração dos seus superiores que serei obrigada a entregar ao secretário?

– Não seja assim, Liz – disse Rigney.

– Então não – disse Egan. – Não é uma comunicação oficial e você está só tirando vantagem da nossa hora de almoço para resmungar ao meu lado.

– Não estou confortável com essa avaliação da situação – disse Rigney. – Mas, sim, é isso mesmo, basicamente.

— Você se opõe à cúpula? – perguntou Egan, enrolando o macarrão no garfo. – Já se uniu àqueles das FCD que creem na necessidade de chegarmos na Terra com pé na porta, atirando, e conquistar o lugar? Porque isso *sim* seria uma aventura, pode acreditar.

— Acho que o mais provável é que a cúpula seja uma perda de tempo – admitiu Rigney. – Há muita gente ainda puta da vida com as FCD lá na Terra. E aí tem gente que está puta com os governos terráqueos por não permitirem a emigração ou o alistamento deles antes de morrerem. E aí tem o fato de que ainda há algumas centenas de estados soberanos naquele planeta, nenhum dos quais quer concordar com o outro, exceto quanto a estarem desgostosos com a gente. Tudo vai acabar com berro e gritos e perda de tempo, um tempo que nem nós, nem a Terra podemos desperdiçar, na verdade. Então, sim, perda de tempo.

— Se a cúpula transcorresse como planejávamos originalmente, eu concordaria – disse Egan. – Apesar de que a alternativa, que é não ter cúpula alguma, então a Terra se afastar da União Colonial e o Conclave ficar ali só esperando para tomá-la como um de seus membros, é muito pior. O engajamento é crucial, mesmo que nada seja feito, o que não vai acontecer.

— Não é essa minha preocupação – disse Rigney. – Se os nossos diplomatas e os deles quiserem gastar saliva até ficarem sem ar, bom pra eles. Meu problema é com os arranjos.

— Quer dizer, que ela aconteça na Estação da Terra – disse Egan.

— Isso – confirmou Rigney. – Seria melhor fazer aqui na Estação Fênix.

— Porque não existe outro ambiente que os terráqueos vão achar *menos* intimidador do que o maior objeto que a humanidade já construiu em toda sua história – disse Egan. – E que, por acaso, também serve para lembrá-los do quanto a gente os confinou ao longo dos últimos duzentos anos, mais ou menos – disse ela, antes de enfiar uma garfada de macarrão na boca.

— É um bom argumento, talvez – falou Rigney, após refletir um pouco mais.

— *Talvez* – disse Egan, mastigando e depois engolindo o macarrão. – Não podemos conduzir uma cúpula aqui pelos motivos que acabei de listar. Não podemos conduzir uma cúpula na Terra porque não existe lugar algum no planeta, além da estação Amundsen-Scott no polo sul, que não vá causar tumulto, seja por conta das pessoas que odeiam a União Colonial ou das que querem que a gente as tire da Terra. O *Conclave*, logo o Conclave, se ofereceu para sediar a cúpula como um território, abre e fecha aspas, neutro, em seu próprio planeta administrativo que, vale lembrar, é uma ou duas ordens de magnitude maior do que a Estação Fênix. A gente definitivamente não quer que os terráqueos pensem qualquer coisa *disso*. Então, o que nos resta?

— A Estação da Terra — disse Rigney.

— A Estação da Terra, de fato — falou Egan. — Que é nossa, embora esteja logo acima da Terra. E isso vai com certeza ser um ponto de negociação.

Rigney franziu a testa e disse:

— O que você quer dizer?

— Estamos fazendo uma oferta para arrendá-la — disse Egan. — A estratégia de arrendamento foi aprovada esta manhã, aliás.

— Ninguém *me* falou nada disso — respondeu Rigney.

— Sem querer ofender, Abel, mas por que alguém iria contar para você? — disse Egan. — Você é coronel, não general.

Rigney puxou a gola do uniforme e disse:

— Vai e mete a faca em mim de novo, Liz.

— Não foi o que eu quis dizer — respondeu Egan. — Eu também não teria por que saber, exceto pelo fato de que sou o contato com o Departamento de Estado, que precisa que as FCD assinem isso. Esse é um acordo que está muito acima das nossas patentes. Mas é de fato uma jogada de mestre, se for pensar.

— Perder o nosso único posto avançado acima da Terra é uma jogada de mestre? — perguntou Rigney.

— Não vamos perder nada — disse Egan. — Ainda vai pertencer a nós, e os direitos de uso serão parte do acordo. É uma jogada de mestre porque muda a natureza do jogo. Neste momento, a Terra não tem ponto algum de acesso ao espaço. A gente deixou o planeta trancado durante tanto tempo que não há infraestrutura lá para viagem espacial. Eles não possuem nenhuma estação, nenhum espaçoporto. Mal têm *espaçonaves*, pelo amor de Deus. Vai demorar anos e algumas vezes o PIB anual global para se equiparem. E então a gente chega e oferece uma entrada para o espaço que já existe. Quem quer que controle a estação vai controlar o comércio, vai controlar as viagens espaciais e vai controlar o destino da Terra, pelo menos até o resto do planeta correr atrás do prejuízo. E você sabe o que isso quer dizer.

– Quer dizer que assim a gente tira o nosso da reta e bota o alvo em *outro* lugar – concluiu Rigney.

– Para começo de conversa, sim – disse Egan. – E, no futuro imediato, isso também atrapalha qualquer frente unida que possam estar construindo. Você mesmo disse, Abel. As nações da Terra não conseguem concordar em nada, exceto sobre sua raiva da gente. Num único golpe, nós pareceremos razoáveis e arrependidos, eles começarão a brigar entre si e a correr para fazer alianças e acordos...

– E a gente pode escolher a bel-prazer entre os envolvidos, jogando um contra o outro e traçando acordos que nos privilegiem – concluiu Rigney.

– Exatamente – disse Egan. – Muda toda a dinâmica da cúpula.

– A não ser que todos decidam deixar de lado suas diferenças mesquinhas para se voltarem contra nós – comentou Rigney.

– Parece improvável – disse Egan. – Sei que faz quinze anos que eu e você saímos da Terra, mas não acho que as relações internacionais planetárias de lá chegaram no ponto de "vamos dar as mãos e cantar juntos" nesse período. Você acha?

– Acho que a resposta correta aqui é: "espero que não" – disse Rigney.

Egan concordou com a cabeça.

– Então, você entende o porquê de a Estação da Terra ser, de fato, o melhor lugar de todos para sediar a cúpula – disse ela. – Não estamos apenas discutindo questões terráqueas e da União Colonial, mas também vamos fazer uma demonstração.

– Os seus diplomatas sabem que vão ter de trabalhar como vendedores? – perguntou Rigney.

– Acredito que estejam descobrindo agorinha – respondeu Egan, garfando mais um pouco de macarrão.

– Eles vão odiar isso – disse Rae Sarles na reunião convocada às pressas da equipe diplomática da *Clarke*. – Era para a gente estar aqui para ter uma discussão honesta sobre outras questões e vamos mudar a agenda literalmente horas antes do início programado. Não é assim que deveria ser feito.

Wilson, em pé nos fundos, olhou de relance para Abumwe e ficou se perguntando como a embaixadora iria pisar na cabeça desse subordinado recalcitrante em particular.

– Entendo – disse Abumwe. – E você vai repassar essa observação à chefe da secretaria? Ou às lideranças das Forças Coloniais de Defesa que aprovaram este plano? Ou aos chefes de cada outro departamento da União Colonial envolvido nessa mudança de políticas?

– Não, senhora – respondeu Sarles.

– Não – disse Abumwe. – Então, eu sugiro que não perca mais tempo com o modo como as coisas deveriam ser feitas e comece a investir um pouco mais dele no que faremos agora. Os representantes de vários governos terráqueos podem de fato ficar surpresos com estarmos abertos ao arrendamento da Estação da Terra. Mas o nosso dever, sr. Sarles, é deixá-los felizes com a mudança dos acontecimentos. Confio que você seja capaz disso.

– Sim, embaixadora – respondeu Sarles.

Wilson sorriu. *Mais uma cabeça esmagada*, pensou.

– Além disso, o *nosso* papel não sofreu alteração fundamental alguma – continuou Abumwe. – Foram designadas para nós uma série de discussões com países terráqueos menores e que ainda não estão alinhados a nenhum dos lados. São nações de terceira categoria em termos de poder e influência na Terra, mas a União Colonial não está em posição para ignorar ou menosprezar qualquer uma delas, e há algum potencial para vantagens significativas para nós... – Abumwe então apanhou seu tablet para mandar as descrições atualizadas da missão para os subordinados. Cada um deles pegou o próprio PDA como se estivessem na igreja, seguindo as instruções do pastor.

Meia hora depois, os subordinados esvaziaram a sala, deixando ali apenas Abumwe e Wilson.

– Tenho uma missão especial para você – disse Abumwe.

– Você vai me botar numa reunião com a Micronésia? – perguntou Wilson.

– Não, eu que vou estar nela – disse Abumwe. – Acontece que preciso conversar com eles sobre a possibilidade de estabelecermos uma base em Kapingamarangi. Não é uma negociação pouco importante, ou pelo menos é o que me garantiu a própria secretária. Se por acaso você já terminou de menosprezar a minha missão e da minha equipe, podemos continuar.

– Desculpa – disse Wilson.

– Desde o incidente com Perry, a Terra vem exigindo que nenhuma nave nem equipe militar da União Colonial atraque na estação ou no planeta – disse Abumwe. – Com exceção de um ou outro indivíduo de alta patente, a União Colonial vem honrando esse pedido.

– Ih, rapaz – disse Wilson. – É aí que você me diz que minha missão vai ser proteger os rebites da *Clarke*, não é?

– Vai ser, se você continuar me interrompendo – disse Abumwe.

– Desculpa – disse Wilson de novo.

– E não – continuou Abumwe. – Deixando essas questões de lado, seria cruel trazê-lo tão perto assim da Terra e mantê-lo confinado à nave. Além disso, você segue provando sua utilidade.

– Obrigado, embaixadora – disse Wilson.

– Você ainda é um pé no saco – respondeu Abumwe.

– Entendido – disse Wilson.

– As FCD continuam sem nenhuma função formal nessas negociações – disse Abumwe. – No entanto, também enxergam a sua presença como uma oportunidade para estender uma mão às organizações militares da Terra. Sabemos que os Estados Unidos, em particular, terão uma pequena unidade militar presente na cúpula. Nós os alertamos quanto ao seu comparecimento, e eles estarão receptivos em conduzir uma reunião com você. Por isso, sua missão tem duas partes. A primeira é simplesmente estar disponível para eles.

– Disponível em que sentido? – perguntou Wilson.

– Em qualquer sentido que quiserem – respondeu Abumwe. – Se quiserem que você fale sobre a vida nas FCD, pode falar. Se quiserem que fale da força e das táticas militares, pode fazer isso também, contanto que não revele qualquer informação sigilosa. Se quiserem beber cerveja e fazer queda de braço, vai lá.

– E enquanto eu faço isso, é para tirar informações deles também? – perguntou Wilson.

– Se puder, sim – disse Abumwe. – Sua patente é baixa o suficiente para os membros daquele destacamento militar se sentirem confortáveis com você enquanto pessoa. Aproveite isso.

— Qual é a segunda parte da missão? — perguntou Wilson.

Abumwe sorriu e respondeu:

— As FCD querem que você pule de paraquedas.

— Como é? — disse Wilson.

— Os chefes militares dos EUA ouviram boatos de que as FCD de vez em quando despacham soldados num planeta a partir de uma órbita baixa — disse Abumwe. — Eles querem ver isso em ação.

— Bacana — comentou Wilson.

— Você já fez isso antes — disse Abumwe. — Pelo menos, quando recebi essa sua missão, constava lá que já tinha feito.

Wilson confirmou com a cabeça.

— Fiz isso uma vez — disse ele. — Não quer dizer que eu tenha *gostado*. Cair dentro de uma atmosfera em velocidade supersônica, confiando numa camada tênue e fluida de nanorrobôs para evitar virar uma mancha escura de queimadura por fricção cobrindo metade do céu... não é bem a minha ideia de diversão.

— Eu entendo — disse Abumwe. — Mas, como é uma ordem de fato, não acho que você tenha muita escolha.

— Há o pequeno problema de que, embora eu tenha o collant de combate padrão das FCD, não estou com o equipamento de paraquedismo — falou Wilson.

— As FCD estão mandando um ou dois drones de carga — disse Abumwe. — Um para você e outro para quem quer que vá pular junto.

— Vai ter alguém pulando comigo? — perguntou Wilson.

— Aparentemente, um dos membros do destacamento militar da cúpula tem experiência com paraquedismo e quer experimentar algo mais exótico — disse Abumwe.

— Eles compreendem que os trajes de descida são controlados por um BrainPal, não é? — disse Wilson. — Algo que esse outro sujeito não vai ter. Primeiro, ele vai asfixiar. Depois, vai pegar fogo e então pequenas partes dele vão, cedo ou tarde, começar a cair sobre a terra como se fossem gotas de chuva. Não é um bom plano.

— Você vai controlar o funcionamento dos dois trajes — disse Abumwe.

— Então, se ele morrer durante o salto, vai ser culpa minha — respondeu Wilson.

— Se ele morrer durante o salto, sugiro que seria de bom tom acompanhá-lo — disse Abumwe.

— Estava gostando mais dessa missão quando eu só precisava beber cerveja e fazer queda de braço — comentou Wilson.

— Pense que, quando completar seu mergulho, você estará de novo na Terra — apontou Abumwe. — Que é algo que lhe disseram que jamais iria acontecer.

— Tem isso — admitiu Wilson. — Não vou dizer que não estou ansioso por isso. Por outro lado, a Estação da Terra está conectada ao planeta por um elevador espacial. Eu preferiria descer por lá. Menos dramático, mas também bem mais seguro.

Abumwe sorriu.

— A boa notícia é que você, de fato, vai usar o Pé-de-feijão — disse ela, referindo-se ao elevador pelo nome informal. — A má notícia é que vai usá-lo para *subir* de volta da Terra, quase imediatamente após pousar.

— Vou tentar aproveitar, então — disse Wilson. — E você, embaixadora? É da Terra, a princípio. Algum interesse em descer até a superfície?

Abumwe balançou a cabeça.

— Quase não tenho lembrança da Terra — disse ela. — Minha família foi embora por conta de uma guerra civil na Nigéria, que não teve fim até quase a partida dos meus pais do planeta. As lembranças que eles têm de lá não são das mais agradáveis. Tivemos sorte por termos conseguido sair, e sorte de haver um lugar para ir. Tivemos sorte de a União Colonial existir.

— Essas negociações são importantes para você — falou Wilson.

— Sim — disse Abumwe. — Seriam importantes de qualquer jeito. É o meu trabalho. Mas me lembro das histórias da minha mãe e das cicatrizes do meu pai. Lembro que, apesar de todos os pecados da União Colonial, e ela tem, *sim*, seus pecados, tenente Wilson, a Terra sempre teria suas guerras e seus refugiados, e a União Colonial manteve as portas abertas para eles. Ela lhes deu uma vida na qual não precisariam temer seus vizinhos, no mínimo do mínimo. Penso nas guerras e nos refugiados terráqueos agora. Penso em quantos deles morreram e poderiam ter continuado vivos se a União Colonial pudesse tê-los levado.

— Não tenho certeza se a União Colonial tem as mesmas prioridades que você, embaixadora — comentou Wilson.

Abumwe abriu um sorriso amargurado para Wilson.

– Estou ciente de que o principal propósito da União Colonial ao restabelecer as relações com a Terra é renovar a reserva de soldados – disse ela. – E compreendo que não podemos mais colonizar nada por causa das ameaças do Conclave em aniquilar qualquer novo assentamento que a gente criar. Mas os planetas que temos ainda possuem espaço, e precisamos de gente. Por isso as minhas prioridades ainda assim serão atendidas, contanto que todos nós façamos o que precisamos fazer. Incluindo você.

– Vou me esforçar ao máximo ao cair do céu por você – disse Wilson.

– Faça isso – disse Abumwe, apanhando o PDA para voltar sua atenção a outros negócios. – Aliás, eu designei Hart Schmidt como seu assistente, caso precise dele para qualquer coisa. Vocês dois parecem trabalhar bem juntos. Pode dizer que fiz isso não por ele ser desimportante, mas porque a missão é uma prioridade para a União Colonial.

– Pode deixar – disse Wilson. – Mas é mesmo?

– Isso vai depender de você, tenente – disse Abumwe, dando toda sua atenção ao tablet.

Wilson abriu a porta e encontrou Hart Schmidt do outro lado.

– Você está me perseguindo – disse Wilson.

– Para com isso, Harry – disse Schmidt. – Sou o único da equipe sem uma missão e você acabou de ter uma reunião privativa de dez minutos com Abumwe. Não precisa ser gênio para entender quem vai ser o seu criado nesta viagem.

3_

– Não parece ser grande coisa, né? – disse Neva Balla à capitã Sophia Coloma.

– Você quer dizer a Estação da Terra – disse Coloma à oficial executiva.

– Sim, senhora – disse Balla. As duas estavam na ponte da *Clarke*, estacionadas a uma distância segura da Estação da Terra, enquanto a nave de transporte levava e trazia diplomatas.

– Você cresceu em Fênix – disse Coloma a Balla. – Está acostumada a olhar para cima e ver a estação lá no céu. Comparado a isso, qualquer outra parece pequena.

– Eu cresci do outro lado do planeta – disse Balla. – Só fui ver a Estação Fênix com os próprios olhos na adolescência.

– A questão é que a Estação Fênix é o seu referencial – falou Coloma. – A Estação da Terra não é tão grande, mas não é menor do que as estações no céu da maioria das outras colônias.

– O elevador espacial é interessante – disse Balla, mudando um pouco de assunto. – Me pergunto por que não o usam em outros lugares.

– Os motivos são políticos, principalmente – explicou Coloma, apontando para o Pé-de-feijão no monitor. – O funcionamento dele é todo errado, segundo a física padrão. Devia só cair do céu. O fato de que não cai lembra o povo da Terra o quanto a gente é mais avançado do que eles, por isso evitam entrar nele com a gente junto.

Balla soltou um risinho baixo.

– Esse plano não parece estar indo muito bem – observou ela.

– Agora eles entendem a física – disse Coloma. – O incidente com Perry resolveu esse problema. Agora têm uma questão de riquezas e organização. Não têm dinheiro para construir outro Pé-de-feijão ou uma estação espacial grande o suficiente, e se qualquer nação tentasse, as outras abririam um berreiro.

– Que zona – disse Balla.

Coloma estava prestes a concordar quando uma notificação chegou ao seu tablet. Olhou de soslaio para baixo, para o banner piscando, vermelho e verde, que indicava uma mensagem confidencial e de alta prioridade destinada a ela. Coloma deu um passo para trás e leu a mensagem. Balla, reparando nas ações da capitã, se concentrou em outras tarefas.

Coloma leu a mensagem, inseriu seu código pessoal para sinalizar o recebimento e então se voltou para a oficial executiva.

– Preciso que você libere o ancoradouro – disse a Balla. – Tire toda a tripulação e não deixe ninguém chegar lá até que eu permita.

Balla torceu o nariz, mas não questionou a ordem.

– O transporte está marcado para retornar em vinte e cinco minutos – disse ela.

– Se eu não terminar antes disso, mande esperar a dez quilômetros de distância, até o aportamento estar liberado – disse Coloma.

– Sim, senhora – respondeu Balla.

– A ponte é sua – disse Coloma e saiu.

Minutos depois, a capitã se acomodou no assento em frente ao painel de comando da sala de controle do ancoradouro, começando o ciclo de despressurização. O ar foi tragado até os compartimentos de armazenamento comprimido, e então as portas se abriram em silêncio para o vácuo.

Um drone de carga, não tripulado e do tamanho de um pequeno veículo pessoal, chegou até o ancoradouro e se acomodou no convés. Coloma fechou as portas e pressurizou de novo o espaço, depois saiu da sala de controle e foi até a máquina.

O drone exigiu identificação para abrir. Coloma pressionou a mão direita sobre a fechadura e esperou até que reconhecesse as digitais e a configuração dos vasos sanguíneos. Ele se abriu após alguns segundos.

A primeira coisa que Coloma viu foi o pacote destinado ao tenente Harry Wilson, contendo um par de trajes e recipientes de nanorrobôs para seu mergulho vindouro – para o qual, como reparou com amargura, ele precisaria do transporte de novo. Ela não aprovava o que acontecia com seus transportes quando Wilson estava envolvido.

Coloma tirou o foco desse pensamento e do pacote de Wilson. Não era por isso que estava ali.

Estava ali por conta do outro pacote, aninhado ao lado do dele. O que tinha seu próprio nome.

– Era para eu estar prestando assistência a você – disse Schmidt a Wilson.

– E você está – respondeu Wilson. – Ao me trazer cerveja.

– O que não vai acontecer de novo, aliás – disse Schmidt, entregando a Wilson a IPA que havia pegado no bar. – Sou seu assistente, não seu garçom.

– Obrigado – disse Wilson, pegando a cerveja e olhando ao redor. – Da última vez que estive aqui, nesse refeitório, e acho que nesta mesma mesa, foi quando vi meu primeiro alienígena. Era um Gehaar. Foi um grande dia para mim.

– Não é provável que vejamos outro Gehaar aqui – disse Schmidt. – São parte dos membros-fundadores do Conclave.

– Que pena – disse Wilson. – Me pareciam boa gente. Fazem bagunça pra comer, mas são boa gente. – Ele deu um gole na cerveja. – Muito boa. Não dá para arranjar uma IPA dessas na União Colonial. Não faço ideia do porquê.

– Devo buscar alguns pretzels também para o senhor, ó, meu amo? – ironizou Schmidt.

– Não com essa atitude – respondeu Wilson. – Em vez disso, me diga o que você descobriu sobre o estado da cúpula.

– Está uma loucura, claro – disse Schmidt. – Mal tiveram tempo de fazer a sessão de abertura antes de precisarem jogar fora a pauta da cúpula inteira. O fato de que a União Colonial está anunciando o aluguel da estação atrapalhou as coisas antes que começassem.

— O que é exatamente o que a União Colonial quer — disse Wilson. — Ninguém está falando mais das reparações devidas à Terra por termos oprimido o planeta esse tempo todo.

— Ainda tem gente falando disso, mas ninguém dá bola — disse Schmidt.

— Então quem são os primeiros nomes na disputa? — perguntou Wilson, dando mais um gole na cerveja.

— Os Estados Unidos, o que não é de todo surpreendente — disse Schmidt. — Apesar de que, para não deixarem na cara sua unilateralidade, falam em arrastar também Canadá, Japão e Austrália para fechar o negócio em coalizão. Os europeus estão reunindo suas fichas, e o mesmo vale para a China e os Estados Siberianos. A Índia está sozinha, por ora. Depois disso, vira uma zona. A embaixadora Abumwe tem a maior parte da África e do sudeste asiático na porta dela, tentando marcar um horário em grupos de três ou quatro.

— Então, teremos quatro ou cinco dias disso, depois vamos sugerir aos diplomatas da Terra que voltem a seus países de origem, formalizem suas propostas e apresentem tudo numa nova rodada de negociações — disse Wilson. — Vai ter uma primeira rodada eliminatória, o que vai causar mudanças nas alianças e propostas, cada uma delas progressivamente mais vantajosa para a União Colonial, até que no fim a maior parte do planeta vai fazer o que a gente quer, que é nos fornecer soldados e um ou outro colono.

— Parece ser esse o plano — disse Schmidt.

— Parabéns, União Colonial — comentou Wilson. — E, diga-se de passagem, falo isso num sentido de *realpolitik*.

— Eu entendi — disse Schmidt. — E você?

— Eu? Fiquei por aqui — disse Wilson, gesticulando na direção do bar.

— Achei que fosse se encontrar com os caras do exército dos EUA — disse Schmidt.

— Já os encontrei aqui — respondeu Wilson. — Exceto pelo que vai fazer paraquedismo comigo. Aparentemente ele se atrasou e vai me encontrar depois.

— Como foi? — perguntou Schmidt.

— Um monte de soldados bebendo e contando histórias de guerra — disse Wilson. — Chato, mas confortável e fácil de lidar. Aí eles saíram, eu fiquei e agora estou ouvindo todo mundo que vem aqui falar sobre os eventos do dia.

– Não está meio barulhento demais para isso? – disse Schmidt.

– Ah, mas você não tem ouvidos super-humanos, geneticamente modificados, não é? – falou Wilson. – E um computador na cabeça capaz de filtrar tudo aquilo em que você não quer se concentrar.

Schmidt sorriu.

– Beleza, então – disse ele. – E o que está escutando agora?

– Além da sua reclamação por buscar cerveja para mim – disse Wilson –, tem uma dupla de diplomatas logo atrás, da Holanda e da França, se perguntando se deviam deixar os russos participarem na proposta da estação, ou se os russos vão deixar o passado para trás e se unir aos Estados Siberianos e à China. Além disso, atrás de mim e à esquerda, tem um diplomata estadunidense dando em cima de uma diplomata da Indonésia há uns vinte minutos que parece não ter a menor noção de que não vai conseguir nada hoje, porque é um completo idiota. E diretamente à minha frente, do outro lado, há quatro soldados da União dos Estados Sul-Africanos que estão bebendo já faz uma hora e em dúvida faz uns dez minutos se não devem arranjar briga comigo e fazer parecer que fui eu quem comecei.

– Espera, o quê? – disse Schmidt.

– É verdade – disse Wilson. – Para ser justo, eu *sou* verde e me destaco *sim* na multidão. Ao que parece, esses camaradas ouviram falar que os soldados das FCD são incrivelmente fodões, mas estão olhando para mim e não enxergam isso. Não, senhor, não enxergam *mesmo*. Por isso querem arranjar briga comigo para ver o quanto sou durão. Apenas por uma questão científica, com certeza.

– E o que você vai fazer a respeito? – perguntou Schmidt, olhando para os soldados de que Wilson estava falando.

– Vou ficar sentado aqui, bebendo minha cerveja e ouvindo as conversas – respondeu Wilson. – Não estou preocupado, Hart.

– São quatro – disse Schmidt. – E não parecem ser gente boa.

– São bem inofensivos – disse Wilson. Ele engoliu um grande gole da IPA e repousou o copo, depois pareceu escutar alguma coisa durante um minuto.

— Ah, beleza, se decidiram. Aí vem eles.

— Ótimo – disse Schmidt, observando os quatro se levantarem da mesa.

— Relaxa, Hart – disse Wilson. – Não é você que eles querem encher de porrada.

— Ainda pode sobrar pra mim – disse Schmidt.

— Não se preocupe, eu protejo você – disse Wilson.

— Meu herói – falou Schmidt, sarcasticamente.

— Ei! – disse um dos soldados a Wilson. – Você é um daqueles soldados das Forças Coloniais de Defesa?

— Não, eu só gosto da cor verde – respondeu Wilson, matando o restante da cerveja e olhando com tristeza para o copo vazio.

— É uma pergunta razoável – disse o soldado.

— Você é Kruger, né? – perguntou Wilson, repousando o copo.

— O quê? – disse o soldado, confuso por um momento.

— É você mesmo – disse Wilson. – Reconheci a voz. – Ele apontou para outro deles. – E, portanto, você deve ser Goosen, eu diria. E você é provavelmente Mothudi – disse ao apontar para o outro e, por fim, para o último deles. – E você é Pandit. Acertei todo mundo?

— Como você sabe? – perguntou Kruger.

— Eu estava ouvindo a conversa de vocês – respondeu Wilson, levantando-se. – Sabem, a conversa que tiveram para discutir como fazer parecer que fui eu que parti para cima, para tentarem me encher de porrada.

— Nunca dissemos isso – disse Pandit.

— Claro que disseram – rebateu Wilson, virando-se para Schmidt e entregando seu copo. – Pode buscar outra para mim? – pediu.

— Tudo bem – disse Schmidt, levando o copo, mas sem tirar os olhos dos quatro soldados.

Wilson se voltou para os soldados.

— Vocês querem alguma coisa? É por minha conta.

— Eu disse que não falamos nada disso – respondeu Pandit.

— Disseram sim, na verdade – disse Wilson.

— Está me chamando de mentiroso? – perguntou Pandit, já agitado.

— É bem evidente que estou, não é? – respondeu Wilson. – Então? Bebida...? Alguém...? Ninguém? – Ele se voltou para Schmidt. – Só para mim, então. Mas, sabe como é, pegue algo para você também.

— Vou sem pressa — disse Schmidt.

— Ah — disse Wilson. — Isso não vai demorar.

Pandit agarrou o ombro de Wilson, que se deixou ser virado.

— Não gosto de ser chamado de mentiroso na frente dos meus amigos — disse Pandit e tirou a mão do ombro de Wilson.

— Então é só não mentir na frente deles — respondeu Wilson. — É bem simples, na verdade.

— Acho que você deve desculpas ao Pandit aqui — disse Kruger.

— Pelo quê? — perguntou Wilson. — Por reproduzir fielmente o que ele disse? Acho que não.

— Colega, você vai descobrir que é do seu interesse se desculpar — disse Goosen.

— Não vai rolar — disse Wilson.

— Então acho que vamos ter um problema aqui — rebateu Goosen.

— Quer dizer, *agora* vocês vão tentar me encher de porrada? — disse Wilson. — Estou em choque. Se tivessem admitido isso logo de cara, já teríamos terminado a essa altura.

— Não vamos *tentar* nada — disse Mothudi.

— Claro que não — disse Wilson. Ele apertou o dorso do nariz como se estivesse exasperado. — Senhores, quero que reparem que vocês estão em quatro e eu, sozinho. Também quero que reparem na minha falta de preocupação por um quarteto de militares bombados claramente experientes como os senhores estarem planejando fazer picadinho de mim. Agora, o que isso *quer dizer*? Um, pode ser que eu seja absolutamente maluco. Dois, pode ser que vocês não façam a menor ideia de no que estão se metendo. E qual é? É só escolher.

Os quatro soldados olharam um para o outro e sorriram.

— Absolutamente maluco vai ser a nossa escolha — disse Kruger.

— Tudo bem — disse Wilson. Ele foi caminhando até o corredor público mais largo na frente do bar. Os quatro soldados ficaram observando-o se afastar, confusos. Wilson se virou para olhá-los. — Vão ficar parados aí que nem uns otários? — disse ele. — Venham pra cá.

Os quatro o seguiram, hesitantes. Wilson gesticulou para que chegassem mais perto.

— Vamos, gente — disse ele. — Não ajam como se não quisessem isso. Venham cá.

– O que estamos fazendo? – perguntou Goosen, vacilante.

– Vocês querem me testar – disse Wilson. – Beleza, então, é assim que vai ser: distribuam-se como quiserem. Então um de vocês vai tentar me bater. Se conseguir me acertar sem que eu bloqueie, pode tentar me acertar de novo. Mas, se eu bloquear, aí é minha vez. Preciso acertar todos os quatro sem que qualquer um me bloqueie. Se alguém me bloquear, aí é a vez de vocês de novo. Entenderam?

– Por que a gente vai fazer desse jeito? – perguntou Mothudi.

– Porque assim vai parecer que estamos só fazendo uma brincadeirinha inocente e não que vocês quatro estão tentando começar uma guerra entre a Terra e a União Colonial com uma agressão aleatória contra um soldado das FCD – disse Wilson. – Acho que seria inteligente, não? Então, vamos lá, posicionem-se.

Os quatro soldados se distribuíram num semicírculo à frente de Wilson.

– Quando quiserem – falou Wilson.

– Harry Wilson? – disse uma voz feminina.

Wilson se virou para olhar. Kruger partiu na direção dele, com os braços erguidos. Wilson bloqueou e o virou de costas. Kruger expirou, surpreso.

– Me atacando enquanto eu estava distraído – disse Wilson. – Legal. Não serviu para nada, mas legal. – Ele arrastou Kruger e o empurrou de volta à posição inicial. Então, voltou sua atenção à mulher que o chamou.

– Danielle Lowen – disse ele. – Que surpresa agradável.

– Beleza, nem vou tentar adivinhar – disse Lowen, que estava acompanhada de um homem de uniforme. – O que exatamente estão fazendo?

– Estou constrangendo esses quatro trogloditas – respondeu Wilson.

– Precisa de ajuda? – perguntou o homem ao lado de Lowen.

– Não, estou de boas – disse Wilson, ao que Mothudi saltou em sua direção. O soldado terráqueo já estava no chão pouco depois. – Você queimou a largada – disse Wilson, com a voz branda. Ele saiu de cima do pescoço de Mothudi e deixou que voltasse rastejando até a posição inicial. Então olhou de volta para Lowen. – O que vocês dois vão aprontar agora? – perguntou.

– Na verdade, estávamos à sua procura – disse Lowen, gesticulando com a cabeça para o homem ao lado. – Este é o capitão David Hirsch, Força Aérea dos EUA. Além disso, é meu primo.

– É você quem vai mergulhar comigo – disse Wilson.

— Isso mesmo — confirmou Hirsch.

— Prazer em conhecê-lo — disse Wilson.

— Ei! — disse Kruger. — A gente vai brigar ou o quê?

— Desculpe — disse Wilson a Kruger, e depois voltando-se para Hirsch e Lowen. — Licença por um minutinho.

— Sem pressa — disse Hirsch.

— Isso não vai demorar nada — disse Wilson, encarando de novo os quatro soldados. — Três rodadas — disse ele.

— O quê? — disse Kruger.

— Três rodadas — repetiu Wilson. — No sentido de que eu acerto vocês três vezes e acabou. Tenho compromissos, e vocês provavelmente precisam de treino para respirar pela boca ou algo assim. Então, três rodadas. Beleza?

— Que seja — disse Kruger.

— Que bom — respondeu Wilson, acertando um tapa na cara de cada um, com força, antes que soubessem o que os atingiu. Os quatro ficaram em pé, com a mão no rosto, atordoados.

— Essa foi a primeira — disse Wilson. — Lá vai a segunda rodada.

— Espe... — Kruger começou, mas o fim da palavra se perdeu em meio aos múltiplos sons de tabefes no rosto.

— Beleza, essa foi a segunda — disse Wilson. — Prontos pra terceira?

— Foda-se — disse Goosen, e todos os quatro atacaram Wilson simultaneamente.

— Eeeee essa é a terceira — disse Wilson aos quatro, que estavam todos no chão, segurando o pescoço e tentando respirar. — Não se preocupem, rapazes, é só um machucado na traqueia. Em um dia já se recuperam. Bem, dois dias. Sem pressa. Então, terminamos aqui...? Rapazes?

Kruger vomitou no chão.

— Isso para mim é um "sim" — disse Wilson, esticando o braço e dando um tapinha na nuca de Kruger. — Obrigado pelo exercício, crianças. Foi divertido. Não se preocupem, conheço a saída. — Ele se levantou de novo e foi caminhando até Lowen e Hirsch.

— Impressionante — disse Hirsch.

— O que vai deixar você perturbado mesmo é que eu sou o equivalente das Forças Coloniais de Defesa a alguém totalmente fora de forma — respondeu Wilson. — Passei vários dos últimos anos como um nerd de laboratório.

— É verdade — comentou Lowen. — Ele mal se mexeu da última vez que o vi.

— Eu deixei você no chinelo em termos de bebida — Wilson a lembrou.

— E ignorou minha cantada — disse Lowen.

— Não sou esse tipo de rapaz — respondeu Wilson.

— Não sei se quero continuar fazendo parte desta conversa — disse Hirsch.

— É só papo furado — Wilson o reconfortou.

— Covarde — disse Lowen, sorridente.

— Falando nisso, o meu amigo Hart voltou ao bar pra pegar mais cerveja — disse Wilson. — Querem se juntar a nós? — Ele apontou com o dedão de volta para os quatro soldados, ainda caídos no chão. — Tentei pagar uma bebida para eles, mas se recusaram. Agora olha como estão.

— Acho que vamos nos unir a vocês, sim — disse Hirsch. — Pelo menos por autodefesa.

— Sábia escolha — disse Wilson. — Muito sábia.

4_

– Você queria me ver – disse Abumwe a Coloma.

– Sim – disse Coloma. – Lamento afastá-la dos seus compromissos.

– Você não me afastou – respondeu Abumwe. – Eu havia reservado uma hora para comer e relaxar. A hora é agora. E, depois de quarenta minutos ouvindo a delegação do Quênia me explicar como o país deveria receber de *presente* a Estação da Terra, pelo fato de o elevador espacial ter sua base em Nairóbi, tudo que tiver para me dizer vai soar como um fluxo de racionalidade em comparação.

– Eu fui alistada – disse Coloma.

– Retiro minha asserção anterior – disse Abumwe. – Como assim, alistada?

Coloma mostrou o PDA a Abumwe, com uma janela aberta contendo a ordem das FCD.

– As Forças Coloniais de Defesa, com a permissão do Departamento de Estado, classificaram, pelo menos temporariamente, a *Clarke* como uma nave das FCD e me alistaram, pelo menos temporariamente, para o serviço militar. Mesma patente, e divido uma designação conjunta de capitã com o serviço civil da União Colonial, por isso ninguém da minha tripulação precisa ser alistado para seguir minhas ordens. Também recebi instruções para manter esse alistamento e a nova designação da *Clarke* sob estrito sigilo.

– E você está contando para mim – observou Abumwe.

– Não estou, não – respondeu Coloma.

– Entendido – disse Abumwe.

– O que quer que seja, envolve você e a sua equipe – disse Coloma. – Com ou sem ordens, precisa estar ciente.

– Por que você acha que as FCD fizeram isso? – perguntou Abumwe.

– Porque acho que eles estão esperando que algo aconteça – respondeu Coloma. – Nós sacrificamos a *Clarke* em Danavar, a antiga *Clarke*, quando alguém fez uma armadilha para os Utches. Não sabemos quem. *Esta* nave foi usada pelas FCD para impedir, sem sucesso, um dos espiões da própria instituição. Quando a delegação da Terra veio a bordo da nave, um deles matou o outro, e tentaram nos enquadrar como culpados por motivos que nunca ficaram claros. E aí teve a *Urse Damay*, que atirou contra nós quando estávamos para encontrar o Conclave, sendo controlada por forças desconhecidas.

– Não temos culpa de nada disso – disse Abumwe. – Nada disso nos dizia respeito em particular.

– Não, claro que não – concordou Coloma. – Estávamos no lugar errado na hora errada. Mas em todos os casos, havia um grupo externo e desconhecido que manipulou os eventos para seus propósitos. O mesmo grupo? Grupos separados? Se separados, estão trabalhando juntos ou não? E para que fim? E agora estamos aqui, encontrando representantes terráqueos. Sabemos que ainda tem um espião nas FCD. Sabemos que, na Terra, também há alguém mexendo os pauzinhos.

– E se qualquer um dos dois for dar uma declaração ou tentar algo, aqui seria a hora e o lugar – concluiu Abumwe.

Coloma assentiu.

– Ainda mais porque as Forças Coloniais de Defesa não possuem qualquer nave na Estação da Terra, nem pessoal, além do tenente Wilson.

– E agora você – disse Abumwe.

– Correto – disse Coloma. – Minhas ordens primárias são prestar muita atenção a qualquer nave que chegue. Eles nos deram o itinerário de todas as naves, da União Colonial ou não, que estão para chegar à Estação da Terra nas próximas noventa e seis horas. Também me deram acesso aos sistemas de controle de voo da estação, para que eu possa rastrear as comunicações das naves. Se alguma coisa parecer suspeita, devo alertar a Estação da Terra e ativar um drone posicionado à distância de salto, que vai saltar imediatamente para a Estação Fênix.

— Existe a possibilidade de que a ameaça venha da Terra e não do espaço — disse Abumwe. — Já houve atentados contra o Pé-de-feijão até a Estação da Terra. Há tumultos acontecendo agora mesmo no planeta por conta da cúpula e da presença das FCD. Qualquer uma dessas coisas poderia servir para acobertar um evento.

— É possível, mas não acho que seja essa a principal preocupação das FCD. Acho que quem quer que esteja planejando isso pensa que o mais provável seria um ataque vindo de uma nave — disse Coloma.

— O que lhe dá essa certeza? — perguntou Abumwe.

— O fato de que as FCD me deram mais uma coisa, além das ordens — respondeu Coloma.

— Então, o que diabos a União Colonial vai aprontar de verdade? — perguntou Lowen a Wilson. Os dois, junto de Schmidt e Hirsch, estavam na terceira rodada já no bar.

Wilson sorriu e se recostou na cadeira.

— Este é o ponto em que eu devia fingir surpresa e exclamar que a União Colonial age apenas partindo das melhores e mais puras intenções, não é?

— Espertalhão — disse Lowen.

Wilson ergueu o copo na direção dela e respondeu:

— Você me conhece tão bem.

— Mas é uma pergunta séria — insistiu Lowen.

— Eu sei — disse Wilson. — E a minha resposta séria é que vocês sabem disso tanto quanto eu. — Ele gesticulou na direção de Schmidt. — Quanto qualquer um de nós.

— Nossas novas diretrizes chegaram cerca de uma hora antes de pisarmos na Estação da Terra — disse Schmidt. — Fomos pegos de surpresa tanto quanto vocês.

— Por que fariam desse jeito? — perguntou Hirsch. — Não sou diplomata, por isso talvez não esteja captando algum lance de xadrez de alto nível, mas me parece que vocês estão improvisando aqui.

— É o que *é* para parecer — disse Lowen. — Soltar a ideia de arrendar a estação nas delegações da Terra para atrapalhar suas estratégias para tratar das reclamações legítimas que têm com a União Colonial. Soltar isso em cima dos diplomatas para que não tenham autoridade real alguma para fazer qualquer coisa a não ser ouvir as delegações terráqueas se humilharem atrás de um acordo de arrendamento da estação. Mudar o diálogo e mudar a direção de como a Terra enxerga a União Colonial. Não, David, é para parecer confuso mesmo. Mas eu apostaria todas as fichas que a UC está investindo nessa estrategiazinha já faz um tempão. E por ora está funcionando exatamente do jeito que eles querem. — Ela bebeu um gole da cerveja.

— Desculpa — disse Wilson.

— Não culpo *você* — disse Lowen. — É só uma ferramenta, como todos nós. Apesar de que parece estar se divertindo mais que todo mundo a esta altura.

— Ele está bebendo cerveja e batendo em gente — disse Schmidt. — O que não há para gostar nisso?

— Isso vindo de um homem que se escondeu no bar enquanto eu enfrentava quatro sujeitos ao mesmo tempo — comentou Wilson.

— Você me mandou ir para lá — disse Schmidt. — Eu só estava seguindo ordens.

— E, em todo caso, o capitão Hirsch aqui e eu faremos um negócio importantíssimo amanhã — disse Wilson.

— Correto — concordou Hirsch. — Às 1400, tenente Wilson e eu saltaremos de uma ótima estação espacial.

— É o primeiro passo que derruba — disse Wilson.

— Não estou preocupado com a queda — respondeu Hirsch. — Fico um pouco tenso com a aterrissagem.

— Bem, deixa comigo — disse Wilson.

— Tenho de deixar mesmo — apontou Hirsch. — É você quem tem o computador na cabeça.

— O que isso quer dizer? — perguntou Lowen.

— Os trajes que usaremos são controlados pelo BrainPal – disse Wilson, dando um tapinha na própria têmpora. – Infelizmente seu primo não tem um desses e não parece provável que vá ter entre agora e a hora do salto. Então eu vou controlar o manejo dos dois trajes.

Lowen olhou para o primo e depois de volta para Wilson. Perguntou:

— Mas isso é seguro?

— A gente vai saltar para a Terra direto da escuridão do espaço – disse Wilson. – Qual parte disso parece segura?

Hirsch pigarreou, de um jeito bem alto e óbvio.

— O que quero dizer é que é claro que é seguro – falou Wilson. – Não poderia ser mais seguro. Mais seguro do que ir ao banheiro. Muita gente morre fazendo cocô, sabe. Acontece todo dia.

Lowen espremeu os olhos para Wilson e disse:

— Eu não deveria dizer isso, mas David é o meu primo favorito.

— Vou contar para Rachel – disse Hirsch.

— Sua irmã me deve dinheiro – falou Lowen. – Agora cala a boca que estou apavorando Harry. – Ao que Hirsch sorriu e se calou. – Como eu ia dizendo, David é meu primo favorito. Se alguma coisa acontecer com ele, vou ter de ir atrás de você, Harry. E não vou pegar leve que nem os quatro soldados. É uma promessa: vou dar uma surra em você.

— Você já deu uma surra em alguém? – perguntou Hirsch. – Alguma vez na vida? Sempre foi assim, meio mulherzinha.

Lowen deu um soco no braço do primo.

— Estou guardando minha capacidade de dar surras para ocasiões especiais – disse ela. – Pode ser que seja agora. Você devia se sentir lisonjeado.

— Ah, eu me sinto sim – respondeu Hirsch.

— Se é assim, então você banca a próxima rodada – disse Lowen.

— Não tenho certeza se fico *tão* lisonjeado assim – disse Hirsch.

Lowen fingiu estar chocada.

— Eu ameaço um soldado das Forças Coloniais de Defesa por você, e nem vai lá me buscar uma cerveja? Já era, então, você não tem mais o status oficial de primo favorito. Rachel está de volta ao topo.

— Achei que ela estivesse devendo dinheiro – comentou Hirsch.

— Sim, mas *você* me deve uma cerveja – disse Lowen.

— Família, certo? — disse Hirsch a Wilson e Schmidt, e em seguida se levantou. — Alguma coisa para vocês?

— Eu vou pegar a cerveja do Harry — disse Schmidt, levantando-se também. — Vamos, David, levo você até o bar.

Os dois então foram abrindo caminho na multidão até as torneiras de chope.

— Ele parece ser boa gente — disse Wilson a Lowen.

— Ele é — respondeu Lowen. — E falo sério, Harry. Não deixe nada acontecer com ele.

Wilson levantou a mão, como quem faz um juramento.

— Juro que não vou deixar nada acontecer com seu primo. Ou, no mínimo do mínimo, se algo acontecer com ele, acontece comigo também — disse ele.

— Essa última parte não me inspira confiança — disse Lowen.

— Vai dar tudo certo, prometo — disse Wilson. — Da última vez que fiz isso, tinha gente atirando em mim até lá embaixo. Por coisa de milímetros não arrancaram fora a minha perna. Vai ser melzinho na chupeta, em comparação.

— Ainda assim não gosto — disse Lowen.

— Entendo completamente — disse Wilson. — Não foi bem ideia minha, sabe. Mas, olha. David e eu vamos ter que nos reunir amanhã antes do salto de qualquer jeito, para repassarmos os protocolos do mergulho e para eu explicar o que vamos fazer. Na sua vasta quantidade de tempo livre, por que não vai com ele? Vai dar a impressão de que sei do que estou falando, juro.

Lowen sacou o PDA e correu sua agenda.

— Pode ser às onze? — perguntou. — Tenho uma lacuna nessa hora. Eu ia usar para fazer xixi, mas posso encaixar isso no lugar.

— Não sou responsável pela sua bexiga — disse Wilson.

— Vou manter isso em mente — disse Lowen, guardando o tablet. — Pelo menos tenho tempo para ir ao banheiro. Tem gente que eu conheço que faz tantas reuniões agora que está correndo risco sério de peritonite.

— Agenda corrida — falou Wilson.

— Sim, bem — disse Lowen. — É o que acontece quando alguém solta uma bomba na agenda de todo mundo e o que era para ser uma cúpula organizada vira essa bagunça dos infernos, Harry.

— Desculpa — disse Wilson, de novo.

— O que nos leva de volta à questão da arrogância — disse Lowen. — Você lembra, falamos disso antes. O maior problema da União Colonial é a arrogância. Este é o exemplo perfeito. Em vez de sentar com as nações da Terra para discutir as ramificações desses séculos em que nos mantiveram confinados, lançaram mão de uma tentativa de ilusionismo, distraindo a gente com isso do arrendamento da estação.

— Eu me lembro de também ter dito a você que, se queria um defensor das práticas da União Colonial, veio ao lugar errado — disse Wilson. — Apesar de que vou apontar, apenas como uma observação pontual, que o plano da UC parece estar funcionando perfeitamente.

— Está funcionando *agora* — disse Lowen. — Estou disposta a conceder que é uma solução razoável a curto prazo. Mas como solução a longo prazo, tem problemas.

— Como, por exemplo...? — questionou Wilson.

— Como, por exemplo: o que a União Colonial vai fazer quando os Estados Unidos, a China e a Europa todos afirmarem que, como uma questão de restituição, deveriam receber de *presente* a Estação da Terra — disse Lowen. — Esqueça essa besteira de arrendamento. O custo de uma estação espacial seria um desconto substancial sobre os lucros obtidos com dois séculos de segurança e mão de obra essencialmente gratuita para a UC. Ainda vai sair barato para vocês.

— Não tenho certeza de que a União Colonial vai concordar com essa teoria — disse Wilson.

— A gente não precisa que vocês concordem — disse Lowen. — Só precisamos esperar. A União Colonial é insustentável sem uma fonte de novos colonos e soldados. Tenho certeza de que seus economistas e planejadores militares já descobriram isso. Vocês precisam de nós mais do que precisamos de vocês.

— Eu imaginaria que a resposta natural aqui seria que vocês não iam gostar do que vai acontecer com a Terra se a União Colonial fracassar — falou Wilson.

— Se fosse só a Terra, teriam razão — disse Lowen. — Mas tem a opção B.

— Entrar para o Conclave, você diz? — disse Wilson.

– Aham – concordou Lowen.

– Para isso, a Terra teria de ficar muito mais organizada do que está no momento – disse Wilson. – O Conclave não gosta de lidar com planetas fracionados.

– Acho que teríamos motivação o suficiente – respondeu Lowen –, se as alternativas fossem uma aliança forçada com antigos opressores ou virar dano colateral caso esses opressores fracassem.

– Mas então a humanidade ficaria dividida – disse Wilson. – Isso não vai ser bom.

– Para quem? – rebateu Lowen. – Para a raça humana? Ou para a União Colonial? As duas não são a mesma coisa, sabe. Se a humanidade ficar dividida, no fim, de quem vai ser a culpa? Não *nossa*, Harry. Não da Terra.

– Você não precisa vender esse peixe para mim, Dani. Então, como anda esse argumento em meio à delegação dos EUA? – perguntou Wilson.

Lowen franziu a testa.

– Ah – disse Wilson.

– Era de se imaginar que o nepotismo fosse me ajudar aqui – comentou Lowen. – Ser a filha de um secretário de Estado dos EUA deveria vir acompanhado de uma ou outra vantagem, ainda mais quando estou com a razão. Mas tem um pequeno problema que é: meu pai está sob ordens de mandar a gente tentar acertar um acordo até o fim da cúpula. Ele diz que meus argumentos constituem um ótimo "plano reserva" se não conseguirmos o arrendamento de cara.

– E ele disse isso para valer? – perguntou Wilson.

Lowen franziu a testa outra vez.

– Ah – disse Wilson de novo.

– Olha, que bom, chegaram nossas bebidas – disse Lowen, gesticulando para Hirsch e Schmidt, que estavam voltando com as cervejas nas mãos. – Bem na hora para afogar minhas mágoas.

– Perdemos alguma coisa? – perguntou Hirsch, entregando uma cerveja à prima.

– Eu estava falando agora mesmo sobre como é difícil ter razão o tempo todo – disse Lowen.

— Você veio ao lugar certo, então – disse Schmidt, enquanto se sentava. – Harry tem o mesmo problema. Pode perguntar para ele.

— Bem, então – disse Lowen, levantando o copo. – Proponho um brinde: à gente, que tem sempre razão. Que Deus e a história nos perdoem.

Todos brindaram depois disso.

PARTE 2

5_

– Capitã Coloma – disse o alferes Lemuel –, mais uma nave apareceu via salto.

Coloma murmurou seus agradecimentos a Lemuel e conferiu seu tablet. Havia dado uma ordem permanente à tripulação da ponte para que a alertassem sempre que uma nave chegasse ou partisse da Estação da Terra, sem lhes fornecer nenhuma outra explicação. A tripulação não a questionou – rastrear as outras naves era uma tarefa banal de tão fácil. A ordem estava ativa já fazia boa parte das últimas vinte e quatro horas. Era o final da manhã do segundo dia da cúpula.

O monitor de Coloma registrou o novo veículo, uma pequena nave de carga. Era uma das onze naves que estavam flutuando próximas à Estação da Terra, enquanto as outras dez permaneciam dispostas em zonas de atracagem. Havia quatro naves diplomáticas da União Colonial, incluindo a *Clarke*, além da *Aberforth*, a *Zhou* e a *Schulz*, cada uma delas trazendo um complemento de diplomatas para negociar com as delegações da Terra, que subiram pelo Pé-de-feijão. Três eram naves de carga da União Colonial – a *Robin Meisner*, a *Salto do Golfinho* e a *Rus Argo* –, que possuíam alguns acordos comerciais limitados com o planeta. As últimas naves que sobraram eram cargueiros pertencentes aos Budeks, que estavam negociando sua entrada no Conclave, mas, enquanto isso, continuavam a gostar muito de frutas cítricas.

No fone de ouvido, Coloma pôde ouvir o controlador de voo da Estação da Terra pedir à nova nave para se identificar: o primeiro sinal de aviso. Naves de carga da União Colonial possuíam transmissores criptografados que receberiam um sinal da estação assim que fizessem o salto para as redondezas. O fato de o controle precisar pedir identificação significava que a nave ou não possuía um ou o havia desabilitado. Também significava que era uma chegada inesperada. Se fosse uma chegada planejada, mas sem transmissor, o controle a teria saudado por seu referido nome.

Coloma mandou a *Clarke* fazer uma varredura da nova nave e passou as informações por um banco de dados específico de naves que lhe foi fornecido pelas FCD. Demorou menos de um segundo para encontrar um resultado. A nave era a *Estrela da Manhã Eriana*, uma nave civil de carga e transporte que havia sumido meses antes. A nave havia começado sua carreira como um cruzador das FCD, havia mais de setenta anos. Para ficar apta para usos civis, tinha sido desmanchada e reconfigurada para propósitos de transporte de carga.

O que não queria dizer que não podia ser reconfigurada para voltar a ser uma nave de combate.

A Estação da Terra estava interpelando a *Estrela da Manhã Eriana* pela terceira vez naquele momento, sem resposta, o que satisfez a sensação de Coloma de que aquela nave entrava oficialmente no território de "suspeita".

– Capitã, uma nova nave chegou via salto – informou Lemuel.

– Mais uma? – perguntou Coloma.

– Sim, senhora – confirmou Lemuel. – Ããã, e mais uma... duas... Senhora, há um monte de naves chegando via salto, todas ao mesmo tempo.

Coloma olhou para o monitor. Havia oito novos contatos ali. Mais dois novos se acenderam enquanto ela observava, e depois mais dois.

No fone, pôde ouvir o controle da Estação da Terra praguejar. Havia um tom de pânico na voz da pessoa.

No momento, quinze novos contatos acompanhavam o da *Estrela da Manhã Eriana*.

As dezesseis estavam no banco de dados fornecido pelas FCD.

Ela nem se deu ao trabalho de conferir as outras quinze.

– Cadê o nosso transporte? – perguntou Coloma.

– Acabou de aportar na Estação da Terra e está se preparando para voltar – informou Lemuel.

– Mande esperar e se preparar para trazer a nossa equipe de volta – ordenou Coloma.

– Quantos? – perguntou Lemuel.

– Todo mundo – disse Coloma, dando ordens para que a *Clarke* entrasse em alerta de emergência e enviando uma mensagem urgente à embaixadora Abumwe.

A embaixadora Abumwe estava ouvindo a representante da Tunísia discutir os planos de seu país para a Estação da Terra quando seu PDA vibrou em três disparos breves, seguidos por um disparo longo. Abumwe apanhou o aparelho e arrastou o dedo para cima a fim de ler a mensagem enviada pela capitã Coloma.

Problemão, dizia. *Dezesseis naves. Reúna o seu pessoal agora. Transporte no portão 7. Parte em dez minutos. Quem estiver aí depois disso vai continuar aí.*

– Volte para o Pé-de-feijão – disse Abumwe, olhando para a representante da Tunísia.

– Perdão? – disse a representante.

– Eu disse volte para o Pé-de-feijão – repetiu Abumwe, levantando-se. – Entre no primeiro elevador descendo. Não pare. Não espere.

– O que está acontecendo? – perguntou a representante da Tunísia, mas Abumwe já havia saído, enviando uma mensagem global à própria equipe.

6_

– Parece que você está de collant – disse Danielle Lowen a Harry Wilson, apontando para o traje de combate quando ele e Hart Schmidt vieram até onde ela estava, junto de David Hirsch. Os quatro se reuniram num compartimento de carga desocupado da Estação da Terra.

– O motivo peculiar para isso é que de fato estou de collant – respondeu Wilson. Ele parou na frente dela e soltou a bolsa grande de lona que estava carregando. – Isso é o nosso traje de combate. Este, na verdade, é um traje de trabalhos pesados, projetado para uso no vácuo.

– Você trava batalhas de dança? – perguntou Lowen. – Se for o caso, acho que seria estupendo.

– Infelizmente, não – disse Wilson. – E todos saímos perdendo por isso.

– Então vou ter de vestir um desses – disse Hirsch, apontando para o traje de combate.

– Só se você quiser sair vivo – respondeu Wilson. – Fora isso, é opcional.

– Acho que vou escolher a vida – disse Hirsch.

– Provavelmente a escolha certa – disse Wilson, enfiando a mão na bolsa e entregando a Hirsch o collant que estava dentro. – Este é seu.

– É um pouco pequeno – comentou Hirsch, apanhando o objeto e olhando desconfiado para ele.

– Ele se expande para acomodar você – disse Wilson. – Cabe em você, em Hart ou em Dani. É realmente tamanho único. Também tem um capuz que vai cobrir o seu rosto inteiro quando for ativado. Tente não surtar quando isso acontecer.

– Entendi – disse Hirsch.

– Que bom – disse Wilson. – Quer colocar agora?

– Acho que vou esperar – respondeu Hirsch, devolvendo-o.

– Frouxo – disse Wilson, pegando o traje e guardando-o de volta na bolsa, depois sacando outro objeto.

– Este parece um paraquedas – falou Hirsch.

– Em termos de funcionalidade, está correto – disse Wilson. – Mas, num sentido literal, não. Aqui fica a sua reserva de nanorrobôs. Quando você chegar à atmosfera, eles se liberam e formam um escudo de calor ao seu redor, para evitar que se queime. Depois que chega na troposfera, então viram um paraquedas, e aí você vai planando até lá embaixo. Vamos aterrissar num campo de futebol na periferia de Nairóbi. Compreendo que alguns dos seus amigos estarão num helicóptero ali, esperando para me levar de volta ao Pé-de-feijão.

– Sim – confirmou Hirsch. – Sinto muito que sua estadia não possa ser mais longa.

– Ainda assim vai ser bom tocar o solo de casa – disse Wilson, repousando o pacote de nanorrobôs e apanhando mais um objeto. – Suplemento de oxigênio – disse ele. – Porque é uma longa viagem até lá embaixo.

– Obrigado por pensar nisso – falou Hirsch.

– De nada – disse Wilson.

– Não parece ser muito oxigênio – comentou Lowen, olhando para o objeto.

– E não é – disse Wilson. – Quando o traje de combate cobre o rosto, ele puxa o dióxido de carbono e faz o oxigênio recircular. Não vai precisar de muito mais.

– É um traje bem útil – disse Lowen. – Pena que fica tão engraçado.

– Você sabe que ela tem razão – falou Schmidt.

— Nem começa, Hart — disse Wilson, e então o BrainPal e o tablet de Schmidt dispararam um alarme. Wilson acessou a mensagem, enviada pela embaixadora Abumwe.

Surgiram dezesseis naves não identificadas ao redor da Estação da Terra, dizia. *Pare o que quer que esteja fazendo e siga para o portão 7. O transporte parte em dez minutos. Não espere. Não deixe ninguém em pânico. Só vá. Agora.*

Wilson olhou para Schmidt, que havia terminado de ler a mensagem. O amigo o olhou de volta, alarmado. Wilson rapidamente colocou tudo de volta na bolsa de lona.

Lowen captou as expressões faciais.

— O que foi? — perguntou.

— É possível que tenhamos um problema — disse Wilson, erguendo a bolsa.

— Que tipo de problema? — perguntou Hirsch.

— Um problema tipo dezesseis naves misteriosas aparecendo ali na janela — respondeu Wilson.

Houve uma notificação nos PDAs de Lowen e Hirsch. Ambos os apanharam para ler.

— Leiam enquanto a gente vai andando — sugeriu Wilson. — Vamos lá.

Os quatro saíram do compartimento de carga e foram seguindo pelo corredor principal da estação.

— Mandaram pegar os elevadores do Pé-de-feijão — informou Lowen.

— Eu também — disse Hirsch. — Estamos evacuando a estação.

Os quatro caminharam por uma porta de manutenção até o corredor principal, que estava um caos. A notícia se espalhou rápido. Uma multidão de cidadãos da Terra, com expressões faciais que iam da preocupação ao pânico, começaram a se empurrar até chegar às áreas de entrada dos elevadores do Pé-de-feijão.

— Isso não parece bom — disse Wilson e começou a caminhar com propósito no contrafluxo geral. — Vamos. A gente vai pegar o transporte no portão 7. Venham conosco. Levamos vocês no nosso transporte.

— Eu não posso ir — disse Hirsch, parando, e os outros pararam junto. — Minha equipe tem ordens de auxiliar a evacuação. Preciso ir ao Pé-de-feijão.

— Eu vou com você — disse Lowen.

– Não – rebateu Hirsch. – Harry tem razão, está uma zona e vai ficar mais zoneado ainda. Vai com ele e Hart. – Ele deu um abraço e um beijo na bochecha da prima. – Vejo você em breve, Dani. – Então olhou para Wilson. – Tira ela daqui – falou.

– Pode deixar – respondeu Wilson. Hirsch assentiu e entrou pelo corredor, rumo aos elevadores.

– O portão 7 fica a um quarto do caminho que dá a volta na estação – disse Schmidt. – Precisamos começar a correr.

– Vamos correr – concordou Wilson. Schmidt disparou, passando pelos buracos na multidão. Wilson o seguiu, mantendo o ritmo e abrindo caminho para Lowen.

– Vai ter lugar para mim? – perguntou Lowen.

– A gente faz ter – respondeu Wilson.

– Elas não estão fazendo nada – disse Balla a Coloma, encarando as dezesseis naves. – Por que não estão fazendo nada?

– Estão esperando – disse Coloma.

– Esperando o quê? – perguntou Balla.

– Ainda não sei – disse Coloma.

– Você sabia disso, não sabia? – disse Balla. – Mandou a gente informar as naves conforme fossem chegando. Eram o que estava procurando.

Coloma balançou a cabeça.

– As FCD me mandaram procurar *uma* nave – disse ela. – A inteligência sugeriu que uma única nave poderia tentar atacar ou atrapalhar a cúpula, assim como uma única nave tentou impedir nossa reunião com o Conclave. Só uma já bastaria, por isso me prepararam para esse cenário. Isto – Coloma gesticulou para o monitor, com dezesseis naves pairando em silêncio – não era o que eu esperava.

– Você mandou um drone de salto – disse Balla. – Isso vai chamar a cavalaria.

– Mandei os dados no drone – disse Coloma. – Ele está à distância de salto. Vai demorar duas horas para os dados chegarem até lá, e depois deve demorar esse mesmo tanto de tempo para decidirem se mandam naves ou não. Seja lá o que acontecer aqui já vai ter terminado até então. Estamos por conta própria.

– O que faremos? – perguntou Balla.

– Vamos esperar – disse Coloma. – Me arranja um relatório do transporte.

– Ele está enchendo – informou Balla, após um minuto. – Faltam duas ou três pessoas. Mas já está dando a hora. O que você quer fazer?

– Mantenha o transporte lá o quanto conseguir – ordenou Coloma.

– Sim, senhora – disse Balla.

– Avise a Abumwe que a gente está esperando os retardatários dela, mas que vamos ter de fechar tudo se a coisa esquentar – disse Coloma.

– Sim, capitã – disse Balla, apontando depois para um monitor, voltado para a estação em si. Havia uma movimentação na base da estação. Um dos elevadores descia pelo Pé-de-feijão. – Parece que estão evacuando as pessoas pelo elevador.

Coloma observou-o descer em silêncio por um momento e então sentiu um pensamento entrar em sua cabeça com uma certeza tão ofuscante que parecia ser um golpe físico.

– Mande o piloto do transporte fechar tudo e partir já – disse ela.

– Senhora? – falou Balla.

– Agora, Neva! – disse Coloma. – Agora! Agora!

– Capitã, disparo de mísseis – informou o oficial de armas, Lao. – Seis mísseis, indo na direção da estação.

– Não é a estação o alvo – disse Coloma. – Ainda não.

– Enche aí – disse David Hirsch à sargenta Belinda Thompson. – Bota todo mundo dentro como se fosse um metrô de Tóquio.

Os dois haviam sido designados para manter a ordem nas cabines dos elevadores, um termo que não descrevia muito bem. Cada uma delas era do tamanho de uma sala grande de conferências, em formato toroidal em torno do cabo. Cabiam confortavelmente umas cem pessoas, mais ou menos, em cada, mas Hirsch planejava enfiar o dobro disso. Ele e Thompson foram empurrando os passageiros, sem muito jeito, e gritando para que fossem até o fundo da cabine.

Uma vibração contínua nas solas dos pés de Hirsch o avisou que as outras cabines do elevador estavam enfim a caminho, deslizando pelo cabo rumo a Nairóbi, sãs e salvas. *Duzentas pessoas a menos para me preocupar*, pensou e sorriu. Não era como ele planejava passar o dia.

— Está sorrindo por quê? — Thompson quis saber, enquanto empurrava mais um diplomata para dentro.

— A vida é cheia de pequenas surpr... — Hirsch dizia e então foi tragado pelo espaço quando os seis mísseis disparados contra o elevador atingiram a cabine, destruindo-a, e o cabo do Pé-de-feijão, que acabou sendo entortado, e enviando uma onda de choque acima, até a área de embarque. A onda de choque arrebentou o convés, o que atirou Hirsch e vários outros pelo vácuo, rodopiando, e esmagou a cabine que estava se enchendo de passageiros contra o casco da área de embarque. O ar foi tragado para fora dessa ferida, lançando vários infelizes ao espaço abaixo da estação.

Os sistemas automáticos da estação assumiram o controle e selaram a área de embarque do elevador, condenando todo mundo ali dentro — trezentos ou quatrocentos diplomatas da Terra — à morte por asfixia.

Em outros pontos da Estação da Terra, tabiques herméticos entraram em ação, lacrando várias seções, junto com as pessoas dentro delas, com a esperança de estancar a perda de atmosfera e limitá-la a apenas algumas áreas, protegendo o restante, ainda em seu interior, do vácuo puro do cosmos.

A questão era por quanto tempo.

7_

Wilson sentiu, mais do que viu, o tabique de emergência saltar à frente e avistou Hart Schmidt do outro lado dele. Wilson agarrou Lowen e tentou abrir caminho pelo que então era uma multidão em completo pânico, mas a massa de pessoas levou os dois em seu fluxo. Wilson teve apenas tempo o suficiente para ver o choque no rosto de Schmidt, conforme as barreiras de cima e de baixo se fecharam, separando os dois. Ele gritou para que Schmidt chegasse ao transporte, mas o amigo não o ouviu em meio à confusão toda.

Ao redor de Wilson, os gritos das pessoas próximas a ele foram aumentando, conforme se deram conta de que os tabiques estavam isolando a área. Estavam presas naquela seção da Estação da Terra.

Wilson olhou para Lowen, que havia ficado pálida. Ela teve a mesma revelação que todos os outros.

Ele olhou ao redor e percebeu que estavam no portão de transportes número 5.

Nenhum transporte aqui, pensou. Depois pensou em outra coisa.

– Venha – disse ele a Lowen, agarrando a mão dela mais uma vez, e seguiu na perpendicular à multidão, rumo ao portão dos transportes. Lowen o seguiu, como se estivesse desossada. Wilson verificou a passagem no portão dos transportes e descobriu que não estava trancada. Ele a abriu, empurrou

Lowen por ela e a fechou, com a esperança de que ninguém da multidão tivesse visto.

A área dos transportes estava gelada e vazia. Wilson largou a bolsa que estava carregando e começou a fuçar dentro.

– Dani – disse ele, olhando para cima quando viu que ela não respondeu. – Dani! – falou de novo, com mais ênfase, ao que ela o encarou, com um olhar perdido. – Preciso que você tire as roupas.

Isso serviu para que ela saísse do choque.

– Como é que é? – disse Lowen.

Wilson sorriu. Seu comentário inadequado obteve a resposta desejada.

– Você tem que tirar a roupa porque precisa vestir isso – disse ele, segurando o collant de combate das FCD.

– Por quê? – questionou Lowen, arregalando os olhos um segundo depois. – Ah, não – ela começou a reclamar.

– *Sim* – disse Wilson, enfaticamente. – A estação está sob ataque, Dani. Estamos presos. Quem quer que esteja fazendo isso tem a habilidade de descascar a superfície externa desta estação como uma laranja. Perdemos nossa carona. Se a gente conseguir sair desta coisa, só existe um caminho. Vamos ter que pular.

– Eu não sei como – disse Lowen.

– Você não precisa saber, porque eu sei – disse Wilson, entregando o collant para ela. – Só precisar botar isso aqui. E vai logo, porque não acho que a gente tenha muito tempo.

Lowen assentiu, pegou o collant e começou a desabotoar a blusa. Wilson virou de costas.

– Harry – chamou Lowen.

Wilson virou a cabeça levemente.

– Pois não?

– Só para registrar, não era assim que eu planejava tirar a roupa com você – disse Lowen.

– É mesmo? – falou Wilson. – Porque era esse o meu plano desde o começo.

Lowen soltou uma risada trêmula e exausta. Wilson deu as costas, para deixar que ela preservasse sua modéstia e também para que não visse a expressão no rosto dele enquanto tentava contatar Hart Schmidt.

* * *

A Estação da Terra estremeceu, sirenes dispararam e isso foi o suficiente para Jastine Goeth, a piloto de transporte da *Clarke*.

– Vou subir o vidro, gente – disse ela, selando a porta do transporte.

– Faltam duas pessoas da minha equipe – disse Abumwe. – Vamos esperar.

– A gente está partindo – disse Goeth.

– Acho que você não me ouviu – rebateu Abumwe, usando seu tom de voz mais gélido de "Não se meta comigo".

– Eu ouvi – disse Goeth, prosseguindo com a sequência de partida. – Você quer esperar? Eu abro a porta durante cinco segundos para que saia. Mas estou *partindo*, embaixadora. Este lugar está explodindo ao nosso redor. Não pretendo estar aqui quando ele partir ao meio. Agora, ou vaza ou cala a boca. Pode brigar comigo depois, mas neste momento esta é minha nave. Senta aí e me deixa trabalhar.

Goeth pressionou a opção de "despressurização de emergência" no painel de controle, que se sobrepunha ao ciclo de despressurização padrão da estação. Houve um estouro, enquanto o portal circular externo do ancoradouro começava a girar, abrindo-se com a atmosfera ainda lá dentro, que foi tragada pela porta dilatada. Goeth nem sequer esperou para que terminasse de abrir. Ela engatou a nave de transporte pela abertura, avariando a porta no processo. A essa altura, imaginava que isso não seria importante.

Schmidt viu as barreiras sendo acionadas, Harry gritando alguma coisa para ele que não deu para ouvir e depois saiu correndo de novo rumo ao portão 7, que conseguia ver do outro lado da seção. Sabia que, a essa altura, seu tempo já devia ter se esgotado, mas ainda precisava ver por conta própria.

E foi assim que Schmidt viu o transporte partir, pela abertura ampla da janela da área de espera, assim que chegou ao portão.

– Quase – sussurrou Schmidt, mal conseguindo ouvir as palavras em meio aos gritos daqueles que estavam presos naquela seção com ele. Todos iriam morrer juntos ali.

Só queria que essa gente não fizesse tanta algazarra por isso.

Schmidt olhou para a área de espera, deu de ombros e jogou o peso contra um dos assentos, encarando o teto da área do portão. Havia perdido sua carona por uma questão de segundos. Até fazia sentido, imaginou. No fim das contas, ele estava sempre um passo atrás.

Em algum outro lugar da seção, pôde ouvir uma voz chorando de soluçar, bem alto e aterrorizada com esse momento. Schmidt ouviu, mas ele mesmo não partilhava da emoção. Se era esse o fim, não era o pior que poderia ter imaginado. Não estava assustado. Só queria que não fosse tão cedo.

O tablet de Schmidt recebeu uma notificação, cujo tom o avisou de que era Wilson. *O sortudo filho da puta*, pensou Schmidt. Não tinha dúvida de que, mesmo naquele momento, Harry estava prestes a pensar numa saída dessa situação. Schmidt amava seu amigo Harry. Ele o admirava e até mesmo aspirava ser como ele, de certo modo. Mas, naquele instante, no que parecia ser o fim dos seus dias, percebeu que a última coisa que queria de verdade era conversar com Wilson.

— Dois novos mísseis — informou Lao. — Estão partindo na direção do nosso transporte.

— Claro que estão — disse Coloma. Quem quer que estivesse fazendo isso queria usar as pessoas saindo da Estação da Terra para dar um tipo de declaração.

Por sorte, Coloma não precisava aturar essa porcaria.

Ela foi até seu monitor pessoal e marcou os mísseis que visavam o transporte e a nave que os disparou. Então puxou um painel de comando no monitor e pressionou um botão.

Os mísseis foram vaporizados e a nave que os disparou explodiu em uma flor incendiária.

— O que foi isso? — perguntou Balla.

— Neva, diga à piloto do transporte para ir até a Terra — ordenou Coloma. — Essas naves estão disparando mísseis Melierax. Não são feitos para a atmosfera. Vão queimar inteiros. Manda aquele transporte adentrar o máximo possível na atmosfera terrestre, o mais rápido que der.

Balla repassou a ordem e depois olhou de volta para a capitã.

— Eu falei para você que as FCD estavam esperando uma nave. Por isso me deram um de seus novos brinquedinhos: um drone que dispara partículas de antimatéria. Ele está flutuando ao lado da *Clarke* desde ontem. Acho que queriam fazer um teste-drive.

– Parece que funciona – disse Balla.

– O problema é que ele só tem seis disparos – disse Coloma. – Mandei um raio para cada um dos mísseis e três para aquela nave. Tenho um sobrando, se tiver sorte. Se fosse apenas uma única nave lá fora, não seria um problema. Mas há quinze outras. E acabei de fazer da *Clarke* um alvo.

– O que quer fazer? – perguntou Balla.

– Quero que você leve a tripulação às cápsulas de fuga – disse Coloma. – Eles não estão atirando na gente ainda porque estão tentando descobrir o que acabou de acontecer. Mas não vai durar muito. Tire todo mundo da nave antes que esse tempo acabe.

– E o que você vai fazer? – perguntou Balla.

– Eu vou afundar junto com o navio – disse Coloma. – E, se der sorte, levo alguns deles comigo.

8

A primeira rajada de mísseis mirando a Estação da Terra, seis ao todo, destruiu a cabine do elevador e causou um dano irreparável ao cabo do Pé-de-feijão. A segunda, com cinco vezes o número de mísseis da primeira, separou com violência o cabo da estação, cortando a junção logo abaixo de onde ele era conectado.

  A estação e o Pé-de-feijão até aquele momento ficavam sob o domínio de um tipo de física impressionantemente superior, que lhes permitia ficarem onde deveriam ficar, a uma altitude que não deveria ser possível, construídos de um modo que não deveria bastar. Esse truque de mágica da física era literalmente alimentado pela própria Terra, graças a um poço profundo de energia geotérmica escavado na crosta do planeta e que havia custado muito esforço para construir em Nairóbi, quase dois quilômetros acima do nível do mar.

  Sem essa fonte quase inesgotável de energia, a estação voltava a funcionar sob a física convencional, o que significava o fim dela e do Pé-de-feijão que ela alimentava. E esse fim foi projetado de um modo tão minucioso e deliberado quanto a própria estação.

Seu fim foi projetado para duas coisas. A primeira era proteger o planeta lá embaixo (e, talvez, o espaço acima) da queda dos pedaços de uma estação espacial de 1,8 quilômetro de diâmetro, além das várias centenas de quilômetros do Pé-de-feijão. A segunda era evitar que os segredos dessa tecnologia caíssem nas mãos dos terráqueos. Os dois objetivos se combinavam em uma única solução.

O Pé-de-feijão não caiu. Havia sido projetado para não cair. A energia até então dedicada a mantê-lo inteiro e estruturalmente firme estava comprometida, com rapidez e sem retorno, a uma empreitada completamente diferente: despedaçá-lo. Centenas de quilômetros acima da superfície do planeta, as fibras do Pé-de-feijão começaram a ser desmembradas a nível molecular, tornando-se partículas mínimas de pó metálico. O efeito termogênico expandiu os gases liberados no processo, soprando o pó até as camadas superiores da atmosfera. Padrões aéreos e turbulências nas camadas inferiores fizeram o mesmo mais para baixo. O povo de Nairóbi olhou para o céu e viu o Pé-de-feijão se esfumaçar, movido pela primazia dos ventos como carvões esfregados por um artista frenético.

Demoraria seis horas até que evaporasse. Suas partículas confeririam ao leste da África um pôr do sol espetacular todos os dias durante uma semana e ao mundo todo um ano de temperaturas um centésimo de grau Celsius mais baixas do que deveriam.

A Estação da Terra, danificada e extirpada de sua fonte energética, começou o processo de autodestruição organizada antes que a energia rotacional pudesse fazê-lo de um modo caótico. Resignada à própria morte, a estação acionou as fontes de energia reserva, que manteriam o calor e a atmosfera respirável nos segmentos fechados durante aproximadamente duas horas, mais do que tempo o suficiente para que as pessoas ainda na estação chegassem às cápsulas de fuga, que no momento se anunciavam por meio de caminhos iluminados e um sistema de voz automático, o qual dirigia os aprisionados e desesperados até elas. Do lado de fora, os painéis estouravam, expondo o casco das cápsulas de fuga ao vácuo do espaço e facilitando seu lançamento uma vez que fossem preenchidas.

Depois que as cápsulas partissem, a estação começaria a se desmanchar, não pelo mesmo método que o Pé-de-feijão, o que exigiria uma quantidade imensa de energia direcionada que ela já não possuía mais, nem poderia empregar, mas por via de uma solução mais simples, ainda que menos elegante: detonar-se com o uso de explosivos plásticos de alto valor energético. Não restaria nenhum objeto maior do que trinta centímetros cúbicos, e o que sobrasse ou seria consumido pela atmosfera ou arremessado ao espaço.

Era um bom plano, que não levava em consideração como uma força que estivesse atacando a estação ativamente poderia afetar a autodestruição organizada.

Por Hart Schmidt ser uma das pouquíssimas pessoas em sua seção que não estava nem aos gritos nem aos prantos, foi um dos primeiros a ouvir a voz automatizada informando as pessoas presas lá que cápsulas de fuga estavam disponíveis no ancoradouro de todos os portões. Ele piscou, prestou atenção para ouvir de novo, a fim de confirmar o que achava ter escutado e então se deu um momento para pensar: *quem caralhos conta para as pessoas que há cápsulas de fuga depois que elas já estão presas e crentes de que vão morrer?* Então ele se levantou e partiu até a porta que levava ao portão 7.

A qual estava emperrada, ou parecia estar, em todo caso. As tentativas de Schmidt para abri-la eram como as de uma criança tentando empurrar uma porta barricada por um atleta profissional. Schmidt xingou e chutou a porta. Depois de lidar com a dor de chutá-la, um pensamento lhe ocorreu: estava tão gelada que ele conseguia sentir o calor saindo do sapato só de chutar. Pôs a mão sobre a superfície, perto do batente. Era que nem gelo. Parecia tentar tragar seus dedos também.

Schmidt colocou a cabeça perto da porta e, acima da algazarra das pessoas que gritavam e berravam, pôde ouvir um som totalmente diferente: o sussurro alto e urgente de um assobio.

– Você vai abrir a porta? – alguém perguntou a Schmidt.

Ele deu meia-volta, afastando-se da porta e esfregando a orelha. Então viu quem era.

Kruger, com seus três amigos.

– É *você* – disse Kruger. O pescoço dele estava roxo.

– Oi – disse Schmidt.

– Abra essa porta – ordenou Kruger. A essa altura, um pequeno grupo de pessoas que ouviram a mensagem automática aguardava ansiosamente em pé atrás dele.

– Isso, na verdade, seria uma péssima ideia – disse Schmidt.

– Você está de sacanagem comigo, porra? – disse Kruger. – A estação está explodindo ao nosso redor, tem cápsulas de fuga do outro lado da porta e você diz pra mim que é uma péssima ideia abrir? – Ele agarrou Schmidt antes que ele pudesse responder e o arremessou para fora do caminho, jogando-o sob um dos bancos no processo. Então agarrou o batente e puxou. – Essa merda está emperrada – disse ele, depois de um segundo, preparando-se para dar um puxão bem forte.

– Tem vácuo... – Schmidt começou a tentar avisá-lo.

Kruger de fato deu um puxão bem forte, abrindo a porta à força, mas só o suficiente para que talvez conseguisse deslizar por ela, e foi tragado com tamanha rapidez que, quando a porta se fechou sobre sua mão, deixou para trás a pontinha de três dos dedos dele.

Pela primeira vez desde que essa crise começou, fez-se um silêncio sepulcral no portão 7.

– Mas que *porra* acabou de acontecer? – urrou Mothudi, rompendo o silêncio.

– Tem vácuo do outro lado da porta – disse Schmidt, vendo a inexpressividade no rosto de Mothudi. – Não tem *ar*. Se você tentar ir para lá, não vai conseguir respirar. Vai morrer antes de chegar à rampa das cápsulas de fuga.

– Kruger morreu? – perguntou um dos outros soldados, o que se chamava Goosen.

A não ser que ele carregue consigo a própria reserva de oxigênio, pode apostar que sim, Schmidt pensou, mas não disse. O que de fato disse foi:

– Sim, Kruger morreu.

– Pro inferno com essa porra – disse o terceiro soldado, de nome Pandit. – Eu vou pro portão 6.

E então saiu em disparada até o portão ao fim da seção, onde as pessoas faziam fila para chegar às cápsulas de fuga. Mothudi e Goosen foram atrás dele um segundo depois, acompanhados pela gritaria de uma multidão do portão 7 que enfim percebeu que talvez não houvesse lugares o suficiente nas cápsulas para todo mundo. Era um motim.

Schmidt sabia que, para propósitos de sobrevivência, deveria se unir aos amotinados do portão 6, mas não conseguia fazer isso. Decidiu que preferia morrer sendo um ser humano fundamentalmente decente do que viver como o tipo de cuzão que arrancaria o fígado de outra pessoa para entrar numa cápsula de fuga.

O pensamento lhe trouxe paz interior durante cerca de cinco segundos. Depois o fato de que estava para morrer veio à tona de novo e o deixou cagado de medo. Ele inclinou a cabeça contra o banco no qual Kruger o havia arremessado e fechou os olhos. Depois os abriu de novo e olhou para a frente, para o compartimento atrás do leitoril do atendente que ficava no portão. Onde, entre outras coisas, havia uma grande caixa com um kit de primeiros socorros.

Schmidt olhou para as pontas dos dedos de Kruger por um segundo, soltou ar pelo nariz e esticou a mão atrás da caixa. Então a puxou e a abriu.

Lá dentro, entre muitas outras coisas, havia um cobertor térmico e um kit de oxigênio minúsculo.

Ei, olha só, sua própria reserva de oxigênio, o cérebro de Schmidt lhe disse.

– Ah, sim, mas não fique muito empolgado – disse ele, em voz alta, para o próprio cérebro. – Ainda assim não dá para abrir a porta sem perder a mão.

O portão 6 explodiu.

Como consequência imediata, Schmidt não tinha certeza se estava surdo por conta da explosão, que teria estourado seus tímpanos, ou se todo o ar na seção que continha os portões 6 e 7 estava sendo tragado pelo espaço, junto com Goosen, Pandit, Mothudi e todo mundo que estava fazendo aquele estardalhaço no portão 6. Então ele sentiu o ar saindo dos pulmões por seus lábios e seu nariz, e decidiu que não importava mais. Apanhou a caixa de primeiros socorros, envolveu o cobertor sobre a parte de cima do corpo o mais firme que dava e cobriu a boca e o rosto com a máscara do kit de oxigênio.

A máscara ficou embaçada imediatamente. Schmidt deu uma primeira tragada de oxigênio e tentou não entrar em pânico.

No minuto seguinte, aquela seção já estava em completo silêncio, e ele começou a sentir que estava congelando. Arrastou-se para sair de baixo do banco e passou pelo portão 7, cuja porta se abriu com pouca resistência.

Do outro lado, estava Kruger: cianótico, sem dedos, congelado e com uma expressão pós-morte extraordinariamente furiosa. Schmidt passou o picolé cadavérico de Kruger e correu o mais rápido possível para descer a rampa, seus dedos azuis agarrando o cobertor e o oxigênio.

No ancoradouro do portão 7 havia brotado o que pareciam ser várias portas que davam para alcovas subterrâneas: as cápsulas de fuga. Schmidt escolheu a mais próxima e com as mãos trêmulas girou a maçaneta que selou o portal. Uma vez selada, a cápsula sentiu o vácuo e o frio congelante, enchendo então seu interior de oxigênio e calor. Schmidt chorava e tremia.

– Lançamento da cápsula em quinze segundos – disse uma voz computadorizada. – Por favor, apertem os cintos.

Schmidt, ainda tremendo com violência, esticou as mãos e puxou o cinto do assento acolchoado, enquanto a cápsula de fuga fazia a contagem regressiva. Ele apagou antes que a voz chegasse ao três e nem viu nada do lançamento.

Lowen gritou de alívio quando soou o anúncio automatizado sobre as cápsulas de fuga e então começou a se dirigir até uma delas, quando as portas de egresso no assoalho do convés se abriram. Wilson esticou a mão e a deteve.

– O que você está fazendo?! – ela gritou com ele, agarrando sua mão.

– Nós temos uma saída desta estação – Wilson lhe disse. – Os outros não.

Lowen apontou para as cápsulas de fuga que se abriam ao redor.

– Eu prefiro sair por ali – disse ela. – Prefiro ter algo me protegendo ao me atirar no espaço.

– Dani – disse Wilson. – Vai dar tudo certo. Confia em mim.

Lowen parou de ir atrás das cápsulas, mas não parecia nem um pouco feliz com a ideia.

— Quando começarem a lançar essas coisas, é provável que despressurizem aqui — disse Wilson. — Melhor já ficarmos protegidos. — Então ele conectou seu aparato de oxigênio e cobriu a cabeça com o capuz.

— Como você faz para enxergar? — perguntou Lowen, olhando para o capuz fechado.

— Os nanorrobôs do traje são fotossensíveis e enviam os dados para o meu BrainPal, o que me permite enxergar — explicou Wilson, estendendo a mão para ajudá-la a colocar o oxigênio e fechar o capuz.

— Que ótimo — disse Lowen. — E como eu vou enxergar?

Wilson parou e disse:

— Ãââ...

— "Ãââ"? — repetiu Lowen. — Você está *brincando* comigo, Harry?

— Aqui — disse Wilson, enviando instruções do BrainPal ao traje de Lowen, que fechou tudo, menos os olhos dela. — Isso deve resolver até a hora de a gente descer — falou.

— E quando vai ser isso? — perguntou Lowen.

— Eu ia fazer uma despressurização de emergência do convés — disse Wilson —, mas agora vou esperar as cápsulas irem embora antes disso.

— E aí vou ficar sem enxergar — disse Lowen.

— Sinto muito — disse Wilson.

— Só vai falando comigo até lá embaixo, pode ser? — pediu Lowen.

— Ãââ... — disse Wilson.

— "Ãââ" de novo? — falou Lowen.

— Não, espera — disse Wilson. — Você está com seu PDA, certo?

— Coloquei no meu sutiã, já que você insistiu para que eu tirasse a roupa — respondeu Lowen.

— Bote o áudio dele com o volume no máximo. Assim devo conseguir falar com você — disse Wilson.

De algum lugar acima, os dois ouviram gritos e berros de pânico, junto do estrondo das pessoas correndo pelas rampas até o ancoradouro.

— Ai, meu Deus, Harry — disse Lowen, apontando para a correria. — Olha só para isso.

Harry se virou a tempo de ver um clarão e um buraco no casco onde ficava a base da rampa, depois gente sendo atirada ao ar e tragada pela abertura. Lowen gritou e deu meia-volta, perdendo o equilíbrio e caindo com força contra o assoalho, o que a deixou atordoada por um momento. A sucção do buraco fez com que ela fosse atirada ao espaço, rodopiando.

Freneticamente, Harry enviou um comando ao traje para que cobrisse os olhos dela e saltou no espaço atrás de Lowen.

9__

A capitã Coloma estava acompanhando Schmidt e Wilson, as ovelhas desgarradas da *Clarke*, graças aos respectivos tablet e BrainPal deles. Wilson estava perambulando pelo ancoradouro do portão 5, mas parecia bem. Já Schmidt estava no portão 7, onde havia acabado de perder o transporte e permaneceu imóvel até que as cápsulas de fuga foram anunciadas. Depois as naves que atacavam a Estação da Terra começaram a disparar mísseis contra os portões dos ancoradouros, mirando de propósito nos pontos onde as pessoas estavam se aglomerando para entrar nas cápsulas.

– Bando de filhos da puta – xingou Coloma.

Ela estava sozinha na *Clarke*. As cápsulas de fuga saídas da nave pareciam não ter chamado atenção. No mínimo do mínimo, nenhum míssil foi disparado na direção delas. Nem todo membro da tripulação ficou feliz em ir embora: Neva Balla precisou ser ameaçada com uma acusação de insubordinação para entrar numa das cápsulas. Coloma abriu um sorriso sinistro ao se lembrar disso. Balla daria uma excelente capitã.

As naves miraram e atingiram as seções onde estavam Wilson e Schmidt. Coloma ampliou a imagem e viu os destroços e os corpos sendo vomitados pelos buracos no casco da Estação da Terra. Admiravelmente, os dados de rastreamento lhe disseram que tanto Wilson como Schmidt estavam vivos e em movimento.

– Vamos, rapazes – disse Coloma.

Os dados de Wilson indicavam que ele havia sido tragado pelo portão 5, o que fez com que a capitã fizesse uma careta, mas então ela observou melhor os dados do BrainPal. Ele estava vivo e bem, apesar de hiperventilando de leve. Coloma ficou se perguntando como esse truque era possível, até se lembrar de que Wilson tinha ficado de fazer um salto com um dos soldados dos EUA mais tarde naquele dia. Parecia que precisaria saltar antes do planejado. Ela observou os dados durante alguns segundos para garantir que ele estava bem, depois voltou sua atenção para Schmidt.

Os dados acerca de Schmidt eram menos precisos, porque o PDA não registrava suas estatísticas vitais, diferentemente de um BrainPal. Coloma só conseguia saber que ele estava se movimentando. Havia conseguido descer a rampa do portão 7, danificado pela piloto do transporte da *Clarke*, o que significava que estava cheio de vácuo. Apesar disso, Schmidt tinha conseguido se enfiar em uma cápsula de fuga. Coloma ficou curiosa para saber como ele fez isso e se lamentou pelo fato de que, a essa altura, era improvável que fosse descobrir.

A cápsula de fuga foi lançada e mergulhou na atmosfera.

A *Estrela da Manhã Eriana* lançou um míssil diretamente em sua direção.

Coloma sorriu e foi até o monitor, rastreou o míssil e o vaporizou com uma rajada final do raio antipartículas.

– Ninguém atira no *meu* pessoal, seu cuzão – disse ela.

E, enfim, Coloma e a *Clarke* chamaram a atenção das naves invasoras. A *Estrela da Manhã Eriana* disparou dois mísseis em sua direção. Coloma esperou até estarem quase em cima dela antes de acionar as contramedidas. Os mísseis detonaram lindamente e longe da *Clarke*, que no momento ziguezagueava enquanto Coloma inseria uma rota até a *Estrela da Manhã Eriana*.

A nave adversária respondeu com mais dois mísseis, e Coloma mais uma vez esperou até o último minuto antes das contramedidas. Desta vez, não deu tanta sorte, e o míssil a estibordo rasgou a superfície da *Clarke*, rompendo os compartimentos da proa. Se houvesse alguém ali, teria morrido. Coloma abriu um sorriso feroz.

Ao longe, três naves dispararam contra a *Clarke*, dois mísseis cada. Coloma olhou para o monitor a fim de calcular quanto tempo teria até o impacto. Os números lhe arrancaram uma careta e ela colocou os motores da nave para funcionarem com força total.

A *Estrela da Manhã Eriana* estava agora claramente ciente do que a *Clarke* aprontava e tentou fazer manobras evasivas. Coloma compensou, recalculando a rota, e ficou contente com os resultados. Não ia ter como a nave adversária não levar um beijo da *Clarke*.

A primeira da nova leva de mísseis varou a *Clarke*, ao que se seguiram a segunda e depois e a terceira e a quarta leva, em rápida sucessão. A nave apagou. Não importava, ela tinha a inércia a seu favor.

A *Clarke* se enterrou na *Estrela da Manhã Eriana* quando a quinta e a sexta leva de mísseis atingiram o alvo, arrebentando as duas naves.

Coloma sorriu. As ordens que lhe foram dadas pelas Forças Coloniais de Defesa eram: caso se engajasse com uma nave hostil que a atacasse ou atacasse a Estação da Terra, devia incapacitar essa nave, destruindo-a apenas se necessário. Queriam pegar quem quer que estivesse a bordo, a fim de descobrir os responsáveis por tudo que a União Colonial vinha enfrentando.

A nave está definitivamente incapacitada, pensou Coloma. *Destruída, será? Se sim, a culpa é deles. Foram atrás do meu pessoal.*

Sentada ali no escuro, Coloma esticou a mão e deu uns tapinhas carinhosos na *Clarke*.

– Você é uma boa nave – disse ela. – Fico feliz por ter sido minha.

Uma sétima leva arrebentou a ponte de comando.

Wilson não conseguia ver Lowen, mas podia rastreá-la. O BrainPal a mostrava como um pontinho rodopiante a vinte quilômetros ao leste. Bem, era justo. Ele também rodopiava, por conta de sua saída apressada da Estação da Terra, mas o BrainPal lhe conferia uma visão artificialmente estabilizada das coisas. Wilson estava menos preocupado com o rodopio de Lowen e mais preocupado com o completo silêncio dela. Até se estivesse gritando seria melhor, porque pelo menos era sinal de que estava viva e consciente. Mas não se ouvia nada.

Ele tentou tirar esse pensamento da cabeça o máximo que conseguia. Não havia nada que pudesse fazer naquele momento. Depois que chegassem à atmosfera, poderia manobrar para alcançá-la e ver como ela estava. Por ora, tudo que precisava fazer era garantir que ela conseguisse passar a parte da incineração da reentrada.

Em vez de pensar em Lowen, Wilson mandou seu BrainPal voltar suas atenções visuais para a Estação da Terra, que flutuava acima dele, obscura, exceto pelo clarão ocasional quando mísseis atingiam outra área da estação. Ele fez uma verificação das condições das naves diplomáticas da União Colonial atracadas. A *Aberforth*, a *Zhou* e a *Schulz* estavam se afastando a toda velocidade, com ou sem seus contingentes diplomáticos a bordo. Os capitães provavelmente estavam cientes a essa altura, de um jeito ou de outro, de que a estação ia explodir que nem fogos de artifício.

A *Clarke* tinha desaparecido ou não estava respondendo. O que não era nada bom. Se não estivesse mais lá, então não importaria se a nave de transporte conseguiu ou não tirar todo mundo, todos iriam ter o mesmo destino a bordo. Wilson tentou não pensar nisso.

Em especial, tentou não pensar em Hart.

Houve um clarão ofuscante vindo da Estação da Terra. Wilson concentrou as atenções nela mais uma vez.

Estava detonando. Não ao acaso, como acontece durante um ataque. Não, era uma detonação planejada e concentrada, uma série de clarões brilhantes projetados para reduzir uma nave inteira a pedaços não maiores do que uma mão. O que quer que as naves atacantes começaram, os protocolos de detonação da União Colonial estavam então concluindo.

Um pensamento transpassou a cabeça de Wilson: *parte desses destroços estão vindo na nossa direção e numa velocidade muito maior.*

Depois um segundo pensamento: *Ah, puta que pariu.*

O BrainPal de Wilson o alertou de que Lowen estava começando a entrar na atmosfera da Terra. Um segundo depois, ele foi avisado de que estava começando a fazer o mesmo. Wilson deu a ordem de libertar os nanorrobôs e imediatamente se viu fechado dentro de uma esfera preta e fosca. Do outro lado sabia que havia os milhares de graus em fricção de reentrada, contra os quais os nanorrobôs o estavam protegendo, roubando um pouco do calor do atrito para fortalecer o escudo enquanto ele caía.

Agora não seria uma boa hora para Dani acordar, refletiu Wilson, pensando na escuridão fosca ao redor. Então se lembrou de que ela estaria no escuro em todo caso, já que não tinha um BrainPal.

Definitivamente não sou bom nisso de primeiro encontro, pensou Wilson.

Ele caiu e caiu mais um pouco, tentando não pensar em Lowen, nem em Hart ou na *Clarke*, nem no fato de que pedaços ululantes da Estação da Terra estavam com certeza passando ao seu lado em velocidades ultrassônicas que fariam picadinho dele caso se trombassem.

Não sobrava muita coisa em que dava para pensar.

Houve o ruído súbito de algo esvoaçante e os nanorrobôs se abriram. Wilson piscou contra o sol a pino. Ficou deslumbrado ao lembrar que mal era meio-dia, no horário de Nairóbi. Tudo que havia acontecido até então tinha transcorrido em cerca de uma hora.

Wilson pensou que não ia dar conta de muitas horas iguais a essa.

Lowen despontou em sua consciência. Estava a menos de cinco quilômetros de distância, um quilômetro acima dele, ainda rodopiando, mas nem tanto, pela atmosfera. Wilson negociou com cuidado seu caminho até ela, estabilizou-a dentro do possível e conferiu seus sinais vitais. No mínimo do mínimo, ela ainda estava respirando. Já era alguma coisa.

Ainda assim, não ia ser bom Lowen não estar consciente quando chegasse a hora de aterrissar.

Wilson pensou nisso por um momento, mas por um momento apenas, porque o chão ia representar um problema num futuro muito próximo. Então conferiu quantos nanorrobôs ainda possuía, calculou quanto peso sustentariam e envolveu Lowen com o corpo, cara a cara. Os dois iam descer juntos.

Uma vez resolvida essa parte, Wilson enfim olhou ao redor para ver onde estava. Não muito longe, o Pé-de-feijão permanecia na vertical, desfazendo-se ao vento. Wilson não tinha ideia do que estava acontecendo, mas significava que ainda estava mais ou menos perto de Nairóbi. Ele olhou para baixo, comparou o terreno com os dados que havia armazenado no BrainPal e percebeu que daria para aterrissar no campo de futebol onde ele e Hirsch planejavam pousar originalmente.

Lowen acordou mais ou menos perto dos trezentos metros e começou a gritar e se debater. Wilson falou direto no ouvido dela.

– Estou aqui – disse ele. – Não entre em pânico.

– Onde estamos? – perguntou Lowen.

– A trezentos metros acima do Quênia – disse Wilson.

– Ai, Deus – disse Lowen.

– Eu estou com você – disse Wilson. – Estamos descendo juntos.

– Como você conseguiu? – perguntou Lowen, acalmando-se.

– Parecia uma ideia melhor do que deixar você cair sozinha e inconsciente – respondeu Wilson.

– Fato – disse Lowen, um segundo depois.

– Estou a cinco segundos de acionar o paraquedas – disse Wilson. – Pronta?

Lowen abraçou Wilson com força e disse:

– Nunca mais a gente faz isso.

– Prometo – disse ele. – Lá vamos nós.

Então acionou os nanorrobôs na reserva dos dois de modo que ficaram amarrados ao paraquedas. Houve um puxão súbito, e então estavam flutuando.

– Estamos bem perto do chão e vou desacelerar o suficiente para você poder ver, se quiser – disse Wilson, após alguns momentos. Lowen fez que sim com a cabeça, e Wilson mandou o capuz dela se abrir.

Lowen olhou para baixo e depois jogou a cabeça para cima de novo, com os olhos fechados.

– Beleza, essa foi uma ideia espetacularmente ruim – disse ela.

– A gente pousa num minuto – prometeu Wilson.

– E esse seu paraquedas para dois não vai dar problema? – perguntou Lowen.

– Não – disse Wilson. – E ele é mais inteligente do que um paraquedas real.

– Por favor não diga que isto não é um paraquedas real – disse Lowen.

– É mais inteligente do que outros paraquedas – Wilson se corrigiu. – Ele está compensando o efeito do vento e outros fatores desde que abriu.

– Ótimo – disse Lowen. – Só me avisa quando a gente chegar.

Eles pousaram um minuto e meio depois, enquanto os nanorrobôs se dissiparam na brisa conforme os pés dos dois tocaram o solo. Lowen soltou Wilson, levou as mãos à cabeça, virou de lado e vomitou.

– Desculpa – disse Wilson.

– Não foi culpa sua, juro – disse Lowen, cuspindo para limpar a boca. – Foi *tudo*.

– Eu entendo – disse Wilson. – Sinto muito por isso também.

Ele olhou para o céu e observou os pedaços da Estação da Terra caírem feito glitter.

10_

– Falei pra você que era uma má ideia – disse Rigney a Egan.

– A sua falta constante de entusiasmo está registrada – respondeu Egan. – Não que vá nos servir de muita coisa a essa altura.

Os dois estavam sentados num banco do Avery Park, um pequeno parque em um distrito externo da Cidade de Fênix, alimentando os patos.

– Isso é legal – comentou Rigney, jogando pão para os animais.

– É mesmo – concordou Egan.

– Muito pacífico – disse Rigney.

– Sim – disse Egan, lançando seu pão às aves grasnantes.

– Se eu tivesse de fazer isso mais do que uma vez por ano, capaz de precisar esfaquear alguma coisa – disse Rigney.

– Tem isso – respondeu Egan. – Mas você disse que queria botar o papo em dia. Imaginei que quisesse fazer isso de verdade, não só falar dos resultados dos jogos. E agora mesmo não é a hora para isso, para se atualizar acerca de nada lá na Estação Fênix em si.

– Disso eu já sabia – disse Rigney.

– Então, o que quer saber? – perguntou Egan.

– Quero saber o tanto de merda que deu – falou Rigney. – Da sua parte, digo. Da minha parte sei o quanto a gente está na merda.

– Quanto de merda deu no lado de vocês? – perguntou Egan.

– Pânico total – respondeu Rigney. – Eu poderia entrar em detalhes, mas aí arriscaria você sair correndo e gritando. E você?

Egan se calou por um momento enquanto arremessava mais pão para os patos.

– Lembra quando você veio até a minha apresentação para aqueles burocratas intermediários e me ouviu falar para eles que a União Colonial está a trinta anos do colapso total? – disse ela.

– Lembro, sim – respondeu Rigney.

– Bem, a gente se enganou – disse Egan. – Está mais para vinte.

– Não é possível que seja só por conta do que aconteceu na Estação da Terra – disse Rigney.

– Por que não? – falou Egan. – Eles acham que foi culpa *nossa*, Abel. Acham que a gente atraiu várias centenas de suas melhores mentes diplomáticas e políticas para brincar de tiro ao alvo e então mandamos um grupo de falsos terroristas explodir o lugar. Eles não atiraram para destruir a estação logo de cara. Foram atrás da cabine do elevador e esperaram as pessoas irem até as cápsulas de fuga para abrir buracos nos ancoradouros. Atacaram os terráqueos.

– Também atiraram na *Clarke* e no transporte dela – apontou Rigney.

– O transporte escapou – rebateu Egan. – Bem como a única cápsula de fuga que conseguiu ir embora da Estação da Terra. Quanto à *Clarke*, acha que seria difícil proporem o argumento de que ela era uma isca para despistá-los, ainda mais quando todo mundo lá, exceto a capitã, sobreviveu? E ainda mais considerando que quatorze das naves que atacaram a estação parecem ter desaparecido pelo mesmo buraco negro de onde vieram? Me parece uma bela conspiração.

– É um pouco demais – disse Rigney.

– Seria, se estivéssemos lidando com eventos racionais – respondeu Egan. – Mas olha pela perspectiva da Terra. Agora eles não têm qualquer forma séria de acesso ao espaço, suas castas políticas foram dizimadas e estão paranoicas, e foram lembrados de que, neste momento, seu destino não lhes pertence. O melhor e mais fácil bode expiatório que têm somos nós. Jamais se esquecerão disso. Jamais perdoarão. E não importa quais provas surjam a respeito que possam *nos* exonerar, simplesmente jamais vão acreditar.

– Então a Terra está fora de questão – concluiu Rigney.

– Está tão fora de questão que já ultrapassou a curvatura do planeta – disse Egan. – Perdemos a Terra. Desta vez, de verdade. Agora só podemos torcer para que ela continue neutra e não se afilie ao Conclave. Assim, daqui a uns setenta anos, talvez tenhamos uma nova chance. Caso se afiliem, acabou tudo.

– E quais são as chances de isso acontecer, segundo o Estado? – perguntou Rigney. – As chances de entrarem para o Conclave?

– Neste momento? Melhores do que as de voltarem para nós – respondeu Egan.

– O consenso das FCD é que o Conclave está por trás disso, sabe – disse Rigney. – Tudo desde o que aconteceu em Danavar. Eles têm recursos para implantar espiões nas FCD e no Departamento de Estado. Têm os recursos para afanarem nossas naves em pleno voo e então transformá-las em naves de guerra e as soltarem perto da Estação da Terra. Todas as dezesseis naves que sumiram apareceram lá. E tem mais uma coisa que a gente ainda não contou para o Estado.

– O que é? – disse Egan.

– A nave em que a capitã Coloma enterrou a Clarke. A *Estrela da Manhã Eriana*. Não tinha tripulação. Era pilotada por um cérebro numa caixa.

– Igual ao da *Urse Damay* – disse Egan. – Claro, e o Conclave afirma que a nave foi roubada deles também. Junto com várias outras.

– Nossa inteligência ainda não confirmou essas histórias – comentou Rigney. – Eles podem estar usando esse papo para nos confundir.

– E então há o problema de que tem alguém sabotando de propósito nossa relação com a Terra – disse Egan. – E o fato de que um segmento cada vez maior da população das colônias quer substituir a União Colonial por uma união completamente nova, tendo a Terra no centro. É certo que isso parece ter brotado da noite para o dia.

– Mais um plano que o Conclave tem recursos para bancar – apontou Rigney.

– Talvez – disse Egan. – Ou talvez tenha um terceiro grupo que está fazendo a gente de palhaço, nós, a Terra e o Conclave, para propósitos que ainda desconhecemos.

Rigney balançou a cabeça e disse:

– A explicação mais simples costuma ser a correta.

– Concordo – disse Egan. – O ponto em que discordo é pintar o Conclave como vilão da história como a explicação mais simples. Acho que está evidente que alguém quer matar e destruir a União Colonial, e a Terra é o meio para isso. Também acho possível que esse mesmo alguém esteja cutucando o Conclave, tentando descobrir da mesma forma qual é o ponto fraco que acaba com eles. Teve um momento em que a gente quase descobriu isso.

– Não acho que as FCD estejam confortáveis com esse nível de conspiração obscura, Liz – disse Rigney. – Preferem algo mais palpável.

– Têm de achar primeiro, Abel – disse Egan. – Depois podem apalpar o quanto quiserem.

Os dois ficaram ali, em silêncio, arremessando pão aos patos.

– Pelo menos, uma coisa você acertou – disse Egan.

– O quê? – perguntou Rigney.

– Seu esquadrão de incêndio – disse Egan. – A embaixadora Abumwe e sua equipe. A gente ficou dando uma missão impossível atrás da outra para eles, e ela sempre conseguiu tirar algo de cada uma delas. Às vezes não era o que queríamos. Mas sempre alguma coisa.

– Ela pisou na bola nas negociações com os Bulas – apontou Rigney.

– *Nós* pisamos na bola com os Bulas – Egan o lembrou. – A gente mandou que ela mentisse, e ela fez exatamente o que dissemos, e depois fomos pegos com as calças curtas por isso.

– Justo – disse Rigney. – E o que você vai fazer com Abumwe agora?

– Quer dizer, agora que ela e sua equipe foram o único grupo que sobreviveu intacto ao ataque à Estação da Terra, e a capitã deles virou uma heroína póstuma por salvar toda a equipe diplomática e abater duas das naves atacantes, *além de que* a única coisa positiva para a União Colonial em toda essa bagunça lastimável foi o tenente Wilson ter salvado a filha do secretário de Estado dos EUA ao saltar com ela da estação espacial enquanto tudo explodia? – disse Egan.

– Isso mesmo – confirmou Rigney.

– Acho que dá para começar com uma promoção – disse Egan. – Ela e a equipe não são mais uma equipe classe B, e não temos tempo a perder. As coisas jamais voltarão a ser como eram, Abel. Precisamos construir o futuro o mais rápido possível. Antes que ele desabe em cima da gente. Abumwe vai nos ajudar a chegar lá. Ela e sua equipe. Todo mundo. Todo mundo que sobrou, pelo menos.

Wilson e Lowen estavam no terreno do que restou do Pé-de-feijão de Nairóbi e da Estação da Terra, esperando a carona dele, a nave de transporte que descia devagar para fazer o pouso.

– Então, como é para você? – Lowen quis saber.

– Como é o quê? – perguntou Wilson.

– Ir embora da Terra pela segunda vez – disse Lowen.

– Em vários sentidos, é igual da outra vez – respondeu Wilson. – Fico animado em partir, ver como é lá fora no universo. Mas também sei que é improvável que eu volte algum dia. E, de novo, estou deixando para trás pessoas de quem gosto.

Isso fez Lowen sorrir e dar um beijo na bochecha dele.

– Você não precisa partir – disse ela. – Sempre pode desertar.

– Tentador – disse ele. – Mas, embora eu ame a Terra, tem algo que preciso admitir.

– E o que é? – perguntou Lowen.

– Eu simplesmente não sou mais daqui – respondeu Wilson.

O transporte aterrissou.

– Bem – disse Lowen –, se algum dia mudar de ideia, você sabe onde moramos.

– Eu sei sim – disse Wilson. – E você sabe onde moro também. Sobe lá qualquer dia e vem me visitar.

– Vai ser meio difícil agora, considerando tudo que aconteceu – falou Lowen.

– Eu sei – disse Wilson. – Mas mantenho a oferta.

– Um dia eu aceito – respondeu Lowen.

– Que bom – disse Wilson. – A vida é sempre interessante com você por perto.

A porta do transporte se abriu, e Wilson pegou sua bolsa para entrar.

– Ei, Harry – chamou Lowen.

– Sim? – disse Wilson.

– Obrigada por salvar a minha vida – disse ela.

Wilson sorriu e acenou um tchauzinho.

Hart Schmidt e a embaixadora Ode Abumwe o aguardavam lá dentro. Wilson sorriu e apertou a mão da embaixadora calorosamente.

– Você não faz ideia do quanto estou feliz em revê-la, senhora – disse ele.

Abumwe abriu um sorriso igualmente caloroso.

– Idem, tenente.

Wilson se voltou para Schmidt.

– E quanto a você – disse ele. – Não faça isso de novo. Toda essa coisa de quase morrer.

– Não prometo nada – respondeu Schmidt.

Wilson abraçou o amigo, então se sentou e apertou os cintos.

– Você se divertiu de novo aqui na Terra? – perguntou Schmidt.

– Me diverti, sim – disse Wilson. – Agora vamos voltar para casa.

Abumwe acenou com a cabeça para o piloto do transporte. Eles deixaram a Terra abaixo de si e partiram para o céu acima.

AGRADECIMENTOS

O processo de escrever esta porção em particular do universo da Guerra do Velho foi acompanhado por uma série de desafios muito peculiares, dentre os quais destaco o de escrever treze episódios separados que precisavam funcionar sozinhos como histórias próprias e, ao mesmo tempo, como um romance, quando reunidos. Foi divertidíssimo, mas também deu um trabalhão.

Por isso, o meu primeiro agradecimento vai para o meu editor, Patrick Nielsen Hayden, que pôs fé no meu livro desde o dia em que o sugeri pela primeira vez e me ajudou consideravelmente até o final do processo, ainda mais nos dias em que eu ficava ali sentado me perguntando no que tinha me metido. A capacidade dele de não entrar em pânico é uma coisa maravilhosa para reconfortar a gente, e eu o agradeço demais por isso.

Da mesma forma, agradeço a Irene Gallo por cuidar da parte artística das coisas, o que, para este projeto (especialmente a versão eletrônica) foi ainda mais intenso do que costuma ser. Irene é a melhor diretora de arte do gênero da ficção científica e possivelmente de todo o mercado editorial, e sempre terei uma dívida com ela por conta do trabalho que fez.

A contribuição do artista John Harris, que fez a capa original de *A humanidade dividida*, é significativa o suficiente para que eu tenha codedicado este livro inteiro para ele, mas gostaria de reconhecer mais uma vez o trabalho espetacular que ele fez para este volume e os episódios individuais. Foi uma alegria ver as ilustrações pela primeira vez, e uma alegria ainda maior poder mostrar a vocês. O livro não seria a mesma coisa sem o empenho dele.

O trabalho de edição deste livro em particular foi uma empreitada de dimensões épicas e por isso devo meus agradecimentos a Sona Vogel. Obrigado por flagrar meus muitos erros. Agradeço também a Heather Saunders pelo projeto do livro e a Alexis Saarela e Patty Garcia e a todo mundo do Departamento de Publicidade da Tor por me botarem aí no mundo.

A humanidade dividida não foi lançado apenas em formato impresso, mas também eletronicamente, episódio por episódio. Esse foi um território novo para a Tor e a Macmillan, que arriscaram muito para experimentar um novo modo de levar as histórias aos leitores. Por conta desse risco, estou em dívida com Tom Doherty, Linda Quinton, Fritz Foy, Dan Schwartz e Brian Napack.

Sempre tem gente da Tor a quem eu deveria agradecer, mas acabo esquecendo. Espero que aceitem meu pedido de desculpas e saibam que fico feliz pelo trabalho que fazem por mim e outros autores.

Na Audible, que lidou com a versão em audiobook de *A humanidade dividida*, devo muitos agradecimentos a Steve Feldberg e a William Dufris.

Agradeço, como sempre, a Ethan Ellenberg e a Evan Gregory, meus agentes literários, e lhes desejo boa sorte em tentar vender isto aqui no exterior. Além disso, é um bom momento para agradecer meu agente de cinema e TV, Joel Gotler, e o pessoal envolvido no projeto cinematográfico de *Guerra do velho*: Wolfgang Petersen, Scott Stuber, Alexa Faigen, David Self e Chris Boal. Torço por vocês.

A edição eletrônica de *A humanidade dividida* contou com dedicatórias individuais em cada episódio. As pessoas a quem os dediquei foram, respectivamente: Brad Roberts e Carl Rigney; Alex Seropian, Tim Harris, Hardy LeBel e Mike Choi; Alexis Saarela, Patty Garcia e a equipe de publicidade da Tor; Paul Sabourin e Greg DiCostanzo; Glenn Reynolds; Jonathan Coulton; o conselho administrativo da Science Fiction and Fantasy Writers of America (SFWA) 2012–13; Diana Sherman; Jared Cloud e Joanna Beu; The Webb Schools da Califórnia, classe de 1987; Rena Watson Hawkins; Megan Totusek e Jesi Pershing.

Enquanto escrevia *A humanidade dividida*, eu também estava em uma turnê literária para divulgar o *Redshirts* (meu romance anterior) e acabei indo a uma quantidade estarrecedora de lugares. Foi uma experiência atordoante tentar manter a cabeça no livro ao mesmo tempo que fazia todo o resto. Os amigos que me ajudaram a manter a sanidade durante isso tudo incluem (em nenhuma ordem em particular) Karen Meisner, Deven Desai, Mary Robinette Kowal, Joe Hill, Kyle Cassidy, Doselle Young, Wil Wheaton, Bill Shafer, Kate Baker, Pat Rothfuss, Natasha Kordus, Robert Lawrence, Jenny Lawson, Pamela Ribon, Lorraine Garland, Neil Gaiman, Paolo Bacigalupi, Hiro Sasaki, Dave Klecha, Yanni Kuznia, Karen Healey, Justine Larbalestier, Adam Lisberg e Daniel Mainz. Agradeço a todos vocês por me aturarem enquanto eu estava todo desvairado. Estou esquecendo alguém e peço desculpas. Meu cérebro ainda está se recuperando. Perdão.

Agradeço também ao conselho da sfwa por terem me aguentado quando basicamente caí num buraco durante todo o mês de outubro, enquanto concluía o romance: Jim Fiscus, Matthew Johnson, Ann Leckie, Lee Martindale, Bud Sparhawk, Cat Valente e Sean Williams. Desculpa, pessoal. Não vai acontecer de novo enquanto eu for presidente. Prometo.

E, claro, agradeço sempre a Kristine e Athena Scalzi, a quem eu amo mais do que seria razoável – e estou de bem com isso.

Por fim, agradeço a vocês. Já faz um tempo que andam me pedindo para voltar ao universo de Guerra do Velho. Eu queria garantir que, caso isso acontecesse, o resultado valesse a viagem e o tempo de vocês. Espero que gostem. Eu gostei de escrever para vocês. Obrigado por terem tornado isso possível.

– John Scalzi
27 de outubro de 2012

A LEITURA CONTINUA NA ÓRBITA.

TIPOGRAFIA: Caslon - texto
Arca Majora - entretítulos
PAPEL: Pólen Natural 70 g/m² - miolo
Cartão Supremo 250 g/m² - capa
IMPRESSÃO: Gráfica Santa Marta
Agosto/2023